Douglas Preston
Lincoln Child

THUNDERHEAD

Douglas Preston
Lincoln Child

THUNDERHEAD

Roman

Aus dem Amerikanischen übersetzt
von Thomas A. Merk

DROEMER

Originaltitel: Thunderhead
Originalverlag: Warner Books, New York

Besuchen Sie uns im Internet:
www.droemer-weltbild.de

Die Folie des Schutzumschlags sowie die Einschweißfolie
sind PE-Folien und biologisch abbaubar.
Dieses Buch wurde auf chlor- und säurefreiem Papier gedruckt.

Copyright © 1999 by Lincoln Child and Splendide Mendax, Inc.
Copyright © 2001 der deutschsprachigen Ausgabe bei Droemersche Verlagsanstalt
Th. Knaur Nachf., München
Alle Rechte vorbehalten. Das Werk darf – auch teilweise –
nur mit Genehmigung des Verlages wiedergegeben werden.
Umschlaggestaltung: ZERO Werbeagentur, München
Texterfassung: Brigitte Apel, Hannover
Umbruch: Ventura Publisher im Verlag
Druck und Bindung: Wiener Verlag, Himberg
Printed in Austria
ISBN 3-426-19444-9

2 4 5 3 1

Lincoln Child widmet dieses Buch seiner
Tochter Veronica
und der *Company of Nine*

Preston Child widmet dieses Buch
Stuart Woods

1

Die frisch asphaltierte Straße verließ Santa Fe und führte zwischen Pinien pfeilgerade nach Westen. Die Sonne, die gerade bernsteinfarben hinter den schneebedeckten Gipfeln der Jemez-Berge unterging, warf den Schatten einer schmutzig-grauen Wolkenbank über die Landschaft. Nora Kelly saß am Steuer ihres klapprigen Ford-Pick-up und blickte hinaus auf die mit Wüstengestrüpp bewachsenen Hügel und das ausgetrocknete Flussbett neben der Straße, die sie nun schon zum dritten Mal innerhalb eines Vierteljahres entlangfuhr.

Auf dem Weg von Buckman's Wash nach Jackrabbit Flats – oder dem, was früher einmal Jackrabbit Flats gewesen war – sah sie die kleinen schillernden Regenbogen von über einem Dutzend Rasensprengern, die mit langsamen, rhythmischen Bewegungen ihrer metallisch glänzenden Düsenköpfe fein verteilte Wasserstrahlen in die heiße Wüstenluft sprühten. Aus dem satten Grün eines makellos gepflegten Grasteppichs leuchteten blendend weiße Sandbunker, und dahinter erhob sich das neu erbaute, mit imitierten Lehmziegeln verkleidete Haus des Golfclubs Fox Run. Angewidert wandte Nora den Blick wieder auf die Straße.

Eine Meile hinter dem Golfplatz holperte der Pick-up über ein Viehgitter, und die glatte Teerstraße verwandelte sich in eine ausgefahrene Sandpiste. Ein aufgeschrecktes Kaninchen rannte quer über die Fahrbahn, als Nora an ein paar alten Briefkästen und einem primitiven, wettergebleichten Holzschild mit der Aufschrift RANCHO DE LAS CABRILLAS vorbeifuhr. Plötzlich erinnerte sie sich an einen Sommertag vor zwanzig Jahren, an dem sie ihrem Vater beim Malen dieses Schildes geholfen hatte. *Cabrilla*, so hatte ihr Vater damals gesagt, als sie beide mit einem Eimer Farbe in der prallen Sonne gestanden hatten, sei das spanische Wort für Wasserwanze. Denselben Namen hatten Nora und ihr Vater auch dem Sternbild der Plejaden gegeben, weil sie der Meinung gewesen waren, es sehe aus wie Wasserwanzen, die über die Oberfläche eines Teiches liefen. »Zum Teufel mit den Rindviechern«, hatte Noras Vater gesagt und mit einem dicken Pinsel die Buchstaben auf das Schild gemalt. »Ich habe die Ranch eigentlich nur wegen des Sternenhimmels hier draußen gekauft.«

Nora fuhr langsam um die Kurve und einen sanften Hügel hinauf. Die Sonne war jetzt unter dem Horizont verschwunden, und der Himmel über der Wüste verdunkelte sich rasch. Vor Nora lag jetzt das grüne Tal mit dem alten Ranchhaus ihrer Familie, in dem nun schon seit fünf Jahren niemand mehr lebte. Seine Fenster waren mit Brettern vernagelt, und die Scheune neben den leeren Pferdekoppeln zeigte starke Verfallsspuren. In Noras Augen war es nicht allzu schade um das Fertighaus aus den Fünfzigerjahren, das bereits in ihrer Jugend baufällig gewesen war; ihr Vater hatte all sein Geld für das Land ausgegeben und nur ein billiges Haus bauen können.

Kurz vor dem Kamm des Hügels verließ Nora die Straße und warf einen Blick auf das trockene Bachbett daneben, in das jemand eine Ladung Bauschutt gekippt hatte. Vielleicht sollte sie ja doch auf ihren Bruder hören und die Ranch verkaufen. Das Haus ließ sich ohnehin nicht mehr reparieren und die Grundsteuer war – ebenso wie die Grundstückspreise – in den letzten Jahren drastisch gestiegen. Ein neues Haus konnte sie von ihrem dürftigen Gehalt als Assistenzprofessorin nicht bauen lassen – warum also hing sie noch an dieser Ranch?

Nora sah, wie im eine Viertelmeile entfernten Wohnhaus der Gonzales-Ranch die Lichter angingen. Im Gegensatz zu ihrem Vater, der seine kleine Ranch nur als Hobby betrieben hatte, bestritt Noras Schulfreundin Teresa Gonzales ihren Lebensunterhalt mit Landwirtschaft. Teresa war eine große, gescheite und furchtlose Frau, die nicht nur ihren eigenen Betrieb ganz alleine bewirtschaftete, sondern seit fünf Jahren auch auf der Cabrillas-Ranch nach dem Rechten sah. Jedes Mal, wenn Jugendliche dort eine Fete feierten oder betrunkene Jäger ein Zielschießen auf das Farmhaus veranstalteten, ging Teresa hinüber, um sie zu verjagen, und hinterließ Nora eine Nachricht auf dem Anrufbeantworter, damit diese kam und den Schaden anschaute. In letzter Zeit hatte Teresa ein paar Mal kurz nach Sonnenuntergang einen schwachen Lichtschein in den Fenstern des Kelly-Hauses entdeckt und außerdem bemerkt, wie irgendwelche seltsamen, großen Tiere darum herum geschlichen waren.

Als Nora sah, dass keine Autos vor dem Ranchhaus parkten, hielt sie in einiger Entfernung davon den Wagen an, um es eine Weile zu beobachten. Nichts rührte sich und auch sonst konnte Nora weder einen Lichtschein noch andere Anzeichen für die Anwesenheit von Eindringlingen entdecken. Entweder waren sie nicht mehr hier oder Teresa hatte sich getäuscht, als sie die Lichter gesehen hatte.

Langsam fuhr sie durch das innere Tor und parkte den Pick-up hinter dem Haus. Dort nahm sie eine Taschenlampe aus dem Handschuhfach und stieg leise aus dem Wagen. Die Haustür hing schief in der einen ihr noch verbliebenen Angel; das Vorhängeschloss, das Nora nach dem Tod ihrer Mutter dort angebracht hatte, war längst einem Bolzenschneider zum Opfer gefallen. Ein Windstoß fuhr durch den Hof, wirbelte eine kleine Staubwolke auf und rüttelte leise an der Tür.

Nora schaltete die Taschenlampe ein und ging auf das Haus zu. Als sie die Tür aufdrückte, bewegte sich diese nur widerwillig. Erst als Nora ihr einen genervten Tritt verpasste, fiel sie mit einem lauten Krach zu Boden. Nachdem das Geräusch in dem stillen Haus verhallt war, trat Nora ein.

Drinnen herrschte wegen der vernagelten Fenster fast völlige Dunkelheit, aber Nora wusste auch so, dass diese Bruchbude nur noch wenig mit dem Haus gemein hatte, in dem sie groß geworden war. Auf dem Boden lagen Scherben und leere Bierflaschen herum, und irgendein Rowdy hatte krakelige Graffiti an die Wände gesprüht. Der Teppich war zerschnitten, die Sofakissen aufgeschlitzt, so dass die Federn überall im Raum herumflogen, und jemand hatte sogar ein paar Bretter von den Fenstern gerissen. In den Wänden bemerkte Nora unzählige Einschusslöcher und die Spuren von wütenden Fußtritten.

Eigentlich hatte sich der Zustand des Hauses seit ihrem letzten Besuch nicht wesentlich verschlimmert. Bis auf die aufgeschlitzten Sofakissen und ein paar weitere Löcher in den Wänden war alles wie gehabt. Noras Anwalt hatte sie bereits wiederholt darauf aufmerksam gemacht, dass das Haus in seinem jetzigen Zustand nur eine Belastung für sie sei. Die Baubehörde würde es, sollte sie darauf aufmerksam werden, ohne Umschweife für unbewohnbar erklären und sie zwingen, es abzureißen. Das Problem dabei war, dass Nora nicht genug Geld für den Abbruch hatte – außer natürlich, wenn sie die Ranch verkaufte.

Sie ging vom Wohnzimmer in die Küche, wo sie den Lichtkegel ihrer Taschenlampe über den alten Kühlschrank gleiten ließ. Er lag noch immer umgeworfen in der Ecke, wo sie ihn bei einem ihrer letzten Besuche entdeckt hatte. Neu war, dass jemand die Gemüseschubladen herausgerissen und dann achtlos irgendwo hingeworfen hatte. Auch war das Linoleum am Boden, das die Feuchtigkeit ohnehin schon aufgeworfen hatte, in langen Fetzen abgerissen worden. An einigen Stellen hatte jemand sogar ein paar Bodenbretter entfernt und den Hohlraum darunter freigelegt. Vandalismus muss ein verdammt harter Job sein, dachte Nora und ließ ihren Blick weiter durch den Raum schweifen. Irgendwie hatte sie auf einmal das seltsame Gefühl, dass etwas anders war als sonst.

Sie verließ die Küche und stieg langsam die Treppe hinauf, auf deren Stufen dicke Knäuel von herausgerissener Matratzenfüllung lagen. Dabei versuchte sie, etwas Ordnung in ihre Gedanken zu bringen. Aufgeschlitzte Sofakissen, in die Wand geschlagene Löcher, abgerissenes Linoleum und fehlende Bodenbretter – irgendwie kamen ihr diese neuerlichen Zerstörungen nicht ganz so willkürlich vor wie die, mit denen sie es bisher zu tun gehabt hatte. Es sah fast so aus, als habe jemand gezielt nach etwas gesucht. Auf halbem Weg die dunkle Treppe hinauf blieb sie plötzlich stehen.

Hatte sie nicht das Knirschen von Schritten auf zerbrochenem Glas gehört?

Nora lauschte ins Dämmerdunkel, aber bis auf das leise Wehen des Windes hörte sie kein Geräusch. Wie sollte sie auch, schließlich war draußen kein Auto vorgefahren. Mit einem leisen Seufzer setzte sie sich wieder die Treppe hinauf in Bewegung.

Oben, wo keines der Bretter von den Fenstern fehlte, war es noch dunkler als im Erdgeschoss. Vom Treppenabsatz aus wandte sie sich nach rechts und leuchtete mit der Taschenlampe in ihr ehemaliges Zimmer. Wie immer, wenn sie die rosa Tapeten sah, die jetzt voller Stockflecken waren und in Fetzen von der Wand hingen, ging ihr ein wehmütiger Stich durchs Herz. In der Matratze ihres alten Bettes hatte sich eine ganze Familie von Packratten eingenistet, und der Notenständer, vor dem sie so oft Oboe gespielt hatte, lag verbogen und rostig auf den gesprungenen Dielenbrettern. Als eine Fledermaus über ihren Kopf hinwegflatterte, fiel Nora ein, wie ihre Mutter sie einmal bei dem Versuch erwischt hatte, eines dieser Tiere zu zähmen. Noras Mutter hatte nie begreifen können, was ihre Tochter an Fledermäusen so faszinierend fand.

Von ihrem Zimmer ging sie hinüber zu dem ihres Bruders, das ebenfalls ein einziges Chaos war. Sieht eigentlich auch nicht viel anders aus als seine jetzige Wohnung, dachte sie. Durch den Moder glaubte sie den schwachen Duft von Blumen riechen zu können. Seltsam, die Fenster hier oben sind doch alle noch dicht, schoss es Nora durch den Kopf, während sie wieder hinaus und über den Gang zum Schlafzimmer ihrer Eltern ging.

Und jetzt hörte sie auf einmal ganz deutlich aus dem Parterre das leise Klirren von Glassplittern. Abrupt blieb Nora stehen. War das eine Ratte, die über den Boden im Wohnzimmer huschte?

Vorsichtig schlich Nora zurück zur Treppe und vernahm ein weiteres Geräusch, ein schwaches Klopfen. Während sie bewegungslos dastand und lauschte, drang ein weiteres, schärfer klingendes Knirschen herauf. Es klang, als ob eine Glasscherbe zertreten würde.

Nora atmete langsam aus und spürte, wie sich ihre Brustmuskeln zusammenkrampften. Diesmal schien ihr Besuch in ihrem alten Elternhaus, der anfänglich wie eine weitere, harmlose Routinekontrolle ausgesehen hatte, eine gänzlich andere Qualität anzunehmen.

»Wer ist da?«, rief Nora nach unten.

Keine Antwort. Nur das Geräusch des Windes draußen vor dem Haus.

Nora leuchtete mit der Taschenlampe die Treppe hinunter. Die Jugendlichen, die sich sonst in dem Haus herumtrieben, nahmen normalerweise reißaus, sobald sie Noras Pick-up sahen; diesmal aber offenbar nicht.

»Sie befinden sich in einem Privathaus!«, rief sie mit so fester Stimme wie möglich. »Was Sie hier machen, ist Hausfriedensbruch. Die Polizei ist schon verständigt!«

Unten war es still. Bis auf das Geräusch von leisen Schritten, die sich langsam der Treppe näherten.

»Teresa?«, rief Nora in der verzweifelten Hoffnung, es wäre vielleicht ihre Nachbarin.

Und dann hörte sie noch etwas anderes: ein kehliges, bedrohliches Geräusch, das fast wie ein Knurren klang.

Ein Hund, dachte Nora mit einem Gefühl der Erleichterung. Draußen auf der Farm gab es nämlich viele wilde Hunde, die manchmal im Haus herumstöberten. Nora wollte lieber gar nicht erst darüber nachdenken, warum sie diese Erkenntnis als so tröstlich empfand.

»Hey!«, schrie sie und schwenkte die Taschenlampe. »Raus hier! Hau ab!«

Abermals vernahm sie als Antwort nichts als Schweigen.

Nora wusste, wie man mit streunenden Hunden umging. Absichtlich laut polternd stieg sie die Treppe hinab und redete dabei deutlich vernehmbar vor sich hin. Unten angelangt ließ sie den Strahl der Taschenlampe durchs Wohnzimmer schweifen. Es war leer. Der Hund musste sich aus dem Staub gemacht haben, als er sie hatte kommen hören.

Nora atmete tief durch. Obwohl sie eigentlich noch das Schlafzimmer ihrer Eltern hätte in Augenschein nehmen müssen, fand sie es an der Zeit, das Haus zu verlassen.

Als sie schon auf dem Weg zur Tür war, hörte sie hinter sich einen weiteren vorsichtigen Schritt, dem quälend langsam ein zweiter folgte.

Nora wirbelte herum und leuchtete in die Richtung, aus der die Geräusche gekommen waren. Nun vernahm sie ein leises, pfeifendes Keuchen, gepaart mit einem monotonen Schnurren, und der Geruch nach duftenden Blumen, den sie im oberen Stockwerk schon einmal wahrgenommen hatte, drang, stärker als zuvor, an ihre Nase.

Nora war wie gelähmt von einem ihr gänzlich ungewohnten Gefühl der Bedrohung. Sie fragte sich, ob sie die Taschenlampe ausknipsen und sich verstecken oder einfach aus dem Haus fliehen sollte.

Und dann sah sie gerade noch aus dem Augenwinkel, wie ein großes, behaartes Etwas an der Wand entlang auf sie zurannte. Als sie es anleuchten wollte, wurde sie auch schon von einem heftigen Schlag auf den Rücken zu Boden gestreckt.

Auf dem Bauch liegend spürte Nora, wie eine raue, behaarte Tatze sie am Nacken packte, und hörte ein wildes, geiferndes Knurren, das sie an einen tollwütigen Hund erinnerte. Nora verpasste der Kreatur einen Tritt, so dass sie aufjaulte und ihren Griff lockerte. Nora nutzte die Gelegenheit und strampelte sich frei. Kaum hatte sie sich aber hochgerappelt, da wurde sie auch schon von einer zweiten Kreatur angesprungen und abermals zu Boden gerissen. Dabei fiel die Kreatur auf sie, und als Nora versuchte, sich zu befreien, spürte sie, wie sich ihr Glassplitter schmerzhaft in den Rücken bohrten.

Das Wesen drückte sie mit seinem ganzen Gewicht nach unten. Nora sah Haare und Krallen, einen nackten Bauch, auf den leuchtende, an einen Jaguar erinnernde Flecken gemalt waren, und darunter einen Gürtel mit silbernen Conchas. Kleine, stark gerötete Augen starrten sie durch die Schlitze einer speckigen Ledermaske an.

»Wo ist der Brief?«, fragte eine raue Stimme. Nora roch den süßlichen Gestank von verrottendem Fleisch.

Nora brachte keinen Ton heraus.

»Wo ist er?«, wiederholte die Stimme kehlig und stockend wie ein Tier, das die menschliche Sprache nachahmt. Die Klauen schlossen sich wie Schraubstöcke um ihren Hals und ihren rechten Arm.

»Was für ein Brief?«, brachte Nora schließlich krächzend hervor.

»Sag schon, oder wir reißen dir den Kopf ab«, keuchte die Kreatur und verstärkte ihren Griff. Von einer plötzlichen Panik ergriffen, versuchte Nora sich loszustrampeln, aber die Klaue um ihren Hals drückte weiter unerbittlich zu. Nora würgte vor Schmerz und Angst.

Dann zuckte auf einmal ein greller Blitz durch das Wohnzimmer, gefolgt von einem ohrenbetäubenden Knall. Nora spürte, wie sich die Klaue um ihren Hals lockerte, und befreite sich mit wilden Kopfbewegungen vollends aus ihrem Griff. Als sie sich zur Seite rollte, erschütterte ein zweiter Schuss den Raum, und ein Schauer aus Holzsplittern und Verputz regnete auf sie herab. Nora rappelte sich hoch und hörte, wie Glasscherben über den Fußboden klirrten. Ohne ihre Taschenlampe, die bei dem Sturz ausgegangen war, hatte sie Schwierigkeiten, sich in der Dunkelheit zurechtzufinden.

»Nora?«, hörte sie eine Stimme rufen. »Nora, bist du das?« Im Rahmen der Eingangstür konnte sie eine dickliche Gestalt erkennen, die eine Schrotflinte in der Hand hielt.

»Teresa!«, rief Nora schluchzend und taumelte ins Licht.

»Alles in Ordnung?«, fragte Teresa und nahm Nora am Arm.

»Ich weiß nicht.«

»Machen wir, dass wir hier rauskommen!«

Draußen ließ Nora sich ins Gras sinken und sog die kühle Luft des Abends tief in ihre Lungen. Das Herz klopfte ihr bis in den Hals.

»Was ist denn passiert?«, hörte sie Teresa fragen. »Ich habe irgendwelche scharrenden Geräusche gehört und ein Licht gesehen.«

Nora schüttelte bloß den Kopf und rang nach Atem.

»Diese wilden Hunde sahen ja Furcht erregend aus«, fuhr Teresa fort, »fast so groß wie Wölfe.«

Nora schüttelte abermals den Kopf. »Nein. Das waren keine Hunde. Einer von ihnen hat mit mir gesprochen.«

Teresa musterte sie mit einem seltsamen Blick. »Sieht aus, als hätten sie dich in den Arm gebissen. Ich sollte dich besser ins Krankenhaus fahren.«

»Kommt nicht in Frage.«

Teresa runzelte die Stirn und betrachtete die dunklen Umrisse des Hauses. »Die hatten es ganz schön eilig, von hier zu verschwinden. Zuerst die Jugendlichen, und jetzt diese Viecher. Aber wie können Hunde so schnell ...«

»Teresa, einer von ihnen hat mit mir *gesprochen*!«

Teresa sah sie noch skeptischer an als zuvor. »Das muss ein schlimmer Schock für dich gewesen sein«, meinte sie schließlich. »Du hättest mir sagen sollen, dass du herauskommst, dann hätten Señor Winchester und ich dich an der Straße in Empfang genommen.« Sie streichelte liebevoll den Lauf ihrer Waffe.

Nora blickte der massiv gebauten Frau in ihr zwar etwas mitgenommen, aber immer noch zuversichtlich wirkendes Gesicht. Sie wusste, dass Teresa ihr nicht glaubte, aber ihr fehlte die Kraft, um sie zu überzeugen. »Nächstes Mal sage ich dir vorher Bescheid«, versprach sie.

»Hoffentlich gibt es kein nächstes Mal«, meinte Teresa sanft. »Du musst dieses Haus entweder abreißen lassen oder es verkaufen, damit jemand anders das tun kann. Diese Ranch entwickelt sich langsam zu einem Problem für uns alle.«

»Ich weiß, dass sie kein schöner Anblick ist. Aber ich hasse den Gedanken, sie aufzugeben. Tut mir Leid, wenn sie dir Probleme macht.«

»Na ja, vielleicht bringt dich dieses Erlebnis ja zur Vernunft. Warum kommst du nicht mit rüber und isst einen Happen mit mir?«

»Nein, danke, Teresa«, sagte Nora so bestimmt, wie sie nur konnte. »Mit mir ist schon wieder alles in Ordnung.«

»Na hoffentlich«, entgegnete die Nachbarin. »Aber an deiner Stelle würde ich mir trotzdem eine Tetanusspritze geben lassen.«

Nora sah ihrer Nachbarin noch eine Weile nach, wie sie hinüber zu ihrem Haus ging. Dann setzte sie sich ans Steuer ihres Pick-ups und verriegelte mit zitternden Händen beide Türen. Still saß sie da und spürte, wie sich ihre Brust hob und senkte. Teresa verschwand langsam in der Dunkelheit. Als sie glaubte, wieder volle Kontrolle über alle ihre Glieder zu haben, griff sie nach dem Zündschlüssel. Ein stechender Schmerz fuhr ihr durch den Nacken.

Sie drehte den Schlüssel, aber der Motor wollte nicht anspringen. Nora fluchte. Ihr Wagen musste, wie fast alles in ihrem Leben, dringend erneuert werden.

Nora schaltete die Scheinwerfer aus, um die Batterie zu entlasten, und probierte es noch einmal. Diesmal gelang es dem Anlasser, den Motor nach ein paar leeren Umdrehungen zu asthmatisch keuchendem Leben zu erwecken. Nora ließ sich erleichtert zurück in den Fahrersitz sinken und trat ein paar Mal aufs Gas, bis der Motor endlich rund lief.

Auf einmal sah sie links vom Wagen etwas aufblitzen. Eine große, pelzige Gestalt sprang aus der Dunkelheit auf sie zu.

Nora legte den Gang ein, schaltete die Scheinwerfer an und trat aufs Gas. Der alte Pick-up setzte sich ruckartig in Bewegung und fuhr mit durchdrehenden Rädern aus dem Hof. Als Nora das innere Tor passierte, entdeckte sie zu ihrem Entsetzen, dass die Gestalt neben ihr her rannte.

Nora drückte das Gaspedal bis zum Anschlag durch. Der Wagen schleuderte, dichte Staubwolken aufwirbelnd, hinaus auf die Straße. Obwohl Nora das pelzige Wesen nicht mehr sehen konnte, beschleunigte sie weiter. In Schlangenlinien raste der Wagen über die ausgefahrene Piste, legte einen Feigenkaktus flach und schoss beängstigend schnell auf das äußere Tor zu. Im nächsten Moment tauchten das Viehgitter und das Brett mit den alten Briefkästen im Licht der Scheinwerfer auf. Zu spät trat Nora auf die Bremse. Der Pick-up schoss üner die Rampe vor dem Viehgitter und landete nach einem kurzen Luftsprung im Sand. Nora hörte das Splittern von Holz und sah, wie das Brett mit den Briefkästen zur Seite geschleudert wurde.

Schwer atmend saß Nora hinter dem Steuer und starrte auf den durch die Scheinwerferkegel wirbelnden Staub. Als sie den Rückwärtsgang einlegte und Gas gab, drehten zu ihrem Entsetzen die Räder im weichen Sand durch. Bei einem weiteren verzweifelten Versuch, sich zu befreien, würgte sie den Motor ab.

Im Licht der Scheinwerfer besah sich Nora den Schaden, den sie angerichtet hatte. Die alten, an ein langes Brett genagelten Briefkästen, die schon immer eine ziemlich wackelige Angelegenheit gewesen waren, lagen über mehrere Meter verstreut im Sand. Zum Glück waren sie schon vor einiger Zeit durch eine neuere Metallkonstruktion ersetzt worden, die Nora ganz in der Nähe schimmern sah. Da sie nicht mehr zurückkonnte, blieb ihr nichts anderes übrig, als die Flucht nach vorne anzutreten. Dazu musste sie aber das Brett, an dem die ausgedienten Briefkästen befestigt gewesen waren, aus dem Weg räumen.

Nora sprang aus dem Wagen und schaute sich ängstlich nach der haarigen Gestalt um, die sich aber nirgends blicken ließ. Dann packte sie das verrottete Brett und zerrte es zur Seite. Als sie wieder einsteigen wollte, sah sie einen Briefumschlag direkt vor dem Wagen liegen. Sie hob ihn auf, las im Licht der Scheinwerfer die Adresse und erschrak.

Rasch stopfte sie den Brief in die Brusttasche ihres Hemdes, sprang in den Wagen und ließ den Motor an. Am ganzen Körper zitternd fuhr sie zurück auf die Straße, gab Gas und nahm Kurs auf die ferne, aber unglaublich einladend wirkende Stadt.

2

Das Santa Fe Archaeological Institute befand sich auf einer niedrigen Mesa zwischen den Sangre-de-Cristo-Hügeln und der Stadt Santa Fe. Das Institut besaß kein der Öffentlichkeit zugängliches Museum, und die angebotenen Lehrveranstaltungen beschränkten sich auf Oberseminare, an denen man nur auf Einladung des jeweiligen Dozenten teilnehmen konnte, sowie spezielle Kolloquien, so dass die Anzahl der hier forschenden Professoren und Gastwissenschaftler die der Studenten bei weitem überstieg. Der Campus des Instituts erstreckte sich über zwölf Hektar. Seine geduckten Lehmziegelgebäude verschwanden fast zwischen den üppigen Gärten mit ihren Aprikosenbäumen, Tulpenbeeten und alten, prächtig blühenden Fliederbüschen.

Zum Institut, das sich neben der Forschung auf die Ausgrabung und Konservierung archäologischer Stätten spezialisiert hatte, gehörte eine der weltbesten Sammlungen zur indianischen Vor- und Frühgeschichte des amerikanischen Südwestens. Es war eine wohlhabende, zurückhaltende und den Traditionen verpflichtete Forschungseinrichtung, die von den Archäologen des Landes ebenso geachtet wie beneidet wurde.

Nora sah zu, wie die letzten ihrer Studenten den niedrigen Saal verließen, und steckte ihre Unterlagen in eine große Aktentasche aus Leder. Es war die letzte Vorlesung mit dem Titel »Gründe und Voraussetzungen für die Aufgabe von Chaco Cañon« gewesen, und wieder einmal hatte Nora sich darüber gewundert, wie ruhig und respektvoll die Studenten ihr zugehört hatten. Manchmal kam es ihr vor, als könnten die meisten von ihnen ihr Glück, einen zehnwöchigen Studienaufenthalt am Institut absolvieren zu dürfen, noch immer nicht fassen.

Sie trat aus dem kühlen Halbdunkel des im Pueblo-Stil erbauten Hauses hinaus ins Sonnenlicht und ging langsam den Kiesweg entlang. Die Sonne des frühen Vormittags tauchte die Institutsgebäude mit ihren organisch anmutenden, ein wenig schief stehenden Wänden und daraus hervorragenden Balken in ein warmes, rötliches Licht. Über den Bergen ballte sich eine Gewitterfront mit unten dunklen und oben schneeweißen Wolkentürmen zusammen. Als Nora hinaufsah, schoss ihr ein stechender Schmerz durch ihren lädierten Nacken, der noch immer nicht in Ordnung war. Sie massierte sich die schmerzende Stelle und beobachtete, wie sich die Wolken langsam vor die Sonne schoben.

Nora ging am Parkplatz vorbei in den hinteren Teil des Campus, wo sie einem kopfsteingepflasterten, von Pyramidenpappeln und alten chinesischen Ulmen gesäumten Fußweg bis zu einem unauffälligen Gebäude folgte, an dem ein kleines Schild mit der einfachen Aufschrift Archiv hing.

Nora zeigte dem Wachmann am Eingang ihren Ausweis, trug sich in ein Besucherbuch ein und betrat das Gebäude. Sie schritt einen kurzen Gang entlang und blieb dann vor der Treppe stehen, die hinunter in den Keller mit den Karten führte.

Beim Anblick der dunklen Stufen zuckte sie zusammen, weil sie an die Vorfälle des vergangenen Abends denken musste: an die Glasscherben, die sich ihr in die Haut gebohrt hatten, den schraubstockartigen Griff der pelzigen Klauen, den ekelhaft süßlichen Geruch…

Nora schob die Erinnerungen beherzt beiseite und stieg die schmale Treppe hinab.

Die Sammlungen des Museums umfassten viele unbezahlbare Artefakte, aber nichts auf dem gesamten Campus war so wertvoll und wurde so gut bewacht wie der Inhalt des Kartenkellers. Obwohl die Landkarten, die hier aufbewahrt wurden, keinen materiellen Wert an sich darstellten, waren sie dennoch unersetzlich, denn sie enthielten die exakten geografischen Angaben einer jeden prähistorischen Fundstätte im Südwesten Amerikas. An manchen dieser mehr als dreitausend Stellen befanden sich lediglich ein paar alte Steine, an anderen jedoch riesige Ruinenstädte mit hunderten von

Räumen, aber sie alle waren haargenau auf den topografischen Karten des Instituts eingezeichnet. Nora wusste, dass nur ein Bruchteil dieser Fundstätten schon ausgegraben war; der Rest schlummerte noch immer im Wüstensand oder in verborgenen Höhlen. Jede Nummer auf den Karten entsprach einem Eintrag in der mehrfach gesicherten Datenbank des Instituts, die alles von detaillierten Inventarverzeichnissen über Lagepläne bis hin zu eingescannten Skizzen und Briefen enthielt. Mit diesen Informationen stellte sie eine elektronische Schatzkammer dar, die den Zugang zu prähistorischen Kunstgegenständen im Wert von vielen Millionen Dollar ermöglichte.

Nora hatte es immer ziemlich seltsam gefunden, dass der Kartenkeller ausgerechnet von Owen Smalls bewacht wurde. Owen, ein muskulöser Mann, der meistens abgeschabte Lederhosen trug, wirkte immer so, als wäre er gerade von einer anstrengenden Expedition in eines der entlegensten Gebiete der Erde zurückgekehrt. Nur wer ihn genauer kannte, wusste, dass Owen von der Ostküste kam und an der Brown University mit summa cum laude seinen Doktor gemacht hatte. Er wäre, hätte man ihn irgendwo in der Wüste ausgesetzt, binnen einer Stunde heillos in die Irre gelaufen, wenn nicht sogar umgekommen.

Die Treppe endete an einer Metalltür, neben der ein kleiner Chipkartenleser in die Wand eingelassen war. An dem Gerät brannte ein rotes Licht. Nora holte ihren Institutsausweis aus der Aktentasche und steckte ihn in den Leser. Als das grüne Lämpchen aufleuchtete, drückte sie die Tür auf und trat ein.

Smalls residierte in einem kleinen, stets peinlich aufgeräumten Büro vor dem eigentlichen Kartenkeller. Als er Nora erblickte, stand er auf und legte das Buch, in dem er gerade gelesen hatte, sorgfältig auf dem Schreibtisch.

»Hallo, Dr. Kelly«, sagte er. »Nora, wenn ich mich nicht irre?«

»Guten Morgen«, grüßte Nora so beiläufig wie möglich.

»Sie waren schon eine ganze Weile nicht mehr bei mir hier unten«, bemerkte Smalls. »Schade. Hey, was ist denn mit Ihrem Arm passiert?«

»Ach, das ist nur ein Kratzer, Owen. Ich würde gern einen Blick auf ein paar Karten werfen.«

Smalls blinzelte sie fragend an. »Und auf welche?«

»Auf die Quadranten C-3 und C-4 in Utah. Das Kaiparowits-Plateau.«

Smalls musterte sie weiter, wobei er mit einem lauten Knarzen seiner Lederhose sein Gewicht von einem Bein aufs andere verlagerte. »Projektnummer?«

»Dafür haben wir noch keine Projektnummer. Es handelt sich um eine Art Voruntersuchung.«

Smalls stützte sich mit seinen großen, behaarten Händen auf die Schreibtischplatte und beugte seinen Oberkörper vor. »Tut mir Leid, Dr. Kelly«, sagte er und sah Nora direkt in die Augen. »Ohne Projektnummer kann ich Ihnen leider keine Einsicht in die Karten gewähren.«

»Auch nicht für eine Voruntersuchung?«

»Sie kennen die Regeln genauso gut wie ich«, erwiderte Smalls mit einem geringschätzigen Grinsen.

Nora dachte fieberhaft nach. Es war völlig ausgeschlossen, dass Dr. Blakewood, der als Direktor des Instituts ihr direkter Vorgesetzter war, ihr auf Grund ihrer mageren Informationen eine Projektnummer zuteilen würde. Aber dann erinnerte sich Nora, dass sie vor zwei Jahren in einer anderen Gegend in Utah an einem ähnlichen Projekt gearbeitet hatte, das, obwohl sie schon seit längerem nichts mehr dafür getan hatte, offiziell noch immer nicht abgeschlossen war. Es zählte zu Noras schlechten Angewohnheiten, manche Dinge nicht zu Ende zu bringen. Wie war bloß die Nummer dieses Projekts gewesen?

»Gerade fällt es mir wieder ein«, sagte sie. »Die Nummer ist J-40012.«

Smalls zog erstaunt seine buschigen Augenbrauen in die Höhe.

»Tut mir Leid, ich hatte völlig vergessen, dass die Nummer bereits zugeteilt wurde. Wenn Sie mir nicht glauben, dann rufen Sie doch Professor Blakewood an«, ergänzte Nora, die genau wusste, dass ihr Chef gerade auf einer Konferenz in Window Rock war.

Smalls ging zu dem Computer auf seinem Schreibtisch und tippte etwas auf der Tastatur ein. Kurze Zeit später blickte er wieder zu Nora auf. »Die Nummer scheint in Ordnung zu sein. C-3 und C-4 haben Sie gesagt?« Er drückte weiter auf einige Tasten, die unter seinen dicken Fingern lächerlich klein wirkten. Schließlich löschte er den Bildschirm und trat einen Schritt vom Schreibtisch zurück. »Warten Sie hier«, sagte er, während er zur Tür zum Kartenkeller ging.

»Ich weiß schon Bescheid«, erklärte Nora und blickte ihm in den von Neonröhren grell erleuchteten Kellerraum hinterher, in dem in zwei Reihen viele große Metall-Safes standen. An einem von ihnen gab Smalls einen Code auf dem Ziffernblock ein und öffnete die Tür. In dem Safe hingen zahlreiche mit Plastikhüllen geschützte Landkarten.

»Zu diesen Quadranten gehören sechzehn Karten«, rief Smalls über die Schulter. »Welche davon wollen Sie haben?«

»Alle, bitte.«

Smalls hielt inne. »Alle sechzehn! Das sind achthundertachtzig Quadratmeilen!«

»Wie gesagt, es handelt sich um eine grobe Voruntersuchung. Sie können ja Direktor Blakewood anrufen und ...«

»Ist schon in Ordnung«, sagte Smalls und kam mit den Karten, die er an ihren mit Metallstäben versehenen Kanten hielt, aus dem Keller zurück. Er nickte in Richtung auf den Leseraum und wartete, bis Nora Platz genommen hatte. Dann legte er die Karten vorsichtig auf der zerkratzten Resopalplatte des Tisches vor ihr ab. »Nehmen Sie sich ein Paar von denen«, sagte er und deutete auf eine Schachtel mit Einmalhandschuhen aus Baumwolle. »Sie haben zwei Stunden zur Verfügung. Wenn Sie fertig sind, geben Sie mir Bescheid, damit ich die Karten wieder wegräumen und Sie hinauslassen kann.« Smalls wartete, bis Nora sich ein Paar Handschuhe übergestreift hatte, und begab sich dann lächelnd zurück in den Kartenkeller.

Nora sah zu, wie er den Safe wieder verschloss und in sein Büro ging. Du wirst es schon mitbekommen, wenn ich fertig bin, dachte sie. In dem Leseraum befand sich nur dieser einzige, mit einem Stuhl versehene Tisch, der direkt im Blickfeld von Smalls' Schreibtisch stand. Es war ein enger Arbeitsplatz, an dem man sich zudem wie auf dem Präsentierteller vorkam. Alles andere als ideal für das, was Nora vorhatte.

Sie atmete tief durch, streckte ihre weiß behandschuhten Finger und legte die Karten in ihren knisternden Plastikhüllen übereinander auf den Tisch. Das U.S. Geological Survey gab diese überaus exakten Karten heraus; sie zeigten ein sehr abgelegenes Gebiet im Südteil des Staates Utah. Das Land, das im Süden und Westen vom Lake Powell und im Osten vom Bryce Cañon begrenzt wurde, befand sich fast ausschließlich in Bundesbesitz und bestand praktisch aus nichts anderem als Wildnis, mit der niemand etwas anfangen konnte. Nora wusste ziemlich genau, wie dieses Land in der Realität aussah: eine riesige Hochebene aus glatt geschliffenem Sandstein, die unzählige, tief eingeschnittene Cañons zu einem Labyrinth aus steilwandigen Tälern und kahlen Plateaus machten.

In diesem gottverlassenen Dreieck war vor sechzehn Jahren Noras Vater verschwunden.

Sie erinnerte sich mit schmerzlicher Intensität daran, wie sie damals als Zwölfjährige flehentlich darum gebeten hatte, sie doch auf die Suchexpedition mitzunehmen, was ihr ihre Mutter jedoch brüsk und ungerührt verboten hatte. Stattdessen hatte sie zwei qualvolle Wochen verbringen müssen, in denen sie über Landkarten gebrütet und immer wieder die Radionachrichten auf Neuigkeiten über ihren Vater hin abgehört hatte. Die Karten waren denen ganz ähnlich gewesen, die sie gerade vor sich hatte. Von ihrem Vater hatte man nicht die geringste Spur finden können. Nach einiger Zeit hatte ihre Mutter ihn für tot erklären lassen, und Nora hatte sich seither nie wieder eine Landkarte dieser Gegend angeschaut.

Nora holte ein weiteres Mal tief Luft und drehte sich so, dass sich ihr Rücken zwischen den Karten und Owen Smalls befand. Jetzt kam der schwierigste Teil ihres Unterfangens. Sie griff mit zwei Fingern vorsichtig in ihre Jackentasche und holte den Brief heraus, den sie in den albtraumhaften Abendstunden des vergangenen Tages gefunden und seitdem ständig bei sich getragen hatte.

Abermals las Nora die mit Bleistift geschriebenen Zeilen auf dem brüchig gewordenen Umschlag, wie sie es schon vor einigen Stunden im Scheinwerferlicht ihres Pick-up getan hatte. Der Brief war an ihre Mutter adressiert, die vor sechs Monaten gestorben war und seit fünf Jahren nicht mehr auf der alten Ranch gewohnt hatte. Langsam, fast widerwillig, ließ sie die Blicke auf den Absender wandern. PADRAIC KELLY stand da in der großzügigen, geschwungenen Handschrift, die ihr so vertraut war. *Irgendwo westlich vom Kaiparowits-Plateau.*

Es war ein Brief von ihrem Vater an ihre Mutter, der vor sechzehn Jahren geschrieben und mit einer Briefmarke versehen worden war.

Langsam und vorsichtig zog Nora im Schein der Neonröhren die drei vergilbten Blätter aus dem Umschlag. Sie strich sie neben den Karten glatt und achtete dabei darauf, dass ihr Körper sie vor Smalls' Blicken verbarg. Noch einmal besah sie sich den roten Aufkleber NACHPORTO und dann das Merkwürdigste an dem ganzen Brief: den Poststempel, aus dem hervorging, dass das Schreiben erst vor fünf Wochen in Escalante, Utah, abgeschickt worden war.

Mit den Fingern strich sie über das fleckige Papier mit der verblichenen Zehn-Cent-Briefmarke. Der Umschlag wirkte, als wäre er nass gewesen und später wieder getrocknet worden. Vielleicht hatte jemand ihn im Wasser des Lake Powell gefunden, in den ihn eine der Sturzfluten geschwemmt hatte, für welche die Cañons in dieser Gegend gefürchtet waren.

Bestimmt zum hundertsten Mal, seit sie den Brief gefunden hatte, musste Nora einen Anflug von Hoffnung unterdrücken. Schließlich war es vollkommen ausgeschlossen, dass ihr Vater noch am Leben war. Irgendein anderer Mensch musste den Brief gefunden und ihn in einen Briefkasten gesteckt haben.

Aber wer? Und weshalb?

Und noch eine weitere Frage drängte sich ihr auf. War es dieser Brief gewesen, wonach diese entsetzlichen Kreaturen gestern Abend in dem verlassenen Ranchhaus gesucht hatten?

Nora schluckte und spürte, dass ihr Hals trocken war und schmerzte. Es *musste* so sein, es war die einzige vernünftige Erklärung.

Ein Knarzen drang durch den stillen Raum, als Owen Smalls sich in seinem Stuhl bewegte. Nora zuckte zusammen und versteckte den Umschlag unter einer der Karten. Dann wandte sie sich dem Brief zu und begann zu lesen.

Donnerstag, den 2. August (glaube ich zumindest) 1983

Liebste Liz,

obwohl ich hier hundert Meilen vom nächsten Postamt entfernt bin, kann ich nicht mehr länger warten – ich muss dir einfach schreiben. Ich werde diesen Brief sofort aufgeben, sobald ich wieder in die Zivilisation zurückgekehrt bin. Oder – was noch besser wäre – ich überbringe ihn dir persönlich – zusammen mit vielen anderen guten Nachrichten.
Ich weiß, dass du mich für einen schlechten Ehemann und Vater hältst, und vielleicht hast du damit sogar Recht. Aber bitte, bitte, bitte, lies diesen Brief bis zum Ende durch. Ich weiß auch, dass ich dir schon viel zu oft gesagt habe, dass sich alles ändern wird, aber diesmal <u>verspreche</u> ich es dir. Wir beide werden wieder zusammenkommen, und Nora und Skip werden wieder einen Vater haben. Und wir werden reich sein. Das <u>weiß</u> ich. Diesmal klappt es

wirklich, mein geliebter Engel, denn ich stehe kurz davor, die vergessene Stadt Quivira zu betreten.
Erinnerst du dich noch an Noras Schulaufsatz über Coronado und seine Suche nach Quivira, der sagenhaften goldenen Stadt? Ich habe ihr damals bei den Recherchen geholfen und dazu die Legenden einiger Stämme von Pueblo-Indianern studiert. Und dabei bin ich ins Grübeln gekommen. Was wäre eigentlich, dachte ich, wenn all die Geschichten, die Coronado gehört hatte, tatsächlich der Wahrheit entsprächen? Bei Homers Troja war es doch auch so. Die Archäologie kennt viele solcher Legenden, die sich später als harte Tatsachen erwiesen haben. Möglicherweise, so dachte ich, gab es ja wirklich eine Stadt irgendwo da draußen, die voller Gold und Silber war und noch immer auf ihre Entdeckung wartete. Also habe ich in diese Richtung weitergeforscht und bin auf einige interessante Dokumente gestoßen, die mir einen unerwarteten Hinweis gaben. Und so bin ich hierher gekommen.
Natürlich habe ich nicht erwartet, dass ich hier draußen etwas finden würde. Schließlich bin ich, wie niemand so gut weiß wie du, ein unverbesserlicher Träumer. Aber diesmal war das anders, Liz. Diesmal habe ich etwas gefunden!

Noras Augen wanderten hinüber auf die zweite, die entscheidende Seite. Hier wurde die Handschrift immer unleserlicher, so, als wäre ihr Vater vor lauter Aufregung außer Atem geraten und habe kaum mehr genügend Zeit gehabt, um die Worte aufs Papier zu kritzeln.

Ich ritt von Old Paria nach Osten und kam zum Hardscrabble Wash, einem vertrockneten Flussbett, dem ich weiter folgte, vorbei an Ramey's Hole. Danach weiß ich nicht mehr, welchen Cañon ich wählte, denn ich vertraute einfach meiner Intuition. Ich glaube aber, dass es der Muleshoe Cañon war. Dort fand ich die kaum mehr erkennbaren Überreste einer alten Anasazi-Straße und folgte ihnen. Es war nicht einfach, denn die Spuren waren nur schwach, schwächer noch als die der Straßen zum Chaco Cañon.

Nora blickte auf die Karten, die vor ihr lagen. Nachdem sie Old Paria am gleichnamigen Fluss gefunden hatte, wandte sie ihre Aufmerksamkeit den in der Nähe gelegenen Cañons zu. Es gab dort dutzende von ausgetrockneten Flussbetten und kleinen Tälern, von denen die meisten keinen Namen hatten. Als sie nach einer Weile das Hardscrabble Wash fand, bekam sie starkes Herzklopfen. Es war ein kurzes Flussbett, das in den Scoop Cañon mündete. In der Nähe fand sie auch Ramey's Hole, eine große, kreisrunde Senke, die von einer Biegung des Flussbettes durchschnitten wurde.

Die Straße führte nach Nordosten und verwandelte sich, nachdem sie – wo genau, weiß ich nicht mehr – den Muleshoe Cañon verlassen hatte, in einen schmalen, aus dem Sandstein gehauenen Pfad. Diesem folgte ich durch drei weitere Cañons, an deren Namen ich mich nicht erinnere. Ich wünschte, ich hätte mir den Weg besser gemerkt, aber ich war so aufgeregt, und außerdem wurde es schon spät.

Nora fuhr mit dem Finger auf der Landkarte den Muleshoe Cañon nordöstlich von Ramey's Hole entlang. Wo hatte der Pfad den Cañon verlassen? Auf gut Glück wählte sie einen Seiten-Cañon aus und zählte von diesem aus drei Täler weiter, was sie schließlich zu einem namenlosen, tief eingeschnittenen Cañon brachte.

Den ganzen nächsten Tag zog ich den dritten Cañon hinauf, der nach Nordwesten verlief. Manchmal verlor ich den Pfad, fand ihn aber wieder. Es war ein schwieriges Vorwärtskommen. Dann verschwand der Pfad durch eine Art Durchbruch hindurch in den nächsten Cañon, und hier, liebste Liz, habe ich dann vollständig die Orientierung verloren.

Noras Atem ging schneller, als sie mit dem Finger den namenlosen Cañon quer über die Ecke des nächsten Kartenblattes auf das übernächste verfolgte. Jeder Zentimeter, den ihr Finger dabei zurücklegte, bedeutete in Wirklichkeit eine zweieinhalb Kilometer lange Reise durch lebensfeindliches Wüstengebiet. Wie weit wohl ihr Vater an diesem einen Tag gekommen war? Diese Frage konnte sie erst dann beantworten, wenn sie den Cañon mit eigenen Augen sah. Und wo war der Durchbruch, von dem er geschrieben hatte? Noras Finger hielt inmitten eines Gewirrs von Tälern und Schluchten an, das sich über mehr als tausend Quadratkilometer erstreckte. Ein Gefühl der Verzagtheit stieg in ihr auf. Die Hinweise im Brief ihres Vaters waren so vage, dass es praktisch unmöglich war, seinen Weg auf den Karten nachzuvollziehen.

Der Cañon verzweigte sich immer wieder, Gott allein weiß wie oft. Zwei Tage lang folgte ich dem Pfad hinauf in dieses unglaublich abgelegene Cañon-Land. Wenn man selbst unten in der Sohle eines Cañons steht, sieht man keine markanten Punkte mehr, an denen man sich orientieren könnte. Es ist fast so, als befände man sich in einem Tunnel, Liz. Bei all diesen irremachenden Verästelungen und Verzweigungen wusste ich oft nicht mehr, ob ich noch immer dem alten Anasazi-Pfad folgte, der stellenweise kaum mehr zu sehen war. Erst als ich einen Bergrücken erreichte, den ich Devil's Backbone getauft habe, war ich mir wieder sicher. Dahinter tat sich ein tiefer, schmaler Slot-Cañon auf.

Nora wandte sich der dritten Seite zu.

Liz, ich bin mir sicher, dass ich die Stadt gefunden habe, und ich weiß auch, weshalb ihre Existenz den Archäologen bisher entgangen ist: Die Anasazi haben ihre Stadt äußerst trickreich verborgen. Der Slot-Cañon führte in ein noch tiefer eingeschnittenes, von außen praktisch nicht sichtbares Tal. Und hier gibt es einen alten

Klettersteig, der die senkrechte Felswand hinaufführt. Er ist stark verwittert, aber ich habe ihn trotzdem entdeckt. Weil ich ähnliche Steige schon unterhalb der Klippensiedlungen in Mesa Verde und Betatakin gesehen habe, bin ich mir sicher, dass auch dieser zu einem verborgenen Alkoven führt, in dem ich ein großes Pueblo vermute. Am liebsten würde ich gleich hinaufklettern, aber es wird schon dunkel, und der Steig ist sehr steil. Wenn es überhaupt möglich ist, ihn ohne Kletterausrüstung zu erklimmen, dann nur bei Tageslicht. Ich werde es morgen probieren und dann hoffentlich die Stadt erreichen.

Ich habe noch Proviant für einige Tage, und zum Glück gibt es Wasser in diesem Tal. Ich denke, dass ich der erste Mensch sein dürfte, der es seit achthundert Jahren betreten hat.

Alles, was ich hier finden werde, soll dir gehören, Liz. Unsere Scheidung kann rückgängig gemacht werden, und dann wird wieder alles so sein wie früher. Lass uns die Vergangenheit vergessen. Ich will meine Familie, weiter nichts.

Meine wundervolle Liz, ich liebe dich so sehr. Gib Nora und Skip tausend Küsse von mir.

Pat

Das war's.

Nora schob den Brief vorsichtig zurück in seinen Umschlag. Es dauerte länger, als sie gedacht hatte, weil ihr die Hände dabei zitterten.

Nora lehnte sich in ihrem Stuhl zurück und spürte, wie verschiedene, einander widerstreitende Gefühle in ihr hochstiegen. Obwohl sie schon immer gewusst hatte, dass ihr Vater eine Art Glücksritter gewesen war, schämte sie sich jetzt, dass er ganz offenbar gewillt gewesen war, eine sensationelle archäologische Fundstätte für seinen eigenen finanziellen Vorteil zu plündern.

Auf der anderen Seite hatte sie ihren Vater nie als geldgierig erlebt. Was ihn fasziniert hatte, war die Jagd nach neuen Entdeckungen gewesen. Die allerdings hatte er fast so sehr geliebt wie sie und ihren Bruder Skip. Ganz gleich, was ihre Mutter alles über ihren Vater gesagt hatte, Nora war sich sicher, dass sie und Skip für ihn die wichtigsten Menschen auf Erden gewesen waren.

Nora ließ den Blick noch einmal über die Karte vor ihr schweifen. In der von ihrem Vater beschriebenen Gegend war weit und breit keine Ruine eingezeichnet. Das bedeutete, dass die Stadt, die ihr Vater glaubte gefunden zu haben, der Wissenschaft noch immer unbekannt war. Die menschliche Ansiedlung, die dem entlegenen Cañon-Gebiet noch am nächsten lag, war ein kleines Indianerdorf namens Nankoweap, das sich am nördlichen Rand des Labyrinths befand. Laut Karte gab es hier keinerlei Straßen, die in dieses Gebiet führten, sondern lediglich ein paar Saumpfade.

Die Archäologin in Nora verspürte eine seltsame Erregung, aber die Aussicht, womöglich die verborgene Stadt Quivira zu entdecken, hatte für sie auch einen ganz persönlichen Aspekt. Vielleicht konnte sie dadurch ja dem Tod ihres Vaters nachträglich einen Sinn geben und sogar herauskriegen, was mit ihm vor sechzehn Jahren geschehen war. Darüber hinaus, gestand sie sich ein wenig schuldbewusst ein, würde das Auffinden der Stadt ihrer eigenen Karriere nicht gerade hinderlich sein.

Nora setzte sich gerade hin. Anhand der Karten allein war es praktisch unmöglich, den Weg ihres Vaters nachzuvollziehen. Wenn sie Quivira finden und das Geheimnis um das Verschwinden ihres Vaters lüften wollte, musste sie sich selbst in das Cañon-Gebiet begeben.

Sie stand auf und ging zu der Glasscheibe, hinter der sich Smalls' Büro befand. »Ich bin jetzt fertig«, sagte sie. »Vielen Dank.«

Smalls legte sein Buch auf den Schreibtisch und sah sie an. »Gern geschehen«, erwiderte er. »Hey, es ist schon fast Mittag. Wenn ich hier abgeschlossen habe, gehe ich nach oben und genehmige mir einen Burrito. Hätten Sie vielleicht auch Lust auf einen?«

Nora schüttelte den Kopf. »Danke für die Einladung, aber ich muss leider zurück in mein Büro. Ich habe heute Nachmittag noch eine Menge zu tun.«

»Aufgeschoben ist nicht aufgehoben«, sagte Smalls.

»Wer weiß?«, entgegnete Nora und verließ lächelnd den Kartenkeller.

Als sie die dunkle Treppe nach oben stieg, tat ihr der verbundene Arm weh und erinnerte sie an den Vorfall vom vergangenen Abend. Sie wusste, dass sie den Überfall eigentlich der Polizei melden müsste, aber dann dachte sie an die langwierigen Untersuchungen, die eine solche Anzeige nach sich ziehen würde, und verwarf den Gedanken sofort wieder. Nichts, rein gar nichts, sollte sie von dem abhalten, was sie jetzt zu tun hatte.

3

Murray Blakewood, der Direktor des Santa Fe Archaeological Institute, blickte Nora aus ruhigen, kühlen Augen an. Sein Gesicht unter dem struppigen grauen Haarschopf wies den üblichen Ausdruck distanzierter Höflichkeit auf, und seine gefalteten Hände ruhten auf der Schreibtischplatte aus poliertem Rosenholz.

An den Wänden des Direktorenbüros konnte Nora eine ganze Reihe von Artefakten in diskret beleuchteten Glasvitrinen sehen. Direkt hinter Blakewoods Kopf hing eine vergoldete mexikanische Altarretabel aus dem siebzehnten Jahrhundert, und an der gegenüberliegenden Wand fand sich eine alte, im Eyedazzler Muster gewebte Häuptlingsdecke der Navajos – eines von zwei noch existierenden Exemplaren dieser Art von Textilien. Normalerweise konnte Nora sich an diesen Exponaten gar nicht satt sehen, aber heute würdigte sie die Gegenstände kaum eines Blickes.

»Hier sehen Sie das Gebiet«, sagte sie, während sie eine Landkarte aus ihrer Aktentasche nahm und sie vor Blakewood ausbreitete. »Die bereits existierenden Ausgrabungsstätten sind darauf schon eingezeichnet.«

Blakewood nickte, und Nora atmete tief durch. Was sie vorhatte, würde nicht einfach werden.

»Coronados Quivira muss irgendwo in dieser Gegend sein«, sprudelte sie schließlich hervor. »Vermutlich befindet sich die Stadt in den Cañons westlich des Kaiparowits-Plateaus.«

Blakewood lehnte sich in seinem Stuhl zurück und sagte, nachdem er Nora eine Weile schweigend angesehen hatte, mit einem leicht spöttischen Unterton: »Irgendwie kann ich Ihnen nicht so ganz folgen, Dr. Kelly. Vielleicht wäre es ja besser, wenn Sie mir die Sache von Anfang erklären würden.«

Nora griff in ihre Aktentasche und zog eine Fotokopie hervor. »Ich würde Ihnen gerne eine Stelle aus dem Bericht der Coronado-Expedition vorlesen, der 1540 abgefasst wurde.« Sie räusperte sich und begann:

»Die Cicuye-Indianer brachten dem General einen Sklaven, den sie in einem fernen Land gefangen genommen hatten. Der General befragte den Sklaven mit Hilfe eines Dolmetschers.

Der Sklave erzählte ihm von einer fernen Stadt mit dem Namen Quivira. Sie sei eine heilige Stadt, sagte er, eine Stadt, in der die Regenpriester lebten. Diese seien die Hüter der geschichtlichen Aufzeichnungen seit dem Beginn aller Zeiten. Er erklärte, dass die Stadt so reich sei, dass selbst einfache Trinkkelche, Teller und Schüsseln aus massivem, glänzend poliertem und reich verziertem Gold bestünden. Er nannte das Gold *acochis* und sagte, dass man in der Stadt jedes andere Material gering schätze.

Der General fragte den Mann, wo diese Stadt denn zu finden sei. Der Sklave erwiderte, dass eine Reise dorthin viele Wochen dauern und durch die tiefsten Schluchten und über die höchsten Berge führen würde. Auf dem Weg gebe es Schlangen, Überschwemmungen, Erdbeben und Sandstürme, und noch nie sei einer zurückgekehrt, der nach der Stadt gesucht habe. *Quivira* bedeute in der Sprache seines Volkes ›Haus der blutigen Felswände‹.«

Nora steckte das Blatt zurück in ihre Aktentasche. »Anderswo in diesem Bericht ist von ›den Alten‹ die Rede, was ein klarer Hinweis auf die Anasazi-Indianer ist. ›Anasazi‹ bedeutet ...«

»Die alten Feinde«, ergänzte Blakewood mit sanfter Stimme.

»Stimmt«, sagte Nora und nickte. »Wie dem auch sei, der Name ›Haus der blutigen Felswände‹ weist meiner Meinung auf ein Pueblo hin, das sich in einem Cañon mit rötlichem Gestein befinden dürfte. Manche Felsen glänzen, wenn sie vom Regen nass sind, nämlich wie Blut.« Nora tippte mit dem Finger auf die Karte. »Und wo könnte sich eine so große Stadt besser verbergen als in diesen Schluchten? Die Gegend ist berüchtigt für ihre plötzlichen Sturzfluten, die nach einem Unwetter ohne jegliche Vorwarnung durch die Cañons rauschen. Darüber hinaus liegt das Gebiet direkt über dem Kaibab-Vulkanfeld und weist daher eine mäßige seismische Aktivität auf. Alle anderen Gebiete in Utah sind archäologisch ziemlich gründlich erforscht worden, nur dieses nicht. Dabei gilt es als eines der Stammesgebiete der Anasazi. Ich bin mir sicher, Dr. Blakewood, die Stadt *muss* ganz einfach hier liegen. Außerdem habe ich noch eine andere Quelle, die eindeutig darauf hinweist, dass ...« Nora hielt inne, als sie sah, dass der Direktor die Stirn runzelte.

»Was für Beweise haben Sie denn für Ihre Theorie?«, fragte er.

»Was ich Ihnen gerade gesagt habe, *sind* meine Beweise.«

»Verstehe«, sagte Blakewood und seufzte. »Und jetzt wollen Sie, dass das Institut eine Expedition finanziert, mit der Sie diese Gegend erkunden können.«

»Genau. Ich würde auch den Antrag für die Forschungsgelder schreiben.«

»Das hier, Dr. Kelly«, sagte Blakewood und deutete auf die Karte, »ist kein Beweis. Das ist nichts weiter als wilde Spekulation.«

»Aber ...«

Blakewood hob die Hand. »Lassen Sie mich bitte ausreden. Das Gebiet, von dem Sie sprechen, ist etwa tausend Quadratmeilen groß. Nehmen wir einmal an, es gäbe dort wirklich eine große Ruine, wie wollen Sie die denn finden?«

Nora zögerte. Wie viel sollte sie Blakewood erzählen? »Ich habe da einen alten Brief«, begann sie, »in dem von einer Anasazi-Straße durch diese Region die Rede ist. Ich denke, dass diese Straße uns zu der Ruine führen wird.«

»Ein Brief?« Blakewood zog die Augenbrauen hoch.

»Ja.«

»Von wem denn? Von einem Archäologen?«

»Das würde ich im Augenblick noch gerne für mich behalten.«

Ein leicht gereizter Ausdruck huschte über Blakewoods Gesicht. »Dr. Kelly – Nora –, ich möchte, dass Sie sich über ein paar praktische Dinge im Klaren sind. Selbst wenn ich Ihren mysteriösen Brief mit in Betracht zöge, lägen mir einfach nicht ausreichend hieb- und stichfeste Fakten vor, um eine Suchexpedition zu bewilligen, geschweige denn den Auftrag zu einer Ausgrabung zu erteilen. Wie Sie selbst gerade gesagt haben, ist die Gegend bekannt für ihre extrem gefährlichen Gewitter und Sturzfluten, ganz abgesehen davon, dass die Cañon-Systeme in der Gegend des Kaiparowits-Plateaus zu den verschlungensten auf dieser Erde zählen.«

Genau richtig also, um eine große Stadt zu verbergen, dachte Nora.

Blakewood musterte sie kurz, dann räusperte er sich. »Nora, ich würde Ihnen gerne als Fachmann einen Rat erteilen.«

Nora schluckte. So hatte sie sich das Gespräch nicht vorgestellt.

»Die Archäologie, die wir heute betreiben, ist nicht mehr dieselbe wie vor hundert Jahren. Wir gehen langsamer und gewissenhafter vor als damals, tragen die kleinsten Details zusammen und analysieren unsere Funde mit größter Sorgfalt.« Er beugte sich über den Schreibtisch in Noras Richtung. »Sie, Nora, scheinen mir eher zu dem Typ Forscher zu gehören, der ständig auf der Suche nach irgendwelchen sagenumwobenen Ruinenstätten ist, die dann am besten auch gleich noch die größten und ältesten sein sollten, die jemals entdeckt wurden. Aber derartige Stätten gibt es nicht mehr, Nora, nicht einmal am Kaiparowits-Plateau. Seit die Wetherills diese Cañons zum ersten Mal betreten haben, haben sich dorthin mindestens ein halbes Dutzend archäologische Expeditionen aufgemacht.«

Nora hörte zu und kämpfte mit ihren eigenen Zweifeln. Sie wusste ja selbst nicht, ob ihr Vater wirklich die verborgene Stadt gefunden hatte. Aber der Ton seines Briefes war so überzeugt, so sicher gewesen, so voll von dem Gefühl eines triumphalen Erfolgs. Und da war noch etwas, das ihr nicht mehr aus dem Kopf ging: Irgendwie mussten die Männer oder Kreaturen oder was auch immer es gewesen sein mochte, das sie in dem alten Ranchhaus angegriffen hatte, von dem Brief ihres Vaters gewusst haben. Und das bedeutete, dass auch sie einen Grund zu der Annahme hatten, dass die Stadt Quivira wirklich existierte. »Es gibt viele noch unentdeckte Ruinen im Südwesten«, hörte sie sich selbst sagen, »die irgendwo unter dem Sand oder in einem Cañon versteckt liegen. Denken Sie bloß an die Stadt Senecú, von der die Spanier berichteten und die bis heute noch nicht lokalisiert werden konnte.«

Eine Weile schwiegen beide, und Blakewood trommelte mit dem Ende eines Bleistifts auf der Tischplatte herum. »Nora, ich würde gerne noch etwas anderes mit Ihnen besprechen«, sagte er schließlich, während sein Gesicht abermals einen gereizten Ausdruck annahm. »Wie lange sind Sie eigentlich schon hier bei uns? Fünf Jahre, nicht wahr?«

»Fünfeinhalb, Dr. Blakewood.«

»Als wir Sie als Assistenzprofessorin einstellten, war Ihnen doch bewusst, was wir hier von Ihnen erwarten, habe ich Recht?«

»Ja.« Nora ahnte, was jetzt kommen würde.

»In sechs Monaten werden wir über eine Verlängerung Ihres Vertrags zu befinden haben. Um ehrlich zu sein: Ich weiß nicht, ob ich der zustimmen kann.«

Nora sagte nichts.

»Wenn ich mich recht erinnere, waren Sie eine brillante Studentin, weshalb wir Sie auch zu uns geholt haben. Aber dann haben Sie volle drei Jahre gebraucht, um Ihre Dissertation zu schreiben.«

»Aber Dr. Blakewood, erinnern Sie sich denn nicht mehr, wie viel ich mit der Ausgrabung am Río Puerco zu tun hatte und ...« Sie hielt inne, als Blakewood abermals die Hand hob.

»Ja, ich weiß. Aber wie alle gehobenen akademischen Einrichtungen stellen wir nun einmal gewisse Ansprüche an unsere Mitarbeiter. Und zu diesen Ansprüchen gehört es, dass sie wissenschaftliche *Veröffentlichungen* vorlegen. Da Sie gerade auf die Ausgrabung am Río Puerco zu sprechen kommen, darf ich Sie fragen, wo Ihr schriftlicher Bericht darüber bleibt?«

»Nun, gleich danach haben wir doch diese ungewöhnliche verbrannte Hütte am Gallegos Divide gefunden, die ...«

»Nora!«, unterbrach sie Blakewood ein wenig ungehalten. »Ich kann mich des Eindrucks nicht erwehren«, sagte er mit ruhigerer Stimme in die Stille hinein, die sich im Büro ausgebreitet hatte, »dass Sie von einem Projekt zum nächsten springen. In den kommenden sechs Monaten werden Sie beide Hände voll zu tun haben, um die Berichte über Ihre zwei letzten großen Ausgrabungsprojekte zu verfassen, da bleibt keine Zeit, um irgendeiner Chimäre hinterherzujagen, die höchstwahrscheinlich nur in der Fantasie irgendwelcher spanischer Konquistadoren existiert hat.«

»Aber es gibt diese Stadt wirklich!«, platzte Nora heraus. »Mein Vater hat sie gefunden!«

Ein ungewohnter Ausdruck ungläubigen Erstaunens machte sich auf Blakewoods sonst so gelassenem Gesicht breit. »Ihr Vater?«, fragte er.

»Ja, mein Vater. Er ist einer alten Anasazi-Straße gefolgt, die ihn tief in das Cañon-Gebiet am Kaiparowits-Plateau hineingeführt hat.

An ihrem Ende hat er einen Klettersteig entdeckt, der hinauf zu der Stadt Quivira führt. Diese Reise hat er schriftlich festgehalten.«

Blakewood seufzte. »Jetzt verstehe ich Ihren Enthusiasmus, Nora. Ich möchte keine Kritik an Ihrem Vater üben, aber er war nie besonders ...« Der Direktor ließ den Satz unvollendet, aber Nora wusste, dass das fehlende Wort »zuverlässig« gelautet hätte. Sie spürte, wie ihr ein unangenehmes Kribbeln die Wirbelsäule hinauflief. Sei vorsichtig, sagte sie sich, sonst bringst du dich noch um deinen Job. Sie schluckte schwer.

Blakewood senkte die Stimme. »Nora, wissen Sie eigentlich, dass ich Ihren Vater gekannt habe?«

Nora schüttelte den Kopf. Viele Leute hatten ihren Vater gekannt. Schließlich war die Gemeinde der Archäologen in Santa Fe ziemlich klein. Auch wenn Pat Kelly den Wissenschaftlern ab und zu wertvolle Tipps gegeben hatte, war er bei ihnen allerdings nicht allzu beliebt gewesen. Viele von ihnen hatten es nicht sonderlich geschätzt, dass er als Laie diverse Ruinen auf eigene Faust ausgegraben hatte.

»In vielerlei Hinsicht war Ihr Vater ein bemerkenswerter Mann und ein brillanter Kopf. Aber er war auch ein Träumer, der oft das nötige Interesse an den beweisbaren Fakten vermissen ließ.«

»Aber er hat geschrieben, dass er die Stadt gefunden hat ...«

»Sie haben vorhin lediglich von einem prähistorischen Klettersteig gesprochen, Nora, aber davon gibt es unzählige in einem Cañon-Gebiet wie diesem. Hat Ihr Vater denn explizit geschrieben, dass er die Stadt entdeckt hat?«

Nora zögerte. »Nein, nicht direkt, aber ...«

»Dann habe ich alles gesagt, was ich zu der von Ihnen vorgeschlagenen Expedition – und zu der Verlängerung Ihres Vertrages – zu sagen habe.« Blakewood faltete seine alten Hände, deren blasse Haut vor dem dunklen Holz der Schreibtischplatte fast durchsichtig wirkte. »Kann ich sonst noch etwas für Sie tun?«, fragte er mit sanfterer Stimme.

»Nein«, erwiderte Nora. »Nichts.« Sie schob ihre Papiere zusammen und steckte sie in ihre Aktentasche. Dann machte sie auf dem Absatz kehrt und verließ das Büro.

4

Mit einem Anflug von Bestürzung musterte Nora das Durcheinander in der vollgestopften Wohnung. Es war noch schlimmer, als sie es in Erinnerung hatte. Das schmutzige Geschirr in der Spüle sah so aus, als hätte es schon bei ihrem letzten Besuch vor einer Woche da gestanden, und türmte sich so gefährlich auf, dass man nichts mehr oben auf den Stapel stellen konnte. Auf den unteren Tellern hatte sich bereits grünlicher Schimmel breit gemacht. Da die Spüle voll war, hatte sich der Bewohner des Appartements ganz offensichtlich auf das Bestellen von Pizza und chinesischem Essen verlegt – diesen Schluss legte zumindest der Haufen fettiger Pappschachteln nahe, der wie eine kleine Pyramide aus dem Mülleimer quoll. Ringsum lagen alte Zeitungen und Zeitschriften am Boden und auf dem abgewetzten Mobiliar. Aus Lautsprechern, die unter einem Berg schmutziger Wäsche nur noch zu erahnen waren, drang Pink Floyds »Comfortably Numb« an Noras Ohren, und in einem Regal stand ein vernachlässigtes Goldfischglas, dessen Wasser eine trübbraune Färbung hatte. Nora wandte den Blick ab, um die armen Fische nicht genauer betrachten zu müssen.

Sie hörte ein Husten und Schniefen und wandte sich dem vergammelten, orangefarbenen Sofa zu, auf dem ihr Bruder lümmelte. Skip hatte seine nackten, schmutzigen Füße auf den Couchtisch gelegt und starrte Nora an. Die kleinen bronzefarbenen Locken, die er schon als Kind gehabt hatte, fielen ihm in die Stirn seines jungenhaft glatten Gesichts, und hätte er nicht seinen üblichen verdrießlichpubertären Gesichtsausdruck zur Schau getragen, hätte man ihn trotz seiner schmuddeligen Kleidung als ausgesprochen gut aussehend bezeichnen können. Manchmal fiel es Nora schwer, sich klarzumachen, dass ihr Bruder jetzt erwachsen war. Obwohl er bereits vor einem Jahr sein Physikstudium an der Stanford University abgeschlossen hatte, gab Skip sich dem Nichtstun hin, und Nora musste immer wieder bei ihm vorbeischauen und sich um dieses verwahrloste Riesenbaby kümmern, das ein unheimliches Talent hatte, seine große Schwester auf die Palme zu bringen. Inzwischen hatte sich Noras Verärgerung über Skip allerdings in tiefe Sorge um sein Wohlergehen verwandelt. Nach dem Tod ihrer Mutter vor einem halben Jahr war er von Bier auf Mescal umgestiegen, und auch jetzt lagen mehrere leere Schnapsflaschen über den Boden der Wohnung verstreut. Skip griff nach der noch ein Viertel vollen Flasche auf dem Couchtisch und goss ihren Inhalt in ein Einmachglas. Dann schüttelte er den kleinen gelblichen Wurm, der in der leeren Flasche verblieben war, auf die Tischplatte. Von dort nahm er ihn mit spitzen Fingern auf und warf ihn in den Aschenbecher, in dem bereits mehrere ähnliche Würmer lagen, die jetzt, nachdem der Alkohol verdunstet war, ganz eingeschrumpelt wirkten.

»Das ist ja widerlich«, sagte Nora.

»Tut mir Leid, dass dir meine Sammlung von *Nadomonas sonoraii* nicht gefällt«, erwiderte Skip. »Wenn ich nur früher erkannt hätte, wie faszinierend Biologie sein kann, wäre ich nie auf die Idee gekommen, Physik zu studieren.« Er zog die Schublade des Tisches auf und holte ein flaches Sperrholzkästchen heraus, das er seiner Schwester reichte. Es sah aus wie das Behältnis eines Schmetterlingssammlers, nur dass es anstatt bunter Falter dreißig oder vierzig auf Nadeln gespießte Mescalwürmer enthielt, die Nora an dicke, braune Kommas erinnerten. Ohne ein Wort zu sagen, gab sie Skip das Kästchen zurück.

»Es sieht so aus, als hättest du seit meinem letzten Besuch deine Wohnung ein wenig umdekoriert«, meinte Nora. »Dieser Riss in der Wand da zum Beispiel ist neu.« Sie deutete auf einen breiten Spalt im Verputz, der an einer Wand von der Decke bis zum Boden lief.

»Das war mein Nachbar«, antwortete Skip. »Leider hat er nicht denselben Musikgeschmack wie ich und hat gegen die Wand getreten, der alte Spießer. Du musst mal mit deiner Oboe kommen, das macht ihn bestimmt fuchsteufelswild. Aber jetzt erzähl mir mal, wieso du es dir auf einmal wegen der Ranch anders überlegt hast. Ich dachte schon, du würdest bis zum jüngsten Tag an der alten Bruchbude festhalten.« Er nahm einen tiefen Zug aus seinem Einmachglas.

»Gestern Abend ist mir da draußen etwas Seltsames passiert«, sagte Nora und drehte die Stereoanlage leiser.

»Tatsächlich?«, fragte Skip ohne wirkliches Interesse. »Was war denn los? Haben wieder ein paar Kids die Sau rausgelassen?«

Nora sah ihn durchdringend an. »Ich wurde angegriffen«, erwiderte sie.

Skip setzte sich auf, und der mürrische Ausdruck verschwand aus seinem Gesicht. »Wie bitte? Von wem denn?«

»Von irgendwelchen Typen, die sich als Tiere verkleidet hatten. Das glaube ich zumindest, aber ganz sicher bin ich mir nicht.«

»Und sie haben dich *angegriffen*? Bist du denn verletzt?« Skips Gesicht lief vor Zorn und Sorge um Nora noch röter an. Obwohl er als jüngerer Bruder ihre schwesterliche Fürsorge vehement ablehnte, hatte er selbst einen ausgeprägten Beschützerinstinkt ihr gegenüber.

»Teresa kam mit der Schrotflinte und hat mich gerettet. Bis auf ein paar Kratzer am Arm ist mir nichts passiert.«

Skip ließ sich zurück aufs Sofa sinken. Sein Zorn war ebenso rasch verraucht, wie er in ihm aufgewallt war. »Hat Teresa die Scheißkerle wenigstens ordentlich voll Blei gepumpt?«

»Nein. Sie haben sich aus dem Staub gemacht.«

»Schade. Hast du die Polizei gerufen?«

»Nein. Was hätte ich der denn schon erzählen können? Nicht einmal Teresa hat mir die Geschichte geglaubt, und die Polizei hätte das erst recht nicht. Die hätten mich wahrscheinlich für verrückt gehalten.«

»War wohl besser so.« Skip hatte der Polizei noch nie getraut.

»Was hatten die Typen denn auf der Ranch zu suchen?«

Nora zögerte mit einer Antwort. Selbst als sie an Skips Tür geklopft hatte, war sie sich noch nicht sicher gewesen, ob sie ihm von dem Brief erzählen sollte oder nicht. Der Schreck des vergangenen Abends und das Erstaunen über die Zeilen ihres Vaters steckten ihr noch immer in den Knochen. Wie würde Skip darauf reagieren?

»Sie haben nach einem Brief gesucht«, sagte sie schließlich.

»Was für einen Brief denn?«

»Diesen hier, glaube ich.« Vorsichtig zog Nora den vergilbten Umschlag aus der Brusttasche ihres Hemdes und legte ihn auf den Tisch. Skip nahm ihn und pfiff leise durch die Zähne. Dann las er schweigend den Brief. Nora konnte die Uhr in der Küche ticken hören. Von draußen drang gedämpftes Hupen herein, und irgendetwas raschelte in der Spüle. Sie spürte das Schlagen ihres Herzens.

Schließlich legte Skip den Brief wieder auf den Tisch. »Wo hast du den her?«, fragte er, Finger und Blick noch immer auf dem Umschlag.

»Er war in unserem alten Briefkasten. Irgendjemand muss ihn vor fünf Wochen aufgegeben haben. Weil bei den neuen Briefkästen keiner mehr für unsere Ranch dabei ist, hat ihn der Postbote wohl in den alten Kasten gesteckt.«

Skip sah seine Schwester an. »Großer Gott«, sagte er leise, und seine Augen begannen sich mit Tränen zu füllen. »Aber wer auch immer diesen Brief abgeschickt hat, hätte doch auch Dads Leiche finden müssen ...« Skip schluckte schwer und fuhr sich mit der Hand übers Gesicht. »Oder glaubst du etwa, dass er noch am Leben ist?«

»Nein. Das ist völlig ausgeschlossen. Er hätte sich ganz bestimmt bei uns gemeldet, Skip. Dad hat uns *geliebt*.«

»Aber dieser Brief ...«

»Wurde vor sechzehn Jahren geschrieben, das dürfen wir nicht vergessen. Doch nun haben wir wenigstens einen Hinweis, wo Dad möglicherweise gestorben ist. Vielleicht können wir jetzt herausfinden, was ihm zugestoßen ist.«

Skip hatte die ganze Zeit über die Finger auf den Brief gepresst, als wolle er dieses unerwartete neue Bindeglied zu seinem Vater nicht mehr loslassen. Bei Noras letzten Worten aber zog er plötzlich seine Hand zurück und ließ sich ins Sofa sinken. »Wenn diese Typen auf der Ranch wirklich nach dem Brief gesucht haben«, sagte er, »warum haben sie dann nicht in den Briefkasten geschaut?«

»Ich fand den Brief nicht im Kasten, sondern im Sand davor. Die Klappe war kaputt, deshalb hat der Wind den Brief wohl herausgeweht. Ganz sicher bin ich mir allerdings nicht, denn ich habe die Kästen mit dem Pick-up platt gemacht.«

Skip schaute wieder auf den Umschlag. »Wenn die Kerle von der Ranch wissen, dann könnten sie doch auch herausfinden, wo wir wohnen, meinst du nicht?«

»Darüber möchte ich lieber gar nicht nachdenken«, sagte Nora, aber das war gelogen. In Wirklichkeit ging ihr diese Möglichkeit ständig im Kopf herum.

Skip, der sich langsam wieder beruhigt hatte, trank den Rest Schnaps aus seinem Einmachglas. »Wie haben sie wohl von dem Brief erfahren?«

»Wer weiß? Viele Menschen haben die alten Legenden von der Stadt Quivira gelesen. Und Dad hatte ein paar ziemlich anrüchige Bekannte, die ...«

»Das hat *Mom* gesagt«, unterbrach Skip. »Was hast du jetzt vor?«

»Ich denke ...«, setzte Nora an und hielt inne. Jetzt wurde es schwierig. »Wenn wir wirklich wissen wollen, was Dad zugestoßen ist, müssen wir versuchen, Quivira zu finden. Aber dafür brauchen wir Geld, und deshalb trage ich mich mit dem Gedanken, Las Cabrillas zu verkaufen.«

Skip schüttelte den Kopf und ließ ein feuchtes Lachen hören. »Mein Gott, Nora, da hocke ich arm wie eine Kirchenmaus in diesem Drecksloch und flehe dich an, die alte Ranch zu verkaufen, damit ich endlich auf die Beine komme. Die ganze Zeit über hast du dich geweigert, aber jetzt bist du auf einmal bereit, dein Erbteil zu versilbern, bloß weil du nach Dad suchen willst, auch wenn der schon lange tot ist.«

»Skip, du könntest jederzeit auf die Beine kommen, wenn du dir einen Job suchen würdest«, begann Nora, aber dann brach sie ihre Gardinenpredigt mitten im Satz ab. Dafür war sie schließlich nicht hergekommen. Und als sie ihren Bruder so verloren auf seinem Sofa sitzen sah, wurde ihr ganz weh ums Herz. »Ich will herausfinden, was Dad zugestoßen ist, Skip. Das bedeutet mir sehr viel.«

»Gut, dann verkauf doch die Ranch. Das rate ich dir ja schon seit Moms Tod. Aber meine Hälfte von dem Geld darfst du nicht anrühren. Damit habe ich meine eigenen Pläne.«

»Aber mein Anteil allein dürfte nicht ausreichen, um eine archäologische Expedition auszurüsten.«

Skip setzte sich auf. »Schon kapiert. Das Institut gibt dir also kein Geld, stimmt's? Das wundert mich nicht, denn in dem Brief steht mit keinem Wort, dass Dad Quivira wirklich gefunden hat. Was ihn so ins Schwärmen gebracht hat, war nichts weiter als ein alter Indianerpfad. Die Stadt selbst war eine von seinen Wunschvorstellungen, Nora. Weißt du, was Mom dazu gesagt hätte?«

»Und ob! Sie hätte gesagt, das Quivira wieder mal einer von Dads Tagträumen sei. Aber meinst du das auch?«

Skip zuckte zusammen. »Nein. Ich mache nicht gemeinsame Sache mit Mom.« Der verächtliche Unterton war aus seiner Stimme verschwunden. »Aber ich möchte nicht meine Schwester auf dieselbe Weise verlieren, wie ich schon meinen Dad verloren habe.«

»Jetzt hör aber auf, Skip. So weit wird es nicht kommen. In dem Brief schreibt Dad, dass er einer alten Anasazi-Strasse gefolgt sei. Wenn ich die finden könnte, hätte ich den Beweis, nach dem wir suchen.«

Skip stellte die Füße auf den Boden, stützte die Ellenbogen auf die Knie und blickte finster drein. Dann richtete er plötzlich den Oberkörper auf. »Ich habe eine Idee, wie wir deine Straße finden könnten, ohne hinaus in die Wüste zu müssen. Ich hatte in Stanford einen Physikprofessor, der jetzt für das JPL arbeitet. Er heißt Leland Watkins.«

»Was ist das JPL?«

»Das Jet Propulsion Laboratory, das Labor für Düsenantriebe am California Institute of Technology; es ist eine Unterabteilung der NASA.«

»Und was hat das mit unserem Problem zu tun?«

»Der Professor arbeitet am Space-Shuttle-Programm. Ich habe mal gelesen, dass die ein spezielles Radar entwickelt haben, das in der Lage ist, bis zu zehn Meter dicke Sandschichten zu durchdringen. Damit haben sie bereits eine Karte von alten Karawanenstraßen quer durch die Sahara erstellt. Warum sollte dasselbe nicht auch in Utah möglich sein?«

Nora starrte ihren Bruder ungläubig an. »Mit diesem Radar kann man tatsächlich alte Straßen aufspüren?«

»Direkt durch den Sand hindurch.«

»Und du warst Student bei diesem Professor? Meinst du denn, er erinnert sich noch an dich?«

Skips Gesicht nahm auf einmal einen zurückhaltenden Ausdruck an. »Das tut er bestimmt.«

»Das ist ja toll! Dann ruf ihn doch gleich an und ...«

Ein Blick von Skip ließ Nora verstummen. »Das kann ich nicht«, sagte er.

»Wieso nicht?«

»Er mag mich nicht.«

»Warum nicht?«, fragte Nora, der in letzter Zeit aufgefallen war, dass ziemlich viele Leute ihren Bruder nicht mochten.

»Nun, er war mit einer Studentin befreundet, einem echt hübschen Mädchen, und ich ...« Skip errötete.

Nora schüttelte den Kopf. »Erspar mir den Rest.« Skip nahm den gelben Mescalwurm und drehte ihn zwischen Daumen und Zeigefinger. »Tut mir Leid. Wenn du was von Watkins willst, musst du ihn schon selber anrufen.«

5

Nora saß an einem Schreibtisch im institutseigenen Labor zur Analyse von Artefakten. Vor ihr lagen im Licht einer leise surrenden Neonlampe sechs Plastikbeutel voller Tonscherben, die alle mit schwarzem Marker als Río Puerco, Schicht I gekennzeichnet waren. In einem Schrank neben dem Tisch standen, sorgfältig zwischen Schaumstoff gepackt, vier weitere Beutel mit der Aufschrift Schicht II und einer mit der Aufschrift Schicht III. Insgesamt waren es fast fünfzig Kilo Tonscherben, die darauf warteten, von Nora untersucht zu werden.

Nora seufzte. Sie wusste, dass sie für ihren Bericht über die Ausgrabung am Río Puerco jede dieser Scherben begutachten und klassifizieren musste. Und nach den Scherben kamen die Steinwerkzeuge und Pfeilspitzen sowie die Knochen- und Holzkohlestücke, die Pollen und sogar die Überreste von Haaren, die alle von ihr gesichtet werden mussten. Sie öffnete den ersten Beutel, holte mit einer großen Pinzette die Scherben heraus und legte sie vor sich auf den weißen Tisch. Dann blickte sie hinauf zu dem winzigen vergitterten Fenster und sah ein Stück einer weißen Wolke am blauen Himmel vorbeiziehen. Man kommt sich ja wie in einem gottverdammten Gefängnis vor, dachte sie bitter. Dann wandte sie sich dem Bildschirm neben ihr zu, auf dem das Formular zur Dateneingabe zu sehen war.

TW-1041		Screen 25	
SANTA FE ARCHAEOLOGICAL INSTITUTE Kontextprotokoll / Datenbank für Artefakte			
Ausgrabungsstätte Nr.:		Ausgrabungsbuch Nr.:	
Gebiet/Sektion:		Planquadrat:	
Plan Nr.:		Kontext Code:	
Neuzugangsnr.:		Schicht/Stratum:	
Ordnungsnr.:		Trinomische Benennung:	
Herkunft:		Ausgrabungsdatum:	
Aufgenommen durch:		Beutel Nr./von:	
Beschreibung des Artifakts (maximal 4096 Zeichen):			
VERTRAULICH – KOPIEREN VERBOTEN			

Natürlich wusste Nora genau, warum diese Art von statistischer Erfassung so wichtig war, aber trotzdem wurde sie das Gefühl nicht los, dass man sich unter Murray Blakewoods Leitung am Institut viel zu sehr der Typologie widmete und dabei neueren Entwicklungen wie der Ethnoarchäologie, der kontextuellen Archäologie und der Molekulararchäologie ebenso verschloss wie dem Kulturmanagement.

Sie nahm ihre handschriftlichen Aufzeichnungen zur Hand, die sie am Ausgrabungsort angefertigt hatte, und begann die Informationen daraus in das Datenblatt auf dem Bildschirm zu übertragen: 46 Mesa Verde B/W, 23 Chaco/McElmo, 2 St. John's Poly, 1 Soccoro B/W ... oder war das auch ein Mesa/Verde B/W? Sie zog eine Schublade auf und suchte vergeblich nach einer Lupe. Zum Teufel damit, dachte sie und legte die Scherbe beiseite.

Als Nächstes nahm sie ein kleines, glänzendes Stück Ton in die Hand, das sich vermutlich einmal am Rand einer Schüssel befunden hatte. Das gefällt mir schon besser, dachte Nora. Beim Anblick der winzigen Scherbe fiel ihr ein, wie sie sie damals gefunden hatte. Sie war gerade neben einem Tamariskengestrüpp gesessen und hatte einen zerfallenen Korb mit Polyvinylacetat stabilisiert, als ihr Assistent Bruce Jenkins plötzlich einen lauten Schrei ausgestoßen hatte. »Das ist ja eine Chaco Schwarz-auf-Gelb Goldglimmerkeramik!«, hatte er gerufen. »Ich flippe aus!« Nora wusste noch gut, welche Mischung aus Begeisterung und Neid dieses kleine Stück gebrannten Tons in ihr hervorgerufen hatte. Und jetzt lag es hier vor ihr, einsam und verlassen in seinem viel zu großen Plastikbeutel. Warum verwendete man hier am Institut nicht mehr Energie darauf herauszufinden, weshalb diese spezielle Keramik nur so selten vorkam? Bisher hatte man noch kein einziges komplettes Gefäß in diesem Stil gefunden, und die Frage, wie und wo diese Töpferwaren hergestellt wurden, gab noch immer Rätsel auf. Warum kümmerte man sich nicht um so etwas, anstatt jede Scherbe lediglich zu nummerieren und in die immer gleichen Formulare einzutragen? Archäologen waren doch schließlich keine Buchhalter.

Nora starrte auf die Scherben, die in einer schwärzlich-braunen Reihe vor ihr auf dem Tisch lagen. Dann stand sie abrupt auf, ging zum Telefon und rief die Auskunft an. »Ich möchte eine Nummer in Pasadena«, sagte sie, »das Jet Propulsion Laboratory.« Nachdem sie eine Weile gewartet hatte, gab man ihr die Nummer des Labors. Die Nebenstelle von Leland Watkins war die 2330. Sie legte auf und wählte erneut.

»Ja?«, meldete sich eine hohe, ungeduldig klingende Stimme.

»Hallo. Mein Name ist Nora Kelly vom Santa Fe Archaeological Institute.«

»Ja?«, sagte die Stimme abermals.

»Spreche ich mit Dr. Leland Watkins?«

»Am Apparat.«

»Entschuldigen Sie bitte die Störung«, bat Nora und sprach, so rasch sie konnte. »Es geht um ein Projekt im Südosten von Utah, an dem ich gerade arbeite. Wir suchen nach alten Straßen der Anasazi-Indianer, und da wollte ich Sie fragen, ob ...«

»Dieses Gebiet wird vom Shuttle nicht überflogen«, unterbrach sie Watkins.

Nora atmete tief durch. »Gibt es denn vielleicht eine Möglichkeit, trotzdem Radaraufnahmen davon zu bekommen? Ich möchte nämlich ...«

»Nein, die gibt es nicht«, fiel ihr Watkins mit gereizter, näselnder Stimme ins Wort. »Ich habe hier eine ellenlange Liste mit den Anträgen von allen möglichen Geologen, Regenwaldbiologen, Agrarwissenschaftlern und weiß der Teufel von wem sonst noch.«

»Verstehe«, sagte Nora und zwang sich, ruhig zu bleiben. »Und wie kann man einen solchen Antrag stellen?«

»Wir sind über die nächsten zwei Jahre ausgebucht. Und außerdem habe ich jetzt keine Zeit, mit Ihnen darüber zu reden. Wissen Sie denn nicht, dass die Republic gerade in der Umlaufbahn ist?«

»Aber es ist wirklich wichtig, Dr. Watkins. Wir haben Grund zu der Annahme, dass ...«

»Alles ist wichtig. Und jetzt entschuldigen Sie mich bitte. Wenn Sie einen Antrag stellen wollen, dann reichen Sie ihn gefälligst schriftlich ein.«

»Und wie ist Ihre Adresse?«, fragte Nora, doch Watkins hatte bereits aufgelegt.

»Arroganter Schnösel!«, rief sie und warf den Hörer auf die Gabel. »Ich bin richtig froh, dass Skip deine Freundin aufs Kreuz gelegt hat!«

Dann beruhigte sie sich wieder und schaute nachdenklich auf das Telefon. Dr. Watkins' Durchwahl war die Nummer 2330 gewesen. Nora hob den Hörer ab und wählte dieselbe Nummer wie vorher, nur diesmal mit der 2331 am Ende.

6

Mit einem schweren Seufzer setzte sich Peter Holroyd in den altertümlichen Schwingsattel, nahm mit dem Handhebel am Lenker den Zündzeitpunkt zurück und trat auf den Kickstarter. Sofort sprang der Motor mit einem tiefen Grollen an. Holroyd ließ ihn ein wenig warm laufen, dann legte er den ersten Gang ein und steuerte das schwere Motorrad hinaus auf den California Boulevard. Ein leichter Dunstschleier hing über den San-Gabriel-Bergen und Holroyds Augen, die von einem langen Tag vor Computerbildschirmen und Falschfarbenfotografien ohnehin schon gereizt waren, brannten wie üblich vom Ozon in der Luft. Außerhalb des Bürogebäudes mit seiner durch die Klimaanlage gereinigten Luft begann auch seine Nase zu laufen, so dass Holroyd einen dicken Klumpen Schleim auf den Asphalt spucken musste. Zärtlich strich er mit einer Hand über den dicken Bauch des Michelin-Männchens aus Gummi, das auf dem Tank der alten Indian klebte. »Kleiner Gott des kalifornischen Verkehrs«, murmelte er durch das Grollen des schweren Zwei-Zylinder-Motors, »schenke mir allzeit freie Fahrt und bewahre mich vor Regen, Rollsplitt und borgierten Autofahrern.«

Zehn Blocks weiter und zwanzig Minuten später bog Holroyd nach Süden ab und fuhr in Richtung Atlantic Boulevard und Monterey Park, in dessen Nähe seine Wohnung lag. Hier war der Verkehr nicht mehr so schlimm; zum ersten Mal, seit er losgefahren war, konnte er nun in den dritten Gang schalten. Er gab Gas, damit der Fahrtwind die beiden großen Zylinder zwischen seinen Beinen kühlte, und dachte wieder an die hartnäckige Archäologin, mit der er am Vormittag so lange telefoniert hatte. Dabei hatte er ständig eine rundliche, mäuschenhaft aussehende Akademikerin mit schlecht geschnittenen Haaren und wenig Charme vor seinem geistigen Auge gesehen. Aber schließlich hatte er ja nur versprochen, dass er mit ihr zu Abend essen würde, weiter nichts. Den Treffpunkt hatte er möglichst weit entfernt vom JPL gewählt, denn wenn Watkins jemals Wind von der Sache bekäme, würde er ganz schön in die Bredouille kommen. Aber die Hinweise der Archäologin auf eine verborgene Stadt waren für Holroyd doch verlockender gewesen, als er es sich selbst eingestehen wollte. Zudem hatte er bisher nicht viel Glück mit Frauen gehabt, und allein die Tatsache, dass eine – ob sie nun eine graue Maus war oder nicht – alles liegen und stehen ließ und den weiten Weg von Santa Fe herauffuhr, um ihn zu sehen, schmeichelte ihm gewaltig. Darüber hinaus hatte die Frau auch noch versprochen, ihn zum Abendessen einzuladen.

Nach einem kurzen Stück freier Strecke wurde der Verkehr wieder dichter und aggressiver. Drei Blocks und drei Ampelstopps weiter lenkte Holroyd seine Indian vor einer Reihe von vierstöckigen Wohnhäusern hinauf aufs Trottoir. Er stieg ab, zog eine braune Papiertüte unter dem über das hintere Schutzblech gespannten Expander hervor und schaute hinauf zum Fenster seiner Wohnung, wo sich die uralten gelben Vorhänge träge in der schwachen Abendbrise bauschten. Sie waren ein Erbstück vom Vormieter und hatten noch nie in klimatisierter Luft gehangen. Holroyd nieste abermals und ging schräg über die Straße zu der Kreuzung, an der das Schild AL'S PIZZA vor dem langsam dunkler werdenden Himmel leuchtete.

Nachdem sich Holroyd im Lokal umgesehen hatte, setzte er sich an seinen üblichen Tisch und genoss die kühle Luft der Klimaanlage. Obwohl er sich wegen des dichten Verkehrs ein wenig verspätet hatte, war die Frau, mit der er verabredet war, noch nicht da. Beim Anblick des leeren Lokals wusste Holroyd nicht, ob er enttäuscht oder erleichtert sein sollte.

Al, der kleine und unglaublich stark behaarte Besitzer der Pizzeria, kam an Holroyds Tisch. »Guten Abend, Professor!«, rief er. »Ein schöner Abend, nicht wahr?«

»Und ob«, antwortete Holroyd. Hinter Al sah er den kleinen Fernsehapparat, der sich redlich abmühte, seine flimmernden Bilder durch die dicke Fettschicht auf dem Bildschirm zu schicken. Wie üblich lief CNN mit abgedrehtem Ton. Holroyd sah Aufnahmen des Space-Shuttle »Republic«, neben dem ein auf dem Kopf stehender, nur durch eine Versorgungsleitung mit dem Raumfahrzeug verbundener Astronaut vor der wunderbar bläulich schimmernden Erde durch den Weltraum schwebte. Holroyd verspürte ein kurzes Aufflackern einer altbekannten Sehnsucht, doch lenkte er seinen Blick vom Bildschirm wieder auf Als freundliches Gesicht.

Der Pizzabäcker schlug mit seiner bemehlten Hand auf den Tisch. »Was darf's denn heute sein, Professor? Wir hätten gerade eine schöne Sardellenpizza im Ofen, die in fünf Minuten fertig ist. Mögen Sie Sardellen?«

Holroyd zögerte einen Augenblick. Vielleicht hatte es sich die Archäologin ja anders überlegt und sich die weite Reise erspart, schließlich hatte er ihr am Telefon ja keine allzu großen Hoffnungen gemacht. »Ich liebe Sardellen«, sagte er dann. »Bringen Sie mir zwei Stück.«

»Angelo! Zwei Stück mit Sardellen für den Professor!«, rief Al, während er wieder hinter den Tresen eilte. Holroyd sah ihm eine Weile nach, dann nahm er seine Papiertüte und leerte ihren Inhalt auf den Tisch. Ein Notizbuch, zwei blaue Textmarker und drei Taschenbücher fielen heraus: »Die Quellen des Nils«, »Aku-Aku« und Alfred Lansings »635 Tage im Eis«. Mit einem leisen Seufzer schlug Holroyd Letzteres auf und suchte die Seite, die er mit einer Büroklammer markiert hatte. Dann lehnte er sich zurück und begann zu lesen.

Kurze Zeit später hörte er das vertraute Quietschen der Restauranttür und sah eine junge Frau, die eine große Aktentasche mit sich trug. Sie hatte ungewöhnlich dunkelrotes Haar, das ihr in langen Locken auf die Schultern fiel, und durchdringende braune Augen in einem intelligenten, aufgeweckten Gesicht. Sie war schlank, und als sie sich hinter der Schwingtür umdrehte, stellte Holroyd mit einem verstohlenen Blick fest, dass ihr Po wohlgeformt war.

Diese Frau kann nicht die Archäologin sein, schoss es Holroyd durch den Kopf, aber die Frau schaute ihn an und kam direkt auf ihn zu. Verlegen klappte er sein Buch zu und fuhr sich mit der Hand durch die Haare, die von der Fahrt auf dem Motorrad noch ganz verstruwwelt waren. Die Frau trat an seinen Tisch, stellte ihre Aktentasche ab und nahm mit einem leisen Rascheln ihres Kleides auf der Bank ihm gegenüber Platz. Holroyd begutachtete ihre perfekt geformten, langen Beine, und als sie sich eine Strähne ihrer kupferfarbenen Haare aus der gebräunten Stirn strich, bemerkte er einige Sommersprossen auf ihrer Nase.

»Hallo«, sagte die Frau. »Sind Sie Peter Holroyd?«

Holroyd nickte und spürte, wie Panik in ihm aufstieg. Das war nicht das Mäuschen, das er erwartet hatte. Diese Frau war schön.

»Ich bin Nora Kelly«, stellte sie sich vor und streckte ihm die Hand hin.

Holroyd zögerte einen Augenblick, bevor er sein Buch auf den Tisch legte und die Hand ergriff, die sich kühl und unerwartet kräftig anfühlte.

»Tut mir Leid, dass ich Sie so überfallen habe. Ich weiß es sehr zu schätzen, dass Sie sich sofort Zeit für mich genommen haben.«

Holroyd versuchte zu lächeln. »Nun ja, Ihre Geschichte hat mich einfach interessiert. Aber ein bisschen vage fand ich sie ja schon. Ich würde gerne mehr über diese vergessene Stadt in der Wüste erfahren.«

»Das kann ich gut verstehen, aber für den Augenblick muss alles noch etwas vage bleiben; das erfordert die Geheimhaltung.«

»Dann weiß ich nicht, ob ich etwas für Sie tun kann«, erwiderte Holroyd. »Wie ich Ihnen schon am Telefon erklärt habe, müssen alle Anträge direkt bei meinem Chef gestellt werden.« Er zögerte. »Ich habe mich nur deshalb mit Ihnen getroffen, weil mich Ihre Geschichte interessiert.«

»Ihr Chef ist Dr. Watkins, nicht wahr? Mit dem habe ich schon gesprochen. Ein wirklich reizender Mensch, das muss ich schon sagen. Und so bescheiden dazu. Ich mag solche Männer. Schade, dass er nur neun Sekunden Zeit für mich hatte.«

Holroyd unterdrückte ein Lachen. »Was haben Sie eigentlich für eine Position an Ihrem Institut?«, fragte er und rutschte nervös auf seiner Bank herum.

»Ich bin Assistenzprofessorin.«

»Assistenzprofessorin«, wiederholte Holroyd. »Dann leiten Sie wohl die Expedition zu dieser Stadt? Oder macht das jemand anderes?«

Die Frau sah ihn vielsagend an. »Ich habe in etwa dieselbe Position wie Sie: ziemlich weit unten am Totempfahl und nicht gerade ermächtigt, mein Schicksal selbst zu bestimmen. Aber das hier« – dabei klopfte sie auf ihre Aktentasche – »könnte einiges gründlich ändern.«

Holroyd fragte sich, ob er der Frau jetzt beleidigt sein sollte. »Wann genau brauchen Sie die Radardaten? Es würde die Sache kolossal beschleunigen, wenn Ihr Institutsleiter sich direkt mit meinem Chef in Verbindung setzen würde. Er lässt sich von großen Namen ziemlich leicht beeindrucken.« Noch während er es sagte, bereute es Holroyd, dass er so verächtlich über Watkins gesprochen hatte. Man konnte ja schließlich nie wissen, ob ihm das nicht irgendwann einmal auf Umwegen zu Ohren kommen würde, und Watkins war nicht gerade ein Mann, den man als nachsichtig und großzügig bezeichnen konnte.

Nora Kelly beugte sich vor. »Mr. Holroyd, ich muss Ihnen ein Geständnis machen. Ich habe bei meiner Arbeit im Augenblick nicht die volle Unterstützung von Seiten des Instituts. Genauer gesagt weigert man sich dort, eine Expedition zu der vergessenen Stadt zu finanzieren, solange ich keinen Beweis für ihre Existenz erbringen kann. Und genau dafür brauche ich Ihre Hilfe.«

»Warum interessieren Sie sich denn so sehr für diese Stadt?«

»Weil es wohl die größte archäologische Entdeckung des Jahrhunderts wäre, wenn ich sie finden könnte.«

»Woher wollen Sie das wissen?«

Al kam mit einem großen Teller salzig duftender Sardellen-Pizza an den Tisch.

»Geben Sie Acht auf meine Aktentasche!«, rief die Frau, und Al stellte erschrocken den Teller auf dem Nebentisch ab, bevor er sich, Entschuldigungen murmelnd, zurückzog.

»Ich hätte gerne ein Glas Eistee!«, rief ihm die Frau nach und wandte sich dann wieder zu Holroyd. »Hören Sie, Peter – ich darf doch Peter zu Ihnen sagen, oder? –, ich bin nicht den ganzen weiten Weg hierher gefahren, um Ihnen von irgendeiner x-beliebigen Nullachtfünfzehn-Ausgrabung zu erzählen.« Sie beugte sich noch weiter vor, so dass Holroyd ein schwacher Geruch nach Shampoo in die Nase stieg. »Haben Sie schon mal von dem spanischen Entdecker Coronado gehört? Er kam im Jahr 1540 auf der Suche nach den sieben goldenen Städten in den heutigen Südwesten der Vereinigten Staaten. Schon ein paar Jahre zuvor hatte ein spanischer Mönch von Mexiko aus versucht, die Eingeborenen im Norden zu bekehren, und war mit einem großen, durchbohrten Smaragd und unglaublichen Geschichten von verborgenen Städten zurückgekehrt. Coronado brach auf, um nach diesen Städten zu suchen, aber er fand nur ein paar Indianer-Pueblos im heutigen New Mexico, in denen es weder Gold noch irgendwelche anderen Reichtümer gab. In einem Ort namens Cicuye jedoch erzählten ihm die Indianer von einer Stadt der Priester, die sie Quivira nannten und in der man von goldenen

Tellern aß und aus goldenen Kelchen trank. Natürlich heizte diese Erzählung den Ehrgeiz von Coronado und seinen Männern an.«

Al brachte den Eistee, und Nora Kelly schraubte den Plastikverschluss von der Flasche und trank einen Schluck. »Manche der Eingeborenen erzählten Coronado, dass sich Quivira im Osten, in etwa auf dem Gebiet des heutigen Texas befände, während andere behaupteten, es sei dort, wo heute Kansas ist. Also marschierte Coronado mit seiner Truppe nach Osten, aber als er in Kansas ankam, sagten ihm die dortigen Indianer, dass Quivira im Westen sei, im Land der roten Steine. Am Ende kehrte Coronado als gebrochener Mann nach Mexiko zurück und war überzeugt, dass er einem Phantom hinterher gejagt war.«

»Interessante Geschichte«, meinte Holroyd, »aber sie beweist leider überhaupt nichts.«

»Coronado war nicht der Einzige, der diesen Geschichten Glauben schenkte. Im Jahr 1776 reisten zwei spanische Mönche namens Escalante und Dominguez von Santa Fe aus nach Westen, um einen Landweg nach Kalifornien auszukundschaften. Ich muss hier irgendwo eine Kopie von ihrem Bericht haben.« Nora suchte in ihrer Aktentasche herum, bis sie ein zerknittertes Blatt Papier gefunden hatte. Sie strich es glatt und las vor:

»Unsere Führer vom Stamm der Paiute geleiteten uns auf seltsam gewundenen Pfaden, die nach Norden anstatt nach Westen führten, durch schwieriges Gelände. Als wir sie darauf hinwiesen, erklärten sie, dass die Paiute niemals in westlicher Richtung reisten. Nach dem Grund für dieses Verhalten befragt, wurden sie mürrisch und schweigsam. Als wir etwa die Hälfte der Strecke hinter uns gebracht hatten und uns in der Nähe der Furt der Väter durch den Colorado-Fluss befanden, lief die Hälfte der Indianer davon. Aus den Verbliebenen war nie genau herauszubekommen, was sich im Westen befand und wovor sie solche Angst hatten. Nur einer von ihnen erzählte von einer großen Stadt, die untergegangen sei, weil die dort lebenden Priester die Welt versklavt und versucht hätten, die Macht der Sonne an sich zu reißen. Andere murmelten lediglich, dass im Westen das Böse schlummere und sie nicht wagten, es aufzuwecken.«

Nora verstaute das Papier wieder in ihrer Aktentasche. »Aber das ist noch nicht alles. Im Jahr 1824 geriet ein Weißer namens Josiah Blake bei einem Kampf in die Gewalt einer Gruppe von Ute-Indianern. Damals stellte man Gefangene, die sich als außergewöhnlich tapfer erwiesen hatten, vor die Wahl, entweder zu sterben oder ein Mitglied des Stammes zu werden. Blake entschied sich natürlich für Letzteres und heiratete später eine Ute-Frau. Die Ute waren ein nomadisierendes Volk, das auf seinen Wanderungen weit hinein ins Cañon-Gebiet von Utah kam. Nachdem sie in eine besonders entlegene Gegend westlich des Escalante vorgedrungen waren, erzählte einer der Krieger Blake von einer Ruinenstadt voller Reichtümer, die angeblich im Westen lag. Die Ute wagten sich nicht näher an diesen Ort heran, aber sie gaben Blake einen runden, merkwürdig gravierten Türkis, der von dort stammen sollte. Als Blake zehn Jahre später zu den Weißen zurückkehrte, schwor er, dass er diese vergessene Stadt eines Tages finden werde. Bald darauf begab er sich auf die Suche und verschwand auf Nimmerwiedersehen.«

Nora Kelly nahm noch einen Schluck von ihrem Tee und stellte die Flasche neben ihre Aktentasche. »Heute nimmt man an, dass es sich bei all diesen Erzählungen um Mythen oder erfundene Geschichten handelt, die die Indianer den Weißen aufgetischt haben. In Bezug auf Quivira glaube ich das allerdings nicht, denn die Stadt taucht immer wieder in Berichten auf und wird fast immer in derselben Gegend vermutet. Dass man sie bis heute nicht gefunden hat, liegt meiner Meinung nach lediglich daran, dass sie sich in einem extrem entlegenen Gebiet befindet. Wie ihre anderen Klippensiedlungen auch, haben die Anasazi sie vermutlich hoch oben in einer steilen Felswand angelegt, wo sie entweder in einem Alkoven oder unter einem Überhang versteckt liegt. Vielleicht ist sie aber auch im Treibsand versunken. Und da kommen Sie ins Spiel, Peter. Sie haben das Radarsystem, mit dem wir die Stadt entdecken können.«

Ungewollt fühlte Holroyd sich von der Geschichte und dem Abenteuer, das sie versprach, geradezu magisch angezogen. Er räusperte sich und versuchte seine Stimme so vernünftig wie möglich klingen zu lassen. »Nehmen Sie es mir nicht übel, aber Ihre Geschichte erscheint mir doch recht weit hergeholt. Außerdem täuschen Sie sich, wenn Sie glauben, dass unser Radar eine verborgene Stadt aufspüren kann.«

»Aber ich dachte, dass Ihre Radarstrahlen Sand ebenso durchdringen können wie Wolken oder Dunkelheit.«

»Das stimmt. Aber massiver Fels ist etwas ganz anderes als Sand, und wenn die Stadt sich wirklich in einem Alkoven befindet, dann haben wir keine Chance, sie zu entdecken. Und zweitens ...«

»Aber ich will doch gar nicht, dass Sie nach der Stadt selbst suchen. Ich will doch nur den Weg finden, der zu ihr führt. Sehen Sie sich einmal das hier an.« Sie öffnete ihre Aktentasche und zog eine Karte des Südwestens heraus, auf der mehrere dünne, gerade verlaufende Linien eingezeichnet waren. »Vor tausend Jahren haben die Anasazi-Indianer ein beeindruckendes Straßensystem angelegt, das ihre größeren Städte miteinander verband und von dem bis heute niemand so recht weiß, wozu es genau gedient hat. Diese Linien hier symbolisieren die Wege, die man bisher gefunden hat. Ihr Radar müsste sie mit Leichtigkeit aus dem Weltraum heraus orten können, oder etwa nicht?«

»Das kann schon sein.«

»Ich bin in Besitz eines Reiseberichts – eines Briefes, um genauer zu sein –, der von einer ähnlichen Straße spricht, die genau in das Labyrinth von Cañons hineinführt, in dem die Stadt Quivira vermutet wird. Wenn wir diese Straße auf einem Radarbild aus dem Weltall erkennen könnten, wüssten wir genau, wie wir nach Quivira gelangen könnten.«

Holroyd hob abwehrend die Hände. »Aber das ist nicht so einfach, wie Sie es sich vorstellen. Für Aufnahmen aus dem All besteht eine lange Warteliste. Ich bin mir sicher, dass Watkins Ihnen davon erzählt hat, denn das ist eines seiner Lieblingsthemen. Die Shuttle-Flüge sind zwei Jahre im Voraus ausgebucht, und zwar für ...«

»Ja, das hat mir Watkins tatsächlich schon alles erzählt. Aber wer *entscheidet* eigentlich darüber, worauf das Radar gerichtet wird?«

»Nun, den Aufträgen wird eine nach Dringlichkeit und Eingangsdatum bestimmte Priorität zugewiesen, und dann gehe ich sie durch und ...«

»Also *Sie*!«, konstatierte Nora und nickte zufrieden.

Holroyd verstummte.

»Es tut mir Leid«, sagte Nora unvermittelt, »Ihre Pizza wird ja ganz kalt.« Sie steckte die Karte wieder in ihre Aktentasche, während sich Holroyd den Teller mit der Pizza vom Nebentisch holte. Der Käse unter den Sardellen sah schon ziemlich zäh aus. »Dann wäre es für Sie wohl relativ einfach, einem Antrag eine hohe Priorität zuzuweisen?«

»Es wäre machbar, sagen wir mal so.« Holroyd biss in die Pizza. Er schmeckte kaum etwas.

»Na, dann brauche ich ja bloß so einen Antrag auszufüllen, den Sie dann ganz oben auf den Stapel legen – und schon haben wir unsere Bilder.«

Holroyd schluckte schwer. »Und was glauben Sie wohl, was Dr. Watkins oder die Jungs von der NASA sagen werden, wenn ich von ihnen eine Änderung der Umlaufbahn des Shuttles verlange? Normalerweise fliegt es nämlich nicht über das Gebiet, von dem Sie die Aufnahmen brauchen. Und überhaupt: Wieso sollte ich Ihnen eigentlich bei Ihrem Vorhaben helfen? Ich riskiere dabei meinen Arsch – äh, ich meine natürlich meinen Job.«

Nora sah ihm in die Augen. »Weil ich glaube, dass Sie kein duckmäuserischer Erbsenzähler sind, Peter. Und weil ich glaube, dass Sie dasselbe Feuer in sich haben wie ich auch. Auch Sie finden es faszinierend, nach alten, seit Jahrhunderten verborgenen Dingen zu suchen.« Sie deutete auf den Tisch. »Weshalb sollten Sie sonst solche Bücher lesen? Alle drei handeln sie von der Suche nach etwas Unbekanntem. Und eines kann ich Ihnen versprechen: Sollten wir Quivira finden, wird das noch viel mehr Aufsehen erwecken als damals die Entdeckung der Cliffdwellings in Mesa Verde.«

Holroyd zögerte mit seiner Antwort.

»Tut mir Leid, aber ich kann nichts für Sie tun«, sagte er einen Moment später mit sehr leiser Stimme. »Sie verlangen etwas Unmögliches von mir.« Dabei erkannte er mit Schrecken, dass er einen Augenblick lang mit dem Gedanken gespielt hatte, der Frau tatsächlich zu helfen. Aber die ganze Idee war völlig verrückt, denn diese Archäologin hatte weder Beweise noch Referenzen vorzuweisen. Sie hatte rein gar nichts.

Dennoch fand Peter Holroyd ihre Person ebenso faszinierend wie ihre Leidenschaft und ihren Eifer. Als Kind war er einmal in Mesa Verde gewesen, und die Erinnerung an die mächtigen, stillen Ruinen dort verfolgte ihn noch immer. Er ließ die Blicke durchs Lokal schweifen und versuchte seine Gedanken zu sammeln. Nora sah ihn noch immer erwartungsvoll an. Sie hatte wirklich außergewöhnliches Haar, das fast metallisch glänzte – wie brüniertes Kupfer. Und dann fiel Holroyds Blick auf den Fernsehschirm, auf dem noch immer die »Republic« schwerelos durchs All schwebte.

»Es liegt in Ihrer Macht«, beschwor ihn Nora mit eindringlicher Stimme. »Geben Sie mir doch einfach den Antrag, ich fülle ihn aus, und Sie sehen zu, was Sie damit anstellen können.«

Holroyd reagierte nicht, sondern starrte weiter auf das Bild des weiß glänzenden Shuttles, das viele Kilometer über der Erde seine Bahn durch den tiefschwarzen Weltraum zog, aus dem die Sterne so hell und hart wie Diamanten funkelten. Alle seine Entdeckerfantasien, die er als Junge gehabt hatte – die Träume von einem Flug zum Mond, von entfernten Planeten, die er erforschen wollte –, waren in seinem winzigen Büro im JPL rasch dahingewelkt. Und jetzt saß er da und musste sich auf einem fettigen Fernsehschirm die Abenteuer anderer Leute ansehen.

Auf einmal bemerkte er, dass Nora ihn die ganze Zeit über angestarrt hatte. »Wann haben Sie denn mit Ihrer Arbeit am JPL angefangen?«, wechselte sie abrupt das Thema.

»Vor acht Jahren. Gleich nach der Universität.«

»Und warum?«

Holroyd war überrascht ob der Direktheit ihrer Frage. »Na ja«, sagte er schließlich, »ich wollte eben an der Eroberung des Weltraums mit beteiligt sein.«

»Ich wette, dass Sie als Junge davon geträumt haben, als erster Mensch den Mond zu betreten.«

Holroyd errötete. »Dazu war ich leider ein wenig zu jung. Aber ich träumte davon, zum Mars zu fliegen.«

»Und jetzt hocken Sie hier in dieser schmierigen Pizzeria und sehen im Fernsehen, was andere da oben im Space-Shuttle tun.«

Holroyd spürte, wie Groll in ihm hochstieg. Konnte diese Frau etwa Gedanken lesen? »Jetzt passen Sie mal auf«, erwiderte er. »Es geht mir hervorragend. Und diese Jungs wären jetzt nicht da droben im Weltraum, wenn es mich und all die anderen hier unten nicht gäbe.«

Nora nickte. »Aber es ist nicht dasselbe, stimmt's?«, fragte sie sanft.

Holroyd sagte nichts.

»Ich biete Ihnen die Chance, beim größten archäologischen Abenteuer seit der Entdeckung des Grabes von Tutanchamun mitzumachen.«

»Sicher«, erwiderte Holroyd. »Aber meine Aufgabe dabei wäre, genau dasselbe zu tun, was ich tagtäglich für Watkins mache – ein paar aus dem All gewonnene Daten auszuwerten und sie jemandem zur Verfügung zu stellen, der dann die tollsten Sachen damit anstellt. Tut mir Leid, aber meine Antwort lautet Nein.«

Während seiner Worte hatte die Frau Holroyd stumm mit ihren

haselnussbraunen Augen angeschaut und den Eindruck erweckt, als träfe sie gerade eine persönliche Entscheidung.

»Vielleicht kann ich Ihnen mehr anbieten als das«, sagte sie schließlich leise.

Holroyd runzelte die Stirn. »Was, zum Beispiel?«

»Einen Platz in unserer Expedition.«

Holroyds Herz begann schneller zu schlagen. »Was haben Sie da eben gesagt?«

»Sie haben mich schon richtig verstanden. Ich brauche für meine Expedition ohnehin einen Radar- und Computerspezialisten. Wie gut kennen Sie sich mit moderner Telekommunikation aus?«

Holroyd spürte, wie seine Kehle auf einmal ganz trocken wurde. Dann nickte er. »Ich habe Geräte, von denen Sie noch nicht einmal wissen, dass es sie gibt.«

»Und wie sieht es mit Ihrem Urlaub aus? Könnten Sie sich zwei bis drei Wochen freinehmen?«

»Ich habe bisher noch nie Urlaub gemacht«, hörte sich Holroyd sagen. »Bei den freien Tagen, die sich inzwischen angesammelt haben, könnte ich sogar sechs Monate wegbleiben und würde noch immer mein Gehalt bekommen.«

»Wunderbar. Dann besorgen Sie mir die Daten, und ich nehme Sie mit auf die Expedition. Sie werden es nicht bereuen, Peter, das verspreche ich Ihnen. Es ist ein Abenteuer, an das Sie sich Ihr ganzes Leben erinnern werden.«

Holroyd blickte hinab auf die schönen, schlanken Hände der Frau, die sie erwartungsvoll gefaltet hatte. Er hatte noch nie einen Menschen getroffen, der so leidenschaftlich von einer Sache überzeugt gewesen war. Erstaunt bemerkte er, dass er kaum mehr Luft bekam. »Ich ...«, begann er.

Nora beugte sich rasch vor. »Ja?«

Holroyd schüttelte den Kopf. »Ich brauche Bedenkzeit«, sagte er. »Das kommt mir alles etwas zu plötzlich.«

Nora sah ihn prüfend an. Dann nickte sie. »Das kann ich verstehen«, meinte sie leise. Sie holte aus ihrer Handtasche einen Zettel und reichte ihn ihm. »Hier ist die Telefonnummer der Freundin, bei der ich übernachte. Aber denken Sie nicht zu lange nach, Peter. Ich kann nur ein paar Tage bleiben.«

Holroyd hörte kaum, was sie sagte, denn er versuchte sich über etwas klar zu werden. »Bitte verstehen Sie mich jetzt nicht falsch«, flüsterte er ebenso leise wie sie. »Ich sage nicht, dass ich auf Ihren Vorschlag eingehen werde, aber ich wüsste schon, wie man die Sache bewerkstelligen könnte. Sie müssten gar keinen Antrag schreiben, denn das Shuttle verbringt die letzten drei Tage seiner Mission sowieso mit Radaraufnahmen und macht dabei fünfundsechzig Erdumkreisungen in unterschiedlichen Höhen. Eine Bergwerksgesellschaft hat vor längerer Zeit bei uns Aufnahmen von Utah und Colorado bestellt, und wir haben sie ohnehin schon viel zu lange hingehalten. Ich könnte deshalb ihren Auftrag noch mit ins Programm nehmen und das zu überfliegende Gebiet ein wenig ausdehnen, so dass wir Ihre Aufnahmen gleich mit erledigen können. Sie müssten bloß, sobald ich die Daten hier auf der Erde habe, einen Antrag auf Erwerb der Aufnahmen stellen. Normalerweise werden sie zwar ein paar Jahre lang nicht zur Veröffentlichung freigegeben, aber wenn ein begründetes wissenschaftliches Interesse vorliegt, ließe sich eine Ausnahme machen. Ich werde Ihnen schon die richtigen Türen öffnen, wenn es soweit ist.«

»Haben Sie gerade vom Erwerb der Aufnahmen gesprochen? Wie teuer sind sie denn?«

»Nun, billig sind sie nicht gerade«, meinte Holroyd.

»Um welche Größenordnung handelt es sich denn? Um ein paar hundert Dollar?«

»Unter zwanzigtausend wird man sie Ihnen wohl kaum überlassen.«

»Zwanzigtausend Dollar? Sind Sie wahnsinnig?«

»Tut mir Leid, aber darauf habe ich keinerlei Einfluss. Den hat nicht einmal Watkins.«

»Und wo soll ich, bitte schön, zwanzigtausend Dollar hernehmen?«, ereiferte sich Nora.

»Jetzt machen Sie mal halblang! Ich habe mich fast dazu bereit erklärt, extra für Sie ein Raumfahrzeug der Vereinigten Staaten seine Umlaufbahn ändern zu lassen. Ist das denn noch immer nicht genug? Was wollen Sie denn noch von mir? Soll ich die verdammten Daten vielleicht auch noch für Sie stehlen?«

Eine Weile schwiegen sie beide.

»Mit dieser Idee könnte ich mich durchaus anfreunden«, sagte Nora schließlich.

7

Nora konnte sich nicht erinnern, jemals in einer heißeren, stickigeren Wohnung gewesen zu sein als in der von Peter Holroyd. Die Luft darin war nicht nur tot, dachte sie grimmig, sie befand sich schon im Stadium der Verwesung. »Haben Sie vielleicht etwas Eis?«, fragte sie.

Holroyd, der vier Stockwerke hinuntergegangen war, um ihr aufzusperren und seine Post zu holen, schüttelte seinen struppigen Kopf. »Tut mir Leid, das Eisfach ist kaputt.«

Nora sah ihm zu, wie er seine Post durchging. Unter seinem sandfarbenen Haarschopf spannte sich die außergewöhnlich blasse Haut seines Gesichts über zwei vorspringende Backenknochen, und wenn er sich bewegte, schienen ihm seine Glieder immer irgendwie im Weg zu sein. Seine Beine schienen ein wenig zu kurz für seinen mageren Oberkörper und seine langen, knochigen Arme geraten zu sein. Den melancholischen Eindruck, den Holroyds Erscheinung auf Nora machte, straften seine wachen grünen Augen Lügen, die intelligent und hoffnungsvoll in die Welt blickten. Holroyds Geschmack in puncto Kleidung war ziemlich fragwürdig: Er trug eine gestreifte bräunliche Polyesterhose und ein Karohemd mit V-Ausschnitt. Nora trat ans Fenster, wo sich schmuddelige gelbe Vorhänge in der matten Parodie einer Abendbrise bauschten, und sah hinaus auf die dunklen Boulevards von Ost-Los Angeles. An der nächsten Kreuzung leuchtete das Reklameschild von »Al's Pizza«, wo sie zwei Abende zuvor Holroyd zum ersten Mal gesehen hatte. Jetzt, nachdem sie zwei Nächte bei einer Freundin in Thousand Oaks, einer hässlichen, kleinkarierten Ecke von L.A., verbracht hatte, verstand sie Peters Sehnsucht nach Freiheit und Abenteuer schon ein wenig besser.

Seufzend trat sie vom Fenster zurück. Das Zimmer war so kahl, dass sie nicht einmal erkennen konnte, ob Holroyd ein guter oder schlechter Hausmann war. Ein kleines, aus Ziegeln und Sperrholzbrettern improvisiertes Bücherregal und zwei alte Klappstühle, auf denen mehrere Ausgaben des »Old Bike Journal« herumlagen, waren die einzige Einrichtung. Auf dem Boden lag ein altertümlich aussehender, verkratzter Motorradhelm. »Gehört Ihnen die Maschine, die da unten unter der Laterne steht?«

»Ja. Das ist eine Indian Chief, Baujahr 1946; in großen Teilen zumindest«, erklärte Holroyd grinsend. »Ich habe die Maschine als halbes Wrack von meinem Großonkel geerbt und sie nach und nach wieder aufgemöbelt. Fahren Sie etwa auch Motorrad?«

»Mein Dad hatte eine alte Geländemaschine, mit der ich früher immer auf unserer Ranch herumkutschiert bin. Und dann hat mir mein Bruder ein paar Mal seine Harley geliehen, bevor er sie auf der Route 66 zu Schrott gefahren hat.« Nora wandte sich wieder dem Fenster zu. Auf dem Fensterbrett standen ein paar seltsam aussehende Pflanzen: Sie hatten dunkelrote, fast schwarz wirkende Blätter und bildeten einen kleinen Dschungel aus wild durcheinander wachsenden Stängeln und Blüten. Die sind wahrscheinlich die Einzigen hier, denen die Hitze in dieser Wohnung nichts ausmacht, dachte sie.

Ein kleines Gewächs mit dunkelvioletten Blüten interessierte sie besonders. »Was ist denn das?«, fragte sie und griff neugierig nach den Blättern.

Holroyd sah zu ihr herüber und ließ vor Schreck seine Post fallen. »Nicht anfassen!«, rief er. Nora zog rasch ihre Hand zurück. »Das ist Tollkraut«, erklärte er und bückte sich, um die Umschläge wieder aufzuheben. »Ein giftiges Nachtschattengewächs.«

»Machen Sie Witze?«, fragte Nora. »Und was ist das hier?« Sie deutete auf die Pflanze daneben, die exotisch aussehende, dunkelbraune Stacheln aufwies.

»Eisenhut. Er erhält Acontin, ein schreckliches Gift. Und da in der Schale sehen Sie drei der giftigsten Pilze, die es auf der Welt gibt: den Grünen Knollenblätterpilz, den Fliegenpilz und *Amanita virosa*, den Kegelhütigen Knollenblätterpilz, und in diesem Topf da ...«

»Ist schon gut«, sagte Nora, die fand, dass die Kappe des Fliegenpilzes aussah wie die Haut eines Pestkranken. »Haben Sie Feinde?«, fragte sie Holroyd.

Holroyd warf die Post in den Papierkorb und sah sie laut lachend mit einem Funkeln in seinen grünen Augen an. »Andere Leute sammeln Briefmarken, und ich sammle nun mal Giftpflanzen.«

Nora folgte ihm in die Küche, die ebenso spärlich eingerichtet war wie der Rest der Wohnung. Ein alter Holztisch, zwei Stühle und ein Kühlschrank waren die einzigen Möbel in dem kleinen Raum. Auf dem Tisch sah Nora eine Tastatur, eine Drei-Tasten-Maus und den größten Computer-Monitor, der ihr je untergekommen war.

Holroyd lächelte, als er Noras bewundernde Blicke bemerkte. »Ganz nette Anlage, nicht wahr? Im Labor habe ich auch keine bessere. Watkins hat diese Computer vor ein paar Jahren für seine wichtigsten Leute gekauft und sie ihnen nach Hause gestellt. Er ist nun mal der Meinung, dass jemand, der für ihn arbeitet, kein Privatleben hat. Und damit hat er vermutlich sogar Recht, zumindest, was mich betrifft«, fügte er mit einem schrägen Blick auf Nora hinzu.

Nora hob fragend die Augenbrauen. »Dann bringen Sie also *doch* manchmal Ihre Arbeit mit nach Hause.«

Das Lächeln verschwand aus Holroyds Gesicht, als ihm klar wurde, was sie damit sagen wollte. »Aber nur Arbeit, die nicht der Geheimhaltung unterliegt«, antwortete er, während er in einen verknitterten Plastikbeutel griff und eine DVD-RAM herauszog. »Die Daten, um die Sie mich gebeten haben, unterliegen ihr allerdings sehr wohl.«

»Wie konnten Sie sie dann aus dem Labor schmuggeln?«

»Ich habe die Rohdaten, die das Shuttle heute Vormittag zur Erde gefunkt hat, einfach auf eine zusätzliche DVD gebrannt. Ich habe immer ein paar leere Disks bei mir, so dass das nicht weiter auffällt.« Holroyd wedelte mit der DVD herum, die das schwache Licht in der Küche regenbogenfarben reflektierte. »Wenn man die richtige Sicherheitsstufe hat, ist der Diebstahl von Daten ein Kinderspiel. Allerdings sind die Strafen dann umso höher, falls man dabei erwischt wird.« Holroyd verzog das Gesicht.

»Das ist mir klar«, sagte Nora. »Vielen Dank, Peter.«

Holroyd sah sie an. »Sie wussten, dass ich Ihnen helfen würde, nicht wahr? Sie wussten es, noch bevor Sie neulich die Pizzeria verließen.«

Nora erwiderte seinen Blick. Er hatte Recht. Nachdem er ihr erklärt hatte, wie man an die Daten herankommen könne, war sie davon überzeugt gewesen, dass er es auch tun würde. Aber sie wollte seinen Stolz nicht kränken. »Ich habe es gehofft«, antwortete sie. »Aber sicher war ich mir erst, als Sie mich am nächsten Morgen anriefen. Und ich kann Ihnen gar nicht sagen, wie sehr ich Ihre Hilfe zu schätzen weiß.«

Nora sah, dass Holroyd rot wurde. Er wandte sich abrupt ab und öffnete die Tür des Kühlschranks. Drinnen sah Nora zwei Dosen alkoholfreies Bier, etwas Orangensaft und einen großen Computer. Sie trat einen Schritt vor und erkannte, dass von dem Computer dünne Kabel hinaus zu dem Monitor auf dem Tisch liefen.

»Hier draußen ist es zu heiß für ihn«, erklärte Holroyd, während er die DVD in das Gehäuse des Computers schob und die Tür wieder schloss. »Packen Sie doch schon mal Ihre Karte aus.«

Nora holte eine topografische Karte aus ihrer Aktentasche und begann sie zu entfalten. Dann hielt sie inne. »Ihnen ist hoffentlich klar, dass das, was wir vorhaben, etwas ganz anderes ist, als in einem klimatisierten Büro vor dem Computer zu sitzen«, sagte sie. »Bei einer Ausgrabung wie der unseren muss jeder zwei oder drei Jobs übernehmen. Sie kommen zwar als Spezialist für Radarmessung und Kommunikation mit, aber es wird auch erwartet, dass Sie mit einer Schaufel umgehen können. Und das aus gutem Grund.«

Holroyd blinzelte sie an. »Was soll das jetzt? Wollen Sie mir die Expedition etwa madig machen?«

»Ich will nur, das Ihnen klar ist, worauf Sie sich einlassen.«

»Sie haben doch gesehen, was ich für Bücher lese. Ich weiß, dass das kein Sonntagsausflug wird. Das ist ja gerade der Reiz an der Sache.« Er setzte sich an den Holztisch und schob sich die Tastatur in Position. »Indem ich Ihnen diese Daten beschaffe, riskiere ich ein paar Jahre Gefängnis. Glauben Sie im Ernst, dass ich mich da vor einem bisschen Schaufelei fürchte?«

»Nein, das glaube ich nicht«, sagte Nora und lächelte. Sie zog sich einen Klappstuhl aus Plastik heran und nahm Platz. »Wie funktioniert Ihr Radar eigentlich genau?«

»Radarwellen sind nichts anderes als eine elektromagnetische Strahlung, die man so in etwa mit den Lichtwellen vergleichen kann. Wir schicken diese Strahlen vom Shuttle aus hinunter auf die Erde und fangen ihre Reflexionen auf, die unsere Computer dann digital hochrechnen und zu einem Bild zusammenfügen.« Holroyd drückte ein paar Tasten. Nach einer kurzen Pause erschien ein kleines Fenster am unteren Rand des Bildschirms, in dem die Statusanzeige über den Ladevorgang eines komplexen Programms erschien. Nach und nach öffneten sich kleine Symbolleisten in den anderen Ecken und schließlich ein großes, leeres Fenster in der Mitte des Monitors.

Holroyd klickte sich mit der Maus durch eine Reihe von Menüs, woraufhin sich in dem zentralen Fenster Zeile für Zeile ein Bild in künstlich wirkenden Rottönen aufbaute.

»Ist das alles?«, fragte Nora ein wenig enttäuscht. Sie hatte ein bisschen mehr erwartet als dieses verwirrende, monochrome Muster, das in keiner Weise an eine Landschaft erinnerte.

»Das ist erst der Anfang. Unsere Sensoren berücksichtigen Infrarotemissionen und Radiowellen zugleich, aber das zu erklären würde jetzt zu weit führen. Darüber hinaus tasten wir die Erdoberfläche mit drei verschiedenen Radarbändern ab und schicken die erhaltenen Bilder durch zwei verschiedene Polarisationsfilter. Jede Farbe repräsentiert ein anderes Radarband und eine andere Polarisationsebene. Ich werde jetzt alle diese verschiedenen Bilder zu einem Gesamtbild zusammenfügen, aber das kann ein paar Minuten dauern.«

»Und dann sehen wir unsere Straße?«

Holroyd sah sie amüsiert an. »So einfach ist das leider nicht. Wenn wir die Straße sehen wollen, müssen wir die Daten erst einmal gründlich durch den Wolf drehen.« Er deutete auf den Bildschirm. »Das rötliche Bild hier ist das, was das L-Band Radar sieht. Es hat eine Wellenlänge von dreiundzwanzig Komma fünf Zentimetern und kann trockenen Sand bis zu einer Tiefe von fünf Metern durchdringen. Als Nächstes füge ich das Bild des C-Bands hinzu.«

Ein bläuliches Bild baute sich auf dem Schirm auf.

»Das C-Band hat eine Wellenlänge von sechs Zentimetern und dringt bis zu fast zwei Meter in den Sand ein. Was Sie jetzt sehen, ist also etwas flacher als das erste Bild.« Er drückte ein paar Tasten. »Und jetzt kommt das X-Band mit einer Wellenlänge von drei Zentimetern. Es liefert uns praktisch ein Bild von der Erdoberfläche.«

Ein neonartig leuchtender Grünton zeigte sich auf dem Monitor.

»Ich kann mir überhaupt nicht vorstellen, wie Sie aus all dem etwas erkennen wollen«, sagte Nora und starrte auf die verschlungenen farbigen Linien.

»Als Nächstes werde ich die Polarisationen einrechnen. Wir polarisieren den Radarstrahl, den wir nach unten schicken, einmal horizontal und einmal vertikal. Bisweilen kommt dann der horizontal polarisierte Strahl andersherum polarisiert zurück. Das passiert zum Beispiel, wenn der Strahl auf viele vertikal stehende Baumstämme trifft.«

Nora sah, wie eine weitere Farbe auf dem Monitor erschien. Um sie aufzubauen, brauchte das Programm deutlich länger als bei den Bildern zuvor. Offenbar waren dazu komplexere Rechenarbeiten notwendig.

»Das sieht ja aus wie ein De Kooning«, sagte Nora.

»Wie bitte?«

»Ist nicht so wichtig.«

Holroyd wandte sich wieder dem Bildschirm zu. »Was wir jetzt sehen, ist ein Kompositbild, das von der Oberfläche bis etwa fünf Meter tief unter die Erde hinab reicht. Nun müssen wir manche Wellenlängen herausrechnen und andere verstärken. Hier zeigt sich übrigens, ob man sein Handwerk versteht oder nicht.« Nora glaubte, einen Anflug von Stolz in Holroyds Stimme vernehmen zu können.

Rascher als zuvor fing er wieder zu tippen an. Nora sah, wie ein weiteres Fenster auf dem Schirm erschien, über das endlose Zeilen von Programmcodes huschten. Nach und nach legte sich ein zartes Linienmuster auf das Bild der Wüstenoberfläche.

»Mein Gott!«, rief Nora. »Da sind sie ja. Ich wusste gar nicht, dass die Anasazi ...«

»Einen Augenblick«, unterbrach sie Holroyd. »Das sind keine alten Indianerstraßen, sondern Pfade, die aus der heutigen Zeit stammen.«

»Aber in der Karte sind doch gar keine Wege eingezeichnet.«

Holroyd schüttelte den Kopf. »Ich vermute, dass das die Spuren von irgendwelchen Tieren sind – vielleicht von Wildpferden, Hirschen, Kojoten oder Pumas – was weiß ich. Ein paar stammen sicher auch von Geländewagen, denn in den Fünfzigerjahren hat man in diesem Gebiet nach Uran gesucht. Die meisten von diesen Spuren dürften mit bloßem Auge nicht zu erkennen sein.«

Nora lehnte sich zurück. »Aber wie sollen wir bei diesem Gewirr bloß die Anasazi-Straße erkennen?«

Holroyd grinste. »Nur Geduld. Je älter ein Weg ist, desto tiefer liegt er. Alte Straßen finden sich oft unter Sandverwehungen oder sind von der Erosion und den vielen Schritten so glatt poliert, dass sie ein ganz anderes Radioecho haben als neuere Wege mit ihren meist noch etwas scharfkantigeren Steinen.«

Er tippte weiter. »Niemand weiß, warum, aber manchmal passieren die verrücktesten Dinge, wenn man die Werte zweier Wellenlängen zusammenrechnet. Man kann sie aber auch durcheinander teilen, potenzieren und die Wurzel daraus ziehen sowie den Cosinus des Alters seiner Mutter davon abziehen.«

»Das klingt nicht allzu wissenschaftlich«, bemerkte Nora.

Holroyd grinste. »Nein, aber das ist es ja gerade, was mir an dieser Arbeit den meisten Spaß macht. Wenn Daten so versteckt sind wie die von Ihrer Straße, dann kann man sie nur mit Intuition und Kreativität zum Vorschein bringen.«

Er arbeitete konzentriert und kontinuierlich weiter, und alle paar Minuten gab es weitere Veränderungen an dem Bild, die manchmal dramatisch und manchmal eher unscheinbar waren. Als Nora Holroyd einmal eine Frage stellte, schüttelte er bloß den Kopf und runzelte nachdenklich die Stirn. Dann verschwanden auf einmal sämtliche Linien auf dem Schirm, und Holroyd tippte fluchend eine Abfolge von Befehlen ein, bis sie wieder sichtbar waren.

Die Zeit verging, und Holroyd wurde zunehmend frustrierter. Der Schweiß stand ihm auf der Stirn, während seine Finger immer rascher auf die Tastatur einhämmerten. Auf dem billigen Stuhl fing Noras Rücken an zu schmerzen, und sie rutschte auf der Suche nach einer bequemeren Sitzposition unruhig hin und her.

Nach einer Weile lehnte sich Holroyd mit einem leise gemurmelten Fluch zurück. »Jetzt habe ich alle mir bekannten Methoden und Tricks ausprobiert, aber die Straße will einfach nicht erscheinen.«

»Was soll das heißen?«

»Das soll heißen, dass ich entweder hunderte von Spuren und Wegen auf den Schirm bekomme oder überhaupt keine.« Er stand auf und ging zum Kühlschrank. »Wollen Sie auch ein Bier?«

»Gerne«, sagte Nora und sah auf die Uhr. Obwohl es bereits acht Uhr abends war, herrschte in der Wohnung noch immer eine unerträgliche Hitze.

Nachdem Holroyd Nora eine Dose Bier gereicht hatte, setzte er sich wieder hin und legte die Füße auf den Küchentisch. Unter seinen Hosenbeinen kamen bleiche, haarlose Knöchel zum Vorschein. »Haben diese Anasazi-Straßen vielleicht irgendetwas Ungewöhnliches an sich? Etwas, das sie von Tier- und Reifenspuren unterscheidet?«

Nora dachte einen Augenblick nach und schüttelte dann den Kopf.

»Wofür wurden die Straßen denn verwendet?«

»Möglicherweise waren es gar keine wirklichen Straßen.«

Holroyd nahm die Füße vom Tisch und setzte sich wieder gerade hin. »Wie meinen Sie das?«

»Die Straßen geben uns Archäologen nach wie vor Rätsel auf. Die Anasazi kannten weder das Rad, noch hatten sie irgendwelche Lasttiere. Eigentlich hatten sie gar keine Verwendung für ein Straßensystem, und wir wissen noch immer keine befriedigende Antwort auf die Frage, weshalb sie ein solches überhaupt mit großem Aufwand angelegt haben.«

»Das klingt interessant«, warf Holroyd ein.

»Wenn die Archäologen etwas nicht verstehen, dann behaupten sie meistens, dass es einem religiösen Zweck dient. Genau das sagen sie auch über die Straßen der Anasazi. Sie sollen in erster Linie Pfade für die Geister der Toten gewesen sein, auf denen diese ihren Weg zurück in die Unterwelt finden sollten.«

»Wie sehen diese Straßen eigentlich aus?«, fragte Holroyd und nahm einen Schluck von seinem Bier.

»Meistens machen sie nicht allzu viel her, so dass man sie oft nur mit Mühe erkennen kann, wenn überhaupt.«

Holroyd sah sie erwartungsvoll an. »Wie sahen diese Straßen früher einmal aus?«, fragte er.

»Sie waren exakt zehn Meter breit und mit Adobe-Ziegeln gepflastert. Auf der Großen Nördlichen Straße hat man Scherben von Keramikgefäßen gefunden, die möglicherweise rituell zerschlagen wurden, um sie dadurch zu weihen. Am Rand der Straßen gab es Schreine, die man *Herraduras* nennt, aber wir haben keine Ahnung, wozu sie …«

»Einen Augenblick, bitte«, unterbrach sie Holroyd. »Sie haben gerade gesagt, dass die Straßen mit Adobe-Ziegeln gepflastert seien. Woraus bestehen diese Ziegel genau?«

»Hauptsächlich aus getrocknetem Lehm.«

»Kommt dieser Lehm von einem speziellen Ort?«

»Nein, meistens nahm man Lehm oder Schlamm, der in der Nähe vorkam, rührte ihn mit Wasser an und machte Ziegel daraus, die man dann in der Sonne trocknen ließ.«

»Schade.« Der hoffnungsvolle Ton verschwand aus Holroyds Stimme ebenso rasch, wie er aufgekeimt war.

»Ansonsten gibt es nicht viel über die Straßen zu sagen. Wir wissen nur, dass die Große Nördliche Straße um das Jahr 1250 aufgegeben wurde, wohl im Rahmen einer speziellen Zeremonie. Die Anasazi haben dazu große Haufen Reisig auf der Straße angezündet. Auch die Schreine am Straßenrand haben sie verbrannt, ebenso ein paar Gebäude, von denen ich eines ausgegraben habe. Es trägt den Namen Burned Jacal, und es gibt Spekulationen, dass es eine Art Leucht- oder Signalturm gewesen sein könnte. Aber nur Gott weiß allein, wofür die Anasazi es wirklich verwendet haben.«

Holroyd beugte sich vor. »Sie haben tatsächlich Reisig auf den Straßen verbrannt?«

»Auf der Großen Nördlichen Straße auf jeden Fall, die anderen wurden bisher noch nicht untersucht.«

»Weiß man, wie groß diese Feuer waren?«

»Ziemlich groß«, antwortete Nora. »Wir haben an mehreren Stellen ausgedehnte Holzkohleschichten entdeckt.«

Holroyd knallte die Bierdose auf den Tisch und fing wieder an, auf der Tastatur herumzutippen. »Holzkohle – Kohlenstoff also – hat eine ganz ausgeprägte Radarsignatur«, erklärte er. »Selbst kleine Mengen davon verschlucken die Strahlen fast vollständig.«

Das Bild auf dem Monitor begann sich abermals zu verändern.

»Worauf wir achten müssen, ist das genaue Gegenteil von dem, wonach ich bisher gesucht habe«, murmelte Holroyd. »Anstatt nach einer bestimmten Reflexion zu forschen, müssen wir schwarze Stellen finden, an denen die Radarstrahlen absorbiert werden.«

Er drückte eine letzte Taste, und Nora sah, wie das alte Bild vom Monitor verschwand. Und dann, als sich das neue quälend langsam aufbaute, erkannte sie auf einmal eine lang gezogene, dunkle Linie, die sich leicht verwischt in vielen Bögen durch die Landschaft wand. Obwohl sie an vielen Stellen unterbrochen war, war Nora sofort klar, was sie vor sich hatte.

»Bitteschön!«, sagte Holroyd, während er sich in seinem Stuhl zurücklehnte und Nora freudestrahlend ansah.

»Ist das tatsächlich meine Straße nach Quivira?«, fragte Nora mit zitternder Stimme.

»Nein«, gab Holroyd zurück, »das ist *unsere* Straße nach Quivira.«

8

Nora lenkte ihren Pick-up durch den Frühabendverkehr und konzentrierte sich darauf, dass ihr der Highway nicht vor den Augen verschwamm. Seit ihrer Studienzeit, in der sie in nächtelangen Marathonsitzungen für ihr Examen gebüffelt hatte, war sie nicht mehr so müde gewesen. Zwar hatte ihr Holroyd am Abend zuvor angeboten, dass sie in seiner Wohnung übernachten könne, aber sie war spät nachts noch nach Santa Fe zurückgefahren. Vormittags um zehn war sie schließlich im Institut angekommen und hatte sich durch einen langen Arbeitstag gequält, zu allem Überfluss musste sie auch noch die Schlussbeurteilungen für ihre Studenten schreiben. Immer wieder waren ihre Gedanken dabei zu ihrer geplanten Expedition in die verborgene Stadt Quivira abgeschweift. Dabei war ihr klar geworden, dass sie sich trotz ihrer Entdeckung der Anasazi-Straße nicht noch einmal an Blakewood wenden konnte. Die Chancen, ihn doch noch umzustimmen, standen nach wie vor äußerst schlecht. Als sie ihm nach der Mittagspause auf dem Gang begegnet war, hatte er sie nur flüchtig und unterkühlt gegrüßt.

Nora trat auf die Bremse, schaltete hinunter in den zweiten Gang und bog in die Verde Estates ab, wo sich ihre Wohnung befand. Zu ihrer Überraschung hatte Nora am späten Nachmittag einen Anruf von Ernest Goddards Sekretärin erhalten und war für den nächsten Vormittag in dessen Büro gebeten worden.

Bisher hatte Nora noch nie persönlich mit dem Vorsitzenden des Verwaltungsrats zu tun gehabt und hatte sich nicht denken können, weshalb der mächtigste Mann des Instituts sie sprechen wollte. Hoffentlich ging es nicht darum, dass sie zwei Tage lang unentschuldigt gefehlt hatte und mit ihren Scherben vom Río Puerco noch keinen Schritt vorangekommen war. Vermutlich hatte Blakewood den Vorsitzenden gebeten, dieser unbotmäßigen jungen Assistenzprofessorin einmal gehörig auf die Finger zu klopfen.

Auf der Fahrt durch die kurvigen Straßen des Wohnviertels schaltete Nora die Scheinwerfer ein. Obwohl Verde Estates auf dem Reißbrett entstanden war, hatten seine Architekten auf bemühte Anleihen beim Santa-Fe-Kolonialstil verzichtet, die man in vielen ähnlichen Neubaugebieten fand. Weil die Anlage etwas älter war, waren die größeren Obst- und Nadelbäume, die man hier gepflanzt hatte, schon ziemlich hoch gewachsen und nahmen den Gebäuden etwas von ihrer geradlinigen Strenge. Als Nora den Pick-up auf den Parkplatz lenkte, spürte sie, wie sich ein Gefühl warmer Ruhe in ihrem Körper ausbreitete. Sie hatte vor, sich eine halbe Stunde lang auszuruhen, bevor sie sich etwas Leichtes zum Essen machte, duschte und zu Bett ging. Vielleicht würde sie ja auch noch eine Weile an den Rohrblättern für ihre Oboe herumschnitzen, denn das war die Tätigkeit, bei der sie sich am besten entspannen konnte. Viele Oboisten empfanden das Anfertigen der Rohrblätter als eine lästige Pflichtübung, aber Nora hatte schon immer Freude daran gehabt. Sie zog den Zündschlüssel ab, nahm Akten- und Reisetasche und ging quer über den Parkplatz hinüber zu ihrer Wohnungstür. Im Geiste legte sie sich bereits die Dinge zurecht, die sie für das Rohrblattschneiden brauchen würde: eine Juwelierslupe, ein gutes Stück Bambus, Seidenfaden und ein Blatt Fischhaut, um undichte Löcher zu verschließen. Mr. Roehm, ihr Oboelehrer auf der Highschool, hatte das Anfertigen von Doppelrohrblättern immer mit der Herstellung von Fliegen für das Angeln verglichen: eine Kunst und eine Wissenschaft für sich, bei der man zahllose Fehler machen konnte und bei der es ständig etwas zu basteln gab.

Nachdem Nora aufgesperrt hatte und eingetreten war, lehnte sie sich mit dem Rücken an die Tür und schloss erschöpft die Augen. Sie war so müde, dass sie nicht einmal mehr den Lichtschalter betätigen konnte. So stand sie eine ganze Weile im Dunkeln und hörte das tiefe Brummen des Kühlschranks und das hysterische Bellen eines Hundes in der Nachbarschaft. Merkwürdig. In ihrer Wohnung lag ein Geruch, der ihr bisher noch nie aufgefallen war. Ist schon seltsam, dachte sie, wie fremd einem nach nur zwei Tagen die eigene Wohnung vorkommt.

Auf einmal fiel Nora auf, dass sie etwas vermisste: das vertraute Ticktack von Krallen auf dem Linoleum, das kühle Gefühl einer feuchten Hundeschnauze, die sie freundlich an ihren Fußknöchel stupste. Nora atmete tief durch, dann stieß sie sich von der Tür ab und machte Licht. Thurber, ihr zehn Jahre alter Basset, ließ sich nicht blicken.

»Thurber?«, rief Nora in die Wohnung hinein und überlegte sich kurz, ob sie wieder nach draußen gehen und dort nach ihrem Hund suchen sollte. Aber Thurber war nun einmal ein extrem häusliches Lebewesen und verließ nur im äußersten Notfall seine geliebten vier Wände.

»Thurber?«, rief sie noch einmal. Als sie ihre Aktentasche neben den Sofatisch stellte, entdeckte sie dort einen Zettel, auf dem stand: Nora, bitte ruf mich an. Skip.

Der muss wohl dringend Geld brauchen, dachte sie schmunzelnd, denn normalerweise war »bitte« für ihren Bruder ein Fremdwort. Der Zettel erklärte auch Thurbers Abwesenheit. Sie hatte Skip gebeten, sich um den Hund zu kümmern, während sie in Kalifornien war, und er hatte Thurber vermutlich mit zu sich in die Wohnung genommen, um nicht ständig hin- und herfahren zu müssen.

Nora drehte sich um und wollte schon ihre Schuhe abstreifen, überlegte es sich dann aber anders, als sie sah, wie staubig der Boden war. Ich muss hier dringend sauber machen, dachte sie, während sie zur Treppe ging.

Im Badezimmer zog sie die Bluse aus, wusch sich Gesicht und Hände, befeuchtete sich die Haare und streifte ein altes, verwaschenes Sweatshirt mit dem Aufdruck UNIVERSITY OF NEVADA – LAS VEGAS« über, das sie gerne zum Rohrblattschnitzen trug. Auf dem Weg ins Schlafzimmer blieb sie stehen und sah sich noch einmal in der Wohnung um. Sie war so rasch mit einem Urteil über Holroyds Appartement bei der Hand gewesen, das ihr in seiner unpersönlichen Kahlheit fast schon exzentrisch vorgekommen war, aber wenn sie es genau betrachtete, sah ihre eigene Wohnung auch nicht viel anders aus. Irgendwie hatte sie nie die Zeit gefunden, um sie richtig einzurichten. Wenn eine Wohnung ein Spiegel der Seele war, was sagten dann diese unordentlichen Räume über sie aus? Dass sie eine Frau war, die lieber in alten Ruinen herumstöberte als sich ihre eigenen Wände wohnlich zu gestalten? Vieles, was hier herumstand, gehörte nicht einmal ihr, denn im Gegensatz zu Skip, der lediglich die Bibliothek und die alte Pistole ihres Vaters hatte haben wollen, hatte sie eine Menge Möbel von ihren toten Eltern übernommen.

Nora schüttelte den Kopf und griff schmunzelnd nach ihrer Haarbürste auf der Kommode.

Aber die Bürste war nicht da.

Verdutzt hielt Nora einen Augenblick lang mit ausgestreckter Hand inne. Das Fehlen der Bürste war etwas Außergewöhnliches, denn als Archäologin hatte Nora sich angewöhnt, ihre Dinge möglichst *in situ* zu belassen. Während ihr die feuchten Haare kühl in den Nacken fielen, ging sie noch einmal im Geiste durch, was sie vor drei Tagen vormittags im Schlafzimmer gemacht hatte. Wie üblich hatte sie sich die Haare gewaschen und danach gebürstet. Und dann hatte sie die Bürste zurück auf die Kommode gelegt.

Aber jetzt war sie nicht mehr da. Nora starrte die merkwürdige, unerklärliche Lücke zwischen ihrem Kamm und der Schachtel mit den Kosmetiktüchern an. Dieser verdammte Skip, dachte sie plötzlich, aber in ihren Ärger mischte sich auch Erleichterung. Weil sein eigenes Badezimmer eine einzige Schimmelkolonie war, genoss es ihr Bruder, sich heimlich bei ihr zu duschen, wenn sie nicht da war. Vermutlich hatte er auch ihre Bürste benutzt und sie dann irgendwo hingeschmissen …

Nora atmete scharf ein. Ein unbestimmtes Gefühl in der Magengrube sagte ihr, dass diese Sache nichts mit Skip zu tun hatte. Der merkwürdige Geruch, der Staub im Gang, das Gefühl, dass ihre Sachen nicht am richtigen Platz waren … Sie wirbelte herum und hielt nach weiteren Dingen Ausschau, die nicht in Ordnung waren, aber alles schien an seinem gewohnten Platz zu sein.

Und dann hörte sie auf einmal ein leises, kratzendes Geräusch von draußen. Sie sah zu den Fenstern, aber die reflektierten nur das helle Innere der Wohnung. Nora schaltete das Licht aus. Draußen war eine klare, mondlose Nacht, in der unzählige Sterne am samtschwarzen Wüstenhimmel funkelten. Nora hörte wieder das Kratzen, diesmal lauter als zuvor.

Mit einem Anflug von Erleichterung dachte sie, dass das Thurber sein musste, der sich an der hinteren Tür zu schaffen machte. Zu allem Überfluss hatte Skip es also auch noch fertig gebracht, den Hund auszusperren. Kopfschüttelnd ging Nora nach unten in die Küche. Sie zog den Riegel von der Tür, öffnete sie und ging automatisch in die Hocke, damit Thurber sie begrüßen konnte.

Aber der Basset war nirgends zu sehen. Der Wind blies eine kleine Staubwolke auf die Betonstufe vor der Tür, die von den Scheinwerfern eines vorbeifahrenden Autos in helles Licht getaucht wurde. Der Lichtkegel glitt die kleine Straße hinter den Häusern entlang und huschte dabei über den Rasen, einen kleinen Fichtenhain und schließlich über eine große, pelzige Gestalt, die sofort zurück in die schützende Dunkelheit sprang. Schlagartig wurde Nora klar, dass sie diese Bewegung schon einmal gesehen hatte – vor ein paar Nächten, als eine ähnliche Gestalt mit unnatürlich anmutender Schnelligkeit neben ihrem Auto hergerannt war.

Von Entsetzen gepackt taumelte Nora zurück in die Küche. Ihr Gesicht brannte heiß, und sie rang nach Luft. Dann war der Augenblick der Lähmung vorbei, und eine unbändige Wut ergriff von ihr Besitz. Sie packte die schwere Taschenlampe, die auf der Küchentheke lag und stürmte zur Tür. Auf der Schwelle blieb sie stehen und leuchtete den Garten ab, aber von der pelzigen Gestalt war nichts mehr zu sehen. Nicht einmal Fußspuren hatte sie auf der lockeren Erde vor der Küchentür hinterlassen.

»Lasst mich in Frieden, verdammt noch mal!«, schrie Nora in die schwarze Nacht hinaus, aber die einzigen Geräusche waren das verlorene Seufzen des Windes, das Bellen eines Hundes in der Ferne und das Klappern der Taschenlampe in ihrer zitternden Hand.

9

Nora blieb vor einer offenen Tür mit der Aufschrift SANTA FE ARCHAEOLOGICAL INSTITUTE – VORSITZENDER DES VERWALTUNGSRATS stehen und schloss die Finger fester um den Griff ihrer Aktentasche, die sie nun ständig bei sich hatte. Während sie vorsichtig in beide Richtungen den Gang entlangspähte, fragte sie sich, ob ihre Nervosität von dem Erlebnis am vergangenen Abend oder von dem bevorstehenden Treffen mit Ernest Goddard herrührte. Waren am Ende ihren Machenschaften am JPL der Institutsleitung zu Ohren gekommen? Nein, das war ausgeschlossen. Aber vielleicht wollte man sie ja aus einem anderen Grund entlassen. Weshalb hätte Ernest Goddard sie sonst sprechen wollen? Nora hatte Kopfschmerzen; sie waren vermutlich auf ihren Mangel an Schlaf zurückzuführen.

Über den Vorsitzenden wusste sie nicht viel mehr als das, was sie in der Zeitung über ihn gelesen hatte, und nur ganz selten hatte sie Goddard auf dem Campus im Vorbeigehen gesehen. Auch wenn Dr. Blakewood im Großen und Ganzen die Geschicke des Instituts bestimmte, so war doch Ernest Goddard als der wichtigste Geldgeber die graue Eminenz im Hintergrund. Im Gegensatz zu Blakewood hatte Goddard ein fast schon übernatürlich anmutendes Geschick im Umgang mit der Presse. So schaffte er es immer wieder, dass genau zur richtigen Zeit ein sehr wohlwollender, aber nicht zu übertrieben lobhudelnder Artikel über das Institut in einer der großen Zeitungen erschien. Über den Ursprung von Goddards sagenhaftem Reichtum hatte Nora schon die fantastischsten Theorien gehört, die von einem ererbten Ölkonzern bis zur Bergung eines U-Boots voller Nazigold gereicht hatten.

Nora atmete tief durch und nahm den Türknauf in die Hand. Vielleicht war eine Entlassung zum gegenwärtigen Zeitpunkt ja gar nicht so verkehrt, denn dann konnte sie sich frei von anderen Verpflichtungen ganz der Suche nach Quivira widmen. Nachdem das Institut in Gestalt von Dr. Blakewood ihren Vorschlag hinsichtlich einer Expedition bereits abgelehnt hatte, konnte sie sich mit Holroyds Informationen in der Hinterhand auf die Suche nach neuen Geldgebern machen.

Eine kleine, nervöse Sekretärin geleitete Nora durch das Vorzimmer in Goddards Büro. Es war kühl und leer wie eine Kirche, mit weiß getünchten Lehmziegelwänden und einem mit mexikanischen Kacheln gefliesten Boden. Anstatt des imposanten Schreibtischs, den Nora hier erwartet hatte, gab es nur einen großen Arbeitstisch aus Holz mit vielen Kratzern und anderen Spuren des täglichen Gebrauchs, auf dem mehrere Keramikschalen exakt wie Soldaten hintereinander aufgereiht waren. Das ansonsten schmucklose Büro stellte das exakte Gegenstück zu dem von Dr. Blakewood dar.

Hinter dem Tisch stand Ernest Goddard, dessen mageres Gesicht von langen weißen Haaren und einem grau melierten Bart eingerahmt wurde. Ein verknittertes, seidenes Einstecktuch hing aus der Brusttasche seines Jacketts und sein grauer Anzug schien viel zu groß für seinen hageren Körper zu sein. Wäre nicht das klare, helle Funkeln in seinen blauen Augen gewesen, hätte Nora ihn fast für einen todkranken Mann gehalten.

»Hallo, Dr. Kelly«, sagte er, während er einen Bleistift aus der Hand legte und um den Tisch herum kam, um Nora zu begrüßen. »Wie schön, Sie endlich kennen zu lernen.« Er hatte eine ungewöhnlich heiser klingende Stimme, die kaum lauter als ein Flüstern war und dennoch eine enorme Autorität verströmte.

»Bitte, nennen Sie mich Nora«, erwiderte Nora erstaunt. Sie hatte mit allem gerechnet, nur nicht mit dieser freundlichen Begrüßung.

»Das will ich gerne tun«, sagte Goddard und hustete leise in sein Einstecktuch, das er mit einer graziösen, fast feminin wirkenden Handbewegung aus seiner Jackett-Tasche gezogen hatte. »Nehmen Sie doch bitte Platz. Oder halt, warten Sie. Werfen Sie vorher noch einen Blick auf diese Keramiken, sind Sie so nett?« Goddard stopfte das Einstecktuch wieder in die Tasche.

Nora trat an den Tisch, auf dem insgesamt zwölf bemalte Schalen standen: außergewöhnlich schöne Töpfereien aus dem Mimbres-Tal in New Mexico. Drei von ihnen hatten rein geometrische Muster mit vibrierenden Rhythmen, und zwei zeigten abstrakte Insektendarstellungen – einen Stinkkäfer und eine Grille. Der Rest war mit stilisierten menschlichen Figuren dekoriert. Ein jeder der Töpfe hatte ein sauberes Loch im Boden.

»Sie sind fantastisch«, meinte Nora bewundernd.

Goddard wollte offenbar etwas sagen, was aber in einem Hustenanfall unterging. Ein Summer ertönte auf dem Arbeitstisch. »Dr. Goddard, Mrs. Henigsbaugh ist hier«, tönte die Stimme der Sekretärin aus einem Lautsprecher.

»Schicken Sie sie herein«, bat Goddard.

Nora sah ihn an. »Soll ich ...«

»Nein, Sie bleiben hier«, erwiderte Goddard und deutete auf einen Stuhl. »Das dauert nicht lange.«

Die Tür ging auf und eine Frau um die Siebzig kam herein. Nora erkannte sie sofort als eine der typischen Gesellschaftsmatronen aus Santa Fe – reich, schlank, sonnengebräunt und fast ohne jedes Make-up. Die Frau hatte eine gute Figur und trug einen langen Cordrock, eine weiße Seidenbluse und eine exquisite, aber dezente Kürbisblüten-Halskette der Navajo-Indianer. »Ich bin entzückt, Ernest«, sagte sie.

»Schön, Sie zu sehen, Lily«, antwortete Goddard und deutete mit seiner altersfleckigen Hand auf Nora. »Das ist Dr. Nora Kelly, eine Assistenzprofessorin hier am Institut.«

Die Frau blickte zuerst zu Nora und dann auf den Schreibtisch. »Sehr gut. Da sind ja die Schalen, von denen ich Ihnen erzählt habe.«

Goddard nickte. »Mein Sachverständiger meint, dass sie mindestens fünfhunderttausend Dollar wert sind. Äußerst seltene Stücke, wie er sagt, und in hervorragendem Zustand. Harry hat diese Dinger gesammelt, müssen Sie wissen. Er wollte, dass das Institut sie nach seinem Tod bekommt.«

»Sie sind sehr hübsch, aber ...«

»Und ob sie das sind!«, unterbrach ihn die Frau und strich sich über ihre perfekt frisierten Haare. »Und jetzt will ich Ihnen auch gleich sagen, wie ich mir vorstelle, dass sie ausgestellt werden. Ich weiß natürlich, dass das Institut kein Museum oder dergleichen hat. Aber in Anbetracht des Wertes, den diese Stücke darstellen, sollten sie an einem besonderen Ort ihren Platz finden. Ich persönlich würde für das Verwaltungsgebäude plädieren. Ich habe schon mit Simmons, meinem Architekten, gesprochen, und der hat ein paar Pläne für eine kleine Erweiterung skizziert, die wir den ›Henigsbaugh-Alkoven‹ nennen könnten. Dort würden die ...«

»Hören Sie mir doch bitte einen Moment lang zu, Lily«, unterbrach Goddard, dessen heisere Stimme einen leisen Befehlston angenommen hatte. »Wie ich gerade sagen wollte, wissen wir die Schenkung Ihres verstorbenen Mannes sehr zu schätzen, aber leider können wir sie nicht annehmen.«

Im Büro wurde es still.

»Wie bitte?«, fragte Mrs. Henigsbaugh nach ein paar Sekunden. Ihre Stimme klang plötzlich ganz frostig.

Goddard wedelte mit seinem Einstecktuch in Richtung auf den Arbeitstisch. »Diese Schalen sind Grabbeigaben, und unser Institut nimmt Stücke, die aus Gräbern geraubt wurden, nicht an.«

»Was soll das heißen: ›geraubt‹? Harry hat die Keramiken von seriösen Händlern gekauft. Haben Sie sich denn nicht die Papiere angesehen, die ich beigelegt habe? In denen steht nichts von Gräbern.«

»Die Papiere interessieren mich nicht, Lily. Unsere Grundregeln besagen nun einmal, dass wir Grabbeigaben nicht annehmen dürfen. Und außerdem«, fügte Goddard in einem sanfteren Ton hinzu, »sind sie zwar wirklich sehr schön, und wir fühlen uns durch die noble Geste Ihres Mannes auch sehr geehrt, aber wir haben bessere Exemplare in unseren Sammlungen.«

Bessere Exemplare, dachte Nora. Nicht einmal in der Sammlung des Smithsonian Institute hatte sie schönere Mimbres-Keramiken gesehen.

Aber Mrs. Henigsbaugh hörte Goddard kaum zu, denn sie kaute noch immer an der ersten, schwerwiegenden Beleidigung herum. »Grabbeigaben!«, fauchte sie. »Wie können Sie es wagen, meinen Mann mit Grabraub in Verbindung zu bringen?«

Goddard hob eine der Schalen hoch und steckte seinen Zeigefinger durch das Loch im Boden. »Diese Schale wurde getötet.«

»Getötet?«

»Ja. Wenn die Mimbres ihren Toten eine Schale mit ins Grab gaben, machten sie ein Loch in ihren Boden, um den Geist der Schale freizusetzen, damit er dem des Verstorbenen in die Unterwelt folgen konnte. Archäologen nennen diese Prozedur ›die Schale töten‹.« Er stellte das Gefäß zurück auf den Tisch. »Alle diese Keramiken wurden getötet. Daran können Sie erkennen, dass sie aus Gräbern stammen, ganz egal, was für eine Herkunft in den Papieren steht.«

»Wollen Sie damit etwa sagen, dass Sie, ohne mit der Wimper zu zucken, eine Spende im Wert von einer halben Million Dollar ausschlagen?«, rief die Frau erstaunt.

»So Leid es mir tut. Ich werde die Schalen sorgfältig verpacken und an Sie zurückschicken lassen«, erwiderte Goddard und hustete in sein Einstecktuch.

»Und ob Ihnen das noch Leid tun wird!«, zischte Mrs. Henisbaugh erbost. Sie drehte sich abrupt um und verließ unter Zurücklassung einer Wolke teuren Parfüms das Büro.

In der Stille, die ihrem Abgang folgte, lehnte sich Goddard an die Kante des Arbeitstischs und machte ein nachdenkliches Gesicht. »Kennen Sie sich mit Mimbres-Keramiken ein wenig aus?«, fragte er.

»Ja«, antwortete Nora. Sie konnte es immer noch nicht fassen, dass Goddard die Schenkung zurückgewiesen hatte.

»Und was ist Ihre Meinung zu dieser Angelegenheit?«

»Andere Institutionen ... haben durchaus getötete Mimbres-Schalen in ihren Sammlungen.«

»Aber wir sind nun mal nicht diese *anderen Institutionen*«, erwiderte Goddard in seinem heiseren Flüsterton. »Diese Schalen wurden von Menschen, die ihre Toten respektierten, in deren Gräber gelegt, und diesen Respekt sollten wir ihnen auch zollen. Ich möchte bezweifeln, dass es Mrs. Henigsbaugh gefallen würde, wenn jemand ihren lieben verstorbenen Harry wieder ausbuddeln würde.« Er setzte sich auf seinen Stuhl hinter dem Arbeitstisch. »Dr. Blakewood hat mir kürzlich einen Besuch abgestattet, Nora.«

Nora zuckte zusammen. Jetzt war es soweit.

»Er hat mir erzählt, dass es mit Ihren Projekten nicht so recht vorangeht, und äußerte die Befürchtung, dass seine Beurteilung Ihrer Arbeit wohl nicht allzu günstig für Sie ausfallen würde. Haben Sie mir dazu vielleicht irgendetwas zu sagen?«

»Dazu gibt es nichts zu sagen«, erwiderte Nora. »Wenn Sie wollen, reiche ich Ihnen auf der Stelle meine Kündigung ein.«

Zu ihrem Erstaunen musste Goddard grinsen. »Wer spricht denn von Kündigung?«, fragte er. »Wozu um alles in der Welt sollte das denn gut sein?«

Nora räusperte sich. »Es ist völlig ausgeschlossen, dass ich in sechs Monaten die Berichte über die Ausgrabungen am Río Puerco und am Gallegos Divide zu Ende bringe, und außerdem habe ich ...« Sie hörte abrupt auf zu sprechen.

»Was wollten Sie sagen?«, fragte Goddard.

»Und außerdem muss ich etwas tun, das mir sehr wichtig ist«, beendete Nora ihren Satz. »Vielleicht ist es wirklich das Beste, wenn ich jetzt gleich kündige und Ihnen so auch die Mühe erspare, mich hinauszuwerfen.«

»Verstehe.« Goddards funkelnde Augen blickten direkt in die von Nora. »Aber Sie haben gerade davon gesprochen, dass Ihnen etwas sehr wichtig sei. Könnte das vielleicht die Suche nach der vergessenen Stadt Quivira sein?«

Nora sah ihn scharf an und der alte Mann grinste abermals. »Blakewood hat mir auch davon erzählt«, erklärte er.

Nora schwieg.

»Er hat sich außerdem darüber beklagt, dass Sie kürzlich dem Institut für ein paar Tage unentschuldigt ferngeblieben sind. Hatte diese Abwesenheit vielleicht auch etwas mit Ihrer Suche nach der Stadt Quivira zu tun?«

»Ich war in Kalifornien.«

»Und das während Ihrer Dienstzeit?«

Nora seufzte. »Ich habe dafür meinen Urlaub verwendet.«

»Dr. Blakewood war da ganz anderer Ansicht. Wissen Sie denn jetzt wenigstens, wo Quivira liegt?«

»In gewisser Weise schon.«

Goddard sagte nichts. Als Nora ihm ins Gesicht sah, fiel ihr auf, dass sein Grinsen verflogen war.

»Hätten Sie vielleicht Lust, mir das etwas näher zu erklären?«

»Nein.«

Goddard brauchte eine Weile, bis er die Überraschung verdaut hatte. »Und warum nicht?«, fragte er dann.

»Weil das *mein* Projekt ist«, sagte Nora feindselig.

»Verstehe«, erwiderte Goddard. Er stieß sich vom Tisch ab und kam einen Schritt auf Nora zu. »Das Institut könnte Ihnen bei Ihrem Projekt behilflich sein, aber dazu müssten Sie mir zuerst sagen, was Sie in Kalifornien gefunden haben.«

Nora rutschte auf ihrem Stuhl herum und dachte nach. »Ein paar Radaraufnahmen, die eine alte Anasazi-Straße zeigen. Diese führt nach Quivira, davon bin ich überzeugt.«

»Sind Sie das wirklich?«, fragte Goddard mit erstaunter Miene. »Und wo haben Sie die Bilder her?«

»Ich habe jemanden vom Jet Propulsion Laboratory an der Hand, der für mich Radarbilder aus dem Weltraum digital bearbeitet hat. Er hat die modernen Pfade aus den Aufnahmen herausgefiltert, so dass schließlich nur noch die alte Straße zu sehen war. Sie führt direkt in ein Cañon-Gebiet, das auch in den frühen spanischen Expeditionsberichten erwähnt wird.«

Goddard nickte. Sein Gesicht sah interessiert und erwartungsvoll aus. »Das ist höchst außergewöhnlich, Nora. Sie sind ganz offenbar eine Frau, die für eine Überraschung gut ist.«

Nora erwiderte nichts.

»Sicher hatte Dr. Blakewood nicht Unrecht mit dem, was er über Sie gesagt hat, aber vielleicht hat er sich sein Urteil ja etwas zu vorschnell gebildet.« Er stand auf und legte Nora sanft eine Hand auf die Schulter. »Wie wäre es denn, wenn wir die Suche nach Quivira zu *unserem* Projekt machen würden?«, fragte er.

Nora zögerte noch immer. »Ich bin mir nicht sicher, ob ich Sie richtig verstanden habe.«

Goddard zog seine Hand zurück und ging langsam durch das Büro, wobei er es vermied, Nora anzusehen. »Was wäre, wenn das Institut Ihre Expedition finanzieren und gleichzeitig Ihren Vertrag verlängern würde? Was würden Sie davon halten?«

Nora starrte auf den schmalen Rücken des Mannes und versuchte zu begreifen, was Goddard gerade vorgeschlagen hatte. »Entschuldigen Sie meine Offenheit, aber ich würde sagen, dass das ziemlich unwahrscheinlich klingt.«

Goddard begann zu lachen, wurde dann aber von einem Hustenanfall gebremst. Mit langen Schritten kam er wieder an den Arbeitstisch. »Blakewood hat mir von Ihren Theorien und dem Brief Ihres

Vaters erzählt. Er selbst war nicht gerade überzeugt davon, aber wie der Zufall es will, mache auch ich mir schon seit geraumer Zeit Gedanken über Quivira. Nicht weniger als drei frühe spanische Entdecker des Südwestens haben von Geschichten über eine sagenhafte goldene Stadt berichtet: Cabeza de Vaca im Jahr 1530, Fray Marcos 1538 und Coronado zwei Jahre später. Diese Geschichten gleichen sich zu sehr, als dass man sie als bloße Erfindungen abtun könnte. Was ist mit den Leuten, die in den Siebzigerjahren des siebzehnten und in den Dreißigerjahren des achtzehnten Jahrhunderts Erzählungen von der vergessenen Stadt dokumentiert haben?« Er ließ seinen Blick auf Nora ruhen. »*Dass* es die Stadt Quivira gibt, daran habe ich noch nie gezweifelt. Die Frage war bisher nur, *wo* sie sich befindet.«

Er lehnte sich an die Tischkante. »Nora, ich habe Ihren Vater gekannt, und wenn er schreibt, dass er Hinweise auf die vergessene Stadt gefunden hat, dann glaube ich ihm das.«

Nora biss sich auf die Unterlippe, um ihre plötzlich aufwallenden Emotionen unter Kontrolle zu halten.

»Ich bin in der Lage, Ihrer Expedition die volle Unterstützung des Instituts zu gewähren, aber dazu müssen Sie mir zeigen, was Sie in der Hand haben. Den Brief *und* die Daten. Wenn das, was Sie sagen, zutrifft, dann können Sie mit unserer Hilfe rechnen.«

Nora legte eine Hand auf ihre Aktentasche. Sie konnte die plötzliche Wendung der Unterredung noch immer kaum fassen. Aber sie musste auch daran denken, dass junge Archäologen häufig von älteren und erfahreneren Kollegen um den Ruhm ihrer Entdeckungen gebracht wurden. »Sie haben eben von *unserem* Projekt gesprochen, Dr. Goddard. Aber wenn es Ihnen nichts ausmacht, möchte ich doch lieber, dass es *mein* Projekt bleibt.«

»Nun, vielleicht macht es mir doch etwas aus. Wenn ich diese Expedition durch das Institut finanzieren lasse, würde ich auch gerne darüber bestimmen, was passiert – besonders in Hinsicht auf die Personen, die an ihr teilnehmen.«

»Wen haben Sie sich denn als Expeditionsleiter vorgestellt?«, wollte Nora wissen.

Es entstand eine ganz kurze Pause, in der Goddard Nora direkt in die Augen sah. »Sie natürlich. Aaron Black würde als Geochronologe mitkommen und Enrique Aragon als Expeditionsarzt und Paläopathologe.«

Nora lehnte sich in ihrem Stuhl zurück und staunte, wie rasch Goddards Gehirn arbeitete. Er plante in Gedanken nicht nur die Expedition, sondern stattete sie auch gleich mit den hochkarätigsten Wissenschaftlern aus, die es auf dem jeweiligen Fachgebiet gab. »Vorausgesetzt, Sie können sie zum Mitmachen überreden«, wandte sie ein.

»Dessen bin ich mir ziemlich sicher, denn ich kenne die beiden recht gut. Außerdem wäre die Entdeckung von Quivira ein Meilenstein in der modernen Archäologie des Südwestens. Die Chance, daran teilnehmen zu können, wird sich wohl kaum ein Archäologe entgehen lassen. Und da ich persönlich leider nicht mitkommen kann« – er wedelte zur Erklärung mit seinem Einstecktuch – »möchte ich an meiner Stelle gerne meine Tochter an der Expedition teilnehmen lassen. Sie hat ihr Grundstudium am Smith College absolviert und soeben in Princeton ihren Doktor in Archäologie gemacht. Jetzt brennt sie darauf, endlich einmal richtige Feldforschung betreiben zu können. Sie ist jung und vielleicht ein bisschen ungestüm, aber sie hat ein Talent für die Archäologie, wie man es nur selten findet. Darüber hinaus ist sie eine exzellente Expeditionsfotografin.«

Nora runzelte die Stirn. Smith College, dachte sie bei sich. »Ich bin mir nicht sicher, ob das eine so gute Idee ist«, meinte sie. »Auf diese Weise könnte eine unklare Befehlshierarchie entstehen. Außerdem könnte sich die Expedition als ein ziemlich anstrengendes Unterfangen für« – sie zögerte einen Moment – »für ein Mädchen von einer Eliteuniversität erweisen.«

»Meine Tochter *muss* mitkommen«, sagte Goddard ruhig. »Und

dass sie nicht das ist, was Sie als ›Mädchen von einer Eliteuniversität‹ bezeichnen, werden Sie schon noch spitzkriegen.« Ein merkwürdiges, unamüsiertes Lächeln spielte einen Augenblick lang um seine Lippen.

Nora sah den alten Mann an. Sie wusste, dass er in diesem Punkt nicht mit sich würde reden lassen. Rasch ging sie ihre Möglichkeiten durch: Sie konnte die Ranch verkaufen, von dem Geld ein paar Leute nach eigenem Gusto anheuern, mit ihnen in die Wüste ziehen und hoffen, dass sie Quivira finden würde, bevor ihr die Mittel ausgingen. Oder sie konnte mit ihren Informationen zu einer anderen Institution gehen, die aber möglicherweise ein bis zwei Jahre brauchen würde, um eine Expedition zu organisieren und zu finanzieren. Andererseits konnte sie ihre Entdeckung aber auch mit einem wohlwollenden Gönner teilen, der wie kein Zweiter in der Lage war, aus den führenden Archäologen des Landes eine professionelle Expedition zusammenzustellen. Als Gegenleistung für seine Unterstützung musste sie allerdings die Tochter dieses Gönners mit in die Wüste nehmen. Besser, ich debattiere nicht über diesen Punkt mit ihm, dachte sie.

»In Ordnung«, sagte sie und lächelte. »Aber auch ich habe eine Bedingung. Ich möchte den Techniker vom JPL, der mir bei den Vorbereitungen geholfen als, als Elektronik- und Kommunikationsspezialisten mitnehmen.«

»Tut mir Leid, aber die Personalentscheidungen möchte ich mir selbst vorbehalten.«

»Es war der Preis dafür, dass ich die Daten bekommen habe.«

Goddard dachte nach. »Können Sie sich für den Mann verbürgen?«

»Ja. Er ist jung, aber er hat enorme Berufserfahrung.«

»Dann geht das in Ordnung.«

Nora war erstaunt über Goddards Fähigkeit, eine Herausforderung anzunehmen, sie zu parieren und dann rasch eine Entscheidung zu treffen. Sie spürte, wie er ihr immer sympathischer wurde.

»Ich möchte außerdem vorschlagen, dass wir diese Unterredung geheim halten«, fuhr sie fort. »Die Expedition muss rasch und in aller Stille vorbereitet werden.«

Goddard sah sie nachdenklich an. »Darf ich fragen, weshalb?«

»Weil ...« Nora hielt inne. Weil ich glaube, dass ich von mysteriösen Gestalten verfolgt werde, die mit allen Mitteln herausbekommen wollen, wo die Stadt Quivira liegt, dachte sie. Doch das konnte sie keinesfalls zu Goddard sagen, der sie bestimmt für verrückt halten und – was noch viel schlimmer wäre – sein Angebot dann womöglich zurückziehen würde. Jeder Hinweis auf potenzielle Probleme würde die Planung der Expedition nur unnötig komplizieren und vielleicht sogar zum Scheitern bringen. »Weil diese Informationen sehr sensibel sind«, antwortete sie schließlich. »Stellen Sie sich nur vor, was passieren würde, wenn Grabräuber von unserem Vorhaben Wind bekämen und versuchten, die Stadt zu plündern, bevor wir sie gefunden haben. Außerdem sollten wir uns noch aus einem anderen Grund beeilen: Die Jahreszeit, in der sich Sturzfluten häufen, steht vor der Tür.«

Goddard dachte einen Augenblick nach, dann nickte er bedächtig. »Das leuchtet mir ein. Ach, übrigens, ich hätte gern, dass auch ein Journalist an der Expedition teilnimmt. Für die Diskretion des Mannes kann ich mich verbürgen.«

»Ein Journalist?«, platzte Nora heraus. »Wieso denn das?«

»Damit er den wichtigsten Fund der amerikanischen Archäologie des zwanzigsten Jahrhunderts aus erster Hand dokumentieren kann. Denken Sie bloß daran, was für eine fantastische Geschichte der Welt entgangen wäre, wenn Howard Carter die Londoner ›Times‹ nicht über seine Entdeckung hätte berichten lassen. Der Mann, den ich im Auge habe, ist ein Reporter der ›New York Times‹, der schon mehrere Bücher geschrieben hat, darunter eine exzellente Darstellung des Bostoner Aquariums. Ich denke, dass er in der Lage ist, einen für uns vorteilhaften – und viel gelesenen – Bericht über unsere Arbeit zu verfassen. Außerdem können Sie ihn als Hilfskraft bei

Grabungsarbeiten einsetzen.« Er warf Nora einen fragenden Blick zu. »Sie haben doch hoffentlich nichts dagegen, wenn wir nach getaner Arbeit unsere Entdeckung publizistisch ein wenig ausschlachten?«

Nora zögerte. Alles geschah so schnell, dass sie kaum zum Nachdenken kam. Fast schien es ihr, als habe Goddard sich das alles schon vorher überlegt. Nachdem sie das Gespräch vor ihrem geistigen Auge noch einmal rasch hatte Revue passieren lassen, wurde diese Ahnung zur Gewissheit. Außerdem drängte sich ihr das Gefühl auf, dass Goddard für seine Begeisterung einen Grund hatte, den er ihr nicht mitteilen wollte.

»Nein, das habe ich nicht«, antwortete sie schließlich.

»Ich hatte auch nichts anderes von Ihnen erwartet. Und jetzt lassen Sie uns mal sehen, was Sie zu bieten haben.«

Goddard ging um den Arbeitstisch herum und sah Nora zu, wie sie in ihre Aktentasche griff und eine topografische Karte herauszog.

»Unser Zielgebiet befindet sich in diesem Dreieck westlich des Kaiparowits-Plateaus. Wie Sie sehen, gibt es dort dutzende von Cañon-Systemen, die alle zum Lake Powell und zum Grand Cañon im Süden und Osten führen. Die nächste menschliche Ansiedlung ist ein Dorf der Nankoweap-Indianer knapp hundert Kilometer nördlich davon.«

Dann reichte sie Goddard ein Blatt Papier, das einen vergrößerten Ausschnitt aus einer weiteren topografischen Karte zeigte, über den Holroyd in Rot ein auf seinem Computer erstelltes und auf die richtige Größe gebrachtes Bild gedruckt hatte. »Das hier ist ein digital verändertes Bild, das letzte Woche vom Space-Shuttle aus gemacht wurde. Die dünne schwarze Linie dort ist die Anasazi-Straße.«

Goddard nahm das Blatt. »Wie außergewöhnlich«, murmelte er. »Letzte Woche, sagten Sie?« Er warf Nora abermals einen Blick zu, der neugierig und bewundernd zugleich war.

»Und die gepunktete Linie stellt eine Rekonstruktion der Route dar, die mein Vater auf seiner Suche nach der Anasazi-Straße durch das Gebiet genommen hat. Wie Sie sehen, stimmt die aus den Daten des Shuttle berechnete Linie mit der Route meines Vaters ziemlich genau überein. Die Straße scheint von der Betatakin-Ruine aus durch ein Labyrinth von Cañons nach Nordwesten zu führen, bis sie auf diesen Bergrücken hier trifft, dem mein Vater in seinem Brief den Namen Devil's Backbone – Rückgrat des Teufels – gegeben hat. Jenseits des Gebirges scheint sie in einen schmalen Slot-Cañon zu führen, durch den sie in dieses kleine, verborgene Tal hier gelangt. Irgendwo in diesem Tal hoffen wir die Stadt zu finden.«

Goddard schüttelte den Kopf. »Erstaunlich. Aber all die anderen Anasazi-Straßen, die uns bekannt sind, verlaufen schnurgerade wie die am Chaco Cañon. Diese Straße hingegen windet sich wie eine Schlange.«

»Darüber habe ich mir auch schon Gedanken gemacht«, sagte Nora. »Bisher haben wir geglaubt, dass der Chaco Cañon das Zentrum der Anasazi-Kultur sei, denn schließlich befinden sich dort die vierzehn großen Häuser von Chaco mit dem Pueblo Bonito in ihrem Zentrum. Aber sehen Sie sich einmal das hier an.«

Nora griff in ihre Aktentasche und zog eine weitere Karte hervor, auf der das komplette Colorado-Plateau und das San-Juan-Basin abgebildet waren. In der unteren rechten Ecke war ein Plan der Ausgrabung im Chaco Cañon eingeklinkt, der die große Ruine von Pueblo Bonito und die kreisförmig darum angeordneten kleineren Dörfer zeigte. Eine dicke rote Linie, die in Pueblo Bonito ihren Ausgangspunkt hatte, führte an einem halben Dutzend anderer wichtiger Ruinen vorbei pfeilgerade in die obere linke Ecke der Karte, wo sie in einem X endete.

»Dieses Kreuz bezeichnet die Stelle, an der sich nach meinen Berechnungen Quivira befinden müsste«, erklärte Nora besonnen. »Jahrzehntelang hat die Wissenschaft geglaubt, dass Pueblo Bonito das Zentrum das Anasazi-Straßen sei. Aber was wäre eigentlich, wenn das gar nicht stimmte? Pueblo Bonito könnte doch auch nur ein Sammelpunkt für die Pilgerreise nach Quivira sein.«

Goddard schüttelte langsam den Kopf. »Das ist wirklich faszinierend. Wir haben mehr als genug Material, um eine Expedition zu rechtfertigen. Haben Sie sich eigentlich schon überlegt, wie Sie in dieses Gebiet gelangen wollen? Mit Hubschraubern vielleicht?«

»Daran habe ich zuerst auch gedacht, aber dann bin ich zu dem Schluss gekommen, dass das Gelände es nicht zulassen wird. Die Cañons sind bis zu dreihundert Meter tief und sehr eng. Außerdem gibt es gefährliche Aufwinde und Felsüberhänge und praktisch keine flachen Stellen, an denen man landen könnte. Ich habe die Karten sorgfältig studiert und im Umkreis von fünfzig Meilen keinen einzigen sicheren Landeplatz für einen Hubschrauber gefunden. Jeeps kommen bei diesem Gelände ohnehin nicht in Frage, so dass wir wohl auf Pferde zurückgreifen müssen. Sie sind billig und können eine Menge Ausrüstung schleppen.«

Goddard brummte zustimmend und starrte weiter auf die Karte. »Das klingt gut. Aber ich kann mir beim besten Willen noch keinen Weg in dieses Labyrinth vorstellen. Die meisten dieser Cañons enden im Nirgendwo. Selbst bis zu der Indianersiedlung im Norden, die Sie als Ausgangspunkt für Ihre Expedition nehmen könnten, wäre es ein sehr anstrengender Ritt. Und danach ginge es weiter durch fast hundert Kilometer Wüste ohne Wasser. Aber vom Süden her ist auch kein Herankommen, denn da schneidet Ihnen der Lake Powell den Weg ab.« Er blickte auf. »Außer Sie …«

»Genau. Wir werden die Expedition auf dem Wasserweg befördern. Ich habe bereits Kontakt mit dem Hafen Wahweap in Page aufgenommen und erfahren, dass es dort ein fünfundzwanzig Meter langes Boot gibt, das wir für unsere Zwecke ausleihen können. Wenn wir von Wahweap aus die Pferde über den See bis ans Kopfende des Serpentine Cañon brächten, wären es nur noch drei bis vier Tagesritte nach Quivira.«

Ein Lächeln machte sich auf Goddards Gesicht breit. »Das ist ein sehr intelligenter Vorschlag, Nora. Lassen Sie ihn uns in die Tat umsetzen.«

»Eines noch, Dr. Goddard«, sagte Nora, während sie die Karten wieder in ihrer Aktentasche verstaute. »Mein Bruder braucht dringend einen Job. Er würde praktisch alles tun, aber ich weiß, dass er unter geeigneter Anleitung ganz hervorragend mein Material vom Río Puerco und dem Gallegos Divide katalogisieren könnte.«

»Es ist eine der Grundregeln unseres Instituts, keine Vetternwirtschaft zuzulassen ...«, begann Goddard, hielt aber inne, als Nora unwillkürlich grinsen musste. Der alte Mann sah sie an, und Nora hatte den Eindruck, als würde er jeden Moment in einen Wutanfall ausbrechen. Dann aber hellte sich seine Miene wieder auf. »Sie sind wirklich die Tochter Ihres Vaters, Nora«, sagte er. »Sie trauen niemandem, und Sie wissen, wie man verhandeln muss. Haben Sie sonst noch irgendwelche Wünsche? Wenn ja, dann heraus damit.«

»Nein, jetzt bin ich wunschlos glücklich.«

Schweigend streckte Goddard ihr die Hand hin.

10

Als Nora das laute Klopfen hörte, ließ sie fast das Artefakt fallen, das sie gerade in der Hand hielt, und blickte erschrocken auf. Hinter der Scheibe ihrer Bürotür war das finster dreinblickende Gesicht ihres Bruders zu sehen. Skip fuchtelte mit einer Hand herum und deutete mit einer übertriebenen Geste nach unten in Richtung Türknauf.

»Bist du verrückt? Fast hätte ich einen Herzinfarkt bekommen«, rief Nora, als sie ihn hereinließ und die Tür hinter ihm wieder schloss und verriegelte. Ihre Hände zitterten noch immer. »Ganz zu schweigen von den zwei Jahresgehältern, die es mich gekostet hätte, wenn mir diese Mogollon-Keramik kaputtgegangen wäre.«

»Seit wann verriegelst du denn deine Bürotür?«, fragte Skip und ließ sich auf den einzigen Stuhl sinken, der nicht voller Bücher war. Er hatte eine alte, lederne Aktentasche dabei. »Pass auf, Nora, ich muss etwas mit dir besprechen ...«

»Immer mit der Ruhe«, unterbrach ihn Nora. »Hast du meine Nachricht bekommen?«

Skip nickte und reichte ihr die Aktentasche. Nora öffnete die Lederriemen und sah hinein. Dort lag die alte Ruger ihres Vaters, die in einem abgeschabten Lederhalfter steckte.

»Wozu brauchst du die Pistole überhaupt?«, fragte Skip. »Willst du damit vielleicht eine Meinungsverschiedenheit unter Wissenschaftlern austragen?«

Nora schüttelte den Kopf. »Sei doch bitte mal einen Augenblick ernst, Skip. Das Institut hat sich bereit erklärt, meine Expedition nach Quivira zu finanzieren. In ein paar Tagen breche ich auf.«

Skip bekam ganz große Augen. »Das ist ja fantastisch, Nora. Du bist wohl von der ganz schnellen Truppe. Wann fahren wir los?«

»Du weißt ganz genau, dass du nicht mitkommen kannst«, sagte Nora. »Aber ich habe dir einen Job hier am Institut verschafft. Am nächsten Montag fängst du an.«

Der erfreute Ausdruck verschwand schlagartig aus Skips Gesicht. »Einen Job? Aber ich habe doch nicht die leiseste Ahnung von Archäologie!«

»Machst du Witze? Bist du etwa nicht ständig mit Dad im Gelände herumgekrochen und hast Tonscherben aufgesammelt? Außerdem ist es eine einfache Aufgabe, erste Klasse Volksschule sozusagen. Sonya Rowling, meine Assistentin, wird dich einweisen und dir alles sagen, was du wissen musst. Sie wird dafür sorgen, dass du keine Schwierigkeiten bekommst.«

»Ist sie hübsch?«

»Sie ist verheiratet. Ich werde etwa drei Wochen lang weg sein.

Wenn dir bei meiner Rückkehr der Job nicht mehr gefällt, kannst du ihn sofort hinschmeißen. Aber bis dahin bleibst du dabei.« Das wird dich zumindest tagsüber davon abhalten, Dummheiten zu machen, dachte sie. »Es macht dir doch nichts aus, dich während meiner Abwesenheit ein wenig um meine Wohnung zu kümmern, oder? Aber lass zur Abwechslung bitte meine Sachen in Ruhe.« Nora schüttelte den Kopf. »Du benutzt meine Dusche, klaust meine Haarbürste – eigentlich sollte ich Miete von dir verlangen.«

»Ich habe deine Haarbürste nicht geklaut«, protestierte Skip. »Gut, ich gebe ja zu, dass ich sie benutzt habe, aber ich habe sie wieder an ihren Platz gelegt. Ich weiß schließlich, wie neurotisch du bist, wenn es um deine Sachen geht.«

»Ich bin nicht neurotisch, nur ordentlich.« Sie warf Skip einen strengen Blick zu. »Und da wir gerade von meiner Wohnung sprechen – hast du mir Thurber eigentlich wieder gebracht?«

Skip machte ein seltsames Gesicht. »Darüber wollte ich ja mit dir reden, aber du hast mich ja nicht zurückgerufen«, sagte er mit leiser Stimme. »Thurber ist verschwunden.«

Nora spürte, wie sie auf einmal keine Luft mehr bekam. »Verschwunden?«, wiederholte sie ungläubig.

Skip blickte niedergeschlagen zu Boden.

»Wann ist das passiert?«

Skip schüttelte den Kopf. »Das weiß ich nicht. Es war am zweiten Abend nach deiner Abfahrt. Am ersten Abend ging es Thurber gut – zumindest für meine Begriffe. Als ich dann am zweiten Abend nach ihm sah, war er nicht mehr da. Ich rief nach ihm, aber er kam nicht. Das fand ich seltsam, denn die Tür war verschlossen, und alle Fenster waren zu. Aber in der Wohnung hing ein seltsamer Geruch, der mich irgendwie an Blumen erinnert hat. Irgendein Hund bellte draußen wie verrückt, aber er klang ganz anders als Thurber. Ich ging trotzdem hinaus und sah mich um. Er muss wohl über den Zaun gesprungen sein ...« Skip seufzte tief und sah seine Schwester an. »Es tut mir wirklich Leid, Nora. Ich habe überall nach ihm gesucht, mit allen Nachbarn gesprochen und sogar im Tierheim angerufen ...«

»Bist du sicher, dass du die Tür nicht offen gelassen hast?«, fragte Nora. Die blinde Wut, die sie am Abend zuvor gespürt hatte, war verflogen und hatte einer seltsamen und schrecklichen Furcht Platz gemacht.

»Nein, bestimmt nicht. Ich schwöre es. Wie ich schon sagte: Alles war verschlossen.«

»Skip, ich möchte, dass du mir jetzt gut zuhörst«, sagte Nora mit leiser Stimme. »Als ich gestern Abend nach Hause kam, spürte ich sofort, dass etwas nicht in Ordnung war. Jemand muss in meiner Wohnung gewesen sein. Der Gang war schmutzig, meine Haarbürste war verschwunden, und ein merkwürdiger Geruch, den du ja auch bemerkt hast, lag in der Luft. Und dann hörte ich ein Kratzen und ging nach draußen ...« Sie hielt inne. Wie sollte sie ihrem Bruder von einer gebückten, pelzigen Gestalt erzählen, von dem unerklärlichen Fehlen jeglicher Fußspuren und dem Gefühl der völligen Fremdheit, das sie befallen hatte, als sie mit der Taschenlampe in der zitternden Hand draußen in der Dunkelheit gestanden hatte? Und jetzt war Thurber verschwunden ...

Der skeptische Ausdruck in Skips Gesicht machte tiefer Besorgnis Platz. »Das war eine ganz schön ereignisreiche Woche für dich, Nora«, sagte er. »Erst das Erlebnis draußen auf der Ranch, dann klappt es auf einmal ganz unerwartet mit deiner Expedition, und jetzt ist auch noch Thurber weg. Warum gehst du nicht nach Hause und ruhst dich ein wenig aus?«

Nora sah ihm schweigend in die Augen.

»Hast du etwa Angst, nach Hause zu gehen?«, fragte er.

»Nein, eigentlich nicht«, antwortete sie. »Ich habe heute früh einen Mann vom Schlüsseldienst kommen lassen, der mir ein zweites Schloss an die Tür gemacht hat. Es ist nur ...« Sie zögerte. »Vielleicht sollte ich die nächsten ein, zwei Tage besser auf Tauchstation gehen. Ich komme schon allein zurecht. Wenn ich erst mal weg von

Santa Fe bin, werde ich auch keine Probleme mehr haben. Aber du musst mir versprechen, dass du während meiner Abwesenheit gut auf dich aufpassen wirst, Skip. Ich lasse Dads Pistole in meiner Nachttischschublade. Wenn ich weg bin, kannst du sie dir holen. Und fahr bloß nicht hinaus zur Ranch, versprichst du mir das?«

»Hast du etwa Angst, dass das Monster der Schwarzen Lagune kommt und mich holt?«

Nora erhob sich rasch. »Das ist nicht lustig, und das weißt du ganz genau.«

»Okay, okay. Ich fahre ja sowieso nie zu der alten Bruchbude hinaus. Nach allem, was vorgefallen ist, wird Teresa die Ranch mit Argusaugen bewachen und ständig den Finger am Abzug ihrer Flinte haben.«

Nora seufzte. »Vielleicht hast du ja Recht.«

»Und ob ich Recht habe. Du wirst schon sehen. Gegen Teresas Winchester hat das Monster keine Chance.«

11

Die Hochebene von Calaveras Mesa lag wie eine dunkle Insel inmitten eines Meeres aus Felsen und Steinen im ausgedehnten El-Malpaís-Lavastrom in Zentral-New Mexico. Eine dünne Wolkendecke hatte sich über den mitternächtlichen Himmel gezogen und verdunkelte die Sterne über der stillen, düsteren und menschenleeren Mesa. Die nächste Ansiedlung war der achtzig Kilometer entfernte Ort Quemado.

Die Calaveras Mesa war nicht immer unbewohnt gewesen. Im vierzehnten Jahrhundert hatten Anasazi-Indianer ihre nach Süden gelagerten Klippen besiedelt und tiefe Höhlen in den weichen, vulkanischen Tuffstein gegraben. Irgendwann einmal hatte sich der

Standort aber wohl als ungünstig erwiesen, weshalb die Höhlen nun seit einem halben Jahrtausend verlassen dalagen. Weil es in diesem abgelegenen Teil des El Malpaís weder Straßen noch Pfade gab, waren die Höhlen nie entdeckt worden.

Zwei dunkle Gestalten bewegten sich lautlos zwischen den Lavafelsen, die sich am Fuß der Mesa zu hohen Haufen auftürmten. Sie waren in dicke Pelze gehüllt, und ihre Bewegungen hatten die verhuschte Geschmeidigkeit von Wölfen. Beide Gestalten trugen schweren Silberschmuck – Concha-Gürtel, Kürbisblütenketten, Türkisscheiben und alte, im Sandgussverfahren hergestellte Armschutzplatten –, und die nackte Haut unter ihren Pelzen war mit dick aufgetragener Farbe bemalt.

Nachdem sie den Geröllhang vor der Mesa erreicht hatten, begannen sie vorsichtig den Aufstieg. Am Fuß der Felswand trafen sie auf einen alten Klettersteig, auf dem sie rasch zum Eingang einer Höhle gelangten.

Oben blieb eine der Gestalten am Eingang stehen, während sich die andere schnellen Schrittes in den hinteren Teil der Höhle begab. Dort schob sie einen großen Felsen zur Seite und zwängte sich durch ein enges Loch in einen dahinter liegenden Felsraum. Es war eine kleine Grabkammer der Anasazi, in der die Gestalt mit einem brennenden Streichholz herumleuchtete. In Nischen, die man aus der Rückwand des Raumes gehauen hatte, lagen drei mumifizierte Leichen neben ein paar einfachen Grabbeigaben, die hauptsächlich aus einigen zerbrochenen Keramikschalen bestanden. Die Gestalt legte eine mit Stroh vermischte Wachskugel auf einen Felsvorsprung und zündete sie mit dem Streichholz an.

Im unstet flackernden Licht dieser blakenden Fackel ging sie zu der mittleren Mumie, die in ein verrottetes Büffelfell gehüllt war. Die grauen Lippen der Leiche spannten sich um zwei Reihen entblößter brauner Zähne und verliehen dem Gesicht das Aussehen einer zu einem grausigen Lächeln verzerrten Fratze. Die Knie des Leichnams hatte man ihm mit Bändern aus gewebtem Stoff an die

Brust gebunden, und die vertrockneten Hände waren zu Fäusten geballt. Um die dunklen Augenhöhlen herum hingen noch Fetzen von mumifiziertem Gewebe.

Die pelzige Gestalt nahm die Mumie in ihre Arme, hob sie mit vorsichtigen, fast zärtlichen Bewegungen aus der Nische heraus und legte sie auf den mit zentimeterdickem Staub bedeckten Höhlenboden. Dann griff sie in ihr Fell und holte einen kleinen, geflochtenen Korb und ein Medizinbündel hervor, das sie öffnete. Sie entnahm ihm zwei lange Haare, die im Licht der brennenden Wachskugel bronzefarben schimmerten. Die Gestalt beugte sich hinab zu der Mumie, legte ihr langsam die beiden Haare in den geöffneten Mund und schob sie mit den Fingern tief in den Schlund der Mumie hinein, die dabei ein trockenes, knarzendes Geräusch von sich gab. Dann erhob sich die Gestalt und blies die brennende Wachskugel aus. Der kleine Raum versank in völliger Dunkelheit, und die Gestalt begann, leise etwas vor sich hin zu murmeln, das sich erst nach und nach zu einem Namen verdichtete, den sie wieder und wieder langsam und monoton wiederholte: »Kelly ... Kelly ... Kelly ...«

Lange summte die Gestalt so vor sich hin, dann riss sie ein weiteres Streichholz an und entzündete damit die Wachskugel ein zweites Mal. Sie griff in das Körbchen und holte ein scharfes Messer aus Feuerstein heraus, mit dem sie sich über die Mumie beugte. Die Klinge des Messers schimmerte matt im schwachen Licht, als sie mit einem leisen, rhythmisch kratzenden Geräusch die knisternde, trockene Haut der Mumie durchschnitt. Als sich die Gestalt wieder erhob, hielt sie an einem Büschel Haare ein rundes Stück Kopfhaut in der Hand, das sie aus dem Hinterkopf der Mumie geschnitten hatte, und legte es mit einer ehrfürchtigen Bewegung in ihren Korb.

Die Gestalt beugte sich abermals über die Mumie. Jetzt war ein lauteres Kratzen zu hören, das in einem scharfen Knacken endete. Die Gestalt hielt ein Stück Schädelknochen prüfend ans Licht, bevor sie es ebenfalls in den Korb legte, um dann nach den geballten, eingeschrumpelten Händen der Mumie zu greifen. Nachdem sie sie eine Weile zärtlich streichelnd gehalten hatte, entfernte sie die Reste der Büffelhaut, mit der sie umwickelt gewesen waren. Dann lockerte sie mit dem Messer die mürben Finger des Leichnams, brach einen nach dem anderen von der Hand und schnitt ihnen vorsichtig die Kuppen ab. Die dünnen Fetzen vertrockneten Fleisches legte die Gestalt zu den anderen Teilen in den Korb. Dann brach sie der Mumie die Zehen ab und entfernte ihnen ebenfalls die Kuppen, wobei trockener Staub auf den Boden der Höhle rieselte.

Die nahezu ausgebrannte Wachskugel begann heftig zu flackern, als die Gestalt die Leiche wieder in die Büffelhaut wickelte und sie zurück in ihre Nische in der Höhlenwand hob. Kurz bevor die Flamme völlig erlosch, packte die Gestalt ihr Körbchen und verließ die Grabkammer. Draußen rollte sie wieder den schweren Stein vor den Eingang und holte vorsichtig einen Lederbeutel aus ihrer Fellbekleidung. Nachdem sie den festen Knoten gelockert hatte, öffnete sie das Säckchen mit spitzen Fingern und streute mit lang ausgestrecktem Arm ein graues Pulver auf den Boden vor dem Stein. Dann schnürte sie den Beutel sorgfältig wieder zu und ging zurück zu der anderen Gestalt, die am Eingang der Höhle auf sie wartete. Rasch und geräuschlos kletterten die beiden die Felswand hinab und verschwanden in den dunklen Schatten des El Malpaís.

12

Die Scheinwerfer von Noras Pick-up schnitten wie Messer aus Licht durch die Dunkelheit kurz vor Tagesanbruch und die Staubwolken, die von den Pferdekoppeln aufstiegen. Als sie das Holztor der großen Ranch vor sich auftauchen sah, steuerte sie den Wagen auf einen von vielen Reifenspuren zerfurchten Parkplatz und hielt inne. Nicht weit weg konnte sie zwei dunkle Fahrzeuge sehen: einen Pick-up-Truck und einen Lieferwagen, an deren Seiten das Emblem des Instituts prangte. Zwei lange Pferdetransportanhänger standen an einer Koppel in der Nähe, und ein paar Ranch-Arbeiter führten im Licht starker Scheinwerfer Pferde über steile Rampen in die Anhänger hinein.

Nora trat hinaus in die frühmorgendliche Kühle und sah sich um. Es würde erst in etwa eineinhalb Stunden hell werden, aber die Venus leuchtete schon am samtschwarzen Himmel. Nora sah, dass die Fahrzeuge des Instituts leer waren, und vermutete, dass die anderen bereits am Lagerfeuer saßen, wo Goddard die Teilnehmer der Expedition miteinander bekannt machen und sich persönlich von ihnen verabschieden wollte. In einer Stunde würde die Fahrt nach Page in Arizona losgehen, das am Ufer des Lake Powell lag. Höchste Zeit, dass sich auch Nora zu den anderen begab.

Dennoch blieb sie noch einen Augenblick lang stehen. Die Luft war erfüllt von den Geräuschen ihrer Kindheit – dem Klatschen der Sattelriemen, dem Pfeifen und Rufen der Cowboys, dem Trampeln der Pferdehufe in den Transportern und dem Klappern der Gattertore. Während ihr der Geruch von brennendem Pinienholz, Pferden und Staub in die Nase stieg, begann sich ihre innere Verkrampfung langsam zu lösen. Die vergangenen drei Tage über war sie extrem vorsichtig und wachsam gewesen, hatte aber nichts Beunruhigendes entdeckt. Dennoch war ihr die Frage, wer wohl den Brief ihres Vaters eingeworfen hatte, nie ganz aus dem Kopf gegangen. Wenigstens hatte sich die Expedition erstaunlich schnell und reibungslos zusammengefunden, und dabei war nicht ein einziges Wort über das Vorhaben an die Öffentlichkeit gedrungen. Hier, weit weg von Santa Fe, hatte Nora zum ersten Mal seit längerer Zeit das Gefühl, dass sie nicht mehr ständig unter Strom stand. Wenn die Expedition erst einmal begonnen hatte, würde sie ihre seltsamen Verfolger weit hinter sich lassen.

Ein Cowboy mit einem abgewetzten Hut kam aus der Koppel und

führte an jeder Hand ein Pferd hinüber zu den Transportfahrzeugen. Der Mann war nicht größer als einen Meter fünfundfünfzig, aber schlank und kräftig gebaut und hatte einen tonnenförmigen Brustkorb und kurze O-Beine. Er drehte sich um und rief den Ranch-Helfern ein paar mit Schimpfwörtern gespickte Anweisungen zu. Das muss Roscoe Swire sein, dachte Nora, der Cowboy, den Goddard für die Expedition angeheuert hat. Es kam ihr vor, als würde Swire sein Geschäft verstehen, aber sie musste auch an einen Ausspruch ihres Vaters denken:»Was ein Cowboy wert ist, weißt du erst, wenn du ihn reiten gesehen hast.« Abermals ärgerte sich Nora über die Art, wie selbstherrlich Goddard darauf bestanden hatte, das Personal bis hin zum Expeditionscowboy höchstpersönlich anzuheuern. Wer zahlt, schafft an, dachte sie.

Nora holte ihren Sattel von der Ladefläche des Pick-ups und trat auf den Cowboy zu.»Sie sind Roscoe Swire?«, fragte sie.

Er drehte sich zu ihr um und zog mit einer Geste, die höflich und ironisch zugleich war, seinen Hut.»Zu Ihren Diensten«, sagte er mit einer für einen so kleinen Mann erstaunlich tiefen Stimme. Swire hatte einen buschigen Schnurrbart, fleischige Lippen und trotz seiner großen, traurigen Augen, die Nora irgendwie an die einer Kuh erinnerten, etwas Kampflustiges, ja fast Aufsässiges an sich.

»Ich bin Nora Kelly«, stellte sie sich vor und drückte ihm die kleine Hand. Sie war rau und schwielig. Nora hatte das Gefühl, einen Wetzstein anzufassen.

»Dann sind Sie ja der Boss von dem Ganzen hier«, sagte Swire grinsend.»Angenehm.« Er warf einen Blick auf Noras Sattel.»Wo haben Sie den her?«

»Der gehört mir. Ich dachte, dass Sie ihn vielleicht in einem der Pferdeanhänger verstauen könnten.«

Swire setzte sich bedächtig seinen Hut wieder auf.»Der sieht so aus, als hätte er schon ganz schön was mitgemacht.«

»Ich besitze ihn seit meinem sechzehnten Lebensjahr.«

Swire lächelte wieder. »Sieh mal einer an: eine Archäologin, die reiten kann.«

»Ich kann auch Packpferde beladen und ziemlich gut mit dem Lasso umgehen«, erklärte Nora.

Swire holte ein Stück Kautabak aus seiner Hosentasche und schob es sich in den Mund. »Bescheidenheit ist wohl nicht gerade Ihr Ding«, bemerkte er, während er schon zu kauen begann. Dann besah er sich den Sattel genauer. »Ein schönes Stück. Ein Dreiviertel-Single-Rig. Kommt wohl aus der Valle-Gande-Sattlerei, oder? Wenn Sie den jemals verkaufen wollen, lassen Sie es mich wissen.«

Nora lachte.

»Die anderen sind gerade hinauf zur Feuerstelle gegangen. Was sind das für Leute? Ein Haufen New Yorker auf Urlaub oder was?«

»Die meisten von ihnen kenne ich selber nicht«, antwortete Nora, der Swires sarkastische Art gefiel. »Wir sind eine gemischte Gruppe. Manche Leute glauben, dass alle Archäologen so wie Indiana Jones sein müssten, aber mir sind schon eine ganze Menge untergekommen, die sich nicht einmal dann auf einem Pferd halten könnten, wenn es um ihr Leben ginge. Es hängt ganz davon ab, welche Art von Feldforschung sie bisher gemacht haben. Viele von ihnen trauen sich nur selten aus ihren Vorlesungssälen oder Labors heraus, und deshalb möchte ich wetten, dass wir es am ersten Tag mit einer ganzen Reihe wund gerittener Hinterteile zu tun bekommen werden.« Nora dachte dabei an Holroyd und an Sloane Goddard, das Mädchen aus der besseren Gesellschaft. Auch von den anderen wusste sie nicht, wie sie sich im Sattel machen würden.

»Das ist gut«, sagte Swire. »Ohne wunden Hintern macht das Reiten nur halb so viel Spaß.« Er kaute auf seinem Priem herum und deutete nach links in Richtung auf ein kleines Pinienwäldchen. »Die Feuerstelle ist da oben.«

Nora folgte einem kleinen Weg zwischen Wacholderbüschen und Pinien und sah bald den Schein des Feuers zwischen den Bäumen hervorleuchten. Dicke Stücke mächtiger Goldkiefernstämme lagen in drei hintereinander gestaffelten Ringen um die Feuerstelle herum, die sich am Fuß einer hohen, überhängenden Felswand befand. Hier und da war der Eingang zu einer Höhle zu erkennen. Der Flammenschein spielte flackernd über den Sandstein und tauchte ihn in ein warmes, orangefarbenes Licht. Sich vor einer längeren Reise im Kreis um ein Feuer zu versammeln war eine alte Tradition der Pueblo-Indianer, und nachdem sie erlebt hatte, wie pietätvoll Goddard mit den Mimbres-Schalen umgegangen war, erstaunte es Nora nicht allzu sehr, dass er diese Abschiedszeremonie vorgeschlagen hatte. Sie war ein weiterer Beweis für Goddards Achtung vor der indianischen Kultur.

Als Nora in den Lichtkreis des Feuers trat, sah sie, dass bereits mehrere Menschen auf den Baumstämmen saßen und sich leise miteinander unterhielten. Aaron Black, den Geochronologen von der University of Pennsylvania, erkannte sie auf Anhieb an seiner imposanten Gestalt: Black maß fast zwei Meter und hatte einen breiten Schädel und riesige Hände. Der Eindruck von körperlicher Größe wurde durch seine kerzengerade Haltung noch unterstützt, und sein ständig ein wenig vorgestrecktes Kinn ließ ihn irgendwie wichtigtuerisch erscheinen.

Als Wissenschaftler hatte Black einen hervorragenden Ruf, und Nora hatte auf Fachkongressen des Öfteren miterlebt, wie er mit einem brillanten Vortrag die falsche Datierung einer Ausgrabungsstätte schier in der Luft zerrissen hatte. Das machte ihn bei seinen Kollegen zwar nicht gerade beliebt, aber Black genoss seine Rolle als gnadenloser Vernichter falscher Theorien. In Fachkreisen galt er deshalb als gleichermaßen begehrter wie gefürchteter Meister der archäologischen Datierung, von dem man sagte, dass ihm noch nie ein Fehler unterlaufen sei. Sein arroganter Gesichtsausdruck ließ darauf schließen, dass auch er selbst diese Meinung teilte.

»Hallo, Dr. Black«, grüßte Nora und trat auf ihn zu. »Ich bin Nora Kelly.«

»Oh«, sagte Black, während er aufstand und Nora die Hand gab. »Freut mich, Sie kennen zu lernen.« Dabei sah er ein wenig verlegen aus. Vielleicht passt es ihm ja nicht, unter einer Frau zu arbeiten, dachte Nora. Anstatt der Fliege und des Leinenjacketts, die auf Archäologie-Kongressen seine Markenzeichen waren, trug Black nun einen nagelneuen Wüstenanzug, der aussah, als käme er direkt aus dem Katalog irgendeines Expeditionsausrüsters. Dem wird bestimmt als Erster der Hintern wehtun, ging es Nora durch den Kopf. Wenn er nicht schon vorher schlappmacht.

Nun kam Holroyd auf sie zu, schüttelte ihr die Hand und umarmte sie kurz und ungelenk, bevor er peinlich berührt einen Schritt zur Seite machte. Mit seinem glücklichen Gesicht und seinen hoffnungsfroh schimmernden grünen Augen erinnerte er Nora an einen Pfadfinder, der sich auf sein erstes Zeltlager freut.

»Dr. Kelly?«, tönte eine Stimme aus der Dunkelheit, während eine weitere Gestalt in den Schein des Feuers trat. Es war ein kleiner, dunkelhäutiger Mann Mitte fünfzig, der eine beunruhigende, irgendwie scharf wirkende Ausstrahlung und ein eindrucksvolles Gesicht hatte: dunkle, bräunliche Haut, schwarze zurückgekämmte Haare, verschleierte Augen und eine lange, gebogene Nase. »Ich bin Enrique Aragon.«

Als Aragon ihr die Hand gab, bemerkte Nora, dass seine Finger lang und schmal wie die einer Frau waren. Er sprach mit einer gelassenen, präzise klingenden Stimme, in der ein kaum wahrnehmbarer mexikanischer Akzent mitschwang. Auch ihn hatte Nora schon des Öfteren bei Vorträgen auf archäologischen Kongressen gesehen, wo er immer einen zurückgezogenen und abweisenden Eindruck gemacht hatte. Unter Archäologen galt Aragon, der Träger der Hrdlicka-Medaille war, als der beste physikalische Anthropologe des Landes – ein Umstand, der für Goddard zweifelsohne mit den Ausschlag gegeben hatte, ihn zu der Expedition einzuladen. Es war schon erstaunlich, dachte Nora, wie es Goddard in so kurzer Zeit gelungen war, Wissenschaftler vom Format eines Black und Aragon für das Unternehmen zu gewinnen. Noch mehr allerdings erstaunte es sie, dass diese beiden Männer, die ihr so viel an Erfahrung und Ansehen voraushatten, nun tatsächlich unter ihrem Kommando standen. Energisch schüttelte Nora den Anflug des Zweifels ab, der sie bei diesem Gedanken überkam: Als Expeditionsleiterin musste sie von Anfang an Führungsqualitäten an den Tag legen und durfte sich nicht wie eine Assistenzprofessorin benehmen, die es gewohnt war, sich Rat von erfahreneren Kollegen zu holen.

»Wir sind gerade dabei, uns einander vorzustellen«, sagte Aragon mit einem kurzen Lächeln. »Das hier ist Luigi Bonarotti, unser Koch und Lagermanager.« Er trat einen Schritt beiseite und machte Platz für einen Mann, der gerade herbeigekommen war, um Nora zu begrüßen.

Als Bonarotti ihr die Hand gab, sah er sie aus dunklen sizilianischen Augen durchdringend an. Dann machte er eine angedeutete Verbeugung, und Nora roch einen Hauch von teurem After Shave. Der Italiener trug einen kakifarbenen Expeditionsanzug mit makellosen Bügelfalten und machte einen ausgesprochen gepflegten, europäischen Eindruck.

»Müssen wir denn wirklich den ganzen Weg vom See zur Ausgrabungsstätte im Sattel zurücklegen?«, fragte Black.

»Nein«, antwortete Nora. »Ein ganzes Stück werden wir auch zu Fuß gehen.«

Black verzog missvergnügt das Gesicht. »Ich hätte den Einsatz von Hubschraubern für sinnvoller gehalten. Bisher habe ich damit die besten Erfahrungen gemacht.«

»Aber in dieser Landschaft ist das nicht möglich«, erwiderte Nora.

»Und wo bleibt eigentlich dieser Journalist, der unsere Expedition für die Nachwelt festhalten soll? Ich würde ihn gerne kennen lernen.«

»Er stößt im Hafen von Wahweap zu uns, zusammen mit der Tochter von Dr. Goddard.«

Sie setzten sich auf die Baumstämme vor dem Feuer, und Nora genoss die Wärme der Flammen und den Duft des brennenden Zedernholzes. Während sie dem Zischen und Knistern der Scheite lauschte, hörte sie, wie Black sich im Hintergrund immer noch über die Zumutung beschwerte, auf ein Pferd steigen zu müssen. Die Flammen tanzten über die Sandsteinwand mit ihren dunkel gähnenden Höhleneingängen. Einmal glaubte Nora in einer der Höhlen einen Lichtschein zu erkennen, der aber gleich wieder verschwand. Vermutlich war es nur eine Sinnestäuschung gewesen. Aus einem unerfindlichen Grund musste Nora plötzlich an Platos Höhlengleichnis denken. Und wie würden wir wohl den Höhlenbewohnern vorkommen, wenn sie da drinnen unsere Schatten über die Wand huschen sähen?, fragte sie sich.

Auf einmal bemerkte Nora, dass die Unterhaltung neben ihr aufgehört hatte. Ihre neuen Gefährten starrten ins Feuer und schienen alle ihren Gedanken nachzuhängen. Nur Holroyd grübelte nicht vor sich hin, sondern blickte über die Flammen hinweg auf die erleuchtete Felswand.

Dann sah Nora, wie erst Aragon, dann Black den Kopf hob. Sie folgte ihren Blicken und stellte fest, dass jetzt doch ein Licht in einer der Höhlen am Fuß der Wand aufblitzte, schwach zwar, aber unverkennbar. Dann hörte sie ein leises, klickendes Geräusch und sah mehr von diesen merkwürdigen, gelblichen Blitzen. Kurz darauf schälte sich eine dunkelgraue Gestalt aus dem schwarzen Eingang der Höhle. Als sie noch weiter vortrat, erkannte Nora die mageren Gesichtszüge von Ernest Goddard. Er trat schweigend auf die Gruppe zu. Sein weißes Haar leuchtete rötlich im Schein des Feuers, während er die Wissenschaftler durch die Flammen und den Rauch unverwandt anstarrte. Dann bewegte er seine Hände, und die gelblichen Blitze zuckten zwischen seinen schmalen Fingern hindurch.

Goddard blieb eine ganze Weile stehen und blickte den Expeditionsteilnehmern nacheinander ins Gesicht. Dann steckte er die Gegenstände, die er in den Händen gehalten hatte, in einen Lederbeutel und warf ihn quer über das Feuer Aragon zu, der ihm am nächsten stand. »Reiben Sie diese Steine aneinander«, sagte er mit seiner leisen Stimme, die durch das Knistern der Scheite kaum zu verstehen war. »Und geben Sie sie dann weiter.«

Als Aragon ihr den Sack reichte, griff Nora hinein und spürte darin zwei glatte, harte Steine. Sie nahm sie heraus und besah sie sich im Licht des Feuers. Es waren hübsche, halb durchsichtige Quarze, die aussahen, als wären sie in einem Flussbett glatt geschliffen worden. In sie eingeritzt waren die typischen rituellen Spiralen, die ein Symbol für das *Sipapu* waren, den Eingang zur Unterwelt der Anasazi-Indianer.

Nora wusste sofort, was das für Steine waren. Sie wandte sich vom Schein des Feuers ab, rieb die Steine in der Dunkelheit aneinander und betrachtete die wundersamen Funken, die sich dabei in ihrem halb transparenten Innern bildeten und sie in der Dunkelheit leuchten ließen.

Goddard sah ihr zu und nickte. »Das sind Blitzsteine der Anasazi«, sagte er ruhig.

»Sind die echt?«, fragte Holroyd, als Nora ihm die Steine weitergab.

»Natürlich«, antwortete Goddard. »Sie stammen aus dem Schatz eines Medizinmanns, den man in einem Großen Kiva bei Keet Seel gefunden hat. Wir haben bisher immer geglaubt, dass die Anasazi solche Steine verwendeten, um bei ihren Regenzeremonien die Blitze eines Gewitters zu symbolisieren, aber jetzt sind wir uns dessen nicht mehr so sicher. Die Spiralen, die in sie eingeritzt sind, symbolisieren vermutlich das *Sipapu*, aber sie könnten genauso gut eine Quelle darstellen. Auch das kann niemand mit Bestimmtheit sagen.«

Er hüstelte leise. »Und genau das will ich Ihnen mit auf den Weg geben. In den Sechzigerjahren dachten wir noch, wir wüssten alles über die Anasazi. Ich erinnere mich noch gut, wie Henry Ash, der große Archäologe des Südwestens, seinen Studenten nahe legte, sich andere Betätigungsfelder zu suchen. ›Die Anasazi sind ausgepresst wie eine Zitrone‹, meinte er damals.

Aber jetzt, nach drei Jahrzehnten geheimnisvoller und unerklärlicher Entdeckungen, müssen wir erkennen, dass wir so gut wie nichts über die Anasazi wissen. Wir verstehen weder ihre Kultur noch ihre Religion. Wir können ihre Felszeichnungen und Symbole nicht entziffern. Wir wissen weder, welche Sprache sie gesprochen haben, noch können wir sagen, weshalb sie überall im Südwesten geheimnisvolle Leuchttürme, Schreine, Straßen und Signalstationen gebaut haben. Ebenso unerklärlich ist für uns, weshalb sie 1150 auf einmal den Chaco Cañon verlassen, ihre Straßen rituell verbrannt und sich in die abgelegensten, am schwersten erreichbaren Cañons zurückgezogen haben, die sie finden konnten, um sich dort mächtige Städte in den Felswänden zu bauen. Was ist damals passiert? Wovor hatten die Anasazi Angst? Ein Jahrhundert später gaben sie sogar diese Siedlungen auf und ließen das gesamte Colorado-Plateau und das San-Juan-Becken, immerhin ein Gebiet von fast einhundertdreißigtausend Quadratkilometern, unbewohnt zurück. Warum? Tatsache ist, je mehr wir über die Anasazi herausfinden, desto mehr neue Fragen tun sich auf. Manche Archäologen glauben jetzt, dass wir die Rätsel *niemals* lösen werden.«

Seine Stimme wurde nun noch leiser als zuvor, und trotz der Wärme des Feuers spürte Nora, wie ein kalter Schauder sie durchfuhr.

»Aber ich habe das Gefühl«, flüsterte er heiser, »nein, ich bin sogar *überzeugt* davon, dass die Stadt Quivira uns die Antworten auf alle unsere Fragen geben wird.«

Er sah noch einmal die um das Feuer versammelten Leute an, einen nach dem anderen. »Sie stehen kurz vor der bedeutendsten Reise, die Sie in Ihrem Leben je unternehmen werden. Sie brechen auf zu einer archäologischen Entdeckung, die sich vielleicht als die wichtigste dieses Jahrzehnts, wenn nicht dieses Jahrhunderts erweisen wird. Aber wir sollten uns nichts vormachen. Quivira wird sich nicht nur als ein Ort der Erkenntnis, sondern auch als ein Ort des Geheimnisses erweisen. Es kann durchaus sein, dass diese Stadt mehr Fragen aufwirft, als sie uns Antworten beschert. Auf jeden Fall aber wird sie für Sie eine Herausforderung darstellen, und zwar in körperlicher wie auch in geistiger Hinsicht, und das in einem Maß, das Sie sich heute noch nicht vorstellen können. Sie werden Augenblicke des Triumphs erleben, aber auch Augenblicke der Verzweiflung. Und in beiden Fällen dürfen Sie nie vergessen, dass Sie das Santa Fe Archaeological Institute repräsentieren, das für seine hochkarätige Forschung ebenso berühmt ist wie für sein vorbildliches moralisches Verhalten.«

Er sah Nora mit einem durchdringenden Blick an. »Nora Kelly arbeitet zwar erst seit fünf Jahren für das Institut, aber sie hat in dieser Zeit bewiesen, dass sie eine hervorragende Archäologin ist. Sie ist die Leiterin dieser Expedition, und ich setze mein vollstes Vertrauen in sie. Vergessen Sie das nicht. Wenn in Wahweap meine Tochter zu Ihnen stößt, wird auch sie sich voll und ganz Dr. Kelly unterstellen, es wird also keinerlei Zweifel geben, wer bei dieser Unternehmung das Sagen hat.«

Goddard trat einen Schritt vom Feuer zurück in Richtung auf die Felswand. Nora musste sich anstrengen, um seine leisen, vom Prasseln der Flammen fast unverständlich gemachten Worte hören zu können.

»Es gibt Menschen, die nicht an die Existenz von Quivira glauben. Sie halten eine Expedition wie diese für Narretei und sind der Meinung, dass ich mein Geld zum Fenster hinauswerfe. Manche äußern sogar Befürchtungen, dass sich das Institut mit dieser Unternehmung bis auf die Knochen blamieren könnte.«

Er hielt inne, bevor er seine Schlussworte sprach. »Aber es gibt diese Stadt. Das weiß ich – und Sie wissen es auch. Und jetzt gehen Sie los und suchen Sie sie.«

13

Um zwei Uhr nachmittags erreichte die Expedition Page in Arizona. Die beiden Fahrzeuge mit den langen Pferdeanhängern fuhren quer durch die Stadt zum Hafen, wo sie auf einem weitläufigen asphaltierten Parkplatz direkt am Ufer des Lake Powell anhielten. Page war eine der neuen Boomtowns des Westens, die in den letzten Jahren wie Pilze aus dem Wüstenboden geschossen waren und trotz ihres geringen Alters schon schäbig aussahen. Ihre ausgedehnten Wohnwagenparks und Fertighausviertel lagen östlich des Lake Powell auf einem nur mit ein paar Fettholzbüschen und Melden bewachsenen Wüstengelände, hinter dem die drei surrealistisch wirkenden Schornsteine des Navajo-Kohlekraftwerks über dreihundert Meter hoch in den Himmel ragten und dichte weiße Dampfwolken ausstießen.

See und Hafen befanden sich am Stadtrand. Der Lake Powell war vierhundertachtzig Kilometer lang und wand sich mit einer Küstenlinie von mehreren tausend Kilometern in unzähligen Krümmungen und Verästelungen durch eine bizarre Wüstenlandschaft. Seine spiegelglatte smaragdgrüne Wasserfläche war ein Anblick von überwältigender Schönheit, die in starkem Kontrast zu der banalen Hässlichkeit der Stadt Page stand. Im Osten erhob sich die mächtige schwarze Felsenkuppel der Navajo Mountains, auf deren Gipfel immer noch Reste von Schnee zu erkennen waren, und weiter nördlich waren dicht hintereinander gestaffelt weitere, von Cañons zerklüftete Berge und Mesas zu sehen.

Nora betrachtete die Landschaft und schüttelte den Kopf. Noch vor fünfunddreißig Jahren war hier der Glen Cañon gewesen, den John Wesley Powell als eines der schönsten Felsentäler der Welt bezeichnet hatte. Dann hatte man den Glen-Cañon-Damm gebaut, und die Wasser des Colorado hatten sich langsam zum Lake Powell aufgestaut. Seitdem war es zumindest hier in der Nähe von Page vorbei mit der einstmals so tiefen Stille der Wildnis. Die Luft war erfüllt vom lauten Gekreische hochdrehender Rennboot- und Jetski-Motoren, und bläuliche Abgaswolken waberten über den See. Page und sein Hafen kamen Nora wie ein seltsamer Fremdkörper vor, wie eine Grenzsiedlung am Ende der Welt.

Swire, der neben ihr saß, blickte stirnrunzelnd aus dem Fenster. Den größten Teil der Fahrt hatten sie sich über Pferde unterhalten, und Noras Respekt vor dem Cowboy war stetig gewachsen. »Ich weiß nicht, wie diese Bootsfahrt den Pferden gefallen wird«, sagte Swire. »Möglicherweise endet dieses Unternehmen noch mit einem unfreiwilligen Bad für uns alle.«

»Wir kuppeln die Anhänger mit den Pferden ab und schieben sie direkt auf den Lastkahn«, antwortete Nora. »Die Pferde müssen dazu nicht einmal ausgeladen werden.«

»Bis wir drüben sind«, brummte Swire und strich sich mit der Hand über seinen Schnurrbart. »Ist noch nicht viel von dem Goddard-Mädel zu sehen, oder?«

Nora zuckte mit den Achseln. Es war geplant, dass Sloane Goddard direkt nach Page flog, um im Hafen zu der Expedition zu stoßen, aber bis jetzt hatte Nora unter den übergewichtigen, halb nackten Touristen, die den Jachthafen bevölkerten, noch keine Spur von einer geschniegelten, eleganten Absolventin eines Nobelcolleges entdecken können. Vielleicht wartete Sloane ja im vollklimatisierten Büro des Managers auf sie. Die Fahrzeuge des Instituts fuhren auf die westliche Verladepier, die wie ein dicker Betonfinger in den See ragte, und parkten hintereinander in der brütenden Hitze. Die Teilnehmer der Expedition und die Institutsangestellten, die mitgekommen waren, um Autos und Anhänger wieder zurück nach Santa Fe zu bringen, stiegen aus.

Jetzt erst sah Nora, wie hässlich der Hafen wirklich war. Styroporbecher, Bierdosen, Plastiktüten und aufgeweichte Zeitungen trieben im flachen Wasser vor der Pier herum, und zwei große Hinweistafeln verkündeten: WASSERSKIFAHREN NUR IM UHRZEIGERSINN

GESTATTET und VIEL SPASS AUF DEM LAKE POWELL! Schier endlose Reihen von Hausbooten, die Nora an schwimmende Wohnmobile erinnerten, waren zu beiden Seiten der Pier am Ufer vertäut. Sie waren in bunten Farben gestrichen und trugen Namen wie »Daddys Laube« und »Kleiner Indianer«.

»Was für ein seltsamer Ort«, sagte Holroyd und streckte sich.

»Und so verflucht heiß«, maulte Black und wischte sich den Schweiß von der Stirn.

Während sich Swire an den Pferdeanhängern zu schaffen machte, sah Nora, wie eine überlange schwarze Limousine quer über den Parkplatz auf die Pier zugefahren kam. Auch die Touristen im Hafen hatten den ungewohnten Anblick entdeckt und machten einander darauf aufmerksam. Nora rutschte für einen Augenblick das Herz in die Hose. Gott im Himmel, dachte sie. Bitte lass das nicht Sloane Goddard sein. Nicht in dieser Limousine. Dann kam der Wagen zum Stehen, und zu Noras Erleichterung stieg ein großer junger Mann aus einer der hinteren Türen; er streckte etwas unbeholfen seine mageren Glieder und nahm durch die dunkelgrünen Gläser einer Ray-Ban-Sonnenbrille den Hafen in Augenschein.

Zu ihrem Erstaunen bemerkte Nora, wie sie den Mann anstarrte. Er war zwar nicht direkt gut aussehend, aber seine hohen Backenknochen, seine Adlernase und vor allem die lässige, selbstbewusste Art, die er zur Schau trug, hatten etwas Faszinierendes für sie. Seine braunen Haare standen nach allen Seiten wild vom Kopf ab, so, als wäre er gerade aus dem Bett gestiegen. Wer, um alles in der Welt, mag denn das sein?, fragte sie sich.

Inzwischen hatte sich um den Mann schon eine Gruppe von Schaulustigen geschart, die rasch größer wurde. Nora sah zu, wie der Neuankömmling mit den Leuten sprach.

Black verfolgte die Szene ebenfalls. »Überlegen Sie sich auch gerade, wer der Typ da ist?«

Nora riss sich von dem Anblick los und begab sich auf die Suche nach Ricky Briggs, dem Manager des Jachthafens. Auf ihrem Weg zum Verwaltungsgebäude kam sie an der Limousine vorbei und blieb am Rand der Menschenmenge stehen, um noch einen Blick auf den Mann zu werfen. Er trug nagelneue Jeans, die noch ganz steif aussahen, ein knallrotes Halstuch und teure Cowboystiefel aus Alligatorenleder. Durch das Gemurmel der Menge konnte sie nicht verstehen, was der Mann sagte, aber sie bemerkte, dass er ein Taschenbuch in der Hand hielt, in das er etwas hineinkritzelte, bevor er es mit einer offenbar witzigen Bemerkung einem ausgesprochen drallen Mädchen in einem knappen Tanga gab. Die Umstehenden lachten und verlangten nach mehr Büchern.

Nora wandte sich an eine Frau, die neben ihr stand. »Wissen Sie, wer das ist?«

»Keine Ahnung«, antwortete die Frau. »Aber er muss wohl berühmt sein.«

Gerade als sie wieder gehen wollte, hörte Nora ganz deutlich, wie der Mann ihren Namen nannte.

»Es ist eine vertrauliche Angelegenheit«, fuhr er mit näselnder Stimme fort, »über die ich Ihnen leider noch nichts erzählen darf. Aber wenn Sie noch ein paar Wochen warten, dann ...«

Nora begann sich einen Weg durch die Menge zu bahnen.

»... können Sie alles darüber in der ›New York Times‹ lesen. Später wird es auch ein Buch geben, das ...«

Sie schob mit dem Ellenbogen einen dicken Mann in geblümten Bermudashorts beiseite.

»... alles über die aufregendste Expedition enthalten wird, die jemals ...«

»Hey!«, rief Nora, die jetzt vor der Limousine angelangt war. Der junge Mann sah sie einen Augenblick lang konsterniert an, bevor er in ein breites Grinsen ausbrach. »Sie sind bestimmt ...«

Nora packte ihn am Arm und begann ihn von der Limousine wegzuzerren.

»Aber mein Gepäck!«, protestierte der Mann.

»Halten Sie bloß Ihren Mund, verdammt noch mal«, fauchte

Nora und zog ihn hinter sich her durch die Menge, die beim Anblick ihres wütenden Gesichts nach beiden Seiten zurückwich.

»Einen Moment mal, ich ...«, stammelte der Mann, doch Nora lief unbeirrt quer über den Parkplatz zu den Pferdeanhängern, während sich die verblüffte Menge langsam zu zerstreuen begann.

»Ich bin Bill Smithback«, sagte der Mann und versuchte Nora im Gehen die Hand zu schütteln.

»Das habe ich mir beinahe gedacht. Aber wie zum Teufel kommen Sie dazu, hier so ein Spektakel aufzuziehen?«

»Ein bisschen Publicity vorab hat noch keinem geschadet ...«

»Publicity!«, rief Nora entrüstet. Sie blieb vor einem der Pferdeanhänger stehen und sah Smithback schwer atmend an.

»Habe ich was falsch gemacht?«, fragte Smithback mit unschuldigem Gesicht und hielt sich eines seiner Bücher wie einen Schutzschild vor die Brust.

»Wie bitte? Sie rauschen hier in einer schwarzen Limousine an wie irgendein gottverfluchter Filmstar und fragen mich, ob Sie etwas falsch gemacht haben?«

»Ich habe mir den Wagen ganz günstig am Flughafen mieten können. Es ist verdammt heiß hier draußen, und solche Limousinen haben nun mal die besten Klimaanlagen.«

»Diese Expedition«, unterbrach ihn Nora, »sollte eigentlich *geheim gehalten* werden.«

»Aber ich habe doch gar nichts gesagt«, protestierte Smithback. »Ich habe lediglich ein paar meiner Bücher signiert.«

Nora merkte, dass sie kurz vor dem Explodieren war. »Sie haben den Leuten vielleicht nicht auf die Nase gebunden, wo Quivira ist, aber Sie haben sie darauf aufmerksam gemacht, dass irgendetwas im Busch ist. Ich wollte hier so wenig Aufsehen wie möglich erregen!«

»Aber ich soll doch ein Buch über die Expedition schreiben, und da ...«

»Wenn Sie sich noch einmal einen derartigen Auftritt leisten, dann wird es ein solches Buch nie geben.«

Smithback verstummte.

Inzwischen war Black neben Nora getreten und streckte dem Journalisten mit einem liebenswürdigen Lächeln seine Hand hin. »Es ist mir eine Ehre, Mr. Smithback«, sagte er. »Mein Name ist Aaron Black und ich freue mich schon auf die Zusammenarbeit mit Ihnen.«

Verärgert beobachtete Nora, wie Smithback Black die Hand schüttelte. Von dieser Seite hatte sie Black auf den Archäologiekongressen noch nicht kennen gelernt. »Sagen Sie Ihrem *Chauffeur*, dass er Ihr Gepäck bringen soll«, herrschte sie Smithback an. »Und erregen Sie bloß kein weiteres Aufsehen, verstanden?«

»Er ist nicht direkt mein Chauffeur ...«, begann Smithback.

»Ob Sie mich *verstanden* haben, will ich wissen.«

»Hey, könnten Sie Ihr Mundwerk vielleicht einen Tick zurückdrehen?«, fragte Smithback. »Ihr Ton ist ein bisschen zu scharf für meine zarten Ohren.«

Nora sah ihn nur böse an.

»Okay, okay. Ich habe verstanden.«

Nora schaute ihm hinterher, wie er auf die Limousine zuschlurfte und dabei in extra zur Schau getragener Zerknirschtheit den Kopf hängen ließ. Bald kam er mit einem großen Seesack über der Schulter zurück und stellte ihn neben das Gepäck der anderen. Als er sich danach grinsend an Nora wandte, hatte er seine Selbstsicherheit längst wieder gewonnen. »Das ist ja ein irrer Ort hier«, sagte er und sah sich um. »Erinnert mich irgendwie an die Central Station.«

Nora warf ihm einen fragenden Blick zu.

»Na, Sie wissen schon. Das verkommene kleine Nest in Joseph Conrads Roman ›Herz der Finsternis‹, von dem aus die Leute ins Innere Afrikas aufbrechen. Ein echter Außenposten der Zivilisation.«

Nora schüttelte den Kopf und ging hinüber zu den Holzhäusern am Seeufer, wo sie Ricky Briggs in seinem engen, unaufgeräumten Büro antraf. Der Manager, ein kleiner übergewichtiger Mann, brüll-

te etwas ins Telefon und knallte dann den Hörer auf die Gabel.
»Gottverdammte texanische Arschlöcher«, brummte er missmutig. Dann bemerkte er Nora und ließ seinen Blick anerkennend von Kopf bis Fuß an ihr nach unten gleiten. Nora spürte, wie sich ihr die Nackenhaare aufstellten.

»Und was kann ich für Sie tun, Missy?«, fragte er in einem sehr viel sanfteren Ton als zuvor, wobei er sich in seinem Bürostuhl zurücklehnte.

»Ich bin Nora Kelly vom Santa Fe Archaeological Institute«, erwiderte Nora kühl. »Soviel ich weiß, haben Sie einen Lastkahn für uns.«

»Aber klar doch«, brummte Briggs, und sein Lächeln verschwand. Er nahm den Hörer wieder ab und tippte eine Nummer ein. »Die Leute mit den Pferden sind da«, sagte er. »Fahr den Lastkahn rüber.« Dann stand er auf und ging ohne ein weiteres Wort so schnell zur Tür, dass Nora Mühe hatte, ihm nachzukommen. Auf dem Weg nach draußen wurde ihr klar, dass sie Smithback gegenüber einen etwas zu harschen Ton angeschlagen hatte. Das war für die Leiterin einer Expedition nicht gut. Sie fragte sich, was der Journalist wohl an sich hatte, dass er sie so auf die Palme bringen konnte.

Sie folgte Briggs um die Häuser herum auf ein langes Schwimmdock. Dort stellte er sich breitbeinig hin und verscheuchte zunächst laut brüllend ein paar Freizeitkapitäne. Dann drehte er sich um zu Nora. »Fahren Sie die Pferdeanhänger rückwärts ans Wasser. Und dann bringen Sie Ihr Gepäck hierher aufs Dock.«

Nora ging zurück zu ihren Leuten und erteilte die entsprechenden Anweisungen. Als sie damit fertig war, trat Swire auf sie zu und deutete mit dem Kinn in Richtung Smithback. »Was ist denn das für ein Versandhaus-Cowboy?«, fragte er.

»Das ist der Journalist, der uns begleiten wird.«

Swire zwirbelte nachdenklich seinen Schnurrbart. »Ein Journalist?«

»Es war Goddards Idee, ihn mitzunehmen«, antwortete Nora.

»Er meint, wir bräuchten jemanden, der unsere Entdeckungen für die Nachwelt festhält.« Sie verkniff sich eine abfällige Bemerkung, die ihr bereits auf der Zunge lag. Es brachte nichts, wenn sie Goddard oder Smithback vor den Leuten schlecht machte. Trotzdem wunderte es sie, dass Goddard, der alle anderen Teilnehmer so sorgfältig ausgewählt hatte, ausgerechnet auf jemanden wie diesen Smithback verfallen war. Sie sah, wie der magere Journalist umständlich seinen Seesack schulterte, und spürte neuen Ärger in sich hochkochen. Da gebe ich mir die größte Mühe, diese Expedition geheim zu halten, dachte sie, und dann kommt dieser selbstgefällige Laffe daher und macht mir alles zunichte.

Als Nora zurück zur Pier ging, um das Wenden der Pferdeanhänger zu überwachen, sah sie, wie ein großer Lastkahn langsam um eine Landzunge herumkam. Seine Davits starrten vor Rost, und die Aluminiumpontons, aus denen er zusammengesetzt war, hatten unzählige Beulen. Auf dem kleinen Steuerhaus konnte sie den mit Schablone geschriebenen Namen LANDLOCKED LAURA lesen. Als sich der Kahn kurz vor der Pier befand, ließ der Kapitän die Maschinen rückwärts laufen und legte langsam am Ende der betonierten Laderampe an.

Es dauerte eine halbe Stunde, bis die beiden Anhänger an Bord waren. Roscoe Swire kümmerte sich dabei mit so viel Geschick um die Tiere, dass sie inmitten des lärmenden Chaos erstaunlich ruhig blieben. Bonarotti, der Koch, bestand darauf, seine gesamte Ausrüstung persönlich auf den Kahn zu bringen, und ließ es nicht zu, dass ihm jemand dabei half. Holroyd kontrollierte immer wieder, ob die wasserdichten Säcke, in die er seine elektronischen Geräte verpackt hatte, auch wirklich in Ordnung waren, und Black lehnte mit dem Rücken an einem Davit, fummelte an seinem Hemdkragen herum und litt demonstrativ unter der Hitze.

Nora schaute auf die Uhr. Sloane Goddard war noch immer nicht eingetroffen. Wenn sie die Pferde nicht bei Dunkelheit ausladen wollten, mussten sie noch vor Anbruch der Nacht die fast hundert Kilometer lange Reise auf dem Wasser hinter sich gebracht haben.

Sie ging an Bord und betrat das Steuerhaus, wo der Kapitän des Kahns mit dem Sonargerät beschäftigt war. Mit seinem langen weißen Bart, seinem Filzhut und seinem blauen Overall, auf dessen Brusttasche in weißen Buchstaben WILLARD HICKS gestickt war, sah er aus, als wäre er gerade aus einer Hütte in den Appalachen gekommen.

Als der Mann Nora erblickte, nahm er seine Maiskolbenpfeife aus dem Mund. »Wir sollten uns langsam auf die Socken machen«, sagte er und deutete grinsend aus dem Fenster, »sonst flippt er uns noch völlig aus.« Briggs stand wild mit den Armen in der Luft herumfuchtelnd am Rand des Schwimmdocks und schrie: »Jetzt legt endlich ab, verdammt noch mal. Worauf wartet ihr denn noch?«

Nora ließ ihren Blick über den in der Hitze flirrenden Parkplatz hinter der Pier schweifen. »Dann machen Sie alles bereit zum Ablegen«, sagte sie. »Ich sage Ihnen, wenn es soweit ist.«

Die Expeditionsteilnehmer hatten sich inzwischen alle vor dem Steuerhaus eingefunden, wo ein paar schäbige Gartenstühle rings um einen kleinen Tisch aus Aluminium standen. Der altersschwache Grill daneben war mit eingebranntem, altem Fett überzogen.

Nora besah sich die Männer, mit denen zusammen sie die nächsten paar Wochen verbringen und hoffentlich die Stadt Quivira entdecken würde. Obwohl die Gruppe zum Teil aus hochkarätigen Wissenschaftlern bestand, kam sie ihr ein wenig zusammengewürfelt vor. Enrique Aragon, dessen finsteres Gesicht auf unterdrückte Gefühle schließen ließ, lehnte abseits an der Reling, Peter Holroyd mit seiner klassischen Nase, seinen kleinen Augen und seinem viel zu großen Mund hatte bereits ein paar Flecken auf seinem Arbeitshemd, und Smithback, der wieder bester Dinge war, zeigte Black gerade ein Exemplar seines Buches, das dieser pflichtschuldig in Augenschein nahm. Luigi Bonarotti hockte neben seiner Kochausrüstung und rauchte so lässig eine Dunhill-Zigarette, als säße er gerade in einem Café auf dem Boulevard St-Michel, und Roscoe Swire stand neben den Pferdeanhängern und beruhigte die nervösen Tiere mit sanften Worten. Und was ist mit mir?, dachte Nora: eine Frau mit bronzefarbenen Haaren in alten Jeans und einem abgerissenen Hemd. Nicht gerade das, was man sich unter einer Führungspersönlichkeit vorstellt. Auf was habe ich mich da bloß eingelassen? Und wieder einmal spürte sie einen kurzen Anflug von Verunsicherung.

Aaron Black löste sich von Smithback und kam herüber zu ihr. Mit abschätzigen Blicken schaute er sich auf dem Kahn um und meckerte: »Diese schwimmende Badewanne sieht ja fürchterlich aus.«

»Was haben Sie denn erwartet?«, fragte Aragon trocken. »Die ›Ile de France‹?«

Bonarotti holte einen Flachmann aus der Brusttasche seiner sorgfältig gebügelten Expeditionsjacke und goss ein wenig von einer hellgelben Flüssigkeit in ein hohes Glas, das er aus seinem Gepäck hervorgezaubert hatte. Dann gab er Wasser aus einer Feldflasche dazu und wirbelte das sich eintrübende Gemisch in dem Glas herum. Nachdem er die Feldflasche an einen Bolzen des nächsten Davits gehängt hatte, bot er das Getränk den anderen an.

»Was ist das?«, fragte Black.

»Pernod«, antwortete der Italiener. »Ein hervorragender Drink für einen heißen Tag wie diesen.«

»Ich trinke keinen Alkohol«, sagte Black.

»Aber ich!«, meldete sich Smithback. »Geben Sie mir das Glas.«

Nora blickte hinüber zu Willard Hicks, der mit dem Finger auf eine imaginäre Armbanduhr an seinem Handgelenk tippte. Sie nickte zum Zeichen, dass sie verstanden hatte, und löste die Leinen. Mit einem lauten Brummen seiner Dieselmotoren setzte sich der Lastkahn in Bewegung und schrammte mit einem scheußlich scheuernden Geräusch am Rand des Schwimmdocks entlang.

Holroyd schaute sich um. »Und was ist mit Sloane Goddard?«, fragte er.

»Wir können nicht länger auf sie warten«, erwiderte Nora und verspürte ein seltsames Gefühl der Erleichterung. Vielleicht würde sie sich ja doch nicht mit der mysteriösen Tochter des Institutsvorsitzenden herumschlagen müssen. Wenn Sloane Goddard jetzt noch bei der Expedition mitmachen wollte, musste sie ihr schon auf eigene Faust nachreisen.

Die Teilnehmer warfen sich erstaunte Blicke zu, als der Kahn langsam zu drehen begann und mit seinen Schrauben das Wasser am Heck zum Brodeln brachte. Hicks gab ein kurzes Signal mit der Schiffshupe.

»Das kann doch nicht Ihr Ernst sein!«, rief Black. »Sie wollen wirklich ohne Dr. Goddard ablegen?«

Nora schaute ihm ungerührt in sein verschwitztes, ungläubiges Gesicht. »Ganz genau«, sagte sie. »Ich lege ohne sie ab.«

14

Drei Stunden später hatte die »Landlocked Laura« den Trubel des Hafens von Wahweap bereits achtzig Kilometer hinter sich gelassen. Der Lastkahn, dessen Maschinen leicht vibrierend vor sich hin brummten, schob seinen stumpfen Bug durch das türkisgrüne Wasser und drückte es gurgelnd nach hinten. Nach und nach waren die Sportboote, kreischenden Jetskis und bunt bemalten Hausboote immer weniger geworden, und der Kahn mit den Expeditionsteilnehmern war in eine fast magische Welt aus Stein gelangt, in der Stille wie in einer Kathedrale herrschte. Sie waren ganz allein auf dem riesigen See, der sich grün und spiegelglatt zwischen dreihundert Meter hohen Wänden aus Sandstein erstreckte. Während die Sonne immer tiefer sank, glitt der Kahn an der Grand Bench, der Neanderthal Cove und der Öffnung zur Last Change Bay vorbei.

Eine halbe Stunde zuvor hatte Luigi Bonarotti eine Mahlzeit serviert, die aus über Apfelholz geräucherten, in Cognac geschmorten Wachteln mit Grapefruit und leider etwas welk gewordenem Rucola-Salat bestanden hatte. Dieses bemerkenswerte Essen, von Bonarotti auf dem schäbigen Gasgrill des Lastkahns gezaubert, hatte sogar den ewig meckernden Black zum Verstummen gebracht. Sie waren alle um den Aluminiumtisch zusammengekommen und hatten mit trockenem Orvieto auf das Wohl des Kochs angestoßen. Danach verteilte man sich wieder auf dem Deck, verdaute in kontemplativer Stimmung das exzellente Mahl und wartete darauf, endlich an Land gehen und mit der eigentlichen Expedition beginnen zu können.

Smithback, der beim Essen ordentlich zugelangt und viel Wein getrunken hatte, setzte sich neben Black auf einen der klapprigen Stühle. Vor dem Essen hatte der Journalist noch Witze über Campingküche und Ratteneintopf gerissen, war aber während der Mahlzeit in wahre Lobeshymnen über den Koch ausgebrochen.

»Haben Sie nicht auch ein Buch über diese Museumsmorde in New York geschrieben?«, wollte Black von Smithback wissen. Der Journalist quittierte die Frage mit einem selbstgefälligen Grinsen.

»Und über das Massaker in der U-Bahn vor ein paar Jahren?«

Smithback zog in einer grandiosen Geste übertriebener Hochachtung seinen imaginären Hut.

»Verstehen Sie mich nicht falsch«, sagte Black und kratzte sich am Kinn. »Ich finde Ihre Arbeit wirklich gut, aber ... Also, ich dachte immer, dass das Institut eher auf eine dezente, zurückhaltende Berichterstattung in der Presse Wert legen würde.«

»Nun, ich bin nicht mehr Bill Smithback, der König der Revolverblätter, wie man mich früher einmal genannt hat«, erwiderte der Journalist. »Jetzt arbeite ich für die angesehene, bis oben hin zugeknöpfte ›New York Times‹, wo ich die Position bekleide, die früher ein gewisser Bryce Harriman innehatte. Auch er hat damals über das Massaker in der U-Bahn berichtet, konnte aber gegen meine Meisterwerke des investigativen Journalismus nicht anstinken. Das war

123

sein Pech.« Er drehte sich um und grinste Nora an. »So kommt es, dass ich heute als wahrer Ausbund seriöser Berichterstattung gelte, dem sich nicht einmal so ein verstaubtes, konservatives Institut wie das von Dr. Goddard verschließen kann.«

Nora fand die Prahlerei des Journalisten alles andere als lustig, selbst wenn diese mit einer Portion Selbstkritik einherging. Leicht irritiert wandte sie den Blick ab und wunderte sich ein weiteres Mal, dass Goddard ihr so einen Zeitungsfritzen mit auf die Expedition geschickt hatte. Sie schaute hinüber zu Holroyd, der auf dem Metalldeck des Kahns hockte, die Ellenbogen auf die Knie gelegt hatte und ein Buch las, das auch in Noras Augen Gnade fand: Es war eine zerfledderte Taschenbuchausgabe von »Coronado und die Goldene Stadt«. Als Holroyd bemerkte, dass sie ihn beobachtete, lächelte er sie an.

Aragon stand an der Bugreling, und Roscoe Swire war wieder bei den Pferden. Er hatte ein Stück Kautabak im Mund und schrieb, während er den Tieren beruhigende Worte zumurmelte, etwas in ein kleines Notizbuch. Bonarotti rauchte behaglich eine Verdauungszigarette und genoss mit übereinander geschlagene Beinen und in den Nacken gelegtem Kopf die Spätnachmittagssonne. Die Arbeit des Kochs hatte Nora gleichermaßen erstaunt und erfreut. Es gibt nichts Besseres, um Menschen zueinander zu führen, als gutes Essen, dachte sie und erinnerte sich an das angeregte Tischgespräch, bei dem sich die Archäologen einen freundlichen Disput über die Herkunft der Clovis-Jäger und die richtige Methode zum Ausgraben von Höhlen geliefert hatten. Sogar Black hatte sich entspannt gezeigt und einen dreckigen Witz zum Besten gegeben, in dem es um einen Proktologen, eine riesige Sequoia und eine unorthodoxe Methode der Datierung anhand von Baumringen gegangen war. Nur Aragon war still und distanziert geblieben, ohne dabei aber überheblich zu wirken.

Nora sah, wie er bewegungslos an der Reling stand und in den Sonnenuntergang starrte. Während der drei Monate, in denen sie am Galegos Divide die verbrannte Indianerhütte ausgegraben hatte, war ihr klar geworden, dass die Dynamik der menschlichen Gefühle ein wichtiger Faktor für das Gelingen oder Scheitern einer Expedition war. Aragons brütendes Schweigen gefiel ihr ganz und gar nicht. Irgendetwas stimmte nicht mit ihm. Sie stand auf und schlenderte so beiläufig wie möglich auf ihn zu. Nachdem sie sich neben ihn gestellt hatte, sah er sie an und nickte ihr höflich zu.

»Das war ein tolles Essen«, sagte sie.

»Bemerkenswert«, erwiderte Aragon und faltete seine braunen Hände über der Reling. »Man muss Signor Bonarotti wirklich ein Kompliment machen. Was meinen Sie, dass er sonst noch in seiner Trickkiste hat?«

Aragon meinte damit eine alte Lebensmittelkiste aus Holz mit unzähligen kleinen Fächern, die der Koch wie seinen Augapfel hütete.

»Keine Ahnung«, antwortete Nora.

»Ich kann mir immer noch nicht vorstellen, wie er das zu Stande gebracht hat.«

»Ab morgen gibt es dann bestimmt Salzfleisch und Schiffszwieback. Denken Sie an meine Worte.«

Die beiden lachten herzlich und unbekümmert, aber dann wandte Aragon den Blick wieder starr nach vorn, hinaus auf den See und die wie Bollwerke aufragenden Felswände.

»Waren Sie schon einmal hier?«, fragte Nora.

Ein Ausdruck starken Gefühls glitt über Aragons düsteres Gesicht. »Das kann man wohl sagen«, erwiderte der Mexikaner, der sich rasch wieder in der Gewalt hatte.

»Es ist ein schöner See«, fuhr Nora fort, die nicht wusste, wie sie den Mann in ein Gespräch verwickeln sollte.

Aragon starrte weiterhin schweigend hinaus aufs Wasser. Nach einer Weile drehte er sich um und sagte: »Seien Sie mir nicht böse, aber da bin ich ganz anderer Meinung.«

Nora musterte ihn erstaunt.

»Anfang der Sechzigerjahre war ich Mitglied einer Expedition, die versuchte, in einer Notgrabung noch ein paar archäologische Stätten im Glen Cañon zu dokumentieren, bevor sie für immer im Lake Powell versanken.«

Plötzlich verstand Nora, was Aragon bedrückte. »Gab es denn viele prähistorische Stätten hier?«

»Alles in allem konnten wir an die fünfunddreißig dokumentieren und zwölf teilweise ausgraben, bis das Wasser kam. Aber die Schätzungen gehen von etwa sechstausend Stätten aus. In dieser Zeit begann ich kritisch darüber nachzudenken, ob unsere Ausgrabungsmethoden wirklich zweckmäßig sind. Ich erinnere mich noch gut daran, wie ich ein Kiva ausgeschaufelt habe – ausgeschaufelt, können Sie sich das vorstellen? –, als das Wasser schon einen Meter unter mir stand. Ich weiß, dass man ein Heiligtum nicht so behandeln darf, aber was sollte ich anderes tun? Das Wasser hat uns dazu gezwungen.«

»Was ist denn ein Kiva?«, fragte Smithback und trat mit seinen knarzenden, nagelneuen Cowboystiefeln einen Schritt näher an die Reling heran. »Und wer sind bitteschön die Anasazi?«

»Ein Kiva ist ein kreisrundes, halb in die Erde gegrabenes Gebäude, in das man normalerweise durch ein Loch in der Decke gelangt«, erklärte Nora. »Den Anasazi diente es als Kult- und Versammlungsstätte. Die Anasazi wiederum waren Indianer, die vor tausend Jahren hier in dieser Gegend lebten. Sie haben Städte errichtet, aber um das Jahr 1150 herum verließen sie das Gebiet um den Chaco Cañon und zogen sich in schwer zugängliche Klippensiedlungen zurück. Hundertfünfzig Jahre später ist ihre Zivilisation dann ganz untergegangen.«

Inzwischen war auch Black zu der Gruppe gestoßen. »Waren es eigentlich bedeutende Stätten, die Sie damals im Glen Cañon gefunden haben?«, fragte er Aragon, während er mit einem Zahnstocher in seinem Mund herumpuhlte.

Aragon sah ihn an. »Gibt es denn überhaupt unbedeutende archäologische Stätten?«

»Aber natürlich!«, schnaubte Black. »Manche Ruinen bergen nun mal mehr Informationen als andere. Ein paar ausgestoßene Anasazi, die zehn Jahre lang in irgendeiner Höhle ein dutzend Zeichnungen in die Wände geritzt haben, hinterlassen nun mal weniger Informationen als tausend Einwohner eines Pueblos, das ein paar hundert Jahre lang bewohnt wurde.«

Aragon maß Black mit einem kühlen Blick. »Ich finde, dass eine einzige Keramik der Anasazi genügend Informationen enthält, um einen Forscher sein ganzes Berufsleben lang zu beschäftigen. Meiner Meinung nach gibt es keine unwichtigen Stätten, wohl aber uninspirierte Archäologen.«

Blacks Miene verfinsterte sich.

»Was für Stätten haben Sie denn damals im Glen Cañon ausgegraben?«, fragte Nora rasch dazwischen.

Aragon deutete auf die Wasserfläche, die gerade an Steuerbord vorbeiglitt. »Da drüben liegt in einer Tiefe von einhundertzehn Metern der Musiktempel.«

»Der Musiktempel?«, wiederholte Smithback.

»Das ist eine große Höhle in einer Felswand, wo der Wind und das Wasser des Colorado ganz eigentümliche, fast übernatürlich klingende Geräusche produzierten. John Wesley Powell hat ihn entdeckt und ihm seinen Namen gegeben. Wir haben den Boden des Musiktempels ausgegraben und eine seltene, archaische Stätte gefunden, zu der noch eine ganze Reihe kleinerer Stätten in der unmittelbaren Umgebung gehörten.« Er deutete in die andere Richtung. »Und da drüben war der so genannte Wishing Well, eine PuebloIII-Klippensiedlung mit acht Räumen, die um ein ungewöhnlich tiefes Kiva herum errichtet war; auch so eine kleine belanglose Stätte ohne jede *Bedeutung*.« Er warf Black einen pointierten Blick zu. »Dort hatten die Anasazi liebevoll zwei kleine Mädchen bestattet, die in gewebte Tücher eingehüllt und mit Halsketten aus Blumen und Meeresmuscheln geschmückt waren. Wir konnten die Grabstätten nicht mehr vor dem steigenden Wasser retten. Sie sind mitsamt ihrer wertvollen Artefakte für immer dahin.«

Black schniefte höhnisch und schüttelte in gespielter Ergriffenheit den Kopf. »Hat jemand vielleicht ein Taschentuch für mich?«

Der Kahn fuhr an der Grand Bench vorbei, und Nora konnte in weiter Ferne die dunkle Masse des Kaiparowits-Plateaus erkennen. Durch den rosafarbenen Dunst des Sonnenuntergangs sah es wild, abweisend und unerreichbar aus. Die »Landlocked Laura« begann herumzuschwenken und Kurs auf eine schmale Durchfahrt zwischen zwei Sandsteinwänden zu nehmen. Es war der Eingang zum Serpentine Cañon.

Zwischen den steilen Wänden hatte das Wasser des Sees eine dunkelgrüne Farbe und reflektierte den senkrecht abfallenden, glatten Fels so perfekt, dass es schwer war, zwischen Wirklichkeit und Spiegelbild zu unterscheiden. Der Kapitän hatte Nora erzählt, dass so gut wie niemand in den Cañon einfuhr, weil es dort weder Stellen zum Campen noch Badestrände gab und die Wände zu steil für Bergsteiger waren.

Holroyd streckte sich und deutete auf sein Buch. »Ich habe gerade ein paar interessante Sachen über Quivira gelesen«, sagte er. »Hören Sie sich bloß das mal an:

> Die Cicuye-Indianer zeigten dem General einen Sklaven, den sie in einem weit entfernten Land gefangen hatten. Der General ließ den Sklaven mit Hilfe von Dolmetschern befragen. Der Sklave erzählte ihm von einer fernen Stadt, die er Quivira nannte. Es sei eine heilige Stadt, erklärte er, in der die Regenpriester lebten, welche die Aufzeichnungen ihrer Geschichte seit dem Beginn der Zeit verwahrten. Er sagte, Quivira sei eine reiche Stadt. Einfaches Essbesteck sei aus reinem, glatt poliertem und verziertem Gold, ebenso wie Kannen, Teller und Schüsseln. Er fügte hinzu, dass die Bewohner von Quivira alle anderen Materialien verachteten.«

»Ach«, sagte Smithback und rieb sich in einer übertriebenen Geste die Hände. »Das gefällt mir: ›Sie verachteten alle anderen Materialien.‹ Gold! Was für ein hübsches Wort, finden Sie nicht auch?«

»Es gibt bisher keinen einzigen gesicherten Hinweis, dass die Anasazi Gold überhaupt kannten«, sagte Nora.

»Und was ist dann mit den goldenen Tellern, von denen unser Kollege uns soeben etwas vorgelesen hat?«, fragte Smithback. »Verzeihen Sie, Frau Chefin, aber das klingt für mich doch ziemlich präzise.«

»Dann machen Sie sich mal auf eine Enttäuschung gefasst«, erwiderte Nora. »Die Indianer haben Coronado nur das erzählt, was er hören wollte. Schließlich konnten sie damit erreichen, dass er weiterzog und sie in Ruhe ließ.«

»Aber hier steht noch mehr«, sagte Holroyd. »Der Sklave warnte den General davor, sich der Stadt zu nähern. Die Regen- und Sonnenpriester von Xochitl würden sie bewachen, erzählte er, und der Gott des Staubes all diejenigen vernichten, die ohne Erlaubnis die Stadt betreten wollten.«

»O nein!«, rief Smithback mit gespieltem Entsetzen aus. »Da bekommt man es ja mit der Angst zu tun.«

Nora zuckte mit den Achseln. »Das findet man in diesen alten Berichten häufiger. An manchen ist etwas Wahres dran, aber meistens wird maßlos übertrieben.«

Hicks' hagere Gestalt erschien in der Tür des Steuerhauses. »Auf dem Echolot sehe ich, dass das Wasser immer seichter wird. Noch ein, zwei Biegungen, dann haben wir das Ende des Cañons erreicht.«

Nun kamen alle an die Bugreling und spähten gespannt in die langsam hereinbrechende Dämmerung. Hicks schaltete einen Scheinwerfer auf dem Dach des Steuerhauses ein und beleuchtete das Wasser vor dem Kahn, das inzwischen eine schokoladenbraune Färbung angenommen hatte. Halb unter der Oberfläche verborgene Baumäste glitten vorbei, und die Wände des Cañons ragten direkt neben dem Boot über hundert Meter in die Höhe.

Sie fuhren um eine weitere scharfe Biegung. Als Nora sah, was sie auf der anderen Seite erwartete, setzte ihr Herzschlag einen Augenblick aus. Am Ende des Cañons schwamm eine Vielzahl von verbrannten Baumstämmen und Ästen, zwischen denen sich ein dichter Teppich aus verrottenden Fichtennadeln ausdehnte. Einige der Stämme, die immerhin einen Durchmesser von bis zu eineinhalb Metern hatten, sahen so aus, als wären sie von einer gewaltigen Kraft zerfetzt worden. Hinter dem Hindernis konnte Nora die Mündung eines kleinen Baches erkennen, dessen Wasser die im Abendlicht dunkelrot leuchtenden Felsen reflektierte.

Hicks stoppte die Schiffsschrauben und kam leise schnaufend aus dem Steuerhaus, um im Licht des Scheinwerfers einen Blick auf das Hindernis zu werfen.

»Wo kommen bloß all diese großen Bäume her?«, fragte Nora. »Mir ist seit unserer Abfahrt von Page kein einziger Baum am Ufer aufgefallen.«

»Das machen die Sturzfluten«, erklärte Hicks und kaute auf seiner erkalteten Maiskolbenpfeife herum. »Die spülen das ganze Zeug aus den Bergen herunter. Oft kommt es von hundert Kilometern oder noch weiter her und bleibt hier im See hängen.« Er schüttelte den Kopf. »Aber so ein Durcheinander wie das hier habe ich noch nie gesehen.«

»Können wir mit dem Kahn da durch?«, wollte Nora wissen.

»Nicht zu machen«, entgegnete Hicks. »Das würde uns glatt die Schrauben zerfetzen.«

Mist! »Wie tief ist das Wasser eigentlich?«

»Laut Echolot sind es zweieinhalb Meter, an manchen Stellen über drei.« Er sah Nora zweifelnd an. »Vielleicht sollten Sie besser umkehren«, murmelte er.

Nora blickte ihm in sein ruhiges Gesicht. »Und wieso, wenn ich fragen darf?«

Hicks zuckte mit den Achseln. »Es geht mich zwar nichts an, aber ich persönlich würde nicht für alles Geld der Welt da hinein in die Cañons gehen.«

»Danke für den Rat«, sagte Nora. »Sie haben doch ein Rettungsfloß, oder?«

»Ja, ein aufblasbares. Aber da bringen Sie die Pferde nicht drauf.«

Die anderen Expeditionsteilnehmer hatten die Unterhaltung mitgehört. Black verkündete, er habe von Anfang an gewusst, dass das mit den Pferden eine Schnapsidee sei.

»Wir lassen die Tiere ans Ufer schwimmen«, erklärte Nora. »Und dann bringen wir unsere Ausrüstung mit dem Rettungsfloß nach.«

»Moment mal, das ist nicht ...«, begann Swire.

Nora wandte sich ihm zu. »Alles, was wir brauchen, ist ein Pferd, das gut schwimmen kann. Wenn wir das den Anfang machen lassen, werden die anderen ihm folgen. Ich wette, Sie haben einen guten Schwimmer unter Ihren Tieren, Roscoe.«

»Klar. Mestizo. Aber ...«

»Gut. Dann schwimmen Sie mit ihm ans Ufer. Und wir treiben die anderen Pferde hinter Ihnen ins Wasser. Ich sehe viele Lücken zwischen den Baumstämmen, in denen genügend Platz zum Durchkommen ist.«

Swire starrte auf die Barriere vor dem Bug des Kahns, die ihm im gespenstischen Licht des Scheinwerfers wie ein undurchdringliches Chaos vorkam. »Diese Lücken sind ziemlich schmal«, sagte er. »Die Pferde könnten im Gestrüpp oder an einem unter Wasser verborgenen Ast hängen bleiben.«

»Haben Sie eine bessere Idee?«

Swire blickte wieder hinaus aufs Wasser. »Nein«, antwortete er. »Leider nicht.«

Hicks öffnete eine große Kiste an Deck und holte mit Holroyds Hilfe eine schwere, formlose Gummihaut heraus. Währenddessen brachte Swire ein Pferd aus einem der Anhänger heran und legte ihm einen Sattel auf den Rücken. Nora bemerkte, dass er dem Tier weder Zaumzeug noch Zügel anlegte. Aragon und Bonarotti begannen die Ausrüstungsgegenstände in die Nähe des Floßes zu tragen und für den Transport vorzubereiten. Nur Black stand tatenlos neben den Pferdeanhängern und betrachtete die Vorgänge mit skeptischer Miene. Swire reichte ihm eine Reitpeitsche.

»Was soll ich denn damit?«, fragte der Archäologe und hielt die Peitsche auf Armeslänge von sich weg.

»Während ich mit diesem Pferd ans Ufer schwimme«, erwiderte Swire, »wird Nora die anderen aus den Hängern führen, und zwar eins nach dem anderen. Ihr Job ist es, sie hinter mir ins Wasser zu treiben.«

»Wirklich? Und wie soll ich das anstellen?«

»Mit der Peitsche.«

»Das verstehe ich nicht.«

»Sie klatschen ihnen einfach aufs Hinterteil. Aber ordentlich. Lassen Sie ihnen keine Zeit zum Nachdenken.«

»Aber das ist doch gefährlich! Die Pferde werden ausschlagen und mich verletzen.«

»Keines von meinen Tieren tut so etwas, aber für den Fall des Falles können Sie sich ja ducken. Und machen Sie ein Geräusch wie dieses ...« Swire schmatzte unangenehm laut mit den Lippen.

»Vielleicht sollte er es besser mit einem Blumenstrauß und einer Schachtel Pralinen versuchen«, flachste Smithback.

»Ich verstehe überhaupt nichts von Pferden«, protestierte Black.

»Das ist mir schon klar«, entgegnete Swire. »Aber man muss schließlich nicht Stallbursche von Beruf sein, um einem Pferd ordentlich auf den Arsch zu hauen.«

»Tut das den Tieren denn nicht weh?«

»Ein bisschen schon. Aber wir haben leider nicht die ganze Nacht Zeit, um sie mit guten Worten zu überreden.«

Black starrte noch immer stirnrunzelnd auf die Peitsche. Nora fragte sich, was den Wissenschaftler wohl mehr wurmte: die Tatsache, dass er sich als Pferdetreiber betätigen sollte, oder dass es ein Cowboy war, der ihm den Befehl dazu erteilte.

Swire schwang sich in den Sattel. »Jagt sie nacheinander ins Wasser, aber lasst ihnen genügend Abstand, damit sie sich nicht ins Kreuz springen.«

Er drehte sich um und gab dem Pferd die Sporen. Das Tier gehorchte sofort und preschte in den See, wo es zunächst untertauchte, gleich darauf aber wieder an die Oberfläche kam. Laut schnaubend reckte es den Kopf aus dem Wasser. Swire, der während des Sprungs geschickt aus dem Sattel gestiegen war, landete neben dem Pferd. Er hielt sich am Sattelhorn fest und redete dem Tier mit leiser Stimme zu, bis es zu schwimmen begann.

Die anderen Pferde tänzelten unruhig in den Anhängern herum, schnaubten durch weit geblähte Nüstern und rollten ängstlich die Augen.

»Los geht's!«, sagte Nora und holte das nächste Pferd heran. Es kam bis an den Bug des Kahnes und wollte dann nicht mehr weiter.

»Schlagen Sie zu!«, rief Nora und war erleichtert, als Black entschlossen auf das Tier zutrat und ihm mit der Peitsche einen klatschenden Hieb quer über den Hintern verpasste. Das Pferd zögerte einen Augenblick, dann sprang es ins Wasser, wo es mit einem lauten Platschen landete und sofort hinter Swires Pferd herzuschwimmen begann.

Smithback beobachtete die Vorgänge amüsiert. »Gut gemacht!«, rief er dem Geochronologen zu. »Und sagen Sie bloß nicht, dass Sie noch nie eine Peitsche in der Hand gehabt haben, Aaron. Ich bin mir fast sicher, dass ich Sie schon mal in einer Lederschwulen-Bar im West Village gesehen habe.«

»Smithback, helfen Sie Holroyd mit dem Floß«, fauchte Nora.

»Aye, aye, Frau Chefin!«

Sie brachten die restlichen Pferde dazu, nacheinander ins Wasser zu springen und mit dem Maul am Schweif des Vordertiers auf einem verschlungenen Kurs durch das Gewirr von Hindernissen ans Ufer zu schwimmen. Nora klappte die Türen der Anhänger zu und sah, wie Swire im Licht des Scheinwerfers patschnass und erschöpft an Land stieg. Nachdem er sein Pferd aus dem Wasser gebracht hatte, watete er wieder hinaus und trieb mit lauten Rufen auch die anderen Tiere aus dem See. Bald hatte er sie zu einer unglücklich dreinblickenden kleinen Herde zusammengetrieben, die er weiter in den Cañon hineinführte, um die Landungsstelle frei zu machen.

Nora sah ihnen noch einen Moment hinterher, bevor sie sich an Black wandte. »Das war gute Arbeit, Aaron.«

Der Geochronologe wirkte sichtlich geschmeichelt.

»Dann wollen wir mal unsere Ausrüstung an Land bringen«, sagte sie zum Rest der Gruppe. »Vielen Dank für Ihre Hilfe, Kapitän Hicks. Wir werden das Floß sorgfältig verstecken, damit es noch da ist, wenn Sie uns in ein paar Wochen wieder abholen kommen. Machen Sie's gut.«

»Machen Sie's besser«, erwiderte Hicks trocken und verschwand wieder in seinem Steuerhaus.

Gegen elf Uhr nachts unternahm Nora in der tiefen Stille der Wüstennacht einen letzten Rundgang durch das schlafende Lager, bevor sie sich in ihre Bettrolle zurückzog, die sie ein paar Meter von den anderen entfernt ausgelegt hatte. Sorgfältig schob sie noch einmal den Sand unter ihren Hüften und Schultern zurecht. Um am nächsten Morgen die hektischen Änderungen in letzter Minute zu vermeiden, die normalerweise zum Aufbruch einer jeden Expedition gehörten, hatte sie darauf bestanden, dass noch vor dem Schlafengehen die gesamte Ausrüstung in die Transportkörbe verpackt wurde, die man dann nur noch auf den Pferden festschnallen musste. Die Tiere fraßen in einiger Entfernung mit zusammengebundenen Vorderbeinen den Rest der mitgebrachten Luzernen. Die anderen Expeditionsmitglieder lagen in Zelten oder Schlafsäcken rings um das heruntergebrannte Feuer. Längst hatte sich die »Landlocked Laura« auf den Rückweg zu ihrem Hafen gemacht, und die Expedition war auf sich allein gestellt.

Nora schlüpfte zufrieden tiefer in ihre Bettrolle hinein. Bisher war alles gut gelaufen. Black war zwar eine Nervensäge, aber seine Qualifikation als Wissenschaftler machte diese Schwäche mehr als wett. Smithback hatte eine große Klappe, doch mit seinen kräftigen Armen und Schultern würde er sich gut als Schaufler einsetzen lassen, ob er nun wollte oder nicht. Bevor er in sein Zelt gekrochen war, hatte er Nora noch ein Exemplar seines neuen Buches aufgedrängt, das sie, ohne es eines Blickes zu würdigen, in ihren Seesack geworfen hatte.

Ihre Entscheidung, Peter Holroyd mit auf die Expedition zu nehmen, hatte sich als echter Glücksgriff erwiesen. Allerdings hatte sie auf der Fahrt über den See ein paar Mal bemerkt, wie er sie mit verstohlenen Blicken gemustert hatte. Sie fragte sich, ob sich Holroyd wohl ein wenig in sie verliebt hatte, und warf sich vor, dass sie ihm unbeabsichtigt vielleicht sogar Hoffnungen gemacht hatte. Möglicherweise hatte er nur aus diesem Grund die Daten aus dem JPL gestohlen. Nora verspürte einen Anflug von Schuldgefühl, aber dann sagte sie sich, dass sie immerhin ihr Versprechen ihm gegenüber gehalten und ihn mit ins Expeditionsteam gebracht hatte. Der arme Junge verwechselt wohl Dankbarkeit mit Liebe, dachte sie und wandte sich in Gedanken der übrigen Truppe zu. Bonarotti schien in die Kategorie Leute zu fallen, die sich durch nichts aus der Ruhe bringen ließen; zudem war er ein fantastischer Expeditionskoch. Und Aragon würde wohl etwas zugänglicher werden, wenn sie erst einmal den verhassten Lake Powell hinter sich gelassen hätten.

Nora reckte sich wohlig in ihrer Bettrolle. Mit der Zeit würde die Gruppe schon zusammenwachsen. Besonders freute es sie, dass sie sich nun nicht mit Sloane Goddard würde auseinandersetzen müssen. Black, Aragon und sie selbst verfügten über mehr als genug archäologischen Sachverstand, um mit allen wissenschaftlichen Herausforderungen der Expedition fertig zu werden, und Ernest Goddard konnte niemand anderen für das Fehlen seiner Tochter verantwortlich machen als diese selbst.

Das Licht der Sterne tauchte die Sandsteinwände ringsum in ein fahles Dämmerdunkel. Die Luft hatte sich empfindlich abgekühlt, wie für eine Wüstennacht üblich. Nora hörte ein leises Murmeln und roch den Rauch von Bonarottis Zigarette, der langsam über den Lagerplatz trieb. In der Stille nahm sie die leisen Rufe der Zaunkönige wahr, die wie das Klingeln kleiner Glöckchen von den Felswänden zurückgeworfen wurden und sich mit dem leisen Plätschern des direkt unterhalb des Lagers gelegenen Sees vermischten. Bereits jetzt waren sie unzählige Kilometer von der nächsten Siedlung entfernt, und mit jedem Schritt, den sie in Richtung auf ihr verborgenes Ziel machten, ließen sie die Zivilisation noch weiter hinter sich zurück.

Bei dem Gedanken an Quivira verspürte Nora abermals die Last der Verantwortung. Die Wahrscheinlichkeit, dass diese Expedition ein Fehlschlag werden könnte, war hoch. Beängstigend hoch sogar. Es war durchaus möglich, dass sie die Stadt nicht fanden oder dass die Expedition schon zuvor wegen persönlicher Differenzen unter den Teilnehmern auseinander brach. Am schlimmsten aber wäre es, wenn sich das Quivira ihres Vaters als unbedeutende, aus fünf Häusern bestehende Klippensiedlung herausstellen würde. Diese Vorstellung beunruhigte Nora am meisten. Goddard mochte ihr vielleicht vergeben, dass sie nicht auf seine Tochter gewartet hatte, aber trotz all seiner großen Worte würden er und das Institut es nie verwinden, wenn das Ergebnis ihrer Expedition lediglich ein Ausgrabungsbericht über eine stinknormale Felssiedlung der Pueblo-III-Periode war. Und Gott allein wusste, was für einen ätzenden Artikel Smithback schreiben würde, wenn er das Gefühl bekäme, er habe auf der Expedition lediglich seine wertvolle Zeit verschwendet.

In der Ferne hörte Nora einen Kojoten heulen und musste wieder an die nächtlichen Vorfälle in dem verlassenen Ranchhaus denken. Soweit es in ihrer Macht stand, hatte sie dafür gesorgt, dass niemand außer ihr die Karten und Radarbilder zu Gesicht bekam, und darüber hinaus alle Beteiligten unter Hinweis auf mögliche Schatzräuber und Grabplünderer zu äußerster Geheimhaltung vergattert.

Doch dann hatte Smithback sich am Hafen von Wahweap aufgeführt wie ein Elefant im Porzellanladen ...

Trotz Noras Ärger über dieses Verhalten erschien es ihr allerdings ziemlich unwahrscheinlich, dass die unbedachten Äußerungen des Journalisten auf irgendwelchen Umwegen nach Santa Fe gelangen würden. Außerdem hatte Smithback zwar ihren Namen genannt, aber keine Details über die Expedition preisgegeben. Bestimmt hatten die bizarren Gestalten, die sie angegriffen hatten, inzwischen längst aufgegeben. Wer ihr auf dieser Expedition folgen wollte, musste schon ein zum Äußersten entschlossener, um nicht zu sagen todesmutiger Mensch sein. Außerdem musste er die Wüste besser kennen als selbst ein Mann vom Schlage Roscoe Swires. Und wenn ein Boot auf dem See hinter ihnen hergefahren wäre, dann hätten sie es sehen müssen. Mit diesen Gedanken begannen Noras Angst und Ärger langsam nachzulassen und Platz für den so dringend benötigten Schlaf zu machen. Bald träumte sie von staubigen Ruinen und Bündeln von Sonnenstrahlen, die durch das Dunkel einer uralten Höhle drangen und auf die blumengeschmückten Leichen von zwei Indianerkindern fielen.

15

Teresa Gonzales fuhr erschrocken in ihrem Bett hoch und horchte hinaus in die Dunkelheit. Teddy Bear, ihr riesiger rhodesischer Ridgeback, der im Sommer immer draußen schlief, winselte an der Hintertür. Teddy Bear, dessen Rasse man früher in Afrika für die Löwenjagd gezüchtet hatte, war wirklich ein lieber Hund, aber er war auch extrem wachsam. Teresa hatte ihn noch nie zuvor so winseln gehört, aber weil sie Teddy Bear erst am Tag zuvor vom Tierarzt geholt hatte, wo er zwei Wochen wegen einer schlimmen Infektion in Behandlung gewesen war, schrieb sie es diesem Umstand zu, dass das arme Tier noch immer traumatisiert war.

Teresa stand auf, ging durch das dunkle Haus nach unten und öffnete die Hintertür. Teddy Bear trottete mit eingezogenem Schwanz herein.

»Teddy!«, flüsterte sie. »Was ist denn los mit dir? Fehlt dir was?«

Der riesige Hund leckte ihr die Hand, schlich quer durch die Küche und verkroch sich unter dem Tisch. Teresa blickte durch das Fenster der Hintertür zur alten Cabrillas-Ranch hinüber. Es herrschte so tiefe Dunkelheit in dieser mondlosen Nacht, dass Teresa nicht einmal die Umrisse des verlassenen Hauses erkennen konnte. Irgendetwas da draußen musste den Hund zu Tode erschreckt haben. Teresa lauschte hinaus in die Finsternis und glaubte in der Ferne das Geräusch von brechendem Glas und das heisere Heulen eines Tieres zu hören. Für einen Kojoten oder einen wilden Hund klang es zu tief. Es hörte sich eher wie ein Wolf an. Aber Teddy, der nicht einmal Angst vor Pumas hatte, wäre nie und nimmer vor einem einzelnen Wolf davongerannt. Da hätte es sich schon um ein ganzes Wolfsrudel handeln müssen.

Zu dem gedämpften, tief tönenden Heulen gesellte sich jetzt ein zweites, das Teresa näher an ihrem Haus zu sein schien. Der Hund winselte abermals und verkroch sich noch weiter unter den Tisch. Teresa hörte ein plätscherndes Geräusch und sah, wie der Hund vor lauter Angst auf den Boden pinkelte.

Die Hand am Türrahmen, dachte sie nach. Noch bis vor zwei Jahren hatte es hier in New Mexico keine Wölfe gegeben, aber dann hatte die Jagd- und Fischereibehörde ein paar in der Wildnis am Río Pecos ausgesetzt. Von denen müssen wohl welche aus den Bergen heruntergekommen sein, dachte Teresa.

Sie ging zurück ins Schlafzimmer, schlüpfte aus dem Bademantel und zog sich Jeans, Hemd und Stiefel an. Dann öffnete sie den Waffenschrank und betrachtete die Gewehre, deren Läufe matt im Licht der Nachttischlampe schimmerten. Ohne zu zögern griff Teresa nach ihrer Lieblingsschrotflinte, einer Winchester Defender mit ihrem siebenundvierzig Zentimeter langen Lauf und extra großem Magazin. Es war eine gute, leichte Flinte, die im Prospekt des Herstellers als ideale Verteidigungswaffe mit hohem Wirkungsgrad gepriesen wurde – was in Wirklichkeit nichts anderes als eine verharmlosende Umschreibung dafür war, dass man mit der Winchester hervorragend Menschen umbringen konnte. Oder Wölfe.

Teresa schob ein Magazin mit acht Schrotpatronen in das Gewehr. Es war nicht das erste Mal seit dem Angriff auf Nora, dass sie Geräusche von der alten Kelly-Ranch gehört hatte. Einmal, als sie gerade aus Santa Fe zurückgekommen war, hatte sie sogar eine geduckte, pelzige Gestalt um die alten Briefkästen schleichen sehen. Es mussten Wölfe sein, denn alles andere hätte keinen Sinn ergeben. Ein paar von ihnen hatten Nora damals in der Nacht angefallen und der Ärmsten einen solchen Schreck eingejagt, dass sie sich eingebildet hatte, sie habe die Tiere sprechen gehört. Teresa schüttelte den Kopf. Eigentlich war Nora gar nicht der Typ, der in Stresssituationen so völlig ausrastete.

Wölfe, die keine Angst vor Menschen mehr hatten, konnten ganz schön gefährlich sein. Deshalb wäre Teresa ihnen nur ungern ohne ein schussbereites Gewehr begegnet. Wenn wirklich ein paar um die alte Kelly-Ranch herumschlichen, dann war es besser, wenn sie hinüber ging und reinen Tisch machte. Sollten sich die Leute von der Jagd- und Fischereibehörde ruhig darüber beschweren, Teresa hatte für die Sicherheit auf ihrer Ranch zu sorgen.

Sie klemmte sich die Schrotflinte unter den Arm, schob sich eine Taschenlampe in die hintere Hosentasche und ging leise zurück in die Küche. Als sie, ohne das Licht einzuschalten, die Tür öffnete, hörte sie Teddy unter dem Tisch winseln und schnüffeln. Ganz anders als sonst machte der Hund keinerlei Anstalten, ihr zu folgen.

Leise trat sie hinaus auf die Veranda und zog vorsichtig die Tür hinter sich ins Schloss. Die Bretter knarzten leise, als sie die Stufen hinunterschlich. Durch die Dunkelheit ging sie zum Brunnenhaus, wo der Weg hinüber zur Las-Cabrillas-Ranch begann. Obwohl Teresa eine große, kräftig gebaute Frau war, bewegte sie sich mit katzenartiger Geschmeidigkeit. Am Brunnenhaus atmete sie tief durch, hob den Lauf der Waffe und machte sich auf in die schwarze Finsternis. Seit ihrer Kindheit, in der sie drüben auf der anderen Ranch oft mit Nora gespielt hatte, hatte sie diesen Weg schon so oft genommen, dass ihre Füße in praktisch auswendig kannten.

Bald war sie den Hügel hinaufgestiegen und sah das alte Haus der Kelly-Ranch vor sich, dessen niedriges Dach sich nur undeutlich vom schwarzen Nachthimmel abhob. Im schwarzen Licht der Sterne konnte sie erkennen, dass die Vordertür offen stand.

Teresa verharrte eine ganze Weile reglos und lauschte, hörte aber nur das Rascheln des Windes in den Pinien. Das Metall der Flinte in ihren Händen fühlte sich kühl und beruhigend an.

Teresa prüfte die Richtung des Windes und stellte fest, dass er vom Haus her auf sie zu wehte. Die Wölfe konnten sie also nicht wittern. In der Luft lag ein schwacher, aber seltsamer Geruch, der sie an den Duft von Purpurwinden erinnerte. Vielleicht hatten die Tiere sie ja kommen hören und Reißaus genommen, vielleicht waren sie aber auch noch im Haus.

Sie entsicherte das Gewehr und drückte die Taschenlampe fest an seinen Lauf. Dann marschierte sie auf das Haus zu, das im schwachen Sternenschein wie ein vergessener Tempel aussah. Mit dieser starken Taschenlampe war Teresa in der Lage, jedes Tier, das sie angriff, lange genug zu blenden, um in aller Ruhe zielen und abdrücken zu können.

Und dann hörte Teresa ein leises, kaum wahrnehmbares Geräusch, das nicht von einem Wolf stammen konnte. Abrupt blieb sie stehen und horchte in die Dunkelheit. Es war ein monotoner, vibrierender Gesang in einem heiseren, kehligen Ton, der so trocken und zart klang wie das Zerbröseln dürren Laubes.

Das Geräusch kam aus dem Inneren des Hauses.

Teresa befeuchtete sich die trockenen Lippen und atmete tief durch. Dann betrat sie die vordere Veranda, wo sie einige Sekunden stehen blieb und wartete. Schließlich schlich sie so leise wie möglich zwei Schritte nach vorn, richtete das Gewehr auf die Haustür und schaltete die Taschenlampe ein.

Das Innere des Hauses war so, wie sie es von ihrem Besuch in der vergangenen Woche noch in Erinnerung hatte: ein einziges Chaos aus Zerfall, Staub und Moder. Der Geruch nach Blumen, den sie schon draußen wahrgenommen hatte, war hier drinnen viel intensiver. Rasch leuchtete Teresa Ecken und Türen mit ihrer Taschenlampe ab, konnte aber nichts entdecken. Durch eine zerbrochene Fensterscheibe wehte sanft der Nachtwind herein und blähte die schmutzigen Vorhänge. Der Gesang war jetzt lauter, und Teresa hatte den Eindruck, als käme er aus dem ersten Stock.

Vorsichtig schlich sie sich ans untere Ende der Treppe, wo sie die Taschenlampe ausschaltete. Was immer sich dort oben aufhielt, ein Tier war das bestimmt nicht. Vielleicht hatte Nora ja doch Recht gehabt, und sie war tatsächlich von Menschen angegriffen worden, womöglich von Vergewaltigern. Auf einmal fiel Teresa wieder ein, welch entsetzliche Angst Teddy Bear gehabt hatte. Vielleicht wäre es besser, wenn sie leise nach Hause ginge und die Polizei anriefe.

Aber nein: Erstens würde es eine Weile dauern, bis die Polizei einträfe, und zweitens würden die Bastarde, wenn sie das Blaulicht sähen oder die Stiefel der Polizisten auf der Veranda poltern hörten, sofort im Dunkel der Nacht verschwinden und Teresa mit der nagenden Sorge zurücklassen, wann sie wohl das nächste Mal wiederkämen. Vielleicht würden sie ja auch versuchen, ihr irgendwo auf der Ranch aufzulauern, wenn sie keine Waffe dabeihatte ...

Sie nahm die Schrotflinte fester in beide Hände. Jetzt war es Zeit zum Handeln. Seit ihr Vater ihr das Jagen beigebracht hatte, wusste Teresa, wie man sich anpirschen musste. Sie hatte eine Waffe, mit der sie gut umgehen konnte, und sie konnte das Überraschungsmoment nutzen. Mit äußerster Vorsicht begann sie die Treppe hinaufzusteigen. Ganz ihrem Instinkt vertrauend, bewegte sie dabei langsam einen Fuß nach dem anderen und achtete darauf, nie eine der Treppendielen zu stark zu belasten.

Als sie oben angelangt war, blieb sie wieder stehen. Im Haus war es viel zu dunkel, um irgendetwas sehen zu können, aber ihr Gehör sagte ihr, dass die Geräusche aus Noras altem Zimmer kamen. Teresa ging zwei Schritte vorwärts, hielt inne und holte mehrmals tief Luft, um sich zu beruhigen. Wer immer auch dort in dem Zimmer sein mochte, Teresa wollte kein Risiko eingehen.

Sie machte sich fertig, indem sie die Taschenlampe noch fester an den Lauf des Gewehrs presste und den Zeigefinger der anderen Hand an den Abzug legte. Dann ging sie mit raschen, gleichmäßigen Schritten hinüber zur Tür, trat sie auf und schaltete, das Gewehr in Schussposition, die Taschenlampe an.

Es dauerte eine Weile, bis ihr Gehirn registrierte, was ihre Augen sahen: Zwei Gestalten, von Kopf bis Fuß in schwere, feuchte Pelze gehüllt, kauerten in der Mitte des Raumes. Mit geröteten Augen, die Teresa an die von wilden Tieren erinnerten, blickten sie, ohne zu blinzeln, ins Licht der Taschenlampe. Zwischen ihnen stand ein menschlicher Totenkopf ohne Schädeldecke, in dem sich einige Objekte befanden: der Kopf einer Puppe, ein Büschel Haare, das Barett eines Mädchens. Das sind ja Noras alte Sachen, stellte Teresa starr vor Schreck fest.

Auf einmal sprang eines der beiden Geschöpfe auf und kam rascher, als Teresa es für möglich gehalten hatte, auf sie zu. Kurz bevor es aus dem Lichtkegel der Taschenlampe verschwand, drückte Teresa ab. Sie spürte den Rückstoß der Flinte und hörte einen ohrenbetäubenden Knall, der das alte Haus in seinen Grundfesten erbeben ließ.

Teresa blinzelte und spähte angestrengt durch den Pulverqualm, konnte aber bloß ein rauchendes Loch in der Wand erkennen. Die beiden Kreaturen waren verschwunden.

Teresa lud durch, drehte sich einmal im Kreis und leuchtete das Zimmer mit ihrer Taschenlampe ab. In der plötzlich eingetretenen

Stille hörte sie nichts anderes als ihren eigenen, stoßweisen Atem. Langsam sank der Staub zu Boden. Normale Menschen konnten sich nicht so schnell bewegen. Trotz ihrer Taschenlampe und ihrer Schrotflinte fühlte sich Teresa auf einmal in diesem verlassenen, alten Haus entsetzlich verwundbar. Instinktiv hatte sie das Bedürfnis, das Licht auszuschalten, um in der Dunkelheit Zuflucht zu finden, aber sie wusste, dass diese ihr keinen Schutz vor den Angreifern bieten würde.

Teresa war schon als Kind ein tapferes Mädchen und immer die Größte und Stärkste ihrer Jahrgangsstufe gewesen. Sie hatte keine älteren Brüder gehabt, die sie hätten beschützen können, doch auch so hatte sie sich vor niemandem gefürchtet – weder vor Jungs noch vor Mädchen. Jetzt aber, als sie vor der offenen Tür stand und schwer atmend in den dunklen Gang spähte, auf die geringste Bewegung lauernd, überkam sie ein nie gekanntes Gefühl der Panik, das sie völlig zu vereinnahmen drohte.

Sie zwang sich, einen Schritt aus dem Zimmer zu machen. Draußen wirbelte sie herum und leuchtete in die Dunkelheit. Bis auf ihren eigenen Atem war im gesamten Haus nicht das leiseste Geräusch zu hören. Schwarze Türöffnungen in dem mit Unrat angefüllten Gang führten in weitere Schlafzimmer.

Teresa war klar, dass sie irgendwie nach unten gelangen musste. Sie schaute hinüber zur Treppe und prägte sich die Umgebung ein. Dann schaltete sie die Lampe aus und rannte los.

Sie kam nicht weit. Ein Schatten sprang sie plötzlich aus einem der anderen Schlafzimmer an. Mit einem entsetzten Schrei wirbelte Teresa herum und drückte ab. Geblendet vom Blitz des Mündungsfeuers taumelte sie nach hinten und rollte kopfüber die Treppe hinunter. Dabei verlor sie die Flinte, die laut polternd über die Stufen in die Dunkelheit rutschte. Unten rappelte Teresa sich auf und verspürte dabei einen stechenden Schmerz in einem ihrer Fußknöchel.

Am oberen Ende der Treppe kauerte eine große, dunkle Gestalt und blickte stumm zu ihr herab. Im schwachen, bläulichen Licht der

Sterne suchte Teresa nach ihrer Waffe, aber anstatt der Flinte erblickte sie die zweite schreckliche Gestalt, die in der Tür zur Küche stand und nun mit langsamen, selbstsicheren Schritten auf sie zu kam.

Starr vor Angst sah Teresa die Gestalt einen Augenblick lang an, dann drehte sie sich um und humpelte auf die Haustür zu. Zerbrochenes Glas knirschte unter ihren schwankenden Schritten, und ein leises Stöhnen entrang sich ihrer trockenen Kehle.

16

Am nächsten Morgen wurde Nora vom herrlichen Duft gebratener Eier geweckt. Sie streckte sich genüsslich in ihrer Bettrolle und dachte noch ein wenig an den wunderbaren Traum, den sie kurz vor dem Aufwachen gehabt hatte. Dann hörte sie das Klappern von Blechgeschirr und die Stimmen ihrer Kollegen und schlug die Augen auf. Es war halb sieben, und die anderen hatten sich bereits um das Feuer versammelt, über dem eine große Kanne Kaffee hing. Nora schlüpfte aus ihrer Bettrolle und stand auf. Bis auf Swire und Black saßen alle Teilnehmer der Expedition am Feuer, und Bonarotti hantierte am Grill mit einer Pfanne.

Nora rollte ihr Bett zusammen und putzte sich rasch die Zähne. Es war ihr peinlich, dass sie bereits am ersten Morgen verschlafen hatte. In einiger Entfernung entdeckte sie Swire, der gerade die Pferde striegelte und deren Hufe kontrollierte.

»Ah, die Frau Chefin!«, rief Smithback gut gelaunt. »Kommen Sie doch zu uns und trinken Sie einen Schluck von diesem ebenholzfarbenen Nektar. Ich schwöre, dass er sogar noch besser schmeckt als der Espresso im ›Café Reggio‹.«

Nora ging hinüber zu der Gruppe und nahm dankbar die emaillierte Blechtasse entgegen, die Holroyd ihr reichte. Während sie ihren Kaffee trank, krabbelte Black aus seinem Zelt. Er sah zerzaust und mitgenommen aus. Wortlos schlurfte er herbei, goss sich auch eine Tasse ein und hockte sich auf einen Felsen in der Nähe. »Es ist saukalt hier«, murmelte er missmutig, wobei er seinen Blick über die Felswände ringsum schweifen ließ. »Ich habe die ganze Nacht lang kaum ein Auge zugetan. Normalerweise habe ich bei Außenarbeiten einen geheizten Wohnwagen zur Verfügung.«

»Erzählen Sie doch keine Märchen«, sagte Smithback. »Ihrem Schnarchen nach zu schließen haben Sie hervorragend gepennt.« Er wandte sich an Nora. »Könnten wir denn nicht für den Rest der Expedition die Geschlechtertrennung aufheben?«, fragte er mit einem lüsternen Grinsen. »Man hört doch immer, dass auf solchen Trips nachts munter von einem Zelt ins andere gekrochen wird. Nach dem Motto: So kalt kann eine Nacht gar nicht sein, dass es einem im Doppelschlafsack nicht warm würde.«

»Wenn Sie wollen, können Sie ja die nächste Nacht bei den Stuten verbringen«, antwortete Nora. »Swire kann das sicher für Sie arrangieren.«

Black ließ ein bellendes Lachen hören.

»Sehr witzig«, sagte Smithback und setzte sich mit seiner Kaffeetasse in der Hand auf einen Felsen in der Nähe des Geochronologen. »Aragon hat mir erzählt, dass Sie ein wahrer Meister bei der Datierung von Artefakten sind. Aber was hat er damit gemeint, als er Sie einen ›Müllwühler‹ genannt hat?«

»Ach, hat er das?« Black warf seinem älteren Kollegen einen bösen Blick zu.

»Das sagt man halt so!«, verteidigte sich Aragon.

»Ich bin Stratigraph«, sagte Black. »Und oft geben uns gerade die Kehrichthaufen den besten Aufschluss über eine Zivilisation.«

»Die Kehrichthaufen?«

»Sie können auch Müllhalden dazu sagen«, ergänzte Black. »So etwas gab es nämlich schon in vorgeschichtlicher Zeit. Sie stellen übrigens meist den interessantesten Teil einer Ausgrabungsstätte dar.«

»Kollege Black ist auch ein Experte für Koprolith«, sagte Aragon. Smithback musste einen Augenblick lang nachdenken. »Ist das nicht versteinerte Scheiße oder so was Ähnliches?«

»Ist ja schon gut«, knurrte Black gereizt. »Wir arbeiten mit allem, was uns eine exakte Datierung ermöglicht. Menschliche Haare, Blütenpollen, Holzkohle, Knochen, Samen, was auch immer. Fäkalien erweisen sich oft als besonders informativ, denn an ihnen kann man erkennen, was die Menschen gegessen haben, unter welchen Parasiten sie zu leiden hatten und ...«

»Habe schon verstanden«, unterbrach ihn Smithback. »Fäkalien.«

»Dr. Black ist der bedeutendste Geochronologe des Landes«, beeilte sich Nora zu sagen.

Smithback schüttelte den Kopf. »Was für ein Job!«, kicherte er. »Koprolith, du großer Gott. Womit sich Menschen so alles beschäftigen!«

Bevor Black etwas erwidern konnte, verkündete Bonarotti, dass das Frühstück fertig sei. Wie am Tag zuvor trug er einen perfekt gebügelten, kakifarbenen Safarianzug. Nora, die dankbar für die Unterbrechung war, fragte sich, wie der Mann es schaffte, so gepflegt auszusehen, während alle anderen bereits mehr oder weniger schlampig daherkamen. Hungrig reihte sie sich in die kleine Warteschlange vor Bonarottis Grill ein. Nachdem der Italiener ihr ein großes Stück Omelett auf den Teller gelegt hatte, setzte sie sich auf einen Felsen und machte sich hungrig über ihr Essen her. Vielleicht lag es ja an der Wüstenluft, aber sie hatte noch nie in ihrem Leben eine so fantastische Eierspeise zu sich genommen.

»Himmlisch!«, murmelte Smithback mit vollem Mund.

»Es hat einen ganz außergewöhnlichen Geschmack«, sagte Holroyd und besah sich ein Stück Omelett auf seiner Gabel. »Fast ein bisschen moschusartig. So etwas habe ich noch nie gegessen.«

»Ist da etwa Stechapfel drin?«, fragte Swire halb im Scherz.

»Ich schmecke überhaupt nichts«, bemerkte Black.

»Ich weiß, was Sie meinen«, sagte Smithback zu Swire. »Irgendwie kommt mir der Geschmack bekannt vor.« Er nahm noch einen Bissen, dann ließ er die Gabel klappernd auf den Teller fallen. »Jetzt weiß ich's. Ich habe mal im ›Il Mondo Vecchio‹ in der Dreiundfünfzigsten Straße Kalbfleisch gegessen, das so ähnlich schmeckte.« Er blickte auf. »Schwarze Trüffel, stimmt's?«

Bonarottis normalerweise gleichgültiges Gesicht erhellte sich einen Augenblick, und er sah Smithback mit neuem Respekt an. »Nicht ganz«, antwortete er, während er sich seiner Wunderkiste zuwandte, eine der zahllosen Schubladen aufzog und einen schwärzlichen Klumpen von der Größe eines Tennisballs hervorholte. An einer Seite des Klumpens war eine längliche Schnittfläche zu sehen.

»Gütiger Jesus, steh mir bei«, hauchte Smithback. »Eine weiße Trüffel. Und das mitten in der Wüste.«

»Eine *Tuber magantum pico*«, verkündete Bonarotti feierlich, bevor er die Trüffel wieder in der Schublade verstaute.

Smithback schüttelte langsam den Kopf. »Dieser nette kleine Pilz dürfte einen Gegenwert von schlappen tausend Dollar darstellen. Gut zu wissen. Für den Fall, dass uns der Indianerschatz von Quivira durch die Lappen geht, können wir immer noch das Kabinett des Doktor Bonarotti plündern.«

»Versuchen Sie's, mein Freund«, sagte Bonarotti ruhig und öffnete seine Jacke. Darunter kam ein Halfter an seinem Gürtel zum Vorschein, in dem ein riesiger Revolver steckte.

Aus der Runde ließ sich nervöses Lachen vernehmen.

Als Nora sich wieder ihrem Frühstück widmete, war es ihr, als ob sie ein fernes, langsam anschwellendes Grollen vernommen hätte. Sie sah sich um und bemerkte, dass auch die anderen das Geräusch gehört hatten. Es wurde von den Wänden des Cañons zurückgeworfen und ließ auf einen Flugzeugmotor schließen. Während sie den strahlend blauen Himmel absuchte, nahm das Geräusch rasch an Intensität zu. Kurze Zeit später erschien ein Wasserflugzeug, dessen Flügel und Schwimmer in der Morgensonne schimmerten, über der Felswand. Die Pferde weiter oben im Cañon wieherten nervös.

»Der Bursche fliegt verflucht tief«, sagte Holroyd, während er nach oben starrte.

»Der fliegt nicht nur tief«, bemerkte Swire. »Der landet.«

Das Flugzeug senkte sich herab und wackelte zur Begrüßung mit den Flügeln. Dann ging es mit einem lauten Platschen auf dem Wasser nieder. Als es mit brummenden Propellern auf den Verhau aus Baumstämmen zukam, nickte Nora Holroyd zu, der daraufhin zu dem Rettungsfloß ging und auf den See hinausruderte. Im Cockpit des Flugzeugs sah sie den Piloten und den Kopiloten, die Messinstrumente ablasen und etwas auf einem von der Decke der Kabine herabhängenden Klemmbrett notierten. Schließlich kletterte der Pilot aus der Kabine, stellte sich auf einen der Schwimmer und winkte zu den Expeditionsteilnehmern am Ufer hinüber.

Nora hörte, wie Smithback neben ihr durch die Zähne pfiff, und sah, dass der Pilot eine Ledermütze abgenommen hatte und sein schwarzes Haar schüttelte. Es war eine Frau. »Die würde ich gern mal an den Steuerknüppel lassen«, bemerkte Smithback mit einem dreckigen Grinsen.

»Ruhe!«, fauchte Nora.

Die Pilotin musste Sloane Goddard sein.

Inzwischen war Holroyd mit dem Floß bei dem Flugzeug angekommen, und Dr. Goddards Tochter reichte ihm einige Seesäcke, die im Gepäckraum hinter den Sitzen des Flugzeugs verstaut gewesen waren. Dann warf sie die Luke zu, kletterte hinüber auf das Floß und gab dem Kopiloten ein Zeichen. Während Holroyd mit Sloane Goddard durch das Labyrinth aus Baumstämmen zurückruderte, machte das Flugzeug kehrt, begann zu beschleunigen und hob wieder ab. Nora wandte die Augen von der rasch kleiner werdenden Maschine ab und musterte die junge Frau.

Sloane Goddard saß im hinteren Teil des Floßes und unterhielt sich mit Holroyd. Sie trug eine lange Fliegerjacke aus Leder, Jeans und enge Stiefel. Ihre Haare waren zu einem klassischen Pagenkopf geschnitten, dessen Anachronismus Nora fast dekadent anmutete. Die Frisur erinnerte sie an Modezeitschriften der Zwanzigerjahre und verlieh Sloane Goddard das Aussehen einer Figur aus den Romanen von F. Scott Fitzgerald. Ihre mandelförmigen Augen und ihr sinnlicher Mund, um den ein leises, fast ein wenig höhnisch wirkendes Lächeln spielte, gaben ihrem Gesicht zusätzlich einen Hauch von Exotik. Sloane schien Mitte zwanzig zu sein, und Nora, die nicht viel älter war, musste sich mit einem Anflug von Neid eingestehen, dass Dr. Goddards Tochter eine der schönsten Frauen war, die sie je gesehen hatte.

Als das Floß an den Strand knirschte, sprang Sloane geschwind an Land und kam mit energischen Schritten auf das Lager zu. Das war nicht das dürre Society-Mädchen, das Nora erwartet hatte, sondern eine gut gebaute junge Frau, deren Bewegungen eine agile, geschmeidige Kraft ausstrahlten. Sloane war braun gebrannt, schien vor Gesundheit zu strotzen und strich sich ihr schwarzes Haar mit einer Geste aus der Stirn, die unschuldig und verführerisch zugleich war.

Mit einem breiten Grinsen kam sie auf Nora zu, zog ihre Lederhandschuhe aus und streckte ihr die Hand entgegen. Die Haut fühlte sich kühl und weich an, aber ihr Griff war erstaunlich fest. »Sie müssen wohl Nora Kelly sein«, sagte sie mit einem fröhlichen Augenzwinkern.

»Stimmt«, antwortete Nora mit einem leisen Seufzer. »Und Sie sind bestimmt Sloane Goddard. Die verspätete Sloane Goddard.«

Das Grinsen auf dem Gesicht der Frau wurde noch breiter. »Tut mir Leid, dass ich es so spannend gemacht habe, aber ich werde Ihnen später alles erklären. Jetzt würde ich gerne den Rest Ihrer Gruppe kennen lernen.«

Nora, die Sloanes selbstsicherer Befehlston zunächst gehörig erschreckt hatte, entspannte sich wieder, als diese von »Ihrer Gruppe«

sprach. »Klar doch«, sagte sie. »Mit Peter Holroyd haben Sie ja schon Bekanntschaft gemacht.« Sie deutete auf den Kommunikationsspezialisten, der gerade mit Sloanes restlichem Gepäck zum Lager kam, und drehte sich um in Richtung Aragon. »Das ist …«

»Ich bin Aaron Black«, drängte sich Black vor und trat mit ausgestreckter Hand auf Sloane zu. Dabei zog er den Bauch ein und machte seinen Rücken gerade.

Sloane grinste ihn an. »Sie sind also der berühmte Geochronologe. Oder sollte ich lieber der *gefürchtete* Geochronologe sagen? Ich erinnere mich noch gut an Ihren Vortrag auf dem letztjährigen Treffen der Society for American Archaeologists, bei dem Sie den Kollegen Leblanc wegen seiner falschen Datierung der Ausgrabungen in der Chingadera-Höhle zur Schnecke gemacht haben. Ich schätze, dass der arme Mann seitdem nicht mehr in den Spiegel schauen kann.«

Die Erinnerung daran, wie er einen anderen Archäologen heruntergeputzt hatte, bereitete Black sichtlich Wohlbehagen.

Sloane wandte sich von ihm ab. »Und Sie sind bestimmt Enrique Aragon.«

Aragon nickte. Sein Gesicht hatte denselben unergründlichen Ausdruck wie tags zuvor.

»Mein Vater hält große Stücke auf Ihre Arbeit. Glauben Sie, dass wir in der Stadt menschliche Überreste finden werden?«

»Weiß ich nicht«, antwortete Aragon knapp. »Die Begräbnisstätten von Chaco Cañon hat man bis heute noch nicht entdeckt, andererseits kennen wir Orte wie die Mumienhöhle mit hunderten von Bestatteten. Aber bestimmt wird es Tierknochen geben, und die will ich auf jeden Fall untersuchen.«

»Ausgezeichnet«, sagte Sloane und nickte.

Nora blickte sich um und wollte die Vorstellungsrunde so rasch wie möglich beenden, aber zu ihrem Erstaunen hatte sich Roscoe Swire von der Gruppe entfernt und machte sich bei den Pferden zu schaffen.

»Sind Sie Roscoe Swire?«, rief Sloane ihm nach. »Mein Vater hat mir von Ihnen erzählt, aber ich glaube nicht, dass wir uns schon kennen gelernt haben.«

»Wieso sollten wir auch?«, entgegnete Swire barsch. »Ich bin schließlich nur ein einfacher Cowboy, der einen Haufen Greenhorns davon abhalten muss, sich hier draußen in der Wüste das Genick zu brechen.«

Sloane ließ ein heiseres Lachen hören. »Ich habe gehört, dass Sie noch nie in Ihrem Leben von einem Pferd gefallen sind. Stimmt das?«

»Wer Ihnen das erzählt hat, ist ein verdammter Lügner«, antwortete Swire. »Mein Hintern und der Erdboden sind gute alte Bekannte.«

Sloanes bernsteinfarbene Augen blitzten vor Vergnügen. »Wissen Sie, was mein Vater über Sie gesagt hat? Er wusste sofort, dass Sie ein richtiger Cowboy sind, weil Sie zu dem Vorstellungsgespräch mit Pferdemist an den Stiefeln gekommen sind.«

Jetzt musste auch Swire grinsen. Er schob sich ein Stück Kautabak in den Mund und meinte: »Das fasse ich als Kompliment auf.«

Nora wandte sich dem Journalisten zu. »Und das hier ist Bill Smithback.«

Smithback machte eine so tiefe Verbeugung, dass ihm eine Locke seines braunen Haares in die Stirn fiel.

»Der bekannte Journalist«, sagte Sloane, und obwohl ihr blendendes Lächeln nicht eine Sekunde getrübt wurde, glaubte Nora, einen Anflug von Missbilligung in ihrer Stimme zu hören. »Mein Vater hat erwähnt, dass er mit Ihnen Kontakt aufnehmen wird.« Bevor Smithback etwas antworten konnte, hatte Sloane sich schon Bonarotti zugewandt. »Hallo, Luigi! Gott sei Dank sind Sie mit von der Partie.«

Der Koch nickte bloß und sagte nichts.

»Haben Sie vielleicht noch ein Frühstück für mich?«

Bonarotti griff nach der Pfanne auf dem Grill.

»Ich habe einen Bärenhunger«, erklärte Sloane, als er ihr einen dampfenden Teller reichte.

»Kennen Sie Luigi von früher?«, fragte Nora, während sie sich neben ihr niederließ.

»Ja. Als ich letztes Jahr über die Cassin Ridge auf den Denali gestiegen bin, hat er im Basislager für unsere Gruppe gekocht. Während alle anderen Bergsteiger Dosenfutter und Dauerbrot essen mussten, haben wir uns an Entenbrust und Wildbret gelabt. Ich war diejenige, die meinem Vater gesagt hat, dass er Luigi für diese Expedition anheuern muss. Der Mann ist sehr, sehr gut.«

»Und sehr, sehr teuer«, ergänzte Bonarotti.

Sloane machte sich mit Appetit über ihr Omelett her. Die anderen hatten sich instinktiv um sie geschart, was Nora nicht weiter verwunderte: Die junge Miss Goddard sah nicht nur fantastisch aus, sie hatte auch ein gewisses Charisma, das über das übliche Selbstbewusstsein eines an einer Eliteuniversität erzogenen Mädchens aus gutem Haus weit hinausging. Nora verspürte eine Mischung aus Erleichterung und Neid und fragte sich, was für Auswirkungen Sloanes Anwesenheit wohl auf ihre Position als Leiterin der Expedition haben würde. Am besten stelle ich gleich von Anfang an klar, wer hier das Sagen hat, dachte sie. »Würde es Ihnen etwas ausmachen, mir jetzt Ihren dramatischen Auftritt von vorhin zu erklären?«, fragte sie deshalb.

Sloane sah sie mit einem satten Lächeln an. »Tut mir Leid«, sagte sie, während sie ihren leeren Teller abstellte und sich zurücklehnte. Dabei klaffte ihre Lederjacke auf, unter der ein kariertes Hemd zum Vorschein kam. »Ich musste länger, als ich dachte, in Princeton bleiben, weil einer meiner Studenten sonst seine Prüfung nicht bestanden hätte. Wegen mir ist noch keiner durchgefallen, und so habe ich mit dem Studenten so lange gepaukt, bis ich schließlich meinen Linienflug verpasst hatte.«

»Wir haben uns im Hafen schon Sorgen um Sie gemacht.«

Sloane setzte sich wieder gerade hin. »Haben Sie denn meine Nachricht nicht erhalten?«

»Nein.«

»Ich habe sie bei einem Mann namens Briggs hinterlassen. Er versprach mir, Sie zu informieren.«

»Das muss er wohl vergessen haben«, sagte Nora.

Sloane grinste breit. »Kein Wunder, bei dem Betrieb dort. Jedenfalls hatten Sie Recht, dass Sie ohne mich abgelegt haben.«

Swire holte die Pferde von der Weidefläche, und Nora stand auf, um ihm beim Aufsatteln zu helfen. Zu ihrem Erstaunen folgte Sloane ihrem Beispiel und legte ebenfalls Hand an. Dabei stellte sie sich alles andere als ungeschickt an und sattelte immerhin zwei Pferde in derselben Zeit, die Swire für drei brauchte. Nachdem sie die Reitpferde an einem Gestrüpp festgebunden hatten, wandte sich Swire den Packpferden zu. Er warf ihnen Decken über den Rücken, auf die dann die Sägebock-Packsättel kamen. An diesen befestigte er die Tragkörbe, wobei er darauf achtete, dass die Last auf beiden Seiten gleichmäßig verteilt wurde. Dann breitete er zusammen mit Nora Staubplanen über die Körbe und zurrte sie sorgfältig fest. Sobald ein Pferd fertig war, gaben sie es an Sloane weiter, die es ein Stück weit den Cañon hinaufführte. Bonarotti packte den Rest seiner Kochutensilien zusammen, während Smithback sich neben ihm genüsslich reckte und mit dem Italiener darüber debattierte, ob nun Sauce béearnaise oder Sauce bordelaise besser zu Rindsmedaillons passte.

Nachdem Nora zusammen mit Swire das letzte Pferd gesattelt hatte, sah sie schwer atmend von der Anstrengung auf die Uhr. Es war kurz nach elf. Wenn sie einen ordentlichen Tagesritt schaffen wollten, blieb ihnen nur noch wenig Zeit, um die Greenhorns richtig einzuweisen. »Wollen Sie ihnen die erste Reitstunde geben?«, fragte sie Swire.

»Warum nicht? Irgendwann muss ich ja damit anfangen«, antwortete der Cowboy, während er sich die Hose hochzog und die Gruppe musterte. »Wer von Ihnen kann schon reiten?«

Black hob langsam die Hand.

»Ich«, platzte Smithback heraus.

Swire sah den Journalisten mit skeptisch nach unten hängendem Schnurrbart an. »Tatsächlich?«, fragte er, während er einen braunen Strahl Kautabak ausspie.

»Jedenfalls *konnte* ich es einmal«, konterte Smithback. »Und mit dem Reiten ist es doch so wie mit dem Fahrradfahren – man verlernt es nie.«

Nora glaubte, Swire unter seinem Schnurrbart grinsen zu sehen.

»Na schön, dann wollen wir mal mit der Einweisung beginnen.«

Swire sah die Leute herausfordernd an, die ihrerseits ihre Blicke erwartungsvoll auf ihn geheftet hatten. »Diese beiden Pferde da, der Braune und der Fuchs, sind mein Reit- und mein Packpferd. Sie heißen Mestizo und Sweetgrass. Weil unser Mr. Smithback bereits ein so erfahrener Reiter ist, bekommt er Hurricane Deck als Reit- und Beetlebum als Packpferd.«

Black lachte laut auf, während Smithback betreten schwieg.

»Die Namen der Tiere haben doch keine besondere Bedeutung, oder?«, fragte der Journalist mit gespielter Gleichgültigkeit.

»Nein, keine besondere«, gab Swire zurück. »Manche haben vielleicht die eine oder andere Macke, weiter nichts. Haben Sie etwa ein Problem mit diesen beiden Pferden?«

»Keineswegs«, antwortete Smithback nicht allzu überzeugt, wobei er das große braune Ross mit dem struppigen Fell und das hellrötlich-graue daneben mit einem skeptischen Blick bedachte.

»Diese beiden hier haben bloß ein paar Greenhorns auf dem Gewissen, die übrigens alle aus New York kamen. Aber wir haben doch keine New Yorker unter uns, oder?«

»Nicht, dass ich wüsste«, antwortete Smithback und zog sich seinen Hut ins Gesicht.

»Gut. Dr. Black wird Locoweed und Hoosegow übernehmen, während Nora meine beste Stute zum Reiten bekommt. Ihr Name ist Fiddlehead. Als Packpferd nimmt sie Crow Bait. Lassen Sie sich von seinem Aussehen nicht in die Irre führen, Nora. Crow Bait ist zwar ein hässliches, krummbeiniges, schafsnackiges und maultierhüftiges altes Indianerpony, aber wenn's sein muss, schleppt er Ihnen seine zweihundert Pfund bis ans Ende der Welt.«

»So weit werden wir ja hoffentlich nicht reiten müssen«, erwiderte Nora.

Swire fuhr fort, die Pferde je nach Temperament der Tiere an die unterschiedlich geübten Reiter zu verteilen, so dass bald jeder ein Reit- und ein Packpferd an den Zügeln hielt. Dann stieg Nora in den Sattel, und Goddard und Aragon taten es ihr nach. Nora erkannte an der gut ausbalancierten Art, wie Sloane im Sattel saß, dass sie eine erfahrene Reiterin war. Die restlichen Expeditionsteilnehmer standen noch mit nervösem Gesichtsausdruck neben ihren Pferden.

Swire wandte sich an die Gruppe. »Worauf warten Sie noch? Na los, sitzen Sie schon auf.«

Es dauerte eine Weile, bis sich die anderen unter viel Gezappel endlich in den Sattel gehievt hatten – manche vornübergebeugt und manche steif wie ein Stock. Aragon wendete sein Pferd und ließ es vorne hochsteigen. Auch er war ganz offensichtlich ein erfahrener Reiter.

»Versuchen Sie bloß nicht, mir meine schlechten Angewohnheiten abzutrainieren«, meinte Smithback, als er auf dem Rücken von Hurricane Deck saß. »Ich steuere nun mal gerne mit dem Sattelhorn.«

Swire ignorierte den Scherz. »Wir beginnen mit Lektion Nummer eins«, sagte er. »Halten Sie die Zügel in der linken Hand und das Seil des Packpferds in der rechten. Das ist nicht schwer, oder?«

»Genauso einfach, wie mit zwei Autos gleichzeitig zu fahren«, kommentierte Smithback.

Holroyd, der ziemlich ungelenk auf seinem Pferd hockte, lachte nervös, verstummte aber sofort, als er bemerkte, dass Nora ihn ansah.

»Kommen Sie zurecht, Peter?«, fragte sie.

»Mein Motorrad ist mir lieber«, antwortete er und rutschte etwas unglücklich in seinem Sattel herum.

Swire ging zuerst zu Holroyd und dann zu Black und korrigierte ihre Sitzposition und die Art, wie sie die Zügel hielten. »Sehen Sie zu, dass sich die Leine des Packpferds nicht unter dem Schwanz ihres Reitpferds verfängt«, sagte er zu Black, der das Seil nicht straff genug hielt. »Sonst glauben Sie noch, das Tier hätte Dynamit gefressen.«

»Verstehe, verstehe«, murmelte Black und verkürzte rasch das Seil.

»Nora wird an der Spitze reiten«, sagte Swire, »und ich bilde die Nachhut. Sie, Dr. Goddard, reiten Verbindung. Wo haben Sie übrigens reiten gelernt?«

»Ach, hier und dort«, erwiderte Sloane lächelnd.

»Das kann ich mir lebhaft vorstellen.«

»Erklären Sie mir doch noch mal, wie man so ein Pferd steuert«, bat Black.

»Zunächst mal müssen Sie die Zügel relativ locker lassen, und dann ziehen Sie sanft entweder rechts oder links. Etwa so. Das Pferd merkt, wohin es gehen soll, daran, welcher Zügel seinen Hals berührt.« Er blickte sich um. »Sonst noch Fragen?«

Niemand wollte mehr etwas wissen. Die Luft war jetzt, am späten Vormittag, bereits brütend heiß und roch nach Mormonentulpen und Zedernharz.

»Dann wollen wir den Gäulen mal die Sporen geben.«

Nora drückte ihre Hacken in die Flanken des Pferdes und ritt los. Holroyd folgte ihr als Nächster.

»Haben Sie heute schon unsere Position bestimmt?«, fragte sie ihn.

Holroyd lächelte und klopfte auf den Laptop, der aus einer seiner abgewetzten Satteltaschen hervorlugte und hier ziemlich deplatziert aussah. Nora schaute noch einmal auf ihre Karte, bevor sie Fiddlehead in die kahle Wildnis aus Sandstein hineinlenkte.

17

Einer hinter dem anderen ritten sie nun den Serpentine Cañon hinauf, wobei sie immer wieder den kleinen Bach überqueren mussten, der an seinem Grund entlangfloss. An beiden Seiten des Cañons hatte der Wind feinen Sand an den Fuß der steilen Felswände geweht, auf dem etwas Gras und ein paar Wüstenblumen wuchsen. Ab und zu kam die Expedition auch an Wacholderbüschen vorbei, deren Zweige zu bizarren Formen verdreht waren. An anderen Stellen hatten sich Felsbrocken aus der Wand des Cañons gelöst und waren mitten auf den Weg gefallen, so dass man in Schlangenlinien vorsichtig darum herumreiten musste. Zaunkönige flatterten auf, und Schwalben segelten unter den überhängenden Felsen hervor, an denen wie braune Warzen ihre Nester kleben. Ein paar weiße Wolken zogen über den Himmel, den die Expeditionsteilnehmer in dem fast vierhundert Meter tiefen Cañon nur als einen schmalen Spalt hoch über ihren Köpfen wahrnahmen. Es kam Nora vor, als führe sie die ihr schweigend folgende Gruppe in eine seltsame neue Welt.

Nora atmete tief durch. Die wiegenden Bewegungen von Fiddlehead kamen ihr vertraut und beruhigend vor. Die Stute, ein zwölf Jahre alter Fuchs, war klug und melancholisch und schien sich durch nichts aus der Ruhe bringen zu lassen. Auf dem Weg den Cañon hinauf merkte Nora ziemlich rasch, dass Fiddlehead zudem ausgesprochen trittsicher war. Manchmal senkte sie den Kopf und schnüffelte den Weg ab, als könne sie so feststellen, wo sie hintreten müsse. Sie war zwar nicht besonders schön, dafür aber stark und gescheit. Auch die anderen Pferde der Expedition konnte man, mit Ausnahme von Hurricane Deck, Sloanes Reitpferd Compañero und Swires beiden Tieren, nicht gerade als Prachtexemplare bezeichnen; sie ähnelten alle dem Pferd von Nora: keine Schönheiten, sondern gute, solide Ranchpferde. Nora war mit Swires Wahl zufrieden, denn ihre

Erfahrung hatte sie gelehrt, dass teure, hochgezüchtete Tiere für Aufgaben wie diese nur wenig geeignet waren. Auf Pferdeschauen gaben sie zwar eine fantastische Figur ab, aber in den Bergen brachen sie sich leicht den Hals. Nora dachte an ihren Vater, der in seiner polternden Art beim Pferdekauf verwöhnte Show-Tiere stets wortgewaltig abgelehnt hatte. »Country-Club-Pferde können wir auf unserer Ranch nicht gebrauchen«, hatte er dabei immer wieder gesagt, »findest du nicht auch, Nora?«

Nora drehte sich im Sattel um und betrachtete die anderen Reiter, die ihr, jeweils ein Packpferd hinter sich her führend, auf dem steinigen Pfad folgten. Black und Holroyd hingen wie nasse Säcke im Sattel, aber der Rest machte sich eigentlich nicht schlecht. Besonders Sloane Goddard sah man es an, dass sie reiten konnte. Sie bewegte sich auf ihrem Pferd ständig neben der Gruppe entlang, wobei sie immer wieder die Sattelgurte kontrollierte und den anderen Tipps gab, damit sie besser zurechtkamen.

Von Smithback war Nora überrascht. Zwar hatte der Journalist, dem Swire mit Hurricane Deck ein ausgesprochen lebhaftes Pferd zugeteilt hatte, am Anfang des Ritts mehrmals wilde Verwünschungen und Flüche ausgestoßen, doch hatte er offenbar genügend Ahnung vom Reiten, um dem Pferd zeigen zu können, wer hier der Herr war. Nachdem er das getan hatte, lief alles viel besser. Der Kerl mag ja ein eingebildeter Laffe sein, dachte Nora, aber auf dem Pferd gibt er eine gute Figur ab.

»Wo haben Sie denn reiten gelernt?«, rief sie ihm zu.

»Ich bin ein paar Jahre lang in Arizona zur Schule gegangen«, antwortete der Journalist. »Ich war damals eine kränkliche Heulsuse, und meine Eltern dachten, dass das Reiten einen Mann aus mir machen würde. Weil ich als einer der Letzten aus den Ferien kam, waren alle Pferde der Schule schon vergeben bis auf einen gigantischen alten Gaul namens Turpin. Er hatte mal am Stacheldraht herumgekaut und sich dabei die Zunge verletzt, so dass sie ihm ständig aus dem Maul heraushing. Sie war lang und rosa und sah ziemlich ekelhaft aus – und deshalb wollte ihn niemand reiten. Dabei war Turpin das schnellste Pferd der ganzen Schule. Wir haben oft Rennen in trockenen Bachbetten oder zwischen den Wüstenbüschen veranstaltet, und Turpin hat sie alle gewonnen.« Smithback schüttelte kichernd den Kopf.

Auf einmal aber verwandelte sich sein Lächeln in einen Ausdruck des Schreckens. Während der Journalist im Sattel herumfuhr, konnte Nora gerade noch sehen, wie Beetlebum, Smithbacks Packpferd, ruckartig seinen Kopf zurückzog. Smithbacks Hosenbein war voller Speichel. »Dieses verdammte Vieh wollte mich beißen!«, schrie er empört, während das Packpferd ihn mit einem ebenso unschuldigen wie erstaunten Gesichtsausdruck ansah.

»Der gute, alte Beetlebum«, sagte Swire und schüttelte liebevoll lächelnd den Kopf. »Er hat Sinn für Humor, das muss man ihm lassen.«

Smithback wischte sich den Pferdespeichel vom Hosenbein. »So was nennen Sie Humor?«

Nachdem sie eine halbe Stunde ohne besondere Vorkommnisse weitergeritten waren, ließ Nora die Gruppe anhalten. Aus einer an ihrem Sattel befestigten Aluminiumrolle holte sie die topografische Karte hervor, die Holroyd mit seinen Radardaten überlagert hatte. Nachdem sie die Karte eine Weile studiert hatte, winkte sie Holroyd herbei. »Ich finde, wir sollten mal eine Messung mit dem GPS machen«, sagte sie. Nora wusste, dass sie nach zehn Kilometern in einen Seiten-Cañon abbiegen mussten, der auf der Karte als Hard Twist vermerkt war. Die Frage war nur, welches der unzähligen kleinen und größeren Täler, die ständig vom Serpentine Cañon abzweigten, nun dieser Hard Twist Cañon war. Von unten sahen sie nämlich alle gleich aus.

Holroyd griff in eine seiner Satteltaschen und holte das GPS heraus. Es war mit seinem Notebook verbunden, auf dem er alle Navigationsdaten gespeichert hatte. Unter Noras interessierten Blicken fuhr er den Computer hoch und tippte etwas auf der Tastatur ein.

Nach einer Weile verzog er das Gesicht und schüttelte den Kopf. »Das hatte ich befürchtet«, sagte er.

Nora runzelte die Stirn. »Jetzt sagen Sie bloß nicht, dass das Ding nicht gut genug ist.«

»Nicht gut genug?«, wiederholte Holroyd mit einem höhnischen Lachen. »Dieses Gerät hat vierundzwanzig Kanäle und eine Infrarot-Fernsteuerung. Es kann alles: Positionsdaten lesen, Orte automatisch geokodieren, und wenn es sein muss, markiert es sogar den Weg.«

»Worin besteht dann das Problem? Ist es kaputt?«

»Nein, das Gerät an sich funktioniert perfekt. Aber es kann hier keine Messung vornehmen. Um unsere Position zu errechnen, muss es mindestens drei geostationäre Satelliten anpeilen, aber hier unten im Cañon kriegt es nicht einmal mit einem Verbindung. Sehen Sie selbst.«

Holroyd drehte den Computer hinüber zu Nora, die daraufhin ihr Pferd näher an das seine heranbrachte. Auf dem Bildschirm war eine hochaufgelöste Karte des Kaiparowits-Cañon-Systems zu sehen. Darüber lagen kleinere Fenster, in denen der Lake Powell, ein Kompass und Zeilen von Daten dargestellt waren. Nora las die Mitteilung in einem dieser Fenster.

NMEA MODUS EINGESCHALTET
SATELLITEN WERDEN GESUCHT ...
BISHER GEFUNDENE SATELLITEN: 0
3-D FIX NICHT VERFÜGBAR
LÄNGE/BREITE: ?/?
HÖHE: ?
EPHEMERIDENDATEN NICHT VERFÜGBAR
MESSORT VERÄNDERN UND GERÄT NEU INITIALISIEREN

»Sehen Sie das hier?«, fragte Holroyd und deutete auf ein kleines Fenster am Rand des Bildschirms, in dem mehrere rote Punkte sich auf kreisrunden Bahnen drehten.«Das sind die verfügbaren Satelliten. Grüne Punkte bedeuten guten Empfang, gelbe Punkte bedeuten schlechten Empfang, rote Punkte bedeuten überhaupt keinen Empfang. Diese hier sind alle rot.«

»Haben wir uns etwa schon verlaufen?«, rief Black von hinten in einem Ton, der zwischen Befürchtung und Befriedigung schwankte.

Nora schenkte ihm keine Beachtung.

»Wenn wir unsere Position bestimmen wollen, müssen wir da hinauf«, sagte Holroyd und deutete nach oben zum Cañon-Rand.

Nora maß die hoch aufragende rote Felswand mit ihren Blicken.

»Sie gehen zuerst.«

Holroyd grinste, schaltete den Computer aus und steckte ihn zurück in die Satteltasche. »Wenn es funktioniert, ist das ein fantastisches Gerät. Aber ich schätze, dass hier draußen sogar die höchst entwickelte Technik an ihre Grenzen stößt.«

»Soll ich hinaufklettern und unsere Position bestimmen?«, fragte Sloane, die mit einem fröhlichen Lächeln herangeritten kam.

Nora sah sie fragend an.

»Ich habe ein paar Klettersachen dabei«, sagte Sloane und hob die Klappe von einer ihrer Satteltaschen hoch. Drinnen sah Nora Seile, Karabiner und Steigklemmen. Sloane warf einen prüfenden Blick auf die Felswand. »Sieht nicht allzu schwierig aus. Ich glaube, ich könnte sie mit zwei, drei Haken schaffen, möglicherweise komme ich sogar ganz ohne aus.«

»Heben wir uns Ihre Künste lieber für später auf, wenn wir sie wirklich brauchen«, sagte Nora. »Jetzt möchte ich keine Zeit mehr verlieren. Wir werden also fürs Erste bei den bewährten, alten Navigationsmethoden bleiben.«

»Wie Sie wollen«, erwiderte Sloane gut gelaunt. »Sie sind hier der Boss.«

»Bewährte alte Navigationsmethoden«, murmelte Smithback. »Klingt nicht sehr Vertrauen erweckend.«

»Selbst wenn wir hier keinen Zugang zu den Satelliten haben, bleiben uns immer noch unsere Landkarten«, entgegnete Nora. Sie breitete die Karte auf ihrem Sattelhorn aus und betrachtete sie eingehend. Dann berechnete sie aus der durchschnittlichen Geschwindigkeit der Expedition und der Zeit, die sie bereits unterwegs waren, ihre ungefähre Position, die sie, versehen mit Datum und Uhrzeit, auf der Karte vermerkte.

»Haben Sie denn Erfahrung mit so was?«, fragte Holroyd skeptisch.

Nora nickte. »Wir Archäologen müssen gut Kartenlesen können. Manchmal ist es verdammt schwierig, eine abgelegene Ruine zu finden. Und was erschwerend hinzukommt, ist das hier.« Sie deutete auf einen Vermerk in einer Ecke der Karte, der besagte: VORSICHT! KARTE NICHT VOR ORT ÜBERPRÜFT. »Die meisten dieser Kartenblätter wurden nach stereoskopischen Luftaufnahmen gezeichnet und gehörten eigentlich am Boden noch einmal nachgemessen. Wie Sie sehen, weicht die Karte an manchen Stellen von Ihrem Radarbild ab, das absolut exakt ist.«

»Ist ja toll«, stänkerte Black von hinten.

Nora steckte die Karte in den Behälter und lenkte ihr Pferd wieder auf den Pfad. Der Bach wurde nun zusehends schmäler und verschwand an manchen Stellen sogar ganz, so dass nur noch ein feuchter Streifen Sand auf seinen unterirdischen Verlauf schließen ließ. Jedes Mal, wenn ein Seiten-Cañon abzweigte, hielt Nora ihr Pferd an und konsultierte die Karte. Sloane ritt jetzt vorne neben Nora.

»Fliegen, Reiten, Klettern, Archäologie«, zählte Nora auf. »Was können Sie denn noch alles?«

Sloane rutschte in ihrem Sattel herum. »Beim Fensterputzen bin ich eine Niete«, antwortete sie lachend, bevor ihr Gesicht einen ernsteren Ausdruck annahm. »Ich schätze, für alle meine Fähigkeiten ist letzten Endes mein Vater verantwortlich zu machen – oder zur Rechenschaft zu ziehen, je nachdem. Er stellt nun mal hohe Anforderungen an die Menschen in seiner Nähe.«

»Ihr Vater ist ein bemerkenswerter Mann«, meinte Nora, der Sloanes bitterer Unterton nicht entgangen war.

Sloane blickte sie an. »Ja.«

Sie ritten um eine weitere Biegung, hinter der sich der Cañon wieder etwas verbreiterte. Von den rötlichen Wänden wuchsen ein paar Pappeln, deren Kronen im schräg einfallenden Nachmittagslicht aufleuchteten. Nora blickte auf die Uhr. Es war kurz nach vier. Vor sich sah sie eine breite, sandige Stelle, die sich gut als Lagerplatz eignete. Sie war hoch genug, um Sicherheit vor einer plötzlichen Sturzflut zu bieten, und ringsum wuchs viel frisches Gras für die Pferde. Der Hard Twist Cañon machte seinem Namen alle Ehre und führte hier um eine so scharfe Kurve herum, dass man fast den Eindruck bekam, als würde er abrupt an einer hohen Steinwand enden. Nora ritt bis zu der Biegung. Der Weg dahinter sah nicht sonderlich einladend aus, weil der in der Hitze brütende Cañon hier deutlich schmäler wurde und am Boden mit großen Felsbrocken übersät war. Bisher war der Ritt ziemlich einfach gewesen, aber Nora wusste, dass das von nun an anders werden würde.

Sie wendete ihr Pferd und wartete, bis die anderen zu ihr aufgeschlossen hatten. »Wir schlagen hier unser Lager auf!« rief sie über die Schulter nach hinten.

Die Gruppe brach in verhaltenen Jubel aus. Nachdem Swire Black von seinem Pferd geholfen hatte, humpelte der Wissenschaftler schimpfend und steifbeinig durch den Cañon. Holroyd schaffte es, selbst aus dem Sattel zu klettern, brach aber, kaum dass er von seinem Pferd herunter war, zusammen. Nora half ihm bis zur nächsten Pappel und ließ ihn sich, mit dem Rücken an den Stamm gelehnt, hinsetzen.

»Mir gefällt dieser Cañon irgendwie nicht«, sagte Sloane, die neben Nora getreten war. »Vielleicht sollte ich ihn mal ein wenig erkunden.«

Nora schaute Ernest Goddards Tochter an. Ihr dunkler Pagenkopf war ein wenig vom Wind zerzaust, aber das machte sie nur noch schöner. Das goldene Wüstenlicht ließ ihre bernsteinfarbenen Augen wie die einer Katze aufleuchten. Während des Rittes hatte Nora öfters bemerkt, wie Black und auch andere Sloane, deren Körperformen sich unter ihrem eng anliegenden, vom Schweiß leicht feuchten Baumwollhemd deutlich abgezeichnet hatten, verstohlen beäugt hatten.

Nora nickte. »Ja, das ist eine gute Idee. Ich werde mich inzwischen ums Aufschlagen des Lagers kümmern.«

Nachdem sie jedem eine Aufgabe zugewiesen hatte, half Nora Swire beim Abpacken und Absatteln der Pferde. Sie legten die Tragekörbe, Sättel und anderen Ausrüstungsgegenstände in den Sand und achteten dabei darauf, dass die technischen Geräte, die alle in wasser- und staubdichten Säcken verpackt waren, an einer besonders geschützten Stelle lagerten. Aus dem Augenwinkel sah Nora, wie Bonarotti mit Machete, Klappspaten, Fahrtenmesser und seinem riesigen Revolver bewaffnet den Cañon hinaufstiefelte. Seine nach wie vor makellos saubere Kleidung wirkte wundersamerweise noch immer so, als wäre sie vor kurzem frisch gebügelt worden.

Sobald die Pferde abgepackt waren, schwang sich Swire wieder auf den Rücken von Mestizo. Während des Rittes hatte er ständig mit seinen Pferden geredet oder ihnen etwas vorgesungen und dabei aus den Ereignissen des Tages kleine, spontane Verse gedichtet. Jetzt, während er das verschwitzte Tier zum Bach ritt, hörte Nora, wie er eine weitere Strophe sang:

»Ach, mein armer kleiner Wallach,
Siehst du die hübsche Stute?
Will nicht in deinen Stall, ach
Die Süße, die Gute.
Aber selbst wenn sie bliebe,
Wär's nix mit der Liebe,
denn dir, kleiner Wallach,
Fehlen nun mal die Triebe.«

Nachdem er alle Pferde hinüber zum Gras gebracht hatte, schnürte er den Leitpferden die Vorderbeine zusammen und hängte ihnen Kuhglocken um den Hals. Dann nahm er Mestizo seinen Sattel ab und band ihn an ein zehn Meter langes Seil, das er an der anderen Seite mit einem Pflock im Boden sicherte. Schließlich legte er sich auf einen Felsen, rollte sich ein Zigarette und holte ein speckiges kleines Notizbuch hervor, in das er, während er den Pferden beim Grasen zusah, etwas hineinschrieb.

Nora wandte sich ab und betrachtete zufrieden das Lager. Die Hitze des Tages hatte nachgelassen, und ein kühler Wind wehte vom glucksenden Bach herauf. Wildtauben gurrten sich von den gegenüberliegenden Felswänden etwas zu, der schwache Rauch von brennendem Wacholderholz zog durch den Cañon, und Grillen zirpten in der hereinbrechenden Dämmerung. Nora setzte sich auf einen Stein, und obwohl sie das letzte Licht des Tages eigentlich zum Schreiben ihres Tagebuchs hätte verwenden sollen, gab sie sich dem Genuss des Augenblicks hin. Black hockte am Feuer und massierte seine Knie, während die anderen herumstanden und darauf warteten, dass das Kaffeewasser kochte. Jetzt, da das Lager aufgeschlagen war, gab es nichts mehr für sie zu tun.

Schließlich hörten sie das Knirschen von Schritten im Sand und sahen Bonarotti mit einem Sack über der Schulter aus dem Cañon zurückkommen. Er stellte den Sack auf eine Segeltuchplane, die er neben dem Feuer ausgebreitet hatte, und brachte den Grillrost über dem Feuer in Position. Dann goss er Öl in eine große Kasserolle und warf etwas gehackten Knoblauch hinein. Nachdem er einen weiteren Topf mit Wasser und Reis aufs Feuer gestellt hatte, öffnete er den Sack, in dem sich ein paar hässlich aussehende, unidentifizierbare Wurzeln und Knollen sowie Kräuter und ein paar Früchte des Feigenkaktusses befanden. Kurz darauf kam Sloane erschöpft, aber lächelnd von ihrer Erkundungstour zurück und setzte sich ans Feuer, um Bonarotti beim Kochen zuzusehen. Der Italiener hantierte wie ein Wirbelwind mit seinen Messern und schnitt die Wur-

zeln in kleine Würfel, die er dann in den Topf mit dem Knoblauch warf. Nachdem er auch die Knollen und die Kräuter geputzt und in den Topf getan hatte, legte er die Kaktusfrüchte kurz auf den Grill, zog ihnen dann die Haut ab und tat sie zu dem anderen Gemüse. Als alles fertig gekocht und gewürzt war, gab er die Mischung zu dem inzwischen gar gewordenen Reis und nahm den Topf vom Feuer.
»Risotto mit Feigenkaktus, Mormonentulpe, wilden Kartoffeln und Romano-Käse«, verkündete er mit ungerührtem Gesicht.

Die anderen waren sprachlos.

»Na los, worauf warten wir noch?«, rief Sloane schließlich. »Anstellen und dann *buon appetito!*«

Alle nahmen eilig ihre Teller, die Bonarotti auf der Segeltuchplane bereitgestellt hatte, und holten sich bei dem Koch eine Portion Risotto ab, über die er noch ein paar frisch gehackte Kräuter streute.

Zufrieden hockten sie sich zum Essen auf die umliegenden Steine.

»Ist es eigentlich gefährlich, solches Zeug zu sich zu nehmen?«, fragte Black nur halb im Scherz.

Sloane lachte. »Gefährlicher dürfte es sein, wenn Sie es *nicht* essen, Dr. Black«, erwiderte sie und warf einen dramatischen Blick auf Bonarottis Revolver.

Black kicherte nervös und probierte eine Gabel von dem Risotto, der rasch eine zweite folgte. »Nicht übel«, meinte er mit vollem Mund.

»Nicht übel? Das ist eine wahrhaft göttliche Speise!«, verkündete Smithback.

»Verdammt guter Fraß«, murmelte Swire anerkennend.

Nora nahm selbst eine Gabel voll und genoss den sahnigen Arborio-Reis, verbunden mit den feinen Aromen von Pilzen, Käse, Kräutern und einer ihr bisher unbekannten, leicht scharfen Geschmacksnuance, die nur von den Kaktusfrüchten herrühren konnte.

Nachdem Bonarotti ungerührt die Lobpreisungen der anderen entgegengenommen hatte, senkte sich eine tiefe Stille über das Lager, in dem nun alle mit dem Essen beschäftigt waren.

Später, als die Expeditionsteilnehmer sich zum Schlafen fertig machten, ging Nora noch einmal zu den Pferden, um nach dem Rechten zu sehen. Sie fand Swire auf seinem Felsen sitzend mit dem aufgeschlagenen Notizbuch in der Hand. »Na, wie geht's?«, fragte sie ihn.

»Könnte nicht besser gehen«, antwortete er, während er ein Stück Kautabak aus der Brusttasche seines Hemdes holte und es sich in den Mund schob. Nora hörte ein knirschendes Geräusch. »Wollen Sie auch welchen?«

Nora schüttelte den Kopf und setzte sich neben ihn. »Führen Sie da eigentlich ein Tagebuch oder so was?«, wollte sie wissen und deutete auf das Notizbuch.

Swire wischte sich ein paar Tabakkrümel aus dem Schnurrbart. »Ach, das sind bloß ein paar kleine Gedichte, nichts weiter, Cowboy-Kauderwelsch, das ich in meiner Freizeit niederschreibe.«

»Tatsächlich? Lassen Sie mich eines von den Gedichten lesen?«

Swire zögerte. »Eigentlich sollte man sie hören, nicht lesen. Aber wenn Sie wollen, dann bitte.«

Er reichte Nora das zerfledderte Büchlein, und sie versuchte angestrengt, die hingekritzelten Zeilen bei der schwachen Beleuchtung aus Sternenlicht und Feuerschein zu entziffern. Es waren Gedichte und Gedichtfragmente, keines länger als zehn oder zwölf Zeilen, die Titel trugen wie: »Stampede«, »Ford F 350«, »Samstag Nacht in Durango«. Weiter hinten im Buch fand sie dann einige längere Gedichte, von denen eines sogar auf Lateinisch verfasst war. Nora blätterte wieder nach vorn und las ein Gedicht mit dem Titel »Hurricane Deck«. »Ist das über Smithbacks Pferd?«, fragte sie.

Swire nickte. »Wir kennen uns schon lange, Hurricane Deck und ich.«

> Er kam so wild wie der Winterwind,
> Ein junger Mustang, gescheit und geschwind.
> Ich fing ihn mir mit dem Lasso keck
> Und gab ihm den Namen Hurricane Deck.

Hurricane Deck, Hurricane Deck,
Dein zottiges Fell, deine schiefe Schnute
Gefällt nicht mal einer blinden Stute.
Aber rennst du los, dann bist du weg.

Ich machte aus dir einen Rennbahnstar,
Wir siegten, und es war wunderbar:
Amarillo, Salinas und Solitude
Und auch in Santa Fe warst du gut.

Hurricane Deck, Hurricane Deck,
Dein breites Maul, deine wilde Mähne
Sind jetzt so grau wie deine Zähne.
Jetzt schleppst du Greenhorns durch den Dreck.

»Die letzte Strophe muss ich noch einmal überarbeiten«, sagte Swire. »Irgendwie klingt der Reim doch sehr bemüht.«

»Haben Sie Hurricane Deck denn wirklich als Wildpferd gefangen?«

»Aber klar doch. Damals war ich mit einer Gruppe von Packpferden auf der T-Cross-Ranch oben in Dubois, Wyoming, unterwegs. Ein paar Cowboys erzählten mir von einem braunen Mustang, den keiner kriegen konnte. Der Hengst war richtig wild, hatte noch nie ein Brandzeichen bekommen und verzog sich sofort in die Berge, wenn er einen Reiter bemerkte. In einer Gewitternacht sah ich ihn dann. Die Blitze mussten ihn erschreckt haben, denn er lief direkt an unserer Unterkunftsbaracke vorbei. Ich habe mich sofort in den Sattel geschwungen und bin dem Hurensohn drei Tage lang gefolgt.«

»Drei Tage lang?«

»Ja. Ich habe ihn von den Bergen abgeschnitten und immer wieder aufs Gelände der Ranch zurückgetrieben. Sechsmal musste ich mein Pferd wechseln, bis ich ihn endlich mit dem Wurfseil einfangen konnte. Hurricane Deck ist schon ein außergewöhnliches Tier.

Der Bursche springt, ohne mit der Wimper zu zucken, über einen Stacheldrahtzaun, und ich habe ihn sogar schon über ein Viehgitter gehen sehen, als wäre es das Selbstverständlichste auf der Welt.«

Nora gab Swire das Notizbuch zurück. »Diese Gedichte gefallen mir gut.«

»Ach, sie sind bloß stümperhaftes Geschreibsel, weiter nichts«, sagte Swire, der aber trotzdem sichtlich geschmeichelt war.

»Wo haben Sie denn Latein gelernt?«

»Von meinem Vater«, antwortete Swire. »Er war Pfarrer und wollte ständig, dass ich hier etwas las und dort etwas studierte. Er dachte wohl, das Latein würde mich vom Unfugmachen abhalten. Aber damit hatte er sich verrechnet, denn nachdem ich die dritte Satire von Horaz gelesen hatte, büxte ich von Zuhause aus.«

Swire verstummte, strich sich über seinen Schnurrbart und blickte hinüber zu Bonarotti. »Der Mann ist ein verdammt guter Bohnenbrutzler, aber irgendwie auch ein komischer Kauz, finden Sie nicht?«

Nora folgte seinen Blicken und sah, wie Bonarotti, der den Abwasch beendet hatte, sich zum Schlafengehen fertig machte. Mit umständlicher Sorgfalt blies er eine Luftmatratze auf, schmierte sich Nachtcreme ins Gesicht und befestigte ein Haarnetz auf seinem Kopf.

»Was tut er denn jetzt?«, fragte Swire, als Bonarotti sich etwas in die Ohren stopfte.

»Das Quaken der Frösche stört seine Nachtruhe«, sagte Sloane Goddard, die plötzlich aus der Dunkelheit aufgetaucht war und sich neben Swire und Nora setzte. Sie ließ ihr übliches, heiseres Lachen hören, und ihre Augen leuchteten im Widerschein des Feuers. »Deshalb hat er immer sein Oropax dabei. Außerdem führt er ein Seidenkissen mit sich, um das ihn meine Großtante glühend beneiden würde.«

»Ein komischer Kauz«, wiederholte Swire.

»Das mag wohl sein«, sagte Sloane und musterte den Cowboy mit hochgezogenen Augenbrauen von Kopf bis Fuß, »aber ein Schwächling ist er nicht. Auf dem Denali hat er problemlos einen Schneesturm ausgehalten, bei dem eine Temperatur von fünfzig Grad unter Null geherrscht hat. Luigi bringt so schnell nichts aus der Ruhe. Manchmal kommt es mir fast so vor, als habe er überhaupt keine Gefühle.«

Nora beobachtete den Koch, wie er in sein Zelt kroch und den Reißverschluss herunterzog. Dann wandte sie sich an Sloane. »Wie war denn Ihre Erkundungstour den Cañon hinauf?«, fragte sie.

»Da oben sieht es nicht so toll aus«, meinte Sloane. »Eine Menge Weiden- und Tamariskengestrüpp, dazu viel Geröll.«

»Wie weit sind Sie denn hinaufgegangen?«

»An die zwei Kilometer.«

»Schaffen es die Pferde da rauf?«, wollte Swire wissen.

»Ja. Aber wir werden ihnen mit Macheten und Äxten einen Weg bahnen müssen. Außerdem gibt es dort nicht allzu viel Wasser.« Sloane blickte hinüber zu den anderen, die rings ums Feuer saßen und Kaffee tranken. »Für manche von denen wird es morgen verdammt hart werden.«

»Wie viel Wasser gibt es denn?«

»Ein paar größere Pfützen hier und da. Je weiter man nach oben kommt, desto weniger werden sie. Und das ist noch nicht alles.« Sloane griff in die Tasche ihrer Jacke und holte eine Landkarte und eine kleine Taschenlampe hervor. »Ich habe mir mal die Karte angeschaut«, sagte sie. »Ihr Vater hat Quivira irgendwo oberhalb dieses Cañons gefunden, stimmt's?«

Nora runzelte die Stirn. Sie hatte nicht gewusst, dass Sloane ihre eigenen Karten mitgebracht hatte. »Ja, so ungefähr«, antwortete sie.

»Und wir sind jetzt hier«, sagte Sloane und bewegte den Strahl der Taschenlampe. »Sehen Sie mal, was zwischen uns und Quivira liegt.« Sie leuchtete auf eine Stelle auf der Karte, wo die Höhenlinien sich zu einem dichten Geflecht zusammenballten: einem Gebirgszug, der hoch und gefährlich aussah.

»Ich weiß von diesem Bergrücken«, sagte Nora und bemerkte, dass ihre Stimme einen defensiven Klang angenommen hatte. »Mein Vater hat ihn Devil's Backbone getauft. Aber ich sehe keinen Grund, weshalb wir die anderen jetzt schon beunruhigen sollten.«

Sloane knipste die Taschenlampe aus und faltete die Karte wieder zusammen. »Und wieso glauben Sie, dass unsere Pferde es über diesen Bergrücken schaffen werden?«, fragte sie.

»Weil mein Vater seine Pferde auch darüber gebracht hat. Wenn er einen Weg gefunden hat, werden wir auch einen finden.«

Sloane sah sie im schwachen Licht der Sterne an. Es war ein langer, durchdringender Blick, der von einem amüsierten Lächeln begleitet war. Dann nickte sie einfach.

18

Am nächsten Morgen, nach einem Frühstück, das nur um Nuancen weniger spektakulär war als das am Tag zuvor, versammelte Nora die Expeditionsteilnehmer vor den Packpferden. »Heute haben wir einen harten Tag vor uns«, verkündete sie. »Möglicherweise werden wir eine weite Strecke zu Fuß gehen müssen.«

»Für mich ist das okay«, sagte Holroyd. »Mir tun nämlich einige Teile meines Körpers weh, von denen ich nicht einmal wusste, dass sie existieren.« Von den anderen war ein zustimmendes Murmeln zu hören.

»Kann ich vielleicht ein anderes Packpferd kriegen?«, fragte Smithback, der mit dem Rücken an einem Felsen lehnte.

Swire spie einen Strahl Kautabak aus. »Wieso? Haben Sie etwa ein Problem mit Beetlebum?«

»Ja, und zwar ein ausgewachsenes. Das Vieh hat den ganzen gestrigen Tag über versucht, mich in den Oberschenkel zu beißen.«

Das Pferd senkte den Kopf, als wolle es nicken, und ließ ein hinterhältiges Wiehern hören.

»Er liebt wohl den Geschmack von Schinken, Bill«, meinte Swire trocken.

»Für Sie immer noch Mr. Prosciutto.«

»Ach, Beetlebum macht nur Spaß. Wenn er wirklich beißen wollte, dann hätten Sie es gemerkt. Wie ich schon sagte, er hat einen ausgeprägten Sinn für Humor. Damit passt er doch gut zu Ihnen.«

Nora bemerkte, dass Swire ihr einen schrägen Blick zuwarf, und weidete sich ungewollt am Ungemach des Journalisten. »Roscoe hat Recht«, sagte sie. »Ich würde an der Aufteilung der Tiere erst dann etwas ändern, wenn es wirklich nötig ist. Und jetzt lassen Sie uns aufbrechen.« Sie stieg in den Sattel und gab den anderen ein Zeichen, es ihr nachzutun. »Sloane und ich reiten voraus, und Roscoe macht wieder den Schlussmann.«

Sie ritten in das ausgetrocknete Bachbett hinein, wo sich die Pferde mühsam durch dichtes Buschwerk vorankämpfen mussten. Der Hard Twist Cañon war eng und heiß, und das Vorwärtskommen war bei weitem nicht so angenehm wie am Tag zuvor. Eine Wand des Cañons lag im tiefen, purpurfarbenen Schatten, während die andere grell von der Sonne beschienen wurde. Der Kontrast war so stark, dass er fast in den Augen wehtat. Tamarisken und Weiden breiteten ihre Äste über den Weg und bildeten einen heißen Tunnel, in dem hässliche, fette Bremsen herumsurrten.

Das Unterholz wurde zunehmend dichter, und schließlich mussten Sloane und Nora absteigen und mit den Macheten einen Pfad hauen. Es war eine anstrengende, unangenehme Arbeit in der brütenden Hitze. Erschwerend kam hinzu, dass sie nur ein paar kleine Pfützen mit abgestandenem Wasser fanden, das nicht ausreichte, um den Durst der Pferde zu stillen. Die Reiter hielten sich recht gut bis auf Black, der auf seine sarkastische Art sofort Protest erhob, als Nora verkündete, dass sie ihren Wasserverbrauch für eine Weile würden einschränken müssen. Nora fragte sich, was Black wohl sagen würde, wenn sie den Gebirgszug namens Devil's Backbone erreichten, der irgendwo in dem Ödland vor ihnen lag. Seine charakterlichen Schwächen erschienen ihr inzwischen ein zunehmend höher werdender Preis, den man für sein enormes Fachwissen zu zahlen hatte.

Schließlich kamen sie zu einem großen, schlammigen Teich, der hinter einem Felsrutsch verborgen lag. Als die Pferde auf das Wasser zudrängten, ließ Holroyd vor lauter Aufregung das Seil los, an dem er sein Packpferd Charlie Taylor geführt hatte. Das Tier preschte sofort ins Wasser hinein.

»Nicht!«, schrie Swire, aber es war schon zu spät.

Es dauerte nicht lange, bis das Pferd erfasste, dass es in Treibsand geraten war, und versuchte, sich nach rückwärts daraus zu befreien. Dabei wieherte es in Panik und strampelte verzweifelt mit seinen Beinen so durch die Gegend, dass der Schlamm nur so spritzte.

Ohne zu zögern sprang Swire aus dem Sattel, watete in den Schlamm hinaus und zog sein Messer. Mit zwei raschen Schnitten durchtrennte er den Diamantknoten am Packseil des Pferdes, und Nora sah, wie die Körbe mit zweihundert Pfund Lebensmitteln im Schlamm versanken. Swire ergriff das Führungsseil, zog den Kopf des Pferdes zur Seite und schlug ihm gleichzeitig auf den Rücken. Das Tier bewegte sich seitlich, bis es sich schließlich mit einem lauten, schmatzenden Geräusch aus dem Schlamm befreite und den Tümpel verließ. Swire fischte die Packkörbe aus der Brühe und kam ebenfalls an Land. Nachdem er das Messer in die Scheide gesteckt hatte, nahm er das Führungsseil des zitternden Pferdes und gab es Holroyd wortlos in die Hand.

»Tut mir Leid«, sagte der junge Mann zerknirscht und warf Nora einen entschuldigenden Blick zu.

Swire stopfte sich einen weiteren Streifen Kautabak in seinen ohnehin schon vollen Mund. »Ist schon in Ordnung. Das hätte jedem passieren können.«

Swire, das Pferd und die beiden Packkörbe waren über und über mit stinkendem Schlamm verschmiert.»Wäre nicht übel, wenn wir eine kleine Pause einlegen würden«, sagte er.

Nach einem kurzen Mittagessen tränkten sie noch einmal die Pferde, füllten sich ihre Feldflaschen mit gefiltertem Wasser und brachen wieder auf. Die brütende Hitze im Cañon sorgte für eine bedrückende Stille, die nur vom Klappern der Hufe und Smithbacks Verwünschungen unterbrochen wurde, die er seinem Packpferd zumurmelte.»Verdammt noch mal, Pattex!«, polterte er schließlich los.»Nimm gefälligst deine klebrige Schnauze von meiner Jeans!«

»Er mag Sie«, sagte Swire.»Aber er heißt nicht Pattex, sondern Beetlebum.«

»Das wird sich bald ändern. Sobald wir wieder in der Zivilisation sind, bringe ich den Gaul eigenhändig in die nächste Leimfabrik.«

»Jetzt haben Sie ihn aber beleidigt«, meinte Swire und unterstrich seine Worte mit einem Strahl Kautabak, den er in weitem Bogen ausspuckte.

Nach einer halben Stunde zweigte ihre Route in einen neuen, namenlosen Seiten-Cañon ab. Hier standen die Felswände noch näher beieinander und wiesen die Spuren häufiger Sturzfluten auf, aber dafür gab es weniger Gestrüpp, weshalb das Vorwärtskommen einfacher wurde. An einer Biegung, wo sich das Tal für ein kurzes Stück etwas verbreiterte, hielt Nora ihr Pferd an und wartete, bis Sloane zu ihr aufgeschlossen hatte. Dann deutete sie auf einen Abbruch an der Felswand. Eine Sturzflut hatte dort einen Teil des alten Bachbetts weggerissen.»Sehen Sie das?«, fragte sie. Eine Mulde mit dunkler Erde befand sich direkt neben einem länglichen Steinhaufen.

Sloane nickte.»Holzkohle.«

Sie stiegen ab und untersuchten die Kohleschicht. Vor Aufregung ganz atemlos, nahm Nora mit einer Pinzette ein kleines Stück Holzkohle auf und steckte es in einen Plastikbehälter.»Genau wie an der Großen Nördlichen Straße nach Chaco«, murmelte sie. Dann stand sie auf und sah Sloane an.»Ich glaube, wir haben unsere

Anasazi-Straße gefunden. Die Straße, der auch mein Vater gefolgt ist.«

Sloane lächelte. »Ich habe nie daran gezweifelt.«

Sie ritten weiter und konnten nun überall, wo der Cañon eine scharfe Kurve machte, etwas Holzkohle und ab und zu auch die Steine der alten Straße entdecken. Nora stellte sich vor, wie ihr Vater diesen Cañon hinaufgeritten war und dabei dieselben Beobachtungen gemacht hatte wie sie. So nahe hatte sie sich ihm seit seinem Tod nicht mehr gefühlt.

Gegen drei Uhr nachmittags hielten sie an, um den Pferden eine Pause zu gönnen, und suchten unter einem Felsüberhang Schutz vor der Sonne.

»Hey, sehen Sie mal«, sagte Holroyd und deutete auf eine Pflanze mit weißen trichterförmigen Blüten, die ganz in der Nähe aus dem Sand herauswuchs. »Das ist eine *Datura meteloides*«, sagte er. »Ihre Wurzeln sind reich an Atropin, einem Gift, das man auch in der Tollkirsche findet.«

»Lassen Sie die Pflanze um Himmels willen nicht Bonarotti sehen«, meinte Smithback.

»Manche Indianer essen die Wurzeln, um Visionen zu bekommen«, erklärte Nora.

»Und eine dauerhafte Schädigung des Gehirns«, ergänzte Holroyd.

Während sie alle an die Felswand gelehnt unter dem Überhang saßen und getrocknete Früchte und Nüsse aßen, nahm Sloane ihr Fernglas zur Hand und suchte damit eine Reihe von Öffnungen in der Wand gegenüber ab. Nach einer Weile sagte sie: »Wie ich's mir gedacht habe. Da oben ist eine kleine Klippensiedlung. Die erste, die ich seit unserem Aufbruch gesehen habe.«

Nora nahm das Fernglas und schaute hinauf zu der kleinen Ruine, die hoch oben an der Felswand klebte. Sie befand sich in einem kleinen Alkoven und war, wie alle Pueblos der Anasazi, nach Süden ausgerichtet, so dass sie im Sommer Schatten und im Winter Sonne hatte. Nora konnte am unteren Rand des Alkovens eine niedrige Mauer erkennen, hinter der sie einige Räume und einen runden Kornspeicher entdeckte.

»Lassen Sie mich mal sehen«, sagte Holroyd und schaute, nachdem Nora ihm das Glas gereicht hatte, eine ganze Weile gespannt hinauf zu der Ruine. »Das ist ja unglaublich«, hauchte er.

»Hier im Cañon-Land von Utah gibt es tausende solcher kleiner Ruinen«, erklärte Nora.

»Und wovon haben diese Menschen gelebt?«, wollte Holroyd wissen, der das Fernglas noch immer nicht von den Augen nehmen wollte.

»Vermutlich hatten sie am Cañon-Boden ein paar kleine Mais-, Kürbis- oder Bohnenfelder. Außerdem haben sie gejagt und wilde Pflanzen gesammelt. Ich schätze, dass in dieser Ruine eine Großfamilie gewohnt hat.«

»Ich kann mir kaum vorstellen, dass sie da droben ihre Kinder großgezogen haben«, sagte Holroyd. »Man muss ganz schön mutig sein, um so hoch oben an einer Felswand zu leben.«

»Oder ängstlich«, meinte Nora. »Es gibt eine Menge unterschiedlicher Theorien, weshalb die Anasazi plötzlich ihre Pueblos in der Ebene aufgegeben und sich in diese entlegenen Felsbehausungen zurückgezogen haben. Manche gehen davon aus, dass sie sich dort vor Angreifern in Sicherheit bringen wollten.«

»Mir kommen diese Anasazi ziemlich hirnlos vor«, tönte Smithback, der inzwischen herangeritten war und Holroyd das Fernglas aus der Hand nahm. »Niemand, der auch noch halbwegs bei Trost ist, würde da oben hausen. Wie soll denn da der Pizza-Service hinaufkommen, wo es noch nicht mal einen Aufzug gibt?«

Nora sah den Journalisten strafend an. »Was die Sache wirklich mysteriös macht, ist der Umstand, dass man keinerlei Hinweise auf kriegerische Handlungen oder mögliche Invasoren gefunden hat. Wir wissen lediglich, dass die Anasazi sich plötzlich in diese Felsenstädte zurückgezogen haben. Dort sind sie eine Weile geblieben und dann ganz aus dieser Gegend verschwunden. Manche Archäologen sind der Meinung, dass die Ursache der völlige Zusammenbruch ihres Sozialsystems war.«

Sloane, die während Noras Erklärungen mit bloßen Augen weiter hinauf zu der Ruine geschaut hatte, nahm Smithback den Feldstecher ab, um die Felswand noch einmal genauer zu untersuchen. »Ich denke, ich habe einen Weg nach oben gefunden«, sagte sie. »Am oberen Ende des Geröllhanges dort drüben kommt man zu einem alten Klettersteig, der bis zum Felssims vor der Ruine führt.« Sie nahm das Fernglas vom Gesicht und sah Nora mit ihren vor Erwartung leuchtenden, bernsteinfarbenen Augen an. »Haben wir genügend Zeit für einen Versuch?«

Nora schaute auf die Uhr. Sie hinkten ihrem Zeitplan ohnehin schon hoffnungslos hinterher, so dass es auf eine Stunde mehr oder weniger auch nicht mehr ankam. Außerdem war es ihre Pflicht als Archäologin, so viele Ruinen wie möglich zu erkunden. Und vielleicht würde eine Aktion wie diese ja auch den Corpsgeist der Expedition wieder beleben, der während des harten Rittes merklich gesunken war. Sie blickte hinauf zu der kleinen Ruine und spürte, dass auch ihre Neugier geweckt war. Immerhin war es ja denkbar, dass auch ihr Vater diese Klippenbehausung erkundet hatte und vielleicht seine in eine Felswand geritzten Initialen oder irgendein anderes Zeichen seiner Anwesenheit hinterlassen hatte. »Na schön«, sagte sie und griff nach ihrer Kamera. »Sieht ja nicht allzu schwierig aus.«

»Darf ich auch mitkommen?«, fragte Holroyd. »Ich habe auf dem College einen Kletterkurs gemacht.«

Nora blickte ihm in sein vor Aufregung gerötetes Gesicht. Warum eigentlich nicht?, dachte sie.

»Ich bin mir sicher, dass Mr. Swire den Pferden gerne eine zusätzliche Rast gönnen wird«, sagte Nora und wandte sich der Gruppe zu. »Möchte sich uns sonst noch jemand anschließen?«

Black lachte höhnisch auf. »Nein, danke. Dafür hänge ich zu sehr an meinem Leben.«

Aragon blickte von seinem Notizbuch auf und schüttelte den Kopf. Bonarotti war bereits irgendwohin verschwunden, um Pilze zu suchen. Smithback stieß sich von der Felswand ab und streckte langsam seine Glieder. »Ich schätze, ich sollte besser mit Ihnen gehen, Frau Chefin«, sagte er. »Für den Fall, dass Sie da oben den Rosetta-Stein der Anasazi finden.«

Sie überquerten das Bachbett und kletterten über große Felsbrocken auf den Geröllhang, dessen Steine ihnen unter den Füßen wegrutschten. Mit viel Mühe erreichten sie den Klettersteig, der aus nichts weiter als ein paar verwitterten Vertiefungen in einer glatten, fünfundvierzig Grad steilen Felswand bestand.

»Die Anasazi haben diese Löcher mit Hammersteinen aus Quarzit in den Fels gehauen«, erklärte Nora.

»Ich gehe als Erste«, verkündete Sloane und kletterte mit raschen, geschmeidigen Bewegungen die Wand hinauf. Nora blickte ihr bewundernd nach. Das Sonnenlicht glänzte auf ihren gebräunten Armen, als sie mit der instinktiven Sicherheit einer erfahrenen Kletterin Halt in den Vertiefungen suchte. »Kommen Sie rauf!«, rief sie wenige Minuten später von dem schmalen Felssims hoch über ihnen herab. Holroyd war als Nächster dran, und als er oben war, machte sich Smithback bereit. Nora sah ihm zu, wie er langsam und vorsichtig die glatte Felswand hinaufkletterte. Während seine knotigen Glieder Halt in dem glatten Gestein suchten, lief ihm der Schweiß in Strömen über Stirn und Wangen. Die Unbeholfenheit seiner Bewegungen brachte Nora unwillkürlich zum Grinsen. Sie wartete, bis der Journalist sicher oben angelangt war, dann folgte auch sie den anderen.

Ein paar Minuten später hockten sie alle auf dem Felssims und schöpften Atem. Nora blickte hinab auf die am Rand eines Sandstreifens grasenden Pferde und ihre Gefährten, die mit dem Rücken an der gleichmäßig roten Felswand lehnten.

Sloane erhob sich. »Sind wir so weit?«

»Legen Sie los«, sagte Nora.

Vorsichtig tasteten sie sich den Sims entlang, der zwar einen guten halben Meter breit, aber teilweise schräg und mit Felsbrocken übersät war. Nach einer Weile wurde er breiter und führte hinter einem Felsvorsprung direkt auf die Ruine zu.

Der Alkoven, in dem sich die Behausung befand, war etwa sechzehn Meter lang und bis zu drei Meter hoch und reichte fünf Meter tief in den Felsen hinein. Seine Bewohner hatten an seinem Rand eine niedrige Steinmauer errichtet und den Raum dahinter mit Geröll aufgefüllt, so dass eine ebene Fläche entstanden war. Hinter der Mauer befanden sich vier kleine Räume aus mit Schlamm vermörtelten Steinen, die bis an die Decke des Alkovens reichten. Einer davon hatte einen schmalen Eingang, während sich in den Wänden der anderen winzige Fensteröffnungen befanden.

Nora wandte sich an Holroyd und Smithback. »Sloane und ich werden nun eine erste Besichtigung der Ruine vornehmen. Es macht Ihnen doch nichts aus, ein paar Minuten lang hier zu warten?«

»Aber Sie müssen mir versprechen, dass Sie nichts Wichtiges entdecken«, antwortete Smithback.

Nora öffnete die Bereitschaftstasche ihrer Kamera und trat auf dem Sims vorsichtig einen Schritt nach hinten, um eine Außenaufnahme der Ruine zu machen. Auch wenn Sloane mit ihrer Vier-mal-fünf-Inches-Graflex-Großformatkamera die offizielle Fotografin der Expedition war, ließ Nora es sich nicht nehmen, selbst auch Fotos zu schießen.

Vor der kleinen Mauer blieb sie stehen, um sie eingehend zu untersuchen. Auf dem Lehmputz konnte sie noch die Handabdrücke der Menschen entdecken, die sie vor hunderten von Jahren erbaut hatten. Sie hob die Kamera ans Auge und machte ein paar Nahaufnahmen. Solche Handabdrücke im Wandputz und auf Keramik waren zwar keine Seltenheit, aber Nora bestand stets auf einer Aufnahme. Irgendwie erinnerten sie diese Spuren daran, dass es sich bei der Archäologie um Menschen drehte und nicht bloß um Artefakte – eine Tatsache, die viele ihrer Kollegen übersahen.

Auf dem Boden der Ruine fand Nora die üblichen Tonscherben: hauptsächlich weiße Keramik im Pueblo-III-Mesa-Verde- und graue, mit Mustern verzierte im späten Tusayan-Stil. Um das Jahr 1240 herum, dachte Nora. Nichts Besonderes.

Sloane, die rasch einen Plan der Ruine gezeichnet hatte, holte nun eine Pinzette und ein paar Plastikbeutel aus ihrem Rucksack. Nachdem sie die Beutel mit einem dicken Filzstift beschriftet hatte, bückte sie sich und nahm mit der Pinzette ein paar Tonscherben sowie einige der dazwischen verstreuten Maiskörner auf. Nachdem sie die Proben sorgfältig in die Plastiksäcke verpackt hatte, markierte sie die Fundstellen auf ihrem Plan. Sie arbeitete rasch und geschickt, und Nora musste zu ihrer Überraschung anerkennen, dass Sloane genau wusste, was sie tat. Sie benahm sich so, als habe sie schon bei vielen professionellen Ausgrabungen mitgearbeitet.

Sloane verstaute die Proben in ihrem Rucksack. Dann holte sie daraus ein kleines Instrument hervor und trat auf einen der Holzbalken zu, die an verschiedenen Stellen aus den Wänden des Raumes ragten. Ein leises, surrendes Geräusch ertönte. Nora wusste, dass Sloane jetzt mit einem batteriebetriebenen Bohrer eine Holzprobe aus dem Balken entnahm. Vermutlich wollte sie das Stück einer Jahresringanalyse unterziehen lassen. Anhand des Wachstumsmusters der Ringe konnte ein Geochronologe wie Aaron Black genau das Jahr bestimmen, in dem der Baum gefällt worden war. Erst als das Geräusch aufhörte, empfand Nora eine tiefe Verärgerung darüber, dass Sloane, ohne sie um Erlaubnis zu fragen, die Ruhe der Ruine gestört und ganz selbstverständlich ihre Probe entnommen hatte.

Als die junge Frau Noras Gesicht sah, wusste sie sofort, was los war. »Hätte ich das nicht tun sollen?«, fragte sie.

»Das nächste Mal wäre es mir lieb, wenn Sie eine solche Aktion vorher mit mir absprechen würden.«

»Tut mir Leid«, sagte Sloane in einem Ton, der Nora wegen seiner fehlenden Aufrichtigkeit noch mehr in Rage brachte. »Ich dachte, wir könnten diese Probe gebrauchen, um ...«

»Das ist ja richtig. Wir können sie tatsächlich brauchen«, erwiderte Nora, die Mühe hatte, ihre Stimme neutral zu halten. »Aber darum geht es mir jetzt nicht.«

Sloane warf ihr einen kühlen, abschätzigen Blick zu, der fast an Unverschämtheit grenzte. »Ich werde es bestimmt nie wieder tun«, sagte sie, wobei sich auf ihrem Gesicht ihr gewohntes amüsiertes Grinsen wieder breit machte. »Großes Ehrenwort.«

Nora wandte sich ab und ging zum Eingang der Ruine. Ihr wurde bewusst, dass ihre Verärgerung zum Teil darauf beruhte, dass sie sich auf eine unterschwellige, mit Vernunft nicht zu erklärende Weise in ihrer Position als Leiterin der Expedition angegriffen fühlte. Sie hatte nicht geahnt, dass Sloane bereits eine so erfahrene Archäologin war, und insgeheim geglaubt, Dr. Goddards Tochter Nachhilfestunden im korrekten Ausgraben von Ruinen erteilen zu können. Von dieser Vorstellung musste sie sich nun verabschieden. Als sie sich wieder beruhigt hatte, tat es ihr schon wieder Leid, dass sie Sloane gegenüber ihre Gefühle gezeigt hatte. Schließlich musste sie zugeben, dass der bleistiftdünne Bohrkern, den Sloane aus dem Balken entnommen hatte, am Ende wohl die wichtigsten Informationen über die Ruine liefern würde.

Mit einer kleinen Taschenlampe leuchtete Nora in den ersten Raum hinein und sah, dass er relativ gut erhalten war. An den mit Lehm verputzten Wänden waren sogar noch die Spuren von gemalten Verzierungen zu erkennen. Nora richtete den Strahl der Taschenlampe auf den Boden, der dick mit dem im Lauf vieler Jahrhunderte hereingewehten Sand und Staub bedeckt war. In einer Ecke konnte sie einen *Metate* ausmachen – einen in der Mitte vertieften Felsbrocken, auf dem die Anasazi Getreide gemahlen hatten. Daneben lag noch der zerbrochene, *Mano* genannte Handläufer im Staub.

Sie befestigte das Blitzgerät an ihrer Kamera und schoss ein paar Aufnahmen, bevor sie sich dem nächsten Raum zuwandte. Dieser war ebenso voller Staub wie der erste, und seine Wände sahen – was sehr ungewöhnlich war – so aus, als wären sie mit dicker schwarzer

Farbe bemalt. Vielleicht aber handelte es sich ja auch nur um eine Rußschicht, die von einem Kochfeuer herrührte. Nora ging durch eine niedrige Tür in einen dritten Raum, der bis auf eine Feuerstelle in der Mitte ebenso leer war wie die ersten beiden. Nora erkannte den *Comal*, den polierten Kochstein, der auf mehreren kleineren Steinen stand. Die Sandsteindecke des Raumes war vom Ruß des Feuers geschwärzt, und Nora meinte, noch immer einen schwachen Geruch nach Holzkohle wahrnehmen zu können. Eine Reihe von Löchern in einer der Seitenwände legte die Vermutung nahe, dass hier vielleicht einmal ein Webstuhl befestigt gewesen war.

Nora ging durch die drei dunklen Räume wieder nach draußen, wo ihr die Sonne plötzlich viel wärmer und heller vorkam als zuvor. Sie winkte Holroyd und Smithback herbei und führte sie durch den niedrigen Eingang in den ersten Raumblock.

»Das ist ja unglaublich«, flüsterte Holroyd ehrfurchtsvoll. »So etwas habe ich noch nie gesehen. Ich kann es immer noch nicht fassen, dass hier tatsächlich Menschen gelebt haben.«

»Ich auch nicht«, sagte Smithback. »Wo es doch nicht mal eine Seilbahn gibt.«

»Ruinen sind schon etwas sehr Beeindruckendes«, gab Nora zu, »selbst wenn es sich um eine so unbedeutende handelt wie diese hier.«

»Für Sie mag sie ja vielleicht unbedeutend sein«, sagte Holroyd. »Für mich aber ist sie überaus interessant.«

»Waren Sie denn noch nie in einer Anasazi-Ruine?«, fragte Nora und sah ihn erstaunt an.

Holroyd schüttelte den Kopf und folgte ihr in den zweiten Raum. »Als Kind war ich einmal in Mesa Verde, das ist alles. Aber ich habe viele Bücher über die Anasazi gelesen. Wetherill, Bandelier und so weiter. Als Erwachsener hatte ich entweder zu wenig Zeit oder zu wenig Geld, um auf Reisen zu gehen.«

»Wenn das so ist, werden wir diese Stätte ›Petes Ruine‹ taufen«, sagte Nora.

Holroyd wurde rot. »Im Ernst?«

»Na klar«, antwortete Nora und grinste. »Wir vom Institut können die von uns entdeckten Ruinen so nennen, wie wir lustig sind.«

Holroyd sah sie lange mit leuchtenden Augen an. Dann nahm er ihre Hand und drückte sie kurz in stummer Ergriffenheit. Vielleicht war das doch keine so gute Idee, dachte Nora, während sie ihm verlegen lächelnd ihre Hand entzog.

Sloane tauchte aus dem hinteren Teil der Ruine auf und schulterte ihren Rucksack.

»Na, haben Sie etwas gefunden?«, fragte Nora. Sie nahm einen Schluck aus ihrer Feldflasche und bot sie den anderen an. Sie wusste, dass es an der Rückwand von Pueblos oft Felszeichnungen gab.

Sloane nickte. »Ein gutes Dutzend Piktogramme. Darunter auch drei umgedrehte Spiralen.«

Nora schaute Sloane erstaunt an.

»Ist was?«, fragte Holroyd, der ihren Blick bemerkt hatte.

Nora seufzte. »Bei den Anasazi wird eine Drehung gegen den Uhrzeigersinn meist mit negativen übernatürlichen Kräften in Verbindung gebracht. Dreht sich etwas im Uhrzeigersinn, dann bedeutet das, dass es mit der Reise der Sonne über den Himmel im Einklang steht, während die entgegengesetzte Drehrichtung für eine Perversion der Natur steht, eine Umkehrung des harmonischen Gleichgewichts.«

»Eine Perversion der Natur?«, wiederholte Smithback mit frisch erwachter Neugier in der Stimme.

»Genau. In manchen der noch heute existierenden indianischen Kulturen wird eine linksdrehende Spirale mit Hexerei in Verbindung gebracht.«

»Und dann habe ich das hier gefunden«, fuhr Sloane fort und hielt einen kleinen Totenschädel hoch.

»Wo haben Sie diesen Schädel her?«, fragte Nora scharf.

Sloane grinste breit. »Von da hinten, neben dem Kornspeicher.«

»Und Sie haben ihn einfach aufgehoben?«

»Warum nicht?«, fragte Sloane. Ihre Augen verengten sich zu schmalen Schlitzen. Nora wurde an eine in die Enge getriebene Katze erinnert.

»Zum Ersten stören wir die Ruhe menschlicher Gebeine nur dann, wenn es aus Gründen der Forschung unbedingt notwendig ist. Und zweitens fassen wir sie nicht mit den Fingern an, so wie Sie jetzt, weil dadurch nämlich keine DNA-Analyse des Knochencollagens mehr möglich ist. Und, was am schlimmsten ist, Sie haben den Schädel nicht einmal *in situ* fotografiert, bevor Sie ihn mitgenommen haben.«

»Ich kann ihn ja wieder hinlegen«, meinte Sloane, deren Stimme auf einmal ziemlich betreten klang.

»Ich dachte, ich hätte Ihnen vorhin klargemacht, dass wir solche Aktionen miteinander absprechen sollten.«

Eine Weile herrschte angespannte Stille. Dann hörte Nora ein leises Kratzen hinter sich und drehte sich um. Das Geräusch kam von Smithback, der wie besessen in ein Notizbuch schrieb. »Was machen Sie denn da?«, fragte Nora wütend.

»Ein paar Notizen, weiter nichts«, entgegnete der Journalist pikiert und presste sich das Notizbuch an die Brust.

»Soll das etwa heißen, dass Sie unsere Diskussion mitschreiben?«, rief Nora.

»Ja, warum denn nicht?«, fragte Smithback. »Das menschliche Drama gehört genauso zu dieser Expedition wie ...«

Holroyd trat auf den Journalisten zu und nahm ihm das Notizbuch aus der Hand. »Das war ein Privatgespräch«, sagte er, wobei er die Seite aus dem Notizbuch riss und es Smithback dann zurückgab.

»Das ist Zensur!«, protestierte der Zeitungsmann.

Auf einmal hörte Nora ein leises, kehliges Glucksen, das sich gleich darauf in ein mildes Lachen verwandelte. Sie drehte sich um und bemerkte, wie Sloane, die noch immer den Schädel in der Hand hatte, sie mit einem Glitzern in ihren bernsteinfarbenen Augen amüsiert anschaute.

Nora atmete tief durch und ignorierte das Lachen. Verlier jetzt bloß nicht die Fassung, dachte sie bei sich. »Da der Schädel nun schon einmal entfernt wurde«, sagte sie ruhig, »können wir ihn genauso gut Aragon bringen, damit er ihn untersucht. Als überzeugter Verfechter von ZST wird er vielleicht etwas dagegen haben, aber jetzt ist das Kind schon in den Brunnen gefallen. Sloane, ich möchte, dass Sie in Zukunft keine eigenmächtigen Handlungen mehr vornehmen. Ist das klar?«

»Ja«, antwortete Sloane und blickte auf einmal ziemlich zerknirscht drein. Sie reichte Nora den Schädel. »Ich habe vor lauter Begeisterung nicht richtig nachgedacht.«

Nora steckte den Schädel in einen Plastikbeutel und verstaute ihn in ihrem Rucksack. Es kam ihr so vor, als wäre etwas Herausforderndes in der Art gewesen, wie Sloane mit dem Schädel auf sie zugekommen war, und sie überlegte sich, ob es sich dabei wohl um eine gezielte Provokation gehandelt haben könnte. Schließlich wusste Sloane sehr wohl, was man an einer Ausgrabungsstätte zu tun und was man zu lassen hatte. Dann aber fragte sich Nora, ob sie vielleicht unter Verfolgungswahn litt. Sie erinnerte sich nur zu gut, wie sie selbst einmal auf einer Ausgrabung eine fantastisch erhaltene Folsom-Speersitze entdeckt und spontan aus dem Boden gezogen hatte. Erst danach war ihr an den entsetzten Blicken ihrer Kollegen klar geworden, dass sie einen Fehler begangen hatte.

»Was ist eigentlich ZST?«, fragte Smithback, der durch nichts kleinzukriegen war. »Eine neue Art von Empfängnisverhütung?«

Nora schüttelte den Kopf. »Es ist die Abkürzung für ›Zero Site Trauma‹. Das ist die wissenschaftliche Bezeichnung für die Auffassung, dass man eine archäologische Ausgrabungsstätte physisch unberührt lassen sollte. Wissenschaftler wie Aragon sind der Meinung, dass jede Art von Veränderung an einem Fundort, und sei sie auch noch so vorsichtig und minimal, diesen für künftige Archäologen zerstört, die ihn mit sehr viel besseren Methoden als beispielsweise den unseren untersuchen könnten. Die Anhänger dieser Schule arbeiten lieber mit Gegenständen, die andere Archäologen bereits gesammelt haben.«

»ZST-ler halten konventionelle Archäologen für artefaktengeile Plünderer, die bloß nach Souvenirs buddeln, anstatt das Bild einer alten Kultur wirklich zu rekonstruieren«, ergänzte Sloane.

»Wenn Aragon so denkt, weshalb ist er dann überhaupt mit auf diese Expedition gekommen?«, fragte Holroyd.

»Weil er kein hundertprozentiger Purist ist«, antwortete Nora. »Ich schätze, dass er bei einem so wichtigen Projekt wie diesem seine persönlichen Überzeugungen bis zu einem gewissen Grad hintanstellt. Er denkt wohl, dass, wenn schon jemand Quivira entweiht, es wenigstens er selbst sein sollte.« Nora drehte sich um und wechselte das Thema. »Was halten Sie von der schwarzen Farbe an diesen Wänden?«, fragte sie Sloane. »Das ist kein Ruß, sondern irgendeine getrocknete, dickflüssige Substanz. Bisher habe ich noch keinen Raum der Anasazi gesehen, der mit schwarzer Farbe gestrichen war.«

»Da bin ich überfragt«, antwortete Sloane. Sie nahm ein kleines Glasröhrchen und ein Kratzinstrument, wie es auch Zahnärzte verwenden, aus ihrem Rucksack und wandte sich lächelnd an Nora: »Darf ich eine Probe davon nehmen?« Nach einer kurzen Pause fügte sie noch an: »Frau Chefin?«

Es ist schon nicht lustig, wenn Smithback mich so nennt, dachte Nora, aber wenn sie es tut, ist es das noch viel weniger. Dann aber nickte sie wortlos und sah zu, wie Sloane geschickt ein wenig von der schwarzen Substanz abschabte und in dem Glasröhrchen verschloss.

Die Sonne stand nun schon ziemlich tief am Himmel und warf lange, dunkle Schatten auf die Wände des Raumes. »Gehen wir«, sagte Nora, aber bevor sie wieder hinaus auf den Sims trat, warf sie noch einen Blick auf die linksdrehenden Spiralen an der Felswand hinter dem Häuserblock, und trotz der Hitze lief ihr dabei ein kalter Schauder über den Rücken.

19

An diesem Abend war die Expedition gezwungen, ihr Lager an einem Ort aufzuschlagen, wo es weder Wasser noch Gras für die Pferde gab. Die Tiere waren hungrig und durstig, und auch die Menschen hatten im Lauf des Tages viel von ihrem Wasservorrat verbraucht. Aragon hatte den Schädel aus der Ruine mit genau der wortlosen Missbilligung entgegengenommen, die Nora von ihm erwartet hatte. Alle krochen bald in ihre Schlafsäcke und schliefen wund geritten und erschöpft, wie sie waren, rasch ein.

Kurz nach dem Aufbruch am nächsten Morgen erreichten sie eine Stelle, an der sich der Cañon in drei schmale Seitentäler gabelte. Obwohl Nora und Sloane angestrengt Ausschau nach der alten Anasazi-Straße hielten, konnten sie nirgends irgendwelche Anzeichen von ihr entdeckten; sie musste entweder vom Sand zugeweht oder von einer Sturzflut weggespült worden sein. Das GPS funktionierte noch immer nicht, und auch Holroyds Radarkarte war keine große Hilfe, denn an dieser Stelle stimmte die topografische Karte besonders schlecht mit den Bildern aus dem Space-Shuttle überein, die hier ein verwirrendes Mosaik aus verschiedenen Farben zeigten.

Auch bei ihrer Suche nach Spuren ihres Vaters wurde Nora nicht fündig. Sie wusste, dass er bisweilen dem Beispiel von Richard Wetherill und anderen frühen Forschern gefolgt war und durch in den Fels geritzte und mit einem Datum versehene Initialen seine Anwesenheit an einem bestimmten Ort kundgetan hatte. Auf dieser Expedition allerdings hatte sie bislang weder Graffiti ihres Vaters noch welche von anderern Archäologen entdecken können, und dieser Umstand machte ihr in zunehmendem Maß Sorgen. Die einzigen in den Fels geritzten Zeichen, die sie bisher gesehen hatte, waren vereinzelte Petroglyphen längst verstorbener Anasazi gewesen.

Den ganzen Tag über mühte sich die Gruppe durch ein unübersichtliches Labyrinth von Cañons, deren surrealistisch anmutende

Felsenwelt Nora oft wie ein seltsames Traumgebilde vorkam. Die glatten Sandsteinwände der Cañons waren stumme Zeugen für die gewaltigen Kräfte, die seit Äonen auf sie eingewirkt hatten – von Fluten und Erdbeben und der beständigen Erosion durch den Wind. Bei jeder neuen Abzweigung musste sich Nora eingestehen, dass ihre Navigationsmethode immer ungenauer und fehleranfälliger wurde. Jeder Huftritt der Pferde brachte sie tiefer in diese fremde, geheimnisvolle Landschaft hinein und entfernte sie gleichzeitig ein Stück weiter von der Zivilisation mit ihrem vertrauten Komfort. Immer häufiger sahen sie jetzt verlassene, kaum zugängliche Klippenbehausungen hoch oben in den Felsen. Als Nora zum zehnten Mal an diesem Tag anhielt, um die Karte zu konsultieren, befiel sie auf einmal das unerklärliche Gefühl, in ein verbotenes Gebiet vorzudringen.

Am Abend waren sie alle so erschöpft, dass Bonarottis Essen rasch und ohne viel Worte verzehrt wurde. Weil Nora das Wasser streng rationiert hatte, war der Italiener zu seinem großen Unbehagen gezwungen gewesen, die Mahlzeit in nicht gespülten Töpfen zuzubereiten.

Nach dem Essen versammelte sich die Gruppe schweigend um das Lagerfeuer. Auch Swire gesellte sich, nachdem er noch einmal nach den Pferden gesehen hatte, dazu. Er setzte sich neben Nora und spuckte etwas Kautabak in den Sand. »Morgen früh haben die Pferde seit sechsunddreißig Stunden kein sauberes Wasser mehr bekommen. Ich weiß nicht, wie lange sie das noch durchhalten werden.«

»Die Pferde sind mir, ehrlich gesagt, scheißegal«, warf Black von der anderen Seite des Feuers her ein. »Ich frage mich viel eher, wann *wir* verdursten werden.«

Swire wandte sein vom flackernden Feuerschein rötlich schimmerndes Gesicht dem Geochronologen zu. »Vielleicht ist Ihnen das noch nicht richtig klar, aber wenn die Pferde verdursten, verdursten auch wir. So einfach ist das.«

Auch Nora sah zu Black hinüber, der schmal und abgehärmt aussah. In seinen Augen konnte sie aufkeimende Panik erkennen. »Ist alles in Ordnung, Aaron?«, fragte sie.

»Sie haben gesagt, dass wir morgen Quivira erreichen würden«, sagte Black mit heiserer Stimme.

»Das war bloß eine Schätzung. Es dauert eben etwas länger als vorhergesehen.«

»Unsinn«, konterte Black und sog geräuschvoll die Luft durch die Nase ein. »Ich habe Sie den ganzen Nachmittag über beobachtet, wie Sie mit Ihren Karten herumhantiert und versucht haben, dieses nutzlose GPS zum Funktionieren zu bringen. Ich bin der Meinung, dass wir uns verlaufen haben.«

»Dieser Meinung bin ich ganz und gar nicht«, erwiderte Nora.

Black lehnte sich zurück und wurde lauter. »Was wollen Sie denn mit diesem Gerede bezwecken? Wollen Sie uns damit aufmuntern, oder was? Wo ist denn Ihre Anasazi-Straße? Gestern haben wir sie noch gesehen – falls es überhaupt eine war –, aber jetzt gibt es keine Spur mehr davon.«

Nora kannte diese Reaktion mancher Menschen auf die Konfrontation mit der Wildnis und wusste, wie sie damit umgehen musste. »Ich kann Ihnen nicht mehr sagen, als dass wir nach Quivira kommen werden. Vielleicht schon morgen, bestimmt aber übermorgen.«

»Vielleicht!«, höhnte Black und schlug sich mit den Händen auf die Knie. »*Vielleicht!*«

Im Schein des Feuers betrachtete Nora die restlichen Expeditionsteilnehmer. Sie waren verkratzt vom Gestrüpp, und weil sie sich wegen des Wassermangels nicht hatten waschen können, sahen sie ziemlich schmutzig aus. Sloane, die langsam und nachdenklich Sand durch ihre Finger rinnen ließ, und Aragon, der seine übliche distanzierte Miene zur Schau trug, schien der Wortwechsel zwischen Nora und Black kalt gelassen zu haben. Holroyd hingegen, der ausnahmsweise mal nicht in einem Buch las, starrte ebenso betreten ins Feuer wie Smithback, dessen Haare noch verstruwwelter waren als sonst. Am Nachmittag hatte der Journalist Nora noch wortreich erklärt, dass Gott, wenn er gewollt hätte, dass die Menschen reiten, die Pferde mit einem Lehnsessel auf dem Rücken erschaffen hätte. Selbst die Tatsache, dass der zunehmend apathischer werdende Beetlebum es aufgegeben hatte, ihn in den Oberschenkel zu beißen, hatte Smithbacks Stimmung kaum heben können.

Die Gruppe machte einen ziemlich niedergeschlagenen Eindruck, und es war kaum zu glauben, dass nur zwei Tage eines harten Rittes diese Veränderungen bewirkt hatten. Mein Gott, dachte Nora, wie wohl ich selber aussehe? »Ich kann verstehen, dass Sie sich Sorgen machen«, sagte sie langsam zu Black. »Aber ich tue mein Bestes, um uns so rasch wie möglich nach Quivira zu bringen. Wenn jemand von Ihnen einen konstruktiven Vorschlag hat, dann würde ich ihn mir gerne anhören.«

»Ich schlage vor, dass wir weiterreiten wie bisher und mit dem Jammern aufhören«, sagte Aragon mit ruhiger, aber intensiver Stimme. »Wir Menschen des zwanzigsten Jahrhunderts sind echte körperliche Herausforderungen nicht mehr gewohnt. Für die Indianer, die früher hier gelebt haben, waren der Durst und die Hitze etwas so Alltägliches, dass sie sich bestimmt nicht darüber beschwert haben.« Er ließ seine dunklen, sardonischen Augen über die Gesichter der anderen wandern.

»Jetzt fühle ich mich *wirklich* besser«, knurrte Black. »Und ich Trottel hatte mir doch tatsächlich eingebildet, ich litte unter Durst. Wie konnte ich nur!«

Aragon sah Black ins Gesicht. »Sie dürften wohl eher unter einer undifferenzierten Persönlichkeitsstörung leiden als unter Durst, Dr. Black.«

Sprachlos vor Zorn und am ganzen Körper zitternd, stand Black auf und ging schweigend hinüber zu seinem Zelt.

Was geht hier bloß vor?, fragte sich Nora, während sie ihm hinterherblickte. Was auf dem Papier so einfach ausgesehen hatte – der

Anasazi-Straße und der Wegbeschreibung im Brief ihres Vaters zu folgen –, erwies sich hier draußen in der Wildnis als enorm kompliziert. Und es würde noch schlimmer werden, denn wenn ihre Berechnungen halbwegs stimmten, dann würden sie am Nachmittag des nächsten Tages auf das Devil's Backbone treffen, jenen steilen Bergrücken, der die Grenze zu dem nächsten, noch sehr viel entlegeneren Cañon-System darstellte, in dem die Stadt Quivira lag. Auf der Karte sah er praktisch unpassierbar aus, aber aus dem Brief ihres Vaters ging hervor, dass er ihn überquert hatte. Warum er bloß überhaupt kein Zeichen hinterlassen hat?, ging es Nora durch den Kopf, obwohl sie die Antwort eigentlich bereits kannte: Ihr Vater hatte den Weg als sein Geheimnis betrachtet, das er mit niemand anderem teilen wollte. Zum ersten Mal dämmerte es Nora, dass ihr Vater die Ortsangaben in seinem Brief vielleicht deshalb so vage gehalten hatte.

Nach und nach suchten die Expeditionsteilnehmer ihre Schlafstellen auf, bis nur noch Smithback, der im Sitzen eingenickt war, und der nachdenklich in die Flammen starrende Aragon am Feuer zurückblieben. Nora hörte, wie sich hinter ihr etwas bewegte, und gleich darauf ließ sich Sloane neben ihr im Sand nieder.

»Dieser Lagerplatz ist gar nicht so schlecht«, sagte sie. »Schauen Sie mal, was dort drüben ist.«

Nora blickte in die Richtung, in die Sloane zeigte, und sah eine perfekt gearbeitete Pfeilspitze aus schneeweißem, rötlich gepunktetem Achat aus dem Sand ragen.

Nora löste sie vorsichtig aus dem Boden und untersuchte sie im Licht des Feuers. »Ist es nicht immer wieder erstaunlich, wie ästhetisch die Anasazi selbst ihre einfachsten Alltagsgegenstände gestaltet haben? Und was für hübsche Steine sie sich dafür ausgesucht haben! Dieser Achat hier dürfte aus einem Steinbruch in der Lobo Mesa stammen, fast fünfhundert Meilen südöstlich von hier. Die Anasazi haben keine Mühen gescheut, um sich wirklich schönes Material zu besorgen.«

Nora reichte die Pfeilspitze an Sloane weiter, die sie neugierig betrachtete. »Die ist wirklich schön«, sagte sie mit ehrlicher Bewunderung. »Vielleicht ist es besser, wenn sie hier bleibt«, meinte sie, wobei sie das kleine Stück Stein vorsichtig wieder zurück in den Sand steckte.

Aragon lächelte. »Es ist immer vernünftiger, etwas an seinem Fundort zu belassen, als es in den Schaukasten eines Museums zu schaffen«, sagte er. Dann schwiegen alle drei und blickten in das langsam herunterbrennende Feuer.

»Vielen Dank, dass Sie sich vorhin zu Wort gemeldet haben«, sagte Nora nach einer Weile zu Aragon.

»Das hätte ich schon viel früher tun sollen«, meinte der Mexikaner und fügte nach einer kurzen Pause hinzu: »Was haben Sie eigentlich mit ihm vor?«

»Mit Black?«, fragte Nora und dachte nach. »Im Augenblick nichts.«

Aragon nickte. »Ich kenne ihn nun schon ziemlich lange, und er war immer ein eingebildeter Bursche. Allerdings hat er auch allen Grund dazu, denn schließlich gibt es im ganzen Land keinen besseren Geochronologen als ihn. Von der Seite, wie er sich jetzt zeigt, habe ich ihn jedoch noch nicht kennen gelernt. Ich schätze, dass er ganz einfach Angst hat. Manche Menschen brechen psychisch zusammen, wenn sie längere Zeit von der Zivilisation abgeschnitten sind. Sie können ohne Telefone, Autos, elektrischen Strom und Krankenhäuser nicht leben.«

»Dasselbe habe ich mir auch gedacht«, sagte Nora. »Wenn das der Fall sein sollte, wird es ihm besser gehen, sobald wir erst einmal ein ordentliches Lager aufgeschlagen und Verbindung mit der Außenwelt aufgenommen haben.«

»Vermutlich haben Sie Recht. Aber bei Black kann man sich nie sicher sein.«

Wieder herrschte Schweigen.

»Und?«, fragte Sloane schließlich.

»Und was?«

»Haben wir uns nun verlaufen oder nicht?«

Nora seufzte. »Das weiß ich nicht. Ich denke, wir werden es morgen herausfinden.«

Aragon brummte. »Wenn das hier wirklich eine Anasazi-Straße ist, dann unterscheidet sie sich jedenfalls grundlegend von denjenigen, die ich bisher gesehen habe. Es sieht fast so aus, als hätten die Anasazi absichtlich alle Hinweise auf ihr Vorhandensein getilgt.« Er schüttelte den Kopf. »Ich spüre, dass dieser Straße etwas Dunkles, Bösartiges anhaftet.«

Nora sah ihn an. »Wieso glauben Sie das?«

Wortlos griff der Mexikaner in seinen Rucksack und holte das Reagenzglas mit der Farbprobe aus dem Pueblo heraus. »Ich habe einen Luminol-Test an dieser Probe vorgenommen«, sagte er, während er das Reagenzglas langsam in seiner Hand drehte. »Er war positiv.«

»Was ist das für ein Test?«, fragte Nora. »Davon habe ich noch nie etwas gehört.«

»Eigentlich ist es eine ganz einfache Untersuchung, die forensische Anthropologen und die Spurensicherer der Polizei ständig vornehmen. Mit ihr kann man das Vorhandensein von menschlichem Blut nachweisen.« Er sah Nora mit seinen dunklen Augen durchdringend an. »Was Sie in dem Raum gesehen haben, war keine Farbe, sondern Blut. Und nicht nur das: Es muss sich um viele nacheinander aufgetragene Schichten Blut gehandelt haben, die zu einer dicken Kruste getrocknet sind.«

»Großer Gott!«, hauchte Nora und musste unwillkürlich an eine Stelle in Coronados Bericht denken: »Quivira bedeutet in der Sprache seines Volkes ›Haus der blutigen Felswände‹.« Vielleicht war dieser Name am Ende gar nicht symbolisch gemeint ...

Nun holte Aragon einen gepolsterten Plastikbeutel aus seinem Rucksack, zog daraus den kleinen Schädel hervor, den Sloane in Petes Ruine gefunden hatte, und reichte ihn Nora. »Nachdem ich das herausgefunden hatte, habe ich den Schädel letzte Nacht in meinem Zelt genauer untersucht. Er stammt von einem jungen Mädchen, das etwa neun oder zehn Jahre alt gewesen sein dürfte. Dass es sich eindeutig um eine Anasazi handelte, sieht man an der Abflachung des Hinterkopfs, der schon im Säuglingsalter an ein hartes Wiegenbrett gebunden wurde. Zuerst dachte ich, das Mädchen sei von einem Stein erschlagen worden, der ihm auf den Kopf gefallen war, aber als ich den Schädel genauer betrachtete, kam ich zu dem Schluss, dass es nicht Opfer eines Unfalls geworden war. Ich habe nämlich das hier entdeckt.« Er deutete auf einige gerade Scharten, die sich über den Hinterkopf zogen. »Die rühren eindeutig von einem Messer aus Feuerstein her.«

»Aber das ist doch nicht möglich!«, flüsterte Sloane.

»Doch. Das kleine Mädchen wurde skalpiert.«

20

Skip Kelly trottete auf einem schattigen Gehweg über den gepflegten Campus des Instituts und rieb sich seine verklebten Augen. Es war ein atemberaubend schöner Sommermorgen, warm und trocken und vielversprechend. Die Sonne tauchte den Rasen und die Gebäude in ein seidiges Licht, und eine Grasmücke zwitscherte hingebungsvoll in den Zweigen eines Fliederbusches. »Halt gefälligst den Schnabel«, knurrte Skip und der Vogel kam der Aufforderung auf der Stelle nach.

Vor Skip lag ein langgestrecktes, niedriges Haus im Pueblo-Revival-Stil, das in denselben Erdtönen gehalten war wie der Rest der Institutsbauten. Auf einem kleinen Holzschild, das davor im Boden steckte, stand in schlichten Bronzebuchstaben LABOR FÜR ARTEFAKTE. Skip öffnete die Tür und trat ein.

Als sich die Tür mit einem metallischen Quietschen hinter ihm schloss, zuckte er zusammen. Großer Gott, was für ein Kopfweh, dachte er. Sein Mund fühlte sich ganz ausgetrocknet an und schmeckte nach Schimmel und alten Socken. Skip zog einen Streifen Kaugummi aus seiner Brusttasche und schob ihn sich in den Mund. Mann o Mann, ich sollte besser auf Bier umsteigen, sagte er sich. Dasselbe dachte er jeden Morgen.

Skip sah sich um und war dankbar für die gedämpfte Beleuchtung im Innern des Gebäudes. Er befand sich in einem kleinen Vorraum, dessen Mobiliar aus zwei Schaukästen und einer ziemlich unbequem aussehenden Holzbank bestand. An allen Wänden gab es Metalltüren, von denen die meisten keine Aufschrift hatten.

Mit einem weiteren Quietschen ging eine der Türen auf, und eine kurzhaarige Frau in einem Rock aus Cordsamt kam von der gegenüberliegenden Seite des Raumes her auf ihn zu. Skip musterte sie uninteressiert. Sie war groß, etwa Mitte dreißig und trug eine runde Brille mit großen Gläsern.

Die Frau streckte ihm die Hand hin. »Sie müssen Skip Kelly sein. Ich bin Sonya Rowling, die Chefin der Labortechnik.«

»Hübschen Rock haben Sie da an«, sagte Skip und schüttelte der Frau die Hand. Die sieht ja aus, als käme sie direkt aus einer Familienserie der Siebzigerjahre, dachte Skip. Das wirst du mir büßen, Nora.

Wenn die Frau seine Gedanken erraten hatte, so ließ sie sich nichts davon anmerken. »Wir haben Sie bereits vor einer Stunde erwartet«, sagte sie.

»Tut mir Leid«, murmelte Skip. »Ich habe verschlafen.«

»Bitte, kommen Sie mit«, forderte Sonya Rowling ihn auf, wobei sie auf dem Absatz kehrtmachte und zu der Tür zurückging, durch die sie gerade gekommen war. Skip folgte ihr einen Gang entlang, der um eine Ecke herum in einen großen Raum voller Geräte, Metalltische, Plastikwannen und Computerausdrucke führte. Auf mehreren kleinen Tischen stapelten sich Bücher und Schnellhefter, und

195

an den Wänden standen lange Reihen von Metallschränken mit unzähligen Schubladen. In einer Ecke neben der Tür saß ein junger Mann vor einem Computer und sprach lebhaft mit jemandem am Telefon.

»Wie Sie sehen, wird hier richtig gearbeitet«, meinte die Frau. Dann deutete sie auf einen Tisch, der relativ leer war. »Nehmen Sie doch hier Platz, ich werde Ihnen erklären, was Sie zu tun haben.«

Vorsichtig ließ Skip sich auf einen Stuhl sinken. »Mein Gott, bin ich erledigt«, murmelte er.

»Wieso denn das?«, fragte Sonya Rowling, während sie sich neben Skip setzte.

»Na ja, ich habe halt einen Kater«, erklärte Skip kleinlaut.

»Das erklärt wohl auch Ihr Zuspätkommen«, meinte Rowling und musterte ihn mit durch die Brillengläser eulenartig vergrößerten Augen. »Gehen wir mal davon aus, dass das nicht wieder vorkommen wird.« Eine gewisse Strenge in Rowlings Blick ließ Skip sich gerader hinsetzen. »Ihre Schwester hat mir gesagt, dass Sie ein natürliches Talent für die Arbeit im Labor hätten. Ob sie damit Recht hat, werde ich in den nächsten Wochen ja feststellen. Wir fangen ganz langsam an und schauen erst mal, was Sie können. Haben Sie denn schon Erfahrungen mit Ausgrabungen?«

»Nein, eigentlich nicht.«

»Sehr gut. Dann müssen wir Ihnen auch keine schlechten Angewohnheiten abtrainieren.«

Als Skip fragend die Augenbrauen hob, erklärte sie: »Viele Leute sind der Auffassung, dass die Archäologie einzig und allein aus der Ausgrabungsarbeit besteht. In Wirklichkeit kommen aber auf jede Stunde bei einer Ausgrabung fünf Stunden im Labor. Hier werden die eigentlich wichtigen Entdeckungen gemacht.«

Sonya Rowling griff nach einer länglichen Metallschale mit einem an Scharnieren befestigten Deckel. Sie klappte ihn auf und nahm mit vorsichtigen Bewegungen vier große Plastikbeutel aus der Schale.

Auf jedem stand mit Filzstift PONDEROSA DRAW geschrieben. Skip sah, dass in der Schale noch viele weitere dieser Beutel lagen. »Was ist das denn für Zeug?«, fragte er.

»Ponderosa Draw war eine bedeutende Ausgrabungsstätte im Nordosten Arizonas«, antwortete Rowling. »Beachten Sie, dass ich *war* gesagt habe, nicht *ist*. Aus Gründen, die wir bisher noch nicht kennen, lagen dort Tonscherben vieler unterschiedlicher Stilrichtungen wild durcheinander verstreut. Vielleicht war der Ort früher mal eine Art Handelsplatz. Wie dem auch sei, der Besitzer des Geländes war ein Amateurarchäologe, der sich mit mehr Enthusiasmus als Vernunft ans Ausgraben dieser Scherben machte. Anfang der Zwanzigerjahre hat er drei Sommer lang gebuddelt, bis er auch die letzte Scherbe aus dem Boden geholt hatte. Er hat die Stätte praktisch leer gefegt, und zwar über und unter der Erde.«

Sie deutete auf die Beutel. »Das Problem dabei ist, dass er alle Fundstücke auf einen einzigen Haufen geworfen und sich dabei einen Teufel um ihre Lage, die Schicht, in der er sie entdeckt hatte, und sonstige Details geschert hat. Der gesamte ursprüngliche Zusammenhang der Fundstätte ging somit verloren. Die Scherben landeten schließlich auf Umwegen im Museum für indianische Altertümer, dessen komplette Sammlung wir vor drei Jahren aufgekauft haben.«

Skip betrachtete die Beutel und runzelte die Stirn. »Ich dachte, ich sollte Noras Artefakte vom Río Puerco katalogisieren.«

Rowling schürzte die Lippen. »Die Ausgrabung am Río Puerco war ein Musterbeispiel an archäologischer Disziplin. Das Material wurde sehr sorgfältig und unter minimaler Zerstörung der Fundstätten gesammelt. Aus dem, was Ihre Schwester dort zusammengetragen hat, können wir noch eine Menge herausholen. Dieses Zeug hier hingegen ...« Sie deutete auf die Beutel und ließ den Satz unvollendet.

»Schon verstanden«, sagte Skip, und seine Miene verfinsterte sich zusehends. »Bei diesem Zeug ist sowieso Hopfen und Malz verloren. Da kann ich nicht mehr viel kaputtmachen. Sie wollen, dass ich mir daran meine Sporen verdiene, stimmt's?«

Rowlings geschürzte Lippen verzogen sich zur Andeutung eines Lächelns. »Sie haben eine gute Auffassungsgabe, Mr. Kelly.«

Skip starrte die Beutel eine Weile an. »Die sind wohl nur die Spitze des Eisbergs, habe ich Recht?«

»Wieder richtig geraten, Mr. Kelly. Wir haben noch weitere fünfundzwanzig Beutel im Lager.«

Mist. »Und was genau soll ich mit den Scherben machen?«

»Das ist ganz einfach. Da wir weder Angaben über den genauen Fundort dieser Bruchstücke haben noch wissen, wie sie ursprünglich zueinander angeordnet waren, können wir sie eigentlich nur nach Art und Stil sortieren und die Ergebnisse statistisch auswerten.«

Skip befeuchtete seine Lippen. Das klang noch schlimmer, als er befürchtet hatte. »Könnte ich mir vielleicht eine Tasse Kaffee holen, bevor wir anfangen?«

»Nein. Im Labor ist Essen und Trinken strengstens untersagt. Ach ja, das erinnert mich an etwas.« Sie deutete mit dem Daumen auf den nächsten Papierkorb.

»Wie bitte?«

»Werfen Sie Ihren Kaugummi da hinein.«

»Kann ich ihn nicht einfach unter den Tisch kleben?«

Rowling schüttelte den Kopf und schien Skips Scherz nicht allzu lustig zu finden. Skip beugte sich über den Papierkorb und spuckte den Kaugummi hinein.

Rowling reichte ihm eine Schachtel mit Einmalhandschuhen aus Baumwolle. »Ziehen Sie sich ein Paar davon an.« Nachdem sie sich selbst Handschuhe übergestreift hatte, stellte sie einen der Beutel zwischen Skip und sich auf den Tisch und öffnete ihn vorsichtig. Trotz seiner Verärgerung warf Skip einen neugierigen Blick auf die Scherben, die viele Muster und Farben aufwiesen. Manche waren stark verwittert, während andere noch relativ gut erhalten wirkten. Ein paar waren gerieffelt und vom Ruß eines Kochfeuers geschwärzt, und viele waren so klein, dass sich nicht richtig feststellen ließ, was für Muster sie überhaupt trugen. Andere wiederum waren groß genug, um die Motive auf ihnen erkennen zu können: gewellte Linien, Rautenmuster, parallel zueinander verlaufende Zickzackstreifen. Skip erinnerte sich, wie er zusammen mit seinem Vater früher ähnliche Scherben gesammelt hatte. Als Kind hatte ihm das großen Spaß gemacht, aber diese Zeiten waren längst vorbei.

Die Technikerin nahm eine Scherbe aus dem Beutel. »Dieses Muster nennt man Cortez schwarz auf weiß«, sagte sie, während sie die Scherbe vorsichtig auf den Tisch legte. Dann griff sie wieder in den Beutel und holte ein weiteres Bruchstück heraus. »Und das hier ist Kayenta schwarz auf weiß. Beachten Sie den feinen Unterschied.«

Sie legte die beiden Scherben in zwei verschiedene Behälter aus durchsichtigem Plastik und nahm eine neue aus dem Beutel. »Was ist das?«

Skip betrachtete die Scherbe eingehend. »Sieht aus wie die erste, die Sie mir gezeigt haben. Cortez.«

»Richtig.« Rowling legte die Scherbe in den ersten Behälter und holte dann wieder eine aus dem Sack. »Und die hier?«

»Das zweite Muster. Kayenta.«

»Sehr gut.« Rowling tat die Scherbe in den zweiten Behälter und entnahm dem Beutel ein fünftes Bruchstück. »Und was ist damit?« Rowlings Gesicht hatte einen herausfordernden, fast hämischen Ausdruck. Die Scherbe sah fast aus wie die zweite, die sie Skip gezeigt hatte, aber eben nicht ganz.

Skip, der schon den Mund geöffnet hatte, um »Kayenta« zu sagen, klappte ihn wieder zu und starrte die Scherbe an. Angestrengt suchte er in seiner Erinnerung. »Ist das vielleicht ein Chuska-Breitbandmuster?«

Einen Augenblick lang sah es so aus, als habe Rowling ihre Selbstsicherheit verloren. »Woher wissen Sie das, um alles in der Welt?«

»Mein Vater war ein Scherbensammler«, antwortete Skip ein wenig schüchtern.

»Das wird uns eine große Hilfe sein«, sagte Rowling mit etwas wärmerer Stimme. »Vielleicht hatte Nora ja doch Recht. Auf jeden Fall finden Sie eine Menge interessanter Scherben hier in diesem Beutel: Cibola, St. John – Polychrom, Mogollon-Braunware und McElmo. Aber sehen Sie selbst.« Sie griff auf den Nebentisch und reichte Skip ein laminiertes Stück Karton. »Auf dieser Schautafel finden Sie Beispiele für zwei Dutzend Stilrichtungen, denen die Scherben von Ponderosa Draw in der Hauptsache zuzuordnen sind. Ihre Aufgabe ist nun, die Scherben aus den Beuteln nach diesen Stilrichtungen zu sortieren und solche, bei denen Sie sich nicht ganz sicher sind, beiseite zu legen. Ich komme in einer Stunde wieder und sehe mir an, welche Fortschritte Sie machen.«

Rowling stand auf und verließ den Raum. Skip blickte ihr noch einen Moment lang hinterher, dann seufzte er tief und wandte seine Aufmerksamkeit dem mit Keramikbruch vollgestopften Plastikbeutel zu. Zuerst empfand er die Arbeit als ebenso langweilig wie verwirrend, und der Haufen mit den nicht genau bestimmbaren Scherben wuchs rasch. Dann aber, ohne sich dessen richtig bewusst zu sein, wurde Skip immer sicherer in seinem Urteil. Es war ein eher instinktiver Vorgang, der ihm fast so vorkam, als würden die einzelnen Scherben zu ihm sprechen und ihm Form, Zustand und sogar ihre Zusammensetzung verraten. Manchmal schien es Skip, als würden diese Faktoren ihm mehr sagen als das Muster selbst. Mit einem bittersüßen Gefühl erinnerte er sich an die langen Nachmittage, die er zusammen mit seinem Vater auf Scherbensuche in irgendwelchen gottverlassenen Ruinen verbracht hatte. Nach Hause zurückgekehrt, hatten sie dann immer gemeinsam dicke Folianten gewälzt und die kleinen Keramikstücke sorgfältig sortiert und auf dicke Pappdeckel geklebt. Skip fragte sich, was wohl aus dieser liebevoll angelegten Sammlung geworden war.

Das Labor war still bis auf das gelegentliche Klappern der Computertastatur in der anderen Ecke des Raumes. Auf einmal spürte Skip eine Hand auf seiner Schulter und zuckte zusammen. »Na?«, fragte Rowling, die unbemerkt hinter ihn getreten war. »Wie läuft's denn so?«

»Ist die Stunde schon vorbei?«, fragte Skip und blickte erstaunt auf seine Armbanduhr. Sein Kopfweh war verschwunden.

»Gerade eben«, sagte Rowling und schaute auf den Tisch. »Gütiger Himmel, Sie haben ja schon fast zwei Beutel sortiert!«

»Macht mich das zum Musterschüler?«, fragte Skip und rieb sich das Genick. Dann hörte er ein leises Klopfen an der Tür des Labors.

»Das kann ich Ihnen erst beantworten, wenn ich Ihre Arbeit begutachtet habe und weiß, wie viele Fehler Ihnen unterlaufen sind.«

Auf einmal ließ sich eine hohe, leicht bebende Stimme von der anderen Seite des Raumes vernehmen. »Skip Kelly? Ist ein Skip Kelly hier bei uns?«

Skip blickte auf. Die Stimme war die des jungen Technikers, der ziemlich nervös wirkte. Direkt hinter ihm konnte Skip erkennen, was ihn so durcheinandergebracht hatte: In der Tür stand ein großer Mann in blauer Uniform, der Schlagstock, Handschellen und einen Revolver am Gürtel trug. Er schob sich an dem Techniker vorbei, kam quer durch den Raum auf Skip zu und baute sich mit einem leisen Lächeln auf den Lippen vor ihm auf. Im Labor war es totenstill.

»Sind Sie Skip Kelly?«, fragte der Mann in einem ruhigen, tiefen Bariton und hakte dabei die Daumen in die Gürtelschlaufen seiner Uniformhose.

»Ja«, antwortete Skip, dem auf einmal ganz kalt wurde. Im Geiste ging er dutzende von Gründen für diesen Besuch durch, und keiner davon war auch nur annähernd erfreulich. Dieses Arschloch von Nachbar musste sich beschwert haben. Oder vielleicht war es ja die Frau mit dem Dackel? Aber ich bin ihm doch nur über die Hinterpfote gefahren und habe …

»Könnte ich bitte draußen mit Ihnen sprechen?«, fragte der Polizist.

Nachdem Skip ihm in den Vorraum gefolgt war, zückte der Mann seine Dienstmarke und hielt sie Skip unter die Nase. »Ich bin Lieutenant Detective Al Martinez vom Santa Fe Police Departement.«

Skip nickte.

»Sie sind ein schwer erreichbarer Mann, Mr. Kelly«, meinte Martinez mit einer Stimme, die freundlich und reserviert zugleich klang. »Ich frage mich, ob Sie mir wohl ein wenig von Ihrer kostbaren Zeit opfern könnten?«

»Wieso denn das?«, brachte Skip mit Mühe hervor. »Habe ich etwas ausgefressen?«

»Das würde ich Ihnen gerne auf dem Revier erzählen, Mr. Kelly.«

»Auf dem Revier«, wiederholte Skip. »Und wann?«

»Also ...«, sagte Martinez, während er zum Fußboden, zur Decke und dann zurück zu Skip blickte, »wie wäre es mit jetzt gleich?«

Skip schluckte schwer und nickte in Richtung auf die noch immer offen stehende Tür zum Labor. »Ich bin gerade mitten in der Arbeit. Hat es denn nicht bis später Zeit?«

Martinez ließ ein paar Augenblicke verstreichen, bevor er antwortete: »Nein, Mr. Kelly. Das hat es leider nicht.«

21

Skip folgte dem Polizisten hinaus zum Streifenwagen. Lieutenant Detective Martinez war ein Bär von einem Mann mit einem Hals so dick wie ein Baumstumpf, aber seine Bewegungen wirkten erstaunlich leicht, fast elegant. Bevor Martinez in das Auto stieg, ging er zuerst einmal an die Beifahrerseite und hielt Skip zu dessen Erstaunen die Tür auf. Als sie kurz darauf losfuhren, konnte Skip im Rückspiegel zwei Gestalten in weißen Kitteln sehen, die ihnen von der Tür des Laborgebäudes aus nachblickten.

»Das war mein erster Tag in diesem Job«, sagte Skip. »Da habe ich ja gleich einen richtig guten Eindruck gemacht.«

Nachdem der Wagen das Institutsgelände verlassen hatte, gab Martinez Gas. Auf der großen Straße nahm er ein Päckchen Kaugummi aus einer Tasche seiner Uniformjacke und bot Skip einen davon an.

»Nein, danke.«

Der Polizist schob sich den Streifen selbst in den Mund und begann mit langsamen Bewegungen seiner Kiefermuskulatur darauf herumzukauen. Rechts zog die unregelmäßige Silhouette des Hotels »La Fonda« vorbei, dann fuhren sie über die Plaza am Gouverneurspalast entlang, vor dessen Portal Indianer silbern blitzenden Türkisschmuck verkauften.

»Werde ich einen Anwalt brauchen?«, fragte Skip.

Martinez kaute genüsslich weiter. »Ich glaube nicht«, antwortete er. »Aber wenn Sie wollen, können Sie natürlich jederzeit einen haben.«

Der Streifenwagen passierte die Bibliothek und bog dann in die Hintereinfahrt des alten Polizeigebäudes ein, vor der mehrere große Container mit Bauschutt standen.

»Wir sind gerade am Renovieren«, erklärte Martinez, als sie eine mit Plastikplanen verhängte Eingangshalle betraten. Der Lieutenant ging hinüber zu einer Theke und ließ sich von einer uniformierten Polizistin einen Schnellhefter aushändigen. Dann führte er Skip einen nach frischer Farbe riechenden Gang entlang, an dessen Ende sie über eine Treppe in einen weiteren Korridor gelangten. Dort öffnete Martinez eine verkratzte Tür und bat Skip einzutreten. Sie führte in einen kahlen Raum, in dem es nichts weiter als drei Holzstühle, einen Tisch und einen großen Spiegel gab.

Obwohl Skip noch nie an einem solchen Ort gewesen war, hatte er genügend Fernsehsendungen gesehen, um sofort zu wissen, wo er sich befand. »Sieht wie ein Verhörzimmer aus«, konstatierte er.

»Das ist es auch«, sagte Martinez und setzte sich auf einen unter seinem Gewicht laut ächzenden Stuhl. Er legte den Schnellhefter vor sich auf den Tisch und bot Skip einen der beiden anderen Stühle an. Dann deutete er hinauf zur Decke, wo Skip das Objektiv einer Kamera erblickte, das frech auf ihn herunterschaute. »Wir werden unsere Unterhaltung auf Video mitschneiden. Ist das in Ordnung?«

»Habe ich denn eine andere Wahl?«, fragte Skip.

»Natürlich. Sie brauchen bloß Nein zu sagen, und das Gespräch ist damit beendet.«

»Wunderbar«, sagte Skip und machte Anstalten aufzustehen.

»Allerdings wären wir dann gezwungen, Sie gerichtlich vorladen zu lassen, und Sie müssten dann doch noch Geld für einen Anwalt lockermachen. Im Augenblick sind Sie noch kein Tatverdächtiger, deshalb können Sie mir ganz entspannt ein paar Fragen beantworten. Wenn Sie zu irgendeinem Zeitpunkt unseres Gesprächs einen Anwalt konsultieren oder es ganz einfach beenden wollen, können Sie das ja noch immer tun. Na, was halten Sie davon?«

»Haben Sie vorhin ›Tatverdächtiger‹ gesagt?«

»Ja«, antwortete Martinez und sah Skip mit seinen unergründlichen schwarzen Augen an. Skip wurde klar, dass der Mann auf eine Antwort wartete.

»Na schön«, sagte er mit einem tiefen Seufzer. »Schießen Sie los.«

Martinez nickte jemandem hinter dem Spiegel zu, bevor er sich an Skip wandte. »Bitte sagen Sie mir Ihren Namen, Ihre Adresse und Ihr Geburtsdatum.« Nachdem Skip die gewünschten Angaben gemacht hatte, fragte Martinez: »Sind Sie Eigentümer einer verlassenen Ranch hinter Fox Run, postalische Adresse Rural Route Nummer sechzehn, Briefkasten Nummer zwölf, Santa Fe, New Mexico?«

»Ja. Die Ranch gehört meiner Schwester und mir.«

»Heißt Ihre Schwester Nora Waterford Kelly?«

»Das stimmt.«

»Und wo hält sich Ihre Schwester im Augenblick auf?«

»Sie befindet sich auf einer archäologischen Expedition in Utah.«

Martinez nickte. »Wann ist sie zu dieser Expedition aufgebrochen?«

»Vor drei Tagen. Und sie kommt erst in ein paar Wochen zurück. Frühestens.« Skip machte abermals Anstalten aufzustehen. »Geht es hier um Nora oder um mich?«

Martinez bedeutete ihm mit einer Handbewegung, sich wieder zu setzen. »Ihre Eltern sind beide verstorben, nicht wahr?«

Skip nickte.

»Und Sie arbeiten momentan am Santa Fe Archaeological Institute?«

»Das habe ich wohl. Bis Sie dort aufgetaucht sind.«

Martinez grinste. »Seit wann sind Sie bei dem Institut angestellt?«

»Ich habe Ihnen doch schon im Wagen gesagt, dass heute mein erster Arbeitstag war.«

Martinez nickte abermals, diesmal etwas langsamer. »Und wo haben Sie bis zum heutigen Tag gearbeitet?«

»Nirgends. Ich war auf Jobsuche.«

»Verstehe. Und wo waren Sie davor angestellt?«

»Nirgends. Ich habe erst im vergangenen Jahr meinen College-Abschluss gemacht.«

»Kennen Sie eine Teresa Gonzales?«

Skip befeuchtete seine Lippen. »Klar kenne ich Teresa. Sie ist unsere Nachbarin auf der Ranch.«

»Wann haben Sie Ms. Gonzales zum letzten Mal gesehen?«

»Keine Ahnung. Ich würde sagen so vor zehn, elf Monaten. Kurz nachdem ich mein Examen gemacht hatte.«

»Und was ist mit Ihrer Schwester? Wann hat sie Ms. Gonzales zum letzten Mal gesehen?«

Skip rutschte auf seinem Stuhl herum. »Da muss ich erst mal nachdenken. Ich würde sagen vor ein paar Tagen. Teresa hat Nora geholfen, als sie draußen auf der Ranch war.«

»Was meinen Sie mit ›geholfen‹?«

Skip zögerte. »Nora wurde angegriffen«, sagte er dann langsam. Martinez' Kiefermuskeln stellten einen Moment lang ihre Kauarbeit ein.

»Würde es Ihnen etwas ausmachen, mir das etwas genauer zu erklären?«, fragte er.

»Teresa ruft Nora immer an, wenn sie Geräusche auf der alten Farm hört. Irgendwelche jungen Leute feiern dort manchmal Partys, aber es gibt auch echte Vandalen, die alles kurz und klein schlagen. In letzter Zeit häuften sich solche Vorfälle, und Teresa hat meine Schwester deshalb mehrmals benachrichtigen müssen. Vor einer Woche etwa, als Nora das letzte Mal draußen war, wurde sie von jemandem überfallen. Teresa hörte den Tumult und kam ihr zu Hilfe. Sie hat die Angreifer mit ihrer Schrotflinte in die Flucht geschlagen.«

»Hat Ihre Schwester Ihnen mehr über den Vorfall erzählt? Hat sie die Täter beschrieben?«

»Nora sagte ...« Skip dachte einen Augenblick nach. »Sie sagte, dass es zwei gewesen seien. Zwei Männer, die als Tiere verkleidet waren.« Skip beschloss, nichts von dem Brief zu erwähnen. Um was auch immer es hier gehen mochte, er wollte die Sache nicht noch zusätzlich komplizieren.

»Warum ist Ihre Schwester nicht zu uns gekommen?«, fragte Martinez schließlich.

»Das kann ich Ihnen auch nicht sagen. Aber irgendwie passt es nicht zu ihr, wegen einer Kleinigkeit gleich zur Polizei zu rennen. Sie erledigt ihre Angelegenheiten lieber selbst. Wahrscheinlich hat sie auch befürchtet, dass eine polizeiliche Untersuchung ihre geplante Expedition verzögern könnte.«

Martinez schien über etwas nachzudenken. »Mr. Kelly«, bat er schließlich, »können Sie mir mitteilen, wo Sie sich in den vergangenen achtundvierzig Stunden aufgehalten haben?«

Skip, der gerade noch etwas sagen wollte, hielt erschrocken inne. Dann lehnte er sich in seinem Stuhl zurück und holte tief Luft. »Bis ich heute Vormittag ins Institut gefahren bin, war ich das ganze Wochenende über in meiner Wohnung.«

Martinez blickte auf ein Blatt Papier. »In der Calle de Sebastian Nummer zweitausendeinhundertdreizehn, Appartement zwei b?«

»Ja.«

»Und haben Sie während dieser Zeit Kontakt mit anderen Personen gehabt?«

»Am Samstagnachmittag war ich bei Larry im Eldorado-Schnapsladen. Und am Samstagabend habe ich mit meiner Schwester telefoniert.«

»Sonst noch was?«

»Na ja, mein Nachbar hat mich drei- oder viermal angerufen.«

»Ihr Nachbar?«

»Ja. Sein Name ist Reg Freiburg. Er wohnt in der Wohnung neben mir und mag keine laute Musik.«

Martinez lehnte sich zurück und fuhr sich mit den Fingern durch sein kurz geschnittenes, schwarzes Haar. Eine Weile, die Skip wie eine halbe Ewigkeit vorkam, sagte er gar nichts. Dann beugte er sich nach vorn. »Mr. Kelly, Teresa Gonzales wurde gestern Abend im Wohnhaus der Cabrillas-Ranch tot aufgefunden.«

Skips Körper fühlte sich auf einmal ganz schwer an. »Teresa ist tot?«

Martinez nickte. »Am Sonntagnachmittag bekommt sie immer eine Ladung Tierfutter, aber gestern hat sie dem Fahrer nicht aufgemacht. Der Mann bemerkte, dass die Rinder vor Hunger schrien und der Hund im Haus eingesperrt war. Als er Ms. Gonzales am Abend anrief und sie nicht erreichen konnte, hat er uns verständigt.«

»O mein Gott!« Skip schüttelte den Kopf. »Ich kann es einfach nicht fassen. Die arme Teresa!«

Der Lieutenant setzte sich auf seinem Stuhl zurecht, ließ Skip dabei aber nicht aus den Augen. »Als wir auf Ms. Gonzales' Farm ankamen, fanden wir ihr Bett ungemacht. Es sah ganz so aus, als wäre sie mitten in der Nacht aufgestanden und hätte überraschend das Haus verlassen. Ihr Hund lag vollkommen verängstigt unter dem Küchentisch. Als wir auf der ganzen Farm kein Lebenszeichen von Ms. Gonzales entdecken konnten, beschlossen wir, die Ranchhäuser in der Nachbarschaft nach ihr abzuklappern. Ihres war das erste.« Er hielt inne und holte langsam tief Luft. »Wir sahen, wie sich im Haus etwas bewegte, aber es waren nur wilde Hunde, die sich um irgendetwas balgten.« Martinez hielt inne und schürzte die Lippen.

Skip hörte kaum, was der Lieutenant von sich gab. Er dachte an Teresa und daran, wie er sie das letzte Mal gesehen hatte. Er und Nora waren hinaus zur Ranch gefahren, um ein paar Sachen für Noras Wohnung zu holen. Teresa hatte vor ihrem Hof gestanden und ihnen in ihrer überschwänglichen Art begeistert zugewunken. Skip meinte sie noch immer vor sich zu sehen, wie sie den Pfad mit im Wind flatternden braunen Haaren zu ihrem Haus zurückgerannt war.

Dann fiel sein Blick auf den Schnellhefter, der in der Mitte des Tisches lag. GONZALES, T. stand auf dem Umschlag, aus dem die Ecke eines Schwarzweißfotos hervorlugte. Automatisch streckte er die Hand danach aus.

»Ich würde das an Ihrer Stelle bleiben lassen«, sagte Martinez, tat aber nichts, um Skip am Aufschlagen des Hefters zu hindern. Als Skip das Foto sah, wurde er starr vor Entsetzen.

Teresa lag mit übereinandergeschlagenen Beinen auf dem Rücken und hatte den rechten Arm weit ausgestreckt, als wolle sie damit nach einem weggerollten Ball greifen. Zumindest vermutete Skip, dass es Teresa war, denn er erkannte den Raum, in dem die Leiche lag, als die Küche des alten Ranchhauses seiner Familie. Am rechten oberen Rand des Bildes konnte er ganz klar den Herd seiner Mutter sehen.

Die Tote hingegen war sehr viel schwerer zu identifizieren. An ihrem Gesicht fehlten die Wangen, so dass durch die Löcher die vom Kamerablitz weiß angeleuchteten Zähne blitzten. Selbst auf dem Schwarzweißbild sah Skip, dass die Haut der Leiche seltsame

Verfärbungen aufwies. Mehrere Körperteile fehlten: die Finger, eine Brust, der fleischige Teil eines Oberschenkels. Überall am Körper waren dunkle Stellen und tiefe Kratzer zu erkennen, die wohl von den Krallen wilder Tiere herrührten. Wo früher einmal Teresas Hals gewesen war, sah man jetzt bloß noch Knochen und Knorpel und ein paar Fetzen zerrissenen Fleisches. Gestocktes Blut lief wie ein grausiger, eingedickter Fluss zu einem Loch in den zerkratzten Bodenbrettern. Um die Lache herum waren viele kleine Spuren zu sehen, die Skip als Pfotenabdrücke identifizierte.

»Wilde Hunde«, erklärte Martinez, während er Skip den Schnellhefter aus der Hand nahm und ihn langsam wieder zuklappte.

Skips Lippen formten mehrere stumme Worte, bevor er endlich ein »Das ist ja schrecklich« hervorkrächzen konnte.

»Die Hunde haben sich fast einen ganzen Tag lang über ihre Leiche hergemacht.«

»Haben die Tiere sie auch getötet?«, fragte Skip.

»Das haben wir anfangs angenommen, denn ihre Kehle war von einem einzigen Biss zerfetzt worden. Außerdem wies die Leiche Spuren von Zähnen und Krallen auf. Aber der Leichenbeschauer fand bei seiner ersten Untersuchung eindeutige Beweise, dass Ms. Gonzales einem Verbrechen zum Opfer gefallen ist.«

Skip sah Martinez an. »Was für Beweise?«, fragte er.

Martinez erhob sich mit einer lockeren Freundlichkeit, die nicht so recht zu seinen Worten zu passen schien. »Ungewöhnliche Verstümmlungen an Fingern und Zehen, unter anderem«, erwiderte er. »Wenn wir heute Nachmittag das endgültige Autopsieergebnis bekommen, wissen wir mehr. In der Zwischenzeit möchte ich Sie um drei Dinge bitten: Behalten Sie das, was ich Ihnen gesagt habe, für sich; begeben Sie sich nicht in die Nähe Ihrer Ranch, und – was das Allerwichtigste ist – sorgen Sie dafür, dass wir Sie jederzeit erreichen können.«

Ohne ein weiteres Wort geleitete er Skip zur Tür und aus dem Gebäude.

22

Beim Frühstück am nächsten Morgen waren die Expeditionsteilnehmer ungewohnt still. Deutlich konnte Nora den allgemeinen Zweifel spüren, und sie vermutete, dass Blacks Kommentar vom Vorabend seine Wirkung auf die anderen nicht verfehlt hatte.

Nach dem Aufbruch folgten sie einem rauen, unwirtlichen Cañon ohne jegliche Vegetation nach Nordwesten. Selbst jetzt, am frühen Vormittag, brütete die Sonne auf den zerbröckelnden Steinen und ließ die Luft in Schlieren flimmern. Die durstigen Pferde waren gereizt und schwer zu bändigen.

Je weiter sie in das Cañon-System eindrangen, desto verzweigter wurde es. Es verästelte sich in unzählige Seitentäler und verwandelte sich zunehmend in ein kaum mehr überschaubares Labyrinth. Nach wie vor war es unmöglich, von der Talsohle aus per GPS die Position zu bestimmen. Die Wände der Cañons waren hier so steil, dass nicht einmal Sloane für eine Messung nach oben hätte klettern können, ohne sich in erhebliche Gefahr zu begeben. Nora wurde bewusst, dass sie fast länger auf die Karte schaute, als dass sie ritt. Einige Male waren sie gezwungen, einen Cañon wieder zurückzureiten, weil er sich als eine Sackgasse entpuppt hatte, und des Öfteren ließ Nora den Rest der Expedition warten, bis sie und Sloane den weiteren Verlauf der Route ausgekundschaftet hatten. Black war ungewöhnlich leise und trug ein leidendes Gesicht zur Schau, dem Angst und Ärger anzusehen waren.

Nora kämpfte mit ihren Zweifeln. War ihr Vater wirklich so weit in dieses Cañon-Land vorgedrungen? Oder hatte sie irgendwo eine falsche Abzweigung genommen? Ab und zu hatten sie zwar wieder etwas Holzkohle entdeckt, aber die Spuren waren so vereinzelt und unregelmäßig gewesen, dass sie ebenso gut von alten Lagerfeuern hätten herrühren können. Ein neuer Aspekt, über den sie lieber nicht nachdenken wollte, drängte sich ihr immer mehr auf: Was wäre, wenn ihr Vater seinen Brief in einer Art Delirium geschrieben hätte? Es kam ihr zunehmend unmöglich vor, dass er wirklich dieses Gewirr von Cañons durchquert haben sollte.

In anderen Momenten dachte sie an den Schädel des kleinen Mädchens und an das getrocknete Blut an den Wänden von Petes Ruine, deren Name für sie längst nicht mehr bloß für ein paar unbedeutende Anasazi-Räume stand, sondern für ein düsteres Geheimnis, das ständig an ihren Nerven zehrte.

Als der Vormittag schon halb vorüber war, erreichten sie das Ende des Cañons. Nachdem sie sich einen Weg durch dieses Gewirr gesucht hatten, gelangten sie in ein Tal, in dem viele verkrüppelte Wacholderbüsche wuchsen. Rechts sah sie in der Ferne die hohe, dunkle Silhouette des Kaiparowits-Plateaus, aber der Anblick, der sich direkt vor ihr bot, war erschreckend und erleichternd zugleich.

Am anderen Ende des Tales erhob sich im scharfen Licht der Vormittagssonne ein hoher, zerklüfteter Bergrücken, bei dem es sich nur um das Devil's Backbone handeln konnte. Diesem Moment hatte Nora den ganzen Ritt über mit einer Mischung aus Grauen und Erwartung entgegengefiebert, und nun lag der Berg, von dem ihr Vater in seinem Brief geschrieben hatte, vor ihr: ein über dreihundert Meter hoher und viele Kilometer langer Kamm aus von großen und kleinen Höhlen durchlöchertem Sandstein, der vertikal von unzähligen Rissen und Schluchten durchfurcht wurde. Sein oberer Grat war gezackt wie der Rücken eines Dinosauriers und verlieh ihm eine bedrohliche, aber auch überwältigende Schönheit.

Nora führte die Gruppe in den Schatten eines großen Felsblocks und ließ sie absteigen. Dann nahm sie Swire beiseite. »Vielleicht sollten wir zuerst einmal einen Weg über diesen Bergrücken suchen«, meinte sie. »Er sieht aus, als wäre er ziemlich schwierig zu überqueren.«

Swire überlegte einen Augenblick, bevor er antwortete. »Also von hier aus betrachtet würde ich die Überquerung nicht schwierig nennen«, sagte er. »Eher unmöglich.«

»Aber ich weiß, dass mein Vater sie geschafft hat. Und zwar mit zwei Pferden.«

»Das haben Sie mir schon erzählt«, entgegnete Swire und spuckte etwas Kautabak aus. »Aber es gibt schließlich noch mehr Bergrücken in dieser Gegend.«

»Der Berg ist Teil eines langen Gebirgszuges, der sich über viele Kilometer erstreckt«, sagte Black, der ihre Unterhaltung mitgehört hatte. »Damit kann sich das ominöse Devil's Backbone praktisch überall befinden.«

»Nein, es ist genau hier«, widersprach Nora betont langsam, wobei sie versuchte, ihrer Stimme jeden zweifelnden Unterton zu nehmen.

Swire schüttelte den Kopf und begann sich eine Zigarette zu rollen. »Eines sage ich Ihnen: Ich möchte den Weg über diesen Berg erst mit eigenen Augen gesehen haben, bevor ich meine Pferde da hinüberführe.«

»Das kann ich verstehen«, antwortete Nora. »Dann lassen Sie uns also losgehen und nach diesem Weg suchen. Sloane, würden Sie sich inzwischen um die übrige Gruppe kümmern?«

»Mache ich«, kam die prompte Antwort.

Nora und Swire gingen in nördlicher Richtung am Fuß des Bergrückens entlang und suchten nach einer Schlucht oder einem Einschnitt im Fels, die möglicherweise den Anfang eines Pfades markieren könnten. Nach etwas mehr als einem halben Kilometer kamen sie an ein paar nicht sehr tief in den Berg hineinführenden Höhlen vorbei, an deren Decken Nora alte Rußspuren entdeckte.

»Hier haben die Anasazi gelebt«, konstatierte Nora.

»Das sind aber ziemlich mickrige kleine Höhlen.«

»Vermutlich dienten sie auch nur als vorübergehender Unterschlupf«, erklärte Nora. »Ich könnte mir vorstellen, dass die Anasazi hier im Talgrund Landwirtschaft betrieben haben.«

»Viel mehr als Kakteen werden die hier nicht angebaut haben«, bemerkte Swire trocken.

Weiter nördlich verzweigte sich das trockene Bachbett, dem sie gefolgt waren, in drei kleinere Zuflüsse, die durch Geröllhalden und Felsblöcke voneinander getrennt waren. Es war eine merkwürdige, unfertig wirkende Landschaft, die aussah, als habe Gott es irgendwann einmal aufgegeben, dem unbotmäßigen Fels eine Form zu geben.

Auf einmal blieb Nora, die gerade zwei Tamariskenbüsche zur Seite bog, wie angewurzelt stehen.

Swire schloss schwer atmend zu ihr auf.

»Sehen Sie nur«, hauchte Nora.

In die dunkle Patina, welche die Felswand bedeckte, war eine Reihe von Zeichnungen eingeritzt, in deren Vertiefungen die hellere Farbe des Gesteins zum Vorschein kam. Nora kniete sich hin, um die Zeichnungen genauer zu untersuchen. Sie waren ebenso komplex wie schön und zeigten einen Berglöwen, ein seltsames Punktemuster rund um einen kleinen Fuß, einen Stern innerhalb eines Mondes, der sich wiederum in einer Sonne befand, sowie eine detaillierte Zeichnung von Kokopelli, dem buckligen Flötenspieler, der bei den Anasazi als Gott der Fruchtbarkeit gegolten hatte. Wie üblich war Kokopelli mit einer enormen Erektion dargestellt. Die Reihe der Bilder endete in einem weiteren komplizierten Punktemuster, über dem eine große Spirale lag, die ebenso wie die Spiralen, die Sloane bei Petes Ruine gefunden hatte, linksdrehend war.

»Dem seine Probleme da möchte ich haben«, knurrte Swire und deutete auf Kokopelli.

»Das bezweifle ich. In einer Geschichte der Pueblo-Indianer wird sein Penis als fast zwanzig Meter lang beschrieben.«

Sie kämpften sich weiter durch das Tamariskengestrüpp, bis sie auf einen geschickt verborgenen Pfad stießen. Es handelte sich um eine schräg die Wand hinaufführende, mit losem Geröll gefüllte Felsspalte, die man wegen einer niedrigen Sandsteinklippe an ihrem äußeren Rand selbst aus der Entfernung von ein paar Metern kaum vom Gestein der Felswand unterscheiden konnte.

»Ich habe noch nie einen so raffiniert versteckten Weg gesehen«, sagte Nora. »Das muss unser Pfad sein.«

»Hoffentlich nicht.«

Gefolgt von Swire, begann Nora den steilen und schmalen Weg hinaufzusteigen. Das Geröll, mit dem die Spalte aufgefüllt war, rutschte ihr unter den Füßen weg, weshalb das Vorwärtskommen ziemlich anstrengend war. Etwa auf halbem Weg die Wand hinauf verwandelte sich der Spalt in einen stark verwitterten, direkt in den Sandstein gehauenen Pfad, der nicht einmal einen Meter breit war. An einer Seite ragte senkrecht die Felswand auf, während sich an der anderen ein über hundert Meter tiefer, Schwindel erregender Abgrund befand. Als Nora zu nahe an den Rand trat, lösten sich ein paar Gesteinsbrocken und polterten in die Tiefe. Obwohl Nora angestrengt lauschte, konnte sie nicht hören, wie sie unten aufschlugen. Sie ging in die Hocke. »Das ist eindeutig ein alter Pfad«, sagte sie, während sie die Spuren untersuchte, die noch von den Quarzitwerkzeugen der Anasazi stammen mussten.

»Das kann schon sein, aber für Pferde ist er bestimmt nicht angelegt worden.«

»Die Anasazi hatten keine Pferde.«

»Aber wir haben welche«, kam die barsche Antwort.

Vorsichtig gingen sie weiter den Steig hinauf. Manchmal war er so verwittert, dass sie gezwungen waren, über große Löcher zu springen. An einer dieser Stellen blickte Nora nach unten und sah einen Haufen Felsblöcke, der sich gut zweihundert Meter unter ihr befand. Von plötzlicher Höhenangst gepackt, sprang sie rasch über das Loch.

Der Steigungswinkel des Pfades flachte sich allmählich ab und nach zwanzig Minuten Aufstieg hatten Nora und Swire den Kamm des Bergrückens erreicht. Ein toter Wacholderbusch, dessen Zweige von einem Blitzschlag versengt waren, markierte den oberen Endpunkt des Weges. Der Kamm selbst erwies sich als ein an die sieben Meter breiter Grat, den Nora in einer Sekunde überquert hatte.

Auf der anderen Seite tat sich ein weiteres, ausgedehntes Labyrinth aus Cañons und trockenen Flussbetten vor ihren Blicken auf, doch vor ihnen lag am Fuß des Bergrückens ein breites, fruchtbares Tal. Der Pfad, der hier bei weitem nicht so steil war, führte in sanftem Bogen nach unten.

Einen Augenblick lang war Nora sprachlos. Die Sonne, die sich ihrem mittäglichen Höchststand näherte, leuchtete in die tiefen Cañons hinein und vertrieb die Schatten aus den dunkelroten Felsschluchten.

»Sehen Sie nur, wie *grün* das ist«, sagte sie schließlich zu Swire. »All diese Pappeln und so viel Gras für die Pferde. Und da ist ja auch ein Fluss!« Während sie auf das Wasser blickte, spürte Nora, wie sich ihre Halsmuskeln krampfartig zusammenzogen. Vor lauter Begeisterung hatte sie vorübergehend ihren Durst vergessen.

Swire sagte kein Wort.

Von ihrem Aussichtspunkt aus prägte sich Nora die markantesten Punkte der Landschaft ein. Das Devil's Backbone durchschnitt sie in nordöstlicher Richtung und ging in ein paar Kilometern Entfernung in das Kaiparowits-Plateau über, an dessen Rand das riesige Cañon-System zu Noras Füßen seinen Anfang nahm. Von dort wanderten ihre Blicke wieder zu dem grünen Tal am Fuß des Bergrückens und seinem sich friedlich dahinschlängelnden Fluss. Wenn man ihn so sah, konnte man sich kaum vorstellen, dass er sich durch die hier bisweilen auftretenden Sturzfluten binnen weniger Minuten in einen reißenden Strom zu verwandeln und dann das breite, ausgewaschene Tal vollkommen zu überschwemmen vermochte. Auf den Flutflächen an beiden Seiten seiner Ufer lagen riesige Felsblöcke von den Ausmaßen eines Einfamilienhauses, die das Wasser irgendwann einmal aus den Bergen heruntertransportiert hatte. Darüber stiegen in mehreren Terrassen die Wände aus rotem Sandstein an, die weiter oben fantastische Klippen, Türme und Spitzen bildeten. Nora kam es so vor, als wäre dieses Tal der Ablauf für sämtliche Wasserläufe des Kaiparowits-Plateaus.

Am anderen Ende des grünen Tals verschwand der Fluss, der dort dichtes Röhricht durchfloss, in einem schmalen, tief eingeschnittenen Cañon. Solche extrem engen Felsentäler, die auch als Slot-Cañons bezeichnet werden, gab es hier in der Einöde des amerikanischen Südwestens in ziemlich großer Zahl, während sie anderswo in der Welt so gut wie überhaupt nicht vorkamen. Diese bisweilen weniger als einen Meter breiten Schluchten waren das Werk von kleinen Flüssen, die sich jahrtausendelange durch den Sandstein gegraben hatten. Slot-Cañons waren oft über hundert Meter tief und erreichten Längen von vielen Kilometern, bevor sie sich wieder zu normalen Cañons verbreiterten.

Nora spähte hinüber zum Eingang des Cañons, der wie ein dunkler, in den Rand des großen Plateaus geschnittener Schlitz aussah, und schätzte, dass er eine Breite von etwa zweieinhalb Metern aufwies. Das muss der Slot-Cañon sein, von dem mein Vater in seinem Brief geschrieben hat, dachte Nora. Sie spürte, wie wachsende Aufregung sich in ihr breit machte. Schließlich holte sie ihr Fernglas aus dem Rucksack und sah sich damit langsam um. In den Felswänden auf der gegenüberliegenden Seite des Tales konnte sie mehrere nach Süden ausgerichtete Alkoven entdecken, die sich ideal für Behausungen der Anasazi-Indianer geeignet hätten. Soweit Nora jedoch durch das Fernglas erkennen konnte, waren sie alle leer. Auch ein Weg, der möglicherweise zu dem verborgenen Cañon mit der Stadt Quivira geführt hätte, ließ sich an den glatten Wänden des Plateaus nicht entdecken. Wenn es einen solchen überhaupt gab, dann war er so gut versteckt, dass sie ihn von hier aus nicht orten konnte.

Nora ließ das Fernglas sinken und sah sich auf dem windumtosten Grat um. Ein Aussichtspunkt wie dieser wäre für ihren Vater eine geeignete Stelle gewesen, um irgendwo seine Initialen einzuritzen, aber sie fand nichts. Zumindest würde Holroyd hier oben endlich eine Positionsbestimmung mit seinem GPS machen können.

Swire hatte sich, mit dem Rücken an einen Felsen gelehnt, hingesetzt und dreht sich eine Zigarette. Er steckte sie zwischen die Lippen und zündete ein Streichholz an.

»Ich bringe meine Pferde nicht diesen Pfad hinauf«, erklärte er.

Nora drehte den Kopf in seine Richtung. »Aber es gibt keinen anderen Weg nach oben.«

»Das weiß ich«, sagte Swire und machte einen tiefen Lungenzug.

»Und was schlagen Sie vor? Sollen wir etwa aufgeben und umdrehen?«

Swire nickte. »Ganz genau«, sagte er und fügte nach einer kurzen Pause hinzu: »Und das ist mehr als nur ein Vorschlag.«

Innerhalb von Sekundenbruchteilen war Noras Hochgefühl verflogen. Sie atmete tief durch. »Roscoe, dieser Pfad ist nicht unbegehbar. Wir könnten alles abladen und es auf unseren Schultern hinauftragen und dann die Pferde so führen, dass sie sich ihren Weg selbst suchen können. Es dauert vielleicht bis heute Abend, aber schaffen können wir es.«

Swire schüttelte den Kopf. »Wenn wir die Pferde diesen Weg hinaufzwingen, bringen wir sie um.«

Nora kniete sich neben ihn. »Sie *müssen* es tun, Roscoe. Das Gelingen der Expedition hängt davon ab. Das Institut wird Ihnen jedes Pferd ersetzen, das zu Schaden kommt.« Seinem Gesichtsausdruck entnahm sie, dass sie etwas Falsches gesagt hatte.

»Sie kennen sich gut genug mit Pferden aus, um zu wissen, dass Sie Unsinn reden«, antwortete er. »Ich sage nicht, dass die Pferde es nicht schaffen *können*, ich sage vielmehr, dass das Risiko zu groß ist.« Ein trotziger Ton hatte sich auf einmal in seine Stimme gemischt. »Kein Mensch, der noch ganz bei Trost ist, würde ein Pferd diesen Pfad hinaufjagen. Und wenn Sie meine persönliche Meinung hören wollen: Ich glaube nicht einmal an Ihre seltsame Anasazi-Straße – und die anderen tun das auch nicht.«

»Dann sind Sie also alle der Meinung, dass ich Sie in die Irre geführt habe?«

Swire nickte und zog an seiner Zigarette. »Ja. Alle bis auf Holroyd. Aber der Junge würde Ihnen auch in den Krater eines aktiven Vulkans folgen.«

Nora spürte, wie sie rot wurde. »Glauben Sie doch, was Sie wollen«, sagte sie und deutete auf das Sandsteinplateau in der Ferne. »Ich jedenfalls weiß, dass dieser Slot-Cañon da drüben derjenige ist, den mein Vater gefunden hat. Er *muss* es einfach sein. Und da es keinen anderen Weg dorthin als den über diesen Bergrücken gibt, bedeutet das, dass mein Vater zwei Pferde diesen Pfad hinaufgeführt hat.«

»Das möchte ich bezweifeln.«

Nora ließ nicht locker. »Als Sie den Vertrag für diese Expedition unterzeichnet haben, wussten Sie, dass es gefährlich werden könnte. Jetzt können Sie nicht einfach einen Rückzieher machen, Roscoe. Man kann die Pferde durchaus über diesen Bergrücken bringen, und deshalb will ich es auch wagen. Ganz gleich, ob Sie mir dabei helfen oder nicht.«

»Das werde ich nicht tun«, sagte Swire.

»Dann sind Sie ein Feigling!«

Swire riss die Augen auf, die sich aber gleich wieder verengten. Lange starrte er Nora schweigend an. »Das werde ich nicht so schnell vergessen«, sagte er dann mit leiser, tonloser Stimme.

Zwei Krähen ließen sich vom Aufwind in die Höhe tragen, um pfeilschnell wieder hinunterzustürzen. Nora ließ sich auf einem Felsen neben Swire nieder und vergrub das Gesicht in den Händen. Sie wusste nicht, wie sie sich angesichts dieser offen geäußerten Abfuhr verhalten sollte. Ohne Swire kam sie nicht weiter, denn es waren seine Pferde. Einen Augenblick lang keimte ein entsetzliches Gefühl des Scheiterns in Nora auf, aber dann kam ihr plötzlich eine Idee.

»Wenn Sie umkehren wollen, sollten Sie sich möglichst bald auf den Weg machen«, sagte sie ruhig und schaute zu Swire hinüber. »Wenn ich mich recht erinnere, liegt die letzte Wasserstelle nämlich zwei Tagesritte hinter uns.«

Swire verzog verdutzt das Gesicht und fluchte leise vor sich hin.

Auch ihm wurde klar, dass sich das von seinen Pferden so verzweifelt benötigte Wasser in dem grünen Tal zu seinen Füßen befand. Er schüttelte langsam den Kopf und spuckte aus. »Na schön, Sie haben gewonnen«, sagte er und sah Nora mit einem Blick an, der sie innerlich zusammenzucken ließ.

Als sie zurück zu den anderen kamen, war es zwölf Uhr mittags. Eine Spannung, die man fast mit den Händen greifen konnte, lag über der Gruppe, und die durstigen Pferde, die im Schatten angebunden waren, scharrten mit den Hufen und schleuderten nervös den Kopf herum.

»Sie sind nicht vielleicht zufällig an einer Kneipe vorbeigekommen?«, fragte Smithback mit gezwungener Fröhlichkeit. »Ich hätte jetzt richtig Lust auf ein eiskaltes Bier.«

Swire schob sich wortlos an ihm vorbei und stapfte hinüber zu den Pferden.

»Was ist denn mit dem los?«, fragte Smithback.

»Wir haben eine schlimme Wegstrecke vor uns«, erwiderte Nora, die vor der Gruppe stehen blieb.

»Wie schlimm?«, platzte Black heraus. Abermals konnte Nora nackte Angst in seinem Gesicht erkennen.

»Sehr schlimm«, antwortete sie und blickte in die von Schmutz starrenden Gesichter ihrer Gefährten. Die erwartungsvolle Art, mit der einige von ihnen sie ansahen, löste in ihr einen neuen Schub von Selbstzweifeln aus. Sie atmete tief durch. Wie konnte sie es sich anmaßen, diesen Leuten zu sagen, was sie zu tun hatten? »Ich habe eine gute und eine schlechte Nachricht für Sie. Die gute Nachricht ist, dass es jenseits dieses Bergrückens Wasser in Hülle und Fülle gibt, und die schlechte, dass wir unsere gesamte Ausrüstung zu Fuß auf den Berg hinauftragen müssen. Danach holen Roscoe und ich die Pferde.«

Black stöhnte auf.

»Nehmen Sie nicht mehr als fünfzig Kilo auf einmal, und gehen Sie nicht zu schnell. Der Pfad über den Berg ist nicht ungefährlich, nicht einmal für Fußgänger, und jeder von uns muss ihn ein paar Mal gehen.«

Black erweckte den Anschein, als wolle er etwas sagen, hielt dann aber doch den Mund. Sloane stand auf, griff sich einen der Tragkörbe, die Swire den Packpferden abgenommen hatte, und hievte ihn sich auf die Schulter. Holroyd folgte ihrem Beispiel, obwohl er mit der Last sichtlich Probleme hatte. Erst nachdem Aragon und Smithback ebenfalls je einen Korb genommen hatten, erhob sich auch Black. Er fuhr sich mit zitternder Hand über die Stirn und trottete den anderen hinterher.

Fast drei Stunden später stand Nora schwer atmend zusammen mit den anderen oben auf dem Devil's Backbone und ließ noch einmal ihre fast leere Feldflasche kreisen. Die Ausrüstung, die sie in drei beschwerlichen Touren nach oben gebracht hatten, lag sauber aufgereiht neben einem großen Felsen. Black, der fix und fertig war, hockte schweißüberströmt auf einem Stein, und auch den anderen ging es nicht viel besser. Die Sonne war ein gutes Stück nach Westen gewandert und beleuchtete nun den lang gestreckten Pappelhain unten im Tal, durch das sich der Fluss hindurchschlängelte wie ein glänzendes Band aus reinem Silber. Nach der trockenen Wüstenlandschaft der letzten Tage kam den Expeditionsteilnehmern dieser Anblick unbeschreiblich üppig und schön vor. Nora war so durstig, dass ihr der ganze Körper wehtat.

Sie drehte sich um und blickte den Pfad hinunter, den sie heraufgekommen waren. Die schwierigste Aufgabe stand ihr noch bevor. Großer Gott, dachte sie, da müssen wir jetzt sechzehn Pferde raufbringen ... Ein mulmiges Gefühl machte sich in ihrem Magen breit und ließ sie die Schmerzen in ihren Gliedern vergessen.

»Ich möchte gerne mit den Pferden helfen«, sagte Sloane.

Nora wollte etwas erwidern, aber Swire kam ihr zuvor. »Nein!«, brummte er. »Je weniger von uns auf diesem verdammten Pfad herumlaufen, desto weniger können sich den Hals brechen.«

Nora übergab Sloane die Verantwortung für die Gruppe und stieg zusammen mit Swire wieder nach unten. Dort brachte der Cowboy mit mürrischem Gesicht die Pferde herbei, die nur ihr Zaumzeug trugen. Nur Mestizo hatte er ein Seil an das Halfter gebunden. »Wir führen die Pferde hintereinander über den Pfad. Ich gehe mit Mestizo voraus, und Sie machen mit Fiddlehead den Schluss. Falls eines der Pferde abstürzen sollte, geben Sie Acht, dass es Sie nicht mit in die Tiefe reißt.«

Nora nickte.

»Wenn wir erst einmal den oberen Abschnitt des Pfades erreicht haben, dürfen die Tiere nicht mehr anhalten, ganz gleich, was geschieht. Wenn sie erst einmal Zeit zum Nachdenken haben, bekommen sie es nämlich mit der Angst zu tun und wollen umkehren. Halten Sie die Tiere also ständig in Bewegung, egal, was passiert. Haben Sie verstanden?«

»Klar und deutlich.«

Sie begannen die Pferde den Pfad hinaufzuführen, wobei sie darauf achteten, dass zwischen den einzelnen Tieren genügend Abstand war. An einer Stelle zögerte Mestizo, aber Swire gelang es, ihn wieder in Bewegung zu setzen. Die anderen Pferde folgten ihm. Vorsichtig suchten sie sich mit gesenktem Kopf ihren Weg. Die Luft war erfüllt vom langsamen Klappern der Hufe und, wenn eines der Tiere einen Fehltritt gemacht hatte, vom Poltern losgetretener Steine. Je höher sie kamen, desto ängstlicher wurden die Pferde. Sie begannen zu schwitzen und laut zu schnauben und rollten mit den Augen, so dass man das Weiße darin sehen konnte. Auf halbem Weg endete die mit Geröll gefüllte Felsspalte und der gefährliche, in den Fels gehauene Teil des Pfades begann, den die jahrhundertelange Erosion zur bloßen Andeutung eines Weges reduziert hatte. Dort, wo er bereits abgebröckelt war, würden die Pferde über einen gähnenden Abgrund treten müssen. Als Nora an diese Stellen und an die steilen Kehren weiter oben dachte, musste sie mit aller Macht die Panik unterdrücken, die tief in ihrem Innern aufstieg.

Swire hielt kurz an und drehte sich zu ihr um. Jetzt können wir noch zurück, schien sein eiskalter Blick zu sagen. Wenn wir weitergehen, haben wir diese Chance vertan.

Nora schaute hinauf zu dem o-beinigen Cowboy, dessen Schultern kaum bis an den Rist seiner Pferde reichten. Er sah so ängstlich aus, wie sie sich fühlte.

Nachdem sie sich einen Moment lang wortlos betrachtet hatten, machte Swire kehrt und führte Mestizo weiter den Pfad hinauf. Das Tier ging zögernd ein paar Meter weiter, bevor es zu scheuen begann. Es gelang Swire, Mestizo zu einigen weiteren Schritten zu bewegen, dann scheute er wieder und wieherte vor Angst. Eines seiner Hufeisen rutschte ab, bis es doch noch festen Halt auf dem Sandstein fand.

Indem er mit leiser Stimme auf das Pferd einredete und mit dem Ende seines Lassos direkt an Mestizos Hinterteil schnalzte, brachte Swire ihn wieder in Bewegung. Die anderen Tiere, deren Herdentrieb offenbar stärker war als ihre Angst, folgten ihm. Quälend langsam arbeiteten sie sich nach oben. In die klopfenden und kratzenden Geräusche der auf dem glatten Fels nach Halt suchenden Hufeisen mischte sich das ängstliche Schnauben des einen oder anderen Pferdes, und Swire begann leise ein trauriges, aber beruhigendes Lied vor sich hin zu singen, dessen Text Nora nicht verstehen konnte.

Als sie die erste Kehre erreichten, führte Swire Mestizo langsam um die Kurve und stieg über einen tiefen Spalt weiter nach oben, bis er direkt über Noras Kopf war. Sweetgrass, die als drittes Pferd der Kolonne ging, rutschte plötzlich mit einem Huf aus und kam gefährlich nahe an den Rand des Abgrunds, so dass Nora schon fürchtete, die Stute würde abstürzen. Im letzten Moment fand sie mit weit aufgerissenen Augen und bebenden Flanken wieder Halt und stapfte Mestizo hinterher.

Nach einigen endlosen Minuten kamen sie an der zweiten Kehre an, wo der Pfad sich jetzt auch noch stark verengte. Als Mestizo die

Kehre bereits hinter sich hatte, scheute er wieder. Auch Beetlebum, das zweite Pferd, blieb stehen und begann rückwärts zu gehen. Von unten sah Nora, dass er dabei einen seiner Hinterhufe neben den Steig setzte. Starr vor Schreck beobachtete sie, wie das Pferd mit dem Hinterteil wegrutschte und sein Bein, das keinen Halt mehr fand, verzweifelt ausschlug. Langsam bekam das Tier immer stärkeres Übergewicht nach hinten, bis es schließlich über den Rand des Pfades hinweg in die Tiefe sackte. Im Fallen überschlug es sich einmal und raste dann, vor Todesangst laut wiehernd, direkt auf Nora zu. Wie in Zeitlupe sah sie das Pferd auf sich zukommen, das verzweifelt mit seinen Beinen zappelte, als tanze es ein seltsames Ballett. Sein Schatten fiel auf ihr Gesicht, und dann prallte Beetlebum mit solcher Wucht auf den vor ihr gehenden Fiddlehead, dass sie ihn augenblicklich mit in die Tiefe riss. Einen entsetzlichen Augenblick lang war alles still, bis Nora einen doppelten dumpfen Aufprall hörte, gefolgt vom scharfen Geräusch, mit dem die losgerissenen Felsbrocken auf den Talboden prasselten. Von den Felswänden immer wieder zurückgeworfen, hallten die Schreckensklänge noch lange durch das trockene Tal.

»Schließen Sie auf und halten Sie die Gäule in Bewegung!«, rief Swire ihr mit harter, gepresster Stimme zu. Nora zwang sich, weiterzugehen und Hurricane Deck anzutreiben, der jetzt das letzte Tier in der Reihe war. Aber Smithbacks Reitpferd wollte sich nicht in Bewegung setzen. Mit vor Panik bebenden Flanken blieb es stehen, ging dann urplötzlich mit den Vorderbeinen hoch und drehte sich um zu Nora. Ohne lange nachzudenken, packte sie Hurricane Deck, der mit aufgerissenen Augen versuchte, auf dem schmalen Steig an ihr vorbeizukommen, am Halfter. Mit einem lauten, metallischen Geräusch über den Fels kratzender Hufeisen verlor das schwere Tier den Halt und rutschte an der schrägen Wand unaufhaltsam nach unten. Nora ließ das Halfter los, aber das hinabstürzende Pferd hatte sie bereits aus dem Gleichgewicht gebracht. Einen grauenvollen Augenblick sah sie nichts als die gähnende Leere unter sich, aber dann gelang es ihr im letzten Moment, sich am Rand des Pfades festzuhalten. Swire schrie etwas, das sie nicht verstand, während sie mit bereits über dem Abgrund baumelnden Beinen verzweifelt Halt an dem glatten Sandstein suchte. Kurze Zeit später drang aus der Tiefe ein feuchtes, schmatzendes Geräusch herauf. Es klang wie ein nasser Sack, der aus großer Höhe auf den Erdboden prallt. Mit den Fingernägeln krallte sich Nora verzweifelt in den Fels. Ihre Beine zappelten noch immer im Leeren, und sie spürte den warmen Aufwind, der an der Wand entlang nach oben strich. Ihre Nägel begannen zu splittern und zu brechen, während sie immer weiter abrutschte. Erst als ihre rechte Hand eine hervorstehende, kaum mehr als einen halben Zentimeter hohe Felsrippe zu fassen bekam, konnte Nora ihren Körper wieder etwas stabilisieren. Sie spürte, wie ihre Kräfte schwanden. Jetzt oder nie, dachte sie und riss sich mit einer gewaltigen Anstrengung nach oben, so dass sie wieder einen Fuß auf den Steig bekam. Mit viel Mühe gelang es Nora schließlich, sich über den Rand des Pfades nach oben zu rollen. Dort blieb sie schwer keuchend auf dem Rücken liegen und hörte, wie von oben ängstliches Wiehern und das Klappern von eisenbeschlagenen Hufen auf nacktem Fels herunterdrangen.

»Stehen Sie auf, verdammt noch mal!«, hörte sie Swire schreien. Schwankend rappelte sie sich hoch, setzte sich wie eine Schlafwandlerin in Bewegung und trieb die dezimierte Herde weiter den Pfad hinauf.

An den Rest des Weges konnte sie sich später nicht mehr richtig erinnern. Alles, was sie noch wusste, war, dass sie irgendwann einmal mit dem Gesicht nach unten auf dem von der Sonne aufgeheizten, staubigen Felsenkamm des Bergrückens lag und jemand sie mit sanften Bewegungen umzudrehen versuchte. Es war Aragon, neben dem Smithback und Holroyd knieten und sie besorgt ansahen. An Holroyds Gesicht konnte sie ablesen, welch große Sorgen er sich um sie gemacht hatte.

Aragon half Nora auf und geleitete sie zu einem nahen Stein, wo sie sich erschöpft hinsetzte. »Die Pferde ...«, begann Nora.

»Das war nicht Ihre Schuld«, unterbrach sie Aragon sanft, während er sich ihre Hände ansah. »Sie haben sich verletzt.« Nora sah, dass fast alle ihre Fingernägel abgebrochen waren und ihre Hände stark bluteten. Aragon öffnete seine Arzttasche. »Als Sie über dem Abgrund hingen, dachte ich schon, es wäre um Sie geschehen«, sagte er. Er nahm eine Pinzette und entfernte mit sicheren, geübten Bewegungen kleine Steine und Schmutz aus Noras Wunden, die er daraufhin mit einer antibiotischen Salbe behandelte und verband. »Zum Glück sind es nur Abschürfungen, die rasch verheilen«, sagte er. »Trotzdem sollten Sie ein paar Tage lang Handschuhe tragen.«

Nora sah sich um. Die anderen Expeditionsteilnehmer, sprachlos ob der Ereignisse, erwiderten stumm ihren Blick. »Wo ist Roscoe?«, brachte Nora schließlich unter Mühen hervor.

»Er ist den Pfad wieder hinuntergegangen«, antwortete Sloane.

Nora vergrub den Kopf in den Händen, und fast gleichzeitig ertönte von unten ein Schuss, dem in größeren Abständen zwei weitere folgten. Das Echo der von den Felswänden hundertfach zurückgeworfenen Explosionen hörte sich an wie der Donner eines fernen Gewittersturms.

»O Gott«, stöhnte Nora. Ihr Pferd Fiddlehead war tot, ebenso wie Smithbacks Quälgeist Beetlebum und sein Reitpferd Hurricane Deck. Noch immer glaubte Nora, Hurricane Decks verzweifelt um Hilfe flehende Augen sehen zu können, ebenso seine langen, schmalen Zähne, die er kurz vor seinem Absturz in einer letzten Grimasse des Grauens gebleckt hatte.

Zehn Minuten später kam Swire schwer atmend wieder den Pfad herauf. Ohne ein Wort stapfte er an Nora vorbei zu seinen Pferden und verteilte schweigend die Ausrüstung auf die verbliebenen Tiere.

Holroyd ging zu Nora herüber und nahm ganz vorsichtig ihre Hand. »Ich habe mit dem GPS unsere Position bestimmt«, flüsterte er.

Nora blickte auf. Im Augenblick waren ihr die Koordinaten ziemlich egal.

»Wir sind genau da, wo wir sein sollten«, sagte Holroyd lächelnd. Alles, was Nora zu Stande brachte, war ein mattes Kopfnicken.

Verglichen mit dem alptraumhaften Aufstieg, bereitete der Weg hinunter ins Tal den Pferden nur wenige Schwierigkeiten. Die Tiere, die das Wasser bereits riechen konnten, liefen von alleine, und die Expeditionsteilnehmer, die allesamt erschöpft waren, begannen auf den letzten hundert Metern hinunter zum Fluss sogar zu rennen. Vor lauter Durst hatte Nora die Vorfälle der letzten Stunden vorübergehend vergessen und sprang etwas flussaufwärts von den Tieren in die Fluten. Sie warf sich auf den Bauch, steckte ihr Gesicht ins Wasser und begann in tiefen Zügen das wunderbare Nass in sich hineinzutrinken. Es war das herrlichste Gefühl, das sie je erlebt hatte, und sie hörte nur auf, um zwischendurch nach Luft zu schnappen. Als sie spürte, dass es ihr vom Magen her übel wurde, stand sie auf und ging ans Ufer, wo sie sich im Schatten der im leichten Wind raschelnden Pappeln niederließ. Schwer atmend genoss sie die Verdunstungskühle ihrer durchnässten Kleider und wartete, dass die Übelkeit vorbeiging. Ein paar Meter von ihr entfernt stand Black, vornübergebeugt an den Stamm einer Pappel gelehnt, und erbrach das Wasser, das er soeben in sich hineingetrunken hatte. Holroyd erging es genauso, während Smithback mit entrücktem Gesichtsausdruck im Fluss kniete und sich mit den Händen immer wieder Wasser über den Kopf schöpfte. Sloane wankte tropfnass heran und ging neben Nora in die Hocke. »Swire braucht unsere Hilfe bei den Pferden«, sagte sie.

Nora stand auf und ging mit Sloane flussabwärts, wo Swire seine Mühe hatte, die Pferde wieder aus dem Fluss zu kriegen. Sloane und Nora, die wussten, dass die Tiere an zu viel und zu rasch gesoffenem Wasser eingehen konnten, packten kräftig mit an. Während der Arbeit vermied es Swire, Nora anzusehen.

Nachdem sich die Expeditionsteilnehmer noch eine Weile ausgeruht hatten, stiegen sie wieder auf und folgten dem Fluss in die ungewohnte Welt des grünen Tals. Das Wasser, das in einem Kiesbett floss, erfüllte die Luft mit einem sanften, beruhigenden Plätschern, in das sich das Zirpen von Zikaden, das Surren von Libellen und ab und zu sogar das rülpsende Quaken eines Frosches mischten. Jetzt, da Noras Durst gestillt war, kamen die Erinnerungen an die drei unglücklichen Pferde mit aller Macht zurück. Sie ritt jetzt auf Arbuckles, mit dessen Bewegungen sie noch nicht vertraut war, und dachte wehmütig an Fiddlehead. Als ihr auf einmal Swires Verse über Hurricane Deck einfielen, die fast schon wie ein Liebesgedicht an das Pferd geklungen hatten, fragte sie sich, wie sie mit dem Cowboy je wieder ins Reine kommen sollte.

Als sie sich bis auf eineinhalb Kilometer dem breiten Sandsteinplateau genähert hatten, wurde das Tal merklich enger. Im Vorbeireiten blickte Nora hinauf zu den Cañon-Wänden und stellte erstaunt fest, dass es dort keinerlei Ruinen zu entdecken gab. Das war seltsam, denn eigentlich eignete sich das Tal hervorragend für eine Besiedelung durch Menschen in vorgeschichtlicher Zeit. Sollte sich nach allem, was geschehen war, am Ende vielleicht doch herausstellen, dass dies das falsche Cañon-System war ... Nora wollte den Gedanken lieber nicht zu Ende spinnen.

Rasch näherten sie sich der hoch aufragenden Wand des Felsplateaus, wo der Fluss in dem engen Slot-Cañon verschwand, den Nora vom Bergrücken aus gesehen hatte. Laut Holroyds Radarbildern verbreiterte sich dieser nach etwa zwei Kilometern zu dem kleinen Tal, in dem sich nach Noras Berechnungen die Stadt Quivira verbergen musste. Der Slot-Cañon, das sah sie auf den ersten Blick, war allerdings viel zu schmal, um für die Pferde passierbar zu sein.

Während sie auf die riesige Wand aus Sandstein zuritten, bemerkte Nora einen großen Felsen neben dem Fluss, auf dem ein paar Zeichnungen eingeritzt waren. Sie stieg ab, um sich die Petroglyphen aus der Nähe zu besehen. Sie ähnelten denen, die sie zusammen mit Swire am Fuß des Bergrückens entdeckt hatte, und stellten eine Reihe von Punkten mit einem kleinen Fuß sowie einen Stern und eine Sonne dar. Darüber war eine weitere linksdrehende Spirale in den Fels geritzt.

Die anderen schlossen zu ihr auf und kamen ebenfalls herbei. Als Aragon die Glyphen sah, verfinsterte sich sein Gesichtsausdruck.

»Was halten Sie davon?«, fragte Nora.

»Solche Punktmuster habe ich an den alten Zugängen nach Hopi gesehen«, sagte er nach längerem Nachdenken. »Ich nehme an, dass sie den Anasazi als Wegweiser und Entfernungsmarkierungen dienten.«

»Aber sicher doch!«, höhnte Black. »Und wahrscheinlich konnten sie an ihnen auch die Namen der Ausfahrten ablesen und wie weit es noch bis zur nächsten Raststätte ist. Dabei weiß doch jeder, dass die Bildsymbole der Anasazi bisher noch nicht entschlüsselt wurden.«

Aragon ignorierte den Einwurf. »Der Fuß steht für Gehen«, erklärte er, »und die Punkte bedeuten eine bestimmte Entfernung. Nach meinen Berechnungen, die ich bei anderen Stätten angestellt habe, repräsentiert ein jeder von ihnen sechzehn Gehminuten oder eine Strecke von etwa eins Komma zwei Kilometern.«

»Und was symbolisiert die Antilope dort?«, fragte Nora.

Aragon sah sie erstaunt an. »Eine Antilope, was sonst?«, erwiderte er.

»Dann sind das also gar keine Schriftzeichen?«

»Nicht in dem Sinn, wie wir sie verstehen. Wir haben es hier weder mit einem Alphabet noch mit einer Silbenschrift zu tun, und ideographisch sind die Zeichen auch nicht. Meiner Meinung nach hatten die Anasazi eine ganz eigene Art, mit Symbolen umzugehen. Aber das heißt noch lange nicht, dass ihre Bildzeichen nicht entschlüsselbar sind.«

»Auf der anderen Seite des Höhenrückens habe ich einen Stern innerhalb eines Mondes entdeckt, der sich wiederum selbst innerhalb einer Sonne befand. So eine Glyphe habe ich bisher noch nie gesehen.«

»Die Sonne ist das Symbol für die oberste Gottheit, der Mond das für die Zukunft und der Stern das Symbol für die Wahrheit. Ich würde eine solche Glyphe in etwa so deuten, dass der damit gekennzeichnete Weg zu einem Orakel, zu einer Art Delphi der Anasazi führt.«

»Meinen Sie damit Quivira?«, fragte Nora.

Aragon nickte.

»Und was bedeutet diese Spirale?«, fragte Holroyd.

Aragon zögerte einen Augenblick. »Die Spirale wurde wohl erst später hinzugefügt. Sie ist natürlich linksdrehend.« Er verstummte für einen Augenblick. »Im Zusammenhang mit den anderen Zeichen, die wir gesehen haben, würde ich sie als eine Warnung oder schlechtes Omen interpretieren, das erst später über den älteren Symbolen eingeritzt wurde. Ich verstehe es als eine Aufforderung zur Umkehr, einen Hinweis auf etwas Böses, Gefährliches, das auf dem Weg liegt.«

Niemand sagte etwas.

»Was soll da schon sein? Löwen und Tiger und Bären vielleicht?«, witzelte Smithback schließlich.

»Es gibt so viel, was wir nicht wissen«, sagte Aragon, dessen Stimme einen leicht defensiven Klang angenommen hatte. »Aber vielleicht haben ja Sie, Mr. Smithback, neue Erkenntnisse über die Hexer der Anasazi und ihre modernen Nachfahren, die Skinwalker. Sollte dem so sein, dann helfen Sie uns doch bitte auf die Sprünge.«

Der Journalist beulte eine seiner Wangen mit der Zunge aus und zog die Augenbrauen nach oben, sagte aber nichts.

Als sich die anderen schon zum Gehen wandten, stieß Holroyd, der um den Stein herumgegangen war, um sich seine Rückseite anzusehen, auf einmal einen erstaunten Schrei aus. Nora ging rasch zu ihm und sah eine Reihe von Zahlen und Buchstaben, die ganz offensichtlich sehr viel jüngeren Datums waren als die Glyphen auf der anderen Seite des Felsens. Sie spürte, wie ihre Wangen auf einmal ganz heiß wurden, und ging in die Knie, um die offenbar mit einem Taschenmesser in den weichen Stein geritzten Zeichen mit dem Finger nachzufahren: *P.K. 1983.*

23

Als Nora die Initialen ihres Vaters auf dem Stein berührte, löste sich auf einen Schlag ihre innere Verkrampfung, unter der sie die vergangenen Tage über gelitten hatte. Sie lehnte sich an die glatte Oberfläche des Felsens und spürte, wie ein überwältigendes Gefühl der Erleichterung sie durchflutete. Ihr Vater war also wirklich hier gewesen, und sie waren die ganze Zeit demselben Weg gefolgt. Wie durch einen Nebel nahm sie wahr, dass die anderen sie umringten und ihr gratulierten.

Langsam erhob sie sich und versammelte die Expeditionsteilnehmer in einem kleinen Eichenhain an der Stelle, wo der Fluss in den Slot-Cañon verschwand. Alle schienen bester Stimmung zu sein bis auf Swire, der sich schweigend mit den Pferden auf eine Wiese vor dem Wäldchen zurückgezogen hatte. Auch Bonarotti hatte sich von der Gruppe entfernt, um Töpfe und Geschirr im Fluss zu waschen.

»Wir haben es fast geschafft«, sagte Nora. »Unseren Karten zufolge ist das hier der Slot-Cañon, nach dem wir gesucht haben. An seinem anderen Ende müssten wir eigentlich den verborgenen Cañon finden, in dem die Stadt Quivira liegt.«

»Kommt man denn da durch?«, fragte Black. »Für mich sieht er ziemlich schmal aus.«

»Ich habe mich auf dem Ritt durchs Tal schon mal umgeschaut«, sagte Sloane, »aber ich habe keinen anderen Weg hinauf aufs Plateau entdecken können. Wenn wir weiterwollen, ist dieser Slot-Cañon unsere einzige Chance.«

»Es wird schon spät«, meinte Nora, »deshalb stellt sich die Frage, ob wir die Pferde jetzt gleich abpacken und unsere Sachen durch den Cañon tragen sollen. Oder schlagen wir lieber ein Lager auf und warten damit bis morgen früh?«

Black antwortete als Erster. »Also ich für meinen Teil habe keine Lust mehr, heute noch irgendwas zu schleppen, und schon gar nicht da hinein«, sagte er und deutete auf die schmale Schlucht, die eher einem Felsspalt als einem Cañon glich.

Smithback lehnte sich an den Stamm einer Eiche und fächelte sich mit einem kleinen Zweig Kühlung zu. »Also wenn Sie mich schon fragen, dann würde ich lieber die Füße ein bisschen ins Wasser stellen und zusehen, wie unser Signor Bonarotti ein neues kulinarisches Meisterwerk aus seiner magischen Kochkiste hervorzaubert.«

Die anderen waren offenbar derselben Meinung, doch als Nora Sloane anschaue, sah sie in den Augen der jungen Frau dieselbe Ungeduld brennen, die auch sie selbst empfand.

Sloane hatte ihr übliches Grinsen auf dem Gesicht und nickte. »Na, wie wär's?«, fragte sie.

Nora blickte hinüber zum Eingang des Slot-Cañons, der kaum breiter war als ein dunkler Strich in der Felswand, und nickte ebenfalls. Dann wandte sie sich noch einmal an die Gruppe. »Sloane und ich gehen schon los und erkunden den Cañon«, sagte sie und sah auf die Uhr. »Es kann sein, dass wir dort übernachten müssen, wenn wir es bis Anbruch der Dunkelheit nicht mehr zurück schaffen. Ist das für Sie in Ordnung?«

Niemand hatte etwas dagegen, und während die anderen das Lager aufschlugen, packte Nora einen Schlafsack und einen transportablen Wasserfilter in ihren Rucksack. Sloane tat dasselbe und nahm zusätzlich noch ein Seil und einen Teil ihrer Kletterausrüstung mit. Ohne ein Wort zu sagen drückte Bonarotti beiden noch ein kleines Essenspaket in die Hand.

Die beiden Frauen schulterten ihre Rucksäcke, winkten den anderen zum Abschied und machten sich auf den Weg. Hinter dem Eichenhain gurgelte der Fluss über ein Kiesbett auf das Röhricht vor dem Eingang des Slot-Cañons zu, wo Nora ein dichtes Gewirr aus umgeknickten Schilfhalmen, toten Baumstämmen und Felsblöcken auffiel.

Die Halme knisterten und knackten, als Nora und Sloane in das Schilf vordrangen. Dicke Fliegen und winzige, fast unsichtbare Mücken surrten durch die schwüle Luft. Nora, die voranging, musste sich ständig mit einer Hand die Quälgeister aus dem Gesicht wedeln.

»Nora«, sagte Sloane leise von hinten. »Schauen Sie einmal ganz vorsichtig nach rechts. Aber bewegen Sie sich nicht.«

Nora folgte Sloanes Blick und entdeckte weniger als einen halben Meter entfernt eine kleine graue Klapperschlange, die sich etwa auf Schulterhöhe um einen Schilfhalm geringelt hatte.

»Ich sage es Ihnen nur ungern, Nora, aber Sie haben diese nette kleine Schlange soeben mit dem Ellenbogen angerempelt.« Trotz Sloanes scherzhaften Tons war ein leises Zittern in ihrer Stimme unverkennbar.

Nora starrte erschrocken und fasziniert zugleich auf die Klapperschlange, die auf ihrem Halm noch immer ein wenig hin und her schwankte. »Großer Gott«, krächzte sie und spürte, wie trocken und verkrampft ihre Kehle war.

»Vermutlich hat die Schlange nur deshalb nicht zugebissen, weil sie nicht ins Wasser fallen wollte«, fuhr Sloane fort. »Das ist übrigens eine *Sistrurus toxidius*, eine graue Zwergklapperschlange – immerhin die zweitgiftigste Sorte von ganz Nordamerika.«

Nora starrte noch immer auf das perfekt getarnte Tier, das sich kaum von seiner Umgebung unterscheiden ließ. »Mir ist richtig schlecht«, sagte sie.

»Lassen Sie mich vorausgehen.«

Weil Nora nicht zum Streiten aufgelegt war, blieb sie stehen und ließ Sloane an sich vorbei. Die junge Frau tastete sich vorsichtig durch das Schilfgestrüpp und hielt alle paar Schritte inne, um sich sorgfältig umzusehen. »Da ist noch eine«, sagte sie, als sie wieder einmal stehen blieb, und deutete auf eine Schlange, die, von ihren Schritten aufgeschreckt, raschelnd durch das Schilf davonglitt. Bevor sie verschwand, ließ sie ein leises Klappern hören, das Nora durch Mark und Bein ging.

»Schade, dass Bonarotti nicht bei uns ist«, meinte Sloane, als sie sich behutsam wieder in Bewegung setzte, »der würde bestimmt ein Cassoulet aus diesem Viehzeug bereiten.« Sie hatte den Satz noch nicht richtig zu Ende gesprochen, da ertönte ein weiteres Klappern unmittelbar vor ihren Füßen. Mit einem erschrockenen Schrei sprang Sloane zurück und machte um die Schlange einen weiten Bogen.

Nachdem die beiden Frauen noch ein paar ähnliche Schrecksekunden ausgestanden hatten, erreichen sie das Ende des Schilfs und sahen nun den Eingang zum Slot-Cañon deutlich vor sich. Er war ein an die zweieinhalb Meter breiter Spalt zwischen zwei wie poliert wirkenden Felswänden, zwischen denen der Fluss in seinem feinsandigen Flussbett verschwand.

»Du meine Güte«, sagte Nora. »In meinem ganzen Leben habe ich noch nie so viele Klapperschlangen auf einem Fleck gesehen.«

»Vielleicht hat eine Sturzflut sie aus den Bergen heruntergeschwemmt«, mutmaßte Sloane. »Jetzt sind sie nass und durchgefroren und extrem schlecht drauf.«

Durch das klare Wasser watend, betraten sie den Slot-Cañon, in dessen glatte Wände unzählige Sturzfluten im Laufe von Äonen eine Unzahl von länglichen, an Taschen und Schläuche erinnernde Aushöhlungen gegraben hatte. Schon nach ein paar Metern überkam Nora ein unangenehmes Gefühl, als ob sie eingesperrt wäre; es wurde durch den Umstand verstärkt, dass man nur selten ein Stück des Himmels zu sehen bekam, wenn man nach oben blickte. Weil den ganzen Tag über kein einziger Sonnenstrahl bis auf den Boden des Cañons drang, herrschte hier nicht nur ein von den Felswänden rötlich getöntes Halbdunkel, sondern auch eine erstaunliche Kühle. Wo das Wasser den Slot-Cañon etwas weiter ausgehöhlt hatte, befanden sich Flecken mit losem Treibsand. Nora fand heraus, dass man sie am besten durchquerte, indem man auf Händen und Füßen hineinkroch und dann, wenn der Treibsand so locker wurde, dass man darin zu versinken drohte, mit den Händen Schwimmbewegungen machte und die Beine dabei gerade nach hinten ausgestreckt ließ. Dabei gaben ihnen die Rucksäcke seltsamerweise zusätzlichen Auftrieb.

»Das wird eine feuchte Nacht werden«, meinte Sloane, nachdem sie wieder eine dieser Treibsandstellen hinter sich gebracht hatte.

Als der Abend anbrach, begann der Boden des Cañons nach unten zu führen. Nora und Sloane sahen einen entsetzlich zerkratzten und zersplitterten Baumstamm, der sich an die sieben Meter über ihren Köpfen zwischen den Wänden des Cañons verkeilt hatte. Daneben befanden sich ein schmaler Felssims und eine flache Höhle.

»Den Baum hat bestimmt eine Sturzflut dorthin gespült«, murmelte Sloane. »Während eines Unwetters möchte ich nicht hier im Cañon sein.«

»Ich habe gehört, dass das Erste, was man von einer Sturzflut spürt, ein immer stärker werdender Wind sein soll«, sagte Nora. »Als Nächstes kommt dann ein verzerrtes, hohl klingendes Geräusch, das angeblich so klingt wie weit entferntes Gemurmel oder Applaus. Sobald man das hört, sollte man zusehen, dass man so schnell wie möglich aus dem Cañon herauskommt. Hört man erst einmal das Rauschen des Wassers, ist es schon zu spät. Dann macht die Sturzflut Hackfleisch aus einem.«

Sloane ließ ihr leises, heiseres Lachen hören. »Danke für die Warnung«, sagte sie. »Jetzt werde ich jedes Mal, wenn ich einen Lufthauch spüre, die Wand hochklettern.«

Je weiter sie in den Cañon vordrangen, desto enger wurde er. Das Wasser, das sich hier in einer Reihe von untereinander angeordneten Becken sammelte, war schokoladenbraun und stand an manchen Stellen nur wenige Zentimeter über tückischem Treibsand, während es anderswo fast zwei Meter tief war. Die Becken waren miteinander durch Felsspalten verbunden, von denen einige so schmal waren, dass Nora und Sloane ihren Rucksack abnehmen und sich seitwärts durch sie hindurchzwängen mussten. Hoch über ihnen hatten sich große Felsbrocken zwischen den Cañon-Wänden verklemmt und sorgten dafür, dass noch weniger Licht herabdrang.

Nachdem die beiden Frauen sich ungefähr eine halbe Stunde lang durch den Slot-Cañon gequält hatten, kamen sie an ein besonders lang gestrecktes und schmales Wasserbecken, hinter dem Nora einen hellen Schimmer wahrnahm. Sie ließ sich ins Wasser gleiten und schwamm ans andere Ende des Beckens, wo etwa zwei Meter über dem Boden ein großer Stein zwischen den Felswänden klemmte. Durch die von ihm herabhängenden Farne und Schlingpflanzen hindurch sah Nora einen Streifen Licht. Sie trat an den Blättervorhang und wrang sich das Wasser aus den Haaren.

»Sieht so aus wie der Eingang in eine magische Welt«, sagte Sloane, die ebenfalls herangekommen war. »Was mag wohl dahinter liegen?«

Nora sah sie einen Augenblick lang an, dann schob sie mit beiden Händen das Blattwerk beiseite.

Obwohl das Abendlicht nicht mehr besonders stark war, kam es den beiden Frauen nach dem düsteren Dämmerdunkel im Cañon geradezu grell vor. Nachdem sich ihre Augen an die Helligkeit gewöhnt hatten, sah Nora ein kleines Tal vor sich, in das sich ein kleiner Wasserfall ergoss. Weiter unten wurde das schmale, ins Gestein gegrabene Flussbett links und rechts von einem breiten, mit Gesteinsbrocken übersäten Überschwemmungsgebiet flankiert, hinter dem mit Pappeln, Zwergeichen, Goldastern und anderen Wildblumen bewachsene Uferterrassen anstiegen. Auch unmittelbar am Fluss standen einige Bäume, in deren unteren Zweigen sich das Schwemmgut früherer Sturzfluten verfangen hatte.

Das nur vierhundert Meter lange und zweihundert Meter breite Tal kam Nora wie ein intimes grünes Schatzkästlein im roten Sandstein vor. Rosazeen, Kastilleen und purpurfarbene Ipomopsis blühten in leuchtenden Farben, und von der Abendsonne in ein sanftes Rosa getauchte Kumuluswolken zogen über den schmalen Fleck tiefblauen Himmels, der zwischen den hoch aufragenden Felswänden zu sehen war.

Nach der langen Kletterei durch den düsteren Slot-Cañon war die Ankunft in diesem lieblichen Tal für die beiden Frauen wie die Wiederentdeckung einer verlorenen Welt. Alles an dem Tal – seine Größe, seine unglaubliche Abgelegenheit zwischen den hohen Felswänden sowie die enormen Schwierigkeiten, die sie hatten bewältigen müssen – erfüllte Nora mit dem Gefühl, in ein verborgenes Paradies gelangt zu sein. Während sie sich entzückt umsah, kam eine leichte, abendliche Brise auf. Die Blätter der Bäume begannen zu rascheln, und Flocken weißer Pappelwolle wurden wie kleine Wölkchen aus konzentriertem Licht durch das Tal geweht.

Nach einer Weile schaute Nora zu Sloane hinüber, auf deren Gesicht ein Ausdruck intensiver, kaum gebändigter Erregung zu sehen war. Ihre Augen funkelten wie bernsteinfarbene Feuer, während sie den Anblick des Tales in sich aufsog.

Geschmeidig wie eine Katze kletterte Sloane neben dem Wasserfall hinunter in das Tal, während Nora noch einen Moment lang auf ihrem Beobachtungsposten innehielt. In ihre Ehrfurcht vor der Schönheit des Tales mischte sich die Gewissheit, dass ihr Vater es vor Jahren entdeckt hatte. Damit verbunden war die erschreckende Frage, die ihr erst jetzt richtig zu Bewusstsein kam: Würde sich dieses schöne Tal am Ende für sie in einen Ort des Grauens verwandeln? Würde sie hier vielleicht die sterblichen Überreste ihres Vaters finden?

Aber genauso rasch, wie er sich ihr aufgedrängt hatte, war der Gedanke auch schon wieder verflogen. Irgendjemand musste ja schließlich den Brief in einen Postkasten geworfen haben, und das bedeutete, dass der Leichnam ihres Vaters irgendwo anders, außerhalb dieser Wildnis, liegen musste. Wo genau, das war ein Geheimnis, das sie seit Wochen beschäftigte.

Erst nach einer Weile folgte Nora Sloane hinab auf eine der sandigen Terrassen neben dem Fluss, auf der ein kleiner Pappelhain stand.
»Was halten Sie von diesem Lagerplatz?«, fragte Sloane und nahm ihren Rucksack ab.
»Könnte nicht besser sein«, antwortete Nora. Sie legte ihren eigenen Rucksack ab, zog den durchnässten Schlafsack heraus und hängte ihn über einen Busch zum Trocknen.

Danach wanderten ihre Blicke unausweichlich wieder zu den hohen Felswänden, die das Tal auf allen Seiten umschlossen. Sie zog das Fernglas aus ihrem Rucksack und suchte damit die Klippen ab: Sie führten stufenförmig nach oben; auf ein Stück gerader Wand folgte dort, wo weicheres Gestein im Lauf der Zeit verwittert war, eine schmale Terrasse. Am anderen Ende des Tals lagen riesige Felsbrocken in wildem Durcheinander aufgetürmt und bildeten eine Art natürliche Treppe die Wand hinauf. Hier musste vor vielen Jahren ein Felsrutsch heruntergegangen sein. Nora sah sich die Gesteinshalde mit dem Fernglas an, konnte aber auch hier weder einen Pfad noch eine Ruine entdecken.

Während sie gegen ein leeres, kaltes Gefühl ankämpfte, das sich in ihrem Magen breit zu machen begann, sagte sie sich, dass man eine verborgene Stadt nicht innerhalb weniger Minuten finden könne. Außerdem hatten die Anasazi ihre Klippenbehausungen oft in Höhlen oder Alkoven gebaut, die wegen vorspringender Felsbänder vom Talgrund aus nicht zu erkennen waren.

Andererseits hatte Noras Vater in seinem Brief von einem deutlich sichtbaren Klettersteig geschrieben und dieser musste sich ja wohl finden lassen. Abermals suchte sie die Felswände rings um das Tal ab, konnte aber in dem glatten, rötlichen Sandstein keine Spuren eines Klettersteigs ausmachen.

Nora ließ das Fernglas sinken. Sloane war inzwischen an den Fuß der Felswand gegangen und blickte mit gesenktem Kopf zu Boden. Sie sucht wohl nach Tonscherben oder Stücken von Feuerstein, dachte Nora anerkennend. Schon oft war eine in den Felsen verborgene Ruine anhand der Dinge gefunden worden, die ihre früheren Bewohner von dort herabgeworfen hatten. Langsam schritt Sloane weiter an der Wand entlang, wobei sie alle fünfzehn Meter stehen blieb und nach oben spähte. Aus diesem Winkel waren die kleinen Vertiefungen, die auf einen Klettersteig hinwiesen, besonders gut zu erkennen.

Nora hängte sich das Fernglas um den Hals und machte sich auf den Weg zum Flussufer, wo sie das Bodenprofil nach möglichen Spuren menschlicher Besiedelung absuchte. Obwohl sie wusste, dass sie das letzte Licht des Tages eigentlich nutzen sollte, um Feuer zu machen und das Essen vorzubereiten, konnte sie nicht aufhören, nach der verschwundenen Stadt Ausschau zu halten, und Sloane erging es offensichtlich genauso.

Nach zehn Minuten hatte Nora das andere Ende des Tals erreicht, wo der Fluss in einem weiteren Slot-Cañon verschwand, der noch viel enger war als der, durch den sie gekommen waren. Aus der von roten Felsenklippen begrenzten Schlucht ertönte das Geräusch von tosendem Wasser. Als Nora vorsichtig an den Rand der Öffnung kroch, sah sie einen großen Wasserfall, mit dem der Fluss in eine dunkle Tiefe stürzte. Dichte Wolken von Sprühnebel erfüllten den Cañon mit einem fast undurchsichtigen Schleier. Wegen des feuchten Mikroklimas waren die steilen Felswände dicht mit üppigen Farnen und Moosen bewachsen.

Vom Studium der Karten her wusste Nora, dass der Fluss in Form einer ganzen Reihe von Wasserfällen und Becken nach unten stürzte, die alle durch bis zu zehn Meter lange, überhängende Felsen voneinander getrennt waren. Ohne eine spezielle Kletterausrüstung war es unmöglich, hier weiter vorzudringen. Außerdem wurde der Cañon weiter unten so schmal, dass kein Mensch durchkommen konnte. Laut Karte verlief der Fluss fünfundzwanzig Kilometer weit auf diese Art, bis er sich schließlich am Nordrand von Marble Gorge in den dreihundert Meter tiefer gelegenen Colorado River ergoss. Wer hier von einer Sturzflut erfasst und in den Slot-Cañon gespült wurde, würde bis zur Unkenntlichkeit zerstückelt dort irgendwann einmal wieder herauskommen.

Nora ging zurück zu dem Felssturz. Im Schatten der Felswände war es so kühl, dass sie leicht zu frieren begann. Die riesigen, übereinander getürmten Gesteinsblöcke, zwischen denen sich unzählige dunkle Löcher und Hohlräume befanden, sahen aus wie eine Wohnstatt von Gespenstern. Weil sie zudem ziemlich wackelig aufeinander lagen, beschloss Nora, lieber nicht an ihnen hochzuklettern. Außerdem war die Wand hinter ihnen absolut glatt und wies keinerlei Spuren eines Klettersteigs auf.

Nora watete durch den Fluss und traf auf der anderen Seite Sloane, die soeben ihre eigene Erkundungstour beendet hatte. Ihre mandelförmigen Augen leuchteten jetzt nicht mehr.

»Na, was gefunden?«, fragte Nora.

Sloane schüttelte den Kopf. »Ich kann mir immer weniger vorstellen, dass sich in diesem Tal eine Stadt verbergen soll. Es ist nicht der kleinste Hinweis darauf zu finden.«

Als Nora sah, dass Sloane nicht einmal mehr zu ihrem typischen leicht schiefen Lächeln in der Lage war, ihrem Markenzeichen, wurde ihr klar, dass die Stadt für die Tochter von Dr. Goddard mindestens genauso wichtig war wie für sie selbst. »Bisher gibt es keine Anasazi-Straße, die einfach so im Nirgendwo endet«, sagte sie. »Irgendetwas *muss* doch hier sein!«

»Vielleicht«, erwiderte Sloane bedächtig und blickte wieder hinauf zu den Felswänden ringsum. »Aber wenn ich nicht Ihre Radarbilder gesehen hätte, dann würde ich nicht glauben, dass wir in den letzten zwei Tagen irgendeiner Art von Straße gefolgt sind.«

Die Sonne stand jetzt so tief, dass der gesamte Talboden im Schatten lag. »Hören Sie, Sloane«, sagte Nora, »wir haben doch mit der Suche nach der Stadt noch gar nicht richtig begonnen. Morgen früh werden wir uns noch einmal gründlich umsehen, und wenn wir dann immer noch nichts finden, holen wir das Protonenmagnetometer und suchen damit nach Strukturen unter dem Sand.«

Sloane starrte noch immer angestrengt hinüber zu den Klippen, als könne sie ihnen damit ihr Geheimnis entreißen. Dann sah sie Nora an und lächelte.»Vielleicht haben Sie ja Recht«, meinte sie.»Lassen Sie uns Feuer machen und unsere Sachen trocknen.«

Nachdem sie eine flache Mulde aus dem Sand gescharrt und mit einem Ring von Steinen umgeben hatten, sammelten sie Holz und zündeten ein Feuer an. Dann setzte sich Nora vor die prasselnden Flammen und wechselte die durchnässten Verbände an ihren Fingern. Die feuchten Schlafsäcke, die sie an die Äste einer Zwergeiche gehängt hatten, begannen in der Hitze leicht zu dampfen.

»Was glauben Sie wohl, dass uns Bonarotti in seine Care-Pakete getan hat?«, fragte Sloane, während sie weiteres Holz ins Feuer warf.

»Sehen wir doch mal nach«, entgegnete Nora und griff nach dem kleinen Päckchen, das der Koch ihr in die Hand gedrückt hatte. Neugierig wickelte sie es aus und entdeckte zwei wasserdichte Plastikbeutel. In einem waren kleine Nudeln und im anderen eine Art Kräutersoße. KOCHZEIT SIEBEN MINUTEN stand mit schwarzem Filzstift auf dem ersten Beutel; ÜBER DIE WARMEN NUDELN GEBEN auf dem zweiten.

Die beiden Frauen kochten die Nudeln und mischten sie dann mit der Soße. Aus dem Geschirr stieg ein wunderbarer Duft auf.

»Farfalle mit Pesto«, flüsterte Sloane.»Ist Bonarotti nicht ein Schatz?«

Nachdem sie die Nudeln mit Genuss verspeist hatten, wandten sie sich Sloanes Ration zu, die aus Linsen und luftgetrocknetem Gemüse in einer Curry-Rinderbrühe bestand. Danach wuschen sie das Kochgeschirr im Fluss, und Nora legte ihren inzwischen getrockneten Schlafsack in den weichen Sand neben dem Feuer. Nachdem sie ihre nassen Kleider ausgezogen hatte, kroch sie nur mit ihrer Unterwäsche bekleidet in den Sack, wo sie ihre Glieder reckte und die saubere Luft des Tales tief in ihre Lungen sog. Über den Felswänden wölbte sich der sternenübersäte Nachthimmel. Trotz der zuversichtlichen Worte, mit denen sie Sloane vorhin hatte aufmuntern wollen, und trotz des fantastischen Essens fühlte sie eine unbestimmte Furcht in sich aufsteigen.

»Was werden wir morgen finden?«, fragte Sloane, als habe sie Noras Gedanken erraten. Ihre Stimme kam erstaunlich nahe bei Noras Ohr aus der Dunkelheit.

Nora stützte sich auf den Ellenbogen und sah hinüber zu Sloane, die im Schneidersitz auf ihrem Schlafsack hockte und sich die Haare bürstete. Da sie ihre Jeans zum Trocknen über einen Ast gehängt hatte, trug sie jetzt nichts weiter als ihr Hemd, das ihr bis an die nackten Knie reichte. Das flackernde Licht des Feuers hob ihre hohen Wangenknochen besonders deutlich hervor und verlieh ihrem schönen Gesicht eine geheimnisvolle, exotische Note.

»Das weiß ich nicht«, antwortete Nora. »Was glauben Sie denn?«

»Quivira«, antwortete Sloane leise.

»Vor einer Stunde haben Sie aber noch ganz anders geklungen.«

Sloane zuckte mit den Schultern. »Ach, die Stadt wird schon da sein«, sagte sie. »Mein Vater hat sich noch nie geirrt.«

Obwohl Sloane ihr übliches Grinsen zur Schau stellte, sagte der Ton ihrer Stimme Nora, dass ihre Worte nicht so ganz scherzhaft gemeint waren.

»Erzählen Sie mir doch etwas von *Ihrem* Vater«, bat Sloane.

Nora atmete tief durch. »Ohne meinen Vater wäre ich heute wohl nicht Archäologin«, sagte sie nachdenklich. »Dabei hätte man ihn bei oberflächlicher Betrachtung für den typischen irischen Versager halten können. Er trank mehr, als ihm gut tat, und hatte immer die verrücktesten Vorstellungen und Pläne. Richtige Arbeit war nicht sein Ding. Aber wissen Sie was?« Sie sah Sloane in die Augen. »Er war der beste Vater, den man sich nur wünschen kann. Er hat mich und meinen Bruder über alles geliebt, und das hat er uns jeden Tag gesagt, nach dem Aufstehen und vor dem Schlafengehen. Er war einer der liebevollsten Menschen, die ich je kennen gelernt habe. Mein Vater hat uns an fast allen seinen Abenteuern teilnehmen lassen. Wir haben mit ihm nach vergessenen Ruinen gesucht, nach Schätzen gegraben und alte Schlachtfelder mit einem Metalldetektor abgesucht. Als Archäologin sträuben sich mir heute die Nackenhaare, wenn ich an diese Aktionen denke, aber sie haben uns einen Heidenspaß gemacht. So sind wir zum Beispiel in die Superstition Mountains geritten und haben nach der Lost-Dutchman-Mine gesucht. Dann haben wir fast einen ganzen Sommer in der Gila-Wildnis verbracht, um die alten Ausgrabungen von Adams zu finden. Es erstaunt mich immer wieder, dass wir das alles überlebt haben. Meine Mutter litt allerdings sehr darunter und reichte schließlich die Scheidung ein. Um sie zurückzugewinnen, begab sich mein Vater auf die Suche nach Quivira, von der er nie wieder zurückkehrte. Das letzte Lebenszeichen von ihm ist dieser alte Brief, den ich kürzlich bekommen habe.«

»Glauben Sie denn, dass er noch am Leben sein könnte?«

»Nein«, antwortete Nora. »Das ist völlig undenkbar. Er hätte sich sonst schon längst bei uns gemeldet.«

Nora atmete die aromatische Abendluft ein, die den stillen Cañon erfüllte. »Aber Sie haben ja selbst einen ziemlich bemerkenswerten Vater«, sagte sie zu Sloane.

Ein dünner Lichtstreif jagte über den dunklen Himmel. »Eine Sternschnuppe«, sagte Sloane. Dann schwieg sie eine Weile. »Sie haben dasselbe am Anfang des Ritts schon mal zu mir gesagt, und ich schätze, dass Sie damit sogar Recht haben. Mein Vater ist in der Tat bemerkenswert. Und er erwartet von mir, dass ich eine noch bemerkenswertere Tochter werde.«

»Wie das?«

Sloane starrte weiter hinauf in den Himmel. »Ich glaube, man kann ihn als einen von den Vätern bezeichnen, die an ihre Kinder fast unerfüllbare Ansprüche stellen. Ich wurde ständig mit anderen verglichen und musste immer besser als sie sein. Freunde durfte ich nur dann mit nach Hause bringen, wenn sie beim Abendessen mit meinem Vater intellektuelle Gespräche führen konnten. Nichts, was ich je tat, war gut genug für ihn. Auch jetzt glaubt er nicht, dass ich mich auf dieser Expedition bewähren werde.« Sie schüttelte den Kopf. »Ich erinnere mich noch gut daran, wie ich in der siebten Klasse einmal auf dem Klavier etwas vorspielen sollte. Ich hatte eine wirklich schwierige, dreiteilige Invention von Bach eingeübt und war ziemlich stolz auf mich, aber meine Klavierlehrerin hatte noch eine andere Schülerin namens Ursula Rein. Sie war ein echtes Wunderkind und unterrichtet heute an der Juilliard School. Wie dem auch sei, auf jeden Fall war Ursula direkt vor mir dran und spielte einen Walzer von Chopin doppelt so schnell wie üblich.« Sloanes Gesicht nahm einen harten Ausdruck an. »Als mein Vater sie spielen hörte, zwang er mich, auf der Stelle mit ihm den Saal zu verlassen. Es war mir furchtbar peinlich, und ich war sehr wütend auf ihn. Ich hatte sehr lange geübt und gehofft, mein Vater würde stolz auf mich sein ... Natürlich ließ er sich eine Entschuldigung einfallen; er sagte, er habe plötzlich Magenschmerzen bekommen, aber ich weiß, dass er ganz einfach fürchtete, dass ich bei dem Vorspielen nur als Zweitbeste abschneiden würde.« Sloane lachte. »Ich wundere mich noch immer darüber, weshalb er mich mit auf diese Expedition geschickt hat.«

Nora war der bittere Unterton in ihrem Lachen nicht entgangen. »Die Erziehung Ihres Vaters scheint Ihnen aber nicht geschadet zu haben«, meinte sie.

»Aber nur, weil ich sie nicht an mich herangelassen habe«, erwiderte Sloane und warf trotzig den Kopf herum.

Nora kam plötzlich der Gedanke, dass Sloane ihre Bemerkung vielleicht falsch aufgefasst haben könnte. »So habe ich das nicht gemeint. Ich wollte nur ...«

»Und wissen Sie was?«, unterbrach Sloane, als hätte sie ihr gar nicht zugehört. »Ich kann mich nicht erinnern, dass mein Vater mir jemals gesagt hätte, dass er mich liebt.«

Sie blickte zur Seite, und Nora wechselte das Thema. »Wissen Sie, was ich mich schon die ganze Zeit frage? Mit Ihrem Geld, Ihrem Aussehen und Ihrem Talent hätten Sie doch so gut wie alles machen können. Weshalb sind Sie denn ausgerechnet Archäologin geworden?«

Sloanes Lächeln kehrte wieder. »Warum fragen Sie das? Müssen Archäologinnen denn zwangsläufig arm, hässlich und dumm sein?«

»Natürlich nicht.«

Sloane lachte leise. »Das mit der Archäologie ist bei uns Familientradition, verstehen Sie? Die Rothschilds sind Bankiers, die Kennedys Politiker und die Goddards sind Archäologen. Ich bin das einzige Kind meines Vaters, und er hat mich von klein auf zur Archäologin erzogen. Ich war nie stark genug, ihn daran zu hindern.«

Auch bei ihr war es also der Vater, dachte Nora und sah Sloane ins Gesicht. »Mögen Sie denn die Archäologie?«

»Ich *liebe* sie«, erwiderte Sloane, in deren tiefer, voller Stimme nun ein leidenschaftlicher Ton mitschwang. »Ich denke ständig an all die wundervollen Dinge, die unter der Erde verborgen liegen, und an die Geheimnisse, die wir durch sie enträtseln können. Sie warten da unten auf uns, aber wir müssen schlau genug sein, um sie auch zu finden. Allerdings werde ich wohl nie eine so gute Archäologin werden, dass ich *ihn* zufrieden stellen könnte.« Sie hielt einen Augenblick lang inne und fuhr dann mit energischerer Stimme fort: »Es ist zwar grotesk, aber wenn ich tatsächlich Quivira finden sollte, wird man sich nicht an mich erinnern, sondern an *ihn*. Nicht ich werde wie Wetherill und Earl Morris in die Geschichtsbücher eingehen, sondern *er*.« Sloane unterstrich ihre Worte mit einem harten Lachen. »Ist das nicht eine Ironie des Schicksals?«

Nora wusste nicht, was sie darauf antworten sollte.

Sloane ließ sich auf ihren Schlafsack fallen. Sie seufzte und strich sich die Haare mit einem Finger aus der Stirn. »Haben Sie einen Freund?«, fragte sie.

Nora überlegte kurz, ob sie nicht wieder das Thema wechseln sollte, aber dann antwortete sie doch. »Nicht so richtig. Und wie steht es mit Ihnen?«

»Ich auch nicht. Oder sagen wir mal so: Die, die ich habe, würde ich sofort sausen lassen, wenn mir der Richtige über den Weg liefe.« Sloane schwieg eine Weile, als würde sie über etwas nachdenken. »Und was halten Sie von unseren Expeditionsgefährten? Als Männer meine ich.«

Nora zögerte abermals. Eigentlich mochte sie nicht auf diese Weise über Menschen sprechen, die unter ihrer Leitung standen, aber die wohlige Wärme in ihrem Schlafsack und das bezaubernde Licht der Sterne, die ihr so nah vorkamen, als könne man sie mit den Händen greifen, ließen sie ihre Prinzipien vergessen. »Unter diesem Aspekt habe ich sie eigentlich noch gar nicht so richtig betrachtet«, sagte sie.

Sloane lachte leise. »Also ich schon. Und ich habe Smithback für Sie ausgesucht.«

Nora setzte sich auf. »Smithback?«, wiederholte sie ungläubig. »Der Kerl ist doch unausstehlich!«

»Aber er könnte eine Menge für Ihre Karriere tun, wenn diese Expedition ein Erfolg wird. Außerdem finde ich ihn manchmal ziemlich witzig, aber man muss diese Art von trockenem Humor natürlich mögen. In den vergangenen Jahren hat er eine ganze Menge erlebt. Haben Sie zufällig sein Buch über die Museumsmorde in New York gelesen?«

»Er hat mir ein Exemplar geschenkt, aber ich habe noch nicht hineingeschaut.«

»Das sollten Sie aber, denn es hat echt Klasse. Als Mann finde ich Smithback übrigens recht gut aussehend. Ich stehe wohl irgendwie auf solche Großstadttypen.«

Nora schüttelte den Kopf. »Für mich ist er bloß ein eingebildeter Fatzke.«

»Kann schon sein. Aber ich finde, dass vieles an seinem Benehmen nur Fassade ist. Er teilt gerne aus, aber er kann auch einstecken.« Sie hielt inne. »Und sein Mund sieht so aus, als könne er gut küssen.«

»Probieren Sie es doch aus und geben Sie mir hinterher Bescheid«, sagte Nora mit einem Seitenblick auf Sloane. »Oder haben Sie am Ende schon ein Auge auf jemand anderen geworfen?«

Sloane fächelte sich mit der flachen Hand Kühlung zu und ließ sich Zeit mit der Antwort. »Black«, erwiderte sie schließlich.

Nora brauchte einen Augenblick, bis sie das verdaut hatte. »Wie bitte?«, fragte sie entsetzt.

»Wenn ich mir einen aussuchen müsste, würde ich Black nehmen.«

Nora schüttelte den Kopf. »Das ist mir unbegreiflich.«

»Ja, ich weiß, dass er manchmal entsetzlich ist. Aber das kommt, weil er Angst hat, so weit weg von jeglicher Zivilisation. Aber warten Sie nur ab, bis wir erst einmal in Quivira sind. Dann ist er bestimmt wie ausgewechselt. Hier draußen in der Wildnis vergisst man leicht, dass Black als einer der besten Archäologen des Landes gilt. Der Mann könnte meiner Karriere einen Schub verpassen.« Sie lachte. »Und schauen Sie sich bloß mal seinen Körperbau an. Der Mann ist ein wahrer Hüne. Ich schätze, dass er auch an den Stellen, die man nicht sieht, so einiges zu bieten hat.« Mit diesen Worten stand sie auf, streifte ihr Hemd ab und ließ es zu Boden fallen. »Sehen Sie nur, was Sie mit Ihrem Gerede über Männer angerichtet haben«, sagte sie. »Jetzt muss ich in den Fluss springen, um mich abzukühlen.«

Nora legte sich wieder hin und hörte wie aus weiter Ferne Sloane im Wasser plantschen. Als sie ein paar Minuten später zurückkehrte, glänzte ihr schlanker Körper feucht im Mondlicht. Lautlos schlüpfte sie in ihren Schlafsack. »Schlafen Sie gut, Nora Kelly«, murmelte sie.

Dann drehte sie sich um, und binnen Sekunden hörte Nora an ihrem ruhigen, gleichmäßigen Atem, dass sie eingeschlafen war. Sie selbst hingegen lag noch lange wach und starrte nachdenklich hinauf zu den Sternen.

24

Schlagartig wachte Nora auf. Sie hatte so tief und fest geschlafen, dass sie einen Augenblick lang nicht wusste, wo sie war. Erschrocken richtete sie sich auf und sah die von der aufgehenden Sonne blutrot gefärbten Sandsteinfelsen des Cañons. Pochende Schmerzen in ihren verbundenen Fingern erinnerten sie an die Geschehnisse des vergangenen Tages: die grauenvolle Überquerung des Bergrückens, den Weg durch den Slot-Cañon und die Enttäuschung, dass sie in dem verborgenen Tal dahinter bisher noch keine Ruine hatten entdecken können. Nora drehte sich um und bemerkte, dass der Schlafsack neben ihr leer war.

Mit schmerzenden Muskeln stand sie auf und stocherte in der Asche des Feuers herum, um die Glut wieder anzufachen. Sie schnitt ein Büschel trockenes Gras ab, warf es darauf und wartete, bis es sich entzündete. Nachdem sie die Flammen mit ein paar dürren Zweigen weiter genährt hatte, suchte sie in ihrem Rucksack nach der kleinen Espresso-Maschine, die Bonarotti ihnen mitgegeben hatte. Sie fasste genau zwei Tassen. Nora füllte die Maschine mit Wasser und Kaffeepulver, stellte sie aufs Feuer und ging zum Fluss, um sich zu waschen. Als sie zurückkam, war der Espresso fertig. Sie goss sich gerade eine Tasse davon ein, da kam Sloane zurück. Ihr Dauergrinsen war verschwunden. »Wollen Sie auch eine Tasse Kaffee?«, fragte Nora.

Sloane nahm die ihr angebotene Tasse und ließ sich neben Nora auf das Gras nieder. Während die beiden Frauen schweigend ihren Espresso tranken, wanderte das Morgenlicht an den Sandsteinwänden immer weiter nach unten.

»Hier ist keine Stadt, Nora«, sagte Sloane enttäuscht. »Ich habe noch einmal eine ganze Stunde lang das gesamte Tal erkundet. Sie können Ihren Freund Holroyd den Boden ruhig mit seinem Magnetometer absuchen lassen, aber mir ist bisher noch keine verborgene

Ruine untergekommen, die nicht wenigstens ein paar sichtbare Spuren hinterlassen hätte. Und hier habe ich überhaupt nichts gefunden. Weder eine Tonscherbe noch ein Stück Feuerstein. Dieses Tal ist wie leer gefegt.«

Nora stellte ihre Tasse auf den Boden. »Das kann ich kaum glauben.«

»Sehen Sie doch selbst nach«, entgegnete Sloane mit einem Achselzucken.

»Das werde ich auch.«

Nora begab sich an den Fuß der nächsten Felswand und ging entgegen dem Uhrzeigersinn an ihr entlang, bis sie das ganze Tal umrundet hatte. An den Fußspuren konnte sie erkennen, wo Sloane schon überall gewesen war. Nora nahm ihr Fernglas zur Hand und suchte damit systematisch die Klippen, Felsvorsprünge und Simse über sich ab. Als sie damit fertig war, ging sie zwanzig Schritte weiter und begann die Prozedur von neuem. Das Licht der aufgehenden Sonne warf wechselnde Schatten auf die Felswände, die sich von Minute zu Minute veränderten. Jedes Mal, wenn Nora stehen blieb, zwang sie sich, das soeben Besehene noch einmal aus einem anderen Winkel zu betrachten. Dabei suchte sie angestrengt nach jeder Spur, die auf die einstige Anwesenheit von Menschen schließen ließ: nach in die Wand geschlagenen Klettermulden, einem behauenen Stein, einer verwitterten Felszeichnung. Nachdem sie ihre Runde beendet hatte, durchstreifte sie das Tal von Nord nach Süd und von Ost nach West, wobei sie wiederholt durch den kleinen Fluss watete. Immer wieder starrte sie zu den Felswänden hinauf und versuchte, sie von jedem nur erdenklichen Standpunkt aus zu betrachten.

Neunzig Minuten später kam sie völlig durchnässt und erschöpft zu der Feuerstelle zurück und setzte sich wortlos neben Sloane, die ebenfalls stumm dasaß und mit einem kleinen Stock Kreise in den Sand zeichnete.

Nora dachte an ihren Vater und all die schrecklichen Dinge, die ihre Mutter im Lauf der Jahre über ihn gesagt hatte. Hatte sie damit am Ende womöglich doch Recht gehabt? War er tatsächlich nichts weiter als ein vertrauensunwürdiger und unzuverlässiger Fantast gewesen?

Zehn bis zwanzig Minuten saßen die beiden Frauen schweigend am heruntergebrannten Feuer. Die ganze Wucht ihrer kolossalen Niederlage lastete auf ihnen.

»Wie sollen wir das nur den anderen beibringen?«, fragte Nora schließlich

Sloane warf mit einer raschen Kopfbewegung ihre Haare nach hinten. »Wir werden jetzt nicht aufgeben«, erklärte sie. »Schließlich können wir nicht einfach umkehren, ohne dieses Tal nach allen Regeln der Kunst untersucht zu haben. Also lassen Sie uns die Ausrüstung hierher schaffen, und bringen wir es hinter uns. Anschließend packen wir alles wieder zusammen und kehren zurück: Sie an Ihren Schreibtisch und ich ...«, sie hielt einen Augenblick lang inne, »... zu meinem Vater.«

Nora sah Sloane von der Seite an. Ihr Gesicht mit den bernsteinfarbenen Augen hatte einen düsteren, fast gequälten Ausdruck angenommen. Als sie Noras Blick bemerkte, entspannten sich ihre Züge wieder.

»Aber ich blase ja Trübsal wie ein Schulmädchen«, meinte sie, während ihr gewohntes Lächeln wiederkehrte. »Dabei sind Sie diejenige, die eigentlich getröstet werden müsste. Ich kann Ihnen gar nicht sagen, wie Leid es mir tut, Nora. Sie müssen wissen, wie sehr wir alle an Ihren Traum geglaubt haben.«

Nora sah hinauf zu den hohen, das Tal einschließenden Klippen, deren glatter Sandstein nicht den geringsten Hinweis auf einen Klettersteig trug. In dem gesamten Cañon-System hatten sie bisher keine einzige Ruine entdecken können, und dieses Tal stellte keine Ausnahme dar. »Ich kann es einfach nicht fassen«, sagte sie. »Ich kann nicht fassen, dass ich alle umsonst hierher gehetzt habe, dass ich für nichts und wieder nichts das Geld Ihres Vaters zum Fenster hinausgeworfen, unser Leben riskiert und Swires Pferde umgebracht habe.«

Sloane nahm Noras Hand und drückte sie mitfühlend. Dann stand sie auf. »Lassen Sie uns gehen«, sagte sie. »Die anderen warten schon auf uns.«

Nora verstaute ihre Sachen im Rucksack und schulterte ihn missmutig. Ihr Mund fühlte sich unangenehm trocken an, und die Aussicht auf die kommenden Tage, die sie mit hoffnungsloser, vergeblicher Arbeit würden zubringen müssen, erschien ihr fast unerträglich. Noch einmal blickte sie zu den Felswänden hinauf und betrachtete dieselben Stellen, die sie schon am Abend zuvor mit dem Fernglas abgesucht hatte. Die schräg einfallende Morgensonne tauchte sie in ein hartes Streiflicht, das jede noch so kleine Erhebung auf dem glatten Sandstein deutlich hervortreten ließ.

Noras Augen wanderten weiter nach oben, bis ihr auf einmal etwa zwölf Meter über dem Boden etwas auffiel, das sie am vergangenen Tag übersehen hatte. Es war eine einzelne flache Kerbe, die aber natürlichen Ursprungs zu sein schien. Dennoch kramte Nora noch einmal das Fernglas aus ihrem Rucksack hervor und richtete es auf die Stelle in der Wand. Da war sie, die kleine Vertiefung, dreißig Zentimeter unterhalb eines schmalen Felssimses. In der Vergrößerung wirkte sie weniger natürlich als mit dem bloßen Auge und hätte gut und gerne auch ein Teil eines Klettersteigs sein können. Aber wo war der Rest davon abgeblieben?

Als sie das Fernglas ein wenig senkte, bekam sie die Antwort auf ihre Frage. Unterhalb der Kerbe war ein großes Stück des Wüstenlacks abgebrochen, einer dunklen Oxidationsschicht, die sich im Lauf der Jahrhunderte auf dem Sandstein gebildet hatte. Nora erkannte das an der helleren, frischeren Farbe der Wand sowie an einem kleinen Schutthaufen am Fuß der Klippe. Ihr Herz begann schneller zu schlagen. Sie drehte sich um und bemerkte, wie Sloane sie fragend ansah. »Schauen Sie sich das einmal an«, sagte sie, während sie hinauf zur Felswand deutete und Sloane das Fernglas reichte.

Sloane hob das Glas an die Augen und erstarrte.

»Das ist eine *Moqui*-Kerbe«, hauchte sie atemlos, »der oberste Teil eines Klettersteigs. Der Rest muss weggebrochen sein. Tatsächlich, da liegt ja der Schutt unten am Boden. Wie konnte ich nur so dumm sein? Ich habe den Haufen nach Artefakten untersucht und bin dabei nicht auf den Gedanken gekommen, dass ...«

»Das Stück Wand muss abgeblättert sein, nachdem mein Vater hier war«, sagte Nora.

Sloane holte bereits das Seil und ihre Kletterutensilien aus ihrem Rucksack.

»Was haben Sie vor?«

»Ich werde eine kleine Freihandkletterei veranstalten«, antwortete Sloane.

»Sie wollen doch nicht etwa diese Wand da hinauf?«

»Und ob ich das will!« Sie zog sich bereits die Wanderstiefel aus, um in ihre Kletterschuhe zu schlüpfen.

»Und was ist mit mir?«, fragte Nora.

»Was soll mit Ihnen sein?«

»Ohne mich klettern Sie da nicht hinauf.«

Sloane stand auf und nahm das mit schwarzen Fäden durchschossene Seil auf. »Sind Sie denn schon mal geklettert?«

»Ein paar Mal, allerdings nur kleinere Touren. Aber ich habe in einem Klettergarten trainiert.«

»Und was ist mit Ihren Händen?«

»Das geht schon. Ich werde mir meine Handschuhe anziehen.«

Sloane zögerte einen Augenblick. »Ich habe nur einen Klettergurt dabei«, sagte sie. »Sie müssen mich also bloß mit dem Seil sichern.«

»Geht in Ordnung.«

»Dann lassen Sie uns mal loslegen«, sagte Sloane und grinste Nora strahlend an.

Kurze Zeit später waren die beiden Frauen am Fuß der Wand. Sloane schlang sich das Seil in einer Acht um den Leib und erklärte Nora, wie sie sich hinstellen und die Sicherungsklemme bedienen musste. Nora führte das Seil hinter ihrem Rücken vorbei, während Sloane sich die Hände mit Talkum einpuderte. Dann drehte Sloane sich zur Wand. »Ich klettere los«, verkündete sie laut und deutlich.

Nora beobachtete, wie sich Sloane vorsichtig langsam die Wand hinauf bewegte, wobei sie sich an winzigen, kaum sichtbaren Felsvorsprüngen festhielt. Die Karabiner und Haken an ihrem Gürtel klapperten leise. Nora gab mehr Seil und sah zu, wie Sloane in fünf Metern Höhe einen Haken in einen Riss in der Wand schlug und ihn mit einem kurzen Ruck auf Festigkeit prüfte. Als sie mit seinem Sitz zufrieden war, befestigte sie einen Karabiner daran und hängte das Seil ein. Dann kletterte sie weiter die Wand hinauf, wobei sie noch mehrere Haken einschlug. Einmal rief sie: »Vorsicht, Steinschlag!« Nora zog schnell den Kopf ein und hörte, wie einige kleinere Felsbrocken herabpolterten. Eine Minute später hatte Sloane die von Nora entdeckte Kerbe erreicht und schwang sich auf den Sims, der sich darüber befand. Sie schlug einen weiteren Haken ein, hängte das Seil daran und rief: »Sicherung los!«

Einen Augenblick lang war alles still. Dann tönte Sloane von oben: »Ich sehe einen Klettersteig!« Ihre Worte wurden von den Felswänden des Tales zurückgeworfen. »Er führt sechzig Meter nach oben und verschwindet dann hinter einem weiteren Felssims. Wahrscheinlich versteckt sich die Stadt in einem darüber gelegenen Alkoven!«

»Ich komme rauf!«, rief Nora.

»Gehen Sie es langsam an«, tönte Sloanes Stimme von oben. »An meinen Talkumspuren können Sie die besten Griffstellen erkennen. Und klettern Sie nicht mit den Zehenspitzen, sondern mit den Innenseiten Ihrer Füße. Die Vertiefungen sind relativ flach.«

»Verstanden«, rief Nora, die das Seil bereits aus der Sicherungsklemme genommen hatte. »Sicherung los!«

Vorsichtig begann sie mit dem Klettern und war sich dabei die ganze Zeit über schmerzlich bewusst, dass sie dabei längst nicht so sicher und elegant wirkte wie Sloane. Schon nach wenigen Minuten zuckten ihre Arm- und Wadenmuskeln von der ungewohnten Anstrengung des Festkrallens an den winzigen Felsvorsprüngen. Sie spürte, dass Sloane das Seil straffer hielt, als es nötig gewesen wäre, und war ihr dankbar für den zusätzlichen Zug nach oben.

Als sie sich der Kerbe näherte, merkte sie, wie ihr rechter Fuß von der Wand abrutschte. Da sie sich mit ihren verbundenen Händen nicht mehr festkrallen konnte, schrie sie nach oben: »Halten Sie mich!« Sofort spürte sie, wie sich das Seil straffte.

»Stoßen Sie sich von der Wand ab!«, rief Sloane. »Ich hieve Sie hoch!«

Noras Atem ging rasch und stoßweise, als sie, halb aus eigener Kraft, halb von Sloane gezogen, den Felssims erreichte. Schwankend richtete sie sich auf und massierte ihre schmerzenden Finger. Von hier aus sah sie, dass die Felswand über ihr in einem scharfen Winkel nach hinten aufragte. Aber zumindest war sie nicht senkrecht, und weiter oben flachte der Winkel noch etwas weiter ab. Wie Sloane bereits gesagt hatte, war hier ein von der Talsohle aus nicht sichtbarer Klettersteig zu erkennen.

»Alles in Ordnung?«, fragte Sloane. Nora nickte, und ihre Gefährtin schickte sich an, ein weiteres Mal die Wand hinaufzuklettern, was wegen des noch intakten Klettersteigs hier sehr viel einfacher war als auf der ersten Seillänge. Nach weiteren fünfzehn Metern suchte sie sich einen Halt und sicherte Nora, die schon ein paar Minuten später zu ihr aufgeschlossen hatte. Das Ende des Klettersteigs – und das große Geheimnis, das dort möglicherweise auf sie wartete – lag jetzt nur noch eine Seillänge von ihnen entfernt.

Nach zehn Minuten angestrengter Kletterei wurde der Winkel der Wand spürbar flacher. »Den Rest können wir ohne Sicherung klettern«, meinte Sloane, deren Stimme die Aufregung deutlich anzuhören war.

Nora wusste, dass sie eigentlich auf der Beibehaltung der Seilsicherung bestehen sollte, aber sie war ebenso begierig, nach oben zu gelangen, wie Sloane. Auf ein unausgesprochenes Signal hin lösten sich die beiden Frauen vom Seil und begannen rasch die restlichen paar Meter nach oben zu klettern. Nach wenigen Minuten hatten sie die Felsterrasse oberhalb des Steiges erreicht.

Die Terrasse war etwa fünf Meter breit und mit Gras und Feigenkakteen bewachsen. Sloane und Nora blieben stehen und sahen sich um.

Da war nichts: keine Stadt, kein Alkoven, nur das leere Felsband, das sieben Meter weiter in einer senkrechten Wand endete, die mindestens einhundertfünfzig Meter hoch anstieg.

»Verdammter Mist«, keuchte Sloane.

Ungläubig sah sich Nora noch einmal auf der Terrasse um. Sie war leer. Ihre Augen begannen zu schmerzen, und sie wandte sich ab.

Und dann fiel ihr Blick zum ersten Mal auf die gegenüberliegende Seite des Cañons.

Dort erstreckte sich über die gesamte Länge der Felswand ein riesiger Alkoven, der so aussah, als würde er zwischen Tal und Himmel schweben. Die Morgensonne warf ihre schrägen Strahlen in die weiter hinten liegenden Bereiche der Aushöhlung. Darin befand sich eine ausgedehnte Ruinenstadt! An ihren Ecken ragten vier massive Türme auf, zwischen denen sich ein kompliziertes Labyrinth von Häusern und kreisrunden Kivas erstreckte. Das warme Licht vergoldete die Mauern der Stadt und verlieh ihr das Aussehen eines Traumgebildes, das sich jeden Augenblick in der trockenen Wüstenluft auflösen konnte.

Es war die perfekteste Anasazi-Stadt, die Nora je gesehen hatte: schöner als Cliff Palace und größer als Pueblo Bonito.

Sloane blickte Nora erstaunt an, bevor auch sie sich umdrehte. Ihr Gesicht wurde kreidebleich.

Nora schloss die Augen und presste die Lider fest aufeinander. Als sie sie wieder öffnete, war die Stadt noch immer da. Nora sog den Anblick tief in sich ein. Genau in der Mitte der Stadt konnte sie die Kuppel des Großen Kivas ausmachen – noch nie zuvor hatte jemand ein so riesiges, intaktes Kiva gefunden ...

Nora sah, dass der Alkoven ein wenig zurückgesetzt war. Dieser Umstand schien dafür verantwortlich zu sein, dass ein in der Talsohle stehender Beobachter annehmen musste, eine durchgehende Felswand vor sich zu haben. Und weil sich die Sandsteinklippe direkt oberhalb des Alkovens in einer konvexen Kurve um gut fünfzehn Meter nach außen wölbte, war die Stadt auch vom oberen Rand des Cañons her nicht zu erkennen. Es war ein perfektes Zusammenspiel von geologischen Formen und Erosion, das die Ruinenstätte praktisch unsichtbar machte. In Nora stieg ein flüchtiger, verzweifelter Gedanke auf: Hoffentlich hat mein Vater das hier gesehen.

Auf einmal spürte sie, wie ihr die Knie weich wurden. Sie musste sich auf den Felsboden der Terrasse setzen. Dabei wandte sie keine Sekunde lang den Blick von der Stadt auf der gegenüberliegenden Seite des Tales ab. Sloane kniete sich neben sie.

»Nora«, sagte sie mit einem ganz leichten Anflug von Ironie in der Stimme, der den ehrfürchtigen Klang ihrer Worte ein wenig konterkarierte. »Ich glaube, wir haben soeben Quivira entdeckt.«

25

»Wollen wir?«, murmelte Sloane, nachdem sie die Stadt noch eine Weile schweigend betrachtet hatten.

Nora antwortete nicht, sondern blickte die Terrasse entlang, die rings um den ganzen Cañon herumlief. An den Stellen, wo sie sich zu einem schmalen Felssims verengte, konnte sie eine flache Rille im Gestein sehen, die möglicherweise von den unzähligen Füßen herrührte, die vor vielen Jahrhunderten diesen Weg gegangen waren. Ein Teil von Noras Gehirn registrierte all diese Eindrücke gewissenhaft und leidenschaftslos, während ein anderer den Schock über das Ausmaß dieser umwerfenden Entdeckung noch immer nicht verdaut hatte. Der leidenschaftslose Teil sagte ihr, dass sie so rasch wie möglich die anderen Expeditionsteilnehmer samt Ausrüstung nachholen musste, um die Stadt von Anfang an einer wissenschaftlich korrekten Untersuchung zu unterziehen. Der andere Teil war derselben Meinung wie Sloane. »Ach, was soll's«, erwiderte sie. »Lassen Sie uns hinübergehen.«

Als sie aufstand und Sloane folgte, merkte Nora, dass sie noch immer ziemlich wackelig auf den Beinen war. Auf dem ganzen Weg die ringförmige Terrasse entlang hatte sie das Gefühl, in einem wunderbaren Traum zu sein. Am Rand des großen Alkovens blieb sie stehen, um die Ruinen der Stadt aus der Nähe zu betrachten. Die Morgensonne beleuchtete nur die vordersten Häuser von Quivira, während die dahinter noch im Schatten des riesigen Felsüberhangs lagen und in einem gespenstischen Halbdunkel verschwanden. Obwohl die Stadt aus großen, massiven Steinquadern erbaut war, strahlte sie eine fast leicht anmutende Harmonie und Eleganz aus. Für Nora bildete sie – wie die meisten anderen größeren Anasazi-Ruinen auch – eine Einheit, die ihr eher gewachsen als gebaut vorkam. An einigen der Häuserwände konnte sie noch die Reste des Gipskalks entdecken, mit dem sie ursprünglich getüncht gewesen waren, und auf der runden Seitenwand des Großen Kivas waren relativ deutlich die Reste einer aufgemalten blauen Scheibe zu erkennen.

Vier Türme fanden sich an den vier Ecken der Stadt, deren Mittelpunkt das Große Kiva bildete. Ein jeder der Türme war an die fünfzehn Meter hoch, und während die vorderen beiden frei standen, reichten die hinteren bis an die gewachsene Felsdecke des Alkovens hinauf.

Oberflächlich betrachtet befand sich die Ruinenstätte in einem hervorragenden Zustand, aber bei näherem Hinsehen erkannte Nora, dass sie doch nicht ganz so perfekt erhalten war. Beispielsweise wiesen die Wände der Türme tiefe Risse auf, und bei einem von ihnen war sogar ein ganzes Stück Mauer weggebrochen, so dass man in sein dunkles Inneres hineinschauen konnte. Auch in der in mehreren Stockwerken übereinander erbauten Stadt selbst waren einige der oberen Gebäude eingestürzt, während andere so aussahen, als seien sie ausgebrannt. Doch davon abgesehen war der Zustand der Ruinen erstaunlich gut. An manchen Wänden lehnten sogar noch Holzleitern, mit denen die Bewohner in die oberen Häuser gelangt waren. Nora schätzte, dass es in Quivira hunderte von vollkommen intakten Räumen geben musste.

Nachdem sie sich einen ersten, groben Überblick verschafft hatte, wandte Nora ihre Aufmerksamkeit den im Schatten gelegenen, hinteren Teilen des Alkovens zu. Am rückwärtigen Stadtrand befand sich eine Reihe von gedrungenen Kornspeichern, hinter denen Nora einen schmalen Durchgang zu entdecken glaubte. Das war höchst ungewöhnlich, denn in allen anderen Anasazi-Städten hatte man die Kornspeicher direkt an der Rückwand des Alkovens vorgefunden.

Während die Archäologin in ihr gewissenhaft all diese Beobachtungen registrierte, war sich Nora bewusst, dass ihr die Hände zitterten und ihr Herz in einem atemberaubenden Tempo schlug.

»Kann das denn wirklich wahr sein?«, hörte sie Sloane heiser murmeln.

Sie setzten sich wieder in Bewegung und gingen langsam weiter auf die Stadt zu. Dabei entdeckten sie an der Wand des Alkovens eine ganze Reihe von bemerkenswerten Felszeichnungen, die aus mehreren Schichten zu bestehen schienen. Nora kamen sie vor wie ein Palimpsest aus rot, gelb, schwarz und weiß eingefärbten Bildsymbolen, die menschliche Hände, Spiralen und Schamanenfiguren mit hohen Schultern und aus dem Kopf herausstrahlenden Kraftlinien darstellten. Dazu kamen die Abbildungen von Antilopen, Hirschen, Schlangen und Bären sowie geometrische Muster, deren Bedeutung Nora und Sloane nicht kannten.

»Schauen Sie doch mal nach oben«, sagte Sloane.

Nora folgte ihrem Blick und entdeckte etwa sieben Meter über sich zahllose Reihen von negativen Handabdrücken, die wohl entstanden waren, indem die Anasazi-Künstler ihre Hände auf den Fels gelegt und mit weißer Farbe übermalt hatten. Nora erinnerten diese vielen Hände an eine zum Abschied winkende Menschenmenge. An der Decke des Alkovens bemerkte sie außerdem ein kompliziertes Muster aus Kreuzen und Kreisen in unterschiedlichen Größen. Irgendetwas daran kam ihr merkwürdig vertraut vor. Dann fiel ihr auf einmal ein, was sie bedeuteten. »Großer Gott!«, rief sie aus. »Das ist ja ein Anasazi-Planetarium!«

»Richtig«, stimmte ihr Sloane zu. »Das hier ist das Sternbild des Orion, und darüber sieht man die Kassiopeia – glaube ich zumindest. Es ist wie das Planetarium im Cañon de Chelly, nur sehr viel größer und ausgefeilter.«

Nora nahm sich vor, die Sternbilder später genauestens zu fotografieren. Jetzt aber ging es darum, einen allgemeinen Eindruck von der Stadt zu bekommen. Sie schickte sich an, einen Schritt nach vorn zu machen, zögerte dann aber und blickte hinüber zu ihrer Begleiterin.

»Ich weiß, was Sie empfinden«, sagte Sloane. »Mir geht es genauso. Auch ich habe das Gefühl, als dürfte ich eigentlich gar nicht hier sein.«

»Und damit haben Sie nicht Unrecht«, hörte Nora sich selbst sagen.

Sloane sah sie eine Weile an, dann ging sie langsam, aber entschlossen auf die Ruinen zu. Nora folgte ihr.

Voller Ehrfurcht schritten die beiden Frauen durch die Straßen der Stadt nach hinten in den kühlen Schatten des Alkovens. Schwalben, die ihre Nester an die Höhlendecke geklebt hatten, segelten über ihre Köpfe hinweg hinaus ins Sonnenlicht und beschwerten sich mit lautem Gezirpe über die ungewohnte Störung.

Auf dem großen Platz vor einem der Türme blieben die beiden Frauen stehen. Ihre Füße versanken in einer mehrere Zentimeter dicken Staubschicht, die im Lauf der Jahrhunderte in die Stadt geweht war und die Spuren ihrer ehemaligen Bewohner vollkommen überdeckte. Der Turm selbst sah schwer und massiv aus und war ein wenig nach innen geneigt. Ein paar Einschnitte im oberen Teil wirkten wie Schießscharten. Weil Nora weder Tür noch Fenster entdecken konnte, vermutete sie, dass man ihn von hinten betrat. Als sie einen der Risse in der Wand des Turms untersuchte, stellte sie fest, dass seine Wände über drei Meter dick waren. Vermutlich hatten die Türme zur Verteidigung der Stadt gedient.

Sloane ging, gefolgt von Nora, um den Turm herum. Dabei fiel Nora auf, dass sie beide ganz instinktiv die Nähe der anderen suchten. Irgendwie hatte diese Ruinenstätte etwas Beunruhigendes an sich, das Nora nicht richtig benennen konnte. Vielleicht war es ihre martialische Ausstrahlung, die von den dicken Mauern und der Tatsache herrührte, dass es im Erdgeschoss der Häuser keine Türen gab. Auf manchen Dächern im vorderen Teil der Stadt entdeckte sie sogar Haufen von runden Steinen, die wohl als Wurfgeschosse gegen mögliche Angreifer hatten dienen sollen. Vielleicht rührte Noras seltsames Gefühl aber auch von der unheimlichen Stille zwischen den Ruinen und von dem schwachen Geruch des Verfalls her, der in der trockenen, staubigen Luft hing.

Sie warf einen Blick zu Sloane hinüber. Die junge Frau hatte ihr inneres Gleichgewicht wieder gefunden und zeichnete etwas in ihr Notizbuch. Es war beruhigend, sie in der Nähe zu wissen.

Auf der Rückseite des Turms entdeckte Nora nun in Höhe des zweiten Stocks einen kleinen, halb verfallenen Eingang, zu dem man über das flache Dach eines an den Turm gebauten Hauses gelangte. An der Wand lehnte eine perfekt erhaltene Holzleiter. Nora ging hinüber zu ihr und kletterte auf das Dach. Sloane klappte ihr Notizbuch zu und folgte ihr. Gemeinsam spähten sie durch die Türöffnung in den Turm hinein.

Wie erwartet gab es darin keine Treppe, sondern einige mit Kerben versehene Holzpfähle, die, auf schmalen Simsen stehend, nach oben führten. Aus den Wänden des Turms ragten in bestimmten Abständen Steine, die als Stufen dienten. Nora hatte eine solche Anordnung schon einmal in Shaft House, einer Ruine in New Mexico, gesehen. Um in den Turm hinaufzugelangen, musste man mit weit gespreizten Beinen einen Fuß auf die aus der Wand ragenden Steine und den anderen in die Kerben des Holzpfahls stellen. Auch mit den Händen war man gezwungen, sich in ähnlicher Weise festzuhalten, so dass man sich beim Klettern in einer extrem instabilen Position befand. Damit bot ein Angreifer, der versuchte, zu den Verteidigern des Turms hinaufzugelangen, ein gutes Ziel für Pfeile oder heruntergeworfene Steine. Hatte man den letzten Leiterpfahl erklommen, erreichte man einen kleinen Raum direkt unter dem Dach, der früher als letztes Refugium gedient hatte.

Nora betrachtete die großen Sprünge in den Wänden und untersuchte die von Trockenfäule befallenen Leiterpfähle. Selbst als der Turm noch neu war, wäre ein Aufstieg ein anstrengendes und gefährliches Unterfangen gewesen; in seinem jetzigen Zustand war daran nicht zu denken. Sie nickte Sloane zu und trat von der Tür zurück. Eine genauere Untersuchung der Türme musste auf später verschoben werden.

Nora und Sloane stiegen die Leiter wieder hinunter und gingen auf das nächstgelegene Haus zu. Im Lauf der Jahrhunderte hatte der Wind viel Sand an seine Mauern geweht. Einer dieser Sandhaufen war so hoch, dass man über ihn auf die flachen Dächer der untersten Häuser steigen und von dort aus die im ersten Stock gelegenen Türen erreichen konnte. Hinter den Häusern sah Nora die runde Form des Großen Kivas mit der aufgemalten blauen Scheibe.

Sloane blickte erst zu Nora, dann auf den Sandhaufen. Abermals schoss es Nora durch den Kopf, dass sie eigentlich die anderen holen und eine sorgfältig geplante Untersuchung der Stätte in die Wege leiten müsste. Auf der anderen Seite aber hatte noch nie jemand zuvor, Richard Wetherill mit eingeschlossen, eine so gut erhaltene Anasazi-Stadt entdeckt. Die Versuchung, sie sich anzusehen, war einfach zu groß, als dass Nora ihr hätte widerstehen können.

Vorsichtig krabbelten die beiden den Sandhaufen hinauf aufs Dach des ersten Stocks. Dort sahen sie eine Reihe schwarzer Türöffnungen, und neben einer von ihnen entdeckte Nora eine Reihe von acht halb vom Sand zugewehten Tontöpfen. Es waren perfekt erhaltene, wunderschöne Exemplare des St.-John-Polychrom-Stils. Auf dreien von ihnen lagen sogar noch die Deckel aus Sandstein.

Sloane und Nora gingen auf die erste Türöffnung zu und blieben davor stehen. Beide verspürten sie eine seltsame Scheu hineinzugehen. »Na los, worauf warten wir noch?«, sagte Sloane schließlich.

Nora bückte sich und trat ein. Als sich ihre Augen an die Dunkelheit gewöhnt hatten, sah sie, dass der Raum nicht leer war. An der dem Eingang gegenüberliegenden Wand befand sich eine Feuergrube mit einem Backstein für Maisfladen, neben dem zwei rußgeschwärzte, mit Ritzdekor verzierte Kochtöpfe standen. Einer von ihnen war zerbrochen. Zwischen den Scherben lagen mehrere kleine Maiskolben, wie sie die Anasazi angebaut hatten. In einer Ecke des Raumes hatten Ratten aus Zweigen und Kakteenstücken ein Nest gebaut; ein stechender Gestank nach dem Kot und Urin der Tiere durchzog den Raum. Nora machte einen Schritt nach vorn und sah, dass an einem Pflock neben der Tür ein Paar aus Yuccafasern geflochtene Sandalen hingen.

Sloane schaltete ihre Taschenlampe ein und ließ den Lichtstrahl durch den Raum wandern, bis sie auf eine dunkle Türöffnung hinten in der Wand stieß. Als Nora in die angrenzende Kammer trat, sah sie, dass ihre Wände mit einem kompliziert gemusterten Fries dekoriert waren. »Das soll eine Schlange darstellen«, erklärte sie. »Eine stilisierte Klapperschlange.«

»Unglaublich«, sagte Sloane, während sie das Muster mit der Taschenlampe ableuchtete. »Es wirkt so frisch, als wäre es erst gestern gemalt worden.« Der Lichtstrahl kam in einer Wandnische zur Ruhe. »Sehen Sie mal, was da ist, Nora.«

Nora ging hinüber zu der Nische und erkannte ein etwa faustgroßes Lederbündel, das fest zusammengerollt und verschnürt war.

»Das ist ein Medizinbündel«, flüsterte sie. »Ein Bergboden-Bündel, so wie es aussieht.«

Sloane starrte sie an. »Haben Sie schon mal gehört, dass jemand ein intaktes Medizinbündel der Anasazi gefunden hätte?«, fragte sie.

»Nein«, antwortete Nora. »Dieses hier ist meines Wissens das erste.«

Eine Weile standen sie in dem Raum, dessen Luft alt und abgestanden roch, bis Nora eine dritte Tür entdeckte. Sie war kleiner als die beiden vorherigen und führte vermutlich in einen Vorratsraum.

»Sie zuerst«, sagte Sloane.

Nora bückte sich und kroch auf allen vieren durch die niedrige Öffnung. In dem engen Raum dahinter richtete sie sich wieder auf. Sloane kam ihr hinterhergekrabbelt und leuchtete mit der Taschenlampe durch die Staubwolke, die sie bei ihrem Eintritt aufgewirbelt hatten.

An der rückwärtigen Wand entlang stand eine Reihe von außergewöhnlich schönen Tontöpfen, deren Oberfläche glatt poliert und mit fantasievollen Mustern bemalt war. Aus der Öffnung eines dieser Gefäße ragte ein Bündel geschnitzter, bemalter und mit Federn versehener Ritualstäbe hervor, deren kräftige Farben man selbst durch die dicke Staubschicht noch erkennen konnte. Daneben fand sich eine große Steinpalette, deren Form an die eines Blattes erinnerte, und auf ihr lag ein gutes Dutzend Fetische aus Halbedelsteinen, die verschiedene Tiere darstellten. Jedem dieser Tiere hatte man mit einem Stück Sehne eine Pfeilspitze auf den Rücken gebunden. Daneben standen eine Schale mit kleinen, aus schwarzem Obsidian gefertigten Pfeilspitzen, wie die Anasazi sie zur Vogeljagd verwendet hatten, und eine kleine Steinbank, auf der sorgfältig einige Artefakte arrangiert waren. Mit ungläubigem Staunen sah Nora außerdem noch einen vermoderten Ledersack, aus dem mehrere Bildsteine herausgefallen waren, dazu einige Wiegenbretter und diverse wunderschöne, aus Apocynaceen-Fasern gewebte Beutel, die mit rotem Ocker gefüllt waren.

Die Stille, die hier in der verfallenen Stadt herrschte, war absolut. Allein in diesem Raum befinden sich bedeutendere Artefakte als in allen Sammlungen der wichtigsten Museen, dachte Nora. Sie folgte mit den Augen dem Schein der Taschenlampe, der immer weitere bemerkenswerte Objekte der Dunkelheit entriss: den mit blauen und roten Farbstreifen verzierten Schädel eines Grizzlybären, den man Büschel von Süßgras in die Augen gestopft hatte, einen bemalten Stock, an dem ein menschlicher Skalp und die Rasseln einer Klapperschlange hingen, ein Totenkopf, dessen Stirn ein großes Stück Katzengold zierte und zwischen dessen entsetzlich grinsenden Zahnreihen blutrote Karneole eingelegt waren, einen in Form eines Hornkäfers geschliffenen Bergkristall und einen zierlich geflochtenen Korb, der an der Außenseite mit hunderten von winzigen, schillernden Kolibribrüsten verziert war.

Im schwachen Licht der Taschenlampe suchte Nora Sloanes Blick. Die junge Archäologin erwiderte ihn mit weit aufgerissenen, fast wild dreinblickenden Augen. Auch sie konnte ihre Erregung nicht verbergen.

»Das muss der Vorratsraum der Familie gewesen sein, die in diesen Räumen gelebt hat«, sagte Sloane schließlich mit bebender Stimme. »Und das war nur eine von dutzenden, vielleicht sogar hunderten von Familien in dieser Stadt.«

»Es ist unglaublich, wie wohlhabend diese Familie war. Selbst zu Zeiten der Anasazi müssen diese Gegenstände ein Vermögen wert gewesen sein.«

Der Staub, der durch den Strahl der Taschenlampe geschwebt war, begann langsam wieder zu Boden zu sinken. Nora atmete zweimal hintereinander tief durch, um wieder etwas Ordnung in ihre Gedanken zu bringen.

»Nora«, flüsterte Sloane, »ist Ihnen eigentlich bewusst, was wir soeben gefunden haben?«

Nora riss ihren Blick von den schwach beleuchteten Objekten los. »Ich versuche es mir klarzumachen.«

»Wir haben gerade eine der wichtigsten archäologischen Entdeckungen aller Zeiten gemacht.«

Nora schluckte und öffnete den Mund, um etwas zu erwidern, aber als sie merkte, dass sie keinen Laut über die Lippen brachte, begnügte sie sich mit einem schlichten Nicken.

26

Zwölf Stunden später lag die Stadt Quivira im Schatten und die letzten Strahlen der Spätnachmittagssonne beschienen die Felswände auf der anderen Seite des Cañons. Nora hockte unterhalb der Stelle, die sie ›das Planetarium‹ getauft hatten, auf der alten Mauer und fühlte sich so erschöpft wie noch nie zuvor in ihrem Leben. Aus der Stadt drangen die aufgeregten Stimmen der anderen Expeditionsteilnehmer, die von dem riesigen, gewölbten Hohlraum über den Ruinen seltsam verstärkt und verzerrt wurden. Sloane hatte eine Strickleiter und ein System von Flaschenzügen installiert, mit dem Menschen und Material relativ rasch hinauf zu der Stadt gelangen konnten. Aus dem Pappelhain tief unten im Tal, in dem Nora und Sloane die letzte Nacht verbracht hatten, stieg der Rauch von Bonarottis Kochfeuer auf. Der Italiener hatte zur Feier des Tages verkündet, dass er Medaillons von wilden Langnasen-Fledermäusen mit einer Mokka-Grillsauce zubereiten und – zu Noras Erstaunen – zwei Flaschen Château Pétrus spendieren wolle.

Dieser Tag, dachte Nora, war der längste und erfolgreichste Tag in meinem ganzen Leben. Auch Howard Carter hatte vom »Tag der Tage« gesprochen, als er zum ersten Mal König Tutanchamuns Grabkammer betreten hatte. Nora hingegen stand die Begehung des Großen Kivas noch bevor. Damit, so hatte sie beschlossen, wollte sie warten, bis sie sich einen allgemeinen Überblick über die Stätte verschafft hatte und wieder einigermaßen klar denken konnte.

Im Laufe dieses langen, ersten Tages in Quivira hatte sich Nora mehrmals dabei ertappt, wie sie zwischen den Ruinen nach Spuren im Sand, Inschriften oder Anzeichen einer Grabung Ausschau gehalten hatte, aber sie hatte nicht den kleinsten Hinweis darauf finden können, dass ihr Vater hier gewesen war. Natürlich sagte ihr die Vernunft, dass herumstreifende Tiere etwaige Spuren ihres Vaters längst verwischt hätten, ganz zu schweigen von dem Wind, der permanent frischen Sand in die Stadt wehte. Außerdem wäre ihr Vater – so er denn hier war – vermutlich genauso überwältigt von der Größe und Würde der Stadt gewesen wie sie und hätte das Anbringen einer modernen Inschrift an den alten Wänden somit bestimmt als ein Sakrileg betrachtet.

Langsam kamen die anderen aus der Ruine zurück, wobei Sloane den Schluss bildete. Swire und Smithback gingen auf Nora und die Strickleiter zu. Während Swire, dessen Gesicht unter seiner lederartigen Bräune vor Aufregung gerötet war, sich einfach wortlos hinsetzte, blieb Smithback stehen und fing an, munter draufloszuplappern. »Das ist ja unglaublich!«, tönte er mit lauter Stimme, die in der Ruhe der Ruinenstätte schrill und unangenehm schallte. »Gott im Himmel, was für eine Stadt! Dies hier wird die Entdeckung von Tutanchamuns Grab aussehen lassen wie ...« Er hielt inne und suchte nach Worten, fand aber keine. Einen Augenblick hatte es sogar ihm die Sprache verschlagen. Ohne zu wissen, warum, ärgerte sich Nora darüber, dass der Journalist dieselben Gedanken hatte wie sie. »Wissen Sie, ich habe mal für das Naturgeschichtliche Museum in New York gearbeitet«, fuhr Smithback fort, »aber die Sammlungen dort können den Sachen, die wir hier nur im Vorbeigehen gesehen haben, nicht im Entferntesten das Wasser reichen. Hier ist mehr Zeug als in sämtlichen Museen der Welt, verdammt noch mal. Wenn meine Agentin das hört, wird sie ...«

Noras böser Blick ließ Smithback verstummen.

»Entschuldigung, Frau Chefin«, murmelte der Journalist schließlich und trat einen Schritt zur Seite. Dann zog er ein kleines, spiralgebundenes Notizbuch aus seiner Gesäßtasche und begann etwas hineinzuschreiben.

Bald darauf kamen auch Aragon, Holroyd und Black an den Rand des Alkovens. »Das ist die größte Entdeckung dieses Jahrhunderts«, verkündete Black. »Und die Krönung meiner Karriere.«

Holroyd hockte sich mit langsamen, unsicheren Bewegungen, die Nora irgendwie an einen alten Mann erinnerten, auf die Mauer. Der Staub auf seinem Gesicht war unter den Augen verschmiert, als habe er beim Anblick der Stadt geweint.

»Wie geht es Ihnen, Peter?«, fragte Nora leise.

Holroyd sah sie mit einem schwachen, dankbaren Lächeln an. »Fragen Sie mich das morgen noch mal. Ich kann es Ihnen jetzt nicht sagen.«

Nora sah hinüber zu Aragon und war gespannt, ob die Entdeckung der Stadt irgendeine Auswirkung auf dessen mürrische Reserviertheit hatte. Aragons Gesicht war schweißüberströmt, aber seine Augen glänzten wie der schwarze Obsidian, von dem sie in Quivira so viele gesehen hatte.

Aragon erwiderte Noras Blick, und zum ersten Mal, seit sie ihn kannte, zeigte sich ein richtiges, breites Lächeln auf seinem Gesicht, dessen dunkle Haut seine großen Zähne besonders weiß leuchten ließ. »Die Stadt ist fantastisch«, sagte er und drückte Nora ergriffen die Hand. »So fantastisch, dass ich es kaum fassen kann. Wir alle sind Ihnen zu Dank verpflichtet, und ich vielleicht sogar noch etwas mehr als die anderen.« Seine leise Stimme bebte von einer seltsamen Kraft. »Im Lauf der Jahre war ich zu der Überzeugung gelangt, dass wir die Geheimnisse der Anasazi nie völlig würden enträtseln können, aber jetzt denke ich anders darüber. Mit dieser Stadt haben wir den Schlüssel zu vielen ihrer Rätsel in die Hand bekommen, und ich erachte es als ein großes Privileg, dass ich bei dieser Entdeckung dabei sein darf.« Er streifte seinen Rucksack ab, stellte ihn auf den Boden und ließ sich neben Nora nieder. »Und ich muss Ihnen noch etwas sagen«, begann er zögernd. »Vielleicht ist ja jetzt nicht der richtige Zeitpunkt dafür, aber je länger wir hier sind, desto schwieriger wird es für mich werden.«

Nora sah ihn an. »Ja?«

»Sie wissen doch, dass ich der Zero-Site-Trauma-Lehre anhänge. Ich bin zwar nicht ganz so fanatisch wie manche andere, aber dennoch glaube ich, dass es ein schreckliches Verbrechen wäre, in diese Stadt einzudringen, sie ihrer Seele zu berauben und ihre Schätze in den Lagerräumen unserer Museen verschwinden zu lassen.«

Black schnaubte verächtlich. »Ach, hören Sie bloß auf mit diesem Unsinn. Der ganze ZST-Quatsch ist doch nichts weiter als eine Modeerscheinung im Kielwasser politischer Korrektheit. Ein Verbrechen wäre es, diese Stätte *nicht* zu untersuchen. Denken Sie nur daran, was wir hier alles lernen können.«

Aragon maß ihn mit ruhigem Blick. »Um etwas zu lernen, müssen wir die Stadt noch lange nicht ausplündern.«

»Seit wann gilt eine disziplinierte archäologische Ausgrabung denn als Plünderung?«, fragte Sloane sanft.

»Weil die Archäologie von heute die Ausplünderung von morgen ist«, erwiderte Aragon. »Sehen Sie sich bloß an, was Schliemann vor hundert Jahren in Troja angerichtet hat. Er hat die Stätte im Namen der Wissenschaft praktisch platt gemacht und für künftige Generationen unwiederbringlich zerstört. Und so etwas galt seinerzeit auch als ›disziplinierte archäologische Ausgrabung‹.«

»Wenn Sie wollen, dann können Sie von mir aus auf Zehenspitzen durch die Stadt schleichen und Ihre Fotos schießen, ohne etwas zu berühren«, sagte Black mit lauter Stimme. »Aber ich für meinen Teil kann es kaum erwarten, mich durch die Abfallhaufen zu wühlen.« Er wandte sich an Smithback. »Für einen Laien mögen Schätze und Artefakte das Wichtigste bei einer solchen Ausgrabung sein, aber in Wirklichkeit gibt es nichts Informativeres als eine Müllhalde. Es wäre gut, wenn Sie das in Ihrem Buch einmal klarstellen könnten.«

Nora hatte diese Diskussion erwartet, wenn auch nicht so bald.

»Selbst wenn wir wollten«, sagte sie, nachdem sie Black und Aragon angesehen hatte, »könnten wir die Stadt jetzt nicht ausgraben. Wir dürfen schon froh sein, wenn es uns in den nächsten Wochen gelingt, einen Plan von ihr zu erstellen und die Funde wenigstens annähernd aufzulisten.«

Black wollte protestieren, doch Nora hob abwehrend die Hand. »Wenn wir die Stadt jedoch ordentlich datieren und vermessen wollen, müssen wir uns ein Minimum an invasiven Ausgrabungstechniken gestatten. Diese Arbeit wird Dr. Black übernehmen, aber er wird dabei Sorge tragen, dass er seine Probegrabungen in den Abfallhaufen so begrenzt wie möglich hält. Ansonsten wird kein Teil der Stadt selbst ausgegraben, und die Artefakte werden nur dann berührt oder bewegt, wenn es absolut unvermeidlich ist. Selbst dies darf nur mit meiner ausdrücklichen Erlaubnis geschehen. Wir wollen die Störung dieser Stätte möglichst gering halten.«

»Jetzt spricht die auch schon von Störung«, murmelte Black mit einem verächtlichen Unterton, schien aber trotzdem mit Noras Entscheidung zufrieden zu sein.

»Ein paar Proben werden wir allerdings trotz aller Zurückhaltung zur Analyse ins Institut mitnehmen müssen«, fuhr Nora fort. »Aber wir werden uns dabei auf weniger bedeutende Artefakte beschränken, die zudem mehrfach in der Stadt vorhanden sein müssen. Was auf lange Sicht mit der Stätte zu geschehen hat, liegt dann im Ermessen des Instituts. Aber ich verspreche Ihnen, Enrique, dass ich mich dort dafür einsetzen werde, dass Quivira unberührt und im Großen und Ganzen so belassen wird, wie wir es vorgefunden haben.« Sie warf Sloane, die aufmerksam zugehört hatte, einen fragenden Blick zu. »Stimmen Sie mir zu?«

Nach einer kurzen Pause nickte Sloane.

Aragon sah die beiden Frauen an. »Unter den gegebenen Umständen finde ich diese Entscheidung akzeptabel«, sagte er, lächelte kurz und erhob sich.

Erwartungsvolle Stille machte sich in der Gruppe breit.

»Nora«, sagte Aragon schließlich. »Ich möchte Ihnen im Namen aller zum Erfolg dieser Expedition gratulieren.«

Als Nora hörte, wie die anderen in die Hände klatschten und Black sogar einen anerkennenden Pfiff losließ, spürte sie eine Woge der Freude in sich aufsteigen.

Als Nächster erhob sich Smithback und hielt eine Feldflasche in die Höhe. »Und ich möchte einen Toast auf Padraic Kelly aussprechen, den Mann, ohne den wir jetzt nicht hier wären.«

Bei der Erwähnung ihres Vaters, die noch dazu von Smithback kam, spürte Nora, wie sich ihr plötzlich die Kehle zuschnürte. Den ganzen Tag über hatte sie bereits an ihren Vater gedacht und gehofft, vielleicht doch noch eine Spur von ihm zu finden. Nun war sie Smithback dankbar, dass er an ihn erinnerte.

»Danke«, sagte sie, während Smithback einen Schluck aus der Feldflasche nahm und sie ihr weiterreichte.

Die Expeditionsteilnehmer verfielen in Schweigen. Obwohl die Dunkelheit hereinbrach und es langsam Zeit wurde, über die Strickleiter hinunter zum Abendessen zu steigen, schien keiner diesen magischen Ort verlassen zu wollen.

»Mir will noch immer nicht in den Kopf, weshalb die Anasazi das ganze Zeug zurückgelassen haben«, meinte Smithback. »Das ist ja fast so, als würde man von Fort Knox weggehen und die Türen offen stehen lassen.«

»Dieses Verhalten war für die Anasazi nicht ungewöhnlich«, erklärte Nora. »Man darf schließlich nicht vergessen, dass diese Menschen zu Fuß unterwegs waren und keine Lasttiere hatten. Es war für sie einfacher, ihre Sachen zurückzulassen und sich woanders neue anzufertigen, als das gesamte Hab und Gut auf dem Rücken mitzuschleppen. Deshalb haben die Anasazi auf ihren Wanderungen nur ihre wichtigsten Heiligtümer und ihre Türkise mitgenommen.«

»Aber hier sieht es doch so aus, als hätten sie selbst die Türkise dagelassen. Zumindest liegt jede Menge von dem Zeug herum.«

»Das stimmt«, sagte Nora nach kurzem Nachdenken. »Dieses

Verhalten ist eigentlich untypisch für die Anasazi. Mir kommt es übrigens fast so vor, als hätten sie *alles* dagelassen. Und das ist ja gerade einer der Umstände, der diese Stadt so einmalig macht.«

»Der Reichtum der Stadt und die vielen zeremoniellen Artefakte lassen mich vermuten, dass es sich bei ihr um ein religiöses Zentrum gehandelt haben muss, das sogar Chaco in den Schatten stellt«, sagte Aragon. »Eine Stadt der Priester.«

»Eine Stadt der Priester?«, fragte Black mit skeptischem Unterton. »Warum sollte eine Stadt der Priester sich ausgerechnet hier befinden, weitab vom Schuss, am äußersten Rand des Anasazi-Gebiets? Was mich persönlich sehr viel mehr interessiert, ist der festungsartige Charakter der Stadt. Das beginnt schon mit der Lage, die sie praktisch uneinnehmbar macht. Man könnte fast glauben, dass die Erbauer von Quivira unter einer Art Verfolgungswahn gelitten haben.«

»Das würde ich wahrscheinlich auch, wenn ich so viele Reichtümer hätte«, murmelte Sloane.

»Aber wenn die Stadt uneinnehmbar war, weshalb haben die Anasazi sie dann verlassen?«, fragte Holroyd.

»Möglicherweise haben sie das Tal zu intensiv landwirtschaftlich genutzt«, antwortete Black mit einem Schulterzucken. »Ausgelaugte Böden. So einfach kann das sein. Schließlich kannten die Anasazi noch keinen Dünger.«

Nora schüttelte den Kopf. »Das Tal reicht bei weitem nicht aus, um darin genügend Nahrung für eine Stadt dieser Größe anzubauen. Wer die gut hundert Kornspeicher füllen wollte, die wir da drinnen gesehen haben, musste die Nahrung tonnenweise von anderswoher importieren. Aber das wirft schon wieder die Frage auf, weshalb man eine so große Stadt ausgerechnet hier erbaut hat, wo sie nur über eine schwer passierbare Straße und einen engen Slot-Cañon zu erreichen war, der noch dazu während der Regenzeit die meiste Zeit unpassierbar gewesen sein dürfte.«

»Wie ich bereits sagte«, meldete sich Aragon wieder zu Wort,

»war Quivira eine Stadt der Priester, die am Ende eines langen und beschwerlichen Pilgerpfades lag. Alles andere ergibt keinen Sinn.«

»Großartig, Herr Kollege!«, höhnte Black. »Wenn man nicht mehr weiterweiß, bringt man die Religion ins Spiel. Aber wie vereinbaren Sie diese Erkenntnis mit der Tatsache, dass es bei den Anasazi keine sozialen Hierarchien gab? In einer Gesellschaft, die auf dem Grundsatz der Gleichheit aller beruht, ist der Gedanke an eine regierende Oberschicht ebenso absurd wie der an eine Stadt der Priester.«

Wieder schwiegen alle.

»Was ich persönlich viel interessanter finde«, sagte Smithback schließlich, »ist die Frage, ob es Gold und Silber in dieser Stadt gibt.«

Jetzt fängt er schon wieder damit an, dachte Nora. »Ich habe Ihnen doch schon auf unserer Bootsfahrt erklärt, dass die Anasazi keine Edelmetalle kannten«, erwiderte sie etwas lauter, als sie vorgehabt hatte.

»Moment mal«, sagte Smithback, während er sein Notizbuch zuklappte und wieder in die hintere Hosentasche steckte. »Was ist denn dann mit den Berichten von diesem Coronado, die Holroyd uns vorgelesen hat? Da ist doch von Kelchen und Tellern aus Gold die Rede. War das alles bloß Blödsinn, oder was?«

Nora lachte. »Im Großen und Ganzen wohl schon. Die Indianer haben den Spaniern immer das gesagt, was sie hören wollten. Indem sie ihnen Gold verhießen, das sich irgendwo in weiter Ferne befinden sollte, wollten sie erreichen, dass die Eroberer möglichst rasch weiterzogen.«

»Vielleicht ist auch etwas bei der Übersetzung verloren gegangen«, warf Aragon mit einem leisen Lächeln ein.

»Jetzt hören Sie aber auf«, wandte Smithback ein. »Die Existenz von Quivira hat sich ja schließlich auch nicht als Erfindung der Indianer herausgestellt. Warum sollte es sich mit dem Gold also nicht ebenso verhalten?«

Holroyd räusperte sich verlegen.»In dem Buch, das ich gelesen habe, steht, dass Coronado Proben verschiedener Metalle bei sich hatte. Als er sie den Indianern zeigte, vermochten sie Gold und Silber sehr wohl von Kupfer und Zinn zu unterscheiden. Sie wussten also, was Edelmetalle waren.«

Smithback verschränkte die Arme.»Sehen Sie?«

Nora verdrehte die Augen. Es war eine der grundlegenden Thesen der Archäologie des amerikanischen Südwestens, dass die Anasazi keine Metalle gekannt hatten. Das war so klar, dass es sich kaum lohnte, darüber zu debattieren.

»Überall im Südwesten«, ergriff Black das Wort,»hat man in Gräbern der Anasazi Papageien- und Keilschwanzsittichfedern gefunden, die aus dem Reich der Tolteken stammten. Sie waren in Mexiko beheimatet und die Vorläufer der Azteken. Umgekehrt fand man in einigen Tolteken-Gräbern Türkise aus dem Anasazi-Land. Wir wissen heute, dass die Anasazi mit den Tolteken und Azteken schwunghaften Handel trieben, und zwar mit Sklaven, Obsidian, Achat, Salz und Töpferwaren.«

»Worauf wollen Sie hinaus?«, fragte Nora.

»Ich will damit sagen, dass es angesichts dieser Handelsbeziehungen nicht ausgeschlossen ist, dass die Anasazi in den Besitz von Gold gekommen sind.«

Nora öffnete den Mund, schloss ihn aber wieder. Sie war erstaunt, dass ausgerechnet ein Fachmann wie Black nun auch so etwas behauptete. Holroyd, Swire und sogar Sloane schienen ihm aufmerksam zugehört zu haben.»Wenn die Anasazi wirklich Gold gehabt hätten«, sagte Nora schließlich, wobei sie sich zwang, ruhig zu bleiben,»dann hätten wir bei den zehntausenden von Ausgrabungen, die wir in den vergangenen hundertfünfzig Jahren in ihrem Gebiet vorgenommen haben, etwas davon finden müssen. Aber nirgends ist auch nur das kleinste Fitzelchen entdeckt worden. Wo soll es also sein, das sagenhafte Gold der Anasazi?«

»Vielleicht ist es ja hier«, erwiderte Smithback gelassen.

Nora starrte ihn an und fing an zu lachen. »Jetzt geht aber die Fantasie mit Ihnen durch, Bill! Ich jedenfalls habe heute ein Dutzend Räume voll von den unglaublichsten Schätzen gesehen, aber Gold war nicht darunter. Wissen Sie was? Wenn wir wirklich Gold in Quivira finden sollten, werde ich höchstpersönlich Ihren lächerlichen Cowboyhut verspeisen. Abgemacht? Und jetzt lassen Sie uns hinunter ins Lager klettern und schauen, was uns Meister Bonarotti heute Fantastisches zum Abendessen gekocht hat.«

27

Nora blickte besorgt hinauf zu der Gestalt, die hundertzwanzig Meter über ihr wie ein bunter Käfer in der Felswand hing. Black und Holroyd neben Nora starrten ebenfalls gespannt nach oben, und ganz in der Nähe stand Smithback mit gezücktem Notizbuch, als warte er nur darauf, dass ein Unglück geschähe. Ein lautes Klirren hallte durch das Tal, als Sloane hoch oben in der Wand mit ihrem Hammer einen Haken in den tiefroten Felsen schlug. Nachdem sie daran ein Stück Strickleiter befestigt hatte, seilte sie sich mit raschen geübten Bewegungen drei Meter weit ab, um den nächsten Haken anzubringen.

Für den Betrieb der Funkgeräte und des Empfängers für den Wetterbericht musste es eine Möglichkeit geben, auf den hoch über Quivira gelegenen Cañon-Rand zu gelangen. Zwei Stunden zuvor hatten Nora und Sloane dafür die niedrigste und gleichzeitig am leichtesten zu erkletternde Stelle in den Klippen ausgesucht, die sich direkt neben dem Alkoven von Quivira befand.

Auch wenn der Anstieg zu diesem Kommunikationsposten einfacher war als bei anderen Routen, konnte er einem ungeübten Kletterer dennoch große Angst einjagen. Während Nora den gefährlich aussehenden Überhang ein paar Meter vor dem Cañon-Rand betrachtet und dabei ein bedrücktes Gesicht gemacht hatte, war Sloane bester Dinge gewesen. »Schwierigkeitsgrad sieben minus«, hatte sie lächelnd gesagt. »Nicht allzu schwer also. Sehen Sie die Risse in der Wand, die sich fast bis ganz nach oben durchziehen? Die sind eine hervorragende Hilfe beim Klettern.«

Eine Stunde später hatte sie unter den skeptischen Blicken der anderen mit einem bergsteigerischen Bravourstück bewiesen, dass sie die Wand richtig eingeschätzt hatte. Sloane hatte ein Seil heruntergelassen und die Funkausrüstung nach oben gezogen, und jetzt seilte sie sich wieder zu der Felsterrasse vor dem Alkoven von Quivira ab und befestigte dabei mehrere Strickleitern an der Wand.

»Gut gemacht«, sagte Nora, als Sloane wieder festen Boden unter den Füßen hatte. Die anderen spendeten ihr ebenfalls Applaus.

Sloane zuckte zwar lächelnd mit den Achseln, doch sie genoss das Lob sichtlich. »Wenn die Wand drei Meter höher gewesen wäre, wären mir die Strickleitern ausgegangen. Und wie steht es mit Ihnen, Aaron und Peter? Sind Sie bereit?«

Holroyd blickte die Klippe hinauf und schluckte. »Ich schätze doch.«

»Kann mir vielleicht mal jemand erklären, weshalb ich bei diesem Kletterabenteuer Kopf und Kragen riskieren soll?«, protestierte Black. »Ich habe hier viel Wichtigeres zu tun.«

»Sie riskieren überhaupt nichts«, sagte Sloane und ließ ihr tief klingendes Lachen ertönen. »Meine Haken halten bombensicher.«

»Es ist leider Ihr Pech, dass Sie schon auf so vielen Expeditionen mit von der Partie waren und sich deshalb besonders gut mit Funkgeräten auskennen«, meinte Nora. »Wir brauchen da oben nun mal jemanden, der Holroyd unterstützt.«

»Kann schon sein, aber wieso muss ausgerechnet ich das sein?«, maulte Black. »Wieso nicht Aragon? Er hat mehr praktische Felderfahrung als wir alle zusammen.«

»Aber er ist auch zwanzig Jahre älter als Sie«, entgegnete Nora.

»Sie sind körperlichen Herausforderungen wie dieser doch viel besser gewachsen als er.« Der Honig, den Nora Black ums Maul schmierte, verfehlte seine Wirkung nicht. Black holte tief Luft und blickte an der Felswand hinauf.

»Dann lassen Sie uns mal loslegen«, sagte Sloane und sah hinüber zu Smithback. »Was ist mit Ihnen? Kommen Sie auch mit?«

Smithback blickte nachdenklich nach oben. »Lieber nicht«, antwortete er. »Schließlich muss ja jemand hier unten bleiben und die auffangen, die aus der Wand fallen.«

Sloane zog eine Augenbraue in die Höhe und sah Smithback an, als habe sie nichts anderes von ihm erwartet. »Okay. Aaron, am besten klettern Sie als Erster. Ich folge Ihnen, und hinter mir kommt Peter. Sie, Nora, bilden bitte den Schluss.«

Nora bemerkte, dass Sloane die unerfahrenen Kletterer mit den erfahrenen gemischt hatte.

»Wieso muss ich denn als Erster hinauf?«, fragte Black.

»Weil es für Sie einfacher ist, wenn Sie niemanden vor sich haben, glauben Sie mir. Und außerdem tritt Ihnen dann keiner auf die Finger.«

Black wirkte zwar nicht sehr überzeugt, doch griff er nach der ersten Sprosse der Strickleiter und begann sie hinaufzusteigen.

»Das ist auch nichts anderes als die Leiter hinauf nach Quivira«, sagte Sloane. »Halten Sie Ihren Körper möglichst nahe an der Wand und die Füße auseinander. Wenn Sie an einem Sims ankommen, ruhen Sie sich aus, bevor Sie weiterklettern. Das letzte Stück ist mit etwas mehr als sechzig Metern das längste.«

Bereits auf der zweiten Sprosse rutschte Blacks Fuß ab, so dass der Wissenschaftler das Gleichgewicht verlor. Sloane versuchte noch, ihn zu halten, aber Black war so schwer, dass sie beide in den weichen Sand am Fuß der Wand fielen, wobei Black auf Sloane zu liegen kam. Nora eilte herbei und sah, dass Sloane am ganzen Körper zitterte und nach Luft rang, aber als sie sich erschrocken zu ihr hinabbeugte, erkannte sie, dass die Frau von einem hysterischen Lachanfall geschüttelt wurde. Black rührte sich nicht. Bei dem Sturz war sein Hinterkopf direkt zwischen Sloanes Brüsten zu liegen gekommen. »Tod, wo ist dein Stachel?«, deklamierte Smithback.

Sloane schüttelte sich noch immer vor Lachen. »Sie sollen die Wand besteigen, Aaron, nicht mich!«, prustete sie, machte aber keine Anstalten, Black von sich herunterzuschieben.

Nach einer Weile richtete sich der ziemlich mitgenommen aussehende Geochronologe von selbst wieder auf. Erschrocken trat er einen Schritt zurück und blickte zwischen der Strickleiter und Sloane hin und her.

Sloane setzte sich auf und klopfte sich, immer noch kichernd, den Sand von der Kleidung. »Sie haben sich von Ihrer Angst überwältigen lassen«, sagte sie zu Black. »Aber das ist bloß eine Strickleiter, nichts weiter. Wenn Sie Angst haben herunterzufallen, kann ich Ihnen einen Klettergurt geben, mit dem Sie sich sichern können.« Sie stand auf und ging zu dem Seesack mit ihrer Ausrüstung. »Eigentlich ist er für andere Gelegenheiten gedacht, aber Sie können ihn tragen, bis Sie sich sicherer fühlen.« Mit diesen Worten zog sie einen Nylongurt aus dem Sack und legte ihn Black an. An dem Gurt war ein kurzes Seil angebracht, das am Ende einen Karabiner hatte.

»Damit hängen Sie sich alle paar Meter an der Strickleiter ein«, sagte sie. »So können Sie nicht fallen.«

Black blieb seltsam stumm und nickte Sloane zu. Dann ging er hinüber zu der Strickleiter und machte einen zweiten Versuch. Offensichtlich gab ihm der Klettergurt diesmal wirklich ein Gefühl der Sicherheit, so dass er, von Sloane ermuntert, beständig die Strickleiter hinaufstieg. Als er und Sloane schon ein gutes Stück oben in der Wand waren, griff auch Holroyd nach der untersten Sprosse der Leiter.

In der Aufregung über Blacks Missgeschick hatte Sloane sich nicht vergewissert, ob auch Holroyd dem Aufstieg mental gewachsen war. »Na, wie steht's mit Ihnen, Peter?«, fragte ihn deshalb Nora. »Schaffen Sie es?«

Holroyd lächelte verlegen. »Na klar. Das ist doch nur eine Leiter, wie Sloane gerade gesagt hat. Außerdem werde ich von heute an täglich da hinaufmüssen, da ist es von Vorteil, wenn ich mich möglichst rasch daran gewöhne.«

Er atmete tief durch und machte sich daran, die Leiter hinaufzuklettern. Nora folgte ihm vorsichtig. Ab und zu überprüfte sie einen der Haken und fand, dass sie so fest saßen, wie Sloane behauptet hatte. Aus Erfahrung wusste sie, dass es bei so langen Kletterpartien besser war, wenn man nicht nach unten sah, und deshalb konzentrierte sie ihren Blick auf die drei Gestalten, die nun über ihr die fast senkrechte Wand erklommen. Nach einigen Minuten, die Nora länger vorkamen, als sie tatsächlich waren, hatte sie den ersten Felssims erreicht und machte einen Augenblick Pause, bevor sie das nächste Teilstück der Strickleiter anging. So arbeitete sie sich nach und nach die Wand hinauf, bis sie den letzten Abschnitt erreichte, wo sie, als sie unterhalb des Überhangs in der Luft hing, plötzlich einen Anflug von Panik verspürte. Einen Augenblick schossen ihr die schrecklichen Sekunden auf dem Devil's Backbone durch den Kopf, ihr verzweifeltes Festkrallen am glatten Sandstein, die entsetzlichen Schreie der Pferde, die direkt neben ihr in den Tod gestürzt waren. Dann aber riss Nora sich zusammen und zog sich entschlossen die letzten drei, vier Sprossen hoch. Oben, am Rand des Cañons, ließ sie sich schwer atmend auf die Knie sinken. Neben ihr saßen schon Holroyd und Black, die ebenfalls vor Anstrengung keuchten.

Nur Sloane schien der Aufstieg nicht das Geringste ausgemacht zu haben. Sie hatte bereits damit begonnen, die Gerätschaften, die sie vorhin mit dem Seil hochgehievt hatte, an eine Stelle in sicherer Entfernung vom Rand des Cañons zu tragen: Holroyds GPS, das jetzt mit einer langen Peitschenantenne für UHF-Empfang versehen war, ein Mikrowellenhorn, eine große Solarzelle mit zugehöriger Spezialbatterie, einen Empfänger für den Wetterbericht und mehrere, in Metallgestelle montierte Sende- und Empfangsmodule der Funkstation. Neben Holroyd und Black schimmerte eine Satellitenschüssel, die immer noch in ihrem Transportnetz aus Nylon steckte, in der Morgensonne.

Holroyd rappelte sich hoch und ging hinüber zu den Geräten. Black folgte ihm widerstrebend. »Dann werde ich das Zeug mal in Betrieb nehmen und kalibrieren«, sagte er. »Es wird nicht lange dauern.«

Nora blickte zufrieden auf ihre Uhr. Es war Viertel vor elf, fünfzehn Minuten vor dem vereinbarten Zeitpunkt, an dem die tägliche Verbindung mit dem Institut aufgebaut werden sollte. Während Holroyd das Funkgerät einschaltete und die Satellitenschüssel ausrichtete, genoss sie den atemberaubenden Ausblick, den sie von hier oben hatte. Unter ihr erstreckte sich, vom gleißenden Licht der Sonne beschienen, auf einem Gebiet von vielen tausend Quadratkilometern eine Landschaft aus roten, gelben und sepiafarbenen, nur hier und da von Wacholderbüschen und Pinien bewachsenen Felswände. Im Osten konnte sie die gewundene Schlucht des Colorado erkennen sowie das unheilvolle Devil's Backbone, das hinüber zum Kaiparowits-Plateau führte. Die Hochebene selbst sah aus wie ein riesiges, dunkelrotes Schlachtschiff aus Stein, das mit stumpfem Bug durch die felsige Wildnis pflügte. In seine Seiten hatte die Erosion im Laufe vieler Jahrtausende tiefe Spalten gegraben. Nora kam es so vor, als würde sich die Wüste aus Stein zu ihren Füßen bis ins Unendliche erstrecken.

Holroyd kletterte auf einen der verkrüppelten Wacholderbäume in der Nähe und befestigte den rund um die Uhr arbeitenden Wetterempfänger ganz oben an seinem Stamm. Nachdem er auch noch die Drahtantenne des Gerätes mehrmals um einen langen Ast gewickelt hatte, stellte er den zu empfangenden Sender ein. Nora hörte die monotone Stimme eines Ansagers, der den neuesten Wetterbericht für Page in Arizona verlas.

Black, der Holroyd beim Aufbau der Geräte zusah, hielt sich in respektvollem Abstand vom Cañon-Rand und machte ein selbstzufriedenes Gesicht, das irgendwie nicht so recht zu dem Klettergeschirr passen wollte, das Sloane ihm angelegt hatte. Sloane selbst stand gefährlich nahe am Abgrund und blickte in den Cañon hinunter. »Ist das nicht erstaunlich, Nora?«, rief sie zu ihr herüber. »Von hier oben käme man nie auf die Idee, dass sich unter einem ein Alkoven befände, geschweige denn eine verborgene Stadt. Irgendwie finde ich das unheimlich.«

Nora trat neben sie an den Klippenrand. Sloane hatte Recht: Der Felsüberhang verbarg Quivira vor ihren Blicken. Zweihundert Meter unter ihnen lag das Tal wie ein grüner Edelstein in seiner Fassung aus roten Felswänden. In der Mitte, wo sich der Fluss hindurchschlängelte, erkannte Nora deutlich den etwa hundert Meter breiten Streifen, den die häufig auftretenden Sturzfluten in den Boden des Tales gegraben hatten, und die gelben und blauen Zelte des Lagers, das sie zwischen den Pappeln oberhalb des Überschwemmungsgebiets aufgeschlagen hatten. Von Bonarottis Kochfeuer stieg eine dünne Rauchsäule auf. Es war ein guter, sicherer Lagerplatz.

Als es auf elf Uhr zuging, schaltete Holroyd den Wetterbericht ab und ging zum Funkgerät. Zuerst hörte Nora laute Störgeräusche, dann einen schrillen Pfeifton. »Ich habe die Frequenz«, verkündete Holroyd, während er sich die Kopfhörer aufsetzte. »Schauen wir mal, wer uns antwortet.« Dann sprach er etwas in ein kleines Mikrofon, das Nora irgendwie an ein Spielzeug erinnerte. Plötzlich richtete er sich auf. »Sie werden es nicht glauben«, flüsterte er, »aber Dr. Goddard höchstpersönlich ist dran. Warten Sie, ich lege ihn auf den Lautsprecher.«

Sloane drehte sich abrupt um und beschäftigte sich mit ihren Kletterutensilien. Nora sah ihr kurz nach, dann ließ sie sich von Holroyd das Mikrofon geben. Sie spürte die Erregung über die Entdeckung der verborgenen Stadt abermals in sich aufsteigen und fragte sich, wie Dr. Goddard wohl auf die Nachricht von ihrem Erfolg reagieren würde.

»Dr. Kelly?«, hörte sie die leise, weit entfernt klingende Stimme aus dem Lautsprecher fragen. »Sind Sie da, Nora?«

»Guten Morgen, Dr. Goddard«, sagte Nora. »Ja, ich bin dran. Wir haben es geschafft.«

»Gott sei Dank«, entgegnete Goddard, gefolgt von einem langen Störgeräusch. »Ich war jeden Vormittag um elf Uhr hier und habe auf ein Lebenszeichen von Ihnen gewartet. Wenn Sie sich heute nicht gemeldet hätten, hätte ich eine Suchexpedition losgeschickt.«

»Die Wände der Cañons waren zu hoch, um von unterwegs Verbindung aufnehmen zu können. Außerdem haben wir länger gebraucht als vorgesehen.«

»Genau das habe ich Blakewood auch gesagt.« Es folgte eine kurze Pause. »Also, was gibt es Neues?«, fragte Goddard dann, dessen erwartungsvolle Gespanntheit trotz der schlechten Verbindung deutlich spürbar war.

Nora hielt inne und wünschte, sie hätte sich vorher überlegt, was sie Goddard sagen sollte. »Wir haben die Stadt gefunden, Dr. Goddard.«

Das Geräusch, das daraufhin aus dem Lautsprecher kam, hätte ebenso gut ein überraschtes Schnaufen wie ein elektronisches Rauschen sein können. »Habe ich gerade richtig gehört? Sie haben Quivira gefunden?«

Nora fragte sich, wo sie anfangen sollte. »Ja. Es ist eine große Stadt mit mindestens sechshundert Räumen.«

»Verdammte Störungen«, fluchte Goddard. »Ich habe Sie nicht richtig verstanden. Wie viele Räume haben Sie gesagt?«

»Sechshundert.«

Aus dem Lautsprecher war ein leises Keuchen oder Husten zu vernehmen. »Großer Gott. In was für einem Zustand ist die Ruine?«

»In einem ganz hervorragenden.«

»Ist sie intakt? Nicht geplündert?«

»Alles ist vollkommen unberührt.«

»Wunderbar. Wunderbar.«

Noras Erregung wuchs. »Aber das ist noch nicht das Wichtigste, Dr. Goddard.«

»Ich höre.«

»Diese Stadt ist anders als alle anderen. Sie ist voll von unschätzbaren wertvollen Artefakten. Die Menschen von Quivira haben so gut wie nichts mitgenommen, so dass es hunderte von Räumen mit den unglaublichsten Gegenständen gibt, die noch dazu perfekt erhalten sind.«

Die Stimme aus dem Lautsprecher nahm einen neuen Tonfall an. »Was meinen Sie mit unglaublichen Gegenständen? Keramik?«

»Unter anderem. Aber es gibt noch sehr viel mehr. Die Stadt war erstaunlich wohlhabend, viel wohlhabender als die anderen Städte der Anasazi. Wir haben Textilien, Schnitzwerk, Fetische, Ritualstöcke und Paletten gefunden, ja sogar ein paar sehr frühe Masken des Kachina-Kults. Alles in bemerkenswert gutem Zustand.«

Nora verstummte. Aus dem Lautsprecher drang ein weiteres, kurzes Husten. »Nora, was soll ich Ihnen sagen? Das alles ist schlichtweg unglaublich ... Ist meine Tochter in der Nähe?«

»Ja«, sagte Nora. Sie winkte Sloane heran und gab ihr das Mikrofon.

»Sloane?«, fragte die Stimme aus Santa Fe.

»Ja, Vater.«

»Ist das alles wirklich wahr?«

»Ja, Vater, es stimmt. Dr. Kelly hat nicht übertrieben. Wir haben es mit dem größten archäologischen Fund seit der Entdeckung von Chaco Cañon zu tun.«

»Das ist eine ziemlich gewagte Behauptung, Sloane.«

Sloane gab keine Antwort.

»Habt ihr schon Pläne für die Ausgrabung?«

»Wir haben beschlossen, alles so weit wie möglich ungestört *in situ* zu lassen und nur eine Probegrabung in der Abfallhalde durchzuführen«, antwortete Sloane. »Allein um das alles hier zu sichten und zu katalogisieren, braucht man schon mindestens ein Jahr. Übermorgen wollen wir das Große Kiva untersuchen.«

»Sloane, hör mir zu: Ihr müsst sehr, sehr vorsichtig vorgehen. Die gesamte akademische Welt wird jeden eurer Schritte genauestens unter die Lupe nehmen und alles, was ihr tut, nachträglich bis ins Kleinste zerpflücken. Jeder eurer Handgriffe in den nächsten paar Tagen wird später von selbsternannten Experten bis zum Erbrechen durchdiskutiert werden. Und weil ihr eine so große Entdeckung gemacht habt, wird es viel Neid und Missgunst geben. Viele eurer Kollegen werden euch nichts Gutes wünschen und behaupten, dass sie alles erheblich besser gemacht hätten. Verstehst du, was ich dir damit sagen will?«

»Ja.« Sloane reichte Nora das Mikrofon zurück.

Nora glaubte einen irritierten, fast wütenden Unterton in Sloanes Stimme gehört zu haben.

»Das, was du tust, muss *perfekt* sein. Das gilt auch für alle anderen, Nora mit eingeschlossen.«

»Wir haben verstanden«, sagte Nora.

»Der wichtigste Fund seit Chaco Cañon«, wiederholte Goddard, gefolgt von einer längeren Pause voller Störgeräusche und elektronischem Pfeifen und Knattern.

»Dr. Goddard, sind Sie noch dran?«, fragte Nora schließlich.

»Und ob ich das bin«, ertönte Goddards Stimme, gefolgt von einem leisen Lachen. »Obwohl ich zugeben muss, dass ich mich gerade gekniffen habe, um sicherzugehen, dass ich nicht träume. Nora, ich kann Ihnen gar nicht sagen, wie sehr Sie sich um die Wissenschaft verdient gemacht haben. Dasselbe gilt auch für Ihren Vater.«

»Vielen Dank, Dr. Goddard. Auch dafür, dass Sie so viel Vertrauen in mich gesetzt haben.«

»Melden Sie sich morgen Vormittag um dieselbe Zeit wieder bei mir, Nora. Vielleicht können Sie mir dann ja schon konkretere Einzelheiten über die Stadt berichten.«

»Das werde ich tun. Auf Wiederhören, Dr. Goddard.«

Sie gab das Mikrofon an Holroyd zurück, der den Sender abschaltete und eine leichte Schutzplane über die empfindlichen Geräte zog. Nora drehte sich um und sah, dass Sloane, die ihre Klettersachen zusammensammelte, ein finsteres Gesicht machte.

»Ist alles in Ordnung?«, fragte Nora.

Sloane warf sich ein zusammengelegtes Seil über die Schulter. »Mir geht es gut. Es ist bloß, weil mein Vater mir nie zutraut, dass ich etwas richtig mache. Selbst aus einer Entfernung von über tausend Kilometern meint er noch alles besser zu wissen.«

Sie wandte sich ab, aber Nora legte ihr eine Hand auf den Arm. »Gehen Sie nicht zu hart mit ihm ins Gericht. Seine Warnung richtete sich ebenso an mich wie an Sie. Er vertraut Ihnen, Sloane. Und ich tue das auch.«

Sloane sah Nora einen Augenblick lang an, dann verschwand der finstere Ausdruck aus ihrem Gesicht, und ihr gewohntes Lächeln kehrte zurück. »Danke, Nora«, sagte sie.

28

Oben auf der Anhöhe hielt Skip den Wagen an und wartete darauf, dass sich die Staubwolke, die er durch das plötzliche Bremsen verursacht hatte, verzog. Es war einer jener trocken-heißen Juninachmittage, wie es sie nur vor dem Einsetzen der sommerlichen Regenperiode gab. Nur eine einzige kleine Kumuluswolke schwebte einsam und verlassen über den Jemez-Bergen.

Einen Augenblick lang dachte Skip, dass es wohl das Beste sei, den Wagen zu wenden und zurück in die Stadt zu fahren. In der Nacht war er plötzlich wach geworden und hatte einen Einfall gehabt. Thurber war noch immer nicht wieder aufgetaucht, und Skip fühlte sich auf unerklärliche Weise für sein Verschwinden verantwortlich. Um diese Schuld wenigstens teilweise wieder abzutragen, hatte er beschlossen, Teresas Hund Teddy Bear unter seine Fittiche zu nehmen und ihn später Nora zu geben. Schließlich war Teresa in seinem und Noras Ranchhaus getötet worden. Und wer wäre besser dazu geeignet gewesen, für Teresas Hund zu sorgen, als ihre alte Nachbarin und Freundin Nora?

Aber was ihm in der Nacht noch als eine gute Idee erschienen war, kam ihm jetzt gar nicht mehr so großartig vor. Lieutenant Martinez hatte ihm unmissverständlich klargemacht, dass die Untersuchungen noch andauerten und dass er das alte Haus der Cabrillas-Ranch nicht betreten dürfe. Nun, das hatte er auch gar nicht vor: Er wollte ja nur zum Haus von Teresa fahren und den Hund holen. Dennoch wusste Skip, dass er sich mit dieser Aktion in große Schwierigkeiten bringen konnte.

Er legte den Gang wieder ein, trat aufs Gas und fuhr den Hügel hinunter. An der alten Ranch seiner Familie vorbei lenkte er den Wagen auf Teresas lang gestreckten, niedrigen Hof zu, der ganz still und verlassen dalag. Was war das bloß für eine idiotische Idee, hier herauszufahren, ging es Skip durch den Kopf. Inzwischen musste ja irgendwer die Tiere weggebracht haben, und wer auch immer das getan hatte, hatte bestimmt auch Teddy Bear mitgenommen. Trotz dieser Einsicht beschloss Skip, doch noch nach dem Hund zu sehen, um nicht den ganzen Weg umsonst gemacht zu haben.

Er ließ den Motor laufen und die Wagentür offen stehen, während er zum Haus ging und an der Vordertür nach Teddy Bear rief. Doch kein Bellen antwortete ihm.

Die alte, an vielen Stellen mit schwarzem Isolierband geflickte Fliegengittertür war fest verschlossen. Automatisch wollte Skip anklopfen, hielt dann aber inne. »Teddy Bear!«, rief er noch einmal.

Stille.

Spontan blickte Skip hinüber nach Las Cabrillas. Vielleicht war der Hund ja zu dem Haus gelaufen. Skip ging zum Wagen, schaltete den Motor ab und machte ein paar Schritte auf dem Pfad hinüber zur Ranch, bevor er abrupt stehen blieb. Seine Hand glitt an seinen Gürtel und ruhte kurz auf dem Griff des alten Revolvers, der früher einmal seinem Vater gehört hatte. Die Waffe war schwer und klobig und donnerte los wie eine Kanone, aber ein Schuss von ihr stoppte jeden Angreifer. Skip hatte sie nur einmal in seinem Leben abgefeuert und sich dabei den Handknöchel verstaucht. Zwei Tage danach hatten ihm noch die Ohren vom Knall des Schusses geklingelt. Jetzt fand er es beruhigend, die Waffe bei sich zu haben.

Beim alten Haus seiner Familie angekommen, rief er zuerst an der Hintertür mit sanfter Stimme: »He, Teddy Bear! Wo steckst du denn, du alter Köter?« Als sich daraufhin nichts rührte, ging er um die Ranch herum und trat durch die Vordertür ein. Die Küche bot ein Bild der Verwüstung. Die Bodenbretter waren herausgerissen worden, und aus den Wänden starrten ihn große Löcher an wie leere Augenhöhlen. An der Tür im hinteren Teil des Raumes sah Skip das gelbe Plastikband, mit dem die Polizei den Durchgang zum Wohnzimmer abgesperrt hatte. Mehrere schmale Fährten von kleinen, rötlich-schwarzen Pfotenabdrücken liefen vom Wohnzimmer zur Küchentür. Vorsichtig darauf bedacht, nicht auf die Spuren zu treten, ging Skip in die Küche.

Ein widerwärtiger Geruch schlug ihm entgegen, gefolgt vom lauten Surren unzähliger Fliegen. Skip würgte und machte instinktiv einen Schritt zurück. Dann holte er draußen tief Luft, ging vorsichtig bis zu dem gelben Band und warf einen Blick ins Wohnzimmer.

Am Boden in der Mitte des Raumes befand sich eine große, geronnene Blutlache, die an manchen Stellen von fehlenden Bodenbrettern unterbrochen wurde. Fast hätte Skip sich vor Ekel übergeben müssen. Großer Gott, ich habe gar nicht gewusst, dass ein Mensch so viel Blut in sich hat, schoss es ihm durch den Kopf. Die Lache dehnte sich in seltsam weitläufigen Verästelungen bis an alle Wände des Wohnzimmers aus und ging an ihren Rändern in ein Durcheinander aus zahlreichen Pfotenabdrücken über. In der Mitte, wo die Blutlache etwas tiefer gewesen war, wimmelte es von weißen Maden.

Skip wurde es von dem Anblick so übel, dass er sich am Türrahmen festhalten musste. Überall schwirrten Fliegen herum, die er durch sein Erscheinen aufgeschreckt hatte. Sie wirbelten vor seinen Augen wie ein schwarzer Vorhang. In einer Ecke des Raumes stand ein zusammengeklapptes Stativ, auf dessen einem Bein mit weißer Schablonenschrift SANTA FE POLICE DEPARTMENT geschrieben stand.

»O nein!«, murmelte Skip. »Die arme Teresa.«

Ein paar Minuten lang verharrte er reglos und starrte auf den blutverschmierten Boden des Wohnzimmers. Dann drehte er sich um und ging steifbeinig durch die Küche zurück zur Eingangstür.

Nach der drückenden Hitze, die innen im Haus geherrscht hatte, kam Skip die Luft draußen nun fast kühl vor. Direkt vor dem Haus blieb er stehen, atmete tief durch und sah sich um. Dann formte er mit den Händen einen Trichter um seinen Mund und rief zum letzten Mal: »Teddy Bear!«

Er wusste, dass er eigentlich gehen sollte. Jemand von der Polizei, vielleicht sogar Martinez höchstpersönlich, konnte jeden Moment hier vorbeikommen. Trotzdem blieb Skip noch eine Weile und betrachtete den Hof, in dem er als Kind so oft gespielt hatte. Obwohl ihm das, was Teresa zugestoßen war, immer noch ein Rätsel war, kam es ihm so vor, als habe sich das Böse hier in diesem Haus inzwischen irgendwie aufgelöst. Oder vielleicht war es auch nur woanders hingegangen.

Von Teddy Bear war noch immer nichts zu sehen. Wahrscheinlich hatte man ihn mit den anderen Tieren abgeholt. Seufzend drehte Skip sich um und ging den Hügel hinauf zu seinem Wagen. Es war ein alter Plymouth Fury, Baujahr 1971, der früher einmal seiner Mutter gehört hatte. Obwohl sein olivgrüner Lack mittlerweile mit Rostflecken übersät war, mochte Skip das Auto sehr, wenn ihm auch die vordere Stoßstange, die mit ihren mächtigen Chromhörnern schräg nach unten hing, ein wildes, fast schon bedrohliches Aussehen verlieh. Inzwischen hatte der alte Wagen schon so viele Beulen, dass wohl manche Autofahrer meinten, eine mehr oder weniger würde nun auch nichts mehr ausmachen, und ihn beim Parken ramponierten, ohne sich groß darum zu scheren.

Als Skip das Auto erreicht hatte, sah er, dass Teddy Bear vor Hitze hechelnd auf dem Fahrersitz saß. Seine riesige Zunge hing ihm aus dem Maul, und er hatte den Sitz schon voller Geifer getropft. Der Hund machte den Eindruck, als ginge es ihm gut.

»Teddy Bear, du alter Racker!«, rief Skip.

Der Hund leckte ihm winselnd die Hand.

»Rutsch rüber, verdammt noch mal. Ich habe hier den Führerschein!« Mit diesen Worten bugsierte Skip den fünfzig Kilo schweren Hund auf den Beifahrersitz und klemmte sich selbst hinter das Steuer.

Nachdem er den Revolver im Handschuhfach verstaut hatte, legte Skip den Gang ein und fuhr zurück zur Straße. Dabei fiel ihm auf, dass er sich jetzt besser fühlte als seit vielen Tagen. Irgendwie war er, trotz des grässlichen Anblicks, der sich ihm im Wohnzimmer geboten hatte, erleichtert, dass er diese spezielle Pilgerfahrt hinter sich gebracht hatte. In Gedanken ging er schon die weitere Gestaltung des Abends durch. Zuerst würde er eine Ladung Hundefutter kaufen, was zwar ein großes Loch in seine bescheidene Haushaltskasse reißen würde, aber unbedingt erforderlich war. Dann würde er zum »Noodle Emporium« fahren und sich eine Portion Mei Fun mit Curry genehmigen und dabei das Buch über die Töpferei der Anasazi weiterlesen, das ihm Sonya Rowling vor zwei Tagen gegeben hatte. Es war ein fantastischer Text, der Skip nachts lange aufbleiben, Absätze anstreichen und Bemerkungen an den Rand der Seiten schreiben ließ. Vor lauter Lesen hatte er sogar vergessen, die neue Flasche Mescal aufzumachen, die seit Tagen auf seinem Couchtisch stand.

Der Wagen polterte über das Viehgitter, und kurz danach erreichte Skip die Hauptstraße, wo er Gas gab und den Fury in Richtung Stadt lenkte. Er hatte es eilig, von der alten Ranch wegzukommen. Der Hund streckte den Kopf aus dem Fenster, und sein Gewinsel verwandelte sich in aufgeregtes Schnüffeln. Geifer rann ihm aus dem Maul und zog im Fahrwind lange Fäden.

Als Skip den Hügel nach Fox Run hinunterfuhr, dachte er an die Tonscherben, die er tagsüber bei seiner Arbeit sortiert hatte. Die Sandpiste ging nun in eine gepflegte Teerstraße über, zu deren beiden Seiten sich der neue Golfplatz erstreckte. Nach knapp einem Kilometer kam am Ende der langen Gefällestrecke eine scharfe Kurve, mit der die Straße einem großen, aus dem Wüstenboden aufragenden Basaltfelsen auswich. Hier, wo Skip als Junge noch mit dem Geländemotorrad seines Vaters herumgefahren war, standen jetzt das Haus des Golfclubs sowie eine Wohnanlage mit sechshundert Luxusappartements. Zehn Jahre ist das her, sinnierte er. Damals hatte es hier im Umkreis von fünf Kilometern nicht ein einziges Haus gegeben, ganz zu schweigen von mehreren Golfplätzen mit insgesamt zweiundsiebzig Löchern.

Der schwere Wagen war auf der abschüssigen Straße relativ schnell geworden. Skip, der in Gedanken schon wieder bei seinen Tonscherben war, sah, dass er sich der Kurve näherte, und trat aufs Bremspedal.

Es ließ sich ohne erkennbaren Widerstand bis auf den Wagenboden durchtreten.

Skip umklammerte das Lenkrad fester und spürte, wie ihm das Adrenalin heiß in die Adern schoss. Wieder und wieder trat er auf das Pedal, doch es tat sich nichts. Mit weit aufgerissenen Augen starrte er nach vorn. Die Linkskurve und der Felsen dahinter rasten auf ihn zu. Mit schrecklicher Klarheit sah Skip das Metallschild, das an dem Felsen befestigt war:

GOLF CLUB FOX RUN
VORSICHT: GOLFSPIELER ÜBERQUEREN DIE STRASSE.

Ein Blick auf den Tachometer sagte ihm, dass er über hundert Stundenkilometer schnell war. Mit dieser Geschwindigkeit würde er die

Kurve niemals kriegen. Der Wagen würde ausbrechen und gegen die Klippe knallen. Skip trat auf die Feststellbremse, aber nichts tat sich. Schließlich schob er in seiner Verzweiflung den Wahlhebel der Automatik in den Rückwärtsgang. Sofort verspürte er einen gewaltigen Ruck, begleitet von einem schrillen, quietschenden Geräusch und dem Geruch heißgelaufenen Metalls. Der vor Schreck laut aufjaulende Hund wurde nach vorne gegen die Windschutzscheibe geschleudert. Aus dem Augenwinkel sah Skip, wie eine Gruppe weißhaariger Golfer ihn mit weit aufgerissenen Augen anglotzte, während der Fury wild schleudernd an ihnen vorbeischoss. Ein anderer sprang von einem Golfkarren herunter und rannte in Richtung Clubhaus.

Skip schrie etwas, das er wegen des lauten Quietschens der Reifen nicht einmal selbst hören konnte. Die Felswand flog an ihm vorbei und dann pflügte der Wagen mit blockierenden Rädern über eine gepflegte sattgrüne Rasenfläche, bis er in einer Wolke von aufspritzendem Sand, die gegen Kühler und Windschutzscheibe klatschte, abrupt zum Stehen kam.

Skip saß bewegungslos da und umklammerte noch immer das Lenkrad. Anstatt des Kreischens der Reifen hörte er jetzt das Ticken abkühlenden Metalls und erkannte, dass er Glück im Unglück gehabt hatte und in einem Sandbunker des Golfplatzes gelandet war. Teddy Bear, der direkt vor ihm auf dem Armaturenbrett hing, begann ihn mit seiner riesigen Zunge hingebungsvoll zu lecken.

Und von draußen drangen die Geräusche rasch herbeieilender Schritte und aufgeregte Rufe herein. Dann hörte Skip, wie jemand an die Windschutzscheibe klopfte. »Hallo?«, fragte eine besorgte Stimme. »Ist alles in Ordnung, mein Junge?«

Skip antwortete nicht, sondern nahm die zitternden Hände vom Lenkrad und legte sich rasch den Sicherheitsgurt an.

29

Der erste volle Arbeitstag in Quivira war außerordentlich erfolgreich verlaufen. Die Teilnehmer der Expedition hatten sich mit einer Professionalität ans Werk gemacht, die Nora ebenso beeindruckt wie erfreut hatte. Besonders Black, der sofort mit der Untersuchung der Abfallhaufen begonnen hatte, war seinem Ruf als hervorragender Feldarchäologe vollauf gerecht geworden. Holroyd hatte mit bemerkenswerter Geschwindigkeit ein Funknetz auf die Beine gestellt, über das sämtliche Teilnehmer drahtlos miteinander kommunizieren konnten, ganz egal, wo in der Stadt sie sich gerade aufhielten. Quivira schien auf alle, ob Profi oder Amateur, eine ganz spezielle, fast magische Faszination auszuüben. Als die Expeditionsmitglieder dann am Abend rings ums Feuer saßen, war die Unterhaltung immer wieder ins Stocken geraten. Alle Augen waren wie auf ein unsichtbares Kommando hinauf zu der dunklen Wand des Cañons gewandert, in der sich hoch oben die verborgene Stadt befand.

Als der folgende Vormittag langsam zu Ende ging und sich die schwüle Frühsommerhitze über den Cañon legte, herrschte im schattigen Alkoven von Quivira noch angenehme Kühle. Holroyd war hinauf zu seiner Funkstation geklettert, hatte mit dem Institut Kontakt aufgenommen und war ohne Probleme über die Strickleitern wieder nach unten gelangt. Nun widmete er sich seiner anderen Aufgabe, die darin bestand, die Häuserkomplexe von Quivira mit dem Protonenmagnetometer zu untersuchen. Danach wollte er mit dem GPS die genauen Koordinaten der Ausgrabungsstätte festlegen.

Nora hockte in der Nähe der Strickleiter auf der Mauer am Rand des Alkovens und öffnete erwartungsvoll ihr Lunchpaket, das Bonarotti für sie und die anderen über den Flaschenzug heraufgeschickt hatte. Es bestand aus einem dicken Stück Port-Salut-Käse, vier großen Scheiben Parmaschinken und köstlich duftendem Brot, das Bonarotti in seinem großen Bratentopf nach dem Frühstück gebacken hatte. Nora aß rasch und ohne großes Zeremoniell und trank dazu Wasser aus ihrer Feldflasche. Als Leiterin der Expedition fiel ihr die Aufgabe zu, die gesammelten Daten über die Stadt und ihre Artefakte genau zu katalogisieren, und am Nachmittag wollte sie nachsehen, was die anderen inzwischen Neues gefunden hatten.

Als sie mit dem Essen fertig war, begab sie sich zum großen vorderen Platz der Ruinenstätte. Hier, unterhalb des Planetariums, waren Black und Smithback mit der Untersuchung der Müllhalde beschäftigt, die aus einem großen Haufen staubiger, mit zerbrochenen Tierknochen, Holzkohle und Tonscherben versetzter Erde bestand. Als Nora näher kam, sah sie Smithbacks Kopf aus einem Graben hinten am Haufen herausragen. Der Journalist machte nicht gerade einen glücklichen Eindruck. Sein Gesicht war schmutzig, und seine Stirnlocke schwang im Takt der Schaufelbewegungen hin und her. Ungewollt musste Nora lächeln. Obwohl sie es Smithback gegenüber nie zugegeben hätte, hatte sie begonnen, in seinem Buch herumzuschmökern, und musste sich eingestehen, dass eine Art beängstigender Faszination davon ausging. Etwas merkwürdig kam es ihr allerdings vor, dass Smithback auf wundersame Weise all die Heldentaten, die er in seinem Buch beschrieb, stets persönlich miterlebt hatte.

Blacks Stimme hallte von den Wänden des Alkovens wider. »Sind Sie denn mit Planquadrat F eins immer noch nicht fertig, Bill?«

»Schieben Sie sich Ihr F eins sonstwo hin«, murmelte Smithback.

Black tauchte, in einer Hand eine Schaufel, in der anderen einen Staubwedel, hinter dem Abfallhaufen auf und schien bester Laune zu sein. »Nora«, sagte er lächelnd, »das wird Sie interessieren. Wir haben hier eine kulturelle Sequenz vor uns, die klarer ist als alles, was seit Kidders Ausgrabungen am Río Pecos je gefunden wurde. Und das bereits bei der Kontrollgrabung, die wir gestern durchgeführt haben. Jetzt sind wir gerade dabei, uns die ersten Planquadrate der Testgrabung anzusehen.«

»Der Mann sagt immer ›wir‹«, bemerkte Smithback und stützte sich auf seine Schaufel. Dann streckte er eine zitternde Hand in Richtung Nora aus und flehte theatralisch: »Um der Güte Gottes willen, habt Ihr nicht einen Schluck Wasser für einen armen, verdurstenden Sünder?«

Nora reichte ihm ihre Feldflasche, und Smithback nahm einen tiefen Zug. »Der Mann ist ein echter Sklaventreiber«, sagte er, während er sich mit dem Handrücken den Mund abwischte. »Beim Bau der Pyramiden kann es nicht schlimmer zugegangen sein. Ich möchte auf einen anderen Posten versetzt werden.«

»Als Sie sich für diese Expedition gemeldet haben, hat man Ihnen gesagt, dass dazu auch Schaufelarbeit gehört«, erwiderte Nora und ließ sich ihre Feldflasche reichen. »Und außerdem gibt es doch nichts Besseres für einen Journalisten, als mittendrin im Geschehen zu sein. Ich dachte immer, im Dreck zu wühlen gehört zu Ihrem Job.«

»Auch du, mein Sohn Brutus?«, fragte Smithback seufzend.

»Kommen Sie und sehen Sie sich an, was wir schon alles geschafft haben«, sagte Black und geleitete Nora zu einem schmalen Graben, der den Abfallhaufen präzise durchschnitt.

»Ist das die Kontrollgrabung?«, wollte Nora wissen.

»Ja«, erwiderte Black. »Ein wunderschönes Bodenprofil, finden Sie nicht auch?«

»Es ist perfekt«, antwortete Nora, die tatsächlich noch nie so saubere Arbeit gesehen hatte, von den zu Tage geförderten Ergebnissen ganz zu schweigen. Black und Smithback hatten dutzende verschiedener, braun, grau und schwarz gefärbter Schichten freigelegt, anhand derer man genau nachvollziehen konnte, woraus sich die Müllhalde im Lauf der Zeit aufgebaut hatte. Die einzelnen Schichten hatte Black mit nummerierten Fähnchen markiert, weitere kleinere Fähnchen bezeichneten die Stellen, an denen er Proben entnommen hatte. Neben der Grabung lagen ordentlich nebeneinander aufgereiht dutzende von Plastikbeuteln und Glasröhrchen, in denen Nora

Samenkörner, Knochensplitter und Holzkohlenstückchen erkennen konnte. In der Nähe hatte Black ein tragbares Wasserflotationslabor sowie ein Stereomikroskop aufgebaut, um vor Ort Pollen, Samenkörner und menschliche Haare untersuchen zu können. Daneben stand ein kleiner Papierchromatograph, mit dem man in Flüssigkeiten gelöste Substanzen analysieren konnte. Black leistete hoch professionelle Arbeit, und das mit bemerkenswerter Schnelligkeit und Sicherheit.

»Eine Sequenz wie aus dem Lehrbuch«, sagte der Geochronologe. »Ganz oben haben wir eine Schicht aus der Pueblo-III-Zeit, in der sich auch Scherben von Keramik im Ritzdekor und Rotware befinden. Darunter ist eine Schicht aus der Epoche von Pueblo II. Der Abfallhaufen dürfte nicht älter als tausend Jahre sein. Ich würde ihn etwa auf das Jahr neunhundertfünfzig nach Christi Geburt datieren.«

»Das ist ja die Zeit, in der die Anasazi auch den Chaco Cañon im großen Stil ausgebaut haben«, meinte Nora.

»Ganz genau«, bestätigte Black. »Unter dieser Schicht« – er deutete auf eine dünne Lage brauner Erde – »haben wir sterilen Boden.«

»Das heißt, dass die Stadt rasch gebaut wurde«, sagte Nora.

»Richtig. Aber nun möchte ich Ihnen etwas zeigen.« Black öffnete einen der Plastikbeutel und ließ vorsichtig drei Tonscherben auf ein Stück Filz gleiten, das er auf der Erde ausgebreitet hatte. Die kleinen Bruchstücke schimmerten im Licht der Mittagssonne.

Nora atmete scharf ein. »Schwarz auf gelbe Goldglimmerkeramik«, murmelte sie. »Wunderschön.«

Black zog eine Augenbraue in die Höhe. »Jetzt sagen Sie bloß, dass Sie so etwas schon einmal gesehen haben. Diese Scherben gehören zu den Seltensten der Seltenen.«

»Ja, doch. Bei meiner Ausgrabung am Río Puerco haben wir eine einzige Scherbe gefunden, die allerdings stark verwittert war. Meines Wissens wurde noch nie ein intaktes Gefäß dieser Keramik entdeckt.« Dass Black bereits bei seiner ersten Grabung auf drei dieser seltenen Scherben gestoßen war, bewies einmal mehr die Außergewöhnlichkeit von Quivira.

»Ich selbst habe noch nie solche Scherben *in situ* zu Gesicht bekommen«, sagte Black. »Das Zeug ist fantastisch. Hat es eigentlich schon mal jemand datiert?«

»Nein. Bisher sind ja auch nur zwei Dutzend davon gefunden worden, und alle so verstreut, dass man sie zeitlich nicht einordnen konnte. Aber wer weiß, vielleicht entdecken Sie ja hier genügend, um eine Datierung vornehmen zu können.«

»Ja, vielleicht«, meinte Black und steckte die Scherben mit Hilfe einer großen, an ihren Spitzen mit Gummi überzogenen Pinzette wieder zurück in den Plastikbeutel. »Und jetzt sehen Sie sich einmal das hier an.« Er ging vor dem Bodenprofil in die Hocke und deutete mit seiner Handschaufel auf eine Serie von abwechselnd dunklen und hellen Schichten, die alle eine große Anzahl Tonscherben enthielten. »Ganz offenbar hatte die Stadt nicht immer dieselbe Bewohnerzahl. Die meiste Zeit des Jahres über dürften hier relativ wenige Menschen gelebt haben. Ich würde sagen fünfzig, mehr bestimmt nicht. Im Sommer aber wuchs die Anzahl der Einwohner drastisch an, was den Schluss nahe legt, dass Quivira möglicherweise eine Pilgerstätte war, die an ihrer Bedeutung Chaco Cañon bei weitem übertraf. Das lässt sich anhand der zerbrochenen Gefäße und der Asche aus den Herden klar erkennen.«

Eine Pilgerstätte, dachte Nora. Das klang ganz wie Aragons Theorie von einer Stadt der Priester, die Black so vehement abgelehnt hatte. Nora beschloss, Black nicht auf diesen Widerspruch hinzuweisen. »Woher wissen Sie, dass die Pilger im Sommer kamen?«

»Durch die Zählung der Blütenpollen«, antwortete Black. »Aber das ist noch nicht alles. Wie ich ja bereits sagte: Wir haben mit der Testgrabung erst angefangen. Dennoch ist schon jetzt klar, dass der Abfallhaufen in zwei Teile getrennt war.«

Nora sah ihn neugierig an. »In zwei Teile getrennt?«

»Ja. Im hinteren Teil des Haufens finden sich Bruchstücke von sehr schön bemalter Keramik und jede Menge Truthahn-, Hirsch-, Wapiti- und Bärenknochen. Außerdem gibt es dort Pfeilspitzen und Tonperlen, während wir im vorderen Teil bisher nur auf Scherben ganz einfacher, krude gefertigter Ritzdekorkeramik gestoßen sind. Auch die Tierknochen dort differieren stark von denen im hinteren Teil, was auf andere Ernährungsgewohnheiten schließen lässt.«

»Was für Knochen haben Sie denn im vorderen Teil gefunden?«

»Hauptsächlich die von Ratten«, antwortete Black. »Ab und zu waren aber auch ein paar Eichhörnchen- und Kojotenknochen darunter. Im Flotationslabor habe ich auch eine Menge zerdrückter Teile von Küchenschaben, Grashüpfern und Grillen isolieren können. Erste Untersuchungen unter dem Mikroskop haben ergeben, dass die meisten von ihnen geröstet waren.«

»Bedeutet das, dass die Menschen hier Insekten gegessen haben?«, fragte Nora ungläubig.

»Ganz ohne Zweifel.«

»Also ich bevorzuge mein Ungeziefer *al dente*«, sagte Smithback und schmatzte ekelhaft mit den Lippen.

Nora sah Black an. »Und was für Schlüsse ziehen Sie aus all diesen Funden?«

»Das ist nicht leicht, denn schließlich hat man bisher noch in keiner Ausgrabungsstätte der Anasazi etwas Vergleichbares entdeckt. Im Zusammenhang mit anderen Kulturen gilt so etwas jedoch als ein klares Indiz, dass es damals Sklaverei gegeben hat. Die Herren und die Sklaven aßen verschiedene Speisen und benutzten auch unterschiedliche Teile des Abfallhaufens.«

»Aber es gibt bisher nicht den kleinsten Hinweis darauf, dass die Anasazi Sklaven hielten, Aaron.«

»Nun, jetzt haben wir einen. Entweder gab es hier in der Stadt Sklaverei oder eine Gesellschaft mit extremen Klassenunterschieden – beispielsweise eine Priesterkaste, die im Luxus lebte, und eine

Unterschicht, die unter bitterer Armut litt. Für eine Mittelklasse dazwischen habe ich noch keine Beweise gefunden.«

Nora blickte auf Quivira, das am Stadtrand von der Mittagssonne beschienen wurde. Blacks Entdeckung schien alles, was man bisher über die Anasazi wusste, auf den Kopf zu stellen. »Vielleicht sollten wir noch keine voreiligen Schlüsse ziehen. Warten wir lieber, bis wir sämtliche Informationen gesammelt haben«, schlug sie vor.

»Selbstverständlich. Im Moment bin ich gerade dabei, verkohlte Samenkörner für die Kohlenstoff-14-Datierung und menschliche Haare für eine DNS-Analyse zu sammeln.«

»Apropos Samenkörner«, sagte Nora. »Wissen Sie eigentlich, dass die meisten Kornspeicher im hinteren Teil der Stadt noch voller Mais und Bohnen sind?«

Black richtete sich auf. »Nein, davon hatte ich keine Ahnung.«

»Sloane hat es mir heute früh erzählt. Das legt die Vermutung nahe, dass die Stadt im Herbst bald nach der Ernte verlassen wurde. Und zwar ziemlich rasch.«

»Sloane«, wiederholte Black beiläufig. »Sie war vor ein paar Minuten hier. Wissen Sie, was sie jetzt gerade treibt?«

Nora, die ihre Blicke über die Stadt hatte schweifen lassen, wandte sich wieder Black zu. »Sie ist wohl irgendwo in den Häusern im Zentrum. Sie wollte sehen, wie Peter mit dem Magnetometer vorankommt. Ich werde später zu ihr gehen, aber zuerst möchte ich schauen, was Aragon macht.«

Black verzog nachdenklich das Gesicht, aber anstatt Nora etwas zu erwidern, legte er Smithback die Hand auf die Schulter und sagte: »Na, was halten Sie davon, wenn Sie jetzt Planquadrat F eins fertig ausgraben, mein schaufelschwingender Freund?«

»Und wir reden hier von der Sklaverei bei den Anasazi ...«, murmelte Smithback.

Nora nahm ihr Funkgerät zur Hand. »Enrique, hier spricht Nora. Können Sie mich hören?«

»Laut und deutlich«, kam nach ein paar Sekunden die Antwort.

»Wo sind Sie gerade?«

»In dem Tunnel hinter den Kornspeichern.«

»Und was tun Sie dort?«

Aragon zögerte einen Moment mit der Antwort. »Das sollten Sie sich besser selbst ansehen. Kommen Sie doch zu mir, und zwar von der Westseite her.«

Nora ging um den Abfallhaufen herum in Richtung hinterer Turm. Diese Geheimniskrämerei ist typisch für Aragon, dachte sie. Warum kann dieser Mann einem nur keine klare Antwort geben? Als sie an dem Turm vorbei war, stieß sie auf den engen Durchgang, der hinter den Kornspeichern an der Rückwand der Höhle verlief. Hier war es dunkel und kühl, die Luft roch nach Sandstein und Rauch. Der gewundene Durchgang führte zunächst an zwei Kornspeichern vorbei, bis er schließlich unter der Erde verschwand. Dieser tunnelartige Gang zählte ebenfalls zu den Besonderheiten, die es nur in Quivira gab. Seine Decke war so niedrig, dass man nur auf allen vieren vorwärts kam. Nachdem Nora ein Stück weit durch die Dunkelheit gekrochen war, sah sie vor sich Aragons Licht.

Bei ihm angelangt, bemerkte sie, dass sie sich wieder aufrichten konnte. Der Anblick, der sich ihr bot, ließ ihr den Atem stocken: Aragon hockte mitten in einem riesigen Haufen von menschlichen Gebeinen, die vom Schein der Gaslaterne gespenstisch beleuchtet wurden. Er hatte sich eine Juwelierlupe in ein Auge geklemmt und hielt einen Knochen in der Hand, den er gerade mit einer Schublehre vermaß. Neben ihm lagen die – hier unnötigen – Instrumente, die man sonst braucht, um menschliche Überreste aus der sie umgebenden Erde zu lösen: Bambusspäne, Holzpflöcke, Rosshaarpinsel. Das Zischen der Gaslaterne unterbrach als einziges Geräusch die Stille.

Als Aragon Nora hörte, blickte er auf. Sein von unten beleuchtetes Gesicht kam ihr wie eine unergründliche Maske vor.

»Was ist das hier?«, fragte Nora. »Eine Art Katakombe?«

Aragon ließ sich mit seiner Antwort Zeit. Erst nachdem er den

Knochen vorsichtig auf einen Haufen zurückgelegt hatte, sagte er mit tonloser Stimme: »Keine Ahnung, was das zu bedeuten hat, aber es ist das größte Beinhaus, das ich je gesehen habe. Ich habe gehört, dass man Ähnliches bei den Ausgrabungen steinzeitlicher Stätten in der Alten Welt gefunden hat, aber noch nie in Nordamerika und schon gar nicht in diesen Ausmaßen.«

Nora betrachtete den Knochenhaufen. Ganz oben lagen diverse komplette Skelette, darunter befand sich eine dicke Schicht durcheinander geworfener, mehrmals gebrochener Knochen, zu denen auch viele eingeschlagene Schädel zählten. In den Steinwänden an der Rückseite des Tunnels sah Nora dutzende von Löchern, aus denen Stücke verrotteter Holzbalken ragten. »Auch ich habe so etwas noch nie gesehen«, sagte sie leise.

»Eine solche Bestattungspraxis ist bisher unbekannt«, erklärte Aragon. »Meiner Meinung nach haben wir es hier mit Knochen aus zwei verschiedenen Perioden zu tun: Die älteren, die den weitaus größeren Teil darstellen, wurden offenbar achtlos durcheinander geworfen, während die kompletten Skelette darüber aus einer jüngeren Periode stammen dürften. Ich vermute allerdings, dass auch diese nicht bestattet wurden, sondern dass man sie ziemlich hastig auf die bereits existierenden Knochenhaufen gelegt hat.«

»Haben Sie denn an den Knochen Spuren von Gewalt feststellen können?«

»Nicht an den kompletten Skeletten, die ganz oben liegen.«

»Und an den Knochen darunter?«

Aragon zögerte. »Die untersuche ich gerade«, antwortete er schließlich.

Nora spürte, wie sich ein ungutes Gefühl in ihrer Magengrube ausbreitete. Sie war zwar nicht zimperlich, aber die leichenhausartige Atmosphäre des Tunnels machte ihr zunehmend zu schaffen. »Was mag das alles nur bedeuten?«, fragte sie.

Aragon blickte auf. »Eine große Anzahl gleichzeitig bestatteter Leichen deutet meistens auf eine gemeinsame Todesursache hin«, erwiderte er. »Eine Hungersnot, eine Epidemie, ein Krieg ...« Er hielt inne. »Oder darauf, dass sie geopfert wurden.«

In diesem Augenblick piepste Noras Funkgerät. »Nora, hier spricht Sloane«, kam es aus dem Lautsprecher. »Hören Sie mich?« Nora zog das Gerät aus seinem Halfter. »Ich bin gerade bei Aragon. Was gibt's?«

»Ich habe hier etwas, das Sie sich unbedingt anschauen sollten. Könnten Sie und Aragon jetzt gleich auf den Großen Platz kommen?« Selbst über Funk war erkennbar, dass Sloanes Stimme vor mühsam unterdrückter Erregung zitterte.

Ein paar Minuten später führte Sloane sie durch eine verschachtelte Abfolge von Räumen im zweiten Stock von einem der Häuser am Stadtrand. »Peter ist hier bei einer Routineuntersuchung mit seinem Protonen-Magnetometer auf einen Hohlraum unter dem Boden gestoßen«, erklärte sie, während sie Nora und Aragon in einen großen Raum führte, der von einer Gaslaterne erleuchtet wurde. Im Gegensatz zu den meisten Räumen, die Nora bisher in Quivira gesehen hatte, war dieser seltsam leer. Holroyd stand in einer Ecke und war mit dem Magnetometer zugange, einem flachen Kasten, der unten zwei Räder hatte und an dessen Griff ein LCD-Monitor befestigt war.

Nora nickte Holroyd kurz zu, bevor sie in die Mitte des Raumes ging, wo im Boden eine kleine, mit Steinplatten eingefasste Grabmulde zu sehen war.

»Wer hat dieses Grab geöffnet?«, fragte Aragon scharf.

Nora spürte, wie auch in ihr der Ärger über diese eigenmächtige Handlungsweise aufstieg.

In der Mulde lagen zwei Skelette, die überhaupt nicht den begrabenen Anasazi ähnelten, die Nora bisher gesehen hatte. Man hatte die Skelette in die einzelnen Knochen zerlegt und in einer großen, bemalten Schale in einem kreisförmigen Arrangement übereinander geschichtet. Ganz obenauf ruhten die gebrochenen Schädel der Toten. Ursprünglich waren die Schalen wohl in Baumwolltücher eingeschlagen gewesen, die aber bis auf ein paar Fetzen völlig verrottet waren. Anhand der Stoffreste konnte Nora erkennen, dass die Tücher in einem außerordentlich feinen Muster aus grinsenden Totenschädeln und Grimassen schneidenden Gesichtern gewebt worden waren. Die Skalps der beiden Toten hatte man sorgfältig auf ihre Schädeldecken drapiert. Einer von ihnen hatte lange weiße Haare gehabt, die zu kunstvollen Zöpfen geflochten und mit eingekerbten Türkisen geschmückt waren. Die andere Leiche hatte braune Haare. Auch sie waren zu Zöpfen geflochten, deren Enden je eine große, auf Hochglanz polierte Seeschnecke zierte. Beiden Schädeln hatte man ein Loch zwischen die vordersten Schneidezähne gebohrt und darin einen roten Karneol eingesetzt.

Verwundert starrte Nora die beiden Toten an, die von einer einmaligen Fülle von Beigaben umrahmt wurden. Sie konnte unzählige Töpfe voller Salz, Türkise, Quarzkristalle, Fetische und gemahlener Pigmente erkennen, dazu zwei kleine Schalen aus Bergkristall, die bis zum Rand mit einem rötlichen Pulver angefüllt waren. Nora vermutete, dass es sich dabei um roten Ocker handeln könnte. Daneben lagen Bündel von Pfeilen, mehrere Büffel- und Hirschfelle, mumifizierte Papageien sowie wunderschön gearbeitete Gebetsstöcke. Zwischen den einzelnen Grabbeigaben hatte sich eine dicke Schicht gelben Staubs abgelagert.

»Ich habe diesen Staub unter dem Mikroskop untersucht«, sagte Sloane. »Er besteht aus den Blütenpollen von mindestens fünfzehn verschiedenen Blumenarten.«

Nora starrte sie ungläubig an. »Wieso denn Pollen?«

»Weil die Grabkammer vermutlich bis zum Rand mit Blumen voll war.«

Nora schüttelte den Kopf. »Die Anasazi haben ihre Toten nie auf diese Art und Weise bestattet. Auch diese Einlegearbeit zwischen den Schneidezähnen ist völlig untypisch.«

Aragon ließ sich so plötzlich neben dem Grab nieder, dass Nora zuerst dachte, er fiele auf die Knie, um zu beten. Aber dann beugte er sich nach unten und schaute sich unter dem Licht einer Taschenlampe verschiedene Knochen aus der Nähe an. Während der Lichtstrahl über die beiden glitt, sah Nora, dass einige der Knochen zerbrochen waren und andere so wirkten, als seien sie an einem Ende angesengt worden. Dann hörte sie, wie Aragon scharf Luft holte. Er richtete sich auf und hatte auf einmal einen ganz anderen Gesichtsausdruck als vorhin. »Ich möchte Sie um Erlaubnis bitten, einige dieser Knochen vorübergehend für eine Untersuchung entfernen zu dürfen«, sagte er mit kühler, förmlicher Stimme.

Dass ausgerechnet Aragon sich mit einem solchen Ersuchen an sie wandte, erstaunte Nora mehr als alle anderen. »Tun Sie das«, hörte sie sich sagen. »Aber erst, nachdem wir die Fundstätte fotografiert und ordnungsgemäß dokumentiert haben.«

»Selbstverständlich. Aber sobald das geschehen ist, würde ich gerne noch eine Probe von diesem rötlichen Pulver entnehmen.«

Aragon stand auf und verließ ohne ein weiteres Wort den Raum. Nora blieb am Rand der Grabkammer stehen und starrte hinab auf die beiden Toten, während Sloane das Stativ für ihre Großformatkamera aufbaute und Holroyd das Magnetometer ausschaltete. Dann trat er auf Nora zu. »Unglaublich, nicht wahr?«, sagte er leise.

Nora schenkte ihm ebenso wenig Beachtung wie Sloane. Sie dachte an Aragon und wie eigenartig sein Gesicht ausgesehen hatte. Auch sie spürte, dass an diesem Grab etwas merkwürdig, seltsam, ja irgendwie *falsch* war. Auf gewisse Weise, dachte sie, ist das überhaupt kein Grab hier. Gut, einige Indianerstämme aus der Pueblo-IV-Epoche hatten ihre Toten verbrannt; andere hatten deren Knochen nach einiger Zeit wieder ausgegraben und in Gefäßen ein zweites Mal bestattet. Aber in keinem einzigen Grab hatte man bisher zerbrochene und angekohlte Knochen gefunden, ebenso wenig wie Blütenstaub und eine so reiche Fülle an sorgfältig angeordneten Beigaben.

»Ich bin gespannt, was Black zu diesem Grab sagen wird«, hörte sie Sloanes Stimme von hinten.

Ich glaube nicht, dass das hier ein Grab ist, dachte Nora bei sich. Mir sieht das eher nach einem Opfer aus.

Als sie hinaus auf das teilweise von der Sonne beschienene Dach des Hauses traten, legte Nora sanft eine Hand auf Sloanes Arm.

»Ich dachte, wir hätten eine Vereinbarung getroffen«, sagte sie ruhig.

Sloane drehte sich um und sah sie an. »Wie meinen Sie das?«

»Sie hätten das Grab nicht ohne vorherige Rücksprache mit mir öffnen dürfen. Das war eine eklatante Verletzung der Grundsätze, die ich für diese Grabung aufgestellt habe.«

Während Sloane Nora zuhörte, schien sich die Farbe ihrer Augen zu verdunkeln. »Dann meinen Sie also, dass das Öffnen des Grabes keine gute Idee war?«, fragte sie mit leiser Stimme, die Nora an das Schnurren einer Katze erinnerte.

»Ja, das meine ich. Bevor wir so etwas tun, müssen wir die Stadt zuallererst erkunden und katalogisieren. Außerdem sind Gräber ganz besonders sensible Fundstätten. Aber darum geht es gar nicht, das habe ich Ihnen ja schon in Petes Ruine erklärt. Wenn man eine professionelle Archäologin sein will, dann kann man nicht einfach das ausgraben, wozu man gerade Lust hat.«

»Wollen Sie damit sagen, dass ich keine professionelle Archäologin bin?«

Nora atmete tief durch. »Sie sind zumindest nicht so erfahren, wie ich dachte.«

»Ich *musste* dieses Grab einfach öffnen«, erwiderte Sloane unvermittelt.

»Und weshalb?«, fragte Nora, der es nicht gelang, einen sarkastischen Unterton aus ihrer Stimme zu verbannen. »Haben Sie dort vielleicht nach etwas Bestimmtem gesucht?«

Sloane fing an, etwas daherzureden, hielt dann aber inne. Sie kam näher, so nahe, dass Nora die heiße Wut zu spüren glaubte, die von ihr ausstrahlte. »Sie sind genauso machtbesessen wie mein Vater,

Nora Kelly«, fauchte sie. »Seit ich zu dieser Expedition gestoßen bin, haben Sie mich ständig auf dem Kieker gehabt und nur darauf gelauert, dass mir ein Fehler unterläuft. Mit dem Öffnen dieser Grabmulde habe ich nichts falsch gemacht. Das Magnetometer hat einen Hohlraum angezeigt, und alles, was ich getan habe, war, zusammen mit Holroyd eine Steinplatte aufzuheben. Ich habe nichts berührt und auch nichts beschädigt.«

Nora hatte Mühe, ihre Fassung zu bewahren. »Wenn Sie sich nicht an die Regeln halten können«, sagte sie so sachlich wie möglich, »dann werde ich Sie Aragon unterstellen. Von ihm können Sie lernen, wie man die Integrität einer Ausgrabungsstätte respektiert und den Vorgaben der Expeditionsleitung entspricht.«

»Und damit meinen Sie wohl sich selbst«, entgegnete Sloane abfällig. »Dabei müsste eigentlich ich die Leiterin dieser Expedition sein. Oder haben Sie etwa schon vergessen, wer das alles hier bezahlt?«

»Nein, sicher nicht«, sagte Nora, der es gelang, trotz ihrer Wut ihre Stimme neutral zu halten. »Aber gibt es ein besseres Beispiel dafür, wie wenig Ihr Vater Ihnen vertraut?«

Einen Augenblick lang blieb Sloane sprachlos vor ihr stehen. Sie ballte die Fäuste und ihr sonnengebräuntes Gesicht wurde ganz dunkel vor Zorn. Dann machte sie auf dem Absatz kehrt und ging. Nora sah ihr nach, wie sie betont aufrecht und stolz zu der Leiter am sonnenbeschienenen Rand des Daches schritt.

30

In der Stille des frühen Morgens versammelten sich die Expeditionsteilnehmer am Fuß der Strickleiter. Die Schwalben, die sich inzwischen an die Eindringlinge gewöhnt hatten, hatten ihr aufgeregtes Tschirpen aufgegeben, mit dem sie anfangs noch jede Störung ihrer Ruhe quittiert hatten. Ein ungewöhnlich schweigsamer Bill Smithback schrieb etwas in sein Notizbuch, und Aragons Gesicht sah grau und nachdenklich aus. Dass er seine Arbeit in dem mit Knochen gefüllten Tunnel unterbrochen hatte, um bei dem bevorstehenden Vorhaben dabei zu sein, unterstrich mehr als alles andere dessen überragende Bedeutung.

Jetzt, da die erste oberflächliche Untersuchung der Stadt abgeschlossen war und Holroyd die GPS-Koordinaten und Höhenlinien der Ruinenstätte bestimmt und in eine elektronische Datenbank übertragen hatte, war es an der Zeit, das Große Kiva zu öffnen, das zentrale Heiligtum von Quivira. In der vergangenen Nacht hatte Nora lange wach gelegen und sich gefragt, was sie dort wohl vorfinden würden. Das Große Kiva war für Quivira das, was die Kathedrale für eine mittelalterliche Stadt in Europa war: der Mittelpunkt ihrer religiösen Aktivitäten wie auch der Aufbewahrungsort für ihre heiligsten Gegenstände und der Brennpunkt ihres gesellschaftlichen Lebens.

Black hockte auf einem Felsen und rieb sich in unverhohlener Vorfreude die Hände. Neben ihm saß der stets loyale und unkomplizierte Peter Holroyd, eine große Pflanze in der Hand. Die Einzige, die fehlte, war Sloane, die Nora seit der Konfrontation am Tag zuvor aus dem Weg gegangen war.

Als Holroyd Noras Blick spürte, drehte er sich um und ging auf sie zu. »Sehen Sie sich einmal das an, Nora«, sagte er und reichte ihr die Pflanze.

Nora nahm das Gewächs und betrachtete es eingehend. Es war ein wirres Büschel grüner Blätter mit einer langen Wurzel und einer cremeweißen Blüte.

»Was ist das?«, fragte Nora.

»Das sind etwa fünf bis zehn Jahre Zuchthaus«, erwiderte Holroyd lachend.

Nora sah ihn verständnislos an.

»Das ist eine Stechapfelpflanze«, erklärte Holroyd. »Ihre Wurzel enthält ein extrem starkes Halluzinogen.«

»Ein Halluzinogen?«

»Ein Alkaloid, dessen Konzentration im oberen Teil der Wurzel kontinuierlich zunimmt«, mischte Aragon sich ein. »Bei den Schamanen der Yaqui wird der Mut eines Mannes daran gemessen, wie viel von der Wurzel er einzunehmen wagt.« Er warf Holroyd einen vielsagenden Blick zu. »Aber sicherlich haben Sie längst bemerkt, dass das nicht die einzige verbotene Pflanze in diesem Tal ist.«

Holroyd nickte. »Nicht nur Stechapfel kommt hier vor, sondern auch *Psilocybe mexicana*, auch Teonancatl oder mexikanischer Zauberpilz genannt, und Mescal-Kakteen ... Dieses Tal ist ein wahrer Selbstbedienungsladen für Psychedeliker.«

»Diese Pflanzen, die übrigens häufig von Schamanen und Medizinmännern verwendet werden, wuchern hier wie verrückt«, sagte Aragon. »Nimmt man alle drei gleichzeitig zu sich, dann können sie eine wilde Ekstase auslösen. Es ist wie eine Überdosis PCP: Man bekäme es wohl nicht einmal richtig mit, wenn man aus nächster Nähe erschossen würde.«

»Jetzt ist mir klar, weshalb sich die Priester dieses Tal ausgesucht haben«, kicherte Smithback. »Die Burschen wollten high werden.«

»Aber es ist eine hübsche Pflanze«, meinte Nora.

»Sieht ein bisschen aus wie eine Purpurwinde, nicht wahr?«, fragte Holroyd. »Interessanterweise enthält die Wurzel des Stechapfels ein Enzym, das der Körper nicht aufnehmen kann und das über den Schweiß wieder ausgeschieden wird. Menschen, die sich an dieser Wurzel berauschen, riechen deshalb wie blühende Purpurwinde.«

Instinktiv beugte Nora sich vor und roch an der Blüte. Sie war groß und weich und wirkte fast ein wenig obszön. Nora sog den Duft tief in ihre Nase.

Dann erstarrte sie und spürte, wie ihre Hände plötzlich ganz kalt wurden. Im Geiste war sie wieder im ersten Stock des alten Ranchhauses ihrer Eltern, hörte das Knirschen von Schritten auf zerbrochenem Glas und hatte abermals diesen intensiven Blütenduft in der Nase ...

Sie hörte ein lautes Klappern und sah Sloane, die sich, mit Azetylenlampe, Großformatkamera und einer kleinen Schiefertafel beladen, der Gruppe näherte. Als sie bei Nora ankam, stellte sie ihre Ausrüstung ab, trat auf sie zu und legte ihr einen Arm um die Hüfte.

»Tut mir Leid«, flüsterte sie ihr ins Ohr. »Sie hatten Recht. Wie immer.«

Nora nickte und zwang sich zurück in die Gegenwart. »Reden wir nicht mehr darüber.«

Sloane löste sich von ihr. »Ich denke, es liegt auf der Hand, dass ich Probleme mit jeglicher Form von Autorität habe. Auch das habe ich meinem Vater zu verdanken. Aber es wird nicht wieder vorkommen.«

»Danke«, sagte Nora und legte die Pflanze aus der Hand. »Und ich hätte mir die Bemerkung über Ihren Vater sparen sollen. Das war nicht nett von mir.«

Dann wandte sie sich an die Gruppe und bemühte sich, die erschreckenden Gedanken zu verdrängen, die Holroyds Pflanze in ihr ausgelöst hatten. »Also ich werde jetzt noch einmal erklären, wie wir vorgehen wollen. Sloane und ich werden uns als Erste in das Kiva begeben. Erst wenn wir es uns angesehen und Fotos gemacht haben, folgt der Rest der Gruppe. Einverstanden?«

Black verzog das Gesicht, aber die anderen nickten.

»Gut. Dann lassen Sie uns loslegen.«

Einer nach dem anderen kletterte die Strickleiter hinauf. Oben in der Stadt überquerten sie den zentralen Platz und stiegen über einen Sandhaufen auf das Dach eines Häuserblocks. Dort gingen sie zu einer perfekt erhaltenen Leiter aus mit Tiersehnen verbundenen Rundhölzern, über die sie auf die Dächer des zweiten Stockwerks gelangen konnten.

Dort befand sich das Große Kiva, an dessen Rückseite eine weitere Leiter lehnte. Nora und Sloane stiegen hinauf aufs Dach des Kivas, das aus einer dicken Schicht Lehm bestand und Nora sehr stabil erschien. Wie bei den Anasazi üblich, gelangte man durch ein Loch in der Mitte des Daches ins Innere des Kivas. Auch hier gab es noch eine alte Leiter. Nora spürte, wie ihr Mund vor Aufregung ganz trocken wurde.

Langsam ging sie auf die Leiter zu. »Zünden Sie die Lampe an«, bat sie Sloane.

Nora hörte das Zischen von Gas und das ploppende Geräusch, mit dem die Lampe zündete. Die beiden Frauen knieten sich an das Loch des Kivas und Sloane hielt die Lampe mit ihrem hellweißen Licht hinab.

Die Leiter führte etwa fünf Meter weit nach unten und endete in einer in den Sandsteinboden geritzten Rille. Sloane schwenkte die Lampe hin und her, doch von hier oben aus konnten sie die Wände des Kivas, das immerhin einen Durchmesser von gut zwanzig Metern aufwies, nicht sehen.

»Sie können als Erste hinunter«, sagte Nora.

Sloane sah sie an. »Ich?«

Nora lächelte.

Rasch kletterte Sloane die ersten fünf Sprossen der Leiter hinab. Dann blieb sie stehen und ließ sich von Nora die Lampe geben. Nach zwei weiteren Sprossen begann sie die Wände des Kivas abzuleuchten. Sloanes Gesicht entnahm Nora, dass das Kiva nicht leer war.

Als Sloane am unteren Ende der Leiter angekommen war, atmete Nora noch einmal tief durch und folgte ihr. Staunend sah sie, was das Licht von Sloanes Lampe enthüllte.

Die gerundete Wand des Kivas war mit stilisierten Darstellungen in leuchtenden Farben bemalt. Erst nach längerem Hinschauen erkannte Nora, dass es sich dabei um vier Donnervögel handelte, deren ausgestreckte Flügel fast den ganzen oberen Teil der Wand ausfüllten. Aus ihren Augen und Schnäbeln schossen lange, gezackte Blitze, und unter ihnen ballten sich dichte Wolken, die weiße Wassertropfen auf ein in kräftigem Türkis gemaltes Feld herabregnen ließen. Durch die Wolken rannte ein Regengott, dessen langer Körper sich fast über das gesamte Rund des Kivas zog. Sein Kopf und seine weit ausgestreckten Hände trafen sich im Norden. Im unteren Teil des Wandgemäldes war die Erde dargestellt. Nora erkannte die vier heiligen Berge, welche die Himmelsrichtungen symbolisierten. Der schwarze Berg markierte den Norden, der gelbe den Westen, der weiße den Osten und der blaue den Süden. Diese Kosmographie fand sich heute noch in vielen Indianerreligionen des amerikanischen Südwestens. Die Malerei war detailreich und exakt ausgeführt, und die Farben, die jahrhundertelang in der Dunkelheit geschlummert hatten, kamen Nora so frisch vor, als wären sie erst vor wenigen Tagen aufgetragen worden.

Unterhalb des Gemäldes lief eine steinerne Bank die Wand des Kivas entlang, auf der viele rundliche, im Licht von Sloanes Lampe matt schimmernde Objekte lagen. Mit verhaltener Überraschung stellte Nora fest, dass es sich dabei um Schädel handelte. Es waren dutzende, wenn nicht sogar hunderte von Menschen-, Bären-, Büffel-, Wolfs-, Hirsch-, Puma- und Jaguarschädeln, alle mit Einlegearbeiten aus poliertem Türkis verziert. In den Augenhöhlen der Schädel steckten polierte Kugeln aus Rosenquarz mit blutfarbenen Karneolen in der Mitte. Wenn das Lampenlicht sie streifte, glühten sie rötlich auf und erinnerten Nora an eine Armee von grausig grinsenden Zombies, die sie mit irren Augen anstarrten.

Außer diesen Schädeln befand sich nichts in dem kreisrunden Raum. In der Mitte des Bodens war das *Sipapu*, das Loch hinunter in die Unterwelt, das man in jedem Kiva fand. Außerdem gab es zwei sich gegenüberliegende Feuerlöcher und im Osten die Öffnung für die Geister, einen schmalen Schlitz in der Wand, der sich bis zur Decke hinaufzog. Auch diese hatte Nora schon in anderen Kivas gesehen, wohingegen das Wandgemälde und die Schädel, wie so vieles in Quivira, einmalig waren.

Nora blickte hinüber zu Sloane, die bereits ihre Kamera und die drei Blitzgeräte aufgebaut hatte.

»Ich glaube, ich hole jetzt die anderen«, sagte Nora. »Wenn Sie sich von der Wand fernhalten, können Sie eigentlich nichts kaputtmachen.«

Sloane nickte knapp, während sie eine Planfilmkassette in die Kamera schob. Irgendwie hatte Nora den Eindruck, als sei die junge Frau enttäuscht. Kurz drückte sie auf den Auslöser der Kamera, und schon tauchten die Blitze einen grässlichen Augenblick lang den grinsenden Reigen von Totenköpfen in ein grellweißes Licht.

Nora rief die anderen, die nun nacheinander hinab in das Kiva geklettert kamen und sich erstaunt umsahen. Black betrachtete interessiert das Wandgemälde und wies Nora auf zwei große Kreise hin, die sich an seinem nördlichsten Punkt befanden. Der erste Kreis war in blauer und weißer Farbe gemalt und sah aus wie eine verkleinerte Fassung der Verzierung an der Außenwand des Kivas. In seinem Inneren waren in dem für die Anasazi typischen, geometrischen Stil Wolken, Blitze und Regen eingeritzt. Der zweite Kreis war gelb und umschloss eine von Lichtstrahlen umkränzte Sonnenscheibe, die so glänzte, als bestünde sie aus reinem Gold. Als Nora sie genauer untersuchte, stellte sie fest, dass die Farbe aus zerstoßenem, mit Pigmenten vermischtem Katzengold bestand.

Sloane hatte den Standort ihrer Kamera verändert und winkte Nora und Black zu, dass sie aus dem Bereich des Objektivs treten sollten. Während Sloane sich über die Mattscheibe der Kamera beugte und den Fokus scharf stellte, hörte Nora, wie sie überrascht einatmete. Sie ließ die Kamera einfach stehen, ging rasch hinüber zu der Sonnenscheibe und betrachtete sie eingehend.

»Was haben Sie denn?«, fragte Nora.

Sloane wandte sich von der Wand ab und grinste. »Ach nichts. Ich wollte mir das Bild bloß mal aus nächster Nähe ansehen.« Sie ging zurück zur Kamera, machte eine Aufnahme der Scheibe und wandte sich dann einem neuen Motiv zu.

»Ich denke, dass wir hier eine Darstellung der beiden Hälften dieser Stadt vor uns sehen«, sagte Black. Sein großes, faltiges Gesicht wurde vom Licht der Lampe gespenstisch erhellt.

»Wie meinen Sie das?«

»Die Anasazi gliederten ihre Gesellschaft – wie viele andere Kulturen übrigens auch – gern in zwei Hälften. Es gab Sommer- und Wintergesellschaften, Männer- und Frauengesellschaften, Erd- und Himmelsgesellschaften.« Er deutete auf die beiden Kreise. »Hier sehen wir zwei Scheiben: eine blaue, ähnlich der, die wir an der Außenwand des Kivas gefunden haben, und eine goldene. Das legt den Schluss nahe, dass diese Stadt in eine Regen- und eine Sonnengesellschaft geteilt war. Wenn dem so ist, dann repräsentiert der erste Kreis ein Regen-Kiva, während der zweite für ein Sonnen-Kiva steht.«

»Eine interessante Theorie«, sagte Nora verblüfft.

»Und ob. Ich schätze, dass wir uns hier im Regen-Kiva befinden.«

Ein weiterer greller Blitz zeigte an, dass Sloane ihre dritte Aufnahme gemacht hatte.

»Und?«, fragte Smithback, der sich den beiden genähert und ihre Unterhaltung mit gehört hatte. »Da kommt doch noch was nach.«

»Wie bitte?«

»Nun, wenn wir hier im Regen-Kiva sind, dann muss es doch auch ein Sonnen-Kiva geben. Aber wo ist es?«

Es folgte eine Stille, die nur von dem leisen Knistern unterbrochen wurde, mit dem Sloanes Blitze zündeten. Schließlich räusperte sich Black und sagte: »Das ist tatsächlich eine sehr gute Frage.«

»Falls überhaupt noch so ein Großes Kiva existiert, muss es sich in einer anderen Ruinenstätte befinden«, meinte Nora. »Hier in Quivira gibt es jedenfalls nur dieses hier.«

»Da haben Sie Recht«, murmelte Aragon von hinten. »Trotzdem habe auch ich, je länger ich hier bin, das Gefühl, dass ... dass es in dieser Stadt etwas gibt, das wir aus irgendeinem Grund nicht sehen können.«

Nora drehte sich zu dem Mexikaner um. »Das verstehe ich nicht.« Als Aragon ihren Blick erwiderte, wirkten seine Augen im Laternenlicht dunkel und tief eingesunken. »Haben Sie nicht auch das Gefühl, dass uns einige entscheidende Steinchen des Mosaiks noch fehlen? All der Reichtum hier, die Knochen, die wehrhafte Bauweise der Stadt ... Es muss doch einen Grund für das alles geben.« Er schüttelte den Kopf. »Ich dachte eigentlich, dass wir die Antwort in diesem Kiva finden würden, aber jetzt bin ich mir dessen nicht mehr so sicher. Und ich spüre ganz deutlich, dass das hier einem verborgenen Zweck untergeordnet ist. Und zwar einem *unheilvollen*.«

Black, der immer noch über Smithbacks Frage nachdachte, ging nicht auf Aragon ein. »Wissen Sie, Bill«, sagte er, »Ihre Frage wirft noch eine zweite auf.«

»Und die wäre?«, wollte Smithback wissen.

Black lächelte, und Nora bemerkte ein intensives Leuchten in seinen Augen, das ihr bisher noch nie aufgefallen war. »Der Türkis war der Stein, den die Anasazi bei der Regenzeremonie verwendet haben. Das wissen wir von Chaco Cañon. Und diese Theorie wird auch durch die Funde, die wir bisher hier gemacht haben, bestätigt. Allein hier in diesem Kiva dürften sich mehrere hundert Pfund Türkis befinden. Das ist unglaublich viel in einer Kultur, in der schon eine einzige Perle aus diesem Halbedelstein ein kleines Vermögen wert war.«

Smithback nickte. Nora blickte zwischen den beiden Männern hin und her und fragte sich, worauf Black hinauswollte.

»Ich frage Sie also: Wenn Türkis das Material war, das bei der Regenzeremonie verwendet wurde, was für ein Material haben die Anasazi dann wohl für die Sonnenzeremonie gebraucht?« Er deutete auf das im Lampenlicht schimmernde Bild der Sonnenscheibe. Auch Bonarotti und Swire hatten sich jetzt zu der Gruppe gesellt und hörten gespannt zu. »Woran erinnert Sie das, Bill?«

Smithback pfiff leise durch die Zähne.»An Gold?«, erwiderte er fragend.

Black antwortete mit einem Lächeln.

»Jetzt hören Sie aber auf«, fuhr Nora ungeduldig dazwischen.»Fangen Sie nicht schon wieder mit diesem Unsinn an. Das hier ist das einzige Große Kiva in der Stadt. Und der Gedanke an ein Sonnen-Kiva, an *irgendein* anderes Kiva voller Gold, ist einfach absurd. Es erstaunt mich, dass ausgerechnet Sie sich an solchen wilden Spekulationen beteiligen, Aaron.«

»Ist das denn wirklich eine wilde Spekulation?«, fragte Black und begann seine Argumente an den Fingern abzuzählen:»Erstens haben wir die Indianerlegenden, in denen von Gold die Rede ist. Zweitens gibt es die Berichte von Coronado, Fray Marcos und anderen. Und jetzt stehen wir hier vor dieser Scheibe aus Goldglimmer, die richtigem Gold erstaunlich ähnlich sieht. Wie Enrique Ihnen sicherlich bestätigen wird, erinnern die Verzierungen in den Gebissen der Schädel an die Azteken, und von denen wissen wir genau, dass sie tonnenweise Gold besaßen. Alle diese Tatsachen zusammengenommen führen mich zu der Frage, ob an den alten Legenden nicht vielleicht doch etwas Wahres dran sein könnte.«

»Denken Sie, was Sie wollen. Ich jedenfalls glaube das erst, wenn Sie mir Ihr Sonnen-Kiva zeigen«, entgegnete Nora entnervt.»Aber bis dahin verschonen Sie uns bitte mit diesem Gerede vom Gold der Azteken.«

Black grinste.»Ist das eine Herausforderung?«

»Fassen Sie es eher als einen Appell an Ihre Vernunft auf.«

Hinter sich hörte Nora ein heiseres, sonores Lachen. Sie drehte sich um und sah, wie Sloanes Blick von ihr hinüber zu Black und wieder zurück wanderte. Ihre bernsteinfarbenen Augen funkelten, als amüsiere sie sich über einen Witz, den nur sie allein verstand.

31

In der Nacht hatte Nora schlimme Träume, aber als sie in aller Früh erwachte, verflüchtigte sich die Erinnerung daran ziemlich rasch. Der drei viertel volle Mond ging gerade unter und füllte das Tal mit dunklen Schatten. Im Osten begann der Himmel die ersten, zarten Farben der Morgendämmerung anzunehmen. Hellwach richtete Nora sich auf und schaute sich um, Swire war bereits auf. Mehrmals am Tag durchquerte er den Slot-Cañon, um nach den Pferden zu sehen, die sie im jenseitigen Tal hatten zurücklassen müssen. Der Rest der Gruppe schlief noch. Auch Aragons Zelt, in dem nun schon zwei Nächte hintereinander bis lange nach Mitternacht das Licht gebrannt hatte, war dunkel.

In der Kühle des Morgens zog Nora sich rasch an. Sie steckte ihre Taschenlampe in die hintere Hosentasche und ging hinüber zum Kochfeuer, wo sie die Asche von der Glut schob und mit ein paar trockenen Zweigen die Flammen wieder zum Leben erweckte. Dann nahm sie die stets griffbereite Kaffeekanne aus blau gesprenkeltem Emaille, füllte sie mit Wasser und stellte sie über den Flammen auf den Rost.

Während sie damit beschäftigt war, sah sie, wie aus dem Pappelhain eine Gestalt mit einem Schlafsack über dem Arm auf sie zuging. Es war Sloane. Vielleicht nächtigt sie ja auch lieber unter dem Sternenhimmel, dachte Nora.

»Gut geschlafen?«, fragte Sloane, während sie den Schlafsack in ihr Zelt warf und sich neben Nora ans Feuer hockte.

»Eigentlich nicht«, antwortete Nora und starrte in die Flammen.

»Und Sie?«

»Ich schon«, erwiderte Sloane und folgte Noras Blick. »Ich kann gut verstehen, weshalb die alten Kulturen das Feuer verehrt haben«, sagte sie mit sanfter Stimme. »Es ist so faszinierend, weil es sich ständig verändert. Viel schöner als Fernsehen – und ganz ohne Werbung.« Sie grinste Nora an und schien im Gegensatz zu ihr bester Laune zu sein.

Nora lächelte schwach und öffnete den Reißverschluss ihrer Jacke, um die Wärme des Feuers an ihren Körper zu lassen. Die Kaffeekanne, in der das Wasser zu kochen begann, rüttelte auf dem Rost herum. Nora stand auf und nahm sie vom Feuer. Dann warf sie eine Hand voll gemahlenen Kaffee hinein und rührte mit ihrem Messer um.

»Wenn Bonarotti das sieht«, sagte Sloane, »haut er Ihnen seine Espresso-Maschine auf den Kopf. So ein Cowboy-Kaffee ist ihm ein Gräuel.«

»Das Warten auf Bonarottis Kaffee erinnert mich jeden Morgen an das Warten auf Godot«, erwiderte Nora. Auf dem Ritt nach Quivira war der Koch immer als Erster aufgestanden und hatte Frühstück gemacht, aber hier im Lager, wo sich langsam ein geregelter Tagesablauf eingestellt hatte, weigerte er sich standhaft, sein Zelt vor Sonnenaufgang zu verlassen.

Nora stellte die Kanne noch einen Moment aufs Feuer und rührte kräftig um. Nachdem sich der Kaffee gesetzt hatte, goss sie sich und Sloane eine Tasse ein. Genüsslich sog sie den bitteren Geruch auf.

»Ich glaube, ich weiß, was Ihnen im Kopf herumgeht«, bemerkte Sloane.

»Mag sein«, murmelte Nora und schlürfte schweigend ihren Kaffee. Auch Sloane sagte nichts mehr.

»Es kommt alles so unerwartet«, hörte sich Nora schließlich selbst sagen. »Da finden wir diese Stadt, diese magische und wundervolle Stadt, angefüllt mit mehr Artefakten und neuen Erkenntnissen, als wir uns je hätten träumen lassen. Zunächst scheint es, als hätten wir mit einem Schlag die Antwort auf sämtliche Fragen hinsichtlich der Anasazi gefunden, aber dann stellt sich heraus, dass wir hier bloß auf neue und immer seltsamere Rätsel stoßen.« Sie schüttelte den Kopf. »Das Große Kiva ist ein gutes Beispiel dafür. Was sollen die vielen Schädel darin? Was bedeuten sie? Was für Zeremonien wurden in diesem Kiva abgehalten?«

Sloane setzte ihre Tasse ab und blickte Nora fragend an. »Sehen Sie denn nicht, dass wir außer Fragen auch Antworten bekommen?«, fragte sie leise. »Es sind nur nicht die, die wir erwartet haben, aber so ist es nun mal mit neu gewonnenen wissenschaftlichen Erkenntnissen.«

»Ich hoffe bloß, dass Sie Recht haben«, erwiderte Nora. »Ich habe bei meinen anderen Ausgrabungen auch schon Entdeckungen gemacht, doch da hatte ich immer ein ganz anderes Gefühl im Bauch. Hier hingegen spüre ich, dass irgendetwas nicht stimmt. Und zwar, seit ich diese achtlos weggeworfenen Knochen in Aragons Tunnel gesehen habe.«

Sie verstummte, als sie bemerkte, dass die anderen aus ihren Zelten zu krabbeln begannen. Smithback und Holroyd kamen ans Feuer und setzten sich, gefolgt von Black, zu Nora und Sloane. Die Zweige der Pappeln begannen sich etwas vom heller werdenden Himmel abzuheben.

»Hier ist es am Morgen so kalt wie im Lenin-Mausoleum«, sagte Smithback. »Aber was noch viel schlimmer ist: Mein Kammerdiener hat es schon wieder versäumt, mir meine Stiefel zu putzen, obwohl ich sie extra vors Zelt gestellt habe.«

»Es ist verdammt schwer, heutzutage zuverlässiges Personal zu bekommen«, äffte Black den Journalisten nach und goss sich eine Tasse Kaffee ein. »Igitt! Was ist denn das für ein barbarisches Gebräu?«, fragte er, nachdem er nur daran gerochen hatte. »Und wann gibt es Frühstück? Kann denn dieser faule Italiener nicht ein bisschen früher aus dem Schlafsack kriechen? Ich habe noch nie von einem Expeditionskoch gehört, der bis zwölf Uhr mittags auf dem Ohr liegt.«

»Aber er ist der einzige Koch, der ›Pommes Anna‹ fast noch besser zubereitet als die Küchenmeister von Paris. Und das mit einem Zwanzigstel an Kochgerät«, konterte Smithback. »Außerdem ist das

Frühstück eine Mahlzeit für Kinder und Wilde, aber nicht für zivilisierte Menschen wie mich.«

Bis auf Sloane schienen alle, die an diesem kühlen Morgen um das Feuer hockten und ihren Kaffee schlürften, verdrießlich und reizbar zu sein. Nora fragte sich, ob die gedämpfte Stimmung der anderen wohl auch von den Entdeckungen herrührte, die sie in der Stadt und im Inneren des Großen Kivas gemacht hatten.

Langsam brachte die aufgehende Sonne mehr Farbe in die Landschaft und verwandelte das Grau der Dämmerung in leuchtendes Rot, Gelb, Violett und Grün. Smithback sah, wie Noras Blicke an den Klippen entlangwanderten, und bemerkte: »Das ist wie Malen nach Zahlen, nicht wahr?«

»Was für ein poetischer Gedanke«, sagte Nora.

»Die Poesie ist nun mal mein Geschäft«, kicherte Smithback. Er fischte mit einem Löffel etwas Kaffeesatz aus seiner Tasse und warf ihn in den Busch hinter sich.

Nora hörte leise Schritte im Sand, und als sie aufblickte, sah sie Aragon kommen, der sich fest in eine dicke Jacke gemummt hatte. Er goss sich wortlos eine Tasse Kaffee ein, die er rasch hinunterkippte und mit zitternden Händen noch einmal nachfüllte.

»Na, haben Sie wieder einmal die Nacht zum Tage gemacht, Enrique?«, fragte Nora.

Aragon schien sie nicht gehört zu haben. Er trank weiter seinen Kaffee und starrte ins Feuer. Erst nach ein paar Minuten sah er Nora mit seinen dunklen Augen an. »Ja, es ist ziemlich spät geworden. Ich hoffe, ich habe niemanden gestört.«

»Nein, überhaupt nicht«, antwortete Nora rasch.

»Und, haben Sie wieder an Ihren geliebten Knochen herumgeforscht?«, fragte Black.

Aragon trank wortlos seine Tasse aus und füllte sie zum dritten Mal. »Ja.«

»Soviel zum Thema Störung einer Fundstätte«, bemerkte Black grinsend. »Und, haben Sie etwas herausgekriegt?«

Aragon ließ sich mit seiner Antwort lange Zeit. »Ja«, sagte er dann abermals.

Etwas in seinem Ton ließ die anderen verstummen.

»Nun reden Sie schon endlich, Mann«, tönte Smithback schließlich. »Lassen Sie sich doch nicht jedes Wort aus der Nase ziehen.«

Aragon stellte seine Tasse ab und begann langsam und überlegt zu sprechen, so, als habe er sich jeden Satz sorgfältig zurechtgelegt. »Wie ich Nora schon gesagt habe, ist die Anordnung der Knochen in dem Tunnel extrem merkwürdig.« Er hielt inne und holte aus seiner Jackentasche eine kleine Plastikdose, die er auf den Boden stellte und vorsichtig öffnete. In dem Behälter waren drei Knochenstücke und ein Splitter eines Schädels.

»Oben auf den Knochenhaufen liegen etwa fünfzig bis sechzig komplette Skelette«, fuhr er fort. »An manchen von ihnen habe ich noch Reste von Kleidung, aber auch Juwelen und persönliche Ziergegenstände gefunden. Die Toten waren gut ernährte, wohlhabende Menschen, die fast alle in der Blüte ihrer Jahre standen. Obwohl sie alle zur selben Zeit gestorben zu sein scheinen, ließen sich an ihren Knochen keine Spuren von Gewaltanwendung erkennen.«

»Haben Sie eine Erklärung dafür?«, fragte Black.

»Mir kommt es so vor, als ob in Quivira ganz plötzlich eine Seuche ausgebrochen sei, von der die Menschen so rasch dahingerafft wurden, dass sie ihre Toten nicht einmal mehr ordentlich bestatten konnten«, antwortete Aragon. »Es ist mir zwar nicht gelungen, eine definitive Krankheitsursache herauszufinden, aber ich weiß, dass viele virale oder bakterielle Infektionen keine Spuren an den Knochen hinterlassen. Auf jeden Fall hat man die Leichen so, wie sie waren, in den Tunnel geschleift und sie auf die dort bereits vorhandenen Gebeine geworfen.« Sein Gesichtsausdruck veränderte sich. »Mit diesen Knochen hat es allerdings eine ganz eigene Bewandtnis. Bei ihnen handelt es sich um die zerbrochenen Überreste von hunderten, ja tausenden von Menschen, die man im Laufe vieler Jahre dort hineingeworfen hat. Anders als die kompletten Skelette stammen sie von Toten, die auf brutale Weise ums Leben gekommen sind. Auf sehr brutale sogar.«

Aragon blickte mit seinen dunklen Augen die anderen an, einen nach dem anderen. Nora spürte, wie sich ihr ungutes Gefühl verstärkte.

»Die Knochen aus der unteren Schicht weisen einige charakteristische Merkmale auf, die bei fast allen identisch sind«, sagte Aragon und wischte sich mit seinem fleckigen Halstuch übers Gesicht. Mit einer Pinzette deutete er auf eines der zerbrochenen Knochenstücke in dem Behälter. »Wie Sie hier sehen können, weisen viele der Langknochen Bruchstellen auf, die *perimortem* auf eine ganz spezielle Weise entstanden sind.«

»Was bedeutet *perimortem*?«, fragte Smithback.

»Dass die Knochen nicht vor Eintritt des Todes gebrochen wurden, aber auch nicht lange danach.«

»Und was haben Sie vorhin mit ›auf spezielle Weise‹ gemeint?«, wollte Black wissen.

»Ich meinte damit, dass diese Gebeine genau so zerbrochen wurden, wie es die Anasazi auch mit Knochen von Hirschen und Wapitis gemacht haben, wenn sie ihnen das Mark entnehmen wollten. Sehen Sie hier« – er deutete auf eine bestimmte Stelle an dem Knochenstück – »diesen Oberarmknochen hier haben sie geradezu ausgebohrt, um an das Mark in seinem Innern zu gelangen.«

»Moment mal«, sagte Smithback. »Wofür hätten sie denn das Knochenmark ...«

»Lassen Sie mich bitte ausreden. Ich möchte Sie auf diese kleinen Kerben an den Knochen hinweisen. Ich habe sie unter dem Mikroskop untersucht und festgestellt, dass sie von Steinmessern stammen und denen ähneln, wie man sie an Tierknochen findet, von denen das Fleisch abgelöst wurde. Außerdem habe ich dutzende von zerschlagenen Totenköpfen gefunden – die meisten davon Kinderschädel –, die Spuren aufweisen, wie sie nur beim Skalpieren entstehen. Sie ähneln übrigens denen, die wir an dem Totenkopf in Petes Ruine entdeckt haben. An diesem Schädel ließen sich auch so genannte ›Ambossabschürfungen‹ ausmachen, die ebenfalls an den Schädeln im Tunnel zu beobachten sind. Von denen hatten übrigens viele ein Loch, das in die Schädeldecke gebohrt wurde.«

»Was sind Ambossabschürfungen?«, fragte Nora.

»Ganz spezielle, parallel verlaufende Schürfspuren, die dadurch erzeugt werden, dass man einen Schädel auf einen Stein legt und mit einem anderen Stein darauf schlägt. So etwas macht man meistens, um die Hirnschale zu öffnen, weshalb man derartige Spuren normalerweise auch an Tierschädeln findet, die aufgebrochen werden, um ihr Gehirn zu verzehren.«

Aus dem Augenwinkel sah Nora, dass Smithback wie ein Wilder in sein Notizbuch schrieb.

»Aber ich habe noch mehr gefunden«, fuhr Aragon fort. »Viele der Gebeine zeigen das hier.« Er nahm einen kleineren Knochen mit der Pinzette hoch und hielt ihn Nora vors Gesicht. »Schauen Sie sich doch einmal die Bruchstellen an diesem Knochen genauer an«, sagte er und reichte Nora eine Lupe.

Nora untersuchte den Knochen. »Ich kann nichts Ungewöhnliches entdecken«, sagte sie. »Höchstens einen merkwürdigen Glanz an den Enden, der so aussieht, als habe man den Knochen benutzt, um ein Fell von innen auszuschaben.«

»Diesen Glanz bezeichnet man als ›Kochtopfschliff‹«, erklärte Aragon.

»Kochtopfschliff?«, wiederholte Nora mit leiser Stimme und spürte, wie eine in ihrem Bauch aufkeimende Angst ihr langsam die Kehle zuschnürte.

»So etwas entsteht, wenn Knochen in einem Tontopf mit rauen Wänden lange Zeit gekocht und immer wieder umgerührt werden«, informierte Aragon. Unnötigerweise fügte er hinzu: »So kocht man Suppe.«

Aragon griff nach der Kaffeekanne und stellte fest, dass sie leer war.

»Wollen Sie damit etwa sagen, dass die Anasazi in dieser Stadt Menschen gekocht und *aufgegessen* haben?«

»Natürlich will er das sagen«, mischte Black sich ein. »Aber ich habe im Abfallhaufen keinen Hinweis auf menschliche Gebeine gefunden. Dafür aber jede Menge Knochen, die eindeutig von Schlachttieren stammen.«

Aragon erwiderte nichts.

Nora wandte den Blick von ihm ab und ließ ihn über den Cañon schweifen. Die Sonne erschien gerade über dem Rand der Klippen, aber das Tal, in dem sie sich befanden, lag noch immer im Schatten, was Nora an ein Bild von Magritte denken ließ. So schön dieses Tal auch war, auf einmal erfüllte es Nora mit düsteren Ahnungen.

»Da ist noch etwas, das ich Ihnen sagen muss«, fuhr Aragon mit leiser Stimme fort.

Nora sah ihn wieder an. »Noch mehr?«

Aragon blickte hinüber zu Sloane. »Ich denke, dass das Grab, das Sie gefunden haben, in Wirklichkeit gar keines war.«

»Auch mir kam es wie eine Art Opfer vor«, hörte Nora sich sagen.

»Genau das ist es auch«, bestätigte Aragon. »Den Spuren an den Knochen nach zu schließen, wurden die beiden Menschen fachmännisch zerlegt – wie von einem Metzger – und die einzelnen Teile dann gekocht und angebraten. Die so zubereiteten Fleischstücke wurden dann vermutlich in den beiden Gefäßen, die Sie entdeckt haben, angerichtet. Zwischen den Knochen habe ich Stücke einer braunen, vertrockneten Substanz gefunden, bei der es sich meiner Meinung nach um mumifiziertes Fleisch handelt, das irgendwann einmal von den Knochen abgefallen sein muss.«

»Das ist ja widerlich«, bemerkte Smithback, der nach wie vor fleißig mitschrieb.

»Die beiden Toten wurden darüber hinaus skalpiert, und ihre Gehirne wurden dann den Schädeln entnommen und – wie soll ich das ausdrücken – zu einer Art Mus verkocht, das mit Chilischoten gewürzt wurde. Ich habe diese ... diese Substanz im Inneren der Schädel gefunden.«

Wie auf ein makabres Stichwort hin kroch in diesem Moment Bonarotti aus seinem Zelt und näherte sich dem Feuer, wobei er den Reißverschluss an seinem Hosenlatz hochzog.

Black machte einen unruhigen Eindruck. »Enrique, Sie sind der letzte Mensch auf der Welt, dem ich unterstellen würde, dass er aus purer Sensationsgier voreilige Schlüsse zieht. Aber es gibt dutzende von Vorgängen, bei denen Knochen verkratzt oder glatt poliert werden. Es muss sich dabei doch nicht unbedingt um Kannibalismus handeln.«

»Diesen Ausdruck haben Sie gebraucht«, erwiderte Aragon. »Ich hingegen ziehe noch keine Schlussfolgerungen, sondern teile Ihnen lediglich mit, was ich herausgefunden habe.«

»Aber alles, was Sie gesagt haben, legt diesen Schluss nun mal verdammt nahe«, polterte Black los. »Und solche Unterstellungen sind ungeheuerlich! Die Anasazi waren ein friedliches Bauernvolk, bei dem die Wissenschaftler bisher noch keinen einzigen Hinweis auf Kannibalismus entdeckt haben.«

»Das stimmt nicht ganz«, warf Sloane mit leiser Stimme ein und beugte sich vor. »Es gibt mehrere Archäologen, die Theorien über kannibalistische Praktiken bei den Vorfahren der nordamerikanischen Ureinwohner aufgestellt haben. Was sagen Sie beispielsweise zu Awatovi?«

»Awatovi?«, wiederholte Black. »Das Hopi-Dorf, das im Jahr 1700 zerstört wurde?«

Sloane nickte. »Nachdem die Spanier die Einwohner von Awatovi zum Christentum bekehrt hatten, griffen die Bewohner der umliegenden Indianersiedlungen sie an und schlachteten sie ab. Ihre Knochen wurden vor dreißig Jahren gefunden und wiesen genau die Spuren auf, die Enrique uns gerade geschildert hat.«

»Vielleicht herrschte damals ja eine Hungersnot«, sagte Nora.
»Schließlich gibt es auch in unserer Kultur zahlreiche Beispiele da-

für, dass extremer Hunger Menschen zum Kannibalismus getrieben hat. Und außerdem sind wir hier weit entfernt von Awatovi, und die Anasazi sind etwas ganz anderes als die Hopi. Wenn wir es hier wirklich mit Kannibalismus zu tun haben, dann muss dieser rituelle Gründe gehabt haben – sozusagen institutionalisierter Kannibalismus im großen Stil. Mich erinnert das weniger an die Geschehnisse in Awatovi, sondern an ...« Sie hielt inne und blickte hinüber zu Aragon.

»An die Azteken«, vervollständigte er ihren Satz. »Dr. Black, Sie haben eben gesagt, dass Kannibalismus für die Anasazi undenkbar gewesen wäre. Das mag sein, aber es trifft nicht auf die Azteken zu. Von denen wissen wir, dass sie Kannibalismus betrieben haben, aber nicht zur Nahrungsbeschaffung, sondern um durch Terror soziale Unterdrückung auszuüben.«

»Worauf wollen Sie hinaus? Wir befinden uns hier in den Vereinigten Staaten und nicht in Mexiko. Haben Sie etwa vergessen, dass wir eine Anasazi-Stadt ausgraben?«

»Und in dieser Anasazi-Stadt soll es eine herrschende Klasse gegeben haben? Und einen Schutzgott namens Xochitl? Haben Sie jemals von einer Anasazi-Stadt mit blumengefüllten Begräbniskammern gehört? Oder von einer Anasazi-Stadt, in der man möglicherweise sogar ... rituellen Kannibalismus betrieben hätte?« Aragon schüttelte den Kopf. »Ich habe an Schädeln aus der unteren und der oberen Schicht im Tunnel einige forensische Untersuchungen angestellt und herausgefunden, dass sie große Unterschiede aufweisen. So differieren beispielsweise die Formen der Schädelknochen und der Schneidezähne so stark voneinander, dass wir es meiner Meinung nach mit zwei vollkommen unterschiedlichen Menschentypen zu tun haben. Daraus könnte man schließen, dass sich die Bevölkerung von Quivira in Anasazi-Sklaven und in eine herrschende Oberschicht aus Azteken aufgeteilt hat. Sämtliche Erkenntnisse, die ich bislang hier gewonnen habe, deuten darauf hin, dass eine Gruppe von Azteken – oder ihrer Vorgänger, der Tolteken – um das Jahr 950 herum die Anasazi überfallen und sich selbst als herrschende Priesterkaste etabliert hat. Möglicherweise haben sie sogar den Bau der großen Anasazi-Städte wie Chaco Cañon befohlen.«

»Das ist ja wohl die absurdeste Theorie, die ich je gehört habe«, sagte Black. »Bisher gibt es weder Beweise für einen aztekischen Einfluss auf die Kultur der Anasazi noch für das Vorhandensein von Sklaverei. Das, was Sie gerade gesagt haben, widerspricht sämtlichen archäologischen Erkenntnissen der letzten hundert Jahre.«

»Moment mal«, wandte Nora ein. »Lassen Sie uns Enriques Gedanken nicht vorschnell verwerfen. Schließlich hat bisher noch niemand eine so intakte Stadt wie Quivira entdeckt, und diese Theorie würde nicht nur ihre seltsame Lage erklären, sondern auch viele andere Rätsel, auf die wir hier gestoßen sind. Nehmen Sie zum Beispiel die Hinweise, dass die Stadt ein Zentrum für Pilger war.«

»Und ihren sagenhaften Reichtum«, ergänzte Sloane nachdenklich. »Vielleicht waren wir ja mit der Annahme, dass die Bewohner von Quivira Handel mit den Azteken getrieben haben könnten, auf dem falschen Dampfer. Es wäre gut möglich, dass die Azteken als Eroberer kamen, eine Oligarchie etablierten und ihre Macht durch Rituale wie Menschenopfer und Kannibalismus sicherten.«

Als Smithback sich anschickte, eine Frage zu stellen, hörte Nora aus der Ferne einen Schrei. Fast gleichzeitig drehten sich alle Köpfe in Richtung Slot-Cañon, wo sich Swire wie ein Besessener durch das Gestrüpp kämpfte.

Als er am Lager angelangt war, blieb er schwer atmend stehen. Nora starrte den von der Kletterei noch vollkommen durchnässten Cowboy entgeistert an. Mit Wasser vermischtes Blut tropfte ihm aus den Haaren auf sein Hemd, das an den Schultern eine rosarote Färbung angenommen hatte.

»Was ist denn los?«, fragte Nora scharf.

»Meine Pferde«, keuchte Swire und rang nach Luft. »Jemand hat ihnen den Bauch aufgeschlitzt.«

32

Nora hob die Hände, um die anderen, die wild durcheinanderredeten, zur Ruhe zu bringen. »Roscoe«, sagte sie. »Erzählen Sie uns genau, was passiert ist.«

Swire, der einer stark blutenden Wunde an seinem Oberarm keine Beachtung schenkte, hockte sich schwer atmend neben die anderen. »Ich bin heute früh wie üblich um drei Uhr aufgestanden und war gegen vier bei den Pferden. Sie waren in den nördlichen Teil des Tales gewandert, vermutlich, weil sie dort nach besserem Gras suchten. Als ich sie fand, waren sie schweißnass.« Er hielt einen Augenblick inne. »Zuerst dachte ich, dass ein Puma sie gejagt hätte, denn Hoosegow und Crow Bait fehlten. Aber dann fand ich die beiden … Oder besser gesagt das, was von ihnen übrig war, und sah, dass jemand sie aufgeschlitzt hatte wie …« Seine Miene verdunkelte sich. »Wenn ich diese Dreckstypen erwische, die das getan haben, dann werde ich sie …«

»Wieso gehen Sie davon aus, dass es Menschen waren?«, fragte Aragon.

»Weil man sie fachgerecht ausgeweidet hat. Sie haben ihnen den Bauch aufgeschlitzt, ihre Eingeweide herausgeholt und …« Swire verstummte.

»Und?«

»Und sie auf ganz merkwürdige Weise hindrapiert.«

»Wie bitte?«, hauchte Nora.

»Jemand hat ihnen die Gedärme aus dem Bauch gezogen und sie in Form einer Spirale auf dem Boden angeordnet. Außerdem hat man ihnen Stöcke mit Federn in die Augen gesteckt.«

»Haben Sie irgendwelche Fußspuren gefunden?«

»Nein. Vermutlich wurde die Tat von Reitern verübt.«

Bei der Erwähnung der Spiralen und der Federstöcke war es Nora eiskalt den Rücken hinuntergelaufen. Wie aus weiter Ferne hörte sie

Smithback sagen: »Jetzt machen Sie aber mal halblang. Kein Mensch kann so etwas vom Rücken eines Pferdes aus tun.«
»Aber es gibt keine andere Erklärung«, fauchte Swire. »Ich habe doch schon gesagt, dass keine Fußspuren da waren. Aber ...« Er hielt ein weiteres Mal inne. »Gestern Abend, als ich das Tal verließ, dachte ich, ich hätte auf dem Kamm des Bergrückens einen Reiter gesehen. Er saß auf seinem Pferd und schaute zu mir herab.«
»Warum haben Sie mir denn nichts davon erzählt?«, fragte Nora.
»Die Sonne ging gerade unter, und ich war mir nicht sicher, ob ich nicht einer Sinnestäuschung erlegen war. Was hätte auch ein Reiter auf diesem verdammten Berg da verloren? Wer sollte das Risiko auf sich nehmen und dort hinaufreiten?«
Ja, wer?, dachte Nora. Seit Beginn der Expedition war sie felsenfest davon überzeugt gewesen, die Gestalten, die sie auf der Ranch angegriffen hatten, weit hinter sich gelassen zu haben. Aber vielleicht waren sie ihr ja dennoch gefolgt. Doch wer verfügte über die Fähigkeiten, ganz zu schweigen von der Entschlusskraft, durch diese karge und raue Landschaft hinter ihnen herzureiten?
»Das Land hier ist trocken und sandig«, sagte Swire, und sein düsteres Gesicht nahm einen Ausdruck grimmiger Entschlossenheit an. »Da kann man eine Spur nicht immer und ewig verbergen. Ich bin nur hierher zurückgekommen, um Ihnen zu sagen, dass ich losreiten und diese Schweinehunde verfolgen werde.« Er stand abrupt auf und stapfte vom Feuer davon.
Niemand sagte ein Wort. Nora hörte aus Swires Zelt das Geräusch von Patronen, die in das Magazin eines Gewehrs geschoben wurden. Einen Moment später kam der Cowboy mit einem Revolver am Gürtel und einem Gewehr in seiner Hand wieder heraus.
»Einen Augenblick, Roscoe«, sagte Nora.
»Versuchen Sie nicht, mich aufzuhalten«, entgegnete Swire.
»Sie können jetzt nicht einfach weglaufen«, erwiderte Nora scharf. »Wir müssen erst über diese Angelegenheit reden.«
»Mit Ihnen zu reden bringt einen nur in Schwierigkeiten.«

Bonarotti ging wortlos zu seinem Kochkoffer und begann einen Beutel mit Proviant zu füllen.

»Roscoe«, sagte Sloane. »Nora hat völlig Recht. Sie können nicht einfach losziehen und ...«

»Halten Sie den Mund. Ich werde mir doch von ein paar dahergelaufenen Weibern nicht sagen lassen, was ich zu tun und zu lassen habe.«

»Wie wäre es dann mit einem dahergelaufenen Mann?«, mischte Black sich ein. »Was Sie vorhaben, ist töricht. Sie könnten verletzt werden, wenn Ihnen nicht noch Schlimmeres zustößt.«

»Ich habe genug von Ihrem Geschwätz«, blaffte ihn Swire an und ließ sich von Bonarotti den Proviantbeutel geben. Er wickelte ihn in seinen Regenmantel und wandte sich zum Gehen.

Nora bemerkte, wie sich ihre Angst und Niedergeschlagenheit in Wut verwandelten. Sie durfte es nicht dulden, dass irgendwer oder irgendwas ihre Grabung, die so vielversprechend begonnen hatte, in Gefahr brachte. Ebenso wenig konnte sie es dulden, dass Swire sich so unbotmäßig benahm. »Bleiben Sie stehen, Swire!«, herrschte sie ihn an.

Die Gruppe hielt den Atem an und Swire, den ihr Befehlston offenbar überrascht hatte, drehte sich zu Nora um.

»Hören Sie mir zu«, fuhr Nora fort und spürte, wie ihr das Herz in der Brust hämmerte und ihre Stimme zu zittern begann. »Wir müssen uns gut überlegen, was wir jetzt tun. Sie können nicht einfach ohne Plan losreiten und jemanden umbringen.«

»Ich habe einen Plan«, antwortete Swire. »Und hier gibt es nichts zu überlegen. Ich werde diese Schweine finden und ...«

»Sie haben Recht, die Täter müssen gefunden werden«, schnitt Nora ihm das Wort ab, »aber Sie sind nicht der Richtige dafür.«

»Was?« Swires Gesicht nahm einen Ausdruck verächtlicher Verwunderung an. »Und wer, bitteschön, soll das dann für mich machen?«

»Ich.«

Swire öffnete den Mund, um etwas zu sagen.

»Denken Sie doch mal einen Augenblick nach«, fuhr Nora rasch fort. »Der oder die Täter haben zwei Pferde getötet. Nicht aus Hunger, nicht zum Vergnügen, sondern um uns eine *Botschaft* zukommen zu lassen. Sagt Ihnen das nichts? Was ist beispielsweise mit den restlichen Pferden? Was meinen Sie wohl, was mit denen geschehen wird, während Sie auf Ihrem Rachefeldzug sind? Das sind *Ihre* Pferde, Roscoe, und nur Sie können für ihre Sicherheit sorgen, bis diese Angelegenheit geklärt ist.«

Swire schürzte die Lippen und strich sich mit einem Finger über seinen Schnurrbart. »Jemand anderer könnte auf die Pferde aufpassen, während ich weg bin.«

»Und wer, bitteschön?«

Swire zögerte mit seiner Antwort. »Sie wissen doch gar nicht, wie man Spuren verfolgt«, erwiderte er dann.

»Doch, das weiß ich. Wer auf einer Ranch groß geworden ist, kann so etwas. Wenn Sie wüssten, wie viele entlaufene Kühe ich wieder einfangen musste. Ich bin vermutlich nicht so geübt wie Sie, aber Sie haben gerade selbst gesagt, dass man da draußen in dem sandigen Gelände eine Spur kaum verbergen kann.« Nora beugte sich hinüber zu dem Cowboy. »Glauben Sie mir, wenn überhaupt jemand losgeht, dann bin ich diejenige, die dafür in Frage kommt. Aaron, Sloane und Enrique werden dringend bei der Ausgrabung gebraucht, und Sie sind der Einzige, der sich um die Pferde kümmern kann. Luigi als Koch ist ebenfalls unentbehrlich, und Peter tut sich mit dem Reiten schwer. Außerdem brauchen wir ihn, um den Funkverkehr aufrechtzuerhalten.«

Swire maß Nora mit einem abschätzigen Blick, sagte aber nichts.

»Das ist ja verrückt«, mischte Black sich ein. »Wollen Sie etwa alleine losziehen? Außerdem können Sie nicht von hier weg, Sie sind schließlich die Leiterin dieser Expedition.«

»Genau aus diesem Grund kann ich von niemand anderem verlangen, dass er sich in Gefahr bringt«, entgegnete Nora. »Ich werde nur einen Tag wegbleiben, allerhöchstens einen Tag und eine Nacht. Inzwischen können Sloane und Aragon gemeinsam die Entscheidungen treffen, die für den Fortgang der Grabung wichtig sind. Ich will herausfinden, wer das mit den Pferden gemacht hat und weshalb.«

»Ich bin der Meinung, dass wir die Polizei verständigen sollten«, sagte Black. »Wir haben doch ein Funkgerät.«

Aragon brach plötzlich in ein für ihn völlig untypisches Gelächter aus. »Die Polizei? Was für eine Polizei denn?«

»Na, die ganz normale Polizei, wen denn sonst? Wir sind schließlich immer noch in den Vereinigten Staaten von Amerika.«

»So, sind wir das?«, murmelte Aragon.

Keiner sagte etwas, bis sich Smithback mit erstaunlich ruhiger und fester Stimme zu Wort meldete. »Ich finde, Nora sollte nicht allein gehen, und da ich der Einzige bin, der bei der Grabung nicht gebraucht wird, werde ich sie begleiten.«

»Nein«, sagte Nora automatisch.

»Warum nicht? Der Abfallhaufen wird mich einen Tag lang entbehren können, und Aaron kann ein bisschen körperliche Arbeit auch nicht schaden. Ich bin kein schlechter Reiter, und außerdem kann ich auch mit einer Waffe umgehen, falls das nötig sein sollte.«

»Wir müssen aber auch noch etwas anderes bedenken«, warf Aragon ein. »Sie haben vorhin gesagt, dass die Pferde getötet wurden, um uns eine Botschaft zu schicken. Aber haben Sie sich einmal überlegt, dass es auch einen anderen Grund dafür geben könnte?«

Nora sah ihn an. »Und was sollte das denn für ein Grund sein?«

»Dass man die Pferde getötet hat, um einige von uns vom Lager wegzulocken und sie dann zu überfallen? Vielleicht hat sich der Reiter Swire ja absichtlich gezeigt.«

Nora fuhr sich mit der Zunge über die Lippen.

»Das ist ein weiterer Grund für mich, Sie zu begleiten«, erklärte Smithback.

»Moment mal«, sagte Swire mit kalter Stimme. »Vergessen wir

bei unseren Überlegungen nicht das Devil's Backbone? Dieser verdammte Berg hat schon drei von meinen Pferden das Leben gekostet.«

»Daran habe ich auch gedacht, als Sie sagten, Sie hätten einen Reiter auf dem Bergrücken gesehen«, sagte Nora. »Und es ist wohl unumstritten, dass jemand zu Pferd gestern Nacht im Tal jenseits des Slot-Cañons war. Der einzige Zugang dazu führt aber über das Devil's Backbone. Wer auch immer über den Berg geritten ist, der hat es bestimmt auf einem Pferd ohne Hufeisen getan.«

»Ohne Hufeisen?«, fragte Smithback.

Nora nickte. »Ein unbeschlagenes Pferd ist auf einem schmalen, glatten Felspfad sehr viel trittsicherer. Eisen auf Stein gleitet wie Schlittschuhkufen auf Eis, wohingegen das Keratin eines Pferdehufes einen sehr viel besseren Halt hat.«

Swire starrte Nora böse an. »Ich lasse es nicht zu, dass Sie die Hufe meiner Pferde in dieser verfluchten Wildnis hier kaputtmachen.«

»Wir werden die Hufeisen wieder anbringen, sobald wir am Fuß des Berges sind«, sagte Nora. »Sie haben doch Werkzeug zum Abnehmen der Eisen dabei, oder?«

Swire nickte langsam.

»Ich möchte lediglich herausfinden, wer das getan hat und warum. Wir können den Fall dann den Behörden übergeben, wenn wir wieder zurück in der Zivilisation sind.«

»Genau das will ich nicht«, sagte Swire.

»Wollen Sie lieber den Rest Ihres Lebens hinter Gittern verbringen, weil Sie im Zorn jemanden erschossen haben?«, fragte Nora.

Swire gab keine Antwort. Bonarotti drehte sich um und verschwand wortlos in seinem Zelt. Kurze Zeit später kam er mit seinem Revolver, einer Schachtel Munition und einem Lederhalfter mit Patronengürtel wieder zurück und drückte Nora alles in die Hand. Nora band sich den Gürtel um und klappte die schwere Waffe auf. Nachdem sie den Zylinder gedreht hatte, ließ sie den Revolver wieder zuschnappen. Als Nächstes riss sie die Schachtel auf und steckte eine Patrone nach der anderen in die Schlaufen am Gürtel. Schließlich warf sie die leere Schachtel ins Feuer und wandte sich an Swire. »Wir werden uns um diese Angelegenheit kümmern«, sagte sie mit fester Stimme.

33

Skip verharrte einen Augenblick an der Metalltür von Elmo's Auto Shoppe, um seinen Ärger wieder richtig zum Kochen zu bringen. Die Werkstatt, die sich in einer Wellblechbaracke befand, briet am äußersten Ende der Cerrillos Road in der Sonne. Hier, wo es sonst nur noch ein paar Fast-Food-Restaurants, Gebrauchtwagenhändler und kleinere Einkaufszentren und Supermärkte gab, ging die Stadt in die von Bulldozern bereits planierte Prärie über. Große Schilder, auf denen GRUNDSTÜCK ZU VERPACHTEN oder WIR BAUEN NACH IHREN WÜNSCHEN stand, ließen erkennen, dass Santa Fe noch immer unkontrolliert ins Umland hineinwuchs.

Skip machte ein böses Gesicht und betrat zusammen mit Teddy Bear, den er an einer kurzen, dicken Lederleine mit sich führte, die Werkstatt. Dort entdeckte er auf einer hydraulischen Hebebühne seinen Fury, dessen Räder traurig herunterhingen. Der Unterboden des Wagens war noch immer voller Sand.

Unter der Hebebühne stand der Besitzer von Elmo's Auto Shoppe, ein großer, magerer Mann in verblichener Arbeitshose und zerrissenem T-Shirt, auf dem eine obszön zwischen dicken, fleischigen Lippen herausgebleckte Rolling-Stones-Zunge prangte. Irgendwie erinnerte das von unzähligen Ölflecken eingerahmte Emblem Skip an die Lippen von Elmo selbst, die wie üblich missmutig nach unten gezogen waren. »Wieso haben Sie denn das Vieh da mitbringen müssen?«, maulte er. »Ich bin allergisch gegen Hundehaare.«

Skip öffnete den Mund, um seine Beschwerde loszuwerden, aber Elmo hob protestierend sein Klemmbrett. »Defektes Automatikgetriebe«, fing er an, befeuchtete mit der Zunge einen seiner von Schmierfett schwarzen Finger und blätterte damit die Seiten um. »Kaputte Handbremse sowie eine verbogene Felge. Das kommt auf - sagen wir - fünf- bis sechshundert Lappen, zuzüglich Abschleppgebühren.«

»Das könnte Ihnen so passen«, knurrte Skip. Er zerrte Teddy Bear hinter sich her unter das Auto und vergaß vor lauter Ärger seine sorgfältig einstudierte Strafpredigt. »Ich habe den Wagen erst vor drei Wochen zum Ölwechsel und zur Inspektion hier bei Ihnen gehabt. Warum haben Sie mir nicht gesagt, dass die Bremsen kaputt sind?«

Elmo blickte Skip mit seinen großen dunklen Augen an, die immer so aussahen, als könnten sie sich jeden Moment mit Tränen füllen. »Ich habe eben noch mal in meinen Unterlagen nachgeschaut. Mit den Bremsen war alles in Ordnung.«

»Blödsinn«, sagte Skip und warf dem Mechaniker einen herausfordernden Blick zu. Er hasste es ohnehin, Geld für den Wagen auszugeben, und dass er jetzt schon wieder sechshundert Dollar berappen sollte, wo er doch erst vor ein paar Wochen siebenundfünfzig für die Inspektion hingeblättert hatte, brachte seine Wut zum Überschäumen. »Die Bremsen waren absolut *im Eimer*! Ich bin einfach ins Leere getreten, kapiert? Um ein Haar wäre ich wegen Ihrem Pfusch draufgegangen, und jetzt soll ich auch noch dafür *bezahlen*? Das soll doch wohl ein Scherz sein!«

»Die Bremsanlage war knochentrocken«, erklärte Elmo verbissen und starrte auf den Boden. »Kein Tropfen Bremsflüssigkeit mehr vorhanden.«

»Da haben wir doch den Beweis!«, rief Skip und schlug sich mit der Faust in die Handfläche. »Sie hätten das Leck bemerken müssen, als ich den Wagen zur Inspektion hier hatte. Ich zahle doch nicht für ...«

»Aber da war kein Leck.«

Skip hielt erstaunt inne. »Wie bitte?«

Elmo zuckte mit den Achseln und sah ihn von der Seite an. »Wir haben einen Drucktest an der Bremsanlage vorgenommen. Es gab kein Leck, keine kaputte Dichtung, nichts dergleichen.«

Skip starrte Elmo an. »Aber das ist doch unmöglich!«

Elmo zuckte abermals mit den Schultern. »Ein Leck müsste man sehen. Aber schauen Sie sich den Wagenboden doch selber an.« Mit diesen Worten hielt er eine Lampe in die Höhe.

»Was soll das?«, fragte Skip. »Alle Autos sehen von unten ölig und staubig aus.«

»Ja, aber ich kann beim besten Willen keine ausgetretene Bremsflüssigkeit entdecken. Keine Tropfen, keine Sprühspuren. Nichts, was auf ein Leck hinweisen würde. Wo haben Sie den Wagen normalerweise geparkt?«

»Vor dem Haus.«

»Ist Ihnen da in jüngster Zeit ein größerer Fleck auf dem Pflaster aufgefallen?«

»Nein.«

Elmo blickte wieder zu Boden und nickte wissend. Seine großen Ohren wackelten dabei.

Skip wollte gerade eine sarkastische Bemerkung loslassen, als er erstaunt innehielt. »Was haben Sie da gerade gesagt?«, fragte er.

»Ich sage gar nichts, aber es sieht so aus, als hätte Ihnen irgendjemand die Bremsflüssigkeit abgelassen.« Elmo fuhr sich mit der Zunge über seine gummiartigen Lippen. »Haben Sie vielleicht irgendwelche Feinde?«, fragte er mit der Andeutung eines schiefen Grinsens.

Skip lachte laut auf. »Das ist doch verrückt. Nein, ich ...« Er verstummte und dachte einen Augenblick lang nach. »Glauben Sie wirklich, dass jemand das absichtlich getan hat?«

Elmo nickte und bohrte sich mit einem Finger im Ohr herum. »Das Problem ist bloß, dass die Ablassschraube festgerostet ist, so dass das Trockenlegen nicht ganz unproblematisch gewesen sein dürfte.«

Skip dachte nach. »Das ist wirklich seltsam«, sagte er schließlich mit deutlich sanfterer Stimme. »Die Bremsen haben doch die ganze Zeit über prima funktioniert, bis sie von einer Minute auf die andere ausgefallen sind.« Er blickte auf die Uhr und spürte, wie der Ärger wieder in ihm aufwallte. »Ich muss jetzt zur Arbeit«, erklärte er. »Wenn ich zu spät komme, reißt mir meine Chefin den Schädel herunter. Ich hoffe bloß, dass diese jämmerliche Krücke da nicht schlappmacht, bevor ich im Institut bin.« Mit diesen Worten deutete er auf den uralten VW-Käfer mit kaputter hinterer Stoßstange und Türen in zwei verschiedenen Farben, den Elmo ihm als Leihwagen zur Verfügung gestellt hatte. »Da ist ja mein Wagen selbst ohne Bremsen noch besser.«

Elmo hatte für Skips Beschwerde nur sein bewährtes Achselzucken auf Lager. »Sie können ihn am Freitag um fünf Uhr abholen.«

»Und denken Sie noch mal über den Reparaturpreis nach«, sagte Skip. »Ich zahle keine sechshundert Mäuse dafür, dass jemand bei der Inspektion geschlampt hat.«

Nur mit Mühe gelang es ihm, Teddy Bear in dem engen Käfer zu verstauen. Als er es schließlich geschafft hatte, zwängte er sich hinter das Lenkrad und startete den Motor. Er legte den ersten Gang ein und fuhr mit laut röhrendem Auspuff hinaus auf die Straße. Er musste sich beeilen, denn Sonya Rowling wartete im Institut bereits auf ihn.

Während der Fahrt verspürte Skip einen rasch stärker werdenden Kopfschmerz, der schließlich wie ein eisernes Band auf seine Schläfen drückte. Trotz seiner Wut auf Elmo fühlte er sich zutiefst verunsichert, und während er versuchte, mit dem hakenden Getriebe des alten VWs zurechtzukommen, klopfte ihm das Herz bis zum Hals. Einen Augenblick überlegte er sogar, ob er nicht hinaus zu Teresas Ranch fahren und dort, wo er seinen Wagen abgestellt hatte, den Boden nach ausgetretener Bremsflüssigkeit absuchen sollte. Aber noch bevor er den Gedanken ganz zu Ende gedacht hatte, wurde ihm klar, dass er diesen Ort nie wieder sehen wollte.

Einem Impuls folgend fuhr Skip an den Straßenrand und schaltete den Motor ab. Irgendetwas an dieser Angelegenheit war faul, und damit meinte er nicht nur die bizarren Umstände des Unfalls: Als Elmo ihn gefragt hatte, ob er Feinde habe, war ihm ein eiskalter Schauer über den Rücken gelaufen.

Ganz schwach erinnerte sich Skip, wie sein Vater ihnen einmal beim Abendessen eine Geschichte erzählt hatte. Er wusste zwar nicht mehr, wovon sie gehandelt hatte, aber er sah noch genau vor sich, wie seine Mutter das Gesicht verzogen und zu seinem Vater gesagt hatte, er solle über etwas anderes reden.

Etwas anderes ... Etwas anderes war auch kürzlich geschehen, etwas, das auf eine seltsame und schreckliche Art und Weise zu Teresas Tod und dem Unfall passte.

Kurz entschlossen ließ Skip den Motor wieder an und steuerte nach einem raschen Blick über die Schulter den Volkswagen zurück auf die Straße. Aber anstatt zum Institut zu fahren, bog er an der nächsten Kreuzung rechts ab und jagte den alten Wagen durch ein Gewirr von schäbigen Seitenstraßen. Wenn er an einer Ampel anhalten musste, trommelte er ungeduldig fluchend mit den Fingern auf dem Lenkrad herum.

Als er schließlich bei seinem Haus ankam, sprang er aus dem Auto und rannte mit Teddy Bear im Schlepptau die Treppe hinauf. Hastig zog er den Schlüsselbund aus der Hosentasche und sperrte, so rasch er konnte, die beiden Schlösser seiner Wohnung auf.

Drinnen roch es nach ungewaschenen Socken und gammeligen Essensresten. Schnurstracks ging Skip hinüber zu dem improvisierten Bücherregal, das er sich aus Ziegelsteinen und Sperrholz selbst gebaut hatte. Er kniete sich vor der wackeligen Konstruktion auf den Boden und fuhr mit dem Finger die Bücherrücken in der untersten Reihe entlang. Die staubigen Bände hatten früher einmal seinem Vater gehört.

Schließlich kam sein Finger auf einem dünnen, zerfledderten Buch mit grauem Einband zur Ruhe. Leise las er den Titel: »Hexen, Skinwalker und Curanderas: Hexerei und magische Praktiken im Südwesten«.

Das dringende Bedürfnis, das ihn nach Hause hatte fahren lassen, wich nun einem Gefühl des Zweifels und der Unsicherheit. Er erinnerte sich dunkel daran, dass dieses Buch von schrecklichen und abscheulichen Dingen handelte. Nun befürchtete er, die Lektüre könne einer immer stärker in ihm aufkeimenden Angst weitere Nahrung geben.

Eine ganze Weile kniete er unentschlossen vor den alten Büchern, bis er den grauen Band schließlich doch herauszog und zu seiner orangefarbenen Couch trug. Dort setzte er sich hin, öffnete vorsichtig das Buch und begann zu lesen.

34

Als sie aus dem Dämmerdunkel des Slot-Cañons ins Licht des jenseitigen Tales traten, wusste Nora sofort, dass etwas nicht stimmte. Die Pferde, die sich sonst immer locker über die spärliche Weide verteilt hatten, standen eng aneinander gedrängt am Fluss und warfen die Köpfe zurück. Nora ließ ihren Blick rasch über das Tal, die Wände des Cañons und das Devil's Backbone schweifen, konnte aber nichts Ungewöhnliches entdecken.

Swire steckte den Revolver in seinen Gürtel und ging voran zu den Pferden. »Sie reiten Companero«, sagte er zu Smithback, während er einen Sattel vom Boden aufnahm und ihn einem der Pferde auf den Rücken legte. »Er ist zu dumm, um Angst zu kriegen.«

Nachdem Nora Arbuckles gesattelt hatte, hielt sie die beiden Tiere fest, während Swire ihnen die Hufeisen abnahm. Schweigend fuhr er mit einer Nietklinge unter die umgebogene Spitze des Nagels und achtete peinlich darauf, dabei nicht das Nagelloch zu beschädigen. Als alle Nägel gerade waren, hebelte er das Eisen vom Huf. Nora war beeindruckt von Swires Geschick, denn sie wusste, dass das Abnehmen und Anbringen von Hufeisen ohne die entsprechende Zange weder üblich noch einfach war.

Als Swire seine Arbeit beendet hatte, gab er Nora die acht Hufeisen zusammen mit neuen Nägeln, einem Hammer und einer Krokodilzange zum Umbiegen der Hufnägel. »Sind Sie sicher, dass Sie damit umgehen können?«, fragte er. Nora nickte, und der Cowboy signalisierte Smithback, dass er jetzt aufsitzen könne.

»In der Nacht hat es hier starken Wind gegeben«, sagte Swire, während er den Sattelgurt noch einmal nachzog und Smithback die Zügel reichte. »Vermutlich hat er hier im Tal die Spuren im Sand verweht, aber möglicherweise haben Sie ja auf der anderen Seite des Bergrückens mehr Glück.«

Bevor Nora aufstieg, überprüfte sie den festen Sitz ihres Sattels. »Smithback braucht eine Waffe«, sagte sie.

Swire zögerte einen Augenblick, dann reichte er dem Journalisten seinen Revolver und eine Hand voll Patronen.

»Ich hätte lieber das Gewehr«, bat Smithback.

Swire schüttelte den Kopf. »Wenn jemand über diesen Bergrücken kommt, dann möchte ich ihn gut ins Visier nehmen können«, entgegnete er.

»Aber passen Sie bloß auf, dass nicht wir es sind«, bemerkte Smithback beim Aufsitzen.

Nora wandte sich an Swire. »Danke für die Pferde«, sagte sie und setzte Arbuckles in Bewegung.

»Augenblick noch«, rief Swire. Nora drehte sich zu ihm um.

»Viel Glück«, brummte der Cowboy nach kurzem Zögern.

Nora und Smithback verließen den Fluss und ritten quer über das unebene Land auf den in tiefem Schatten liegenden Bergrücken zu. Durch das Plätschern des Flusses und die Rufe der Zaunkönige hörte Nora ein leises, gleichmäßiges Geräusch, das sie an das Brummen eines starken Elektromagneten erinnerte. Als sie den Kamm eines niedrigen Hügels erreichten, entdeckte Nora den Ursprung davon: Es waren die Kadaver von Hoosegow und Crow Bait, um die herum riesige Schwärme von Fliegen surrten.

»Großer Gott«, murmelte Smithback.

Arbuckles fing an, leise zu wiehern und unruhig auf den Vorderhufen zu tänzeln. Nora lenkte ihn nach links und ritt in weitem Bogen auf der dem Wind zugewandten Seite um die toten Pferde herum. Aus sicherer Entfernung warf sie einen Blick auf die herausgerissenen Eingeweide, die wie graublaue, von unzähligen Fliegen überkrabbelte Spiralen in der Sonne dampften. Als sie auf der anderen Seite des Hügels und damit außer Sichtweite der Kadaver waren, hielt sie Arbuckles an.

»Was ist los?«, fragte Smithback.

»Ich möchte mir das doch noch einmal genauer ansehen.«

»Macht es Ihnen etwas aus, wenn ich hier bleibe?«, fragte Smithback mit gepresster Stimme.

Nora stieg ab, gab Smithback die Zügel ihres Pferdes und ging zurück zum Ort des Massakers. Von ihrer Ankunft aufgescheucht, erhoben sich die Fliegen in einer dichten, wütend brummenden Wolke. Obwohl der Wind den Sand rings um die Stelle verweht hatte, konnte Nora hier einige alte Hufabdrücke sowie frische Pfotenspuren von Kojoten erkennen. Bis auf die Abdrücke von Swires Stiefeln waren jedoch keinerlei menschliche Fußspuren zu finden. Wie Swire gesagt hatte, waren den Tieren die Eingeweide aus dem Leib gerissen und in linksdrehenden Spiralen angeordnet worden. In den Augenhöhlen der Pferdeschädel steckten leuchtend bunte Arafedern, die Nora in dieser kargen Landschaft entsetzlich fehl am Platz erschienen, und aus den aufgeschlitzten Leibern der Pferde ragten bemalte, mit Federn geschmückte Zweige.

Als Nora sich zum Gehen wenden wollte, fiel ihr auf, dass die Schlächter den beiden Tieren je ein rundes Stück aus dem Fell herausgeschnitten hatten. Nora besah sich daraufhin die Kadaver noch einmal genauer. Sie stellte fest, dass den Pferden auch an Brust und Unterleib ähnliche Fellstücke fehlten. Warum haben sie das nur gemacht?, fragte sich Nora. Und wieso an diesen Stellen? Was könnte das für eine Bewandtnis haben?

Sie schüttelte den Kopf und entfernte sich nachdenklich vom Schauplatz des Gemetzels.

»Wer kann das bloß getan haben?«, fragte Smithback, als sie wieder im Sattel saß.

Ja, wer? Genau dieselbe Frage hatte sich Nora während der vergangenen Stunde immer wieder gestellt, aber die Antwort, die ihr darauf am wahrscheinlichsten erschien, war gleichzeitig auch diejenige, welche sie am meisten erschreckte.

Zwanzig Minuten später hatten sie den Fuß des Bergrückens erreicht, und nach weiteren zwanzig Minuten standen sie am Ende des Pfades oben auf dem Grat. Hier hielt Nora an, stieg von ihrem Pferd und sah sich um. So weit ihr Auge reichte, breitete sich wild zerklüftetes Cañon-Land vor ihr aus. Im Norden sah sie im blauen Dunst den weit entfernten Buckel von Barney Top, während sich im Nordosten das dunkle Massiv des Kaiparowits-Plateaus erhob. Direkt vor ihr lagen die schmalen, gefährlichen Serpentinen des auf der steilen Seite des Bergrückens nach unten führenden Pfades. Irgendwo unten in der Tiefe mussten Fiddlehead, Hurricane Deck und Beetlebum liegen.

»Sagen Sie mir bitte, dass wir da nicht hinuntermüssen«, bat Smithback.

Nora gab keine Antwort. Sorgfältig suchte sie den Boden des Bergkamms ab, konnte aber keine Hufspuren finden. Vermutlich hatte der hier oben ständig wehende Wind sie längst verwischt.

Auch auf dem Weg, den sie soeben zurückgelegt hatten, hatte nichts auf die Anwesenheit von Reitern hingewiesen. Nora fragte sich, wie die mysteriösen Pferdemörder es nur geschafft hatten, so wenige Spuren zu hinterlassen.

Nora dachte an den bevorstehenden Abstieg. Die grauenvolle Erinnerung daran, wie sie sich, mit den Beinen in der Luft zappelnd, mit letzter Kraft am Rand der Klippe festgekrallt hatte, ließ sie einen Augenblick erschauern. Sie rieb sich die Fingerspitzen, die jetzt nicht mehr bandagiert waren, ihr aber immer noch etwas wehtaten. »Ich gehe erst einmal zu Fuß nach Spuren suchen«, sagte Nora zu Smithback. »Warten Sie so lange hier.«

»Ich tue alles, was Sie wollen«, entgegnete Smithback. »Nur hetzen Sie mich nicht diesen Pfad hinab. Ich kann mir kaum eine üblere Weise vorstellen, um einen Berg hinunterzukommen. Außer einen Absturz natürlich. Aber der wäre wenigstens etwas schneller.«

Nora begann vorsichtig den Weg hinabzusteigen. Der erste Teil wies keinerlei Spuren von Reitern auf, was allerdings zu erwarten gewesen war, da er aus reinem Fels bestand. Dann aber kam Nora an eine Stelle, an der loses Geröll den Pfad bedeckte, und hier zeichnete sich auf einem kleinen, sandigen Fleck ganz deutlich ein frischer Hufabdruck ab. Er stammte von einem unbeschlagenen Pferd.

»Heißt das, dass es jetzt wirklich ernst wird?«, fragte Smithback wenig begeistert, als Nora ihm von ihrer Entdeckung berichtete.

»Ja«, antwortete Nora. »Swire hat keine Halluzinationen gehabt. Hier oben war wirklich ein Reiter.«

Sie atmete ein paar Mal tief durch, bevor sie Arbuckles am Zügel nahm und abermals begann, behutsam nach unten zu steigen. Am Anfang des Pfades scheute das Pferd, ließ sich dann aber von Noras entschlossenen Worten wieder in Bewegung setzen. Smithback folgte ihr mit Compañero. Während ihr von hinten das Schnauben der Pferde und das gedämpfte Geräusch von unbeschlagenen Hufen auf hartem Fels an die Ohren drang, wandte Nora nicht eine Sekunde lang den Blick von dem steilen Pfad. Dabei bemühte sie sich, regelmäßig und ruhig zu atmen, denn die kleinste Unsicherheit, der winzigste Fehltritt hätte hier unweigerlich zu einem Sturz hinab in die gähnende Tiefe geführt. Nur einmal gestattete sie sich einen Blick auf das ausgetrocknete Tal, dessen mit verkrüppelten Wacholderbüschen bewachsene Felsformationen aus der Höhe wie eine Hand voll schwarz gepunkteter Kieselsteine wirkten. Während sie vorsichtig weiterging, überlegte Nora bereits, wie sie ihr Pferd am besten über die schwierigsten Stellen des Steigs bringen könnte.

Kurz vor der zweiten Kehre hörte sie, wie Arbuckles' Hufe ausrutschten, und ließ in Panik die Zügel los, aber mit ein paar raschen, trappelnden Schritten fing sich das Pferd wieder und blieb zitternd stehen. Es war ganz offensichtlich, dass es mit den bloßen Hufen einen sehr viel besseren Halt auf dem Fels hatte als mit den Hufeisen. Als Nora sich bückte, um die Zügel wieder aufzunehmen, flogen zwei Krähen, die sich vom Aufwind nach oben tragen ließen, direkt an ihr vorüber. Sie waren so nahe, dass Nora die kleinen, schwarzen Knopfaugen der aufgebracht krächzenden Vögel erkennen konnte.

Nach zwanzig weiteren bangen Minuten hatte sie das untere Ende des Pfades erreicht. Ein Blick über die Schulter sagte ihr, dass Smithback ebenfalls gerade die letzten Meter hinter sich brachte. Sie war darüber so erleichtert, dass sie den Journalisten am liebsten umarmt hätte.

Dann drehte der Wind, und ein entsetzlicher Gestank stieg ihr in die Nase. Er kam von den drei toten Pferden, die etwa fünfzig Meter von ihr entfernt auf ein paar scharfkantigen Felsen lagen. Wer auch immer den Bergrücken hinaufgeritten war, musste an den toten Tieren vorbeigekommen sein und sie gesehen haben.

Nora gab Smithback Arbuckles' Zügel in die Hand und ging, geplagt von Schuldgefühlen, hinüber zu den verwesenden Kadavern. Die Pferde, die weit voneinander entfernt lagen, boten ein grausiges Bild: Der Bauch war ihnen aufgeplatzt, die Eingeweide herausgequollen. An einer sandigen Stelle zwischen den Felsblöcken fand Nora schließlich das, wonach sie gesucht hatte: die Abdrücke von nicht beschlagenen Pferdehufen. Zu ihrem Erstaunen sah sie, dass die Spuren nicht von Süden kamen, sondern aus dem Norden, wo in einer Entfernung von vielen Tagesritten das kleine Indianerdorf

Nankoweap lag. Der oder die mysteriösen Reiter waren also offenbar nicht der Expedition gefolgt.

»Die Spur führt nach Norden«, sagte Nora, als sie wieder bei Smithback war.

»Ich bin beeindruckt«, erwiderte der Journalist. »Was können Sie eigentlich sonst noch diesen Spuren entnehmen? Stammen sie von einem Hengst oder einer Stute? Von einem Pinto oder einem Palomino?«

Nora holte die Hufeisen aus den Satteltaschen und kniete sich neben Arbuckles in den Sand. »Ich kann lediglich feststellen, dass es sich möglicherweise um ein Indianerpferd handelt.«

»Woher wollen Sie das wissen?«

»Weil Indianer häufig Pferde ohne Hufeisen reiten. Angloamerikaner hingegen beschlagen ihre Tiere zumeist, sobald sie zugeritten sind.« Sie befestigte die Eisen an Arbuckles' Hufen, klopfte die Nägel durch und bog sie um. Swires Pferde, deren Hufe vom jahrelangen Eisentragen weich und empfindlich waren, durften keine Minute länger als nötig unbeschlagen bleiben.

Smithback zog den Revolver, den Swire ihm gegeben hatte, aus seiner Jackentasche und steckte ihn nach einer kurzen Überprüfung wieder zurück. »Und können Sie sagen, ob jemand auf dem Pferd saß?«, fragte er.

»So eine gute Spurenleserin bin ich nun auch wieder nicht. Aber ich bezweifle, dass ein Mann wie Roscoe unter Halluzinationen leidet.«

Nachdem Nora auch die Hufe von Smithbacks Pferd wieder mit Eisen versehen hatte, begannen die beiden der Spur zu folgen. Bald wurde Nora klar, dass es sich eigentlich um zwei Hufspuren handelte: Die eine führte zum Fuß der Wand hin, die andere von ihr weg. Obwohl der Wind sie teilweise verweht hatte, war noch deutlich zu erkennen, dass sie durch die Schachtelhalmsträucher nach Norden wiesen. Eine Weile liefen Nora und Smithback, die Pferde an den Zügeln hinter sich her führend, am Fuß des Bergrückens entlang, dann bogen sie ab in einen zwischen niedrigen Hügeln aus schwarzem Vulkangestein eingezwängten Hohlweg.

»Wo haben Sie denn das Spurenlesen gelernt?«, wollte Smithback wissen. »Ich wusste gar nicht, dass der Lone Ranger noch auf Vortragsreise ist.«

Nora warf ihm einen irritierten Blick zu. »Ist das für Ihr Buch?« Smithback verzog in gespielter Überraschung das Gesicht. »Aber nein. Oder doch. Ja. Ich denke schon. Für so ein Buch ist alles wichtig. Aber zunächst einmal interessiert es mich persönlich.«

Nora seufzte. »Ihr Leute aus dem Osten haltet das Spurensuchen immer für eine Art Kunst oder eine angeborene Fähigkeit, die nur bestimmte Völker haben. Aber in Wirklichkeit ist es überhaupt nicht schwer, außer natürlich, wenn man eine Spur auf Fels oder Lava oder im Büffelgras verfolgen muss. In sandigem Gelände wie diesem hier braucht man eigentlich nur hinter der Spur herzugehen.«

»Ich kann es immer noch nicht fassen, wie abgeschieden und öde diese Landschaft ist«, meinte Smithback. »Ganz anders als das Verde Valley, wo ich zur Schule gegangen bin. Aber irgendwie hat diese Kargheit und Leere auch etwas Faszinierendes. Irgendwie kommt sie mir aufgeräumt und sauber vor, so ein bisschen in der Art eines japanischen Teehauses, wenn Sie wissen, was ich meine. Ich habe mich letztes Jahr ausgiebig mit der Teezeremonie befasst, und seitdem ...«

»Sagen Sie, könnten Sie Ihr Mundwerk vielleicht ein wenig im Zaum halten?«, bat Nora, die wegen Smithbacks Geplapper Schwierigkeiten hatte, sich auf die Spur zu konzentrieren. »Bei Ihrem Geschwafel könnte Jesus glatt seine eigene Himmelfahrt vergessen.«

Es folgte eine lange, erholsame Stille, aber dann fing Smithback wieder zu reden an. »Nora«, fragte er ruhig, »könnten Sie mir bitte sagen, was Ihnen an mir nicht gefällt?«

Nora blieb stehen und sah erstaunt zu Smithback hinüber. Seit Beginn der Expedition hatte der Journalist nur selten ein so ernstes

Gesicht gemacht wie jetzt. Nora fiel auf, dass seine Cowboy-Klamotten, die ihr noch vor einer Woche ausgesprochen lächerlich vorgekommen waren, inzwischen zu einer staubigen, verknitterten Arbeitskleidung geworden waren, die dem schlanken, hoch gewachsenen Mann sogar ausgesprochen gut stand. Auch die teigige Blässe seines Gesichts war verschwunden und hatte einer rötlichen Bräune Platz gemacht, die viel besser zu der Farbe seiner Haare passte. Mit leisem Erschrecken machte sich Nora klar, dass Smithback sie zum ersten Mal mit ihrem Vornamen angesprochen hatte und nicht mit seinem albernen »Frau Chefin«. Und obwohl sie nicht genau sagen konnte, weshalb, fühlte sie sich sogar ein wenig geschmeichelt, dass es Smithback nicht egal war, was sie von ihm hielt.

Eigentlich hatte sie ihm antworten wollen: Ach, nichts, außer dass Sie ein taktloses, selbstgefälliges Ekel mit einem Ego größer als ganz Texas sind, doch sie hielt sich zurück. Mit einem Schlag war ihr bewusst geworden, dass Smithback ihr trotz seines exzentrischen Verhaltens irgendwie ans Herz gewachsen war und eine solche Behandlung nicht verdient hatte. Jetzt, da sie ihn besser kannte, wusste sie, dass sein Ego durchaus von einer wachen Selbstkritik im Zaum gehalten wurde, die ob ihrer ironischen Art sogar irgendwie sympathisch war. »Entschuldigen Sie, wenn ich Ihnen vorhin über den Mund gefahren bin«, sagte sie schließlich. »Das wollte ich nicht. Und außerdem habe ich nichts gegen Sie. Mich hat es bloß geärgert, dass Sie um ein Haar alles verpatzt hätten.«

»Wie bitte? Was soll ich getan haben?«

Nora beschloss, ihm keine Antwort zu geben. Es war zu heiß für so eine Diskussion, und außerdem war sie zu müde.

Sie gingen langsam weiter, während die Sonne sich ihrem Zenit näherte. Die Hufabdrücke, die einem sehr alten und kaum mehr erkennbaren Pfad zu folgen schienen, führten sie durch eine sonderbare Landschaft aus scharfkantigen Felsen und kleinen Sandsteinbuckeln. Nach einer Weile stiegen die beiden wieder auf ihre Pferde, und Nora verfolgte die Spur aus dem Sattel heraus, was ziemlich anstrengend für ihre Augen war. Hinzu kam, dass die erbarmungslos herabbrennende Mittagssonne von Sand und Felsen so grell reflektiert wurde, dass sich die Farben der Landschaft kaum mehr unterscheiden ließen. Nach langen Kilometern, auf denen es nicht den geringsten Hinweis auf Wasser gab, gelangten Nora und Smithback auf einmal in ein fruchtbares Tal mit saftigem Grün und einem in voller Blüte stehenden Feigenkaktus.

»Das ist ja der reinste Garten Eden«, meinte Smithback, während sie die kleine grüne Oase durchritten. »Wie kann es so etwas mitten in der Wüste geben?«

»So etwas kann von einem einzigen Schauer herrühren«, antwortete Nora. »Der Regen fällt hier anders als bei Ihnen im Osten. Die Niederschläge sind oft auf ein relativ kleines Gebiet begrenzt, so dass es an einer Stelle einen Wolkenbruch gibt, während ein paar hundert Meter weiter alles staubtrocken und ausgedörrt bleibt.«

»Was halten Sie eigentlich von einer kleinen Mittagspause?«, fragte Smithback, als sie wieder in der Wüste waren.

»Nicht viel.«

»Aber es ist schon fast zwei Uhr. Wir New Yorker pflegen zwar spät zu speisen, aber trotzdem meldet sich jetzt bereits mein Magen.«

»Ist es wirklich schon so spät?«, fragte Nora erstaunt und sah auf ihre Uhr. Dann richtete sie sich im Sattel auf und streckte sich. »Wir müssen seit dem Fuß des Bergrückens über zwanzig Kilometer zurückgelegt haben«, sagte sie. »Bald werden wir das Gebiet des Nankoweap-Reservats erreichen.«

»Und was bedeutet das? Meinen Sie, dass die Indianer dort vielleicht einen Cola-Automaten aufgestellt haben?«

»Wohl kaum. In dem Dorf gibt es keinen elektrischen Strom, und außerdem liegt es noch immer zwei Tagesritte von hier entfernt. Viel wichtiger für uns ist, dass wir auf Indianerland den Gesetzen der Nankoweaps unterstehen. Ich könnte mir vorstellen, dass man dort nicht gerade begeistert über zwei Eindringlinge sein dürfte, die auf der Suche nach Pferdekillern sind. Wir müssen hier sehr vorsichtig vorgehen.«

Smithback dachte einen Augenblick nach. »Wenn ich es mir recht überlege, habe ich doch keinen so großen Hunger«, sagte er.

Die Spur führte sie immer weiter in ein unendliches Labyrinth aus Trockentälern, Dünenfeldern und verborgenen Schluchten hinein.

Obwohl Nora sicher war, dass sie sich bereits auf Indianderterritorium befanden, hatten sie weder einen Zaun noch ein Schild gesehen, das die Grenze markiert hätte. Diese Art von abgelegenem, wirtschaftlich wertlosem Ödland hatten die Weißen überall im Westen den Indianern überlassen.

»Was habe ich eigentlich so Schlimmes getan?«, fragte Smithback plötzlich.

»Wie bitte?«, fragte Nora und fuhr im Sattel herum.

»Vorhin haben Sie gesagt, ich hätte um ein Haar alles verpatzt. Ich habe darüber nachgedacht und kann mir einfach nicht vorstellen, was Sie damit meinen.«

Nora spornte Arbuckles zu einer rascheren Gangart an. »Ich habe Angst, dass alles, was ich Ihnen sage, später einmal in Ihrem Buch auftauchen wird.«

»Das wird es nicht. Versprochen.«

Nora ritt weiter, ohne etwas zu erwidern.

»Wirklich, Nora. Ich gebe Ihnen mein Ehrenwort. Ich will nur wissen, was in Ihnen vorgeht.«

Abermals verspürte Nora eine seltsame Befriedigung ob seines Interesses für sie. »Welche Informationen haben Sie darüber, wie ich überhaupt von Quivira erfahren habe?«, fragte sie, ohne den Blick von der Spur zu nehmen.

»Nur, dass Ihnen Holroyd dabei geholfen hat, die Stadt ausfindig zu machen. Außerdem hat Dr. Goddard einmal erwähnt, dass Ihr Vater der eigentliche Entdecker sei. Ich wollte Sie schon längst bitten, mir mehr darüber zu erzählen, aber Sie …«, Smithback verstummte.

Stimmt, dachte Nora mit einem Anflug von Schuldbewusstsein, ich hätte dir den Kopf abgerissen, wenn du das getan hättest. »Vor etwa zwei Wochen«, begann sie, »wurde ich im alten Ranchhaus meiner Familie von zwei Männern angegriffen. Zumindest dachte ich, dass es Männer waren, die sich in Tierfelle gehüllt hatten. Sie verlangten, dass ich ihnen einen Brief geben solle, doch meine Nachbarin hat sie mit ihrer Schrotflinte verjagt. Zunächst wusste ich nicht, was für einen Brief sie gemeint hatten, aber dann fand ich ein viele Jahre altes Schreiben meines Vaters an meine Mutter. Irgendjemand hatte es erst kürzlich mit der Post geschickt. Wer das getan hat und aus welchen Gründen, konnte ich bis jetzt nicht herausfinden. In dem Brief schrieb mein Vater, dass er Quivira entdeckt habe, und gab eine Beschreibung des Weges zu der Stadt, die zwar ziemlich vage war, aber immerhin genügte, um sie mit Peters Hilfe zu finden. Ich glaube, dass die Angreifer ebenfalls herauskriegen wollten, wo Quivira liegt. Ich vermute, dass es Grabräuber sind, die es auf die Schätze der Stadt abgesehen haben.«

Nora hielt inne und befeuchtete sich mit der Zunge ihre von der Sonne ausgetrockneten Lippen. »Aus diesen Gründen hatte ich versucht, nichts über unsere Expedition an die Öffentlichkeit dringen zu lassen, was uns allem Anschein nach ja auch gelungen war. Aber dann tauchten Sie am Hafen von Wahweap auf. Und zwar mit Ihrem Notizbuch in der einen und einem Megafon in der anderen Hand.«

»Ach so.« Auch ohne sich umdrehen zu müssen wusste Nora, dass der Journalist zerknirscht war. »Tut mir Leid. Mir war zwar klar, dass der *Zweck* der Expedition geheim war, aber ich wusste nicht, dass man nicht einmal etwas über ihr bloßes Stattfinden verlauten lassen durfte.« Er hielt inne. »Ich habe aber keine Details genannt, das wissen Sie genau.«

Nora seufzte. »Das kann schon sein. Aber Sie haben immerhin für Aufsehen gesorgt. Aber vergessen wir das, ja? Ich habe vermutlich zu heftig reagiert, wenn auch aus Gründen, die Sie jetzt wohl nachvollziehen können. Ich war ziemlich angespannt.«

Schweigend ritten sie weiter. »Und was halten Sie nun von meiner Geschichte?«, fragte Nora schließlich.

»Ich ärgere mich, dass ich Ihnen versprochen habe, sie nicht zu veröffentlichen. Glauben Sie eigentlich, dass diese Burschen noch immer hinter Ihnen her sind?«

»Hätte ich sonst darauf bestanden, persönlich auf diese Suche zu gehen? Ich bin mir ziemlich sicher, dass die Pferdekiller dieselben Personen sind, die mich damals angegriffen haben. Wenn dem so ist, dann bedeutet das übrigens auch, dass sie inzwischen wissen, wo Quivira liegt.«

Plötzlich führte der Pfad aus dem Gewirr von Felsen und Cañons heraus auf eine schmale, an einen ausgestreckten Finger erinnernde Hochfläche, die etwa in der Mitte von einem Haufen großer Felsblöcke unterteilt wurde. Nach beiden Seiten boten sich Nora und Smithback atemberaubende Ausblicke auf unzählige Cañons, von denen viele so tief waren, dass man ihre ihm Schatten liegende Talsohle nicht sehen konnte. Im Osten standen in weiter Ferne die bläulichen, schneebedeckten Gipfel der Henry Mountains, die Nora unnahbar und einsam vorkamen.

»Ich habe gar nicht bemerkt, dass wir so viel an Höhe gewonnen haben«, meinte Smithback, während sie sich der quer über die Mitte der Hochfläche liegenden Felsbarriere näherten.

In diesem Moment stieg Nora der Geruch von brennendem Zedernholz in die Nase. Sie machte Smithback ein Zeichen, dass er leise absteigen solle.

»Riechen Sie das auch?«, flüsterte sie ihm ins Ohr. »Wir befinden uns in der Nähe eines Lagerfeuers. Ich schlage vor, dass wir die Pferde hier lassen und uns zu Fuß ein wenig umsehen.«

Nachdem sie die Tiere an einem Beifußbusch angebunden hatten, gingen sie langsam auf die Felsen zu, die das andere Ende der Hochfläche vor ihren Blicken verbargen. »Wäre es nicht toll, wenn auf der anderen Seite eine Badewanne voller eiskalter *Cerveza* stünde?«, fragte Smithback leise beim Hinaufklettern. Nora ging auf alle viere und krabbelte vorsichtig auf eine Lücke zwischen den Felsen zu. Smithback tat es ihr nach, und gemeinsam spähten sie dann auf die andere Seite.

Am Ende der Hochfläche loderte unter den knorrigen Ästen eines toten Wacholderbusches ein kleines Feuer, von dem nur wenig Rauch aufstieg. Über den Flammen hing an einem von zwei Astgabeln gehaltenen Holzspieß ein gehäutetes Kaninchen, und im Windschatten der Felsen lagen ein alter Armeeschlafsack sowie mehrere in Leder eingeschlagene Bündel. Unterhalb des Abhangs links von dem kleinen Lager sah Nora ein an einem langen Seil angebundenes, grasendes Pferd. Die Spur, der sie und Smithback die ganze Zeit gefolgt waren, führte zwischen den Felsblöcken hindurch direkt zu diesem Lagerplatz.

Der Ausblick von ihrem Beobachtungsposten war fantastisch. An drei Seiten fielen verwitterte Felshänge ab in eine raue Landschaft voller trockener Salzpfannen und weit verstreuter, riesiger Felsblöcke, die bereits lange Schatten warfen. Am Horizont dahinter konnte Nora die unregelmäßig geformte dunkle Silhouette des dicht bewaldeten Aquarius-Plateaus erkennen. Eine Heuschrecke zirpte verloren in der Hitze des Spätnachmittags.

Nora atmete langsam aus. Hier in dieser kahlen, verlassenen Landschaft fand sie es irgendwie lächerlich, wie beim Cowboy-und-Indianer-Spielen auf Händen und Knien herumzukriechen und zwischen zwei Felsen hindurch auf ein bratendes Kaninchen zu starren. Aber dann dachte sie an die pelzigen Gestalten in dem verlassenen Ranchhaus und die in der Sonne dampfenden, von Fliegenschwärmen umschwirrten Eingeweide der toten Pferde. »Sieht aus, als wäre niemand da«, flüsterte Nora. Ihre eigene Stimme kam ihr laut und dünn vor, und sie spürte, wie ihr vor Angst die Haut zu kribbeln begann.

»Stimmt, aber wer auch immer hier sein Lager aufgeschlagen hat, der kommt bestimmt bald wieder. Was machen wir jetzt?«

»Ich denke, wir steigen wieder auf und reiten ganz normal um die

Felsen herum. Und dann warten wir ab, dass der Kaninchengriller zurückkommt.«

»Na klar. Damit er uns mir nichts, dir nichts aus dem Sattel schießen kann.« Nora sah ihn an. »Haben Sie eine bessere Idee?«

»Ja. Wie wäre es, wenn wir zurückreiten und nachsehen würden, was Bonarotti Gutes zum Abendessen kocht?«

Nora schüttelte ungeduldig den Kopf. »Dann gehe ich eben alleine dort hinunter. Eine einzelne Frau wird man schon nicht gleich abknallen.«

»Ich würde Ihnen das nicht empfehlen«, entgegnete Smithback. »Wenn das die Typen sind, die Sie überfallen haben, werden sie wohl kaum Rücksicht darauf nehmen, dass Sie eine Frau sind.«

»Und was schlagen Sie stattdessen vor?«

Smithback zögerte. »Vielleicht sollten wir uns ja lieber verstecken und erst einmal schauen, wer denn nun wirklich zurück zu diesem Feuer kommt. Dann können wir uns noch immer überlegen, was wir tun.«

»Und wo sollen wir uns verstecken?«

»Zwischen den Felsen hinter uns. Von dort aus haben wir einen guten Überblick und werden trotzdem nicht gesehen.«

Sie gingen zu ihren Pferden, banden sie abseits des Pfades fest und verwischten ihre Spuren. Dann kletterten sie wieder auf die Felsen über dem Lagerplatz und versteckten sich in einer Spalte zwischen zwei großen Blöcken. Kaum hatten sie sich niedergelassen, da hörte Nora ein Unheil verheißendes, rasselndes Zischen. Nicht weit von ihnen lag im Schatten eines Felsens eine zusammengerollte Klapperschlange, die ihren ambossförmigen Kopf langsam hin und her bewegte.

»Jetzt können Sie mir beweisen, dass Sie eine gute Schützin sind«, meinte Smithback.

»Nein«, entgegnete Nora.

»Warum nicht?«

»Weil man den Schuss meilenweit hören würde. Wollen Sie das wirklich?«

Smithback richtete sich mit einem Ruck auf. »Ich schätze, diese Frage ist überflüssig.«

Er deutete auf eine Anhöhe neben der Hochfläche, auf der auch Nora jetzt einen Mann erkennen konnte, an dessen rechter Hüfte ein Revolver hing. Wie lange er schon da stand und sie beobachtete, konnte Nora nicht sagen.

Auf einmal erschien ein Hund neben dem Mann. Als das Tier Nora und Smithback erblickte, fing es wütend an zu bellen. Der Mann rief dem Hund einen kurzen Befehl zu, worauf er sich neben ihn setzte und verstummte.

»Gott im Himmel, das sieht nicht gut für uns aus«, murmelte Smithback. »Wir hocken hier praktisch wie auf dem Präsentierteller.«

Nora wusste nicht, was sie tun sollte. Sie spürte das Gewicht ihrer Waffe am Gürtel. Wenn der Mann einer von denen war, die sie überfallen und die Pferde getötet hatten, dann ...

Der Mann stand bewegungslos vor der immer tiefer sinkenden Sonne.

»Sie haben uns in dieses Schlamassel gebracht«, sagte Smithback. »Jetzt sorgen Sie gefälligst dafür, dass wir da wieder rauskommen.«

»Vielleicht sollten wir dem Herrn nett Guten Tag sagen?«

»Brillanter Einfall«, sagte Smithback und hob zögernd die Hand zum Gruß.

Der Mann auf dem Berg erwiderte die Geste. Dann setzte er sich in Bewegung und stieg, gefolgt von seinem Hund, mit seltsam steifbeinigen Schritten den Abhang hinab. Auf einmal blieb er abrupt stehen. So rasch, dass Nora nicht mehr reagieren konnte, zog er seinen Revolver und schoss.

35

Während Nora instinktiv nach ihrer Waffe griff, zerplatzte der Kopf der Klapperschlange in einer Wolke aus Gift und Blut. Nora blickte von der Schlange hinüber zu Smithback. Der Journalist war aschfahl im Gesicht, hatte aber seinen Revolver gezogen.

Der Mann kam mit betont langsamen Schritten auf sie zu. »Nur nicht nervös werden«, sagte er. »Ich hasse diese verdammten Klapperschlangen. Ich weiß zwar, dass sie Mäuse fressen, aber wenn ich nachts pinkeln muss, ist mir das egal. Da will ich nicht auf so eine Giftspritze treten.«

Der Mann sah sehr ungewöhnlich aus. Er hatte weißes, auf Indianerart zu langen Zöpfen geflochtenes Haar und trug ein rotes Tuch um die Stirn. Seine dünnen, staubigen Beine, die aus einer sauberen, aber abgenutzten und mindestens fünfzehn Zentimeter zu kurzen Hose hervorragten, steckten ohne Socken in nagelneuen roten Baseballstiefeln. Das Hemd des Mannes bestand aus fein gegerbtem, mit Glasperlen besticktem Hirschleder und um den Hals hing ihm eine Kette aus Türkisen. Was Nora aber am meisten faszinierte, war sein Gesicht. Es hatte etwas Ernstes und Würdevolles an sich, das in einem gewissen Kontrast zur Lebhaftigkeit seiner funkelnden, amüsiert dreinblickenden schwarzen Augen stand.

»Sie sehen aus, als kämen Sie von weit her«, sagte der Mann mit dünner, heiserer Stimme in jenem eigenartigen, ein wenig abgehackt und doch melodiös klingenden Tonfall, der für viele amerikanische Ureinwohner im Südwesten typisch ist. »Haben Sie in meinem Lager gefunden, wonach Sie suchen?«

Nora sah ihm in seine flinken Augen. »Wir haben in Ihrem Lager nichts angerührt«, erwiderte sie. »Wir sind auf der Suche nach den Leuten, die unsere Pferde getötet haben.«

Der Mann erwiderte ungerührt ihren Blick, wobei er seine Augen zu schmalen Schlitzen verengte. Seine gute Laune schien verflogen.

Einen Moment lang befürchtete Nora, er könnte wieder seine Waffe ziehen, und spürte, wie ihre rechte Hand unwillkürlich nach unten zuckte.

Dann ließ die Spannung nach, und der Mann trat einen Schritt auf sie zu. »Es ist schlimm, wenn man ein Pferd verliert«, sagte er. »Ich habe kühles Wasser im Lager, und außerdem brate ich mir gerade ein Kaninchen mit Chili. Warum kommen Sie nicht einfach mit?«

»Gerne«, erwiderte Nora und folgte zusammen mit Smithback dem Mann die Felsen hinunter zu seinem Lagerplatz.

Er bedeutete ihnen mit einer Handbewegung, sich zu setzen, und ging dann in die Hocke, um den Spieß mit dem Kaninchen zu drehen. Dann stocherte er mit einem Stock im Feuer herum und holte mehrere in Alufolie eingewickelte Chilischoten aus der Glut hervor. »Ich habe Sie kommen gehört«, sagte er, während er die Chilis zum Warmhalten auf einen Stein nahe am Feuer legte. »Und da bin ich auf den Berg gestiegen, um zu sehen, wer Sie sind. Hier draußen bekommt man nur selten Besuch, deshalb ist es nicht verkehrt, wenn man ein wenig Vorsicht walten lässt.«

»Sind wir denn so auffällig?«, fragte Smithback.

Der Mann bedachte ihn lediglich mit einem langen, kühlen Blick aus seinen schwarzen Augen.

»Aha«, meinte Smithback. »Dann waren wir wohl wirklich auffällig.«

Der Mann grub eine Feldflasche aus dem kühlen Sand im Schatten der Felsen und reichte sie Nora. Sie nahm die Flasche schweigend entgegen und merkte erst, als sie trank, wie durstig sie eigentlich war. Der Mann warf ein paar Wacholderzweige aufs Feuer, bevor er das Kaninchen ein weiteres Mal wendete. »Sie gehören wohl zu den Leuten unten im Chilbah-Tal?«, meinte er und setzte sich Nora und Smithback gegenüber.

»Im Chilbah-Tal?«, wiederholte Smithback.

Der Mann nickte. »Das ist das Tal auf der anderen Seite des Bergrückens hinter uns. Ich habe einen von Ihnen neulich vom Grat aus beobachtet«, sagte er an Nora gewandt. »Und ich schätze, er hat mich auch gesehen. Und jetzt sind Sie hier, weil jemand Ihre Pferde getötet hat, und Sie glauben, dass ich es war.«

»Wir sind einer Spur gefolgt«, sagte Nora vorsichtig. »Und die hat uns hierher geführt.«

Anstatt ihr zu antworten, erhob sich der Mann und probierte mit seinem Messer, ob das Kaninchen schon durch war. Dann ging er wieder in die Hocke und sagte: »Mein Name ist John Beiyoodzin.«

Nora zögerte einen Augenblick, bevor sie erwiderte: »Entschuldigen Sie, wir haben vergessen, uns vorzustellen. Ich bin Nora Kelly, und das ist Bill Smithback. Ich bin Archäologin, und Bill ist Journalist. Wir befinden uns auf einer archäologischen Expedition.«

Beiyoodzin nickte. »Sehe ich für Sie aus wie ein Pferdekiller?«

»Ich weiß nicht, wie Pferdekiller aussehen.«

Der Mann dachte über die Antwort nach. Dann wurde der Blick seiner funkelnden Augen sanfter, und er schüttelte den Kopf. »Das Kaninchen ist fertig«, sagte er und stand auf. Er nahm den Spieß mit einer geschickten Handbewegung vom Feuer und schnitt zwei große Stücke Fleisch ab. Diese legte er auf zwei flache Sandsteine und gab sie Nora und Smithback. Dann wickelte er ganz vorsichtig, um die wieder verwendbare Alufolie nicht zu beschädigen, die Chilis aus und zog ihnen die Haut ab, bevor er sie seinen beiden Gästen auf die improvisierten Teller schob. »Leider kann ich Ihnen nur einen sehr bescheidenen Komfort bieten«, meinte er, während er für sich auch ein Stück von dem Kaninchen abschnitt.

Die Chilis waren so scharf, dass Nora das Wasser in die Augen schoss. Trotzdem aß sie ihre Schote ganz auf, denn der lange Ritt hatte sie hungrig gemacht. Auch Smithback verspeiste sein Essen mit großem Appetit. Beiyoodzin sah den beiden einen Augenblick lang zu und nickte zufrieden. Während der kurzen Mahlzeit sprach keiner der drei ein Wort.

Auch nachdem Beiyoodzin noch einmal die Feldflasche hatte herumgehen lassen, herrschte betretenes Schweigen.

»Hübscher Ausblick«, bemerkte Smithback schließlich. »Wie viel Miete zahlen Sie hier?«

Beiyoodzin lachte und warf den Kopf in den Nacken. »Die Miete besteht aus dem Ritt hierher. Von meinem Dorf aus sind es siebzig Kilometer, auf denen es keine Wasserstelle gibt. Nachts sieht man hier auf tausend Quadratkilometer kein einziges Licht.«

Die Sonne begann unterzugehen und verwandelte die bizarre Cañon-Landschaft in ein pointillistisches Gemälde aus goldenen, dunkelroten und gelben Farbtupfern. Nora sah Beiyoodzin an und spürte, dass er mit dem Tod der Pferde nichts zu tun hatte.

»Können Sie uns bei der Suche nach den Pferdekillern vielleicht helfen?«, fragte sie.

»Das weiß ich nicht«, entgegnete Beiyoodzin nach einer kurzen Pause. »Was ist eigentlich der Zweck Ihrer Expedition?«

Nora zögerte. Sie war sich nicht sicher, ob Beiyoodzin lediglich das Thema gewechselt hatte oder ob seine Frage einen verborgenen Sinn hatte. Auch wenn er selbst die Pferde nicht getötet hatte, wusste er womöglich, wer es getan hatte. Sie atmete tief durch und spürte, wie verwirrt und müde sie war. »Das würde ich Ihnen lieber nicht sagen«, erwiderte sie schließlich.

»Arbeiten Sie im Chilbah-Tal?«

»Nicht direkt«, antwortete Nora ausweichend.

»Mein Dorf liegt in dieser Richtung«, erklärte Beiyoodzin und deutete nach Norden. »Es heißt Nankoweap, was soviel bedeutet wie ›Blumen an den Wasserteichen‹. Ich komme jeden Sommer heraus in diese Gegend und schlage hier für ein, zwei Wochen mein Lager auf. Hier gibt es gutes Gras, jede Menge Feuerholz und eine saubere Quelle am Fuß der Mesa.«

»Fühlen Sie sich dabei nicht manchmal ein bisschen einsam?«, fragte Smithback.

»Nein.«

»Warum nicht?«

Beiyoodzin, den Smithbacks Direktheit zu irritieren schien, maß

den Journalisten mit einem merkwürdigen, durchdringenden Blick.
»Ich komme hierher«, sagte er langsam, »um wieder zu einem Menschen zu werden.«
»Und was sind Sie den Rest des Jahres über?«, fragte Smithback.
»Tut mir Leid«, beeilte sich Nora einzuwerfen. »Er ist Journalist und stellt ständig irgendwelche indiskreten Fragen.« Sie wusste, dass übermäßige Neugier bei den meisten Indianern als sehr unhöflich galt.
Beiyoodzin lachte bloß. »Das ist schon in Ordnung. Ich wundere mich nur, dass er mir kein Tonbandgerät unter die Nase hält oder mit einer Kamera herumknipst wie viele andere Weiße. Wie dem auch sei, den Rest des Jahres über hüte ich Schafe und führe Zeremonien durch. Heilzeremonien.«
»Dann sind Sie wohl ein Medizinmann?«, fragte Smithback unbeirrt.
»Ich würde mich eher als traditionellen Heiler bezeichnen.«
»Und was sind das für Zeremonien?«
»Eine davon ist die Vier-Berge-Zeremonie.«
»Tatsächlich?«, fragte Smithback interessiert. »Und wofür ist die gut?«
»Sie dauert drei Nächte, in denen man tanzt, schwitzt und heilende Kräuter zu sich nimmt. Die Zeremonie hilft gegen Traurigkeit, Depressionen und Verzweiflung.«
»Und bringt das was?«
Beiyoodzin sah den Journalisten an. »Natürlich bringt das was«, antwortete er ausweichend. Irgendwie schien ihn Smithbacks gesteigertes Interesse misstrauisch zu machen. »Allerdings gibt es immer wieder Menschen, bei denen unsere Zeremonien nicht wirken. Diese Fehlschläge sind ein weiterer Grund, weshalb ich hier herauskomme.«
»Dann ist das, was Sie hier machen, wohl so eine Art visionäre Pilgerreise?«, fragte Smithback.
»Wenn Sie den Umstand, dass ich hier draußen bete und manch-

mal auch faste, so nennen wollen, dann habe ich nichts dagegen einzuwenden«, sagte Beiyoodzin und deutete in die Weite der Landschaft hinaus. »Aber ich komme nicht hierher, um Visionen zu haben, sondern um spirituelle Heilung zu erlangen. Ich will mir bewusst machen, dass wir nicht viel brauchen, um glücklich zu sein. Das ist alles.«

Er setzte sich anders hin und blickte sich um. »Sie können hier in der Nähe übernachten, wenn Sie wollen. Platz ist ja genug.«

»Danke für die Einladung«, entgegnete Nora.

»Gern geschehen«, sagte Beiyoodzin. Er lehnte sich zurück, wobei er den Hinterkopf in seine gefalteten Hände legte. Schweigend beobachteten die drei, wie die Sonne hinter dem Horizont versank und die Nacht über das Cañon-Land hereinbrach. Am Himmel war noch längere Zeit ein seltsam glühender Streifen Dunkelrot zu sehen, der nur langsam in tiefes Schwarz überging. Beiyoodzin rollte sich eine Zigarette, zündete sie an und zog hektisch daran, wobei er sie so ungelenk zwischen Zeige- und Mittelfinger hielt, als rauche er zum ersten Mal in seinem Leben.

»Tut mir Leid, wenn ich erneut darauf zu sprechen kommen muss«, sagte Nora, »aber wenn Sie irgendwelche Vermutungen in Hinblick auf die Pferdekiller haben, würde ich das gerne wissen. Es wäre ja schließlich möglich, dass unsere Aktivitäten von irgendjemandem nicht gerne gesehen werden.«

»Ihre Aktivitäten«, wiederholte Beiyoodzin nachdenklich und blies den Rauch seiner Zigarette in die dämmrige Luft. »Sie haben mir noch immer nicht mitgeteilt, worin diese Aktivitäten eigentlich bestehen.«

Nora dachte einen Augenblick nach. Es hatte den Anschein, als würde Beiyoodzin ihr nur dann etwas erzählen, wenn sie ihrerseits mit ein paar Informationen herausrückte. Allerdings gab es keine Garantie, dass er ihr überhaupt helfen konnte. Trotzdem war die Frage, wer hinter dem Tod der Pferde steckte, so wichtig für sie, dass sie den Versuch wagen wollte. »Diese Informationen sind streng vertraulich«, sagte sie langsam. »Kann ich mich auf Ihre Diskretion verlassen?«

»Meinen Sie damit, ob ich Ihre Geschichte weitererzählen werde? Das werde ich nur dann tun, wenn Sie es wollen.« Er schnippte den Rest der Zigarette ins Feuer und begann sich eine neue zu rollen. »Ich habe viele Laster«, meinte er mit einem Blick auf die Zigarette. »Das ist ein weiterer Grund, weshalb ich hier draußen bin.«

Nora sah ihm in die Augen. »Wir graben eine alte Anasazi-Stadt aus.«

Beiyoodzin hörte mit dem Drehen der Zigarette auf, und einen Augenblick schien sein ganzer Körper wie erstarrt zu sein. Erst dann bewegten sich seine Hände weiter, als wäre nichts geschehen. Er rollte die Zigarette zu Ende und zündete sie an. Dabei sagte er kein Wort.

»Es handelt sich dabei um eine sehr wichtige Stadt«, fuhr Nora fort, »die unbezahlbare, einzigartige Artefakte enthält. Es wäre schrecklich, wenn diese Stadt geplündert würde, aber wir befürchten, dass man uns genau deshalb von hier vertreiben will.«

»Geplündert«, wiederholte er. »Aber haben Sie denn etwas anderes mit der Stadt vor? Wollen Sie all das, was Sie dort finden, nicht auch in irgendein Museum bringen?«

»Nein«, antwortete Nora. »Wir haben vor, das meiste an Ort und Stelle zu belassen.«

Beiyoodzin rauchte weiter seine Zigarette, doch wirkten seine Bewegungen auf Nora irgendwie befangen. Auch seine Augen hatten ihren Glanz verloren. »Wir gehen nie ins Chilbah-Tal«, sagte er langsam.

»Warum nicht?«

Beiyoodzin hielt sich die Hand mit der Zigarette vors Gesicht, so dass der Rauch zwischen seinen Fingern hervorqualmte. »Wie wurden die Pferde getötet?«, fragte er Nora mit verschleiertem Blick.

»Man hat ihnen den Bauch aufgeschlitzt, die Eingeweide herausgerissen und sie dann spiralenförmig angeordnet«, antwortete sie.

»In ihren Augen steckten Stöcke mit Federn an den Enden, und außerdem hat man ihnen runde Stücke aus dem Fell geschnitten.«
Noras letzte Worte hatten einen noch stärkeren Effekt auf Beiyoodzin als alles, was sie zuvor gesagt hatte. Aufgeregt warf er seine Zigarette ins Feuer und fuhr sich mit einer Hand über die Stirn.
»Was waren das für Stücke?«
»Je zwei an der Brust und am Unterleib und eines an der Stirn.«
Der alte Mann sagte nichts, aber als Nora bemerkte, wie seine Hände zitterten, erschrak sie.
»Sie dürfen nicht in dieser Stadt bleiben«, sagte er leise, aber eindringlich. »Sie müssen so schnell wie möglich von dort verschwinden.«
»Warum?«, fragte Nora.
»Weil Sie sich in große Gefahr bringen, wenn Sie bleiben.« Beiyoodzin zögerte einen Augenblick. »Es gibt bei uns Geschichten über dieses Tal und auch über das andere, das ... das Tal *dahinter*. Lachen Sie mich ruhig aus, ich weiß ja, dass Ihr Weißen nicht an dergleichen glaubt. Aber das, was man mit Ihren Pferden gemacht hat, ist Hexerei. Eine böse, abscheuliche Hexerei. Wenn Sie nicht sofort diese Stadt verlassen, wird diese Ausgrabung Sie alle das Leben kosten. Besonders jetzt, da sie ... da sie euch gefunden haben.«
»Wer?«, fragte Smithback. »Wer hat uns gefunden?«
Beiyoodzins Stimme wurde noch leiser. »Die Hexer mit den Lehmflecken. Die Skinwalker. Die Wolfskin Runner.«
Nora spürte, wie ihr das Blut gefror. Rings um sie war es inzwischen völlig dunkel geworden.
Smithback neben ihr setzte sich anders hin. »Entschuldigen Sie bitte«, sagte er, »aber haben Sie eben von *Hexern* gesprochen?«
In seiner Stimme schwang ein skeptischer Unterton, der dem Indianer nicht verborgen blieb. Er sah Smithback mit einem undurchdringlichen Ausdruck auf seinem vom Feuer nur schwach erhellten Gesicht an. »Glauben Sie an das Böse?«, fragte er.

»Natürlich.«

»Kein normaler Nankoweap würde jemals ein Pferd töten. Ich weiß nicht, wie man bei Ihnen Menschen nennt, die das Böse praktizieren, aber bei uns sind das Skinwalker oder Wolfskin Runner. Sie haben viele Namen und viele Gestalten – und sie stellen sich außerhalb unserer Gemeinschaft, indem sie das Gute in unserer Religion ins Gegenteil verkehren. Auch wenn Sie es nicht glauben: Die Skinwalker der Nankoweap gibt es wirklich, und das Chilbah-Tal hat für sie eine besondere Bedeutung. Die Stadt in dem Tal dahinter war einmal ein Zentrum für Hexerei, grausige Riten, Krankheit und Tod.«

Nora hörte kaum mehr, was er sagte, denn bei dem Wort »Wolfskin Runner« sah sie auf einmal wieder die pelzigen Gestalten vor sich, die sie in der dunklen Küche des alten Ranchhauses überfallen hatten und die später hinter ihrem Auto hergerannt waren.

»Ich zweifle nicht an dem, was Sie sagen«, antwortete Smithback. »In den vergangenen Jahren habe ich eine Menge seltsamer Dinge erlebt. Aber wo kommen diese Skinwalker denn her?«

Beiyoodzin blieb stumm, legte mit verschränkten Händen die Unterarme auf die Knie und rührte sich nicht. Die Stille, die folgte, dauerte mehrere Minuten an. Nora konnte die leisen, rupfenden Geräusche hören, mit denen die Pferde das Gras abfraßen. Schließlich ergriff Beiyoodzin, die Zigarette zwischen zwei Fingern und den Blick noch immer zu Boden gewandt, wieder das Wort. »Um ein Hexer zu werden, muss man jemanden töten, den man liebt. Jemanden, der einem wirklich nahe steht wie Mutter, Vater, Bruder oder Schwester. Man tötet diesen Menschen, um seine geheime Kraft zu bekommen. Wenn er beerdigt ist, gräbt man seine Leiche wieder aus und verwandelt seine Lebensenergie in das Böse.«

»Und wie geht das?«, flüsterte Smithback.

»Wenn ein Leben entsteht, fährt *Liebei*, die Lebenskraft, wie eine Art Wind in den Körper. Dabei bildet sich ein kleiner Wirbel, den man etwa mit einem Strudel im Wasser vergleichen kann. Dieser

Strudel ist für die Spiralen an unseren Fingerspitzen und Zehen ebenso verantwortlich wie für den Haarwirbel am Hinterkopf. Dort schneidet der Hexer der Leiche die Haut ab, trocknet sie und macht eine Art Pulver daraus. Außerdem bohrt er sich aus dem Hinterkopf eine kleine Knochenscheibe, mit deren Hilfe er andere Menschen verfluchen kann. Wenn es sich bei der Ermordeten um seine Schwester handelt, vergeht sich der Hexer an deren Leiche und bereitet aus den dabei entstehenden Säften ein weiteres Pulver, das wir *Alchi'bin lehh tsal* nennen, das Leicheninzest-Pulver.«

»Gott im Himmel«, stöhnte Smithback.

»Ist das alles vollbracht, begibt sich der Hexer nachts an einen einsamen Ort, wo er sich nackt auszieht. Dann schmiert er Flecken aus weißem Lehm auf seinen Körper und legt Silber- und Türkisschmuck an, den er aus Gräbern gestohlen hat. Außerdem breitet er Wolfs- oder Kojotenfelle neben sich auf dem Boden aus und spricht gewisse Stellen aus dem Gesang des Nachtwinds verkehrt herum. Wenn er das alles richtig macht, springt eines der Felle vom Boden in die Luft und bleibt auf dem Hexer kleben. Sobald das geschehen ist, hat er die Kraft.«

»Was ist das für eine Kraft?«, wollte Nora wissen.

Beiyoodzin begann sich eine weitere Zigarette zu rollen. Der Ruf einer Eule hallte traurig durch das schier endlose Cañon-Land.

»Unsere Leute glauben, dass die Skinwalker damit die Fähigkeit bekommen, sich lautlos wie der Wind durch die Nacht zu bewegen. Außerdem werden sie unsichtbar und können mit Hilfe von Zaubersprüchen Menschen aus weiter Entfernung töten.«

»Und wie soll das funktionieren?«, fragte Smithback.

»Dazu brauchen die Skinwalker etwas vom Körper ihres Opfers – das können beispielsweise Haare sein, aber auch Speichel oder Schweiß in einem Kleidungsstück. Wenn sie es haben, stecken sie es in den Mund einer Leiche und belegen dadurch ihr Opfer mit einem Fluch. Auf diese Weise können sie auch Pferde, Schafe, Häuser, ja sogar Werkzeuge oder Maschinen verfluchen. Oder sie können die

Frau oder den Mann des Opfers krank machen und auch dessen Kinder und Hunde töten.«

Abermals war der Schrei einer Eule zu hören, lauter und näher als zuvor.

»Hexer, die aus der Entfernung töten können«, murmelte Smithback. »Und sich lautlos durch die Nacht bewegen.« Er schüttelte den Kopf.

Beiyoodzin sah den Journalisten kurz mit seinen dunklen Augen an, denen der Feuerschein einen feuchten Glanz verlieh.

»Ich möchte Ihnen eine Geschichte erzählen«, sagte Beiyoodzin nach einer kurzen Pause. »Es ist eine Geschichte, die ich schon lange Zeit niemandem mehr erzählt habe. Vor vielen Jahren, als ich noch ein Junge war, ist mir etwas Seltsames zugestoßen.«

Beiyoodzin zündete seine Zigarette an.

»Es war im Sommer«, fuhr er fort, während er langsam den Rauch ausblies, »und ich half meinem Großvater, ein paar Schafe hinauf nach Escalante zu bringen. Weil es eine Reise von zwei Tagen war, nahmen wir ein Pferd und einen Wagen mit. Wir schlugen unser Nachtlager an einem Ort namens Shadow Rock auf. Nachdem wir aus Buschwerk eine Koppel für die Schafe gemacht und das Pferd zum Grasen angebunden hatten, legten wir uns schlafen. Gegen Mitternacht wachte ich plötzlich auf. Es war eine pechschwarze Nacht, in der man weder Mond noch Sterne sah. Alles war still, aber ich spürte, dass irgendetwas nicht stimmte. Ich rief nach meinem Großvater, doch er antwortete mir nicht. Also setzte ich mich auf und warf ein paar Zweige auf die Kohlen des Feuers. Als sie aufflammten, sah ich meinen Großvater.«

Beiyoodzin hielt inne und nahm einen tiefen Zug aus seiner Zigarette. »Er lag auf dem Rücken und hatte keine Augen mehr. Jemand hatte ihm die Fingerkuppen abgeschnitten, den Mund zugenäht und etwas mit seinem Hinterkopf gemacht.« Die Glut der Zigarette zitterte in der Dunkelheit. »Ich stand auf und warf den Rest des Holzes ins Feuer. Im Licht der Flammen sah ich unser Pferd etwa fünf Meter von uns entfernt auf dem Boden liegen. Seine Gedärme waren in einem Haufen neben ihm auf dem Boden getürmt, und die Schafe in unserer Koppel waren alle tot. Und das – *all das* – war geschehen, ohne dass ich auch nur das geringste Geräusch gehört hatte.«

Der glühende rote Punkt verschwand, als Beiyoodzin seine Zigarette ausdrückte. »Kurz bevor das Feuer niederbrannte, sah ich noch etwas anderes«, fuhr er fort. »Es waren zwei Augen, die rötlich aus der Dunkelheit leuchteten. Augen, sonst nichts. Sie blinzelten nicht, sie bewegten sich nicht, aber irgendwie spürte ich, wie sie näher kamen. Dann hörte ich ein leises, pustendes Geräusch. Staub wurde mir ins Gesicht geblasen, und meine Augen brannten. Ich fiel um und konnte vor lauter Angst nicht einmal weinen.

Ich weiß nicht mehr, wie ich es bis nach Hause schaffte. Dort bekam ich so hohes Fieber, dass meine Eltern mich schließlich ins Krankenhaus nach Cedar City brachten. Die Ärzte sagten, ich hätte Typhus, aber meine Familie wusste, was mir wirklich fehlte. Einer nach dem anderen verließ mein Krankenzimmer, und bis auf meine Großmutter sah ich die ganzen nächsten Tage über weder meine Eltern noch irgendwelche Verwandten. Als sie wieder zu mir ins Krankenhaus kamen, hatte ich – sehr zum Erstaunen der Ärzte übrigens – das Schlimmste überstanden.« Beiyoodzin hielt inne.

»Später habe ich dann erfahren, was meine Familie in der Zwischenzeit getan hatte. Sie war nach Shadow Rock zurückgefahren und hatte dort ein Lager aufgeschlagen. Bei ihnen war der beste Spurensucher des Dorfes gewesen, und der hatte eine Wolfsspur entdeckt, die von dem Ort wegführte, wo man meinen Großvater getötet hatte. Meine Verwandten folgten dieser Spur bis zu einer Hütte in der Wildnis östlich von Nankoweap. Dort fanden sie einen ... Nun, ich schätze, dass man ihn wohl als einen Menschen bezeichnen musste. Es war Mittag, und er schlief. Meine Verwandten gingen kein Risiko ein. Sie erschossen den Mann im Schlaf. Es bedurfte vieler Kugeln, um den Hexer zu töten.«

»Woher wussten sie, dass er ein Hexer war?«, fragte Smithback.

»Neben ihm lag ein Medizinbeutel, wie ihn Hexer verwenden, mit ganz bestimmten Wurzeln, Pflanzen und Insekten darin. Außerdem fanden sie verbotene Gegenstände; Gegenstände, die für normale Menschen tabu sind und nur von Skinwalkern verwendet werden. Darunter war auch Leichenpulver. Und im Kamin sahen sie seltsame Fleischstücke, die dort zum Trocknen aufgehängt waren.«

»Aber ich verstehe noch immer nicht, wie …« Smithback sprach den Satz nicht zu Ende.

»Wer war dieser Mann?«, fragte Nora.

Beiyoodzin antwortete nicht sofort. Selbst in der Dunkelheit konnte Nora spüren, dass er sie durchdringend ansah.

»Sie haben gesagt, dass jemand Ihren Pferden an fünf Stellen Stücke aus dem Fell geschnitten hat«, sagte er. »Wissen Sie, was alle diese Stellen gemeinsam haben?«

»Nein«, sagte Smithback.

»Ich weiß es«, flüsterte Nora, die vor Angst einen ganz trockenen Mund bekam. »Es sind die fünf Stellen, an denen ein Pferd einen Wirbel im Fell hat.«

Es war jetzt völlig dunkel geworden. Über ihren Köpfen wölbte sich ein grandios leuchtender Sternenhimmel. Irgendwo draußen in der Ebene fing ein Kojote zu heulen an, dem sich rasch ein weiterer hinzugesellte.

»Ich hätte Ihnen das alles eigentlich gar nicht erzählen dürfen«, meinte Beiyoodzin. »Daraus kann mir nichts Gutes erwachsen. Aber jetzt wissen Sie wenigstens, weshalb Sie so rasch wie möglich aus dieser Gegend verschwinden sollten.«

Nora atmete tief durch. »Vielen Dank für Ihre Hilfe, Mr. Beiyoodzin. Ich müsste lugen, wenn ich Ihnen sagen würde, dass mir das, was Sie uns eben erzählt haben, keine Angst macht. Es macht mir sogar schreckliche Angst. Aber ich leite nun eben die Ausgrabung einer Ruine, für deren Entdeckung mein Vater sein Leben verloren hat. Ich bin es ihm schuldig, dass ich die Sache zu Ende bringe.«

Beiyoodzin schien diese Information zu verwundern. »Ist Ihr Vater etwa hier draußen gestorben?«, fragte er.

»Ja, aber seine Leiche wurde nie gefunden.« Etwas an Beiyoodzins Art kam ihr merkwürdig vor. »Wissen Sie denn etwas über ihn?«

»Ich weiß überhaupt nichts«, antwortete Beiyoodzin und stand unvermittelt auf. Seine Erregung schien noch zugenommen zu haben. »Aber es tut mir trotzdem Leid für Ihren Vater. Bitte denken Sie über das nach, was ich Ihnen gesagt habe.«

»Wir werden es bestimmt nicht vergessen«, erwiderte Nora.

»Gut. Und jetzt lege ich mich aufs Ohr. Ich muss morgen früh aufstehen. Deshalb verabschiede ich mich jetzt gleich von Ihnen. Sie können Ihre Pferde unten am Fluss neben dem meinen grasen lassen, es ist genügend zu fressen für alle drei Tiere da. Und morgen nehmen Sie sich, was Sie brauchen zum Frühstück. Ich bin dann schon weg.«

»Das ist nicht nötig«, begann Nora, aber der alte Mann gab ihr und Smithback wortlos die Hand. Dann drehte er sich um und richtete seine Bettrolle her.

»Der hat uns soeben den Laufpass gegeben«, murmelte Smithback, während er zusammen mit Nora zu den Pferden ging. Nachdem sie den Tieren den Sattel abgenommen hatten, schlugen sie ihr eigenes Lager auf der anderen Seite der Felsen auf.

»Ein seltsamer Typ, dieser Beiyoodzin«, murmelte Smithback, während er seinen Schlafsack ausrollte. Die Pferde waren getränkt und angebunden und fraßen zufrieden das Gras am Flussufer. »Zuerst macht er uns Angst mit seinem Gerede über diese Skinwalker, und dann verkündet er plötzlich, dass Schlafenszeit ist.«

»Stimmt«, antwortete Nora. »Und zwar kurz nachdem ich auf meinen Vater zu sprechen kam.« Auch sie legte ihre Bettrolle auf den Boden.

»Er hat uns nicht gesagt, von welchem Stamm er ist.«

»Er dürfte wohl ein Nankoweap sein. Das Dorf ist nach dem Stamm benannt.«

»Einige der Sachen, die er erzählt hat, waren ziemlich schaurig. Glauben Sie eigentlich an diesen Hexenkram?«

»Ich glaube an die Macht des Bösen«, sagte Nora nach kurzem Nachdenken. »Aber dass diese Skinwalker die Menschen mit Leichenpulver verhexen sollen, geht mir doch ein bisschen zu weit. In Anbetracht dessen, dass es in Quivira Artefakte im Wert von vielen Millionen Dollar gibt, glaube ich eher, dass wir es mit Leuten zu tun haben, die uns mit faulem Hexenzauber ins Bockshorn jagen wollen, damit sie die Ruine ungestört plündern können.«

»Das mag sein, aber dann müssten die Täter einem ziemlich ausgefeilten Plan folgen, sich Wolfsfelle anziehen, Pferde töten und ausweiden ...«

Smithback verstummte, und auch Nora sagte nichts. Weil sie in der kühlen Nachtluft plötzlich zu frösteln begann, rieb sie sich die Oberarme, um wieder warm zu werden. Sie konnte einfach keine vernünftige Erklärung für das finden, was ihr in dem verlassenen Ranchhaus zugestoßen war, ebenso wenig wie für das Verschwinden von Thurber oder die pelzigen Gestalten, die sie auf der Straße an der Ranch und vor ihrer Küchentür gesehen hatte.

»Woher weht eigentlich der Wind?«, fragte Smithback auf einmal.

»Wieso?«

»Weil ich wissen möchte, wo ich meine Stiefel hinstellen soll«, erklärte der Journalist. Im schwachen Licht der Sterne glaubte Nora ein breites Grinsen auf seinem Gesicht erkennen zu können.

»Stellen Sie sie ans Fußende Ihres Schlafsacks, und drehen Sie die Spitzen nach Osten«, sagte sie. »Vielleicht schrecken Sie auf diese Weise ja die Klapperschlangen ab.«

Mit einem Seufzer zog sie ihre eigenen Schuhe aus und legte sich mitsamt ihrer staubigen Kleidung in die Bettrolle. Ein blasser Halbmond ging gerade hinter einem dünnen Wolkenschleier auf. Zwei

Meter neben ihr zappelte Smithback in seinem Schlafsack herum und suchte nach der richtigen Position zum Einschlafen. Nora legte sich auf den Rücken und starrte hinauf zu den Sternen. Auf einmal war sie zu erschöpft, um noch weiter über Hexen und Skinwalker nachzudenken.

»Es ist schon seltsam«, sagte Smithback. »Irgendetwas stinkt hier ganz gewaltig.«

»Sprechen Sie von Ihren Stiefeln?«

»Sehr witzig. Nein, ich meine das Zeugs, das unser Gastgeber uns erzählt hat. Er verheimlicht uns etwas, dessen bin ich mir sicher. Aber ich glaube nicht, dass er etwas mit den toten Pferden zu tun hat.«

Hoch über ihnen war das leise Dröhnen eines Düsenflugzeugs zu hören. Nora sah ein blinkendes Licht, das sich über den samtschwarzen Nachthimmel bewegte. Als habe er ihre Gedanken erraten, sagte Smithback: »Da oben hocken sie jetzt in ihren bequemen Sesseln, lassen sich Martinis und gesalzene Mandeln servieren und versuchen das Kreuzworträtsel in der ›New York Times‹ zu lösen.«

»Apropos ›Times‹«, sagte Nora, »wie lange schreiben Sie eigentlich schon für diese Zeitung?«

»Seit etwa zwei Jahren, nachdem mein letztes Buch erschienen ist. Ich habe mir extra frei genommen, um an dieser Expedition teilnehmen zu können.«

Nora stützte sich auf einen Ellenbogen und sah hinüber zu Smithback. »Warum sind Sie überhaupt mitgekommen?«

»Wie meinen Sie das?« Die Frage schien den Journalisten zu überraschen.

»So, wie ich es gesagt habe. Immerhin handelt es sich ja um ein schmutziges, unbequemes und gefährliches Unterfangen. Ich jedenfalls hätte es mir an Ihrer Stelle zweimal überlegt, ob ich dafür die Annehmlichkeiten Manhattans aufgegeben hätte.«

»Soll ich etwa wegen ein paar vermeintlicher Annehmlichkeiten die größte archäologische Sensation seit der Entdeckung von Tutanchamuns Grab verpassen?« Smithback drehte sich in seinem Schlafsack um. »Aber ich schätze, es ist mehr als nur das. Schließlich konnte mir ja niemand garantieren, dass wir überhaupt etwas finden würden. Um ehrlich zu sein, die Arbeit bei einer Zeitung kann manchmal ganz schön langweilig sein. Selbst wenn diese Zeitung ›New York Times‹ heißt und jeder einen Kniefall macht, wenn sie sich herablässt, etwas über ihn zu schreiben. Aber wissen Sie was? Das, was wir hier machen, zählt viel mehr für mich: verborgene Städte entdecken, sich Geschichten von Mord und Hexerei anhören und dann unter dem Sternenhimmel zu liegen, zusammen mit einer schönen ...« Er brach ab und räusperte sich. »Na ja, Sie wissen schon, was ich meine.«

»Nein, das weiß ich nicht«, sagte Nora und wunderte sich, dass sie plötzlich eine gewisse Erregung verspürte.

»Zusammen mit einer Frau wie Ihnen, wollte ich sagen. Klingt irgendwie lahm, oder?«

»Wenn man es als Anmache betrachtet, dann schon. Aber trotzdem vielen Dank.«

Sie blickte hinüber zu Smithback, dessen Silhouette sich im Schlafsack nur schwach vom Nachthimmel abhob. »Und?«, fragte Nora.

»Und was?«

»In der vergangenen Woche haben Sie sich im Sattel den Rücken ramponiert, wären fast verdurstet und um ein Haar in einen Abgrund gestürzt. Sie wurden von einem Pferd angeknabbert und mussten sich vor Klapperschlangen, Treibsand und Skinwalkern in Acht nehmen. Sind Sie immer noch froh, dass Sie mit auf diese Expedition gekommen sind?«

Smithbacks Augen schimmerten sanft im Mondlicht, als er zu ihr herübersah. »Ja«, sagte er leise.

Nora erwiderte seinen Blick und tastete mit ihrer Hand in die Dunkelheit. Als sie die seine fand, drückte sie sie sanft. »Ich auch«, flüsterte sie.

36

Um Mitternacht stand der Halbmond hoch am dunklen Himmel und tauchte das karge Ödland im Süden Utahs in ein fahles, bläuliches Licht. Über dem weit verzweigten Labyrinth aus Cañons nordwestlich des Lake Powell lag tiefe Ruhe, und selbst in dem tagsüber vom Lärm der Motorboote und Jetskis erfüllten Jachthafen von Wahweap schliefen alle fest.

Nur im Tal von Chilbah stiegen zwei Gestalten langsam eine schmale Felsspalte hinauf, in der sich ein verborgener Pfad befand. Es war der Weg der Priester, der Hintereingang nach Quivira, den jahrhundertelange Erosion fast unsichtbar gemacht hatte.

Nach einem kurzen Anstieg durch die schwarze Schlucht erreichten die beiden Gestalten das Sandsteinplateau, wo sich in einer Wand die Stadt verbarg. Aus dem Tal hinter sich hörten sie ein Pferd wiehern und aufgeregt mit den Hufen stampfen. In dieser Nacht hatten die beiden Gestalten den Pferden ebenso wenig etwas angetan wie dem Cowboy, der sie bewachte, obwohl es ihnen ein Leichtes gewesen wäre, ihm von hinten die Kehle durchzuschneiden, als er Tabak kauend, das Gewehr in der Hand, auf einem Baumstamm gesessen hatte. Sollte er ruhig noch eine Weile dort bleiben, sie würden sich zu gegebener Zeit schon um ihn kümmern.

Geschmeidig und verstohlen wie Tiere der Nacht huschten die beiden Gestalten über das breite Plateau weit oberhalb des Tales. Dabei vermieden sie das schwache Licht des Mondes und bewegten sich, soweit es ging, in den Schatten unterhalb der Felsen. Bis auf das leise Geräusch, mit dem die schweren Wolfsfelle, die von ihren Rücken fast bis auf den Boden hingen, manchmal an den Steinen streiften, stahlen sich die Gestalten so leise wie Gespenster durch die Dunkelheit.

Nach einer Weile blieben sie beide gleichzeitig stehen, als würden sie einem gemeinsamen Willen gehorchen, und blickten nach unten, wo sich vor ihnen das Tal von Quivira auftat. Tief unter sich sahen sie den kleinen Fluss im Mondlicht schimmern, und etwas oberhalb davon konnten sie die Glut eines heruntergebrannten Lagerfeuers ausmachen, dessen kaum wahrnehmbarer Rauch ihnen in die Nase stieg.

Die Blicke der beiden Gestalten wanderten von dem Feuer zu den ringsum gruppierten Zelten und Schlafsäcken. Die Zelte waren dunkel, wodurch es den beiden Gestalten unmöglich war zu sagen, ob sich jemand darin aufhielt oder nicht. Lange starrten sie reglos nach unten, dann setzten sie sich leise wieder in Bewegung.

Unhörbar huschten sie am Cañon-Rand entlang und hielten ab und zu an, um die Schlafenden im Lager zu beobachten. Aus der Tiefe drangen hin und wieder Geräusche an ihr Ohr: der Ruf einer Eule, das Gurgeln des Wassers, das Rascheln der Blätter im Nachtwind. Die Gestalten selbst waren auf ihrem Weg zum oberen Ende der Strickleiter vollkommen still. Nur einmal gaben die silbernen Conchas, die eine von ihnen am Gürtel trug, für den Bruchteil einer Sekunde ein leises Klirren von sich.

Bei Holroyds Sendern und Antennen blieben die Gestalten stehen, um sie interessiert zu untersuchen. Ein, zwei Minuten vergingen, bevor eine der Gestalten an den Rand der Klippe trat und an der Strickleiter entlang nach unten blickte.

Sie befanden sich jetzt unmittelbar über dem Lager, und das Feuer glühte aus fast dreihundert Metern Tiefe wie ein wütendes rotes Auge zu ihnen herauf. Die Gestalt gab ein tiefes, kehliges Geräusch von sich, das langsam in einen leisen, monotonen Gesang überging. Gemeinsam mit der anderen Gestalt wandte sie sich wieder den Funkgeräten zu.

Zehn Minuten später war ihre Arbeit getan.

Die Gestalten schritten weiter am Rand des Cañons entlang, bis sie dessen Ende erreichten. Dort schlängelte sich der alte, verborgene Pfad durch einen Einschnitt im Felsen nach unten in den Slot-Cañon auf der anderen Seite des Tales von Quivira. Der Furcht erregend steile Steig war in der Dunkelheit kaum zu erkennen, und von unten herauf drangen die Geräusche eines fernen Wasserfalls. Nach einer Weile erreichten die Gestalten den sandigen Boden des Slot-Cañons und bewegten sich durch den Sprühnebel des Wasserfalls vorsichtig am unteren Rand der Klippe entlang. Bald waren sie am Eingang zum Tal von Quivira angelangt, wo sie sich leise dem ersten Expeditionsteilnehmer näherten, der schlafend in seiner Bettrolle lag. Sein Gesicht wirkte im bläulichen Licht des Mondes leichenblass.

Eine der Gestalten griff in ihren zerzausten Pelz und holte ein kleines Säckchen hervor. Es bestand aus gegerbter Menschenhaut, die im Mondschein übernatürlich, fast durchscheinend schimmerte. Die Gestalt lockerte die Verschnürung aus Lederbändern, langte vorsichtig in den Beutel und holte eine kleine Knochenscheibe und ein altes Rohr aus Weidenholz heraus, das mit einer langen, linksdrehenden Spirale verziert und vom vielen Gebrauch schon ganz glatt poliert war. Dann drehte die Gestalt die matt schimmernde Knochenscheibe ein paar Mal herum, bevor sie ein Ende des Rohres zwischen die Lippen nahm und sich hinab zu dem schlafenden Menschen beugte. Sie blies in das Rohr. Eine kleine Wolke aus feinem Pulver senkte sich auf das Gesicht des Schlafenden. Kurz darauf huschten die beiden Gestalten so leise wie der Wind zurück zum Eingang des Slot-Cañons, wo sie im tiefen Schatten verschwanden.

37

Peter Holroyd erwachte hustend aus einem tiefen, beunruhigenden Traum. Irgendwie musste ein nächtlicher Windstoß ihm Sand ins Gesicht geblasen haben. Oder vielleicht war es ja auch nur der Staub, der sich tagsüber während der Arbeit in seinen Poren angesammelt hatte und den er plötzlich auf der Haut spürte. Er wischte sich mit der Hand über die Stirn und setzte sich auf.

Es war nicht der Staub gewesen, der ihn geweckt hatte, sondern ein Geräusch, das sich angehört hatte wie ein vom Wind verwehter Schrei. Es war ein seltsamer Schrei gewesen, der so geklungen hatte, als habe ihn die Erde selbst ausgestoßen. Holroyd glaubte nicht, dass er das geträumt hatte. Er spürte, wie sein Herz rasend schnell schlug.

Im silbrigen Mondlicht blickte Holroyd von Zelt zu Zelt und zu den dunklen Umrissen der Schläfer in ihren Bettrollen. Nirgends bewegte sich etwas.

In alter Gewohnheit wanderten seine Augen zu einer bestimmten, etwa zwanzig Meter vom Feuer entfernten Stelle. Normalerweise schlief dort Nora, aber heute Nacht war sie fort – zusammen mit Smithback. Oft hatte Holroyd in den vergangenen Nächten dort hinübergeblickt und sich gefragt, wie es wäre, wenn er zu Nora hinüberkröche und ihr sagte, wie viel ihm das alles hier bedeutete. Wie viel *sie* ihm bedeutete. Aber er hatte nie den Mut dazu aufgebracht.

Seufzend legte sich Holroyd wieder hin. Selbst wenn Nora da gewesen wäre, hätte er in dieser Nacht nichts anderes tun wollen als schlafen. So hundemüde hatte er sich in seinem ganzen Leben noch nicht gefühlt. In Noras Abwesenheit hatte Sloane ihm aufgetragen, einen hohen Berg aus Sand und Staub wegzuschaufeln, der sich an der hinteren Wand der Ruine, nicht weit von Aragons Tunnel, angesammelt hatte. Holroyd hatte zunächst nicht eingesehen, weshalb er sich ausgerechnet hier ans Werk machen sollte, doch Sloane hatte ihm auf seine Frage hin ungeduldig erklärt, dass man an den Rückwänden von Anasazi-Städten schon viele wichtige Piktogramme gefunden habe. Dabei war ihm aufgefallen, wie rasch und selbstverständlich Sloane, kaum dass Nora weg war, das Kommando an sich gerissen hatte. Aragon hatte sie gewähren lassen und war mit düsterer Miene in seinem Tunnel verschwunden, in dem er offenbar eine weitere beunruhigende Entdeckung gemacht hatte. Er schien viel zu sehr mit seinen Forschungen beschäftigt gewesen zu sein, als dass er sich um Sloane groß hätte kümmern können. Black wiederum ordnete sich Sloane kritiklos unter, sagte zu allen ihren Anordnungen Ja und Amen. Und so kam es, dass Holroyd von morgens bis abends hatte Dreck schippen müssen. Jetzt hatte er ein Gefühl, als ob das ganze Wasser der Welt ihm nicht den Staub aus Haaren, Nase und Mund waschen könne.

Während er so auf dem Rücken lag und hinauf in den Nachthimmel starrte, spürte er einen seltsamen Geschmack im Mund und einen stechenden Schmerz in seinem Kiefergelenk. Außerdem begann sich an seinen Schläfen ein leichtes Kopfweh zu entwickeln. Die Knochenarbeit des vergangenen Tages war etwas ganz anderes gewesen als die romantischen Vorstellungen von Archäologie, die er noch zu Beginn der Expedition gehabt hatte. Mit dem Öffnen schatzgefüllter Gräber und dem Entziffern geheimnisvoller Inschriften hatte diese Plackerei nun wahrhaftig nichts zu tun. Da befanden sie sich inmitten der fantastisch erhaltenen Ruinen einer geheimnisvollen Zivilisation, und alles, was sie machten, bestand in stupidem Sandschaufeln und langweiligen Vermessungsarbeiten. Holroyd kam zu dem Schluss, dass er die Nase voll hatte. Und von Sloane wollte er sich gleich gar nichts mehr befehlen lassen. Sie war sich ihrer Schönheit und ihrer Wirkung auf die Männer viel zu sehr bewusst und setzte ihren Charme zu bereitwillig zum Erreichen ihrer Ziele ein. Seit sie und Nora in der nach ihm benannten Ruine aneinander geraten waren, hatte er zudem das Gefühl, sich vor Sloane in Acht nehmen zu müssen.

Holroyd seufzte und schloss die Augen. Seine Kopfschmerzen waren schlimmer geworden. Eigentlich war es sonst gar nicht seine Art, so griesgrämig zu sein. Normalerweise war er nur dann schlecht gelaunt, wenn sich eine Grippe anbahnte. So schlimm war Sloane nun auch wieder nicht, sie nahm bloß kein Blatt vor den Mund und war es eben gewohnt zu bekommen, was sie wollte. Die Frau war einfach nicht sein Typ, und damit basta. Außerdem war es doch egal, ob er Sand schaufelte oder Steine klopfte, Hauptsache, er war hier in

Quivira, dieser wundersamen, mythischen Stadt. Alles andere war zweitrangig.

Auf einmal erstarrte er und riss die Augen weit auf. Da war es wieder, das Geräusch.

Holroyd schälte sich so leise wie möglich aus seiner Bettrolle und kniete sich hin. Was immer es auch gewesen sein mochte, das Geräusch hatte wieder aufgehört. Aber halt, da war es schon wieder: ein leiser Schrei, der wie ein schwaches Ächzen klang.

Aber dieses Geräusch war anders als das, welches ihn geweckt hatte. Es war irgendwie weicher. Und es schien ganz aus der Nähe zu kommen.

Im Mondlicht suchte Holroyd nach einem Taschenmesser, einem Stock, nach irgendetwas, das sich als Waffe gebrauchen ließe. Schließlich fand er eine schwere Taschenlampe, die er prüfend in der Hand wog. Er fragte sich, ob er sie anschalten sollte, beschloss dann aber, es lieber bleiben zu lassen. Dann stand er auf und hatte einen Moment lang Mühe, das Gleichgewicht zu halten. Mit leisen Schritten ging er in Richtung auf die Pappeln am Fluss, von wo das Geräusch gekommen war.

Vorsichtig ertastete sich Holroyd seinen Weg durch die Kisten und die in Planen gehüllten Bündel mit irgendwelchen Ausrüstungsgegenständen hindurch. Eine Wolke hatte sich vor den Mond geschoben und ließ die Landschaft in tiefer Dunkelheit versinken. Holroyd, dem heiß und übel war, fand sich in der Dunkelheit nicht zurecht. Sein Kopfweh war schlimmer geworden, und er hatte das Gefühl, als läge ein Schleier über seinen Augen. Als der Mond wieder zum Vorschein kam, registrierte er abwesend, dass einen halben Meter von ihm entfernt eine hochgiftige Pflanze wuchs, Druid's Mantle. Ohne sie sich näher anzusehen, ging er mit ungewohntem Desinteresse an ihr vorbei. Eigentlich, so dachte er, sollte er jetzt schlafen, anstatt wie ein Idiot durch die Nacht zu stolpern.

Vorsichtig ging Holroyd weiter auf den Fluss zu. Als er die Pappeln erreichte, hörte er wieder das Geräusch. Es war jetzt klarer und regelmäßiger als zuvor. Die Finger von Holroyds rechter Hand schlossen sich fester um den Griff der Taschenlampe, während er sich mit der linken an einem Baumstamm festhielt und neugierig durch den Vorhang aus Blättern spähte.

Das Erste, was er sah, war ein Haufen Kleider am Boden. Zuerst dachte Holroyd, dass hier jemand ausgeraubt und verschleppt worden sei, aber dann sah er im Sand zwischen den Pappeln zwei Gestalten liegen.

Die untere davon war Black, dem sein Hemd bis an die Achseln hochgerutscht war. Seine nackten Beine hatte er mit den Knien nach oben weit gespreizt, und seine Augen waren fest geschlossen. Aus seinem Mund ertönte ein leises Stöhnen, das Holroyd als das Geräusch identifizierte, dem er gefolgt war. Auf Blacks Unterleib hockte rittlings Sloane, deren nackter, schwitzender Körper im Mondlicht glänzte. Sie hatte ihre Hände auf Blacks Brust gelegt und grub ihre Nägel in sein Fleisch.

Holroyd, der gleichermaßen schockiert und fasziniert war, spürte, wie ihm ganz heiß wurde, als er seine Blicke langsam an Sloanes Körper entlang nach unten gleiten ließ. Black ächzte vor Begierde und Anstrengung und bewegte seine Lenden, so dass Sloanes Brüste mit jedem Stoß auf und ab wippten. Sloane beugte sich vornüber und starrte ihren Liebhaber mit einem so konzentrierten, fast raubtierhaften Gesichtsausdruck an, dass Holroyd unwillkürlich an eine Katze denken musste, die mit der Maus spielt. Ihr schwarzes Haar fiel ihr ins Gesicht, während sie mit gnadenloser Präzision ihr Becken hin und her bewegte und Black ein weiteres, halb gepeinigtes, halb wollüstiges Stöhnen entlockte.

38

Mit einem kurzen Ruck am Zügel brachte Nora Arbuckles zum Stehen und blickte hinunter in den grünen Cañon, den der alte Indianer als Chilbah-Tal bezeichnet hatte. Das Pferd war ganz verschwitzt und zitterte vor Aufregung, und auch Nora selbst fühlte sich müde und ausgelaugt vom anstrengenden Aufstieg auf das Devil's Backbone hinauf. Wieder hatte Nora den Pferden die Hufeisen abgenommen, so dass sie den gefährlichen Weg über den glatten Sandstein ohne größere Probleme gemeistert hatten.

Hier oben am Grat blies Nora ein frischer Wind ins Gesicht. Über den Bergen im Norden bildeten sich Gewitterwolken, doch der Cañon vor ihr lag im Sonnenschein des frühen Nachmittags.

Smithback kam hinter ihr heraufgekeucht und blieb schwer atmend neben ihr stehen. »Da wäre es also, das Chilbah-Tal, der Hort alles Bösen«, sagte er nach einer kurzen Verschnaufpause. Sein Ton hätte spaßig klingen sollen, aber seine Stimme zitterte noch vor Anstrengung.

Nora erwiderte nichts, sondern ging in die Hocke, um den Pferden die Hufeisen wieder anzulegen. Als sie damit fertig war, klopfte sie sich den Staub von den Kleidern, holte ihr Fernglas aus der Satteltasche und suchte damit die Talsohle nach Swire und den Pferden ab. Nach dem langen Ritt durch die Wüste genoss sie den Anblick der Pappeln und des saftigen Grases unten im Tal. Sie entdeckte Swire nach kurzer Suche am Ufer des Flusses. Er saß auf einem Felsen und sah den Pferden beim Grasen zu. Plötzlich drehte er den Kopf und schaute direkt zu ihr herauf.

»Das Böse liegt im Menschen«, sagte Nora schließlich. »Nicht in einer Landschaft.«

»Das mag sein«, erwiderte Smithback. »Aber ich hatte von Anfang an das Gefühl, dass etwas mit diesem Tal nicht stimmt. Es kam mir schon immer irgendwie unheimlich vor.«

Nora sah den Journalisten erstaunt an. »Dann war ich also nicht die Einzige«, meinte sie.

Sie stiegen auf und ritten schweigend hinunter ins Tal. Als sie den Fluss erreicht hatten, ließen sie die Pferde trinken, blieben aber im Sattel sitzen. Die Tiere wateten durch das seichte Wasser, das ihnen an den Beinen vorbeigurgelte. Aus dem Augenwinkel sah Nora, wie am anderen Flussufer Swire auf einem Pferd ohne Sattel und Zaumzeug heranritt.

Gegenüber von Nora und Smithback blieb er stehen und blickte zwischen den beiden hin und her. »Dann haben Sie also tatsächlich beide Pferde zurückgebracht«, sagte er mit nur schlecht verhohlener Erleichterung zu Nora. »Und was ist mit den Schweinehunden, die Crow Bait und Hoosegow den Bauch aufgeschlitzt haben? Haben Sie die erwischt?«

»Nein«, antwortete Nora. »Der Mann, den Sie auf dem Bergrücken gesehen haben, war ein alter Indianer, der weiter oben im Cañon-Land sein Lager aufgeschlagen hat.«

Ein skeptischer Ausdruck huschte über Swires Gesicht. »Ein alter Indianer? Was, zum Teufel, hat der denn da oben auf dem Berg zu suchen?«

»Er wollte wissen, wer hier ist«, erwiderte Nora. »Er hat uns erzählt, dass die Leute aus seinem Dorf sich nicht hierher wagen.«

Swire blieb eine Weile stumm sitzen und kaute auf seinem Tabak herum. »Dann sind Sie wohl einer falschen Spur gefolgt«, sagte er dann.

»Wir sind den Spuren des Mannes gefolgt, den Sie gesehen haben.«

Anstatt einer Antwort spuckte Swire einen Strahl Kautabak in den Sand neben dem Fluss.

»Roscoe«, fuhr Nora fort und bemühte sich, ihre Stimme neutral zu halten. »Wenn Sie diesen Mann mit eigenen Augen gesehen hätten, wären Sie genauso überzeugt wie wir, dass er Ihre Pferde nicht getötet hat.«

Swire kaute weiter. Eine ganze Minute lang herrschte angespanntes Schweigen, während Nora und der Cowboy sich über den Fluss hinweg anstarrten. Dann spuckte Swire ein zweites Mal aus. »Mist«, knurrte er. »Ich weiß nicht, ob Sie Recht haben, aber wenn das, was Sie sagen, stimmen sollte, dann laufen diese Schweine, die meine Pferde umgebracht haben, noch immer frei herum.« Ohne ein weiteres Wort schlug er seinem Pferd die Hacken in die Seite, ließ es umdrehen und am Fluss entlang zurücktraben.

Nora schaute ihm eine Weile hinterher und blickte dann hinüber zu Smithback. Der Journalist zuckte mit den Achseln.

Während sie durch das Tal zu dem nach Quivira führenden Slot-Cañon ritten, blickte Nora hinauf zum Himmel. Im Norden hatten sich dichte Gewitterwolken gebildet. Sie runzelte die Stirn. Eigentlich sollte die sommerliche Regenzeit erst in ein paar Wochen beginnen, aber wenn der Himmel so aussah wie jetzt, würde es mit ziemlicher Sicherheit noch an diesem Nachmittag einen Wolkenbruch geben.

Nora gab ihrem Pferd die Sporen. Wir müssen durch den Slot-Cañon durch sein, bevor das Gewitter losbricht, dachte sie. Bald waren sie am Eingang der Schlucht angelangt, wo sie die Pferde absattelten, die Sättel wasserdicht verpackten und sorgfältig versteckten. Dann ließen sie die Pferde frei, damit sie zum Rest der Herde laufen konnten.

Eine Stunde später erreichten sie nach einer langen, nassen und anstrengenden Kletterei das andere Ende des Slot-Cañons. Schwer atmend gingen sie nebeneinander auf das Lager zu und schüttelten sich dabei den Schlamm und den Treibsand von den Beinen.

Auf einmal blieb Nora abrupt stehen. Irgendetwas war nicht in Ordnung. Das Lager lag verlassen da, und das Feuer brannte qualmend vor sich hin, ohne dass sich jemand darum kümmerte. Aus der Felswand, in der sich der Alkoven von Quivira verbarg, konnte sie aufgeregte Stimmen hören.

Trotz ihrer Erschöpfung streifte sie den Rucksack ab, lief hinüber zu der Strickleiter und kletterte nach oben. Als sie in dem Alkoven angelangt war, sah sie Sloane und Black, die auf dem Hauptplatz der Stadt miteinander sprachen. Etwas entfernt von ihnen saß Bonarotti im Schneidersitz auf dem Boden und schaute ihnen zu.

Als Sloane Nora erblickte, ließ sie Black stehen und rannte auf sie zu. »Nora!«, rief sie noch im Laufen. »Jemand hat unsere Funkgeräte zerstört.«

Erschöpft setzte sich Nora auf die Mauer am Rand des Alkovens. »Erzählen Sie mir alles der Reihe nach«, bat sie.

»Es muss wohl während der Nacht passiert sein«, begann Sloane, während sie sich neben ihr niederließ. »Beim Frühstück sagte Peter, dass er vor seiner Arbeit in der Stadt nach oben sehen und seine Geräte kontrollieren wolle. Ich hätte ihm am liebsten den Tag frei gegeben, denn er sah nicht gut aus, aber er bestand darauf. Er sagte, er habe in der Nacht ein seltsames Geräusch gehört. Kaum war er oben, da rief er auch schon nach mir, und ich kletterte zu ihm hinauf.« Sloane hielt inne. »Nora, unsere Funkgeräte sind nur noch Schrott. Jemand hat sie kurz und klein geschlagen.«

Nora schaute Sloane an. Die junge Frau sah ungewohnt mitgenommen aus. Ihre Augen waren gerötet und ihre Haare unfrisiert.

»Ist denn alles kaputt?«, fragte Nora.

Sloane nickte. »Die Funkgeräte, die Antennen, alles. Nur der Wetterempfänger funktioniert noch. Offenbar haben sie ihn oben im Baum nicht bemerkt.«

»Hat außer Holroyd sonst noch jemand etwas gehört oder gesehen?«

Black blickte rasch hinüber zu Sloane, bevor er an ihrer Stelle antwortete. »Nein, niemand.«

»Ich habe den ganzen Tag über besonders Acht gegeben«, sagte Sloane, »aber ich habe nichts und niemanden bemerkt.«

»Was ist mit Swire?«

»Der war schon bei den Pferden, als Holroyd seine Entdeckung machte. Ich konnte ihn also noch nicht fragen.«

Nora seufzte tief. »Ich würde gerne mit Peter über die Sache reden. Wo ist er?«

»Das weiß ich nicht«, antwortete Sloane. »Er ist vor mir die Strickleiter hinabgestiegen. Ich denke, er ist wohl in sein Zelt gegangen, um sich hinzulegen. Er war ziemlich fertig und ... irgendwie durcheinander. Er hat sogar geweint. Ich schätze, die Geräte waren ihm sehr wichtig.«

Nora stand auf und ging zur Strickleiter. »Bill!«, rief sie hinunter in das Tal.

»Was gibt's, Madame?«, drang die Stimme des Journalisten herauf.

»Gehen Sie doch mal zu den Zelten und sehen Sie nach, wo Holroyd ist.« Während Nora wartete, ließ sie den Blick über den Cañon-Rand schweifen.

»Er ist nicht in seinem Zelt«, rief Smithback nach einer Weile herauf.

Nora ging zurück zu der Mauer und setzte sich. Sie zitterte und bemerkte erst jetzt, dass ihre Kleidung vom Durchklettern des Slot-Cañons noch ganz nass war. »Dann muss er wohl irgendwo in der Ruine sein«, sagte sie.

»Das ist möglich«, erwiderte Sloane. »Er hat gestern davon gesprochen, dass er das Magnetometer neu kalibrieren wolle. Irgendwie ist mir bei dem ganzen Trubel gar nicht aufgefallen, dass er nicht mehr da ist.«

»Was ist eigentlich mit den Pferdekillern?«, unterbrach Black. »Haben Sie sie gefunden?«

Nora zögerte einen Augenblick, bevor sie den Entschluss fasste, die anderen nicht mit Beiyoodzins Hexengeschichten zu beunruhigen. »Wir haben nur eine Spur entdeckt, und die führte in das Lager eines alten Indianers, der aber die Tiere nicht getötet hat. Dass unsere Funkgeräte gestern Nacht zerstört wurden, legt den Verdacht nahe, dass sich die Pferdekiller noch immer hier in der Nähe aufhalten.«

Black fuhr sich mit der Zunge über die Lippen. »Toll«, sagte er. »Dann werden wir ab jetzt wohl Wachen aufstellen müssen.«

Nora blickte auf ihre Uhr. »Lassen Sie uns Peter suchen«, sagte sie. »Ich will wissen, ob er nicht eine Art Notsender zusammenbasteln kann.«

»Ich schaue mal in dem Haus nach, in dem er zuletzt mit dem Magnetometer gearbeitet hat«, sagte Sloane und ging davon. Black folgte ihr. Bonarotti trat auf Nora zu und steckte sich eine Zigarette zwischen die Lippen. Nora wollte ihn eigentlich darauf hinweisen, dass in der Ruine Rauchen verboten war, aber ihr fehlte einfach die Kraft dazu.

Hinter sich hörte sie ein Geräusch und sah, wie Smithbacks zerzauster Kopf am oberen Ende der Strickleiter erschien. »Was gibt's?«, fragte er.

»Jemand war letzte Nacht hier und hat unsere Funkausrüstung zerstört«, erklärte Nora. Sie wollte noch mehr sagen, aber ein lautes Rufen aus der Stadt unterbrach sie. Einen Moment später kam Sloane aus einem der Häuser auf der anderen Seite des Hauptplatzes und winkte sie aufgeregt herbei.

»Ich habe Peter gefunden!« Ihre Stimme hallte gespenstisch durch die leere Stadt. »Es geht ihm nicht gut! Er ist krank!«

Sofort sprang Nora auf. »Holen Sie Aragon«, sagte sie zu Bonarotti. »Er soll mit seinem Sanitätskasten sofort zu uns kommen.« Dann rannte sie zusammen mit Smithback quer über den Platz.

Gebückt betraten sie den im ersten Stock gelegenen Gebäudekomplex, in dem sie die Grabmulde entdeckt hatten. Nachdem sich Noras Augen an die Dunkelheit gewöhnt hatten, sah sie, wie in einem der Räume Sloane neben dem auf dem Boden liegenden Holroyd kniete. Black stand, einen Ausdruck des Entsetzens im Gesicht, ein paar Schritte abseits. Neben Holroyd lag das geöffnete Magnetometer, von dem einige Bauteile auf dem Boden verstreut waren.

Nora schluckte schwer und kniete sich ebenfalls neben Holroyd hin. Sein Mund stand weit offen und wirkte so starr, als wäre sein Kiefer in dieser Stellung eingeschnappt. Holroyd hing die Zunge schwarz und dick geschwollen zwischen den aufgedunsenen, blau verfärbten Lippen heraus, und seine Augen waren ein Stück weit aus ihren Höhlen getreten. Mit jedem mühsamen Atemzug drang ein fauliger, nach Verwesung stinkender Geruch aus seinem Mund.

Nora bemerkte, wie Aragon hinter ihr in den Raum trat. »Halten Sie mir bitte die Lampe«, sagte er ruhig. Er gab Nora eine Taschenlampe, legte zwei Stoffsäcke auf den Boden und öffnete einen davon. »Würden Sie mir bitte die Neonlampe bringen, Dr. Goddard?«, bat er Sloane. »Und jetzt möchte ich alle bis auf Dr. Kelly bitten, den Raum zu verlassen.«

Nora richtete den Strahl der Taschenlampe auf Holroyd. Die Pupillen seiner glasigen Augen waren nicht größer als Stecknadelköpfe. »Peter«, sagte sie und nahm seine Hand in die ihre. »Enrique ist hier, um Ihnen zu helfen. Alles wird wieder gut.«

Aragon tastete Holroyds Brust und Unterleib ab, bevor er aus einem der Säcke eine Blutdruckmanschette und ein Stethoskop holte. Als er Peters Hemd aufknöpfte, um ihm die Brust abzuhören, bemerkte Nora zu ihrem Entsetzen, dass Holroyds blasse Haut mehrere dunkle Veränderungen aufwies. »Was ist das?«, fragte sie.

Aragon schüttelte lediglich den Kopf und rief Black herein. »Besorgen Sie ein Stück Leinwand und Stangen, aus denen man eine Trage bauen kann. Und sagen Sie Bonarotti, dass er Wasser kochen soll.«

Nachdem Aragon eingehend Holroyds Gesicht untersucht hatte, betrachtete er seine Fingerkuppen. »Zyanose«, murmelte er und holte aus dem zweiten Stoffsack eine kleine Sauerstoffflasche und ein paar Nasenschläuche. »Ich stelle den Durchfluss auf zwei Liter ein«, sagte er, während er Nora die Flasche gab und Holroyd die Schläuche in die Nasenlöcher steckte.

Nora hörte Schritte, und kurz darauf kam Sloane mit der batteriebetriebenen Neonlampe herein, die den Raum in ein helles, grünlich-kaltes Licht tauchte. Aragon nahm die Bügel des Stethoskops aus den Ohren und blickte auf. »Wir müssen ihn hinunter ins Lager schaffen«, sagte er. »Der Mann gehört so rasch wie möglich in ein Krankenhaus.«

Sloane schüttelte den Kopf. »Unsere Funkgeräte sind alle zerstört«, erwiderte sie. »Das Einzige, was noch funktioniert, ist der Empfänger für den Wetterbericht.«

»Können wir denn daraus nicht einen Notsender basteln?«, fragte Nora.

»Der Einzige, der möglicherweise dazu in der Lage wäre, ist Peter«, entgegnete Sloane.

»Und was ist mit den Handys?«, wollte Aragon wissen. »Wie weit sind wir von der Reichweite der nächsten Mobilfunkstation entfernt?«

»In der Gegend von Escalante dürfte es wieder Empfang geben«, antwortete Sloane. »Oder am Hafen von Wahweap.«

»Dann geben Sie Swire ein Handy, und sagen Sie ihm, dass er losreiten soll. Wir brauchen dringend einen Hubschrauber.«

Es entstand eine kurze Pause, bevor Nora langsam sagte: »Ein Hubschrauber kann hier nicht landen. Die Cañons sind zu schmal, und an den Klippen gibt es gefährliche Aufwinde. Ich habe mich mit diesem Problem ausgiebig auseinandergesetzt, als wir die Expedition planten.«

»Ist das ganz sicher?«

Nora nickte. »Die nächste Ansiedlung ist drei Tagesritte entfernt. Können wir Peter nicht mit den Pferden dort hinschaffen?«

Aragon blickte hinab zu Holroyd. »Das wäre sein Tod.«

Smithback und Black kamen zurück und brachten eine primitive Trage, die aus einem zwischen zwei langen Holzstangen befestigten Stück Segeltuch bestand. Vorsichtig legten sie Holroyds steifen Körper darauf und trugen ihn hinaus auf den Hauptplatz.

Aragon folgte ihnen mit seiner Ausrüstung. Er machte einen niedergeschlagenen Eindruck. Als sie unter dem Felsüberhang heraustraten, spürte Nora einen kalten Tropfen auf ihrem Arm. Es hatte angefangen zu regnen.

Auf einmal ließ Holroyd ein ersticktes Husten hören. Seine geröteten Augen traten noch weiter aus ihren Höhlen hervor und blickten in Panik unruhig umher. Seine Muskeln krampften sich zusammen, und seine Lippen zitterten, als wolle er seinem weit aufgerissenen Mund mit Gewalt ein paar Worte entringen. Das Seil, mit dem Black und Smithback ihn an der Trage festgebunden hatten, spannte sich ächzend.

Aragon befahl, die Trage abzusetzen, und kniete sich neben Holroyd nieder, während er in einem seiner Säcke herumkramte. Schließlich holte er einen Endrotrachyaltubus hervor, an dessen einem Ende ein schwarzer Gummiball befestigt war.

Erstickte Worte kamen aus Holroyds Mund. »Ich habe versagt, Nora«, brachte er unter großer Anstrengung hervor.

»Das stimmt nicht, Peter«, sagte Nora und drückte ihm fest die Hand. »Ohne Sie hätten wir Quivira niemals gefunden.«

Peter rang nach weiteren Worten, aber Nora legte ihm sanft ihren Zeigefinger auf die Lippen. »Sparen Sie sich Ihre Kräfte, Peter«, flüsterte sie.

»Ich werde ihn jetzt intubieren«, erklärt Aragon, während er Holroyd sanft den Kopf nach hinten drückte. Dann schob er ihm den durchsichtigen Plastikschlauch in die Luftröhre und gab Nora den schwarzen Gummiball in die Hand. »Drücken Sie den alle fünf Sekunden«, sagte er, wobei er die Muschel seines Stethoskops auf Holroyds Brust setzte. Bewegungslos horchte er so mehrere Minuten lang. Ein Zittern lief durch Holroyds Körper, seine Augen verdrehten sich. Aragon richtete sich auf und begann mit einer Herzdruckmassage.

Wie in einem bösen Traum kauerte Nora neben Holroyd und blies ihm in regelmäßigen Abständen Luft in die Lungen. Der Regen wurde heftiger und lief ihr über Gesicht und Arme. Die einzigen

Geräusche außer dem Platschen der Tropfen waren das Trommeln von Aragons Fäusten auf Holroyds Brust sowie das leise Seufzen des Blasebalgs. Und dann war es vorbei. Aragon hörte mit der Herzmassage auf und sah Nora an. Sein schmerzhaft verzerrtes Gesicht glänzte von Regen und Schweiß. Er blickte kurz hinauf zum Himmel, bevor er sein Gesicht in den Händen vergrub. Peter Holroyd war tot.

39

Eine Stunde später hatte sich die ganze Expedition, inklusive Swire, schweigend um das Feuer versammelt. Obwohl es wieder aufgehört hatte zu regnen, standen immer noch dunkle, metallfarbene Wolken am Himmel, und in der Luft lag ein Geruch nach Feuchtigkeit und Ozon.

Alle waren sie noch wie betäubt von Holroyds Tod, der jeden Einzelnen von ihnen tief erschütterte. Nora litt darüber hinaus auch unter immensen Schuldgefühlen, denn schließlich war sie es gewesen, die Holroyd mit auf die Expedition genommen hatte. Unbewusst, das wurde ihr jetzt klar, hatte sie, um ihr Ziel zu erreichen, seine Gefühle für sie ausgenutzt. Peter, bitte, vergib mir, dachte sie, während sie hinüber zu dem verschlossenen Zelt blickte, in dem jetzt Holroyds Leiche lag.

Von allen Expeditionsteilnehmern ging nur Bonarotti seiner gewohnten Arbeit nach. Er legte eine luftgetrocknete Salami neben mehrere Laibe frisch gebackenen Brotes, die er auf seinem improvisierten Serviertisch aufgereiht hatte. Als ihm klar wurde, dass niemandem nach Essen zu Mute war, schlug er die Beine übereinander und zündete sich eine Zigarette an.

Nora befeuchtete sich mit der Zunge die Lippen. »Enrique«,

sagte sie, mühsam um Fassung ringend. »Was können Sie uns über Peters Tod mitteilen?«

Aragon sah sie mit seinen unergründlichen schwarzen Augen an. »Nicht viel, fürchte ich. Ich bin nicht dafür ausgerüstet, eine Autopsie vorzunehmen. Meine Möglichkeiten, eine genaue Diagnose zu stellen, sind deshalb stark eingeschränkt. Aber ich habe Proben von seinem Blut, Speichel und Urin genommen, die ich gerade mikrobiologisch untersuche. Außerdem analysiere ich Stücke seiner Haut und den Ausfluss aus den Geschwüren an seiner Brust, aber keiner der Tests ist bislang abgeschlossen.«

»Was kann denn so rasch zu seinem Tod geführt haben?«, fragte Sloane.

»Genau diese Frage macht eine Diagnose ja so schwierig«, antwortete Aragon. »In seinen letzten Minuten zeigte er Anzeichen von Zyanose und akuter Atemnot, was beides auf eine Lungenentzündung hinweisen würde. Nur kann sich eine Lungenentzündung nicht so schnell entwickeln. Und dann war da noch diese Lähmung ...« Er verstummte einen Augenblick. »Ohne ein ordentliches Labor kann ich ihn weder punktieren noch eine Magenspülung vornehmen, ganz zu schweigen von einer Autopsie.«

»Was mich interessiert«, meldete sich Black zu Wort, »ist die Frage, ob die Krankheit ansteckend ist und ob möglicherweise schon andere von uns infiziert sind.«

Aragon seufzte und blickte zu Boden. »Das ist schwer zu sagen. Aber bisher gibt es keine Hinweise, die in diese Richtung deuten. Vielleicht werden meine primitiven Bluttests uns ja mehr Aufschlüsse bringen. Ich habe darüber hinaus ein paar Petrischalen mit Kulturen angesetzt für den Fall, dass wir es doch mit einem ansteckenden Erreger zu tun haben. Ich stelle nur ungern Spekulationen an, aber ...« Er verstummte.

»Trotzdem wäre es gut, wenn Sie uns Ihre Spekulationen mitteilen würden, Enrique«, bat Nora leise.

»Nun gut. Wenn Sie mich nach meinem ersten Eindruck fragen,

dann sage ich Ihnen Folgendes: Der rasche Ausbruch und Verlauf der Erkrankung deuten viel eher auf eine akute Vergiftung hin als auf eine Infektion.«

Nora sah Aragon entsetzt an.

»Eine Vergiftung?«, rief Black, sichtlich erleichtert. »Aber wer sollte denn Peter vergiften wollen?«

»Es muss ja nicht einer von uns gewesen sein«, warf Sloane ein, »sondern jemand von den Leuten, die unsere Pferde getötet und die Funkgeräte zerstört haben.«

»Wie gesagt, das ist alles pure Spekulation«, sagte Aragon und hob hilflos die Hände. »Hat Holroyd etwas anderes als wir gegessen?«, fragte er an Bonarotti gewandt.

Der Koch schüttelte den Kopf.

»Und was ist mit dem Wasser?«

»Das hole ich aus dem Fluss«, antwortete Bonarotti. »Ich lasse es durch ein Filter laufen. Und außerdem haben wir alle davon getrunken.«

Aragon rieb sich das Gesicht. »Die ersten Testergebnisse werden noch ein paar Stunden auf sich warten lassen«, sagte er. »Bis dahin können wir nicht ausschließen, dass Holroyd an einer ansteckenden Krankheit gestorben ist. Deshalb schlage ich vor, dass wir als Vorsichtsmaßnahme seine Leiche so schnell wie möglich aus dem Lager schaffen.«

In der Stille, die auf seine Worte folgte, war aus Richtung des Kaiparowits-Plateaus entferntes Donnergrollen zu vernehmen.

»Und was machen wir jetzt?«, fragte Black.

Nora sah ihn an. »Liegt das nicht auf der Hand? Wir müssen so schnell wie möglich verschwinden.«

»Nein!«, platzte Sloane heraus.

Nora drehte sich erstaunt zu ihr um.

»Wir können jetzt nicht einfach aus Quivira abhauen«, erklärte Sloane. »Dazu ist diese Ausgrabung viel zu wichtig. Wer immer unsere Funkgeräte kaputtgemacht hat, will uns von hier vertreiben, damit er die Stadt ungehindert ausplündern kann. Mit unserem Aufbruch würden wir ihm nur einen Gefallen erweisen.«

»Das stimmt«, sagte Black.

»Aber es ist gerade ein Mann gestorben«, konterte Nora. »Vielleicht an einer ansteckenden Krankheit, aber möglicherweise hat man ihn auch ermordet. In beiden Fällen bleibt uns keine andere Wahl. Wir haben den Kontakt mit der Außenwelt verloren und können keine Hilfe holen. Die Sicherheit der Expeditionsteilnehmer hat Vorrang vor allen andern Erwägungen.«

»Wir sprechen hier von der größten Entdeckung in der Geschichte der modernen Archäologie«, sagte Sloane mit heiserer, eindringlich klingender Stimme. »Alle von uns haben dafür ihr Leben riskiert. Und jetzt, bloß weil einer gestorben ist, sollen wir einfach unsere Sachen packen und uns aus dem Staub machen? Damit wäre Peters Opfer ja vollkommen sinnlos.«

Black, der während ihrer Worte merklich blass geworden war, brachte mit Mühe ein zustimmendes Nicken zu Stande.

»Für Sie und mich und vielleicht für den Rest von uns Wissenschaftlern mag das ja zutreffen«, erwiderte Nora. »Aber Peter war ein Außenstehender.«

»Aber er wusste, was für ein Risiko er einging«, entgegnete Sloane. »Sie selbst haben ihn schließlich darauf hingewiesen – oder haben Sie das etwa versäumt?« Während sie sprach, blickte sie Nora starr in die Augen. Obwohl sie nicht weiterredete, war ganz klar, was sie mit ihrer Bemerkung hatte zum Ausdruck bringen wollen.

»Ich weiß, dass Peters Teilnahme an der Expedition auf meine Initiative zurückgeht«, sagte Nora mit mühsam kontrollierter Stimme. »Damit werde ich leben müssen, aber es ändert jetzt nichts an unserer Situation. Tatsache ist, dass Roscoe, Luigi und Bill Smithback immer noch bei uns sind. Alle drei sind keine Wissenschaftler. Und jetzt, da wir um die Gefahr wissen, in der wir uns befinden, haben wir kein Recht mehr, ihre Sicherheit aufs Spiel zu setzen.«

»Hört, hört!«, murmelte Smithback.

»Ich finde, die drei sollten für sich selbst entscheiden«, sagte Sloane, deren Augen im Licht des von Sturmwolken zerfetzten Himmels ganz dunkel wirkten. »Schließlich sind sie keine gedungenen Sherpas, sondern haben ihr persönliches Interesse am Gelingen dieser Expedition.«

Nora schaute von Sloane zu Black und dann auf den Rest der Expeditionsteilnehmer. Alle erwiderten schweigend ihren Blick. Mit einer Art dumpfem Erstaunen wurde ihr klar, dass Sloane soeben ihre Führerschaft offen in Frage gestellt hatte und die anderen an ihrer Entscheidung zumindest zweifelten. Eine leise Stimme in ihrem Kopf sagte ihr, dass das unfair war: Jetzt, da sie um Peter Holroyd trauerte, durften sie ihr das doch nicht antun. Nora musste sich zwingen, logisch zu denken. Natürlich hätte sie als Leiterin der Expedition einfach den Befehl zum Verlassen der Ruinenstätte erteilen können, doch schien sich in der unberechenbaren, emotional aufgeheizten Stimmung nach Holroyds Tod eine neue Gruppendynamik zu entwickeln. Obwohl Nora wusste, dass sie ihre Entscheidungen nicht von den anderen absegnen lassen musste, wollte sie doch lieber alle daran beteiligen. »Was immer wir tun, wir tun es gemeinsam«, sagte sie also. »Lassen Sie uns darüber abstimmen.«

Als Ersten sah sie Smithback an.

»Ich denke wie Nora«, sagte er ruhig. »Das Risiko ist zu groß. Wir sollten von hier verschwinden.«

Noras Blick wanderte weiter zu Aragon. Der Arzt erwiderte ihn kurz, dann sagte er, an Sloane gewandt: »Ich bin derselben Meinung.«

Als Nächster war Black dran. Er schwitzte. »Ich unterstütze Sloanes Vorschlag«, erklärte er mit schriller, angespannter Stimme.

»Und Sie, Roscoe?«, fragte Nora.

Der Cowboy blickte hinauf in den Himmel. »Wenn es nach mir gegangen wäre, dann hätten wir dieses gottverdammte Tal hier überhaupt nicht betreten, Ruine hin oder her. Und jetzt fängt es an zu regnen, und der Slot-Cañon ist der einzige Ausgang. Wir sollten zusehen, dass wir unsere Hintern hier rauskriegen.«

Nora sah hinüber zu Bonarotti. Der Italiener winkte abwesend und blies den Rauch seiner Zigarette spiralenförmig in die Luft. »Mir ist es egal. Ich schließe mich der Mehrheit an.«

Nora wandte sich wieder an Sloane. »Das sind vier Stimmen gegen zwei bei einer Enthaltung. Damit dürfte ja wohl alles klar sein.« Dann schlug sie einen sanfteren Ton an. »Aber wir werden hier nicht alles stehen und liegen lassen, sondern den restlichen Tag dafür nutzen, die wichtigsten Arbeiten abzuschließen, die Ausgrabung zu sichern und weitere Fotos zu machen. Außerdem werden wir ein paar repräsentative Artefakte einpacken und mitnehmen, wenn wir morgen in aller Frühe aufbrechen.«

»Den restlichen Tag?«, fragte Black. »Um diese Ausgrabung zu sichern, brauchen wir erheblich länger.«

»Tut mir Leid, aber das geht nicht. Wir werden tun, was wir können, aber mehr Zeit haben wir nicht. Um Zeit zu sparen, schlage ich vor, dass wir nur die wirklich notwendigen Sachen mitnehmen und den Rest vergraben.«

Niemand sagte ein Wort. Sloane, deren Gesicht einer undurchdringlichen, emotionslosen Maske glich, hörte nicht auf, Nora anzustarren.

»Dann lassen Sie uns mal loslegen«, sagte Nora schließlich. »Bis Sonnenuntergang haben wir noch eine Menge zu tun.«

40

Smithback kniete neben dem Zelt, hob vorsichtig die Klappe am Eingang und blickte mit einer Mischung aus Mitleid und Ekel hinein. Aragon hatte Holroyds Leiche in zwei Schichten Plastikfolie gewickelt und dann in den größten wasserdichten Sack der Expedition gesteckt. Obwohl der gelbe Beutel luftdicht verschlossen war, roch es in dem Zelt nach Desinfektionsmittel, Alkohol und noch Schlimmerem. Smithback zuckte zurück und bemühte sich, nicht durch die Nase zu atmen. »Ich weiß nicht, ob ich das schaffe«, sagte er.

»Bringen wir's hinter uns«, entgegnete Swire und kroch mit einer langen Stange in der Hand ins Zelt.

Nicht einmal der größte Vorschuss auf ein Buch ist es wert, dass ich so was tue, ging es Smithback durch den Kopf. Er griff in seine Hosentasche, holte sein rotes Halstuch hervor und band es sich sorgfältig vor den Mund. Dann zog er ein Paar derbe Arbeitshandschuhe über die Latexhandschuhe, die Aragon ihm gegeben hatte, nahm ein aufgerolltes Seil und folgte Swire in das Zelt.

Ohne ein Wort legte Swire die Stange neben die eingepackte Leiche, und dann wickelten die beiden Männer, so rasch sie konnten, das Seil so oft um beides herum, bis der tote Holroyd an dem langen Pfahl befestigt war. Nachdem Swire das Seil festgeknotet hatte, packten sie die Enden der Stange und schoben die Leiche aus dem Zelt.

Da Holroyd relativ klein und leicht gewesen war, konnte Smithback ohne große Anstrengung sein Ende der Stange auf die Schulter heben. Ich wette, er hat nicht mal fünfundsiebzig, höchstens achtzig Kilo gewogen, dachte Smithback. Das wären dann an die vierzig Kilo für jeden von uns. Seltsam, wie unter starkem Stress das Gehirn sich mit den trivialsten, alltäglichen Dingen beschäftigte. Smithback überkam starkes Mitleid mit dem freundlichen, bescheidenen jungen Mann, der jetzt in diesem gelben Sack mit schwarzen Streifen steckte. Nur drei Nächte zuvor hatte ihm Holroyd in unerwarteter Ausführlichkeit von seiner tiefen Leidenschaft für Motorräder erzählt, die er schon seit seiner frühen Jugend hegte. Dabei hatte er nach und nach seine Schüchternheit abgelegt und war immer lebendiger und aufgeschlossener geworden. Jetzt lag er schwer und steif in seinem Sack, den Smithback und Swire auf den Slot-Cañon zuschleppten. Ein wenig zu steif, fand Smithback, der es nicht mochte, dass Holroyds verpackte Füße ihm beim Gehen hin und wieder an die Schulter stießen.

Der Journalist dachte an die Diskussion, was man mit der Leiche tun sollte. Sie musste abseits des Lagers sicher vor der Witterung und Aasfressern bis zu einem Zeitpunkt aufbewahrt werden, an dem man sie wieder bergen konnte. Eingraben könne man sie nicht, hatte Nora gesagt, denn die Kojoten würden sie wieder ausbuddeln. Jemand hatte den Vorschlag gemacht, sie in einen Baum zu hängen, aber niemandem war eine Möglichkeit eingefallen, sie dort hinaufzuschaffen, weil die Sturzfluten an praktisch allen Bäumen die unteren Äste abgerissen hatten. Als Aragon mit Nachdruck darauf beharrt hatte, die Leiche so weit vom Lager wegzubringen wie nur möglich, hatte Nora sich an eine kleine Felshöhle im Slot-Cañon erinnert, die etwa sieben Meter oberhalb des Bachbetts lag und damit sicher vor dem Hochwasser war. Weil sie zudem über eine Reihe von Felsenterrassen erreichbar und am Stamm einer riesigen Pappel, die eine Sturzflut direkt darunter zwischen zwei Felsen verkeilt hatte, leicht zu erkennen war, hatte man sich auf sie als das am besten geeignete Versteck für die Leiche geeinigt. Die Regenwolken hatten sich wieder verzogen und Black hatte über den Wetterberichtempfänger erfahren, dass keine weiteren Gewitter drohten. Der Slot-Cañon war also zumindest für den Augenblick sicher.

Smithback zwang seine Gedanken zurück in die Gegenwart. Immer wenn er etwas wirklich Unangenehmes zu tun hatte, schweiften sie ständig in alle möglichen Richtungen ab. Aus einem Grund, den er sich selbst nicht recht erklären konnte, verspürte Smithback jetzt eine tief in seinem Innern verborgene Angst. Dabei hatte er bereits mehr lebensbedrohliche Situationen durchgestanden als viele andere Menschen. Er war in einem Museum nachts von einer monströsen Bestie gejagt worden und hatte im Labyrinth der New Yorker U-Bahn-Tunnels um sein Leben kämpfen müssen. Und doch fühlte er sich hier, an diesem schönen, sonnigen Nachmittag im Tal von

Quivira mehr bedroht als je zuvor. Etwas an der verstohlenen, nicht greifbaren Art und Weise, wie das Böse hier in diesem Tal agierte, hatte ihn völlig aus dem Gleichgewicht gebracht.

Swire vor ihm blieb so abrupt stehen, dass Holroyds leichenstarrer Fuß sich in Smithbacks Schulter bohrte. Der Eingang zum Slot-Cañon lag nun direkt vor ihnen. Smithback spähte durch die schmale Öffnung in der Felswand und hoffte, dass der Wetterbericht, den Black ihnen mitgeteilt hatte, auch wirklich zutraf.

Wenn sie erst einmal im Cañon waren, konnten sie den in einem wasserdichten Sack verpackten Leichnam streckenweise schwimmen lassen. Nur am Ende eines jeden Beckens würden sie ihn hinauf zum nächsten heben müssen.

Nachdem die beiden Männer den an den sperrigen Pfahl gebundenen Toten etwa zwanzig Minuten lang durch wassergefüllte Felslöcher gezogen und über steil aufgetürmte Blöcke gewuchtet hatten, legten sie eine Verschnaufpause ein. Smithback nahm das Halstuch von seinem Mund und steckte es in die Brusttasche seines Hemdes. In einiger Entfernung konnte er schon den zwischen den Cañon-Wänden verkeilten Stamm der Pappel erkennen.

»Sind Sie eigentlich auch der Meinung, dass der Indianer, den Sie und Dr. Kelly getroffen haben, meine Pferde nicht umgebracht hat?«, fragte Swire. Es waren seine ersten Worte seit dem Aufbruch vom Lager.

»Nein, das hat er bestimmt nicht«, antwortete Smithback. »Und wenn wir davon ausgehen, dass es dieselben Leute waren, die auch unsere Funkgeräte zerstört haben, dann glaube ich gleich dreimal nicht, dass er etwas damit zu schaffen hatte. Schließlich waren Nora und ich bei ihm, als das geschah.«

»Das leuchtet mir ein.«

Smithback bemerkte, dass der Cowboy ihn mit kritischen Augen musterte, die schon lange ihren humorvollen Ausdruck verloren hatten. Swires eingesunkene Wangen und der angespannte Zug um seinen Mund sagten Smithback, dass der Mann zutiefst betrübt war.

»Holroyd war ein guter Junge«, sagte Swire.

Smithback nickte.

»Es ist eine Sache, dort in Schwierigkeiten zu geraten«, meinte der Cowboy leise und deutete mit dem Daumen in die Richtung, in der sich in weiter Ferne die Zivilisation befand, »aber eine ganz andere, wenn es hier in der Wildnis passiert.«

Smithbacks Blick wanderte von Swire zu Holroyds Leiche und wieder zurück. »Deshalb ist Noras Entscheidung richtig«, sagte er. »Wir müssen so schnell wie möglich von hier verschwinden.«

Swire spuckte etwas Tabak auf einen Felsen in der Nähe. »Die Frau hat Mut, das muss man ihr lassen«, bemerkte er. »Ihr Angebot, die Spuren der Pferdekiller allein zu verfolgen, hatte Klasse. Aber Mut allein genügt nicht. Hier draußen kann schon das kleinste Problem ein Menschenleben kosten. Das habe ich selbst mehrmals erlebt. Und wissen Sie was? Unsere Probleme sind alles andere als klein.«

Smithback gab keine Antwort. Er dachte immer noch an Nora, an ihre treffenden Kommentare, ihre taxierenden Blicke, ihren Mut und ihre Entschlossenheit. Und mit einigem Erstaunen nahm er zur Kenntnis, dass er mehr Angst um sie hatte als um sich selbst.

Swire stand auf und packte sein Ende der Stange. Auch Smithback erhob sich, band sich das Halstuch wieder vor den Mund und trat auf die Leiche zu. Den Rest des Weges hinauf zu der Höhle sprach keiner der Männer ein Wort.

41

Aaron Black stand im Schatten des westlichen Turmes und ließ den Blick über seine Ausgrabung schweifen. Die Bodenprofile, die er angelegt hatte, waren wieder einmal perfekt – kein Lehrbuch enthielt bessere Beispiele für eine auf dem neuesten wissenschaftlichen Stand stehende stratographische Analyse. Dasselbe galt für die Untersuchungsergebnisse seines transportablen Labors, die wie gewohnt ein Vorbild an Effizienz, Genauigkeit und Wirtschaftlichkeit waren.

Heute allerdings mischte sich in die Zufriedenheit, mit der Black für gewöhnlich sein Werk betrachtete, ein Hauch von Enttäuschung. Leise Verwünschungen murmelnd, zog er eine große Plane über den Testgraben und sicherte ihre Enden mit ein paar Gesteinsbrocken. Es war eine völlig unzureichende Art, seine Forschungsergebnisse zu konservieren, aber immerhin noch besser, als den Graben wieder mit Erde zuzuschütten. Es ärgerte ihn, dass er eine Ausgrabung aufgeben musste, welche die glorreiche Krönung seiner gesamten Karriere hätte darstellen sollen. Gott allein wusste, was sie bei ihrer Rückkehr hier vorfinden würden. Wenn sie überhaupt zurückkehrten.

Black schüttelte angewidert den Kopf und breitete eine weitere Plane über dem zweiten Graben aus. Trotz allem musste er allerdings zugeben, dass der Aufbruch aus Quivira auch seine guten Seiten hatte. Niemand hatte bisher definitiv ausschließen können, dass Holroyd nicht doch an einer ansteckenden Krankheit gestorben war. Aber selbst wenn irgendjemand den Kommunikationsspezialisten vergiftet hatte, so hatte Black auch in diesem Fall Angst, dasselbe Schicksal zu erleiden. Smithback, der ihm normalerweise bei seiner Arbeit half, war gerade damit beschäftigt, Holroyds Leiche fortzuschaffen, und Black war froh, dass diese Aufgabe nicht ihm zugefallen war.

Ganz abgesehen von diesen Erwägungen, sehnte sich ein Teil von ihm nach der Zivilisation zurück, nach Telefonen, guten Restaurants, heißen Duschen und Toiletten mit Wasserspülung. All das gab es nur in einer Welt, die hunderte von Kilometern von Quivira entfernt lag. Das allerdings hatte er Sloane gegenüber nicht zugegeben, die mit versteinertem Gesicht losgezogen war, um die letzten Aufnahmen von der Ausgrabung zu machen.

Als er an Sloane dachte, spürte Black, wie sich ein warmes Gefühl zwischen seinen Beinen breit machte. Erinnerungen an ihr sexuelles Abenteuer mischten sich mit wilden Fantasien und hoffnungsvoller Vorfreude auf die Nacht, die vor ihnen lag. Black hatte nie viel Glück bei Frauen gehabt, und schon gar nicht bei solchen wie Sloane, von der er nicht einmal zu träumen gewagt hätte.

Mit Mühe riss sich Black aus seinen Gedanken und wandte sich seinem Flotationslabor zu. Er nahm den Behälter mit destilliertem Wasser von dem Apparat und schüttete ihn am Rand der Klippe aus. Dann begann er seufzend damit, den Aufbau zu demontieren und in zwei Metallkoffern zu verpacken. Es war eine Arbeit, die er schon häufig gemacht hatte, und trotz der unangenehmen Umstände empfand er eine stille Freude darüber, wie gut er alles organisiert hatte. Die Schaumstoffpolsterung der Koffer war so ausgeschnitten, dass jedes einzelne Teil exakt in eine dafür vorgesehene Mulde passte. Als alles eingepackt war, ließ Black die Schlösser der Koffer zuschnappen und ging hinüber zu einem Papierchromatographen.

Als er die unbenutzten Papierstreifen in einen Plastikumschlag steckte, musste er daran denken, wie viel er sich von der Auswertung gerade dieser Messdaten versprochen hatte. Wenn alles wie geplant gelaufen wäre, hätten diese Streifen die Grundlage für ein halbes Jahr Arbeit in seinem komfortablen Labor werden können. Während er sie jetzt betrachtete, verabschiedete er sich im Geiste von all den brillanten Artikeln, die er über seine Forschungsergebnisse in den angesehensten Fachzeitschriften hatte veröffentlichen wollen.

Auf einmal fuhr ein starker Windstoß in den Stapel Papierstreifen und wirbelte sie hoch in die Luft. Laut fluchend sah Black, wie sie in den hinteren Teil der Stadt trudelten. Sie einfach liegen zu lassen konnte er sich nicht erlauben, denn schließlich hatte er seine Kollegen mehr als einmal öffentlich dafür gegeißelt, dass sie Ausgrabungsstätten mit ihrem Abfall verschmutzt hatten.

Nachdem er den Rest der Apparatur eingepackt und den Koffer geschlossen hatte, stand er auf und fing an, die verstreuten Papierstreifen einzusammeln. Die meisten von ihnen lagen am hinteren Teil der Müllhalde, aber als er sie auflesen wollte, wirbelte sie ein neuerlicher Windstoß abermals hoch, so dass Black ihnen, leise vor sich hin fluchend, hinterherlaufen musste. Schließlich hatte er elf der zwölf Streifen gefunden, die in der Packung gewesen waren. Doch wo war der letzte?

Vor Black lag die schmale Öffnung zu Aragons Tunnel. Wahrscheinlich hatte der Windstoß das Papier dort hineingeweht. Black bückte sich und begab sich, nachdem er eine kleine Taschenlampe aus seiner Jackentasche geholt und eingeschaltet hatte, hinein in die Dunkelheit. Der schwache Lichtkegel huschte über staubbedeckte Knochenhaufen und traf schließlich auf den letzten Papierstreifen, der sich etwa zehn Meter vom Eingang entfernt an einem zerbrochenen Schädel verfangen hatte.

Zum Teufel mit Aragons ZST, dachte Black griesgrämig, während er auf allen vieren quer über die Knochen auf den Streifen zu kroch. Ein weiterer Luftzug fuhr durch den Tunnel und wirbelte den Staub auf, so dass Black heftig niesen musste. Er griff nach dem Schädel, packte den letzten Papierstreifen und steckte ihn in seine Jackentasche. Als er sich umdrehte, um den Stollen wieder zu verlassen, bemerkte er ganz in seiner Nähe eine große Ratte, die wohl das Klappern der Knochen aufgeschreckt hatte. Das Tier stellte sich auf seine Hinterbeine, glotzte ihm direkt ins Gesicht, und bleckte seine gelben Zähne.

Black versuchte die Ratte mit einer Handbewegung zu verscheuchen, aber das Tier wackelte bloß mit dem Schwanz und ließ ein indigniertes Quietschen hören.

»Buh!«, rief Black und warf mit einem Oberschenkelknochen nach der Ratte, die nun doch Reißaus nahm und sich hinter einem kleinen Steinhaufen an der Tunnelwand in Sicherheit brachte.

Black leuchtete ihr mit der Taschenlampe hinterher. Dabei fiel ihm auf, dass die Steine des Haufens nicht aus dem Sandstein des Tunnels bestanden. Neugierig geworden, kroch er näher heran. Vor der Öffnung, in der die Ratte verschwunden war, lagen Zweige und die Häute von Kaktusfrüchten. Angewidert vom scharfen Geruch des Rattenurins, leuchtete Black mit der Taschenlampe in das Loch hinein und glaubte, dahinter einen erstaunlich großen Hohlraum zu entdecken.

Black untersuchte daraufhin den Steinhaufen noch einmal eingehender und kam zu dem Schluss, dass irgendjemand ihn absichtlich aufgeschichtet haben musste, um eine dahinter liegende Öffnung zu verbergen. Und zwar mit solchem Geschick, dass Aragon dutzende Male an diesem Steinhaufen vorbeigekommen war, ohne etwas zu bemerken. Nun, Aragon galt in Kollegenkreisen wahrlich nicht als unaufmerksam, aber er selbst, so stellte Black selbstgefällig fest, war wohl doch aufmerksamer als er.

Er ging in die Hocke und spürte, wie sein Herz rascher zu schlagen begann. Irgendjemand hatte hinter diesem Steinhaufen etwas verborgen, und zwar auf eine sorgfältige, äußerst gekonnte Art und Weise. Vermutlich war es eine Grabkammer, möglicherweise auch eine Katakombe. Beides wäre von unschätzbarem archäologischem Wert. Black sah sich in dem Tunnel um. Er war allein. Aragon befand sich unten, im Lager und analysierte die Proben, die er Holroyds Leiche entnommen hatte. Black ging mit dem Gesicht ganz nahe an die Öffnung und leuchtete noch einmal hinein.

Diesmal sah er etwas in dem Hohlraum aufblitzen.

Black richtete sich wieder auf und blieb eine Weile bewegungslos sitzen. Und dann tat er etwas, was er in seiner ganzen Karriere als Archäologe noch nicht getan hatte: Er nahm einen langen Knochen und begann die Steine rings um das Rattenloch zu lockern. Während er zuerst mit vorsichtigen, dann mit immer entschlosseneren Bewegungen die Öffnung nach und nach erweiterte, verflogen alle Gedanken an Anstrengung, Krankheit und giftige Dämpfe, die aus dem Loch herauswabern könnten, und machten einem alles verzehrenden Verlangen Platz. Black wollte um jeden Preis wissen, was sich in dem Hohlraum befand.

Bald war seine verschwitzte Haut ganz klebrig vom Staub, den er bei seiner Arbeit aufwirbelte und der ihn wiederholt niesen ließ, bis er schließlich sein Halstuch vor Mund und Nase band. Als der Knochen zerbarst, riss Black die Gesteinsbrocken mit bloßen Händen aus dem Loch. Nach fünf Minuten hatte er schließlich eine Öffnung geschaffen, die so groß war, dass er hindurchschlüpfen konnte.

Schwer atmend wischte sich Black die Hände an seinem Hosenboden ab und nahm das Halstuch vom Mund. Dann griff er mit beiden Armen in die Öffnung und schob sich in den dahinter liegenden Hohlraum.

Auf der anderen Seite richtete er sich keuchend auf. Die Luft war heiß und stickig und erstaunlich feucht. Black leuchtete mit seiner Taschenlampe umher und entdeckte sofort das Glitzern wieder, das ihm schon bei seinem ersten Blick in die Öffnung aufgefallen war. Sein Herz hörte für einen Augenblick auf zu schlagen. Er befand sich in einem riesigen Hohlraum, in dem ein weiteres Großes Kiva stand. Das Kiva war das exakte Gegenstück zu dem anderen, das sie draußen in der Stadt gefunden hatten, nur dass die Scheibe, die bei diesem auf die Wand gemalt war, im Licht von Blacks Taschenlampe golden schimmerte. Außerdem hatte es an der Wand eine seitliche Eingangsöffnung, die mit einem Steinhaufen blockiert war.

Hinter dem Kiva sah Black ein kleines, aber perfekt gestaltetes Anasazi-Pueblo. Die in zwei Stockwerken angeordneten Häuser reichten bis an die Decke der Höhle, die seit sieben Jahrhunderten kein menschliches Wesen mehr betreten hatte.

Noch ganz überwältigt von seinem Fund, ging Black auf das Kiva zu und berührte mit zitternder Hand die goldene Scheibe, die der an der Innenwand des Regen-Kivas verblüffend ähnelte. Der Glanzeffekt wurde auch hier durch ein gelbliches Pigment – Black vermutete, dass es sich um Eisenocker handelte – bewirkt, das man mit zerstoßenem Goldglimmer vermischt und dann auf Hochglanz poliert hatte. Der einzige Unterschied war, dass die golden schimmernde Scheibe einen Durchmesser von gut drei Metern hatte.

Black hielt den Atem an, als ihm mit einem Mal bewusst wurde, dass er soeben das Sonnen-Kiva entdeckt hatte.

42

Die nachmittäglichen Wolken waren verschwunden, und der schmale Streifen Himmel über dem Cañon von Quivira war ins goldene Licht des Sonnenuntergangs getaucht. Unten im Tal verdichteten sich schon die Schatten der Nacht. Der kurze Regenguss hatte eine Fülle von Gerüchen freigesetzt – den süßen Duft der Pappeln und den kräftigeren von feuchtem Sand, in den sich jetzt der würzige Rauch von Bonarottis Feuer mischte.

Nora, die gerade einen der wasserdichten Säcke verschloss, nahm weder diese Düfte noch das Farbenspiel des Abendhimmels wahr. Noch immer wie betäubt von den Ereignissen des zu Ende gehenden Tages, hatte sie keine Augen mehr für die Schönheit der Natur. Ein paar Minuten zuvor waren Swire und Smithback von ihrem grausigen Auftrag zurückgekehrt und hockten jetzt erschöpft und mit leeren Gesichtern am Feuer.

Mit einiger Mühe schleppte Nora den schweren Sack zu dem stetig anwachsenden Stapel von Ausrüstungsgegenständen und Gepäck am Fuß der Cañon-Wand, bevor sie einen weiteren Packsack nahm und ihn zu füllen begann. Es würde den Großteil des Abends dauern, bis alles entweder in der Stadt versteckt oder für den Transport durch den Slot-Cañon vorbereitet war. Nora hoffte, dass der alte Teamgeist zurückkehren und zumindest so lange anhalten würde, bis sie wieder in der Zivilisation waren.

Ein lauter, scharf klingender Schrei aus der Richtung der Strickleiter riss Nora aus ihren Gedanken. Sie sah die lange Gestalt von Aaron Black auf sich zukommen. Gesicht und Kleidung des Archäologen starrten vor grauem Schmutz, und seine Haare waren zerzaust. Einen entsetzlichen Moment lang befürchtete Nora, dass er sich mit derselben Krankheit angesteckt haben könnte wie Holroyd. Aber dann sah sie den triumphierenden Ausdruck in seinem Gesicht, und ihre Angst legte sich.

»Wo ist Sloane?«, fragte er grinsend und schaute sich um. Dann formte er mit den Händen einen Trichter um seinen Mund und rief so laut: »Sloane!«, dass seine Stimme vielfach von den Cañon-Wänden widerhallte.

»Ist alles in Ordnung mit Ihnen?«, erkundigte sich Nora.

Als Black sich ihr zuwandte, sah sie, wie ihm kleine, grau gefärbte Schweißströme von der Stirn übers Gesicht rannen. »Ich habe es gefunden«, sagte er.

»Was denn?«

»Das Sonnen-Kiva.«

Nora richtete sich auf und ließ den Packsack zu Boden fallen. »Wie bitte?«, fragte sie ungläubig.

»In Aragons Tunnel gibt es einen versteckten Durchgang, der bisher niemandem aufgefallen ist. Aber ich – ich habe ihn gefunden.« Blacks Brust hob und senkte sich so aufgeregt, dass er die Worte kaum herausbrachte. »Durch das Loch kommt man in eine große Höhle. Und dort, Nora, habe ich eine komplette verborgene Stadt entdeckt. Mit Häusern und einem eigenen Kiva. Einem versiegelten Kiva, das seit Jahrhunderten kein Mensch betreten hat.«

»Einen Moment mal«, sagte Nora langsam. »Haben Sie soeben gesagt, dass Sie einen versteckten Durchgang geöffnet haben?«

Black nickte, und sein Grinsen wurde noch breiter.

Nora spürte, wie eine Woge des Ärgers in ihr aufstieg. »Ich habe solche Aktionen doch ausdrücklich verboten, verdammt nochmal. Großer Gott, Aaron, damit haben Sie den Grabräubern einen weiteren Teil der Stadt erschlossen. Haben Sie denn vergessen, dass wir morgen von hier fortgehen?«

»Aber das können wir jetzt nicht mehr. Nicht nach dieser Entdeckung!«

»Wir gehen trotzdem. Und zwar morgen früh.«

Black stand wie angewurzelt vor Nora. In seinem Gesicht spiegelte sich ungläubige Wut. »Sie haben anscheinend nicht verstanden, was ich gesagt habe. Ich habe das Sonnen-Kiva entdeckt! Wir können jetzt nicht weg, sonst stiehlt jemand das Gold.«

Nora schaute ihn noch durchdringender an. »Gold?«, wiederholte sie.

»Mein Gott, Nora, was glauben Sie denn wohl, dass sich in dem Kiva befindet? Maiskörner oder was? Alles deutet doch darauf hin, dass ich das Fort Knox der Anasazi gefunden habe.«

Während Nora mit wachsender Bestürzung Blacks Gesicht studierte, nahm sie aus dem Augenwinkel wahr, wie Sloane, ihre große Kamera unter dem Arm, durch das immer dunkler werdende Tal auf sie zukam.

»Sloane!«, rief Black ihr entgegen. »Ich habe das Kiva gefunden!« Dann rannte er auf sie zu und schloss sie in seine Arme.

Lächelnd befreite sich Sloane aus der Umarmung und blickte zwischen Nora und Black hin und her. »Was ist denn hier los?«, fragte sie, während sie sorgsam ihre Kamera absetzte.

»Black hat eine verborgene Höhle hinter der Stadt entdeckt«, antwortete Nora. »Er behauptet, dass sich darin das Sonnen-Kiva befindet.«

Sloane blickte rasch zu Black hinüber, aber ihr Lächeln erstarb, als ihr klar wurde, was das soeben Gehörte bedeutete.

»Es ist da, Sloane«, triumphierte Black. »Ich habe es mit eigenen Augen gesehen. Ein Großes Kiva mit zwanzig Metern Durchmesser und einer Sonnenscheibe an der Wand.«

»Wie sieht die Scheibe aus?«

»Sie ist etwa drei Meter groß und aus gelber, mit Goldglimmer vermischter Farbe, die man auf Hochglanz poliert hat. Zuerst dachte ich, sie wäre aus Gold.«

»Mit Goldglimmer vermischte Farbe«, wiederholte Sloane, deren Gesicht zuerst blass und dann tiefrot geworden war.

»Ja. Zermahlenes Katzengold, das einen goldenen Schimmer hat. Es sieht bemerkenswert echt aus und ist genau das richtige Symbol für einen Ort, an dem man …«

»Bring mich hin«, unterbrach ihn Sloane. Black nahm sie bei der Hand und wollte gehen.

»Hier geblieben!«, befahl Nora. Als die beiden sich zu ihr umdrehten, bemerkte Nora zu ihrer Bestürzung die Leidenschaft auf ihren Gesichtern. »Einen Augenblick noch«, fuhr sie fort. »Aaron, Sie verhalten sich wie ein Schatzsucher, nicht wie ein Wissenschaftler. Sie hätten niemals in die verborgene Höhle eindringen dürfen. Ich muss Ihnen verbieten, die Ruine noch weiter zu zerstören.«

Blacks Gesicht bekam einen bösen Ausdruck. »Es tut mir Leid, Nora«, sagte er mit lauter Stimme, »aber Sloane und ich gehen jetzt dort hinauf.«

Nora sah Black in die Augen. Sie wusste, dass es keinen Zweck hatte, mit ihm zu diskutieren. Stattdessen wandte sie sich an Sloane.

»Alles, was hier geschieht, wird in meinem Abschlussbericht vermerkt werden«, erklärte sie. »Denken Sie mal darüber nach, was wohl Ihr Vater sagen wird, wenn er erfährt, dass Sie ohne meine Erlaubnis in dieses Kiva eingebrochen sind. Wenn es stimmt, was Aaron sagt, dann haben wir es hier mit der wichtigsten Entdeckung in ganz Quivira zu tun. Deshalb sollten wir so sorgfältig vorgehen wie nur irgend möglich.«

Bei der Erwähnung ihres Vaters war der gierige Ausdruck aus Sloanes Gesicht verschwunden. Sie spannte sich an und hatte Mühe, Haltung zu bewahren. »Kommen Sie doch mit uns, Nora«, antwortete sie mit einem überraschenden Lächeln. »Wir wollen uns das Kiva nur ansehen, nichts weiter. Daran kann doch nichts verkehrt sein.«

»Sloane hat Recht«, sagte Black. »Ich habe nichts verändert, und es ist auch nichts geschehen, was Sie nicht in Ihrem offiziellen Bericht schreiben könnten.«

Nora sah die beiden an. Inzwischen waren auch Smithback, Swire und Bonarotti herbeigekommen und verfolgten gespannt den Disput. Nur Aragon fehlte. Nora blickte auf die Uhr. Es war fast sieben. Sie dachte an die verborgene Stadt mit dem Sonnen-Kiva und an das, was Aragon bei der Entdeckung des Regen-Kivas gesagt hatte: »Ich dachte eigentlich, dass wir die Antwort in diesem Kiva finden würden, aber jetzt bin ich mir dessen nicht mehr so sicher.«

Wenn Aragon jetzt hier gewesen wäre, hätte er sich bestimmt gegen eine Untersuchung des neu entdeckten Kivas ausgesprochen. Andererseits war Nora klar, dass Blacks Fund möglicherweise der Schlüssel zu allen Rätseln von Quivira war. Der bloße Gedanke daran, dass das Kiva nach ihrem Weggang geplündert und zerstört werden könnte, erfüllte sie mit ohnmächtiger Wut. Allein schon deshalb war es ihre Pflicht zu dokumentieren, was sich in dieser Höhle befand, und sei es auch nur fotografisch. Außerdem war ihr bewusst, dass sie jetzt ein Stück weit nachgeben musste, wenn sie nicht riskieren wollte, dass die Gruppe auseinanderbrach. Nun war das Kind schon in den Brunnen gefallen, und Blacks eigenmächtiges Handeln würde später und von jemand anderem beurteilt werden müssen. »Nun gut«, sagte sie also. »Lassen Sie uns dem Kiva einen kurzen Besuch abstatten. Aber nur, um ein paar Fotos zu machen und die Höhle so gut wie möglich wieder zu verschließen. Weitere Eingriffe wird es nicht geben. Haben Sie mich verstanden?« Sie wandte sich an Sloane. »Nehmen Sie die Großbildkamera mit. Und Sie, Aaron, holen die Neonlampe.«

Zehn Minuten später stand eine kleine Gruppe Menschen eng beieinander in der Höhle. Nora blickte beeindruckt umher und war trotz ihrer Skepsis überwältigt von diesem archäologischen Juwel einer perfekt erhaltenen, kleinen Anasazi-Stadt mitsamt ihrem geheimnisvollen Kiva. Der grünliche Schein der Neonlampe warf magisch wirkende Schatten an die unregelmäßige Rückwand der Höhle. Das Pueblo war klein und bestand aus nicht mehr als dreißig Räumen. Zweifellos war es einmal eine Art Allerheiligstes gewesen, zu dem nur die Priester Zugang gehabt hatten. Schon aus diesem Grund war eine nähere Untersuchung dieses Fundes von größtem Interesse.

Das Sonnen-Kiva wies bis auf die große, im Licht der Lampe schimmernde Scheibe keinerlei Verzierungen auf. Am Fuß seiner kreisförmigen, aus Lehmziegeln gemauerten Wand lag der Staub in dicken Schichten. Die einzige Öffnung, die Nora entdecken konnte, war mit Felsbrocken und Steinen verschlossen.

»Sehen Sie bloß, wie massiv diese Mauer ist«, sagte Black. »Das Kiva ist praktisch eine Festung. So etwas habe ich noch nie gesehen.«

An der Wand des Kivas lehnte eine Pfahlleiter.

»Die stand ursprünglich an einem der Häuser«, erklärte Black, der Noras Blick gefolgt war. »Ich habe sie hierher geschafft, um aufs Dach des Kivas zu klettern. Es gibt dort keine Öffnung, und auch sonst sieht es so aus, als hätte man das Kiva absichtlich verschlossen.« Er senkte die Stimme und fügte an: »So, als wäre darin ein verborgener Schatz.«

Sloane löste sich aus der Gruppe, ging hinüber zu der Sonnenscheibe und fuhr vorsichtig, ja fast ehrfürchtig mit dem Finger darüber. Dann sah sie hinüber zu Nora und packte rasch ihre Kamera aus, um sie für die erste Aufnahme aufzubauen.

Die anderen sahen schweigend zu, wie Sloane sich durch die Höhle bewegte und Pueblo und Kiva aus verschiedenen Winkeln fotografierte. Als sie fertig war, verpackte sie die Kamera wieder in ihrem Koffer und klappte das Stativ zusammen.

Selbst der sonst so redselige Smithback war während der ganzen Zeit still gewesen und hatte sich, was noch ungewöhnlicher für ihn war, nicht einmal Notizen gemacht. Eine fast mit den Händen zu greifende Spannung lag in der Luft, eine Spannung, wie sie Nora bisher in dieser Ausgrabungsstätte noch nie verspürt hatte. »Fertig mit den Fotos?«, fragte sie.

Sloane nickte.

»Bevor wir morgen von hier aufbrechen«, sagte Nora mit betont neutraler Stimme, »möchte ich, dass wir die Öffnung zu dieser Höhle, so gut es geht, wieder verschließen. Es gibt nicht viel, was Grabräuber hinter den Kornspeicher locken könnte. Wenn wir gute Arbeit leisten, übersehen sie den Zugang.«

»Was soll das heißen? Wollen Sie etwa immer noch von hier fort?«, fragte Black.

Nora nickte.

»Nicht, bevor wir das Kiva geöffnet haben«, entgegnete er.

Nora sah erst ihm, dann Sloane ins Gesicht, bevor ihr Blick weiter zu Swire, Bonarotti und Smithback wanderte. »Wir brechen morgen früh auf«, erklärte sie ruhig. »Und dieses Kiva bleibt zu.«

»Wenn wir wieder kommen, ist es leer geräumt!«, protestierte Sloane lautstark. »Wir *müssen* es uns jetzt ansehen!«

Es war Bonarotti, der als Erster in die angespannte Stille, die ihren Worten gefolgt war, hinein redete: »Auch ich würde gerne mal einen Blick in ein Kiva voller Gold werfen«, erklärte er.

Nora atmete ein paar Mal durch und überlegte sich, was sie sagen sollte. Und vor allem, wie sie es sagen sollte. »Sloane und Aaron«, begann sie schließlich ruhig. »Wir befinden uns in einer Krisensituation. Ein Mensch ist gestorben, und da draußen läuft jemand herum, der unsere Pferde getötet hat und möglicherweise auch uns nach dem Leben trachtet. Um dieses Kiva ordnungsgemäß zu öffnen und zu dokumentieren, bräuchten wir Tage – und die haben wir unter den gegebenen Umständen nun eben nicht zur Verfügung.« Sie hielt inne. »Ich bin die Leiterin dieser Expedition, und ich treffe hier die Entscheidungen. Morgen verlassen wir dieses Tal.«

Gespannte Stille herrschte in der Höhle.

»Ich akzeptiere Ihre Entscheidung nicht«, erwiderte Sloane nach einer Weile mit leiser Stimme. »Wir stehen hier möglicherweise vor unserer größten Entdeckung, und alles, was Sie dazu zu sagen haben, ist: ›Geht nach Hause‹. Sie sind genau wie mein Vater. Sie müssen alles unter Kontrolle haben. Aber hier geht es auch um *meine* Karriere, und das ist *meine* Entdeckung genauso wie die Ihre. Wenn wir jetzt von hier weggehen, wird das Kiva geplündert werden. Und damit machen Sie die vielleicht größte Entdeckung der amerikanischen Archäologie zunichte.« Sloane zitterte vor Wut. »Von Anfang an haben Sie mich als eine Bedrohung Ihrer Autorität betrachtet, aber das ist Ihr Problem, nicht meines. Ich lasse es nicht zu, dass Sie mir meine Karriere verpatzen.«

Nora sah Sloane durchdringend an. »Sie haben eben von Ihrem Vater gesprochen«, begann sie langsam. »Ich will Ihnen einmal sagen, was er uns vor der Abreise nach Quivira mit auf den Weg gegeben hat: ›Sie dürfen nie vergessen, dass Sie das Santa Fe Archaeological Institute repräsentieren, das für seine hochkarätige Forschung ebenso berühmt ist wie für sein vorbildliches moralisches Verhalten.‹ Was wir hier tun, Sloane, wird später von unzähligen Wissenschaftlern und Laien diskutiert, studiert und hinterfragt werden.« Sie hielt kurz inne und schlug dann einen sanfteren Ton an. »Ich weiß, wie Sie sich fühlen. Glauben Sie mir, ich würde dieses Kiva genauso gerne öffnen wie Sie. Und wir *werden* hierher zurückkehren, um diese Arbeit ordentlich und korrekt zu verrichten, und dann, das verspreche ich Ihnen, werden Sie angemessen gewürdigt werden. Aber bis es so weit ist, verbiete ich hiermit ausdrücklich, dass jemand in das Kiva eindringt.«

»Wenn wir jetzt weggehen, wird nichts mehr da sein, wenn wir wiederkommen«, entgegnete Sloane und suchte Noras Blick. »Und dann werden wir nur noch vermuten können, was wir hier alles gefunden hätten. Laufen Sie weg, wenn Sie wollen. Aber lassen Sie mir ein Pferd und ein paar Vorräte hier. Ich werde bleiben.«

»Ist das Ihr letztes Wort?«, fragte Nora ruhig.

Anstatt einer Antwort sah Sloane sie lediglich durchdringend an.

»Dann lassen Sie mir keine andere Wahl: Ich muss Sie von Ihren Aufgaben bei dieser Expedition entbinden.«

Sloanes Augen weiteten sich, und ihr Blick wanderte hinüber zu Black.

»Ich bin mir nicht sicher, ob Sie das können«, meinte der Geochronologe etwas schwächlich.

»Und ob sie das kann«, ergriff auf einmal Smithback das Wort. »Soviel ich weiß, ist Nora noch immer die Leiterin dieser Expedition. Sie haben gehört, was sie gesagt hat. Das Kiva bleibt unangetastet.«

»Nora«, sagte Black mit einem flehenden Ton in der Stimme. »Ich glaube nicht, dass Sie sich schon im Klaren darüber sind, wie einmalig diese Entdeckung ist. Hinter dieser Wand befindet sich ein wahrhaft königlicher Schatz aztekischen Goldes. Den können wir doch nicht den Grabräubern überlassen!«

Nora ignorierte seine Worte. Sloane hatte sich abgewandt und starrte auf die große, goldfarbene Scheibe an der Wand des Kivas, die im Licht der Neonlampe hell erstrahlte. Dann warf sie Nora einen letzten, hasserfüllten Blick zu und ging langsam auf den Eingang der Höhle zu. Einen Augenblick später war sie verschwunden. Black blieb noch eine Weile und schaute zwischen Nora und dem Kiva hin und her. Dann schluckte er schwer, riss sich von dem Anblick los und schritt wortlos ebenfalls hinaus in den Tunnel.

43

Skip Kelly fuhr vorsichtig das letzte Stück der Tano Road North entlang und gab sich alle Mühe, dass der VW-Käfer auf der ausgefahrenen Sandstraße nicht mit dem Wagenboden aufsetzte. Die Straße schien nur aus Schlaglöchern und Spurrillen zu bestehen und verfügte somit über genau die Eigenschaften, auf welche die Einwohner der teuersten Wohnviertel von Santa Fe großen Wert legten. Immer wieder kam Skip an schmiedeeisernen Toren zwischen zwei massiven Pfeilern aus Lehmziegeln vorbei, welche die Einfahrten zu den hinter Pinien verborgenen Herrenhäusern markierten. Ab und zu erblickte er sogar ein Gebäude – ein Verwalterhaus, eine gepflegte Scheune oder auch ein riesiges Wohnhaus auf dem Kamm eines entfernten Hügels –, aber die meisten der Anwesen an der Tano Road waren so gut versteckt, dass man fast hätte meinen können, es gäbe sie nicht.

Jetzt wurde die Straße schmaler, und die Bäume rückten auf beiden Seiten näher heran. Skip fuhr noch langsamer und schob mit dem Ellenbogen Teddy Bears riesige Schnauze aus seinem Gesicht. Im verblassenden Licht des Abends warf er noch einmal einen Blick auf den zusammengefalteten Zettel mit der Adresse, den er auf den Beifahrersitz gelegt hatte. Er war fast am Ziel.

Als Skip oben auf der nächsten Anhöhe ankam, sah er, wie die Straße nach vierhundert Metern in einem Dickicht aus Wüstensträuchern endete. Linkerhand ragte ein großer Granitblock aus der Erde. An seiner glatt polierten Vorderseite waren in großen, serifenlosen Lettern die Buchstaben ESG eingemeißelt. Hinter dem Stein befand sich ein altes Ranchtor, das sehr viel mitgenommener aussah als die schmiedeeisernen Monstrositäten, an denen Skip auf seinem Weg hier heraus vorbeigekommen war. Als er jedoch näher kam, bemerkte er, dass die Schäbigkeit des Tores nicht über seine massive Konstruktion hinwegtäuschen konnte. In einen der Pfeiler waren zudem ein Ziffernblock und eine hochmoderne Gegensprechanlage eingelassen.

Skip ließ den Motor laufen, stieg aus dem Wagen und drückte auf den roten Knopf unter dem kleinen Lautsprecher. Eine Minute verging, dann eine zweite, und erst als Skip sich anschickte, wieder in den Wagen zu steigen, gab die Anlage ein Geräusch von sich.

»Wer ist da?«, fragte eine Stimme.

Etwas erstaunt erkannte Skip, dass diese Stimme nicht die einer Haushälterin, eines Chauffeurs oder Butlers war. Dem autoritären Ton nach zu schließen befand sich am anderen Ende der Sprechanlage niemand anders als der Hausbesitzer Ernest Goddard höchstpersönlich.

Skip beugte sich vor. »Mein Name ist Skip Kelly.«
Der Lautsprecher gab keine Antwort.
»Ich bin Nora Kellys Bruder.«
Skip hörte etwas in den Büschen neben dem Eingang rascheln und bemerkte erst jetzt eine geschickt verborgene Videokamera, deren Objektiv sich in seine Richtung drehte, bevor es weiter in Richtung auf den VW-Käfer schwenkte. Skip zuckte innerlich zusammen.
»Was wollen Sie, Skip?«, fragte die Stimme, die nicht besonders freundlich klang.
Skip schluckte. »Ich muss mit Ihnen reden, Sir. Es ist sehr wichtig.«
»Warum gerade jetzt? Sie arbeiten doch am Institut, nicht wahr? Hat das denn nicht bis Montag Zeit?«
»Nein, das hat es nicht«, erwiderte Skip. »Zumindest nicht, wie ich es sehe.« Was Skip nicht sagte, war, dass er fast den ganzen Tag mit der Überlegung verbracht hatte, ob er zu Goddards Privathaus fahren sollte oder doch lieber nicht.

Wieder wartete er, wobei er sich auf unangenehme Weise ständig der Gegenwart der Kamera bewusst war. Er fragte sich, was der alte Mann wohl als Nächstes sagen würde. Aber die Sprechanlage blieb stumm. Dafür hörte er ein lautes Klicken, und gleich darauf begann sich das schwere Tor motorgetrieben zu öffnen.

Skip stieg wieder in den Wagen, legte den Gang ein und fuhr in das Grundstück hinein. Die ungeteerte Straße zog sich in mehreren Kurven an einer Reihe von niedrigen Hügeln vorbei, bis sie nach vierhundert Metern in einer scharfen Kurve nach unten führte und sich dann den Abhang eines weiteren Hügels hinaufwand. Als er oben angelangt war, erblickte Skip vor der Kulisse der Sangre-de-

Cristo-Berge ein beeindruckendes Herrenhaus, dessen Lehmziegelfassade durch die untergehende Sonne einen rötlichen Schimmer aufwies. Fast gegen seinen Willen hielt er den Wagen an und schaute einen Moment lang bewundernd durch die Windschutzscheibe. Dann fuhr er langsam die restliche Einfahrt entlang und parkte den Käfer zwischen einem verbeulten Chevrolet-Pick-up und einem Mercedes-Geländewagen.

Er stieg aus dem Wagen und schloss die Tür. »Bleib hier«, sagte er zu Teddy Bear. Es war ein überflüssiger Befehl, denn obwohl beide Fenster ganz heruntergekurbelt waren, hätte sich der riesige Hund nicht ins Freie zwängen können.

Der Eingang zum Haus bestand aus einer großen, zweiflügeligen Tür, die so aussah, als stamme sie aus dem achtzehnten Jahrhundert. Die hat er sich garantiert von einer alten Hazienda in Mexiko geholt, dachte Skip beim Näherkommen. Er klemmte sich das Buch, das er aus dem Auto mitgenommen hatte, unter den Arm und suchte nach einer Klingel. Als er keine fand, klopfte er an die Tür, die sich daraufhin augenblicklich öffnete.

Skip trat in einen langen, nur schwach beleuchteten Gang, an dessen anderem Ende er einen Garten mit einem Steinbrunnen sehen konnte. Direkt vor Skip stand Ernest Goddard in einem Anzug, dessen blasse Farben perfekt zur Tapete an den Wänden passten. Seine langen weißen Haare und der kurz geschnittene Bart umrahmten ein Paar blaue Augen, die Skip zwar sehr lebendig, aber wenig freundlich anblickten. Ohne ein Wort der Begrüßung machte Goddard kehrt und Skip folgte seiner hageren Gestalt den Gang entlang. Das Klappern seiner Stiefelabsätze auf dem Marmorfußboden war das einzige Geräusch auf dem Weg ins Haus.

Nachdem Goddard an mehreren geschlossenen Türen vorbeigegangen war, wies er Skip in eine Bibliothek mit hohen Regalen aus dunklem Mahagoni. Eine reich verzierte Wendeltreppe führte zu einer eisernen Galerie im ersten Stock, auf der Skip viele weitere Bücher sehen konnte. Goddard ging zu einer kleinen Tür am anderen

Ende des Raumes, verschloss sie sorgfältig und deutete auf einen alten Ledersessel neben dem aus Kalkstein gemauerten Kamin. Als Skip Platz genommen hatte, setzte sich Goddard in den Stuhl gegenüber. Er schlug die Beine übereinander, hustete leise und sah seinen Besucher fragend an.

Jetzt, da er hier war, wurde Skip klar, dass er sich gar nicht überlegt hatte, wie er überhaupt anfangen sollte. Dann erinnerte er sich an das Buch unter seinem Arm und zeigte es Goddard. »Haben Sie schon einmal von diesem Buch gehört?«, fragte er.

»Ob ich schon davon gehört habe?«, murmelte Goddard mit einem Anflug von Gereiztheit in der Stimme. »Wer hat das nicht? Es ist ein Standardwerk der Anthropologie«

Skip hielt inne. Hier, in dieser stillen Bibliothek, kam ihm das, was er glaubte herausgefunden zu haben, auf einmal irgendwie lächerlich vor. Er kam zu dem Schluss, dass es wohl am besten wäre, wenn er Goddard einfach erzählte, was vorgefallen war. »Vor ein paar Wochen«, sagte er, »wurde meine Schwester in unserem Ranchhaus am Ende der Buckman Road tätlich angegriffen.«

»Tatsächlich?«, fragte Goddard und beugte sich vor.

»Es waren zwei Gestalten, die in Wolfsfelle gehüllt waren. Da es schon dunkel war, konnte Nora sie nicht besonders gut sehen, aber sie sagte, dass sie weiße Flecken auf den Körper gemalt hatten und alten Indianerschmuck trugen.«

»Skinwalker«, bemerkte Goddard. »Oder zumindest jemand, der sich als Skinwalker verkleidet hat.«

»Richtig«, sagte Skip und war sehr erleichtert, dass er Goddards Stimme keinen verächtlichen Unterton anmerken konnte. »Dieselben Leute sind auch in Noras Wohnung eingebrochen und haben ihre Haarbürste gestohlen.«

»Auch das würde auf Skinwalker hindeuten. Sie waren hinter den Haaren Ihrer Schwester her, weil sie für ihre Hexereien etwas brauchen, das vom Körper ihres Opfers stammt.«

»Genau das steht auch in diesem Buch«, erwiderte Skip und

erzählte in knappen Worten, dass es in Wirklichkeit seine Haare in der Bürste gewesen waren und wie er fast ums Leben gekommen wäre, als auf mysteriöse Weise die Bremsen seines Wagens versagt hatten.

Goddard hörte schweigend zu. »Was meinen Sie, dass die Angreifer gewollt haben?«, fragte er, als Skip fertig war.

Skip befeuchtete sich die Lippen. »Sie suchten nach dem Brief meines Vaters, den Nora gefunden hat.«

Goddard schien plötzlich angespannt. Sein ganzer Körper verriet, dass er überrascht war. »Warum hat mir Nora nichts davon erzählt?« Seine Stimme, die vorher nur auf ein mildes Interesse hatte schließen lassen, klang auf einmal messerscharf.

»Sie wollte das Zustandekommen der Expedition nicht gefährden. Sie dachte, dass sie nur heimlich, still und leise die Stadt verlassen müsste, um sicher vor irgendwelchen Nachstellungen zu sein. Schließlich wüssten ja die Angreifer ohne den Brief nicht, wo sie Quivira zu suchen hätten.«

Goddard seufzte.

»Aber das ist leider noch nicht alles. Vor ein paar Tagen wurde unsere Nachbarin Teresa Gonzales in der Küche unseres Ranchhauses ermordet. Vielleicht haben Sie es ja in der Zeitung gelesen.«

»Ich erinnere mich dunkel daran.«

»Aber haben Sie auch gelesen, dass ihre Leiche verstümmelt wurde?«

Goddard schüttelte den Kopf.

Skip klopfte mit der flachen Hand auf den Einband von »Hexen, Skinwalker und Curanderas«. »Und zwar wurde sie genauso verstümmelt, wie es in diesem Buch steht. Man hat ihr Finger- und Zehenkuppen abgeschnitten, den Haarwirbel an ihrem Hinterkopf entfernt und darunter eine Knochenscheibe aus dem Schädel gesägt. Laut diesem Buch ist das die Stelle, an der die Lebenskraft in den Körper eintritt.«

Goddards blaue Augen blitzten. »Die Polizei hat Sie doch sicher zu diesem Mord verhört. Haben Sie dort etwas von diesen Dingen verlauten lassen?«

»Nein«, antwortete Skip zögerlich. »Zumindest nicht direkt. Aber wie sollte die Polizei Ihrer Meinung nach denn auf eine Geschichte von indianischen Hexern reagieren?« Er legte das Buch beiseite. »Aber genau das waren diese Angreifer. Sie wollten den Brief – und sie waren bereit, dafür über Leichen zu gehen.«

Goddards Gesicht hatte auf einmal einen abwesenden Ausdruck angenommen. »Jetzt verstehe ich, weshalb Sie zu mir gekommen sind«, murmelte er leise. »Diese Skinwalker interessieren sich für die Ruinen von Quivira.«

»Seit die Expedition aufgebrochen ist, sind sie verschwunden. Zumindest habe ich nichts mehr von ihnen gehört oder gesehen, und dabei habe ich Noras Wohnung in der Zwischenzeit genau beobachtet. Ich befürchte fast, dass sie der Expedition gefolgt sind.«

Goddards ausgezehrtes Gesicht wurde aschfahl. »Seit gestern ist der Funkkontakt abgerissen.«

Eiskalte Angst umschloss auf einmal Skips Herz. Genau das hatte er nicht hören wollen. »Könnte es nicht sein, dass das Funkgerät einfach ausgefallen ist?«

»Das glaube ich nicht, denn es gibt mehrere Ersatzgeräte. Außerdem ist dieser Holroyd, wenn man Ihrer Schwester glauben darf, ein wahrer Meister seines Fachs. Der würde noch aus ein paar alten Konservendosen und etwas Bindfaden einen Empfänger zusammenbasteln.«

Der alte Mann stand auf und ging zu einem kleinen Fenster zwischen den Bücherregalen hinüber. Dort blickte er mit den Händen in den Hosentaschen hinaus auf die Berge. Eine tiefe Stille, die nur vom gleichmäßigen Ticken einer alten Standuhr unterbrochen wurde, machte sich in der Bibliothek breit.

Schließlich hielt es Skip nicht länger aus. »Dr. Goddard!«, platzte er heraus. »Sie müssen etwas tun. Nora ist die Einzige, die mir von meiner Familie geblieben ist.«

Einen Augenblick kam es Skip so vor, als habe Goddard ihm nicht zugehört. Dann aber drehte er sich um und sah Skip mit einem Blick voll eiserner Entschlossenheit an. »Und die Einzige, die mir von *meiner* Familie geblieben ist, ist bei ihr«, erwiderte er leise, während er hinüber zu dem Telefon schritt, das auf dem Schreibtisch in der Nähe stand.

44

In dieser Nacht trommelte ein leichter, aber beständiger Regen auf die Zelte der Quivira-Expedition, doch als der Morgen anbrach, war der Himmel wieder wolkenlos blau. Als Nora, die abwechselnd mit Smithback Wache gehalten und nur wenig geschlafen hatte, aus ihrem Zelt kroch, war sie froh, dass es wieder hell wurde. Die kühle Luft war vom Gesang der Vögel erfüllt, und an den Blättern der Bäume hingen dicke, im Licht der aufgehenden Sonne glitzernde Tropfen.

Noras Stiefel versanken im nassen aufgeweichten Sand, und sie konnte sehen, dass der Fluss etwas mehr Wasser führte, was aber nicht weiter bedenklich war. Den Guss in der Nacht hatte die Erde noch aufnehmen können, aber jetzt war sie mit Wasser gesättigt, so dass weiterer Regen unweigerlich Hochwasser zur Folge haben würde. Auch aus diesem Grund war es notwendig, so rasch wie möglich aufzubrechen. Nora wollte nicht in diesem Tal festsitzen.

Sie blickte hinüber zu den Gepäcksäcken, die für den Rücktransport durch den Slot-Cañon nebeneinander aufgereiht dalagen. Sie hatten vor, nur das Notwendigste an Ausrüstung wie Zelte, Proviant, wichtige Geräte und Aufzeichnungen mitzunehmen. Den Rest wollten sie in einem leeren Haus von Quivira verstecken.

Bonarotti wurde heute seinem Ruf als Spätaufsteher nicht gerecht und hantierte bereits mit der Espresso-Kanne herum, die durch ein scharfes Zischen signalisierte, dass der Kaffee soeben fertig geworden war. Der Italiener sah hinüber zu Nora, die sich gerade den Schlaf aus den Augen rieb. »Wollen Sie Kaffee?«, fragte er und gab ihr, nachdem sie stumm genickt hatte, eine dampfende Tasse in die Hand. »Ist wirklich Gold in dem Kiva?«, fragte Bonarotti dann bedächtig.

Nora ließ sich auf einem Baumstamm nieder und nahm einen Schluck von ihrem Espresso. Dann schüttelte sie den Kopf. »Nein, bestimmt nicht. Die Anasazi hatten kein Gold.«

»Weshalb sind Sie sich dessen so sicher?«

Nora seufzte. »Sie können mir das ruhig glauben, Luigi. In eineinhalb Jahrhunderten archäologischer Ausgrabungen hat man in den Ruinen der Anasazi nicht das kleinste Stäubchen Gold gefunden.«

»Aber was ist mit dem, was Dr. Black gesagt hat?«

Nora schüttelte abermals den Kopf. Wenn ich die Expedition heute nicht aus dem Tal bekomme, schaffe ich es nie mehr, dachte sie. »Black hat Unrecht. Mehr kann ich Ihnen dazu nicht sagen.«

Der Koch goss Nora Kaffee nach und trottete dann mit enttäuschter Miene zurück zum Feuer. Während Nora langsam ihre Tasse leerte, kamen auch die anderen aus ihren Zelten. Als sie sich einer nach dem anderen ans Feuer setzten, wurde Nora klar, dass sich die Spannung des vergangenen Tages nicht aufgelöst hatte. Im Gegenteil, es kam ihr so vor, als hätte sie sich über Nacht noch verstärkt. Black beugte sich mit düsterem Gesicht über seinen Kaffee, während Smithback, nachdem er Nora müde zugelächelt hatte, sich auf einen Felsen zurückzog, um schweigend etwas in sein Notizbuch zu schreiben. Auch Aragon machte einen abwesenden, in sich gekehrten Eindruck, und Sloane, die als Letzte aufstand, vermied den Blickkontakt mit Nora völlig. Sie alle sahen so aus, als hätten sie kaum ein Auge zugetan.

Nora beschloss, möglichst rasch den Aufbruch in die Wege zu leiten und niemandem Zeit zum Grübeln zu lassen. Nachdem sie ihren

Kaffee ausgetrunken hatte, räusperte sie sich und sagte: »Also Leute, packen wir's an. Enrique macht seinen Arztkoffer für den Abmarsch klar, Luigi verstaut die Küchenutensilien, und Aaron klettert nach oben und besorgt den neuesten Wetterbericht.«

»Aber wir haben doch blauen Himmel«, protestierte Black mürrisch.

»Hier schon«, erwiderte Nora. »Aber die Regenzeit hat begonnen, und in diesem Tal läuft das ganze Wasser vom Kaiparowits-Plateau zusammen. Wenn es dort regnet, gibt es hier eine Sturzflut, auch wenn direkt über uns kein Tropfen fällt. Ohne einen Wetterbericht lasse ich niemanden in den Slot-Cañon.«

Nora warf einen Blick hinüber zu Sloane. Die junge Frau hatte offensichtlich kaum zugehört.

»Wenn gutes Wetter vorhergesagt wird, treffen wir die letzten Vorbereitungen zum Abmarsch. Sie, Aaron, blockieren dann den Zugang zu der Höhle mit dem Sonnen-Kiva. Und sehen Sie zu, dass Sie den Steinhaufen wieder genauso aufschichten, wie Sie ihn vorgefunden haben. Sloane bringt inzwischen mit Smithback die letzten Packsäcke hinauf in die Stadt, und ich selbst werde die erste Ladung Gepäck durch den Slot-Cañon schaffen.«

Sie sah sich um. »Weiß jetzt jeder, was er zu tun hat? Ich möchte, dass wir spätestens in zwei Stunden von hier verschwunden sind.«

Alle nickten bis auf Sloane, die mit einem verschlossenen, unzugänglichen Gesicht dahockte. Nora fragte sich, was sie tun sollte, wenn Sloane sich in letzter Minute weigern würde, das Tal zu verlassen. Black würde nicht bleiben, das wusste sie, denn tief in seinem Innern war er ein Feigling. Aber bei Sloane war sie sich nicht so sicher. Darüber werde ich mir den Kopf erst dann zerbrechen, wenn es so weit ist, beschloss sie.

Beim Aufstehen sah sie Swire aus dem Slot-Cañon zurück ins Tal kommen. Etwas an der Art, wie er auf die Gruppe zukam, erfüllte Nora mit Angst. Hoffentlich ist nicht schon wieder was mit den Pferden, schoss es ihr durch den Kopf.

Swire watete durch den Fluss und legte die letzten paar Meter bis zum Lager im Laufschritt zurück. »Jemand hat sich an Holroyds Leiche zu schaffen gemacht!«, rief er, nach Atem ringend.

»Jemand?«, fragte Aragon scharf. »Sind Sie sicher, dass es keine Tiere waren?«

»Tiere schneiden keine Zehen- und Fingerkuppen ab und skalpieren auch niemanden. Außerdem bohren sie keine Löcher in den Hinterkopf. Holroyd liegt im Bach, nicht weit entfernt von der Höhle, in der wir ihn versteckt haben.«

Die Expeditionsteilnehmer sahen sich entsetzt an. Smithbacks Gesichtsausdruck entnahm Nora, dass auch er an das dachte, was Beiyoodzin ihnen erzählt hatte. »Peter ...« Noras Stimme versagte. Sie schluckte. »Haben Sie nach den Pferden gesehen, Roscoe?«, hörte sie sich nach einer kurzen Pause sagen.

»Die Pferde sind okay«, antwortete Swire.

»Und stehen sie bereit?«

»Ja.«

»Dann haben wir keine Zeit zu verlieren«, fuhr Nora fort. Sie stand auf und stellte ihre Tasse auf Bonarottis Küchenplane. »Vergessen Sie meine Aufgabenverteilung von vorhin. Von jetzt an geht niemand mehr irgendwo alleine hin. Sie, Sloane, klettern mit Aaron nach oben und hören den Wetterbericht ab. Wenn wir wissen, woran wir sind, gehe ich in den Slot-Cañon und schaffe Peters Leiche zu den Pferden. Dabei brauche ich jemanden, der mir hilft.«

»Ich komme mit«, erklärte Smithback sofort.

Nora nickte ihm dankbar zu.

»Ich auch«, sagte Aragon. »Ich möchte mir die Leiche ansehen.«

»Aber Sie haben Wichtigeres zu tun«, fing Nora an, verstummte aber, als sie die Entschlossenheit in Aragons Gesicht sah. »Na schön«, sagte sie und wandte sich ab. »Wir können jede Hilfe gebrauchen.«

Nora blickte die anderen, die wie versteinert dastanden, nacheinander an, und dann machten sich all die Anspannung und Angst der letzten Nacht, die von dem Gedanken an das, was mit Peters Leiche geschehen war, nun noch verstärkt wurde, in einem plötzlichen Ausbruch von Erbitterung Luft. »Was stehen Sie hier noch blöd herum?«, polterte sie los. »Setzen Sie sich gefälligst in Bewegung, verflucht noch mal!«

45

Schweigend folgte Aaron Black Sloane zur Strickleiter. In einem Gespräch in der vergangenen Nacht hatte er sie gefragt, ob sie sich denn in letzter Minute weigern würde, das Tal zu verlassen, aber sie hatte darauf nur ungehalten reagiert. Obwohl er es ihr gegenüber nicht zugegeben hätte, war Black sich nicht mehr so sicher, dass er in Quivira bleiben wollte. Er hatte Angst vor dem, was die Pferde abgeschlachtet, Holroyd getötet und seine Leiche verstümmelt hatte.

Am Fuß der Leiter angekommen, begann Sloane sofort die Sprossen hinaufzuklettern. Black war etwas irritiert, weil sie nicht einmal so lange gewartet hatte, bis er sich seinen Klettergurt angelegt hatte. Er stieg in das Geschirr, zog es am Bauch und im Schritt fest und folgte Sloane, nachdem er sich vom sicheren Halt der Strickleiter überzeugt hatte, nach oben. Black hasste diese Kletterei. Trotz des Sicherungsgurts machte es ihm Angst, zweihundert Meter über dem Erdboden in einer Steilklippe zu hängen und sein Leben ein paar dünnen Nylonseilen anzuvertrauen.

Erst als er sich die Leiter Sprosse um Sprosse ein Stück weiter nach oben gequält hatte, ließ seine Furcht nach. Eine Stelle aus einem Buch fing an, ihm im Kopf herumzugehen, eine Stelle, die er schon so oft gelesen hatte, dass er sie längst auswendig konnte. Seit der Entdeckung des Sonnen-Kivas hatte er unzählige Male an sie gedacht, und auch jetzt sprach er sie mehrere Male hintereinander vor sich hin, zuerst tonlos, dann mit leiser Stimme. »Anfangs konnte ich nichts sehen, da die aus der Kammer entweichende heiße Luft das Licht der Kerze zum Flackern brachte. Als meine Augen sich jedoch an das Licht gewöhnten, tauchten bald Einzelheiten in der Kammer aus dem Nebel auf, seltsame Tiere, Statuen und Gold – überall glänzendes, schimmerndes Gold.«

»Überall glänzendes, schimmerndes Gold.« Dieser Schlusssatz war es, den Black wie ein Mantra immer wieder vor sich hinsagte.

Black dachte zurück an seine Kindheit, als er diesen Satz zum ersten Mal gelesen hatte. Er war zwölf Jahr alt gewesen und hatte Howard Carters Bericht von der Entdeckung der Grabkammer Tutanchamuns in die Hand bekommen. Noch heute erinnerte er sich an diesen Augenblick ebenso gut wie an den Bericht selbst – es war der Moment gewesen, in dem er beschlossen hatte, Archäologe zu werden. Natürlich war ihm im Laufe seines Studiums rasch klar geworden, dass er wohl nie etwas Vergleichbares entdecken würde. So lernte er, seine berufliche Befriedigung aus der Untersuchung von Abfallhaufen zu ziehen. Dennoch hatte er nie einen Grund gehabt, sich über seine Karriere zu beschweren.

Bis jetzt. Jetzt kam ihm dieser Dreck nur noch wie ein völlig unzureichender Ersatz für das Gold vor, das er hier in Quivira zu finden hoffte. Während er Sprosse um Sprosse weiter nach oben stieg und ab und zu sein Sicherungsseil neu einhängte, ging Black das viele Gold durch den Kopf, das Cortéz hatte schmelzen, in Barren gießen und nach Spanien verschiffen lassen. Er dachte an all die wundervollen Kunstwerke, die auf diese Weise der Welt für immer verloren gegangen waren. Vielleicht würden sie in dem Sonnen-Kiva ja Schätze finden, die noch nie das Auge eines Europäers erblickt hatten.

Das Feuer, das Black als Zwölfjähriger beim Lesen von Carters Bericht verspürt hatte, brannte auf einmal wieder in ihm und brachte ihn in einen nur schwer lösbaren inneren Konflikt. Einerseits lauerte hier in diesem Tal eine tödliche Gefahr, andererseits konnte er sich einfach nicht vorstellen, es zu verlassen, ohne wenigstens einen Blick ins Innere des Sonnen-Kivas geworfen zu haben.

419

»Sloane, sag mir eines«, rief er nach oben. »Willst du wirklich von hier abhauen, ohne in das Kiva geschaut zu haben?«

Sloane gab keine Antwort.

Schwitzend und stöhnend kämpfte sich Black weiter die Strickleiter hinauf. Über sich sah er, wie Sloane den Felsüberhang kurz vor dem Cañon-Rand erklomm. Dort oben war das Gestein noch feucht vom nächtlichen Regen und hatte die Farbe dunklen Blutes.

»Bitte, Sloane, so sag doch was«, keuchte Black.

»Da gibt es nichts zu sagen«, lautete die knappe Antwort.

Black schüttelte den Kopf. »Wie konnte dein Vater bloß den Fehler machen, Nora Kelly die Leitung der Expedition zu übertragen? Wenn du an ihrer Stelle wärst, würden wir jetzt in die Geschichte eingehen.«

Ohne ein Wort verschwand Sloane hinter dem Überhang. Black folgte ihr, und zwei Minuten später erreichte er den oberen Rand des Cañons, wo er sich erschöpft, wütend und zutiefst entmutigt in den Sand sinken ließ. Die Luft hier oben war viel kühler als unten im Tal. Eine steife Brise bewegte die Zweige der spärlichen Krüppelkiefern und Wacholderbüsche, die hier und da auf den Felsen wuchsen. Black setzte sich auf und streifte den einengenden Klettergurt ab.

»Der weite Weg hierher«, sagte er, »und die ganze Plackerei waren umsonst, wenn wir uns jetzt in letzter Minute um die Früchte unserer Arbeit bringen lassen.«

Sloane gab noch immer keine Antwort. Black spürte, dass sie bewegungslos neben ihm stand. »Überall das Glitzern von Gold ...«, murmelte er. Nach einer Weile fragte er sich, weshalb Sloane sich nicht bewegte. Mit einem leisen Fluch stand er auf.

Sloane starrte mit halb geöffnetem Mund in den Himmel. Ihr Gesicht war so blass geworden, dass ihre bernsteinfarbenen Augen plötzlich einen dunkleren, an Mahagoni erinnernden Farbton angenommen zu haben schienen. Verblüfft über Sloanes plötzliche Verwandlung, brauchte Black eine ganze Weile, bis er sich umdrehte und ihrem Blick folgte.

Am Himmel über dem Kaiparowits-Plateau stand eine riesige Gewitterfront, die Blacks Auffassung nach mehr einem Atompilz glich als einem Sturm. Ihr unterer, direkt über der Hochfläche liegender Teil war mindestens fünfzig Kilometer breit und ballte sich in einem riesigen Wolkenschirm gute zwölf Kilometer hinauf bis an die Grenze von Troposphäre und Stratosphäre. Dieses brodelnde, ambossförmige Gebilde wies nach Blacks Schätzung einen Durchmesser von mindestens achtzig Kilometern auf.

Aus der Unterseite der Gewitterfront ging heftiger Regen nieder, der wie ein dichter, stahlfarbener Wasservorhang die Sicht auf den hinteren Teil des Kaiparowits-Plateaus versperrte. Innerhalb der Gewitterfront zuckten weitverästelte Blitze umher, wobei der Donner wegen der großen Entfernung kaum zu hören war. Beängstigt und fasziniert zugleich sah Black zu, wie die düster drängenden Wolken sich mit rascher Geschwindigkeit ausbreiteten und ihre schmutzig-grauen Fangarme immer weiter in den blauen Himmel hineinschoben.

Während Black von dem gewaltigen Anblick wie gelähmt war, ging Sloane mit traumwandlerisch langsamen Schritten hinüber zu dem verkrüppelten Baum, in dessen Geäst Holroyd den Empfänger für den Wetterbericht befestigt hatte. Nachdem sie das Gerät eingeschaltet hatte, war aus dem Lautsprecher zunächst ein lautes Rauschen zu vernehmen. Dann hatte der Empfänger die richtige Wellenlänge gefunden, und die monotone, nasale Stimme des Meteorologen in Page, Arizona, las eine lange Litanei von Temperatur- und Luftdruckwerten vor. Schließlich hörte Black klar und deutlich die Vorhersage für den Tag: »Blauer Himmel und sommerlich warme Temperaturen. Die Niederschlagswahrscheinlichkeit liegt bei weniger als fünf Prozent.«

Blacks Augen wanderten von der Gewitterfront hinauf in den Himmel direkt darüber, der strahlend blau und wolkenlos war. Dann senkte er den Blick in das stille, friedliche Tal von Quivira, wo das Lager im hellen Schein der Morgensonne lag. Der Gegensatz war so extrem, dass er ihn einen Augenblick lang gar nicht richtig begreifen konnte.

Er sah hinüber zu Sloane. Sie hatte die Zähne halb entblößt, was ihrem Gesicht einen wilden, fast raubtierhaften Ausdruck verlieh. Die ganze Frau kam ihm vor, als sei sie von einer soeben erfahrenen Offenbarung durchdrungen. Black verschlug es fast den Atem, als sie mit versteinerter Miene den Wetterberichtempfänger ausschaltete.

»Was sollen wir ...«, begann Black, aber der Ausdruck auf Sloanes Gesicht ließ ihn verstummen.

»Du hast doch gehört, was Nora gesagt hat. Wir bauen den Empfänger ab und steigen hinunter ins Lager.« Sloanes Stimme klang energisch, geschäftsmäßig und neutral zugleich. Die junge Frau kletterte in den verkrüppelten Wacholderbaum und band rasch Empfänger und Antenne los. Nachdem sie beides in einem Netz verpackt hatte, blickte sie Black herausfordernd an. »Na los, worauf wartest du?«, fragte sie.

Ohne ein weiteres Wort nahm sie das Netz über ihre Schulter und ging zur Strickleiter. Einen Moment später war sie aus Blacks Blickfeld verschwunden.

Verwirrt legte Black seinen Klettergurt wieder an und machte sich ebenfalls an den Abstieg.

Zehn Minuten später kam er am unteren Ende der Strickleiter an, aber er war so sehr in Gedanken versunken, dass er es erst bemerkte, als sein linker Fuß den feuchten Sand berührte. Unentschlossen blieb er stehen und blickte hinauf zum Himmel, der von einem Rand des Cañons zum anderen strahlend blau war. Von der Sintflut, die in vierzig Kilometern Entfernung über der Wasserscheide des Kaiparowits-Plateaus niederging, war hier nicht das Geringste zu ahnen. Black streifte den Klettergurt ab und ging mit steifen, hölzern wirkenden Schritten auf das Lager zu. Obwohl sie das schwere Netz auf ihrem Rücken getragen hatte, war Sloane schnell wie eine Spinne die Wand hinabgeklettert und hatte bei Blacks Eintreffen im Lager den Sender bereits neben den Säcken mit den anderen Ausrüstungsgegenständen abgestellt.

Noras ungeduldige Stimme riss Black aus seinen Gedanken. »Nun, was sagt der Wetterbericht?«, hörte er sie Sloane fragen.

Sloane zögerte.

»Die Zeit drängt, Sloane. Würden Sie mir jetzt bitte mitteilen, wie der Wetterbericht lautet.« Die Gereiztheit in Noras Stimme war unüberhörbar.

»Blauer Himmel und sommerlich warme Temperaturen für den Rest des Tages«, erwiderte Sloane monoton. »Die Niederschlagswahrscheinlichkeit liegt bei weniger als fünf Prozent.«

Argwohn und Besorgnis verschwanden aus Noras angespanntem Gesicht und machten einem Ausdruck der Erleichterung Platz. »Gott sei Dank«, sagte sie. »Vielen Dank Ihnen beiden. Ich möchte jetzt, dass Sie alle zusammen die letzten Säcke an ihren Lagerplatz in der Stadt schaffen. Wenn das erledigt ist, soll Aaron den Zugang zur Höhle mit dem Sonnen-Kiva wieder verschließen. Es wäre gut, wenn Sie ihn begleiten würden, Roscoe. Passen Sie gut aufeinander auf. Bill, Enrique und ich kümmern uns inzwischen um Peters Leiche und bringen ein paar Sachen durch den Slot-Cañon. In eineinhalb Sunden sind wir wieder hier.«

Ein seltsames, ihm bisher vollkommen fremdes Gefühl kroch Black die Wirbelsäule hinauf. Als wäre er nicht wirklich da, trat er neben Sloane und beobachtete, wie Nora Smithback und Aragon zu sich herwinkte. Nachdem jeder der drei einen der wasserdichten Säcke geschultert hatte, zogen sie los in Richtung Eingang des Slot-Cañons.

Black schaute ihnen einen Augenblick nach, dann wandte er sich Sloane zu. »Was machst du da?«, flüsterte er mit unsicherer Stimme.

Sloane sah ihn an. »Was ich mache? Ich mache gar nichts, Aaron.«

»Aber wir haben da oben doch …«, begann Black und verstummte.

»Wir haben da oben den Wetterbericht gehört«, zischte Sloane und trat ganz dicht an ihn heran. »Und den haben wir Nora übermittelt, und zwar genau so, wie sie es uns aufgetragen hat. Wenn *du* da oben irgendetwas anderes gesehen hast, dann sag es jetzt. Wenn nicht, halt gefälligst den Mund.«

Sloanes Lippen waren ganz weiß. Sie zitterte am ganzen Körper. Sie beobachtete, wie Nora und die beiden Männer den Fluss durchquerten, den kleinen Geröllhang hinaufkletterten und schließlich im dunklen Spalt des Slot-Cañons verschwanden. Dann nickte sie Black langsam und bedeutungsvoll zu.

46

John Beiyoodzin hielt sein Pferd auf dem Kamm des Bergrückens an und blickte hinab ins Tal von Chilbah. Das Tier hatte den gefährlichen Aufstieg gut gemeistert, aber es schwitzte stark und zitterte vor Anstrengung. Beiyoodzin murmelte dem Pferd ein paar beruhigende Worte ins Ohr und ließ es eine Weile rasten. Das schmale Band des Flusses, das sich am Boden des grünen Tals entlangwand, glitzerte in der Sonne des Vormittags wie eine Schlange aus Quecksilber. Auf den Terrassen oberhalb des Wasserlaufs bewegte eine schwache Brise die Blätter der Pappeln und Eichen. Hier oben wehte ein stärkerer Wind, und in der Luft lag ein Geruch nach Salbei und Ozon. Auf einmal spürte Beiyoodzin von hinten eine Bö, die so stark war, dass sie ihn fast aus dem Sattel geweht hätte. Beiyoodzin widerstand dem Impuls, sich umzudrehen, denn er wusste nur zu gut, was hinter ihm am Himmel dräute.

Sein Pferd schüttelte den Kopf, und Beiyoodzin klopfte ihm beruhigend auf den Hals. Er schloss einen Moment lang die Augen und versuchte sich gedanklich auf die Konfrontation vorzubereiten, die vor ihm lag.

Aber die Ruhe, nach der er suchte, wollte sich nicht einstellen. Er hätte der Frau alles sagen sollen, als er die Gelegenheit dazu gehabt hatte. Sie war ihm gegenüber ehrlich gewesen und hätte es somit verdient gehabt, dass er sie aufklärte. Es war dumm von ihm gewesen, ihr nur die Hälfte der Geschichte zu erzählen. Schlimmer noch: Seine Lüge war unfreundlich und selbstsüchtig gewesen. Und jetzt hatte er wegen seines Versäumnisses einen Ritt auf sich nehmen müssen, den er eigentlich um jeden Preis hatte vermeiden wollen. Nur mit Mühe konnte er sich dazu bringen, über den entsetzlichen Charakter des Bösen nachzudenken, dem er sich jetzt entgegenstellen musste, aber er wusste, dass er keine andere Wahl hatte: Er sah einem Konflikt entgegen, in dem er womöglich den Tod finden würde.

Beiyoodzin war sich über die Situation, in der er sich befand, vollkommen im Klaren, und er war nicht glücklich über die Rolle, die er spielte. Vor sechzehn Jahren, als das Böse seinen Anfang nahm, hatte es die kleine Welt seines Stammes nur ein wenig aus dem Gleichgewicht gebracht. Aber weil er und die anderen diese *ni zshinitso*, diese kleine Hässlichkeit, ignoriert hatten, war die zunächst eher unbedeutende Störung immer schlimmer geworden. Als angesehener Heiler hätte Beiyoodzin seinen Leuten sagen müssen, was zu tun war, doch das hatte er versäumt. Hätte er damals das Übel bei der Wurzel gepackt, wären jetzt nicht diese Archäologen in Chilbah, die im Tal hinter dem Slot-Cañon herumgruben. Nur ihretwegen waren die *Eskizzi*, die Skinwalker, wieder aktiv geworden. Und ihm, John Beiyoodzin, fiel nun die Aufgabe zu, sich ihnen entgegenzustellen.

Zögernd drehte er sich um und betrachtete den immer weiter anschwellenden Sturm. Er kam ihm vor wie ein riesiges, bösartiges Tier, wie eine körperliche Manifestation des Bösen, an das er gerade gedacht hatte. Aus den Gewitterwolken fielen dichte dunkle Regenschleier auf das Kaiparowits-Plateau herab. Es war ein Wolkenbruch, wie er nur alle fünfzig Jahre einmal vorkam. Solange er lebte, hatte Beiyoodzin noch keinen solchen Regen gesehen.

Der alte Indianer ließ seinen Blick über die von vielen Cañons durchfurchte Landschaft zwischen der Gewitterfront und dem Chilbah-Tal streifen und versuchte, die jetzt unweigerlich heranrollenden Wassermassen ausfindig zu machen, doch die Cañons waren zu tief, als dass er sie hätte sehen können. Er stellte sich vor, wie der Regen auf den Fels der Hochebene prasselte, wie sich die Tropfen zu kleinen Bächen zusammenfanden, die Bäche zu Flüssen, die Flüsse zu Fluten und die Fluten schließlich zu etwas, das man mit Worten nicht mehr beschreiben konnte.

Beiyoodzin griff nach einem kleinen Bündel, das er an seinen Sattel gebunden hatte. Darin befanden sich ein durchbohrtes Stück Türkis, ein in Rosshaar gewickelter Bildstein sowie ein Hirschlederbeutel, der an einer Adlerfeder befestigt war. Beiyoodzin öffnete den Beutel und streute daraus etwas mit Maismehl vermischten Blütenstaub auf seinen Körper sowie auf den Kopf des Pferdes. Dann nahm er die Adlerfeder zur Hand und bürstete damit das feine Pulver von sich und dem Tier. Das Pferd tänzelte nervös und verdrehte die Augen in Richtung auf die Gewitterfront. Der stetig zunehmende Wind bewegte die Lederbänder des Sattels.

Beiyoodzin stimmte einen leisen Gesang in indianischer Sprache an, während er seinen Medizinbeutel wieder zusammenschnürte und sich den restlichen Blütenstaub von den Fingern wischte. Die Landschaft unter ihm schien in zwei Teile zu zerfallen: Auf den einen schien die Sonne, während der andere im Schatten der schwarzen Gewitterwolken lag. Beiyoodzin wusste, dass er in das zweite Tal musste, das Tal von Quivira. Er wollte jedoch nicht den Zugang durch den Slot-Cañon wählen, durch den bald eine gewaltige Sturzflut tosen würde, sondern den geheimen Weg der Priester. Von jenem Saumpfad hoch über den Cañons hatte ihm vor langer Zeit sein Großvater mit heiserer Stimme flüsternd erzählt. Beiyoodzin selbst hatte den Pfad noch nie zu Gesicht bekommen, so dass er sich nun erst die Anweisungen seines Großvaters wieder ins Gedächtnis rufen musste, um den perfekt verborgenen Pfad überhaupt zu finden.

Seine Erbauer hatten sich eine optische Täuschung zu Nutze gemacht und ihn so in den Fels gehauen, dass er sich erst aus wenigen Metern Entfernung von der glatten Wand unterscheiden ließ. Der Weg der Priester, so hatte sein Großvater es ihm erzählt, verlief weit vom Slot-Cañon entfernt die Klippen hinauf, am oberen Rand des Felsplateaus entlang und schließlich am anderen Ende des Tales von Quivira wieder nach unten. Vermutlich war der Weg für einen alten Mann wie ihn überaus beschwerlich, vielleicht schaffte er ihn ja auch überhaupt nicht mehr. Aber Beiyoodzin wusste, dass er in das andere Tal gelangen musste, wenn er das Ungleichgewicht korrigieren und die natürliche Symmetrie der Welt wieder herstellen wollte. Er gab sich also einen Ruck und lenkte sein Pferd hinunter in das Tal von Chilbah.

47

Nora schob den Blättervorhang beiseite und schaute in den Slot-Cañon hinein. Die engen Wände mit ihren teils von der Sonne beschienenen, teils im dunklen Schatten liegenden, vom Wasser glatt geschliffenen Steinrippen vermittelten ihr den Eindruck, in den Schlund eines riesigen Tieres zu blicken. Sie ließ sich ins Wasser des ersten Beckens gleiten und schwamm, gefolgt von Smithback, an die andere Seite. Aragon bildete den Schluss. Nach der drückenden Hitze des Tals empfand sie das Wasser angenehm kühl.

Schweigend stiegen sie von Wasserbecken zu Wasserbecken und durchwateten die seichteren Stellen des Baches. Ihre leisen Schritte hallten schwach von den engen Wänden des Cañons wider. Während Nora den schweren wasserdichten Sack von einer Schulter auf die andere wuchtete, war sie in Gedanken noch immer bei dem Wetterbericht, den Sloane ihr übermittelt hatte. Mit dieser Information war Nora ein großer Stein vom Herzen gefallen, denn angesichts der jüngsten Regenfälle wäre es durchaus möglich gewesen, dass sich in der Nähe des Kaiparowits-Plateaus ein Unwetter zusammenbraute. Hätte Sloane ihr einen derartigen Wetterbericht mitgeteilt, so hätte Nora sich fragen müssen, ob sie sich die schlechten Nachrichten vielleicht bloß aus den Fingern gesogen hatte, um länger im Tal von Quivira bleiben zu können. Dass sie und Black ihr – wenn auch widerwillig – die Meldung von schönem Wetter überbracht hatten, war für Nora der Beweis, dass die beiden sich damit abgefunden hatten, die Stadt zu verlassen. Jetzt mussten sie nur noch ein paar Mal durch den Slot-Cañon klettern, um das Gepäck zu den Pferden zu schaffen, und dann stand dem endgültigen Abmarsch eigentlich nichts mehr im Wege.

Was Nora noch Sorgen bereitete, waren die sterblichen Überreste von Peter Holroyd, die ein paar hundert Meter weiter oben im Cañon auf sie warteten. Die Verstümmlungen an der Leiche bedeuteten, dass die Skinwalker noch immer in der Nähe waren. Vielleicht hatten sie sich ja sogar irgendwo in diesem Slot-Cañon versteckt und warteten nur auf eine günstige Gelegenheit, um erneut zuzuschlagen.

Nora drehte sich um zu Aragon. Der Mexikaner hatte ihr im Lager deutlich gemacht, dass er mit ihr reden wolle, doch jetzt, als sie ihn fragend ansah, schüttelte er lediglich den Kopf. »Wenn wir bei der Leiche sind«, sagte er.

Nora durchschwamm ein weiteres Becken, kletterte einen kleinen Wasserfall hinauf und zwängte sich seitwärts durch einen schmalen Spalt. Als der Cañon wieder etwas weiter wurde, konnte sie den dicken Stamm der Pappel sehen, der sich zwischen den Felswänden verkeilt hatte und den Eingang zu der Höhle markierte, in der Swire und Smithback Holroyds Leiche versteckt hatten.

Darunter, in einem kleinen, etwa drei Meter langen Wasserbecken, entdeckte Nora den gelben Sack, in dem sie den toten Peter Holroyd verpackt hatten. Als sie vorsichtig näher kam, erkannte sie, dass er seiner ganzen Länge nach aufgeschlitzt war. Daneben lag, auf dem Rücken und halb im Wasser, Holroyds Leiche. Sie sah merkwürdig aufgedunsen aus.

Nora blieb stehen. »O Gott«, hörte sie Smithback hinter sich sagen. »Stecken wir uns jetzt womöglich mit irgendeiner schlimmen Krankheit an, wenn wir durch dieses Wasser waten?«, fragte er nach einer kurzen Pause.

»Nein, das glaube ich nicht«, antwortete Aragon von hinten, doch sein Gesicht hatte dabei nichts Tröstliches an sich.

Nora und Smithback starrten schweigend auf die Leiche, während Aragon sich an ihnen vorbeischob und in das Wasserbecken stieg. Nachdem er den Toten auf eine schmale Felsterrasse gezogen hatte, zwang sich auch Nora, näher heranzutreten.

Die Verwesung hatte Holroyds Körper so anschwellen lassen, dass er wie die groteske Karikatur eines extrem fetten Menschen aussah. Seine Haut wies eine seltsam bläulich-weiße Farbe auf, die Nora irgendwie an Milch erinnerte. Bereits auf den ersten Blick sah sie, dass jemand Holroyd die Finger knapp unterhalb der ersten Glieder abgeschnitten hatte, so dass nur noch kurze Stummel mit blassrosa Schnittflächen übrig geblieben waren. Seine Stiefel lagen zersäbelt neben dem Becken, und an seinen Füßen, die sich gespenstisch bleich von den schokoladenfarbenen Felsen abhoben, fehlten die Zehen. Als Nora die übel zugerichtete Leiche betrachtete, stieg in ihr eine heftige, mit Grauen und Wut gemischte Abscheu auf. Am schlimmsten sah Holroyds Hinterkopf aus: Hier hatte man ihn an der Stelle, an der sich der Haarwirbel befunden hatte, kreisförmig skalpiert und dann eine kleine Scheibe aus dem Schädelknochen gesägt. Aus dem Loch quoll hellgraue Gehirnmasse heraus.

Mit raschen Bewegungen streifte sich Aragon ein Paar Latexhandschuhe über und öffnete der Leiche das Hemd. Dann holte er ein Skalpell aus seiner Arzttasche und schnitt damit knapp unterhalb der letzten Rippe in den verwesenden Körper. Mit einer langen Pinzette griff er in den so entstandenen Schlitz, machte eine rasche

Drehbewegung und zog die Pinzette wieder heraus. Zwischen ihren Enden klemmte ein kleines rosafarbenes Stück Gewebe, von dem Nora vermutete, dass es aus der Lunge stammte. Aragon ließ es in ein Reagenzglas fallen, das bereits zur Hälfte mit einer klaren Flüssigkeit gefüllt war. Aus einem kleinen Fläschchen gab er zwei Tropfen einer anderen Chemikalie hinzu, dann verschloss er das Glas und mischte seinen Inhalt, indem er alles schüttelte. Nora konnte sehen, wie sich die Farbe der Flüssigkeit in ein helles Blau verwandelte.

Aragon nickte und stellte das Reagenzglas vorsichtig in einen Styroporbehälter. Dann packte er seine Instrumente wieder ein und wandte sich, während er eine seiner behandschuhten Hände in einer fast schützend wirkenden Geste der Leiche auf die Brust legte, Nora zu.

»Wissen Sie jetzt, woran Peter gestorben ist?«, fragte sie.

»Mit hundertprozentiger Sicherheit kann ich das erst nach einer gründlichen Untersuchung im Labor sagen«, erwiderte Aragon langsam, »aber meine primitiven Tests legen alle eine bestimmte Hypothese nahe.«

Niemand sagte ein Wort. Smithback ließ sich in großem Abstand zu der Leiche auf einem Felsen nieder.

Aragon sah erst ihn, dann Nora an. »Bevor ich Sie meine Vermutungen wissen lasse, muss ich Ihnen noch einiges in Bezug auf die Ruine mitteilen.«

»Die Ruine?«, fragte Smithback. »Was hat denn die Ruine mit Holroyds Tod zu tun?«

»Sehr viel«, entgegnete Aragon. »Ich glaube, dass der Grund, weshalb die Anasazi Quivira aufgegeben haben – und vielleicht sogar die Entstehung der Stadt –, ganz eng damit verknüpft ist.« Er wischte sich mit dem Hemdsärmel über die Stirn. »Sicherlich sind Ihnen die Risse in den Türmen und die im obersten Stockwerk eingestürzten Häuser nicht entgangen.«

Nora nickte.

»Außerdem muss Ihnen der große Felsrutsch am Ende des Cañons aufgefallen sein. Während Sie auf der Suche nach den Pferdemördern waren, habe ich mit Black darüber geredet. Er sagte mir, dass die Schäden an den Häusern einem leichten Erdbeben zuzuschreiben seien, das sich etwa zur selben Zeit ereignet haben dürfte, in der die Stadt verlassen wurde. Auch der Felsrutsch geht laut Black auf das Konto dieses Erdbebens.«

»Dann glauben Sie also, dass das Erdbeben all die Menschen in dem Tunnel getötet hat?«

»Nein, absolut nicht. Dazu war es nicht stark genug. Aber der Felsrutsch und der Einsturz einiger Gebäude dürften eine Menge Staub aufgewirbelt haben.«

»Sehr interessant«, bemerkte Smithback. »Aber was hat eine Staubwolke von vor siebenhundert Jahren mit dem Tod von Holroyd zu tun?«

Aragon lächelte schwach. »Sehr viel sogar, wenn meine Theorie stimmt. Im Staub von Quivira findet sich nämlich eine große Menge von *Coccidioides imitis*. Das ist ein mikroskopisch kleiner Bodenpilz, der normalerweise nur in extrem trockenen Wüstengebieten auftritt, wo Menschen kaum in Berührung mit ihm kommen. Und das ist auch gut so, denn seine Sporen können eine tödliche Krankheit verursachen, die man Kokzidioidomykose nennt. Besser bekannt ist sie allerdings unter dem Begriff Tal- oder Wüstenfieber.«

»Wüstenfieber?«, fragte Nora stirnrunzelnd.

»Augenblick mal«, fragte Smithback. »War das nicht die Krankheit, die eine ganze Menge Menschen in Kalifornien dahingerafft hat?«

Aragon nickte. »Deshalb wird sie auch manchmal San-Joaquin-Fieber genannt. Vor vielen Jahren gab es im San-Joaquin-Tal ein Erdbeben, das einen kleinen Erdrutsch auslöste. Eine Staubwolke zog durch die gleichnamige Stadt, in der daraufhin hunderte von Menschen erkrankten. Zwanzig von ihnen starben an Kokzidioidomykose. Die Wissenschaftler fanden heraus, dass durch den Erdrutsch eine große Zahl von Pilzsporen in die Luft gewirbelt worden war.« Aragon hielt einen Augenblick lang inne und verzog das Gesicht. »Allerdings handelt es sich bei dem Pilz, der im Tal von Quivira vorkommt, um eine sehr viel aggressivere Variante. Wenn man ihn konzentriert einatmet, tötet er binnen Tagen oder Stunden – nicht erst nach einigen Wochen. Um an der Kokzidioidomykose zu erkranken, muss man die Sporen in die Atemwege bekommen, was entweder durch Einatmen von Staub oder durch ... andere Mittel geschehen kann. Der bloße Umgang mit einem Erkrankten reicht jedenfalls nicht aus.«

Aragon wischte sich abermals über die Stirn. »Zunächst haben mir Holroyds Symptome ein Rätsel aufgegeben. Sie schienen von keinem mir bekannten Erreger zu stammen. Außerdem starb er viel zu schnell, als dass die auf der Hand liegenden Ursachen in Frage gekommen wären. Aber dann fiel mir dieses rostfarbene Pulver ein, das wir in der seltsamen Grabmulde gefunden haben.«

Er blickte hinüber zu Nora. »Erinnern Sie sich noch an die beiden Töpfe mit dem rötlichen Staub? Sie dachten, dass es sich um eine Art Ocker handeln könnte, und ich habe Ihnen nie gesagt, dass es in Wirklichkeit getrocknetes und pulverisiertes Menschenfleisch war, vermischt mit fein gemahlenem Knochenmehl.«

»Warum haben Sie uns das verschwiegen?«, rief Nora.

»Sagen wir mal so: Sie waren zu sehr mit anderen Dingen beschäftigt«, erwiderte Aragon. »Außerdem wollte ich erst selbst Klarheit haben, bevor ich Ihnen meine Schlussfolgerungen präsentierte. Wie dem auch sei. Während ich mir also Gedanken über Holroyds Tod machte, fielen mir die Gefäße mit dem rötlichen Pulver wieder ein, und ich erkannte, um was es sich dabei handelte – um eine Substanz, die bei einigen Indianerstämmen im Südwesten als ›Leichenpulver‹ bekannt ist.«

Nora blickte hinüber zu Smithback und sah, wie sich ihr eigenes Entsetzen in den Augen des Journalisten widerspiegelte.

»Indianische Hexer haben es früher verwendet, um ihre Gegner zu töten«, fuhr Aragon fort, »und bei manchen Stämmen findet man es sogar heute noch.«

»Ich weiß«, flüsterte Nora, die an Beiyoodzins Geschichten von den Skinwalkern denken musste.

»Als ich das Pulver unter dem Mikroskop untersuchte, entdeckte ich, dass es in hohem Maße mit *Coccidioides imitis* gesättigt war. Kurz gesagt: Mit diesem Leichenpulver kann man tatsächlich jemanden töten.«

»Und Sie glauben nun, dass Peter Holroyd damit ermordet wurde?«

»Wenn man davon ausgeht, dass er eine große Dosis der Sporen in seine Atemwege bekommen hat, um so rasch an dieser Infektion zu sterben, würde ich diese Frage durchaus mit Ja beantworten. Allerdings wurde der Krankheitsverlauf durch das kontinuierliche Einatmen des Staubes von Quivira zuvor sicherlich zusätzlich begünstigt. In den Tagen vor seinem Tod hat er ziemlich viel im hinteren Teil der Ruine herumgegraben. Ehrlich gesagt haben wir alle diesen Staub eingeatmet.«

»Ich auf alle Fälle«, bemerkte Smithback mit leicht zittriger Stimme. »Schließlich habe ich wie ein Weltmeister in Blacks Abfallhaufen herumgewühlt. Wie lange wird es dauern, bis wir auch krank werden?«

»Das kann ich nicht sagen. Es hängt hauptsächlich davon ab, wie viele Sporen des Pilzes der Einzelne tatsächlich eingeatmet hat und wie gut sein Immunsystem ist. Außerdem glaube ich, dass sich der mit den Pilzen verseuchte Sand eher im hinteren Teil der Ruine konzentriert. Aber in jedem Fall ist lebenswichtig für uns, dass wir so rasch wie möglich dieses Tal verlassen und uns in ärztliche Behandlung begeben.«

»Ist die Krankheit denn heilbar?«, wollte Smithback wissen.

»Ja. Mit Ketoconazol oder bei fortgeschrittenem Verlauf, wenn der Pilz bereits ins zentrale Nervensystem eingedrungen ist, mit einer Lösung von Amphotericin B, die direkt in die Cerebrospinalflüssigkeit eingespritzt wird. Letzteres ist ein recht gebräuchliches Antibiotikum, das ich – welch eine Ironie – fast mit auf diese Expedition genommen hätte.«

»Wie sicher sind Sie sich Ihrer Theorie?«, fragte Nora.

»So sicher, wie ich es auf Grund meiner eingeschränkten Diagnosemöglichkeiten nur sein kann. Um hundertprozentige Gewissheit zu erlangen, bräuchte ich ein besseres Mikroskop, denn die Kügelchen im Gewebe haben nur einen Durchmesser von fünfzig Mikron. Dennoch gibt es keine andere Erkrankung, auf die Holroyds Symptome zuträfen: Die Zyanose, die Atemnot, das mukopurulente Sputum und schließlich sein plötzlich eingetretener Tod. Außerdem hat der einfache Test, den ich gerade mit seinem Lungengewebe vorgenommen habe, das Vorhandensein von Antikörpern gegen Kokzidiodin ergeben.« Er seufzte. »Das alles ist mir leider erst in den vergangenen ein, zwei Tagen klar geworden. Gestern Abend war ich noch einmal in der Ruine und fand dort weitere Töpfe und einige sehr merkwürdig aussehende Instrumente. Aus diesen Funden und den im Tunnel entsorgten Knochen schließe ich, dass die Bewohner von Quivira Leichenpulver in großem Stil *produzierten*. Als Folge davon ist der gesamte Boden der Ruine mit den Pilzsporen verseucht, und zwar umso intensiver, je näher man an die Rückwand des Alkovens kommt. Meines Erachtens dürfte die höchste Konzentration in dem Tunnel und der Höhle mit dem Sonnen-Kiva zu finden sein.«

Er hielt inne. »Ich habe Ihnen ja schon von meiner Theorie erzählt, der zufolge Quivira keine Stadt der Anasazi war, sondern von den Azteken erbaut wurde. Diese haben den Anasazi das Menschenopfer und die Hexerei aufgezwungen. Ich bin davon überzeugt, dass sie die Eroberer waren, die für den Zusammenbruch der Anasazi-Zivilisation verantwortlich sind. Die Azteken sind die mysteriösen Feinde der Anasazi, derentwegen sie schließlich das Colorado-Plateau verlassen haben und deren Identität wir Archäologen seit vielen Jahrzehnten festzustellen versuchen. Diese Feinde haben ihre

Macht nicht durch offene kriegerische Auseinandersetzung erlangt, was übrigens auch der Grund dafür sein dürfte, dass wir nie irgendwelche Spuren von Gewalt gefunden haben. Ihre Eroberung und Unterdrückung der Anasazi lief sehr viel subtiler ab – sie verwendeten Hexerei und Leichenpulver, was beides keine oder so gut wie keine Spuren hinterlässt.«

Seine Stimme wurde leiser. »Schon bei meiner ersten Untersuchung der von Sloane entdeckten Grabkammer hatte ich das Gefühl, das Ergebnis von Kannibalismus vor mir zu haben. Black vertrat vehement eine gegenteilige Auffassung und hatte damit, rein logisch betrachtet, auch Recht. Zur Zeit gibt es unter einigen Archäologen einen heftigen Streit über die Frage, ob bei den Anasazi Kannibalismus existiert hat oder nicht. Ich persönlich glaube jetzt allerdings, dass wir es hier mit weit mehr als bloßem Kannibalismus zu tun haben. Die Spuren, die ich auf den Knochen im Tunnel entdeckt habe, erzählen eine noch sehr viel schrecklichere Geschichte.«

Er sah Nora mit gequälten Augen an. »Ich glaube, dass die Priester von Quivira Gefangene oder Sklaven mit Kokzidioidomykose infizierten, darauf warteten, dass sie starben, und dann aus ihren Körpern Leichenpulver herstellten. Was ich im Tunnel gefunden habe, war der Abfall, der bei dieser entsetzlichen Prozedur anfiel. Mit Hilfe dieses Pulvers und gewisser Rituale konnten die Eroberer ihre Schreckensherrschaft über die Anasazi aufrechterhalten, aber am Ende wurden auch sie Opfer der tödlichen Pilzsporen. Das leichte Erdbeben, das die Türme beschädigte und den Felsrutsch auslöste, wirbelte nämlich eine Staubwolke ähnlich der in San Joaquin auf. Allerdings konnten sich hier, in diesem engen Tal, die Sporen nicht verteilen. Sie trieben in den Alkoven hinein und senkten sich in hoher Konzentration auf die Stadt herab. Die Skelette, die ich im Tunnel über den zerbrochenen Knochen gefunden habe, waren die der aztekischen Priester, die den Staub eingeatmet hatten und daran gestorben waren.«

Aragon beendete seinen Bericht und blickte zur Seite. Sein Gesicht, fand Nora, hatte noch nie so angestrengt und erschöpft gewirkt. »Jetzt muss ich Ihnen auch etwas erzählen«, sagte sie langsam. »Es ist gut möglich, dass die Leute, die uns aus dem Tal vertreiben wollen, moderne Hexer sind.« In knappen Worten informierte sie Aragon über den Vorfall im Ranchhaus und das Gespräch mit Beiyoodzin. »Sie sind uns hierher gefolgt«, schloss sie. »Und jetzt, da sie die Stadt gefunden haben, versuchen sie, uns von hier zu verjagen, damit sie die Schätze stehlen können.«

Aragon dachte eine Weile nach, dann schüttelte er den Kopf. »Nein«, entgegnete er. »Ich glaube nicht, dass sie die Stadt plündern wollen.«

»Wie bitte?«, unterbrach ihn Smithback. »Aus was für einem Grund sollten sie uns denn sonst vertreiben wollen?«

»Jedenfalls nicht, weil sie die Stadt ausrauben wollen«, entgegnete Aragon und blickte wieder auf Nora. »Sie nehmen an, dass die Skinwalker versucht haben, Quivira zu finden. Aber was wäre eigentlich, wenn sie die Stadt längst gekannt und nur versucht hätten, sie vor unseren Ausgrabungen zu *schützen*?«

»Ich kann mir nicht vorstellen, dass …«, begann Smithback.

»Lassen Sie Enrique ausreden, Bill«, unterbrach in Nora, deren Gedanken sich überschlugen.

»Wie sonst hätten die Skinwalker uns so rasch ausfindig machen sollen?«, fuhr Aragon fort. »Und wenn sie Holroyd wirklich mit Leichenpulver umgebracht haben, wo hätten sie es her haben sollen, wenn nicht aus Quivira?«

»Dann wollten sie den Brief also nicht haben, um den Weg nach Quivira zu erfahren«, murmelte Nora. »Sie wollten ihn *vernichten* und auf diese Weise verhindern, dass wir uns auf die Suche nach der Stadt begeben.«

»Das ist für mich die einzig logische Erklärung«, sagte Aragon. »Anfangs habe ich Quivira für eine Stadt der Priester gehalten, aber jetzt glaube ich, dass es eine Stadt der Hexer war.«

Noch eine Weile saßen die drei in Gedanken versunken um Holroyds leblosen Körper herum. Dann fuhr auf einmal ein feuchter, kalter Windstoß in Noras Haare.

»Wir sollten jetzt besser aufbrechen«, sagte sie und stand auf. »Sehen wir zu, dass wir Peters Leiche so rasch wie möglich aus dem Cañon schaffen.«

Schweigend machten sich die drei daran, den Toten wieder in den aufgeschlitzten Sack zu schieben.

48

Als John Beiyoodzin sein Pferd den schmalen Pfad ins Tal von Chilbah hinunterlenkte, verschlechterte sich seine Stimmung zusehends. Von der ersten Kehre aus konnte er schon die Pferde der Expedition sehen, die gerade am Fluss standen und tranken. Der schmale Wasserlauf mäanderte in der Mitte eines breiten, von Rissen durchfurchten Hochwasserbetts dahin, in dem große Felsbrocken und Baumstämme lagen. Beiyoodzin blickte besorgt hinauf in den Himmel, doch die Gewitterfront verbarg sich jetzt hinter dem Gebirgskamm in seinem Rücken.

Er wusste nur zu gut, dass dieses Tal der Flaschenhals für die Fluten der großen Wasserscheide des Kaiparowits-Plateaus war, in dem alle Sturzbäche aus den verschiedenen Tälern zusammenflossen. Das Land zwischen dem Plateau und dem Colorado war unbewohnt, und die einzigen Menschen, die sich momentan in dieser Gegend aufhielten, waren die Archäologen im Tal von Quivira, das direkt im Weg des Wassers lag.

Beiyoodzin blickte nach rechts, wo das Chilbah-Tal in einer Reihe von Cañons und trockenen Flussbetten auslief. Aus diesen engen, gewundenen Schluchten würde das Wasser strömen und sich im unteren Teil des Tales zu einer alles vernichtenden Flut vereinigen. Wenn niemand die Pferde der Weißen aus dem Hochwasserbett hinauf auf die höher gelegenen Terrassen brache, würden sie vom Wasser fortgespült werden. Viele Pferde seines eigenen Stammes waren solchen Sturzfluten schon zum Opfer gefallen. Es war schrecklich. Und jetzt hielten sich womöglich Menschen im nächsten Tal unterhalb der sicheren Terrassen auf oder, was noch viel schlimmer wäre, in dem engen Slot-Cañon zwischen den beiden Tälern ...

Er trieb sein Pferd in einem raschen Kanter den steinigen Weg hinab. Wenn er die Pferde der Weißen retten wollte, musste er sich beeilen.

Als er einige Minuten später die Talsohle erreicht hatte, war sein Pferd schweißnaß und schnaufte schwer. Während er es am Fluss kurz trinken ließ, horchte er ins Tal hinein, ob er das ihm nur allzu bekannte, oszillierende Geräusch schon vernehmen konnte, mit dem sich eine Sturzflut gewöhnlich ankündigte.

Jetzt, da es die Gewitterfront nicht mehr sehen konnte, beruhigte sich das Pferd zusehends und soff in tiefen Zügen. Nachdem es seinen Durst gelöscht hatte, ritt Beiyoodzin an den Rand des Flutbetts und zwang es die steile Böschung hinauf. Auf der felsigen Terrasse oberhalb des Baches ließ er das Tier erst traben, dann galoppieren. Solange sie hier oben blieben, waren sie in Sicherheit.

Während er zwischen den großen Felsblöcken und Vorsprüngen der Cañon-Wand hindurchritt, dachte Beiyoodzin an die Menschen in dem schmalen Tal auf der anderen Seite des Slot-Cañons und fragte sich, ob sie die Flut wohl würden kommen hören. Ihm war bekannt, dass es auch dort höher gelegene Terrassen auf beiden Seiten des Flusses gab, und er hoffte, dass die Weißen ihr Lager dort aufgeschlagen hatten und nicht unten am Ufer. Diese junge Frau namens Nora schien sich ja ein wenig in der Wüste auszukennen. Wenn die Archäologen schlau waren – und wenn sie die Warnzeichen richtig zu interpretieren wussten –, konnten sie die Flut überleben. Auf einmal riss Beiyoodzin am Zügel und brachte sein Pferd zu einem abrupten Halt. Während der von den Hufen des Tiers aufgewirbelte Staub sich langsam zu Boden senkte, blieb er reglos im Sattel sitzen und lauschte.

Die Flut war im Anrollen, das sagte ihm ein leichtes Zittern des Erdbodens, das er sogar durch den Körper des Pferdes hindurch noch spüren konnte. Beiyoodzin schnalzte mit der Zunge und drückte dem Tier die Fersen in die Flanken. Der Falbe fing an zu galoppieren und flog förmlich über die sandige Erde. Er sprang über Felsen, rannte an Pappeln vorbei und kam den grasenden Pferden der Weißen immer näher. Durch den Hufschlag des galoppierenden Pferdes hindurch konnte Beiyoodzin ein hässliches Geräusch hören. Es war ein Geräusch, das keine wirkliche Richtung hatte, das von überall und nirgendwo zu kommen schien und das rasch zu einem schrillen Pfeifen anschwoll. Gleichzeitig spürte Beiyoodzin einen Windzug, der als leichte Brise begann und sich in Sekundenschnelle so verstärkte, dass er die Wipfel der Pappeln bog.

Vor seinem geistigen Auge sah Beiyoodzin eine Welt, die völlig aus dem Gleichgewicht geraten war. Vor sechzehn Jahren war dieses Ungleichgewicht noch so gering gewesen, dass niemand es ernst genommen hatte. Waren das jetzt die Konsequenzen dieser Nachlässigkeit, dann waren sie in der Tat katastrophal.

Als er den Rand der Terrasse erreichte, sah Beiyoodzin im Flutbett des Baches unter sich die Pferde der Weißen. Sie hatten aufgehört zu grasen und starrten, die Ohren aufgestellt, flussaufwärts. Aber es war bereits zu spät, um sie zu retten. Jetzt noch hinunter in das Flutbett zu reiten wäre reiner Selbstmord gewesen. Beiyoodzin schrie und winkte mit dem Hut, aber seine Stimme kam nicht mehr gegen das immer lauter werdende Brüllen der Sturzflut an. Er schaffte es nicht mehr, die Aufmerksamkeit der Pferde auf sich zu lenken.

Nun fing die Erde richtiggehend an zu beben, und das Geräusch der nahenden Flutwelle wurde so stark, dass Beiyoodzin das Wiehern seines eigenen Pferdes nicht mehr hören konnte. Er blickte flussaufwärts, wo der zu Sturmstärke angeschwollene Wind die Tamarisken peitschte und die Weiden fast horizontal zu Boden drückte.

Und dann sah er sie um die Biegung des Cañons kommen: eine sieben Meter hohe Flutwelle, die mit der Geschwindigkeit eines Güterzuges das Tal entlangraste und den heulenden Wind vor sich hertrieb.

Aber es war mehr als eine Wasserwand, die da auf ihn zukam. Beiyoodzin sah, dass die Flut Baumstämme, Wurzeln, Steine und eine riesige Ladung Sand und Erde mit sich führte. Als die braune Walze mit einer Geschwindigkeit von einhundertzwanzig Stundenkilometern unterhalb von ihm vorbeirollte, hatte Beiyoodzin Schwierigkeiten, seinen Falben unter Kontrolle zu halten. Die Pferde unten im Flutbett wirbelten erschrocken herum und rannten davon, doch sie hatten keine Chance. Mit einer Mischung aus Erstaunen, Grauen und ängstlicher Ehrfurcht beobachtete Beiyoodzin, wie die monströse Flutwelle sich ihnen immer weiter näherte und dann ein Tier nach dem anderen mit sich fortriss. Sie wirbelte sie herum, zerfetzte sie und stülpte ihr Inneres nach außen. Wie im Zeitraffer aufblühende Rosen verwandelten sie sich vor Beiyoodzins Augen in eine rot gekräuselte Masse aus Fleisch, Gedärmen und abgerissenen Gliedern, die rasch von der brodelnden Walze aus Wasser, Baumstämmen und Felsen verschlungen wurde.

Hinter diesem mörderischen Mahlwerk aus Holz und Steinen drängte eine schokoladenbraune, zweihundert Meter breite Flutwelle unaufhaltsam hinein in das Tal. Brodelnd und gurgelnd füllte sie das gesamte Flutbett aus und fraß sich, während sie sich zu meterhohen Wasserkämmen aufbaute, wie eine Kreissäge durch die Uferböschungen, aus denen sie gewaltige, mehrere hundert Tonnen schwere Erdstücke riss. Beiyoodzin sah zu, wie das Wasser ganze Pappeln umwarf, als wären sie Streichhölzer, und spürte, wie die Luft um ihn herum auf einmal ganz feucht wurde und nach nasser Erde und zerfetzten Pflanzen roch. Als der Boden unter ihm abzurutschen begann, trieb er sein Pferd auf eine noch höher gelegene Terrasse hinauf.

Von dort aus beobachtete er, wie die strudelnde Flutwelle auf die Felswand vor dem Slot-Cañon zurauschte. Als die Wassermassen gegen die Klippe prallten, spürte Beiyoodzin unter sich die Erde beben. Eine enorme Stoßwelle lief durch das abrupt zum Stillstand gebrachte Wasser nach hinten und ein Vorhang aus bräunlichem Schaum raste mit beängstigender Geschwindigkeit hundert Meter die Felswand hinauf, bis er in sich zusammenfiel und wieder nach unten klatschte.

In Minutenschnelle bildeten die vor der Felswand aufgestauten Fluten einen immer größer werdenden See, an dessen Ende das Wasser wie ein gurgelnder Mahlstrom in der Öffnung des Slot-Cañons verschwand. Mannshohe Holzsplitter flogen durch die Luft, als riesige Baumstämme an den Felswänden zerfetzt wurden.

Da kam ein weiteres großes Stück der Terrasse vor ihm ins Rutschen. Beiyoodzin drehte sein Pferd und wandte dem grausigen Anblick den Rücken zu. Er ritt zum Anfang des alten Priesterpfades, der den Hintereingang zum Tal von Quivira darstellte. Nachdem er es nicht mehr geschafft hatte, die Pferde der Weißen zu retten, fragte er sich, ob überhaupt noch jemand – er selbst mit eingeschlossen – das Chilbah-Tal lebend verlassen würde.

49

Mit Aragons und Smithbacks Hilfe band Nora den aufgeschlitzten Sack mit Holroyds Leiche an die lange Stange, die sie mitgebracht hatten. Dann trat sie einen Schritt beiseite und wischte sich mit dem Handrücken den Schweiß von der Stirn. Obwohl sie wusste, dass es keine Alternative gab, graute ihr vor der beschwerlichen, umständlichen Plackerei, die nun vor ihnen lag.

Sie blickte den Cañon hinauf. Hoch über ihnen, auf der anderen Seite des Beckens, ragte der Stamm der Pappel zwischen den Felsbrocken hervor. Darunter führte ein steiler Wasserfall zum nächsten Becken hinauf. Nora strich sich eine Haarsträhne aus dem Gesicht, die ihr der auffrischende Wind über die Stirn geweht hatte. Sie atmete tief durch, ging in die Hocke und packte ein Ende der Stange.

Auf einmal hielt sie inne. An ihrer Wange spürte sie einen weiteren Windstoß, der noch stärker war als der zuvor, und roch den intensiven, auf seltsame Weise angenehmen Geruch von frisch geschnittenen Blättern. Eine Welle der Angst durchflutete Nora. Der Wind frischte mit maschinenhafter Präzision immer weiter auf und war ganz anders als die natürlichen Luftzüge wechselnder Stärke, die sonst den Cañon durchwehten. »Eine Sturzflut!«, schrie Nora.

»Wie bitte?«, fragte Smithback erstaunt und blickte hinauf zum Himmel, der nach wie vor klar und blau war. »Woher wissen Sie das?«

Aber Nora hörte ihm nicht zu. In Gedanken stellte sie rasend schnell Berechnungen an. Sie befanden sich gute fünfhundert Meter weit im Slot-Cañon und würden es vor dem Eintreffen der Flutwelle nicht mehr rechtzeitig zurück ins Tal schaffen. Ihre einzige Chance war, nach oben zu klettern, um sich so vor den Wassermassen in Sicherheit zu bringen.

Rasch deutete Nora hinauf zu der Höhle, in der Holroyds Leiche verwahrt gewesen war. »Lassen Sie alles stehen und liegen und kommen Sie mit!«

»Aber wir können doch nicht ...«, protestierte Smithback.

»Bewegung!«, brüllte Aragon und ließ das andere Ende der Stange fallen. Die Leiche plumpste in das Becken und drehte sich im Wasser langsam um. Nora watete bereits stromaufwärts zu dem Felssims, der hinauf zu der Höhle führte.

»Wo wollen Sie denn hin?«, rief Smithback mit starker Skepsis in der Stimme. »Sollten wir nicht in die andere Richtung gehen?«

»Zu spät!«, rief Nora. »Beeilen Sie sich!«

Durch das Heulen des Windes konnte Nora jetzt ein tiefes, bedrohliches Geräusch vernehmen. Der bis dahin stille Wasserspiegel des Beckens fing an, in unzähligen kleinen Wellen auf und ab zu tanzen. Die Packsäcke, welche die drei einfach hatten fallen lassen, hoben und senkten sich wie Schiffe in einem Sturm.

Schwer keuchend hastete Nora durch das Wasser, während der Wind immer weiter an Stärke zunahm. Schließlich verspürte sie ein schmerzhaftes Knacken in ihren Ohren, das von einer dramatischen Veränderung des Luftdrucks herrührte. Sie blickte sich um zu Smithback und Aragon, die bis auf die Knochen durchnässt hinter ihr her wateten. Sie wollte ihnen zurufen, dass sie sich beeilen sollten, doch ihre Stimme wurde von einem lauten, verzerrten Grollen übertönt, das vom Eingang des Slot-Cañons her zu kommen schien.

Es knackte ein zweites Mal in ihren Ohren. Danach folgte eine plötzliche, unheimliche Stille. Auch der Wind hatte sich mit einem Mal gelegt.

Nora zögerte verwirrt und lauschte angestrengt in den Cañon hinein. Wie aus weiter Entfernung konnte sie ein Krachen und Mahlen hören, das trotz seiner geringen Lautstärke merkwürdig klar klang. Während sie sich wieder in Bewegung setzte, wurde ihr bewusst, dass das von den Felswänden widerhallende Geräusch von Baumstämmen und Felsbrocken herrührte, die sich im Eingang zum Slot-Cañon verkeilt hatten. Der Wind heulte wieder los und peitschte das Wasser in den Becken zu brodelndem Schaum. Nora wusste, dass eine herannahende Sturzflut den Slot-Cañon zunächst in einen riesigen Windkanal verwandelte.

So schnell sie konnte, watete Nora weiter. Der Sturm zerrte an ihrer Kleidung und erfüllte den Cañon mit einem schrecklichen Gekreische. Wir schaffen es nicht, dachte Nora. Sie drehte sich um und sah, dass Aragon gestürzt war. Sie reichte ihm die Hand und schrie ihm etwas zu, das wegen des Windes jedoch nicht zu verstehen war.

Auf einmal polterte ein dicker Felsbrocken durch den Cañon. Donnernd prallte er von Wand zu Wand und raste mit erschreckend hoher Geschwindigkeit über ihre Köpfe hinweg. Ein zweiter, sogar noch größerer, folgte ihm, vorwärts geschleudert von der Energie des Wassers, das selbst erst später nachfolgen würde. Der Felsblock knallte mit enormer Wucht gegen den verklemmten Pappelstamm, fiel zu Boden und rollte unter Zurücklassung eines Geruchs nach zermahlenem Gestein laut knirschend weiter.

Keuchend und hustend erreichte Nora den Felssims, klammerte sich mit beiden Händen fest und zog sich aus dem Wasser. So rasch sie konnte, kletterte sie nach oben, verzweifelt darum bemüht, auf dem glitschigen Felsen nicht den Halt zu verlieren. Die Luft war jetzt voller winziger Wassertropfen, die ihnen der Wind erbarmungslos in die Gesichter peitschte. Nora krallte sich an dem Felsen fest, um von dem gewaltigen Luftzug nicht hinabgeweht zu werden. Unter ihr schossen bereits die ersten Wasser der Sturzflut durch den Cañon, und Nora, die es noch gar nicht fassen konnte, wie rasch sich alles verändert hatte, kam sich vor, als sei sie in einem schrecklichen Alptraum gefangen. In dem tobenden Chaos konnte sie kaum Aragons Gestalt ausmachen, die unter ihr den Felssims erklomm.

Ein zweiter Schwall Wasser raste durch den Cañon und riss Aragon die Beine von dem Sims. Hätte Smithback den Mexikaner nicht mit einem entschlossenen Griff am Hemd gepackt, hätte die Woge ihn mit sich fortgetragen. Ohne den beiden helfen zu können, beobachtete Nora, wie die Flut abermals um Aragons Beine spülte. Durch das Brüllen des Wassers glaubte sie den Archäologen schreien zu hören. Es klang seltsam hohl und verzweifelt.

Sie sah, wie Aragon von den in rasender Geschwindigkeit ansteigenden Wassermassen gepackt wurde. Ein großes Stück Holz traf ihn am Oberkörper und entriss ihn Smithbacks Griff. Während der Journalist, noch einen Fetzen Hemd in der Hand, alle Mühe hatte, sich selbst auf dem Sims zu halten, wurde Aragon von den Fluten rasch den Cañon hinabgetragen. Nach ein paar Metern knallte er gegen die Felswand und raspelte an ihr entlang wie ein Stück Käse auf einer Reibe. Sein zerschundener Körper hinterließ eine blutige

Spur an der Klippe, die von den brodelnden Fluten sogleich wieder weggespült wurde. Ein paar Sekunden später war Aragon verschwunden.

Nora unterdrückte ein Schluchzen und wandte sich ab. Sie griff nach einem Felsvorsprung, zog sich nach oben und suchte sofort nach dem nächsten Halt. Höher, dachte sie. Höher! Smithback war jetzt neben ihr, und als einer ihrer Füße abrutschte und sie zu fallen drohte, packte er sie am Oberarm und zog sie wieder hinauf auf den Sims. Wie in Zeitlupe näherten sie sich der Höhle, in der Holroyds Leiche versteckt gewesen war.

Und dann schließlich kam sie, die eigentliche Sturzflut: eine riesige Wasserwand, die sich so hoch über ihren Köpfen aufbaute, dass sie den Himmel verfinsterte. Es war eine turmhohe Lawine aus Wasser, Luft, Schlamm, Felsbrocken und zersplittertem Holz, die einen Sturm von der Intensität eines Tornados vor sich hertrieb. Nora spürte, wie Smithback seinen Griff um ihren Arm einen Augenblick lockerte, dann aber wieder energisch zupackte. Während er sie in die kleine Höhle schob, hörte Nora eine Unzahl von Felsbrocken gegen die Wände des Cañons prasseln. Einige davon trafen Smithback mit einem dumpf klatschenden Geräusch im Rücken.

Wie ein Raubtier stürzte sich die Flut auf sie und hüllte sie in ein nicht enden wollendes, erstickendes Brüllen ein. Die unerträgliche Lautstärke zusammen mit dem Beben des Felsens ringsum gab Nora das Gefühl, den Verstand zu verlieren. Sie rollte sich zusammen, schützte ihren Kopf mit den Armen und betete, dass das infernalische Getöse doch endlich verstummen möge. Immer wieder drang das Wasser in kurzen Schüben in die kleine Höhle ein. Es zerrte an Noras Schultern und Beinen, als wolle es sie mit aller Gewalt aus ihrem Refugium spülen.

In einem abgelegenen Teil ihres Gehirns wunderte sich Nora, dass es so lange dauerte zu sterben. Verzweifelt rang sie nach Atem, doch die Luft in der Höhle schien keinen Sauerstoff mehr zu enthalten. Dann spürte sie, wie Smithbacks Arme, die er in festem Griff um sie geschlungen hatte, nach einem letzten, entsetzlichen Zucken auf einmal ganz schlaff wurden. Noch einmal schnappte sie nach Luft, bekam Wasser in den Mund, würgte und versuchte zu schreien. Dann aber hatte sie das Gefühl, als würde sich die Welt rings um sie in sich zusammenfalten. Sie verlor das Bewusstsein.

50

Black hockte schwer atmend auf der Mauer am Rand von Quivira. Alle vier im Lager zurückgebliebenen Expeditionsmitglieder waren mehrmals schwer beladen die Strickleiter hinaufgeklettert und hatten Säcke mit Ausrüstung in das Haus im hinteren Teil der Stadt geschleppt, das Nora als Aufbewahrungsort für das zurückzulassende Gepäck bestimmt hatte. Wenn sie Glück hatten, würden die Sachen dort bis zu ihrer Rückkunft ungestört, trocken und sicher vor Tieren auf sie warten.

Wenn wir überhaupt zurückkommen, dachte Black und spürte, dass er mehr als üblich schwitzte. Er fuhr sich mit der Zunge über die Lippen und starrte hinauf zum blauen Himmel über dem Cañon-Rand. Vielleicht würde ja auch gar nichts geschehen, vielleicht würde das Wasser der Gewitterfront ganz woandershin ablaufen.

Einer nach dem anderen tauchten Swire, Bonarotti und Sloane aus dem Schatten der Stadt auf und setzten sich neben Black auf die Mauer. Bonarotti öffnete eine Feldflasche und ließ sie wortlos kreisen. Automatisch nahm Black einen Schluck und stellte fest, dass er nach gar nichts schmeckte. Dann schaute er nach unten auf die Überreste des Lagers. Die Zelte waren bereits abgebrochen und lagen, in Packsäcke verstaut, neben der übrigen Ausrüstung, die auf die Rückreise mitgenommen werden sollte.

Auf einmal meinte Black etwas zu hören, aber vielleicht spürte er es auch nur. Es war eine seltsame Bewegung der Luft, eine Art leises Zittern. Sein Herz begann schneller zu schlagen, und er sah hinüber zu Sloane, die nun ebenfalls hinunter ins Tal starrte.

Als sie seinen Blick bemerkte, stand sie auf. »War da nicht ein Geräusch?«, fragte sie in die Runde. Dann gab sie Bonarotti die Feldflasche und trat an den Rand der Klippe. Swire und Black folgten ihr.

Das Tal unter ihnen, das immer noch friedlich in der Hitze des Spätvormittags brütete, wurde auf einmal von einem tiefen, vibrierenden Geräusch erfüllt, das sich anhörte, als würde ein starker Motor angelassen. Die Blätter der Pappeln am Fluss begannen zu beben.

Bonarotti trat neben Black. »Was ist das?«, fragte er, wobei er sich neugierig umsah.

Black gab keine Antwort. In seinem Innern mischten sich entsetzliche Angst und eine atemlose, fast Übelkeit erzeugende Aufregung. Aus dem Slot-Cañon wehte ein rasch zunehmender Wind ins Tal, der die Tamariskenbüsche in der Nähe wie besessen hin und her peitschte. Dann ertönte aus dem Ausgang der schmalen Schlucht ein langgezogenes, irgendwie hohl klingendes Kreischen, das immer lauter wurde. Die Flut muss jetzt im Cañon sein, dachte Black, wobei er nicht wusste, ob das Brummen, das er hörte, aus dem Tal unter ihm oder aus dem Innern seines Kopfes kam.

Er blickte hinüber zu den anderen neben ihm. Sie alle starrten ebenfalls auf den Ausgang des Slot-Cañons. An Swires Gesicht konnte er ablesen, wie sich anfängliche Ratlosigkeit in aufkeimendes Verstehen und schließlich in Entsetzen verwandelte.

»Eine Sturzflut!«, rief der Cowboy. »Mein Gott! Und Nora und die anderen sind da drinnen ...« Er rannte zur Strickleiter und kletterte nach unten.

Black hielt den Atem an. Er hatte gedacht, dass er sich mental auf das, was jetzt kommen würde, vorbereitet hätte, aber auf einmal wurde ihm klar, dass er sich getäuscht hatte.

Mit einem tief tönenden Grunzen spie der Slot-Cañon eine große

Masse von Felsbrocken und hunderte zerfetzter Baumstämme weit in das Tal hinaus, denen sofort ein Schwall schokoladenbraunen Wassers folgte. Die Woge klatschte mit einem donnernden Geräusch auf den Geröllhang und spritzte wild brodelnd nach allen Seiten davon. Die Wassermassen schäumten durch das Flutbett des kleinen Flusses, das sie vollständig ausfüllten. Dabei rissen sie ganze Teile der Böschung mit und gelangten an manchen Stellen sogar bis an den Fels der Cañon-Wand. Einen Augenblick befürchtete Black, dass sie die erhöhte Terrasse überspülen würden, auf der sie ihr Lager aufgeschlagen hatten, doch die steil aufragenden Steinböschungen waren glücklicherweise so hoch, dass die Flut sie nicht erreichen konnte. Tief unter sich konnte Black jetzt Swire erkennen, der versuchte, das Pappelwäldchen neben dem Lager zu erreichen. Der Cowboy musste sein Gesicht mit den Armen vor dem orkanartigen Wind schützen, der ihn immer wieder zurück in Richtung auf die Felswand trieb.

Auch Black, der vor Entsetzen und Angst wie gelähmt am Rand des Alkovens stand, spürte den Wind. Bonarotti schrie ihm etwas zu, doch Black hörte ihn nicht. Unverwandt starrte er nach unten in die Fluten, die noch immer aus dem Eingang des Slot-Cañons quollen. Niemals hätte er es für möglich gehalten, dass Wasser eine derartige Zerstörungskraft entwickeln könnte. Auf seinem Weg durch das Tal entwurzelte es riesige Bäume und verwandelte die liebliche Landschaft binnen weniger Minuten in eine braun brodelnde Hölle. Die weit nach oben gewirbelten Wasserschleier brachen das Sonnenlicht in unzählige glitzernde Regenbogen.

Auf einmal bemerkte Black einen gelben Farbfleck in der wild strudelnden Brühe – den Sack, in dem sie Holroyds Leiche verpackt hatten. Ein paar Sekunden später raste etwas anderes aus dem Slot-Cañon: ein menschlicher Torso, der nur noch einen Arm hatte und die Überreste eines bräunlichen Hemdes trug. Mit einer Mischung aus Horror und Ekel sah Black zu, wie die Wogen das grausige Objekt einmal um die eigene Achse drehten, wobei der Arm so herumgeschleudert wurde, als wolle er mit einer verzweifelten Geste Hilfe herbeiwinken. Kurz darauf zog ein Strudel den Torso unter Wasser und riss ihn mit sich fort.

Wie in Trance trat Black einen Schritt zurück, dann noch einen und noch einen, bis er mit der Ferse an die Mauer stieß. Erschöpft ließ er sich niedersinken und drehte dem Tal den Rücken zu. Er wollte nicht mehr sehen, was sich dort unten abspielte.

Black fragte sich, ob er nun ein Mörder sei, aber er verneinte die Frage, kaum dass er sie gestellt hatte. Er hatte ja nicht einmal gelogen: Der Wetterbericht war klar und unmissverständlich gewesen. Und das Unwetter, das er und Sloane gesehen hatten, war in gut dreißig Kilometern Entfernung niedergegangen. Das Wasser der Niederschläge hätte sonstwohin fließen können.

Aus dem Tal drang noch immer das Brüllen der Sturzflut herauf, doch Black bemühte sich, es zu überhören. Er schaute nach hinten in die kühle, tief in ihrem schattigen Alkoven gelegene Stadt. Sie strahlte eine Ruhe aus, die von dem Unheil, das dort unten im Tal seinen Lauf nahm, vollkommen unberührt zu sein schien. Beim Anblick der Stadt begann sich Black gleich besser zu fühlen. Er atmete langsam ein und aus und wartete, bis die Enge in seiner Brust verschwand. Dabei gestattete er seinen Gedanken, wieder zu dem Sonnen-Kiva und den Schätzen zu wandern, die es enthielt. Und zu der Unsterblichkeit, die es ihm verschaffen würde. Schliemann. Carter. Black.

Black zuckte zusammen und blickte schuldbewusst hinüber zu Sloane, die noch immer am Rand der Klippe stand und hinunter ins Tal stierte. Auf ihrem Gesicht spiegelten sich verschiedene Emotionen, die sie nicht vollständig verbergen konnte: Verwunderung, Entsetzen und – Black sah es am Glitzern in ihren Augen und an ihren unmerklich geschürzten Lippen – Triumph.

51

Mit wachsender Irritation lauschte Ricky Briggs dem Geräusch in der Ferne. Das rhythmische Knattern konnte nur bedeuten, dass ein Hubschrauber im Anflug war. Briggs schüttelte verärgert den Kopf. Helikopter durften den Luftraum über dem Jachthafen eigentlich nicht überfliegen, doch die wenigsten hielten sich daran. Oft drehten Hubschrauber, die auf dem Weg zum Colorado River oder zum Grand Cañon waren, eine Runde über dem See und verärgerten die Freizeitkapitäne. Und die beschwerten sich dann bei Ricky Briggs. Er seufzte und widmete sich wieder seiner Büroarbeit.

Eine Weile später blickte er abermals auf. Das Geräusch des Hubschraubers klang jetzt tiefer und kehliger und außerdem irgendwie versetzt, so, als handele es sich nicht um eine, sondern gleich um mehrere Maschinen. Durch das Brummen konnte Briggs einen näher kommenden Schiffsdiesel und das Geplapper von Schaulustigen draußen auf dem Steg hören. Er beugte sich vor, um aus dem Fenster zu schauen. Was er sah, ließ ihn von seinem Schreibtisch aufspringen.

Zwei niedrig fliegende Amphibienhelikopter näherten sich vom Westen her dem Jachthafen. Große Embleme an den Seiten ihres mächtigen Rumpfes wiesen sie als Hubschrauber der Küstenwache aus. Unter einem von ihnen war ein großes Ponton-Boot befestigt. Ganz in der Nähe der Hafenzone, in der Wellenschlag verboten war, blieben sie laut dröhnend in der Luft stehen und peitschten das Wasser mit dem Wind ihrer Rotorblätter auf. Die an der Pier festgemachten Hausboote rollten schwerfällig von einer Seite auf die andere, und Urlauber in Badekleidung sammelten sich neugierig auf der Betonschürze der Pier.

Briggs packte sein Handy und stürzte hinaus auf den vor Hitze flirrenden Teer vor seinem Büro. Noch im Rennen tippte er die Nummer des Flugkontrollzentrums in Page ein.

Draußen wartete eine weitere Überraschung auf ihn: An der Rampe stand, wie schon vor ein paar Wochen, ein großer Pferdetransportanhänger, auf dem in Schablonenschrift Santa Fe Archaeological Institute geschrieben stand. Dahinter kamen gerade zwei Lastwagen der Nationalgarde herangefahren und luden Gardisten in Uniform ab, die sofort damit begannen, Material zum Aufbau einer Absperrung auszuladen. Ein Murmeln ertönte aus der Menge der Schaulustigen, als einer der Hubschrauber das Ponton-Boot unter seinem Rumpf ausklinkte. Mit einem laut platschenden Geräusch klatschte es auf das Wasser des Hafens.

Aus dem Telefonhörer drang eine leise Stimme: »Page!«

»Hier Wahweap!«, raunzte Briggs. »Was ist denn hier bei uns los, verdammt noch mal?«

»Beruhigen Sie sich, Mr. Briggs«, vernahm er die gelassene Stimme des Mannes von der Flugsicherheit. »Hier findet eine groß angelegte Suchaktion statt. Ich habe selbst erst vor ein paar Minuten davon erfahren.«

Während einige Nationalgardisten die Absperrung aufbauten, verscheuchten andere die Schaulustigen und Boote von der Rampe.

»Und was hat das mit mir zu tun?«, rief Briggs ins Telefon.

»Nichts. Die suchen jemanden da draußen in der Wüste westlich vom Kaiparowits-Plateau.«

»Großer Gott! Da möchte ich nicht verschollen gehen. Weiß man, um wen es sich handelt?«

»Keine Ahnung. Darüber hüllen sich alle in Schweigen.«

Das müssen diese dämlichen Archäologen von neulich sein, dachte Briggs; nur die sind verrückt genug, um sich in die Wildnis da draußen zu wagen. Ein weiteres Motorengeräusch mischte sich in den Lärm ringsum, und Briggs sah, wie ein Schlepper einen Anhänger mit einem großen, schlanken Motorboot an die Rampe steuerte. Am Heck des Bootes ragten wie Maschinengewehrtürme zwei mächtige Motorengehäuse auf.

»Wozu brauchen die denn die Hubschrauber?«, maulte Briggs ins

Telefon. »In dem Cañon-Gewirr finden die doch eh niemanden, und selbst wenn, könnten sie dort sowieso nicht landen.«

»Soviel ich weiß, bringen die Helis auch nur einen Haufen Ausrüstung ans hintere Ende des Sees. Wie ich schon sagte, das ist eine groß angelegte Suchaktion.«

Das Motorboot wurde mit erstaunlicher Geschwindigkeit zu Wasser gelassen, und der Schlepper zog den Bootsanhänger wieder die Rampe hinauf. Die mächtigen Dieselmotoren des Bootes sprangen an, und dann kam es in einer scharfen Kurve an die Pier, wo es gerade so lange anlegte, dass zwei Männer an Bord steigen konnten. Der eine von ihnen war jung und trug ein José-Cuervo-T-Shirt; der andere war ein dünner grauhaariger Mann in einem khakifarbenen Anzug. Kaum waren die beiden auf dem Boot, gab es Vollgas und rauschte auch schon quer durch das Hafenbecken davon. In seinem Kielwasser tanzten dutzende von Jetskis wie wild auf und ab. Die beiden großen Hubschrauber senkten die Schnauzen und folgten dem Boot hinaus auf den See.

Staunend sah Briggs zu, wie der Pferdetransporter rückwärts an die Rampe fuhr, an der inzwischen das Ponton-Boot festgemacht hatte. »Das darf doch nicht wahr sein«, murmelte er.

»O doch«, lautete die lakonische Antwort aus dem Telefon. »Das ist wahr. Man wird Sie auch bestimmt gleich anrufen. Aber jetzt muss ich auflegen.«

Briggs tippte eine Nummer in das Telefon, doch er war noch nicht ganz fertig, da hörte er schon, wie das Gerät durch das sich entfernende Brummen der Hubschrauber und die staunenden Rufe der Schaulustigen hindurch mit einem penetranten Ton losschrillte.

52

Black ließ sich erschöpft und durchnässt neben dem erloschenen Feuer niedersinken und beachtete dabei kaum den Regen, der bald nach der Sturzflut eingesetzt hatte und ihm nun auf Kopf und Schultern prasselte.

Obwohl die eigentliche Sturzflut schon seit fast drei Stunden vorüber war, führte der Fluss noch immer starkes Hochwasser. Die braunen gurgelnden Wogen, die sich beständig durch das Tal wälzten, kamen Black wie der muskulöse Körper eines riesigen Ungeheuers vor. Er sah den Fluten hinterher, wie sie um die Stämme der wenigen noch verbliebenen Pappeln herum auf den Slot-Cañon am anderen Ende des Tales zudrängten. Hier, wo sie von den Felswänden wieder auf engen Raum zusammengepresst wurden, schleuderten sie Schaum und dichte Sprühnebel hinauf in den wolkenverhangenen Himmel.

Fast zwei Stunden lang hatten sie alle am Wasser gestanden und unter Sloanes Leitung mit Seilen und Stangen auf etwaige Überlebende der Sturzflut gewartet. Black hatte noch nie einen so engagierten Einsatz gesehen – oder ein so gutes Beispiel für perfekte Schauspielerei. Er wischte sich mit der Hand über die Augen und beugte sich vor. Vielleicht war es ja auch kein Theater gewesen. Aber Black war jetzt einfach zu erschöpft, um noch groß darüber nachzudenken.

Schließlich hatten sich alle bis auf Sloane vom Fluss zurück ins Lager begeben. Dort hatten sie die vom Wind verstreuten Packsäcke wieder zusammengesammelt, die Zelte erneut aufgeschlagen und die von den Fluten angespülten Baumstämme und Zweige weggeräumt. Niemand hatte viel gesagt, aber alle hatten sie mitgeholfen. Es war, als hätten sie unbedingt etwas tun müssen, irgendetwas Konstruktives. Alles war besser als am Ufer zu stehen und untätig ins vorbeirauschende Wasser zu starren.

Black atmete tief durch und sah sich um. Neben ihm lagen die Säcke mit der Ausrüstung, die eigentlich durch den Slot-Cañon hätten transportiert werden sollen. Das war jetzt unmöglich geworden, so dass Black die ordentlich aufgereihten Packsäcke wie eine Ironie des Schicksals vorkamen.

Bonarotti begann seine Kochutensilien wieder auszupacken. Diese Tätigkeit war, mehr als alles andere, ein stummes Eingeständnis, dass an ein Weggehen aus dem Tal vorerst gar nicht zu denken war. Nachdem Bonarotti einen Gaskocher zusammengesetzt hatte, stellte er eine Espresso-Kanne darauf und schützte sie mit seinem Körper vor dem Regen. Bald gesellte sich Swire, der mitgenommen und deprimiert aussah, dazu, und ein paar Minuten später kam auch Sloane mit langsamen Schritten vom Fluss herauf. Bonarotti versorgte alle mit Kaffee, den Black dankbar in großen Schlucken trank. Wohltuend breitete sich die Wärme des heißen Getränks in seinen schmerzenden Gliedern aus.

Nachdem Sloane ihre Tasse von Bonarotti in Empfang genommen hatte, sah sie von dem Koch hinüber zu Swire, bevor sie ihren Augen mit einem vielsagenden Blick auf Black ruhen ließ. Erst dann brach sie ihr Schweigen. »Wir müssen uns wohl damit abfinden, dass Nora, Bill und Enrique die Sturzflut nicht überlebt haben«, sagte sie mit leiser Stimme. »Sie hatten einfach nicht genügend Zeit, um rechtzeitig aus dem Slot-Cañon herauszukommen.«

Sie hielt inne, und Black lauschte dem Rauschen des Wassers und dem Trommeln des Regens.

»Was sollen wir jetzt tun?«, fragte Bonarotti.

Sloane seufzte. »Da unsere Funkgeräte kaputt sind, können wir keine Hilfe rufen. Aber selbst wenn sich eine Rettungsexpedition bereits auf den Weg gemacht haben sollte, würde sie mindestens eine Woche brauchen, bis sie hier wäre. Vielleicht auch länger. Da der einzige Ausgang aus diesem Tal vom Hochwasser blockiert ist, müssen wir warten, bis die Flut wieder sinkt. Wenn es allerdings so weiterregnet wie jetzt, wird das eine ganze Weile dauern.«

Black und Bonarotti hielten sich an ihren Kaffeetassen fest und hörten Sloane niedergeschlagen zu, während Swire ausdruckslos vor sich hin starrte und von dem Geschehenen noch immer wie betäubt zu sein schien.

»Wir haben getan, was wir konnten«, fuhr Sloane fort. »Glücklicherweise hat ein Großteil unserer Ausrüstung die Sturzflut unbeschadet überstanden. Das ist die gute Nachricht.« Sie senkte ihre Stimme. »Die schlechte – die schreckliche – Nachricht ist, dass wir nach Peter Holroyd drei weitere Kollegen verloren haben, darunter die Leiterin unserer Expedition. Ich fürchte, dass wir alle diese Tragödie in ihrem ganzen Ausmaß noch nicht begriffen haben.«

Sloane machte eine kurze Pause. »Wir können nichts tun, um sie wieder lebendig zu machen, aber wir können um sie trauern. Und wir werden viel Zeit haben, um an sie zu denken – Tage, vielleicht sogar Wochen. Ich möchte Sie jetzt bitten, mit mir zusammen ein stilles Gebet für Nora Kelly, Bill Smithback, Enrique Aragon und Peter Holroyd zu sprechen.«

Sie senkte den Kopf, und zwei Minuten lang lag eine tiefe Stille, die nur vom Rauschen des Wassers begleitet wurde, über dem Lagerplatz. Black schluchzte. Trotz all der Feuchtigkeit ringsum fühlte sich seine Kehle schmerzhaft trocken an.

Nach einer Weile blickte Sloane wieder auf. »Gut. Und nun sollten wir uns daran erinnern, wer wir sind und weshalb wir eigentlich hier sind. Wir kamen in dieses Tal, um eine vergessene Stadt zu erforschen und wissenschaftlich zu dokumentieren. Vor ein paar Minuten haben Sie mich gefragt, was wir jetzt tun sollen, Luigi. Auf diese Frage gibt es nur eine Antwort: Solange wir hier sind, müssen wir uns unseren Aufgaben widmen.«

Sie hielt inne und trank einen Schluck Kaffee. »Wir dürfen jetzt nicht demoralisiert die Flinte ins Korn werfen und nur auf Rettung warten, von der wir nicht einmal wissen, ob sie überhaupt kommt. Wir müssen uns beschäftigen, und zwar mit produktiver Arbeit.«

Sloane sprach langsam und überlegt und blickte bei jedem neuen

Satz die anderen an. »Und die produktivste Arbeit haben wir noch vor uns: die wissenschaftliche Untersuchung des Sonnen-Kivas.«

Bei diesen Worten verschwand der abwesende Ausdruck aus Swires Gesicht. Er hob den Kopf und sah Sloane erstaunt an.

»Was heute geschehen ist, war eine Tragödie«, fuhr Sloane, die jetzt rascher sprach, fort. »Aber es liegt an uns zu verhindern, dass das Opfer unserer vier Kollegen völlig sinnlos war. Das Sonnen-Kiva ist der wichtigste Fund dieser ohnehin schon spektakulären Expedition. Es zu erforschen ist der beste Weg, um sicherzustellen, dass Nora, Peter, Enrique und Bill nicht wegen ihres tragischen Todes, sondern wegen ihrer Entdeckungen in Erinnerung bleiben werden.« Sie machte eine kurze Pause und fügte noch hinzu: »Wenn Nora noch am Leben wäre, würde sie mir sicher zustimmen.«

»Meinen Sie wirklich?«, meldete sich Swire plötzlich zu Wort. Erstaunen und Verwirrung in seinem Gesicht waren einem Ausdruck der Verachtung gewichen. »Haben Sie denn schon ganz vergessen, weshalb Sie Nora von Ihren Aufgaben entbunden hat?«

»Sie haben einen Einwand, Roscoe?«, fragte Sloane. Ihr Ton war sanft, doch ihre Augen funkelten.

»Nein, ich habe eine Frage«, erwiderte Swire. »Und zwar betrifft sie den Wetterbericht, den Sie Nora übermittelt haben.«

Black spürte, wie sich vor Angst sein Magen verkrampfte, aber Sloane bedachte den Cowboy, der sie herausfordernd anstarrte, lediglich mit einem ihrer kühlen Blicke. »Was ist damit?«, fragte sie.

»Die Sturzflut kam zwanzig Minuten, nachdem Sie gutes Wetter verkündet hatten.«

Sloane sah Swire gelassen an und nahm absichtlich in Kauf, dass sich eine unangenehme Spannung aufbaute. »Sie müssten eigentlich doch am besten wissen, wie launisch und wie unterschiedlich von Ort zu Ort das Wetter hier draußen sein kann«, sagte sie schließlich in einem merklich kälteren Ton als zuvor.

Black konnte an Swires Gesicht ablesen, wie dessen Überzeugung ins Wanken kam.

»Kein Mensch kann sagen, woher das Wasser so plötzlich kam. Das Gewitter, von dem es stammt, kann weiß Gott wo niedergegangen sein.«

Swire schien ihre Worte erst einmal verdauen zu müssen. Dann sagte er gedämpft: »Aber von da oben, wo Sie waren, hatten Sie einen verdammt guten Überblick.«

Sloane rückte näher an ihn heran. »Wollen Sie damit behaupten, ich sei eine Lügnerin, Roscoe?«

Ihr seidenweicher Ton hatte etwas unterschwellig Bedrohliches, das Swire zurückzucken ließ. »Ich behaupte gar nichts, aber soviel ich weiß, hat Nora Ihnen verboten, das Kiva zu öffnen.«

»Und soviel ich weiß, sind Sie hier lediglich für die Pferde zuständig und für sonst gar nichts«, konterte Sloane eisig. »Im Hinblick auf die Ausgrabung haben Sie nicht das Geringste mitzureden.«

Swire starrte sie zähneknirschend an. Dann stand er unvermittelt auf und entfernte sich ein paar Schritte von der Gruppe.

»Sie haben gesagt, dass man sich an Nora erinnern wird, wenn Sie dieses Kiva öffnen«, sagte er und spuckte aus. »Aber das stimmt nicht. *Sie* werden diejenige sein, an die man sich erinnert, und das wissen Sie verdammt genau.«

Mit diesen Worten verließ er den Lagerplatz und verschwand in dem kleinen Pappelwäldchen.

53

Black zog sich ächzend die letzte Sprosse der Strickleiter hinauf und betrat mit einem kleinen Packsack in der Hand den felsigen Boden von Quivira. Sloane saß bereits auf der Mauer und wartete auf ihn, aber einem Impuls folgend drehte sich Black noch einmal um und ließ den Blick über das Tal schweifen. Es war kaum zu glauben, dass er vor gerade mal vier Stunden auch hier gestanden und auf die Wassermassen der Sturzflut hinabgeschaut hatte. Jetzt waren die Cañon-Wände und der säuberlich aufgeräumte Lagerplatz in das helle Sonnenlicht des Nachmittags getaucht. Die Vögel zwitscherten, und die Luft war kühl und frisch vom Regen. Die einzige Erinnerung an die Katastrophe waren der noch immer Hochwasser führende Fluss, der das kleine Tal wie eine braune Narbe durchschnitt, und die halb in seinen Fluten liegenden Stämme umgestürzter Bäume.

Black wandte sich ab und ging hinüber zu Sloane, die damit begonnen hatte, ihre Ausrüstung noch einmal zu überprüfen. Er bemerkte, dass sie die überzählige Pistole in ihren Gürtel gesteckt hatte. »Wozu brauchst du denn die?«, fragte er, wobei er auf die Waffe deutete.

»Hast du vergessen, was mit Holroyd geschehen ist? Und mit den Pferden?«, entgegnete Sloane, ohne den Blick von ihren Sachen zu nehmen. »Ich möchte keine böse Überraschung erleben, wenn wir das Kiva öffnen.«

Black dachte einen Augenblick nach. »Und was ist mit Swire?«, fragte er.

»Was soll mit ihm sein?«

Black sah sie an. »Er schien mir nicht allzu begeistert von unseren Plänen zu sein.«

Sloane zuckte mit den Achseln. »Der Mann ist für die Pferde angeheuert worden und hat nichts zu vermelden. Wenn unsere Entdeckung erst einmal publik wird und eine Woche lang landesweit in den Schlagzeilen steht – hier im Südwesten bestimmt sogar einen Monat lang –, dann wird er bestimmt nichts mehr dagegen sagen.« Sie nahm Blacks Hand und drückte sie lächelnd.

Bonarotti kam die Strickleiter herauf. Sein großer Revolver hing an seinem Gürtel, und über die rechte Schulter hatte er einen Sack mit Grabgerät geschlungen. Als Sloane ihn sah, ließ sie Blacks Hand los. »Gehen wir«, sagte sie.

Black und Bonarotti folgten Sloane quer über den Hauptplatz in den rückwärtigen Teil der toten Stadt. Black spürte, wie sein Herz rascher zu schlagen begann.

»Glauben Sie wirklich, dass Gold in dem Kiva ist?«, fragte Bonarotti.

Als Black den Koch ansah, bemerkte er in dessen Augen zum ersten Mal so etwas wie eine Gefühlsregung.

»Ja, das glaube ich sehr wohl«, antwortete er. »Alles andere wäre unlogisch. Alle Tatsachen deuten darauf hin.«

»Und was werden wir damit tun?«

»Mit dem Gold?«, fragte Black zurück. »Das muss das Institut entscheiden.«

Bonarotti verstummte, und Black musterte sein Gesicht. Auf einmal wurde ihm klar, dass er keine Ahnung hatte, was in einem Mann wie Bonarotti vorging.

Gleichzeitig gestand er sich ein, dass auch er – trotz seiner hochfliegenden Tagträume über das Kiva – sich nicht ein einziges Mal überlegt hatte, was mit dem darin enthaltenen Gold eigentlich geschehen sollte. Vielleicht würde es im Institut ausgestellt werden, vielleicht würde es wie der Schatz des Tutanchamun in einer Wanderausstellung durch die Museen der Welt touren. Im Grunde genommen war es ja egal, denn allein die Entdeckung des Goldes würde ihn, Aaron Black, weltberühmt machen.

Hintereinander krochen die drei durch Aragons Tunnel und zwängten sich durch den von Black entdeckten Durchgang in die Höhle. Sloane stellte zwei tragbare Lampen auf und beleuchtete damit den von Gesteinsbrocken blockierten Eingang zum Kiva. Dann machte sie ihre Kamera fertig, während sich Black und Bonarotti um die verbleibende Ausrüstung kümmerten. Black bemerkte dabei, dass seine Bewegungen etwas Langsames, fast Andächtiges an sich hatten.

Schließlich drehten sich beide Männer fast gleichzeitig zu Sloane um, die gerade ihre Großbildkamera auf dem Stativ befestigte.

»Ich brauche ja wohl nicht extra auf die eminente Bedeutung dessen hinzuweisen, was wir jetzt gleich tun werden«, sagte sie. »Dieses Kiva ist der größte archäologische Fund dieses Jahrhunderts, und wir werden uns dessen würdig erweisen, indem wir es genau nach dem Lehrbuch öffnen und dabei jeden unserer Schritte exakt dokumentieren. Luigi, Sie schaufeln jetzt bitte ganz vorsichtig den Sand und den Staub vor dem Eingang weg, und du, Aaron, kannst den Steinhaufen abtragen und danach den Eingang stabilisieren. Aber bevor ihr anfangt, möchte ich ein paar Aufnahmen machen.«

Sie stellte die Kamera ein, schob eine Filmkassette hinein und löste aus. Ihre starken Blitzgeräte tauchten das Kiva in grelles Licht. Nachdem Sloane noch ein paar weitere Aufnahmen gemacht hatte, trat sie beiseite und nickte Black und Bonarotti zu.

Während der Italiener schaufelte, besah sich Black den Steinhaufen, der vor dem Zugang zum Kiva aufgeschichtet war. Die lose übereinander gelegten Gesteinsbrocken waren klar erkennbar von keinerlei archäologischer Bedeutung, so dass er sie einfach mit den Händen abtragen konnte, ohne auf zeitraubende Ausgrabungsmethoden zurückgreifen zu müssen. Aber sie waren schwer, und seine Armmuskeln ermüdeten rasch. Obwohl der Steinhaufen fast frei von dem Staub war, der den Rest des Kivas überzog, fiel Black das Atmen schwer, weil Bonarotti mit seiner Schaufelei eine gewaltige Wolke aufwirbelte.

Sloane blieb ein paar Schritte von dem Kiva entfernt stehen und sah den beiden Männern bei der Arbeit zu. Hin und wieder machte sie ein Foto, vermaß Teile des Kivas oder schrieb etwas in ihr Notizbuch. Ab und zu musste sie auch Bonarotti in seinem Arbeitseifer ein wenig bremsen, und als Black einen Stein an die Wand des Kivas knallen ließ, wies sie ihn barsch zurecht. Fast unmerklich hatte sie die Rolle der Leiterin übernommen. Beim Arbeiten dachte sich Black, dass ihn das eigentlich ärgern sollte, denn schließlich war er bei weitem der Erfahrenere und Rangältere von beiden. Aber er war viel zu neugierig auf den Inhalt des Kivas, um sich über solche Kleinigkeiten aufzuregen. *Er* war derjenige gewesen, der als Erster auf die mögliche Existenz eines Sonnen-Kivas hingewiesen und es schließlich auch gefunden hatte. Darauf würde er in den zahlreichen Arbeiten, die er in Zukunft über das Gold der Anasazi veröffentlichen wollte, gebührend hinweisen. Außerdem waren Sloane und er jetzt ein Team und …

Ein schlimmer Hustenanfall riss ihn aus seinen Gedanken. Er trat einen Schritt beiseite und wischte sich mit dem Ärmel seines Hemdes über die Stirn. Die Staubwolke, die Bonarotti mit seiner Schaufelei aufgewirbelt hatte, hing in der Luft wie dicker Nebel, den das Licht der beiden Lampen in langen, schrägen Strahlen durchdrang. Die Szene wäre eines Breughel würdig gewesen. Black schaute hinüber zu Sloane, die in einiger Entfernung auf einem Felsen hockte und ihre Beobachtungen notierte. Sie blickte auf und schenkte ihm ein kurzes, trockenes Lächeln.

Black atmete ein paar Mal tief durch und ging zurück zu dem Steinhaufen, wo er seine Arbeit wieder aufnahm.

Auf einmal hielt er inne. Hinter den Steinen hatte er etwas Rötlichbraunes entdeckt. »Sloane!«, rief er. »Komm doch mal rüber und sieh dir das an.«

Im nächsten Moment war sie bei ihm. Sie wedelte mit den Händen den Staub aus der Luft und machte ein paar Aufnahmen mit der Handkamera. »Hinter den Steinen ist ein Lehmsiegel«, sagte sie, wobei ihre Stimme vor lauter Aufregung eine halbe Oktave höher klang. »Entferne bitte die restlichen Steine, Aaron, aber pass auf, dass du dabei das Siegel nicht beschädigst.«

Jetzt, da der Haufen nicht mehr so hoch war, fiel Black die Arbeit leichter, und nach ein paar Minuten hatte er das Siegel freigelegt. Es war ein großes Quadrat aus Lehm, in das eine linksdrehende Spirale eingeritzt war.

Abermals kam Sloane herbei. »Seltsam«, meinte sie, »dieses Siegel sieht aus, als wäre es ganz frisch. Schau dir das an.«

Black untersuchte das Siegel sorgfältig. Es sah tatsächlich frisch aus – zu frisch, dachte er, um siebenhundert Jahre alt zu sein. Der Steinhaufen vor dem Eingang hatte ihn von Anfang an stutzig gemacht, weil er nicht so recht zu der glatten Struktur des Kivas passte. Außerdem war es seltsam, dass der ansonsten allgegenwärtige Staub nicht auf den Steinen zu finden war. Einen Augenblick lang spürte er, wie sich ihm eine schwere Verzweiflung auf die Brust legte.

»Es ist unmöglich, dass jemand vor uns hier war«, murmelte Sloane.

Dann sah sie hinüber zu Black. »Diese Höhle hier bietet einen extrem guten Schutz vor Einflüssen der Witterung, nicht wahr?«

»Stimmt«, erwiderte Black, dessen Enttäuschung augenblicklich verflog und erneut aufgeflammter Begeisterung Platz machte. »Das wäre eine Erklärung, weshalb das Siegel so frisch aussieht.«

Sloane schoss noch ein paar Fotos und trat dann von dem Eingang zurück. »Fahren wir fort.«

Keuchend vor Anstrengung und Aufregung machte sich Black daran, den Rest des Steinhaufens abzutragen.

54

Hoch über dem von der Sturzflut verwüsteten Cañon von Quivira schien die warme Nachmittagssonne auf das weite, von sanften Erhebungen und flachen Senken übersäte Felsplateau. Knorrige Wacholderbäume, Schachtelhalmsträucher, wilder Buchweizen und purpurfarbene Verbenen wuchsen in dieser merkwürdigen, trockenen Landschaft, die von vielen in den roten Sandstein geschnittenen Furchen durchzogen war. In zahlreichen Kuhlen stand noch das Regenwasser, und hier und da erhoben sich bizarr geformte Felsen. Ihre obere Hälfte bestand aus einem dunkleren Gestein, wodurch sie wie böse Zwerge wirkten, die zwischen den Bäumen am Boden kauerten. Im Osten braute sich ein weiteres, allerdings schwächeres Gewitter zusammen. Doch hier, über dem Plateau von Quivira, standen lediglich kleine, in warmen Farbtönen schimmernde Wolken am blauen Abendhimmel.

In einer der tieferen Rinnen schritten schweigend zwei maskierte, in Fell gehüllte Gestalten. Sie bewegten sich zögernd und verstohlen, als wären sie es nicht gewohnt oder nicht willens, bei Tageslicht im Freien zu sein. Eine der Gestalten blieb kurz stehen, kauerte sich nieder und trank aus einer der wassergefüllten Kuhlen. Dann setzten sich die beiden wieder in Bewegung und gingen zu einem dunklen Schattenfleck unterhalb eines überhängenden Felsens. Dort hielten sie an.

Einer der Skinwalker griff zwischen die Falten seines Pelzes und holte einen kleinen Lederbeutel daraus hervor, wobei die silbernen Conchas an seinem Gürtel leise klingelten. Der Beutel enthielt eine menschliche Schädeldecke, die mit grauen, verschrumpelten Kügelchen gefüllt war. Der zweite Skinwalker nahm eine weitere Schädeldecke sowie eine vertrocknete, entfernt an eine verdrehte menschliche Gestalt erinnernde Wurzel aus einem ähnlichen Beutel und stellte beides neben die erste Schädeldecke in den Sand. Dann stimmten die beiden einen leisen, tremolierenden Gesang an. Während sich dieser an Lautstärke steigerte, schnitt einer der Skinwalker mit einem Messer aus Feuerstein kleine Stücke von der vertrockneten Wurzel ab. Eine mit Streifen aus weißem Ton bemalte Hand griff zärtlich zwischen die grauen Kügelchen und holte nacheinander drei hervor, die sich der Skinwalker durch das Loch in seiner Maske in den Mund schob. Ein lautes Schluckgeräusch war zu vernehmen, dann tat die zweite Gestalt dasselbe. Der Rhythmus des Gesanges beschleunigte sich.

Ein kleines Feuer aus Zweigen wurde entfacht, von dem dünne Rauchfahnen zum Dach des überhängenden Felsens emporstiegen. Eine der Gestalten schnitt die Wurzel in lange, dünne Streifen, die kurz über dem Feuer geräuchert und dann beiseite gelegt wurden. Dann warf die andere eine Hand voll Federn in die Flammen, die sich langsam einrollten, knisterten und verbrannten. Danach wurden mehrere irisierend schimmernde Käfer auf die brennenden Scheite gesetzt, die zitternd starben und verkohlten. Eine der Gestalten nahm sie vom Feuer, legte sie in eine der Schädeldecken und zerstieß sie zu Pulver, das sie mit etwas Wasser aus einer ledernen Feldflasche mischte.

Dann ergriff einer der Skinwalker die Schädeldecke, hob sie in die Höhe und drehte sich nach Norden. Der Gesang wurde noch schneller, und beide tranken von dem Gebräu. Die Streifen der Wurzel wurden nun wieder aufs Feuer gelegt, wo sie in scheußliche Schwaden gelblichen Rauches übergingen. Die beiden Gestalten, die ob des Qualms husten mussten, verneigten sich vor dem Feuer. Der Rhythmus ihres Gesangs steigerte sich zu einem ekstatischen Stakkato, das in seinem auf- und abschwellenden Zittern an das Zirpen von Zikaden erinnerte.

Die Gewitterwolken aus dem Osten kamen näher und warfen einen dunklen Schatten über die Landschaft. Einer der Skinwalker griff ein weiteres Mal in sein zotteliges Fell und warf mehrere Hand voll cremefarbiger Datura-Blüten in die Flammen. Sie welkten rasch dahin und erzeugten einen zarten Rauch, den die beiden Gestalten gierig in ihre Lungen sogen. Ein süßlich-intensiver Geruch wie nach Purpurwinden erfüllte die Luft über dem Plateau. Die Gestalten in ihren Pelzen begannen zuckend zu tanzen, so dass ihre Conchas laut klingelten.

Schließlich blieb einer der Skinwalker stehen, hob die Hand und streute schwarzen Blütenstaub in die vier Himmelsrichtungen: Erst nach Norden, dann nach Süden, dann nach Osten und schließlich nach Westen. Nachdem sie sich den Rest des Trankes aus der Schädeldecke einverleibt hatte, starrte eine der Gestalten hinauf zum Himmel und streckte, während ihr zäher Schleim unter der Gesichtsmaske herausrann, die zitternden Hände in die Luft. Der

Gesang, der langsam einen immer wütenderen Ton angenommen hatte, wurde noch lauter und aggressiver.

Und dann war auf einmal alles still. Die letzten Rauchschwaden waberten über das Plateau, und mit beängstigender Behändigkeit verschwanden die beiden Gestalten in den Furchen der Landschaft. Wie wandernde Schatten huschten sie auf den geheimen Pfad der Priester zu, der vom Plateau hinunter ins Tal von Quivira führte.

55

Roscoe Swire hockte auf einem Felsbrocken und hielt ein zerfetztes Zaumzeug in der Hand. Das Notizbuch mit seinen Gedichten lag unbeachtet auf einem Felsen neben ihm. Der Cowboy war zutiefst aufgewühlt. Nicht weit von ihm entfernt am Ufer des angeschwollenen Flusses stand eine große Pappel, die wegen des Wassers, das an ihren Wurzeln zerrte, schon eine bedenkliche Schräglage aufwies. Lange, dünne Streifen von Treibgut hatten sich an ihren unteren Ästen verfangen.

Swire wusste, worum es sich bei dem Treibgut handelte: Es waren die Gedärme eines Pferdes. Eines seiner Pferde. Da Swire den ausgeprägten Herdentrieb seiner Pferde kannte, war ihm klar, dass die Sturzflut, wenn sie eines von ihnen erwischt hatte, auch alle anderen getötet haben musste.

Das Tal lag bereits im Schatten, doch der Himmel darüber war immer noch schmerzhaft hell. Es kam Swire so vor, als schwebe der Cañon in jener seltsamen Stagnation zwischen Tag und Nacht, wie man sie nur in den tiefsten Schluchten von Utah findet.

Swire sah hinüber zu dem Notizbuch mit seinem Nachruf auf Hurricane Deck, an dem er sich glücklos versucht hatte. Er dachte an das wundervolle Pferd und daran, wie er ihm drei Tage lang hinterhergejagt war. Er gedachte des etwas schwerfälligen, freundlichen und zuverlässigen Arbuckles und all der anderen Tiere, die er auf dieser Expedition verloren hatte. Ein jedes von ihnen hatte seinen eigenen, unverwechselbaren Charakter gehabt, seine Eigenarten und Gewohnheiten. Swire erinnerte sich an all die Touren, die er mit ihnen gemacht hatte ... Er konnte es kaum ertragen.

Und dann wanderten seine Gedanken zu Nora. Mehr als einmal hatte die Frau ihn total wütend gemacht, aber irgendwie hatte er doch immer wieder ihren Mut und ihre Entschlossenheit anerkennen müssen, selbst wenn diese manchmal fast an Leichtsinn gegrenzt hatten. Nora war eines schrecklichen Todes gestorben. Vermutlich hatte sie die Sturzflut noch kommen gehört und genau gewusst, dass ihr Ende nahe war.

Swire schaute sich in dem Tal um, in dem das Rot der Felswände und das Grün der Vegetation eine immer dunklere Färbung annahmen, obwohl der Himmel noch immer ein helles Türkisblau zeigte. Es war ein schönes Fleckchen Erde. Doch hinter dieser Schönheit lauerte das Böse.

Seine Blicke glitten hinauf zur Cañon-Wand, in der sich die Stadt Quivira verbarg. Er konnte kaum glauben, dass die drei anderen jetzt dort oben waren und das Kiva öffneten, als wäre überhaupt nichts geschehen. Sie würden berühmt werden, während an Nora lediglich eine Plakette an irgendeiner Wand des Archäologischen Instituts erinnern würde. Swire spuckte angewidert aus, seufzte und griff nach seinem Notizbuch.

Auf einmal zögerte er und sah sich noch einmal in dem dunkler werdenden Cañon um. Bis auf das Rauschen des Wassers und das Zwitschern der Vögel war alles still. Trotzdem hatte Swire das Gefühl, als würde er von irgendwoher beobachtet.

Langsam nahm er das Notizbuch zur Hand. Er blätterte ein wenig darin herum und tat dann so, als würde er sich auf den Text konzentrieren.

Das Gefühl war immer noch da.

Swires sechster Sinn war von vielen Jahren des Umgangs mit Pferden in wilder, manchmal gar feindseliger Natur geschult. Er hatte gelernt, ihm zu vertrauen, denn oft genug hatte er ihm das Leben gerettet.

Deshalb wanderte Swires rechte Hand nun an seinen Gürtel, und er versicherte sich, dass der Revolver in seinem Halfter steckte. Dann strich er sich über seinen Schnurrbart. Das Gurgeln des Wassers wurde von den Cañon-Wänden vielfach verzerrt und verstärkt zurückgeworfen. Am Himmel erschienen die ersten dunkelgrauen Wolken eines neuen Gewitters.

Beiläufig steckte Swire das Notizbuch in seine hintere Hosentasche und spannte dabei unauffällig den Hahn des Revolvers an seinem Gürtel.

Dann wartete er. Doch nichts geschah.

Swire stand auf, streckte sich ausgiebig und verschaffte sich damit Gelegenheit, sich unauffällig im Cañon umzusehen. Er konnte nichts entdecken. Er wusste zwar, dass auf seinen Instinkt normalerweise Verlass war, aber nach einem harten Tag wie diesem war es durchaus möglich, dass er sich etwas einbildete.

Dennoch spürte er weiterhin, dass außer ihm noch jemand in dem Tal war. Mehr noch, er hatte das Gefühl, als würde ihm irgendetwas geradezu nachstellen.

Swire fragte sich, wer oder was das wohl sein könnte. Bisher hatte er hier weder Wölfe noch Pumas gesehen, und wie hätte heute eines dieser Tiere hierher gelangen sollen, wo doch der Slot-Cañon durch die Flut blockiert war? Vielleicht waren es ja Menschen, die ihn beobachteten. Aber wer? Nora, Smithback und Aragon waren tot, und die anderen befanden sich oben in der Stadt. Und weshalb sollten sie auch ...

Urplötzlich wurde Swire klar, wer es sein musste, der ihn belauerte. Hätten ihn die Geschehnisse dieses Tages nicht so aufgewühlt, wäre es ihm viel früher eingefallen. Es mussten die Bastarde sein, die seinen Pferden die Gedärme aus dem Leib gerissen hatten.

Und jetzt waren sie gekommen, um auch ihn zu töten.

Die in ihm aufsteigende Wut trübte einen Moment lang sein Urteilsvermögen, aber dann machte er sich klar, dass er weder seine Pferde noch Nora, Smithback und Aragon wieder lebendig machen konnte. Aber er vermochte etwas gegen das zu unternehmen, was jetzt hier vor sich ging.

Weil es nicht gut war, ungeschützt am Ufer zu bleiben, schlenderte er mit lässigen Schritten hinaus ins Tal und suchte unauffällig nach einer Stelle, wo er sich besser verteidigen konnte. Oberflächlich betrachtet, sah der Cañon so aus, als wäre alles beim Alten. Trotzdem konnte Swire hier die Gegenwart von jemand anderem noch intensiver spüren als zuvor.

Seine Augen wanderten zu einem kleinen Eichenhain am Ende des Tales. Noch vor zwölf Stunden waren die Bäume fünfzehn Meter vom Wasser entfernt gewesen, jetzt standen sie direkt am Ufer.

Swire nickte langsam. In dem Wäldchen hätte er das Wasser schützend in seinem Rücken, und unter den Bäumen bliebe er vor Blicken von oben verborgen, während er selbst einen Großteil des Tales einsehen und gezielte Schüsse auf etwaige Angreifer abfeuern konnte.

Langsam spazierte er am Wasser entlang und glaubte spüren zu können, wie Blicke aus verborgenen Augen sich in seinen Rücken bohrten. Als er den halben Weg zu dem Wäldchen zurückgelegt hatte, blieb er stehen, spuckte seinen Tabak aus und zog sich die Hose hoch, wobei er unauffällig den Revolver in seinem Halfter lockerte. Es war nur eine 22er Magnum mit langem Lauf, aber er hatte den Vorteil, dass auch rasch hintereinander abgefeuerte Schüsse recht präzise trafen. Für das, was Swire vorhatte, war die Waffe gut.

Swire blieb einen Augenblick im sich langsam verdichtenden Dämmerdunkel stehen. Dies war seine letzte Chance, sich vor Erreichen des Wäldchens noch einmal ausgiebig im Cañon umzusehen. Und er wollte zumindest erahnen, von wo aus man ihn beobachtete. Bei Tageslicht gab es nur wenige Stellen, an denen man sich in dem

Cañon verstecken konnte, doch wenn es dunkel wurde, sah die Sache schon ganz anders aus.

Als er nirgendwo etwas entdecken konnte, spürte Swire, wie sein Instinkt ihm sagte: Hau ab! Bring dich in Sicherheit! Ein paar schwere Regentropfen fielen in den Sand neben ihm. Swires Herz begann rascher zu schlagen. Er war nicht der Mann, der sich vor einer Auseinandersetzung drückte, aber es war schwer, mit jemandem zu kämpfen, von dem man nicht wusste, wer er war und wo er sich befand. Und schließlich bestand ja immer noch die Möglichkeit, dass er sich das alles nur einbildete. Swire rief sich noch einmal ins Gedächtnis, dass er es mit den Mistkerlen zu tun hatte, die seine Tiere auf dem Gewissen hatten. Er dachte an seine Pferde, wie sie mit aufgeschlitztem Bauch und bläulich schimmernden, zu Spiralen angeordneten Gedärmen vor ihm gelegen waren, rituelle Federbüschel in den toten Augen … Was müssen das für Monstren sein, die zu so etwas fähig sind, dachte er.

Swire setzte sich wieder in Bewegung und ging raschen Schrittes auf das Wäldchen zu. Einmal hätte er sich fast umgewandt, aber er hielt sich im letzten Augenblick doch noch zurück. Er durfte nicht zeigen, dass er sich beobachtet fühlte.

Kaum hatte er den Eichenhain erreicht, begab er sich rasch an dessen gegenüberliegendes Ende und drehte sich so, dass er den Fluss im Rücken wusste. Unter den herabhängenden Zweigen war es dunkel, und Wassertropfen fielen ihm auf Kopf und Rücken. Das Rauschen der Fluten war hier lauter als außerhalb des Hains. Es schien von allen Seiten auf Swire einzustürmen und brachte ihn aus dem Konzept. Er schüttelte den Kopf, um wieder klar denken zu können, und trat einen Schritt zurück. Er befand sich jetzt direkt am Rand des Wassers, das zwischen den Stämmen der Bäume laut dahingurgelte. Swire machte noch einen kleinen Schritt zurück, so dass er mit den Absätzen seiner Stiefel bereits im Fluss stand.

Mit einem Anflug von stumpfer, hohler Furcht wurde ihm klar, dass es ein Fehler gewesen war, sich in dieses Wäldchen zu begeben.

Die Dunkelheit brach so rasch über den Cañon herein, dass er jenseits des Dickichts der Bäume nur wenig erkennen konnte. Leicht zitternd stand er da und spürte, wie ihm das kalte Wasser langsam in die Stiefel lief. Mit weit aufgerissenen Augen versuchte er, im rasch abnehmenden Dämmerlicht die einzelnen Baumstämme voneinander zu unterscheiden.

Swire zog seinen Revolver und wartete. Dann machte er einen kleinen Schritt aus dem wirbelnden Wasser heraus, das inzwischen ein wenig gestiegen war. Jetzt, da sich seine Wut auf die Pferdekiller wieder etwas abgekühlt hatte, spürte er nichts weiter als kalte, nackte Angst. Mittlerweile war es zu dunkel, um richtig sehen zu können, und das Rauschen des Flusses war so laut, dass es alle anderen Geräusche übertönte. Das Einzige, was Swire noch blieb, war sein Geruchssinn. Und selbst der arbeitete nicht mehr einwandfrei: Durch einen merkwürdigen Trick seines überreizten Gehirns bildete er sich auf einmal ein, den zarten Duft von Purpurwinden wahrzunehmen.

Dann, plötzlich, sah er, wie sich in den Schatten links von ihm etwas bewegte. Zu spät kam ihm die grässliche Erkenntnis, dass die Killer die ganze Zeit schon in dem Wäldchen gewesen sein mussten, ihn zwischen den Bäumen heraus beobachtet und reglos darauf gewartet hatten, dass er zu *ihnen* kam. Mit einem verzweifelten Schrei hob er seinen Revolver, doch er konnte gerade einen Schuss abfeuern, bevor er einen scharfen Schmerz im Arm verspürte und ihm die Waffe aus der Hand fiel. Im Blitz ihres Mündungsfeuers hatte er schemenhaft ein mattschimmerndes Steinmesser erkennen können, das sich aus der Dunkelheit mit tödlicher Präzision auf ihn zubewegte.

56

Als Black in der Tiefe der verborgenen Höhle vorsichtig die Klinge seines Taschenmessers unter den Rand des Lehmsiegels schob, zitterten ihm die Hände vor Erschöpfung und Aufregung. Er drehte die Klinge so, dass sie möglichst gleichmäßigen Druck auf das Siegel ausübte. Schließlich gab es nach und mit ihm riss ein größeres Stück der Lehmwand ein, mit der der Eingang zum Kiva zugeschmiert war.

»Langsam!«, sagte Sloane, die in ein paar Metern Entfernung hinter ihrer Großbildkamera stand.

Black spähte in das entstandene Loch, aber es war zu klein, um im Inneren des Kivas etwas erkennen zu können. Von draußen, aus der Richtung des Cañons, war leises, gedämpftes Donnergrollen zu vernehmen.

Black musste mehrmals hintereinander husten, und als er sich die Hand vor den Mund hielt, sah er, dass sich in dem ausgehusteten Schleim kleine Schlammstückchen befanden. Angewidert wischte er die Hand an der Hose ab und wandte sich wieder dem Kiva zu. Bonarotti, der gerade mit seiner Arbeit fertig war, eilte ihm zu Hilfe.

Nach einer halben Stunde hatten sie den Haufen so weit abgetragen, dass ein zweites Siegel im unteren Teil des etwa einen Meter hohen Eingangs zum Vorschein kam. Sloane machte ein paar Fotos davon und schrieb etwas in ihr Notizbuch, bevor Black die Messerklinge auch unter das zweite Siegel schob, es vorsichtig von der Mörtelschicht löste und dann beiseite legte. Alles, was sich jetzt noch zwischen ihm und dem krönenden Beweis seiner Theorie befand, war eine Wand aus Lehmziegeln. Er nahm eine Spitzhacke, wog sie in seinen verschrammten Händen und schwang sie in Richtung auf den Eingang des Kivas.

Schon beim ersten Schlag drang die Hacke durch die dünne, aber feste Wand, und mit zwei, drei weiteren Schlägen hatte Black das

Loch so erweitert, dass man in das Kiva hineinblicken konnte. Aufgeregt warf er das Werkzeug beiseite.

Sofort war Sloane an seiner Seite. Sie trat vor die Öffnung, nahm eine Taschenlampe und leuchtete in das von Black geschlagene Loch hinein. Black, der selbst nicht ins Innere des Kivas sehen konnte, bemerkte, wie sich ihr Körper anspannte. Eine ganze Minute, vielleicht noch länger, blieb sie reglos vor der Wand stehen, dann drehte sie sich schweigend um. An ihrem Gesicht war deutlich die Erregung abzulesen. Black nahm ihr die Taschenlampe aus der Hand und trat nun seinerseits an die Öffnung heran.

Der schwache Lichtkegel der kleinen Taschenlampe konnte die Finsternis im Inneren des Kivas kaum erhellen, aber als er ihn herumwandern ließ, spürte Black, wie ihm auf einmal ganz warm ums Herz wurde. Überall glänzendes, schimmerndes Gold ... Wo Black auch hinleuchtete, blitzte es aus dem Kiva gelblich zurück: Vom Boden ebenso wie von der rund um die Wand verlaufenden Steinbank leuchtete ihm der satte, metallene Glanz von vielen goldenen Gegenständen entgegen.

Rasch zog Black die Hand mit der Taschenlampe aus dem Loch. »Brechen wir die Wand ein!«, schrie er. »Das Ding ist voller Gold!«

»Nein, wir arbeiten streng nach Vorschrift«, widersprach Sloane in einem Ton, dessen Überschwänglichkeit ihre Worte Lügen strafte.

Black griff wieder zur Hacke und fuhr fort, das Loch im Eingang zu erweitern. Bonarotti nahm einen zweiten Pickel und drosch damit im selben Rhythmus wie Black auf die harten Lehmziegel ein. Als das Loch einen Durchmesser von etwa sechzig Zentimetern hatte, hörte Black mit der Arbeit auf. Er streckte seinen ganzen Kopf in die Öffnung und schob die Schultern nach. Nachdem er seinen Oberkörper in das Kiva hineingezwängt hatte, leuchtete er dort mit der Taschenlampe umher. Er und Bonarotti hatten so viel Staub erzeugt, dass er nicht viel mehr sah als ein undeutliches, goldfarbenes Flimmern.

Black zog seinen Körper aus dem Loch und warf die Taschenlampe wütend auf den Boden. »Weiter!«, keuchte er.

Draußen in der Stadt übertönte ein weiteres Donnergrollen das Rauschen des Regens, aber Black hörte nichts außer dem Geräusch seiner Hacke und dem Pfeifen seines eigenen Atems. Die Wirklichkeit schien in einen Traum überzugehen, und Black bemerkte auf einmal, dass er keine Empfindung mehr in den Armen hatte.

Das Gefühl, sich in einem Traum zu befinden, wurde stärker, beängstigend stark sogar. Black taumelte ein paar Schritte von dem Kiva weg und versuchte, wieder einen klaren Kopf zu bekommen. Dabei verspürte er eine überwältigende Müdigkeit. Zuerst fiel sein Blick auf Bonarotti, der noch immer mit gleichmäßig abgezirkelten Bewegungen seine Hacke schwang, und dann auf Sloane, die angespannt und erwartungsvoll im Hintergrund stand.

Black hörte ein lautes Poltern und schaute in Richtung Kiva. Durch Bonarottis Hacken war ein so großes Stück Mauer eingebrochen, dass nun eine Person problemlos ins Innere des Kivas kriechen konnte.

Black packte eine von Sloanes elektrischen Lampen und trat auf den Eingang zu. »Aus dem Weg!«, schrie er, wobei er Bonarotti zur Seite schob.

Der Koch trat einen Schritt zurück, ließ seine Hacke fallen und sah Black mit zu schmalen Schlitzen verengten Augen an. Black ignorierte ihn und versuchte mit der Lampe in das Kiva hineinzuleuchten.

»Beiseite! Alle beide!«, herrschte Sloane ihn und Bonarotti von hinten an.

Der Italiener zögerte einen Augenblick, bevor er Sloane Platz machte. Black, den die Kälte in Sloanes Stimme erstaunte, folgte seinem Beispiel.

Sloane schoss eine Serie von Aufnahmen mit der Handkamera, dann hängte sie sich den Apparat um den Hals und nahm Black die Lampe aus der Hand. »Hilf mir«, sagte sie und trat auf das Loch zu.

Black nahm sie bei den Hüften und hob sie hoch, bis sie ihren Oberkörper in die Öffnung schieben konnte. Nachdem sie ins Kiva hineingekrochen war, sah Black den Strahl der Lampe drinnen wie wild über die Decke huschen, bevor er in ein gleichmäßiges, gedämpftes Leuchten überging. Nun zwängte auch er sich durch das Loch und stürzte auf der anderen Seite mit dem Gesicht voran in den Staub, bevor er sich hustend und spuckend wieder aufrappelte. Dabei musste er daran denken, wie Carter auf eine ungleich würdevollere Weise in die Grabkammer von Tutanchamun gelangt war.

Sloane hatte die Laterne in den Staub fallen lassen, wo sie umgekippt auf der Seite lag. Zitternd vor Aufregung packte Black den geschwungenen Handgriff und hob die Lampe in die Höhe. Dabei tat ihm der Arm weh, und jedes Mal, wenn er Atem holte, lief ihm ein seltsames Kribbeln durch die Lunge, das sich fast elektrisch anfühlte. Black bemerkte es kaum. Dies war der Augenblick der größten Entdeckung seines gesamten Lebens.

Auch Bonarotti schob sich jetzt durch das Lob, doch Black schenkte ihm keine Beachtung. Von überall her leuchtete ihm durch die Staubwolken der Glanz von Gold entgegen. Laut schnaufend vor Aufregung beugte er sich vor und berührte vorsichtig das Objekt, das ihm am nächsten stand. Es war eine Schale, die mit einem bräunlichen Pulver gefüllt war.

Als Black das Gefäß in die Hand nahm, wusste er sofort, dass etwas nicht stimmte. Das Metall war auffallend leicht und fühlte sich merkwürdig warm an. Es war anders als Gold. Ganz anders. Black schüttete das Pulver aus der Schale auf den Boden, besah sie sich aus der Nähe und schleuderte sie dann mit einem enttäuschten Schluchzen gegen die Wand des Kivas.

»Bist du wahnsinnig geworden?«, schrie Sloane. »Was machst du denn da?«

Doch Black hörte sie nicht. In einem Anfall wilder Verzweiflung riss er wahllos Gegenstände von der Steinbank des Sonnen-Kivas und ließ sie gleich darauf einfach aus der Hand fallen. Alles hier war falsch. Black geriet ins Straucheln, schlug der Länge nach hin und rappelte sich mit größter Anstrengung wieder auf. Diese abgrundtiefe Enttäuschung seiner bis zum Äußersten gesteigerten Erwartungen war mehr, als er ertragen konnte. Stumpf sah er seine beiden Gefährten an. Bonarotti stand mit staub- und schmutzverschmiertem Gesicht wie angewurzelt neben dem Eingangsloch und wirkte, als habe ihn soeben ein Blitz gestreift.

Sloanes Gesichtsausdruck hingegen erfüllte Black trotz seiner eigenen Bestürzung mit ungläubigem Erstaunen. Weit davon entfernt, seine Verzweiflung zu teilen, wirkte sie so, als habe sie soeben eine tiefe und vollständige Genugtuung erlebt.

57

Es war Nora unmöglich festzustellen, wie viel Zeit vergangen war, als sie einen kühlen Luftzug auf der Stirn spürte und wieder zu Bewusstsein kam. Erst als langsam die Erinnerung an das Geschehene zurückkehrte, wusste sie, wo sie war. Sie holte tief Atem und bemerkte, dass sie unter einem starken, pochenden Kopfschmerz litt.

An ihrem Rücken lag ein schweres, lebloses Etwas, und als Nora sich mit den Beinen strampelnd davon befreien wollte, geriet es in Bewegung und ließ etwas Licht in die kleine Höhle dringen. Anstatt des Brüllens der Sturzflut vernahm Nora von draußen ein dumpf grollendes Beben, das sie bis in ihren Magen hinein fühlen konnte. Vielleicht, dachte sie, dämpfte ja das Wasser in ihren Ohren das Geräusch.

Nur mit Mühe gelang es Nora, sich in der engen Höhle umzudrehen. Als sie es endlich geschafft hatte, sah sie, dass das leblose Etwas hinter ihr Bill Smithback war, der schlaff auf der Seite lag und sich nicht rührte. Sein Hemd war zerfetzt, und trotz des schlechten Lichts bemerkte sie zu ihrem Entsetzen, dass sein Rücken tiefe, blutige Striemen aufwies, die aussahen, als habe ihn jemand mit einer Peitsche brutal gezüchtigt. Während sie sich in die schützende Höhle gezwängt hatten, war die erste Woge der Sturzflut mit ihrer Fracht an Holz und Steinen über sie hinweggerast, und Smithback hatte Nora mit seinem Körper geschützt.

Vorsichtig legte Nora ihr Ohr an Smithbacks Brust und lauschte angestrengt. Sein Herz schlug noch, wenn auch schwach und unregelmäßig. Ohne richtig zu wissen, was sie tat, begann sie ihn sanft auf Hände und Wangen zu küssen. Davon erwachte er und sah sie mit stumpfen, glasigen Augen an. Erst nach einer Weile schien auch er zu begreifen, wo er war. Sein Mund verzog sich, und sein Gesicht verzerrte sich vor Schmerz.

Außerhalb der kleinen Höhle konnte Nora die rasch fließenden Fluten sehen, die eineinhalb Meter unter ihnen an der Felswand leckten. Seit der ersten Flutwelle musste das Wasser wieder gefallen sein. An den kleinen Rinnsalen, die die Wände des Cañons herabrieselten, erkannte Nora, dass es regnete. Und das bedeutete, dass die Flut wieder steigen würde.

Nicht nur in ihrer kleinen Höhle war es dunkel, auch draußen brach schon die Dämmerung herein. Sie und Smithback mussten viele Stunden lang bewusstlos gewesen sein.

»Können Sie sich aufrichten?«, fragte sie Smithback. Das Sprechen bereitete ihr Schwierigkeiten, und an ihren Schläfen verspürte sie stechende Schmerzen.

Smithback zuckte mit den Beinen und atmete schwer. Durch die Bewegung brachen einige seiner Wunden wieder auf, so dass Blut ihm über Bauch und Hüften lief.

Nora half ihm, sich aufzusetzen, und sah erst jetzt, wie schlimm die Verletzungen an seinem Rücken wirklich waren. »Sie haben mir das Leben gerettet«, sagte sie und drückte ihm die Hand.

»Noch nicht ganz«, keuchte Smithback zitternd.

Vorsichtig spähte Nora aus der Höhle hinaus. Ob es vielleicht möglich war, an den Felswänden nach oben zu klettern? Aber das Gestein war wie glatt poliert und wies keinerlei Vorsprünge auf, an denen man sich hätte hochziehen können. Nora verwarf den Gedanken und überlegte. Sie mussten von hier weg, soviel stand fest. Eine Nacht in dieser nassen Felsenhöhle würde Smithback, der jetzt schon an Unterkühlung litt, womöglich nicht überleben. Außerdem konnte das Wasser – beispielsweise durch eine neuerliche Sturzflut – jederzeit wieder ansteigen. Aber es gab keinen Ausweg.

Oder vielleicht doch? Sie konnten sich ins Wasser gleiten lassen und dann aufs Beste hoffen.

Unterhalb der Höhle rauschte die Flut mit starker Strömung, aber ohne großen Wellenschlag zwischen den Wänden des Cañons dahin. Nora beobachtete die mitgeführten Holzstücke und sah, dass sie alle in die Mitte des Stromes trieben. Wenn ihr und Smithback dasselbe gelingen würde, konnten sie sich vielleicht bis ins Tal von Quivira tragen lassen, ohne an den rauen Klippen zu scheuern.

Smithback sah sie an. Als er erriet, woran sie dachte, verzog er das Gesicht.

»Können Sie schwimmen?«, fragte Nora.

Smithback zuckte mit den Schultern.

»Wir binden uns aneinander«, meinte sie.

»Nein«, protestierte Smithback. »Ich würde Sie nur runterziehen.«

»Ihr Pech, dass Sie mir das Leben gerettet haben«, entgegnete Nora. »Jetzt klebe ich an Ihnen wie eine Klette.« Vorsichtig zog sie ihm sein zerfetztes Hemd aus, riss die Ärmel ab und drehte sie zu einem kurzen Strick zusammen. Den band sie um ihr linkes und um Smithbacks rechtes Handgelenk, wobei sie dabei darauf achtete, dass die Knoten ihnen nicht zu sehr ins Fleisch schnitten.

»Das ist doch verrückt ...«, begann Smithback.

»Sparen Sie Ihre Kräfte für später«, entgegnete Nora. »Wir haben nur diese eine Chance. Es wird dunkel, und wir müssen uns beeilen. Wichtig ist, dass wir uns so weit wie möglich in der Mitte des Stromes halten. Das wird angesichts der Enge des Cañons nicht ganz leicht sein. Wenn Sie also einer der Wände zu nahe kommen, stoßen Sie sich so sanft wie möglich ab. Wirklich gefährlich wird es aber erst, wenn wir aus dem Cañon draußen sind. Sobald wir das Tal erreicht haben, müssen wir so rasch wie möglich ans Ufer schwimmen. Sollte uns der Fluss in den nächsten Cañon reißen, ist es um uns geschehen.«

Smithback nickte.

»Sind Sie bereit?«

Smithback nickte abermals. Seine Lippen waren weiß, seine Augen zu schmalen Schlitzen verengt.

Die beiden warteten, bis die Flut ein wenig abnahm. Nora sah Smithback noch einmal an und ergriff entschlossen seine Hand. Einen kurzen Augenblick zögerten sie noch, dann ließen sie sich gemeinsam ins Wasser gleiten.

Noras erste Empfindung war die einer alle Sinne betäubenden, eisigen Kälte; erst danach spürte sie das Zerren der Flut. Es war stärker, als sie gedacht hatte, viel stärker sogar. Während sie und Smithback von der gewaltigen Strömung weggetragen wurden, wurde ihr klar, dass es unmöglich war, in eine bestimmte Richtung zu steuern. Sie konnten lediglich versuchen, die Kollision mit den mörderischen Felswänden zu verhindern, denen sie bisweilen auf Zentimeter, ja auf Millimeter nahe kamen. Das Wasser schäumte und brodelte und war voller Holz und anderer Pflanzenteile, die wie hysterisch um Nora und Smithback herumtanzten. Von unten schlugen ihnen Kieselsteine und Felsbrocken an die Beine, und einmal prallte der knorrige Wurzelstock eines Baumes Nora an die Schulter.

Bereits nach einer Minute sah Nora das Ende des Cañons vor sich auftauchen. Es war ein vertikaler, grau schimmernder Spalt in der vom Wasser durchschäumten Dunkelheit. Sie kam einer der Felswände gefährlich nahe, so dass sie sich mit den Füßen abstoßen musste. Kurz darauf rauschten sie und Smithback auf einem riesigen Schwall Wasser aus dem Cañon hinaus und wurden in ein tiefes Becken am Fuß des Geröllhangs gespült. Nora zog verzweifelt an dem improvisierten Strick, der sie mit dem Journalisten verband, und kurz darauf wirbelten sie beide an die Wasseroberfläche.

Als Nora sich prustend und spuckend umsah, erkannte sie zu ihrem Entsetzen, dass sie bereits den halben Weg durch das Tal zurückgelegt hatten. Binnen weniger Sekunden würden sie den Felsspalt am Ende erreichen, durch den die Flut laut gurgelnd in den nächsten Slot-Cañon verschwand. Nora fing an, mit verzweifelten Bewegungen herumzurudern, und wurde dabei in einen Strudel gezogen, der sie in die Nähe des Ufers wirbelte.

Auf einmal spürte sie, wie etwas Hartes an ihren Rippen entlangschrammte. Sie griff nach unten. Es war ein Wacholderbusch, an dem sie sich mit ihrer freien Hand jetzt festhielt. So konnte sie verhindern, dass der Strudel sie und Smithback wieder in die Mitte des Stromes drehte. Vorsichtig tastete sie sich an den Zweigen des Busches nach unten und suchte nach einem dickeren Ast. Die Strömung zerrte erbarmungslos an ihr.

»Wir sind auf einem Busch gelandet«, rief Nora Smithback zu, der ihr durch ein Nicken signalisierte, dass er sie verstanden hatte.

Nora brachte sich in eine stabile Lage und blickte zum Ufer. Es war nicht weiter als fünfzehn Meter von ihnen entfernt, aber in Anbetracht der Tatsache, dass sie nicht gegen die Strömung anschwimmen konnten, hätten es auch fünfzehn Kilometer sein können.

Nora schaute flussabwärts und sah einen Baumwipfel aus dem Wasser herausragen. Die Strömung, die an ihm zerrte, versetzte ihn in ein rhythmisches Zittern. Ein Stück dahinter entdeckte Nora einen weiteren Baum. Gesetzt den Fall, die Wurzeln dieser Bäume waren vom Wasser noch nicht zu sehr gelockert, konnten sie sich vielleicht von einem zum anderen treiben lassen und so das seichtere Wasser in der Nähe des Ufers erreichen.

»Wollen wir auf ihn losschwimmen?«, fragte Nora und deutete auf den ersten der Bäume.

»Hören Sie auf, mir solche Fragen zu stellen. Ich war schon immer wasserscheu.«

Nora stieß sich in die Strömung, machte ein paar Schwimmbewegungen und packte den Baum, so fest sie konnte. Als sie einen guten Griff hatte, zog sie Smithback ebenfalls heran. Auch den nächsten Wipfel erreichte sie auf diese Weise. Erst als sie wieder festen Boden unter den Füßen hatte, bemerkte sie, dass Smithback kaum mehr den Kopf über Wasser halten konnte. Langsam krabbelte sie ans Ufer, das sehr nahe an das Pappelwäldchen herangerückt war, und half dann Smithback aus dem Fluss. Erschöpft ließen sich die beiden auf den Boden fallen, der mit angeschwemmtem Holz übersät war. Smithback atmete unregelmäßig und stöhnte, als ob er starke Schmerzen habe. Nora band den improvisierten Strick von ihren Handgelenken los, hustete das Wasser aus ihrer Lunge und legte sich keuchend auf den Rücken.

Auf einmal sah sie einen Blitz zucken, dem Sekundenbruchteile später ein scharfer Donnerschlag folgte. Ein Gewitter stand offenbar direkt über dem Cañon. Wieder musste Nora an den Wetterbericht denken, den Sloane ihr übermittelt hatte. Es war schönes Wetter vorhergesagt worden. Wie hatten sich die Meteorologen nur so gründlich irren können?

Der Regen wurde stärker. Nora setzte sich auf und blickte in die Richtung, wo sie vorhin den Lagerplatz gesehen hatte. Zunächst konnte sie nicht sagen, was sie daran so seltsam fand, aber dann fiel es ihr wie Schuppen von den Augen: Die Zelte, die sie am Morgen für den Abmarsch abgebaut hatten, waren wieder aufgestellt worden und die Ausrüstungsgegenstände hatte man sorgfältig mit wasserdichten Planen vor dem Regen geschützt.

Ist ja eigentlich irgendwie logisch, dachte sie. Jetzt, da der Slot-Cañon voller Wasser war, konnte man das Tal längere Zeit nicht verlassen.

Und dennoch war niemand im Lager zu sehen.

Hatten die anderen etwa Zuflucht in der Stadt gesucht? Aber

warum waren sie jetzt, da die eigentliche Sturzflut vorbei war, nicht wieder ins Lager zurückgekehrt?

Nora blickte hinüber zu Smithback, der auf dem Bauch lag. Von seinem Rücken rann mit Blut vermischtes Wasser in den Sand. Er war verletzt, aber wenigstens war er noch am Leben. Aragon hatte weniger Glück gehabt. Nora musste Smithback so rasch wie möglich in ein Zelt bringen, damit er sich trocknen und aufwärmen konnte.

»Können Sie gehen?«, fragte sie ihn.

Smithback schluckte schwer und nickte. Nora half ihm beim Aufstehen. Während er sich erschöpft an ihr festhielt, machte er ein paar schwankende Schritte.

»Nur noch ein kurzes Stück«, murmelte sie.

Halb führte, halb schleppte Nora den Journalisten in das verwaiste Lager. Dort legte sie ihn ins Sanitätszelt. Aus dem Verbandskasten nahm sie Schmerztabletten, eine antibiotische Salbe und ein paar Mullbinden. Dann hielt sie kurz inne und streckte den Kopf aus dem Zelt, um sich noch einmal umzusehen. Abermals war sie erstaunt, dass niemand im Lager war. Ob die Sturzflut die anderen alle mit sich fortgerissen hatte? Aber das war unmöglich, denn schließlich musste ja irgendjemand die Zelte wieder aufgestellt haben. Und zumindest Sloane und Swire mussten nach den ersten Anzeichen gewusst haben, was auf sie zukam. Sie hatten bestimmt dafür gesorgt, dass sich alle in Sicherheit brachten.

Nora öffnete den Mund, um nach den anderen zu rufen, unterließ es dann aber. Irgendein vages Gefühl, das sie nicht recht verstand, bedeutete ihr, besser still zu bleiben.

Nora zog den Kopf ins Zelt zurück und wandte sich Smithback zu.

»Wie geht es Ihnen?«, fragte sie leise.

»Großartig!«, presste der Journalist hervor.

Als Nora Smithbacks Haare sah, die ihm klitschnass an der Stirn klebten, spürte sie eine Welle der Zuneigung in sich aufsteigen. »Meinen Sie, Sie können sich noch einmal bewegen?«, fragte sie.

»Wieso?«
»Weil ich finde, dass wir von hier fort sollten.«
Smithbacks braune Augen sahen sie fragend an.
»Irgendetwas stimmt hier nicht«, erklärte sie. »Und egal, was es auch ist, ich würde es mir lieber aus der Ferne betrachten.« Sie gab ihm ein paar Schmerztabletten und reichte ihm eine Feldflasche mit Wasser. Dann begann sie die schlimmen Wunden an seinem Rücken zu verbinden. Smithback biss die Zähne zusammen. Er protestierte nicht.
»Wieso beschweren Sie sich eigentlich nicht?«, wollte Nora wissen.
»Keine Ahnung«, knurrte er. »Wahrscheinlich bin ich noch immer vom kalten Wasser betäubt.«
Smithback zitterte am ganzen Körper, seine Stirn war feuchtkalt. Er steht unter Schock, dachte Nora. Der Regen draußen nahm nun ständig an Stärke zu, und der Wind rüttelte an den Wänden des Zeltes. Bei diesem Wetter konnte sie den verletzten Smithback nirgendwo hinbringen.
»Bleiben Sie liegen«, sagte Nora und packte Smithback vorsichtig in einen Schlafsack ein. »Ich will sehen, ob ich Ihnen nicht etwas Warmes zu trinken machen kann.« Sie fuhr ihm mit der Hand zärtlich über die Wange und kroch aus dem Zelt.
Als sie schon fast draußen war, hörte sie, wie Smithback ihr mit schwacher Stimme nachrief. »Nora!«
»Ja?«, fragte sie und drehte sich um.
Smithback sah sie an. »Nora«, wiederholte er. »Wissen Sie, nach all dem, was zwischen uns geschehen ist ... Nun, ich würde Ihnen gerne sagen, wie ich mich fühle.«
Sie starrte ihn an. Dann kroch sie zurück neben ihn und nahm seine Hand in die ihre. »Und?«
Seine Lippen verzogen sich zu einem schwachen Lächeln. »Ich fühle mich wie ein Stück Scheiße«, hauchte er mit trockener Stimme.

Nora schüttelte den Kopf und musste lachen. »Sie sind einfach unverbesserlich, Bill!« Dann beugte sie sich über ihn und küsste ihn zweimal hintereinander sanft und zärtlich auf die Lippen.

»Bitte, Frau Chefin, mehr davon«, murmelte Smithback.

»Jetzt nicht, du Frechdachs«, entgegnete Nora lächelnd und verließ das Zelt. Nachdem sie den Eingang von außen verschlossen hatte, ging sie mit eingezogenem Kopf durch den Regen hinüber zu Bonarottis Vorratszelt.

58

Sloane Goddard stand im Halbdunkel des Kivas und blickte auf die Reihen schimmernder Gefäße. Lange Zeit konnte sie gar nichts anderes mehr wahrnehmen. Es kam ihr vor, als bestünde die Welt nur noch aus diesem eng begrenzten Raum. Während sie verzückt vor sich hin starrte, vergaß Sloane Holroyds Tod, die Sturzflut, Noras, Aragons und Smithbacks Ende und auch die Pferdekiller, die irgendwo da draußen herumschlichen.

Bisher hatte man nur sehr wenige Scherben Schwarz-auf-gelb-Goldglimmerkeramik gefunden, und dass sie jetzt dutzende von vollkommen intakten Gefäßen in diesem Stil vor sich sah, kam Sloane einer Offenbarung gleich. Die Stücke waren von einer geradezu transzendentalen Schönheit und bei weitem die exquisitesten Tongefäße, die Sloane in ihrem ganzen Leben je gesehen hatte. Jedes einzelne war von seinem Schöpfer perfekt geformt und danach mit glatten Steinen zu diesem sinnlichen Glanz poliert worden. Die Stücke bestanden aus einem speziellen Ton, der beim Brennen ein intensives Gelb annahm, aber ihren unnachahmlichen, wie von innen heraus leuchtenden Schimmer erhielten sie dadurch, dass man ihnen fein zermahlenen Goldglimmer beigemengt hatte. Als Sloane die unzähligen Schüsseln, Becher und Töpfe, die buckligen Figuren und die Schädel betrachtete, die alle aus diesem unvergleichlichen Material geformt waren, hatte sie das Gefühl, etwas sehr viel Schöneres und Wertvolleres als Gold vor sich zu haben. Diese Keramik hatte eine Wärme und Lebendigkeit, die dem kalten Metall völlig abging. Jedes einzelne Stück war mit unglaublich kunstfertigen geometrischen Linien oder Tiermustern verziert, unter denen keines der zahlreichen Piktogramme der Anasazi fehlte.

Genau so hatte Sloane sich den Inhalt des Sonnen-Kivas vorgestellt: als einen Hort jener Goldglimmerkeramik, deren Erforschung sich ihr Vater seit über dreißig Jahren verschrieben hatte. Akribisch hatte er den Fundort jeder einzelnen Scherbe genauestens festgehalten, hatte mögliche Handelsrouten für diese Töpferwaren erforscht und vergeblich nach ihrem Herstellungsort gesucht. Weil es nur so wenige Scherben gab, hatte ihr Vater die Theorie aufgestellt, dass diese Töpferwaren der wertvollste Besitz der Anasazi gewesen sein mussten und dass man sie an einem zentralen, höchstwahrscheinlich geheiligten Ort aufbewahrt habe. Nachdem er sämtliche Fundstellen miteinander verglichen hatte, war er zu dem Schluss gelangt, dass sich dieser Ort in dem Labyrinth von Cañons in der Nähe des Kaiparowits-Plateaus befinden müsse, eben dort, wo sie sich jetzt aufhielt. Eine Weile hatte ihr Vater sogar davon geträumt, selbst nach diesem Ort zu suchen, aber dann hatte er eingesehen, dass er zu alt und zu krank dazu war. Erst als er von Noras Idee und dem Brief ihres Vaters erfahren hatte, war neue Hoffnung in ihm aufgekeimt. Sofort war ihm klar gewesen, dass Quivira, sofern es überhaupt existierte, der Hort dieser fantastischen Keramik sein musste. Diese Meinung war natürlich rein spekulativ gewesen – viel zu spekulativ, als dass ein Mann in seiner Position sie veröffentlichen oder auch nur zur Diskussion stellen hätte können. Stattdessen hatte er eine Expedition losgeschickt und dafür gesorgt, dass seine Tochter, die er in seine Überlegungen eingeweiht hatte, daran teilnahm.

Sloane wusste, dass sie die Angelegenheit eigentlich unter vier Augen mit Nora hätte besprechen müssen, sobald sie die Stadt gefunden hatten. Dann hatte sie es aber doch unterlassen, Nora auf die große Entdeckung aufmerksam zu machen, die möglicherweise vor ihr lag, denn Nora hatte sich als Entdeckerin von Quivira ja ohnehin schon ihren Platz in der Geschichte der Archäologie gesichert. Darüber hinaus hatte es Sloane die ganze Expedition über gewurmt, dass sie die Befehle einer Assistentin entgegennehmen musste, die nicht einmal eine feste Stelle am Institut hatte und eine derartige Unternehmung eigentlich gar nicht hätte leiten dürfen. Am Ende hätten womöglich Nora und Sloanes Vater den ganzen Ruhm eingeheimst und sie wäre leer ausgegangen. Sloane empfand diese Aufgabenverteilung als ein weiteres Beispiel für die Gedankenlosigkeit ihres Vaters, für seinen Mangel an Vertrauen in sie.

Jetzt war alles ganz anders gekommen. Wenn Nora nicht so selbstsüchtig und unbelehrbar diktatorisch gewesen wäre, dann hätte sie kein so schreckliches Ende gefunden. Nun aber hatte es das Schicksal so gewollt, dass Sloane die Entdeckerin dieser fantastischen Keramik war. *Ihr* Name würde für immer mit diesem Kiva verknüpft werden, ganz egal, ob sie nun die Expedition geleitet hatte oder nicht. Und Black, Nora und ihr Vater würden höchstens in einer Randbemerkung Erwähnung finden.

Langsam kehrten Sloanes Gedanken wieder in die Gegenwart zurück. Aus dem Augenwinkel sah sie, wie Bonarotti stumm und enttäuscht zu dem Loch trottete, das er zusammen mit Black in die Wand des Kivas geschlagen hatte. Er kletterte in die Kaverne und verschwand aus ihrem Gesichtsfeld.

Noch einmal ließ Sloane den Blick über den unglaublichen Reichtum an Töpferwaren gleiten, bis sie auf ein großes Loch im Boden des Kivas stieß, das sie bisher noch nicht bemerkt hatte. Es sah so aus, als wäre es erst vor kurzem ausgehoben worden, was aber eigentlich nicht sein konnte. Wer außer ihnen hätte denn in den vergangenen siebenhundert Jahren hier drinnen in diesem Kiva gewesen sein sollen? Und wer würde an so einem Ort ein paar hundert Pfund Staub aus der Erde graben, anstatt sich um einen der reichsten Schatzfunde in der Geschichte Nordamerikas zu kümmern?

Aber ihre Freude war viel zu groß, als dass Sloane lange über diese Frage nachgedacht hätte. Aufgeregt wandte sie sich an Black, den armen Aaron Black, dessen kindische Goldgier ihm sämtlichen archäologischen Sachverstand geraubt hatte. Natürlich hatte Sloane ihn in seinem Glauben gelassen, denn sie hatte seine Unterstützung ja dringend gebraucht. Außerdem würde Black, wenn er erst einmal seine Enttäuschung und die Scham über seine Verblendung überwunden hatte, sicherlich erkennen, dass dieser Fund erheblich wertvoller war als jeder Goldschatz.

Als sie Black im blassen Licht der Laterne ansah, erschrak sie. Der sieht fürchterlich aus, dachte sie. Der Mann war nur noch Haut und Knochen, und seine stark geröteten, tränenden Augen, die sie aus einem müden, staubverkrusteten Gesicht heraus verständnislos anglotzten, erinnerten sie einen entsetzlichen Augenblick lang an die des sterbenden Peter Holroyd, als er, starr vor Fieber und Todesangst, in dem Raum neben der Grabmulde gelegen war.

Black, dem der Unterkiefer schlaff herabhing, machte ein paar schwankende Schritte auf sie zu. Dann griff er nach einer der Schalen, zog eine Kette mit golden schimmernden Tonperlen daraus hervor und hielt sie Sloane vor die Nase. »Keramik«, sagte er enttäuscht.

»Ja, Aaron, *Keramik*«, entgegnete Sloane. »Ist das nicht wunderbar? Diese Schwarz-auf-gelb-Goldglimmerkeramik hat uns Archäologen hundert Jahre lang nichts als Rätsel aufgegeben.«

Black starrte auf die Kette und blinzelte, als würde er sie gar nicht richtig wahrnehmen. Dann hob er sie langsam in die Höhe und legte sie Sloane mit zitternden Händen um den Hals. »Gold«, krächzte er und schwankte immer mehr. »Ich hätte dich so gerne mit Gold geschmückt.«

»Aber Aaron, begreifst du denn nicht«, sagte Sloane mit Nachdruck. »Das hier ist doch viel mehr wert als Gold! Diese Keramik ist eine Sensation, ein Fund, wie man ihn ...«

Sie verstummte abrupt. Blacks Gesicht verzerrte sich zu einer grauenhaften Grimasse, während er sich die Hände an die Schläfen presste. Sloane wich unwillkürlich einen Schritt zurück. Blacks Beine begannen unkontrolliert zu zucken, und er taumelte rückwärts an die Innenwand des Kivas, von wo er langsam hinab auf die Steinbank rutschte.

»Aaron, du bist krank«, sagte Sloane, die spürte, wie sich auf einmal aufkeimende Panik in ihren Triumph mischte. Das darf doch nicht wahr sein, dachte sie. Nicht jetzt.

Black gab keine Antwort. Er versuchte sich mit den Armen an der Bank abzustützen, um wieder auf die Beine zu kommen. Dabei warf er einige Gefäße zu Boden, die zerbrachen.

Sloane trat energisch auf ihn zu und packte in bei der Hand. »Aaron, hör mir zu. Ich gehe jetzt hinunter ins Sanitätszelt und hole dir ein Medikament. Du wartest hier so lange auf mich. Mach dir keine Sorgen, ich bin gleich wieder da.«

Sloane eilte zu dem Loch in der Wand und kletterte aus dem Kiva. Draußen klopfte sie sich den Staub von der Hose und hetzte im Laufschritt zum Ausgang der Höhle, wo sie durch den Tunnel hinaus in die stille Stadt krabbelte.

59

Nora kniete sich neben Smithback und steckte die Taschenlampe, die sie aus einem der Packsäcke geholt hatte, in ihre hintere Hosentasche. Dann reichte sie dem Journalisten eine Tasse heiße Fleischsuppe, die sie ihm draußen vor dem Zelt auf einem kleinen Gaskocher zubereitet hatte. Nachdem Smithback die Suppe getrunken hatte, half Nora ihm beim Hinlegen, machte seinen Schlafsack zu und breitete noch eine Wolldecke über ihn, damit ihm auch wirklich warm wurde. Zuvor hatte sie ihm die nassen Sachen aus- und trockene angezogen und dabei festgestellt, dass er langsam aus seinem Schockzustand herauskam. Trotzdem war es in Anbetracht des Regens, der immer noch heftig auf das Zelt trommelte, nicht ratsam, Smithback woanders hin zu bringen. Was er ihrer Meinung nach jetzt am meisten brauchte, war Schlaf. Sie warf einen Blick auf die Armbanduhr, die jemand an die Firststange des Zeltes gehängt hatte. Es war kurz nach neun Uhr abends. Nora wunderte sich, warum noch niemand von den anderen ins Lager zurückgekehrt war.

Sie dachte wieder an die Sturzflut. Die Gewitterfront, die sie verursacht hatte, musste riesengroß und beängstigend gewesen sein. Es war kaum zu glauben, dass jemandem, der oben am Rand des Cañons gestanden hatte, eine derartige Wolkenwand entgangen sein konnte ...

Sie richtete sich rasch auf. Smithback sah sie mit einem matten Lächeln an. »Danke«, sagte er.

»Versuch zu schlafen«, erwiderte sie. »Ich gehe hinauf in die Stadt.«

Er nickte, und schon fielen ihm die Augen zu. Nora nahm die Taschenlampe und schlüpfte aus dem Zelt hinaus in die Dunkelheit. Dort knipste sie die Lampe an und folgte ihrem Schein bis ans untere Ende der Strickleiter. Ihr Körper tat ihr überall weh. Sie hatte sich noch nie in ihrem Leben so müde gefühlt. Teils war sie gespannt auf das, was sie oben in der Stadt vorfinden würde, teils hatte sie auch Angst davor. Aber jetzt, da sie Smithback versorgt hatte und wusste, dass ein Verlassen des Tales unmöglich war, blieb ihr als Leiterin der Expedition keine andere Wahl, als nachzusehen, was in Quivira los war.

Die Regentropfen blitzten im gelblichen Strahl der Taschenlampe wie zuckende Lichtstreifen. Als Nora sich der Felswand näherte, sah sie, wie gerade jemand die letzten Sprossen der Leiter herabkletterte und in den Sand am Fuß der Klippe sprang. Die schlanke Silhouette und die anmutigen Bewegungen ließen keinen Zweifel, um wen es sich handelte.

»Sind Sie das, Roscoe?«, hörte sie Sloanes Stimme rufen.

»Nein«, antwortete Nora. »Ich bin es!«

Sloane erstarrte.

Nora trat auf sie zu und leuchtete ihr mit der Taschenlampe ins Gesicht. Was sie sah, war nicht Erleichterung, sondern Schrecken und Verwirrung.

»*Sie!*«, keuchte Sloane.

Nora glaubte Bestürzung, ja sogar Verärgerung aus ihrer Stimme heraushören zu können. »Was geht hier vor?«, fragte sie, wobei sie versuchte, sich unter Kontrolle zu halten.

»Wie sind Sie ...«, setzte Sloane an.

»Ich habe Ihnen eine Frage gestellt. Was geht hier vor?« Instinktiv trat Nora einen Schritt zurück. Und erst dann bemerkte sie die Kette, die Sloane um den Hals trug: Sie bestand aus dicken Tonperlen, die ganz offenbar aus der Zeit der Anasazi stammten und im Licht der Taschenlampe gelblich schimmerten – wie Goldglimmer.

Als Nora die Kette sah, verwandelte sich ihre schwelende Befürchtung in grimmige Gewissheit. »Sie haben es getan, nicht wahr?«, flüsterte sie. »Sie haben das Kiva wirklich aufgebrochen.«

»Ich ...«, begann Sloane, doch ihr versagte die Stimme.

»Sie haben gegen meine ausdrücklichen Anweisungen das Kiva geöffnet, Sloane«, wiederholte Nora. »Können Sie sich überhaupt vorstellen, was das Institut dazu sagen wird? Was Ihr Vater dazu sagen wird?«

Sloane antwortete noch immer nicht. Sie schien wie vor den Kopf gestoßen, als ob sie Noras Anwesenheit weder begreifen noch akzeptieren könne. Sie sieht aus, als wäre ihr ein Geist erschienen, dachte Nora.

Und dann wurde ihr schlagartig klar, dass es sich für Sloane auch genau so verhielt. »Sie haben wohl nicht damit gerechnet, mich jemals wieder lebend zu Gesicht zu bekommen, stimmt's?«, fragte sie mit ruhiger Stimme, obwohl sie am ganzen Körper zitterte.

Immer noch stand Sloane wie angewurzelt vor ihr.

»Es geht um den Wetterbericht, nicht wahr?«, sagte Nora. »Sie haben mir einen falschen Wetterbericht gegeben.«

Auf einmal schüttelte Sloane heftig den Kopf. »Nein ...«, stammelte sie.

»Zwanzig Minuten nachdem Sie von oben zurück waren, rollte die Sturzflut heran«, schnitt Nora ihr das Wort ab. »Das Wasser kam vom Kaiparowits-Plateau, über dem eine gigantische Gewitterfront am Himmel gestanden haben muss. Und Sie haben sie gesehen.«

»Sie können ja den Wetterbericht überprüfen, wenn wir zurückkommen. Bestimmt gibt es beim Sender ein Archiv ...«

Nora hörte kaum, was Sloane sagte, denn sie hatte auf einmal wieder Aragon vor Augen, wie ihn die Wassermassen an den Wänden des Slot-Cañons in Stücke rissen.

Sie schüttelte den Kopf. »Nein«, sagte sie schließlich. »Ich glaube kaum, dass ich das tun werde. Ich werde mir stattdessen die Satellitenaufnahmen von heute Vormittag ansehen. Und ich weiß genau, was ich auf denen finden werde: einen gewaltigen Gewittersturm, der sich über dem Kaiparowits-Plateau zusammenbraut.«

Als Sloane das hörte, wurde sie kreidebleich im Gesicht. Regentropfen liefen ihr über ihre hohen Backenknochen. »Nora, hören Sie mich an. Möglicherweise habe ich nicht in die richtige Richtung geschaut. Ich habe die Wolken nicht gesehen, das müssen Sie mir einfach glauben!«

»Wo ist Black?«, fragte Nora unvermittelt.

Sloane hielt inne. Die Frage schien sie zu erstaunen. »Oben in der Stadt«, antwortete sie.

»Was meinen Sie, dass er sagen wird, wenn ich ihn zur Rede stelle? Er war schließlich mit Ihnen dort oben.«

Sloanes Augenbrauen zogen sich zusammen. »Es geht ihm nicht gut und ...«

»Und Aragon ist tot«, unterbrach sie Nora, die den Zorn in ihrer Stimme kaum mehr verbergen konnte. »Sie wollten das Kiva aufbrechen, Sloane, und dazu war Ihnen jedes Mittel recht. Selbst wenn Sie dazu einen *Mord* begehen mussten!«

Das hässliche Wort hing zwischen ihnen in der regenschweren Luft.

»Sie werden ins Gefängnis müssen, Sloane«, sagte Nora. »Und sollten Sie jemals wieder herauskommen, dann werden Sie nie wieder Arbeit als Archäologin finden. Dafür werde ich sorgen.«

Nora blickte Sloane in die Augen und bemerkte, dass sich ihr Entsetzen und ihre Verwirrung irgendwie verwandelten.

»Das können Sie nicht tun, Nora«, sagte sie leise und eindringlich. »Das dürfen Sie nicht.«

»Und ob ich das kann. Sie werden schon sehen.«

Ein Blitz zuckte aus dem Himmel, fast augenblicklich gefolgt von einem gewaltigen Donnerschlag. Als Nora sich schützend die Hand vor die Augen hielt und nach unten blickte, sah sie an Sloanes Gürtel eine Waffe aufblitzen. Sloane, die Noras Blick bemerkt hatte, hob den Kopf und atmete scharf ein. Ihr Unterkiefer schob sich vor. Nora konnte an ihrem Gesicht erkennen, wie sich in ihren Gedanken langsam ein Entschluss formte. »Nein«, murmelte sie.

Sloane sah ihr unverwandt in die Augen.

»Nein!«, wiederholte Nora mit lauterer Stimme und trat einen Schritt zurück in die Dunkelheit.

Langsam und zögernd glitt Sloanes Hand zu der Waffe hinab.

Unvermittelt schaltete Nora die Taschenlampe aus und stürzte davon.

Das Lager war etwa hundert Meter entfernt, bot aber keinen Schutz, und der Weg zur Strickleiter war durch Sloane blockiert. Auf die andere Seite des Tales konnte Nora aber auch nicht gelangen, denn dazu hätte sie durch den Hochwasser führenden Fluss schwimmen müssen. Es blieb ihr also nur noch eine einzige Möglichkeit offen: Sie musste sich am anderen Ende des Tales verstecken.

Beim Rennen schossen Nora die Gedanken nur so durch den Kopf. Sloane, das war ihr klar, konnte nicht verlieren. Sie hatte verhindert, dass sie Quivira verlassen musste, ohne das Kiva vorher geöffnet zu haben. Und jetzt würde sie auch verhindern, dass Nora sie in Schimpf und Schande zurück in die Zivilisation brachte, wo sie eine Anklage wegen Mordes erwartete. Wieso habe ich sie nur so provoziert?, fragte sich Nora voller Wut auf sich selbst. Wie konnte ich bloß so blöd sein? Sie hatte, indem sie Sloane auf ihre düstere Zukunft aufmerksam gemacht hatte, praktisch ihr eigenes Todesurteil unterschrieben.

So rasch es ihr in der Dunkelheit möglich war, hastete Nora am Rand der Klippe entlang auf den Felsrutsch am Ende des Tales zu. Immer wieder zuckten Blitze über den Himmel und beleuchteten für Sekundenbruchteile ihren Weg. Als sie an dem Geröllhang angelangt war, kletterte sie ihn hinauf und suchte zwischen den Felsblöcken nach einem Versteck. Dabei wagte sie es nicht, die Taschenlampe einzuschalten. Auf halber Höhe den Hang hinauf fand sie, wonach sie gesucht hatte: ein schmales Loch, das gerade groß genug war, um einen menschlichen Körper aufzunehmen. Sie kroch hinein, so tief es ging, und kauerte sich nach Atem ringend in der Dunkelheit zusammen.

Von Verzweiflung und Frustration geschüttelt, versuchte sie etwas Ordnung in ihre Gedanken zu bringen. Ihr Versteck war nur eine Notlösung, denn über kurz oder lang würde Sloane sie hier finden. Dann wanderten ihre Gedanken weiter zu Smithback, der im Sanitätszelt lag und schlief. Vor Wut ballte Nora ihre Hände zu Fäusten. Bill war Sloane schutzlos ausgeliefert. Andererseits wusste sie ja nicht, dass er dort war. Und selbst wenn sie ihn fände, weshalb sollte sie ihn dann töten? Nora musste sich an dieser Hoffnung festhalten, zumindest so lange, bis ihr ein Weg einfiel, wie sie Sloane Einhalt gebieten konnte.

Und es *musste* einen solchen Weg geben. Irgendwo da draußen waren schließlich noch Swire und Bonarotti. Oder waren die womöglich auch an der Verschwörung gegen sie beteiligt? Nora schüttelte den Kopf und beschloss, diesen Gedanken nicht weiter zu verfolgen.

Sich später ins Lager zu schleichen und zusammen mit Smithback zu fliehen erschien ihr unmöglich. Erstens hätte sie dazu abwarten müssen, bis Sloane nicht mehr bei den Zelten war, und das konnte Stunden dauern. Außerdem war Smithback in seinem geschwächten Zustand nicht in der Lage, hinauf bis zum Cañon-Rand zu klettern. Während Nora so in der Finsternis dahockte und ihre Alternativen durchging, wurde ihr mit einem Schlag klar, dass es gar keine gab.

60

John Beiyoodzin ging zu Fuß über das Felsplateau oberhalb des Tales von Quivira. Ein kleineres Gewitter zog gerade unmittelbar über seinen Kopf hinweg und verfinsterte den Abendhimmel noch zusätzlich. Der bucklige Fels war glatt und schlüpfrig vom Regen, so dass Beiyoodzin Acht geben musste, um nicht auszurutschen. Seine alten Beine taten ihm weh, und er vermisste sein Pferd, das er unten im Tal von Chilbah hatte lassen müssen. Der Priesterpfad war für Pferde nicht passierbar.

Die nur in unregelmäßigen Abständen vorhandenen Wegmarkierungen waren in der Dunkelheit nicht leicht zu erkennen. Nur hier und da wies eine kleine, verfallene Steinpyramide auf den weiteren Verlauf hin. Beiyoodzin musste sein ganzes Können aufbieten, um sie zu entdecken, denn seine Augen waren nicht mehr so gut wie früher. Und er wusste, dass der schwierigste Teil der Strecke noch vor ihm lag: der anstrengende, gefährliche Abstieg in den engen Slot-Cañon jenseits des Tales.

Beiyoodzin zog sich seinen regenfeuchten Umhang fester um die Schultern und ging weiter. Trotz der Erzählungen seines Großvaters hatte er sich nicht klargemacht, welche körperliche Anstrengung der Priesterpfad ihm abverlangen würde. Nach dem fast senkrechten Anstieg in der verborgenen Felsspalte im Chilbah-Tal führte er in weiten, kompliziert verschlungenen Windungen über das Hochplateau, wo er sich viele Kilometer lang zwischen verkrüppelten Wacholdersträuchern durch trockene Bachbetten und über steile, kleine Felsspalten zog. Beiyoodzin zwang seine müden Beine zu einer schnelleren Gangart. Es war spät, vielleicht schon zu spät. Wer konnte wissen, was inzwischen im Tal von Quivira geschehen war oder womöglich gerade geschah?

Plötzlich blieb Beiyoodzin stehen. In der Luft lag ein sonderbarer Geruch, eine Mischung aus feuchter Asche und noch etwas anderem, das ihm das Herz bis in den Hals hinaufschlagen ließ. Er starrte mit weit aufgerissenen Augen in die Dunkelheit und versuchte, im Licht der immer wieder herabzuckenden Blitze die Umgebung etwas besser zu erkennen. Nachdem er vorsichtig ein paar Meter weitergegangen war, entdeckte er es: Halb verborgen unter einem überhängenden Felsen – wie er es sich gedacht hatte – befanden sich die Überreste einer kleinen Feuerstelle.

Rasch und vorsichtig vergewisserte sich Beiyoodzin, ob er alleine war und die Wesen, die das Feuer entfacht hatten, auch wirklich nicht mehr da waren. Dann ging er in die Hocke und untersuchte die Asche. Er fand verkohlte Reste von Wurzeln und etwas, das ihm den Atem stocken ließ: Es war das schlaffe, verwelkte Blütenblatt einer Pflanze, das er nun vorsichtig in die Hand nahm und sich an die Nase hielt. Der Geruch, den es verströmte, bestätigte seine schlimmsten Befürchtungen: Es war der selbst im halb verbrannten Zustand des Blattes noch deutlich wahrnehmbare Duft von Purpurwinden.

Beiyoodzin stand auf und wischte sich aufgeregt die Hände an seiner feuchten Hose ab. Als Kind hatte er in seinem Dorf Nankoweap einmal etwas Schreckliches beobachtet: Ein sehr alter Mann, ein böser Mann, hatte eine verbotene Datura-Blüte zu sich genommen und war daraufhin in eine Art Raserei verfallen. Im Rausch hatte er mit einem Vielfachen seiner normalen Kraft auf alle, die sich ihm in den Weg stellten, eingeschlagen, und erst einem halben Dutzend jungen Männern war es gelungen, ihm Einhalt zu gebieten.

Aber das hier war schlimmer, erheblich schlimmer sogar. Die Wesen, die er verfolgte, hatten die Datura-Pflanze auf die traditionelle Art und Weise zu sich genommen: zusammen mit magischen Pilzen, Früchten des Mescal-Kaktus und verbotenen Insekten. Damit konnte der böse Geist von ihnen Besitz ergreifen, ihren Gliedern enorme Kraft verleihen und eine mörderische Besessenheit in ihre Gehirne pflanzen. Mit dieser Mischung spürten sie keinen Schmerz, weder ihren eigenen noch den der anderen.

Beiyoodzin kniete nieder und sprach ein kurzes, inbrünstiges Gebet hinaus in die Dunkelheit. Dann erhob er sich und machte sich rascher als zuvor wieder auf den Weg.

61

Luigi Bonarotti saß, mit dem Rücken an die Steinmauer gelehnt, antriebslos auf dem glatten Felsboden des Planetariums. Er stützte die Ellenbogen auf die angezogenen Knie und starrte hinaus in die Dunkelheit, die über dem Tal von Quivira lag. Nur ab und zu beleuchtete ein Blitz den dichten Vorhang aus Regen, der draußen vor dem Alkoven vom Himmel fiel. Es gab für Bonarotti keinen Grund mehr, die trockene Stadt zu verlassen. Genauer betrachtet, gab es auch keinen Grund mehr, überhaupt etwas zu tun, außer die nächsten paar Tage so bequem wie möglich zu verbringen.

Eigentlich hätte Bonarotti viel enttäuschter sein müssen, als er es jetzt tatsächlich war. Anfangs – in den ersten Minuten nach seiner Erkenntnis, dass sich in dem geheimen Kiva anstatt des erhofften Goldes nur unzählige Tontöpfe befanden – war seine Bestürzung wahrhaftig überwältigend gewesen. Jetzt aber, als er am Rand der Stadt hockte, verspürte er nur die Schmerzen in seinen Knochen. Das Gold hätte ihm ja ohnehin nicht gehört, und er fragte sich, weshalb er eigentlich so geschuftet hatte und sich – was sonst gar nicht seine Art war – so sehr von der Begeisterung des Augenblicks hatte hinreißen lassen. Das Einzige, was er jetzt davon hatte, war dieses schwere Gefühl in all seinen Gliedern. Vor ein paar Minuten hatte er geglaubt, erst Schritte auf dem großen Platz und dann einen ärgerlichen Wortwechsel unten im Tal gehört zu haben, aber bei dem steten Rauschen des Regens und angesichts des Staubes, der seine Gehörgänge verstopfte, konnte er sich nicht sicher sein, ob er sich nicht doch getäuscht hatte. Außerdem war er viel zu erschöpft, um der Sache auf den Grund zu gehen. Er hatte ja nicht einmal mehr die Energie, den schweren Revolver aus seinem Hosenbund zu ziehen, dessen Griff sich ihm schmerzhaft in die Seite bohrte.

Mit einiger Anstrengung kramte er aus der Brusttasche seines Hemdes eine Zigarette hervor und suchte in den Hosentaschen nach einem Streichholz. Bonarotti wusste, dass in der Ruine strenges Rauchverbot galt, aber im Augenblick war ihm das vollkommen gleichgültig. Davon abgesehen hatte er den Eindruck, als würde Sloane in diesen Dingen mehr Toleranz walten lassen als Nora Kelly. Eine Zigarette zu rauchen war das Einzige, was ihm an diesem gottverlassenen Ort noch Vergnügen bereitete. Das und sein geheimes Depot an altem Grappa, das er zwischen den Kochutensilien versteckt hatte.

Als er jedoch die Zigarette anzündete, musste er feststellen, dass sie ganz schrecklich schmeckte – nach Pappendeckel und alten Socken. Bonarotti nahm sie aus dem Mund und roch daran, bevor er sie sich wieder zwischen die Lippen steckte. Jeder Zug aus ihr verursachte ihm einen stechenden Schmerz in der Lunge. Als er auch noch husten musste, machte er die Zigarette sorgsam aus und stopfte sie wieder in die Packung.

Irgendwie hatte Bonarotti das Gefühl, als würden die Schmerzen und der Husten nicht von der Zigarette herrühren. Und dann musste er auf einmal an Peter Holroyd denken und daran, welch einen entsetzlichen Tod er erlitten hatte. Die Vorstellung fuhr ihm wie ein galvanischer Schock durch den ganzen Körper, und er stand so rasch auf, dass er ein seltsames, brüllendes Geräusch in den Ohren hörte. Sein Körper fühlte sich heiß an, und er musste sich an der Wand des Alkovens festhalten, um nicht zu stürzen.

Bonarotti atmete mehrmals hintereinander tief durch, bevor er vorsichtig versuchte, einen Fuß vor den anderen zu setzen. Alles schien sich um ihn zu drehen. Was war nur in der halben Stunde, die er an der Mauer gehockt hatte, mit ihm passiert? Bonarotti fuhr sich mit der Zunge über die Lippen und starrte in die Stadt hinein. Er spürte einen schmerzhaften Druck in seinem Kopf und ein sich stetig verstärkendes Stechen in den Kiefergelenken. Obwohl der Regen nachgelassen hatte, kam Bonarotti sein monotones Rauschen immer lauter und unangenehmer vor. Vornübergebeugt und ohne eigentliches Ziel wankte er in Richtung Hauptplatz. Schon einen Fuß vor den anderen zu setzen kam ihm auf einmal wie eine nur mit großer Mühe zu bewältigende Schwierigkeit vor.

Bonarotti blieb stehen. Obwohl er sich in der Mitte des weitläufigen Hauptplatzes befand, hatte er das Gefühl, als würden die zweistöckigen Häuser von allen Seiten her auf ihn einstürzen. Ihre leeren Fensterhöhlen kamen ihm plötzlich wie die Augen von Totenköpfen vor, die ihn mit steinharten, kalten Blicken anstarrten. »Mir ist schlecht«, sagte er, obwohl niemand da war, der ihn hätte hören können.

Das Prasseln des Regens wurde ihm immer unerträglicher. Er hatte nur noch den Wunsch, diesem schrecklichen Rauschen zu entfliehen. Er musste einen Ort finden, an dem es still und dunkel war und wo er sich zusammenrollen und sich die Ohren zuhalten konnte.

Langsam drehte er sich um und wartete darauf, dass ein Blitz die dunkle Stadt erleuchtete. Als das zuckende Licht auf die Häuser in der Nähe fiel, stolperte Bonarotti, begleitet vom Grollen des Donners, auf eines davon zu.

Als er den Eingang erreichte, spürte er mit einem plötzlichen Anfall von Panik, dass er kaum mehr gehen konnte. Wenn er sich nicht sofort hinlegte, würde er zusammenbrechen, doch die Dunkelheit des Raumes vor ihm war so absolut, dass sie wie ein widerwärtiges schwarzes Tier auf ihn zuzukriechen schien. So eine Empfindung profunden Ekels hatte Bonarotti noch nie in seinem Leben gehabt. Ein Brechreiz stieg in ihm auf, der unter anderem von dem widerlich süßen Geruch nach irgendwelchen Blüten herrühren mochte, der ihm aus dem Haus heraus entgegenschlug.

Schwankend blieb er im Eingang stehen, aber als ihn ein weiterer Schwindelanfall packte, machte er einen tappenden Schritt nach vorn und verschwand in der Finsternis des Hauses.

62

Grelle Blitze ließen Sloane blinzeln, während sie Nora im Regen verschwinden sah. Sie rannte in Richtung auf den Felsrutsch am Ende des Tales, wo sie sich wohl verstecken wollte. Mit der Hand am Griff der Pistole schaute Sloane ihr nach, aber sie zog die Waffe nicht und machte auch keine Anstalten, Nora zu verfolgen.

Unschlüssig blieb sie stehen. Der Schock, Nora lebendig vor sich zu sehen, war langsam verebbt und hatte in ihrem Kopf ein wildes Durcheinander hinterlassen. Nora hatte sie des Mordes bezichtigt. Des *Mordes*! Sloane selbst sah sich nicht als Mörderin. Als sie sich Noras Worte noch einmal ins Gedächtnis rief, spürte sie, wie kalte Wut in ihr aufzusteigen begann. Nora hatte sie nach dem Wetterbericht gefragt – und sie hatte ihn wortwörtlich wiedergegeben. Wenn Nora bloß nicht so stur gewesen wäre, wenn sie nicht darauf beharrt hätte, das Tal zu verlassen ...

Sloane atmete tief durch, um sich zu beruhigen. Sie musste gut nachdenken und dann sorgsam und entschlossen handeln. Sie wusste, dass Nora keine Waffe hatte und damit keine akute Bedrohung darstellte. Ganz anders würde die Sache freilich aussehen, wenn sie irgendwo in der Dunkelheit Swire oder Bonarotti über den Weg liefe.

Sloane fuhr sich mit dem Handrücken über die vom Regen feuchte Stirn. Wo steckten Swire und Bonarotti überhaupt? Sie waren weder in der Stadt noch im Lager. Bestimmt standen sie nicht irgendwo in der Dunkelheit herum und ließen sich vom Regen durchnässen. So etwas tat nicht einmal ein Dickkopf wie Swire.

Sloanes Gedanken wanderten zurück zu dem wunderbaren Fund, den sie soeben gemacht hatte und der selbst die Entdeckung von Quivira noch in den Schatten stellte. Wenn es nach Nora gegangen wäre, hätte sie die herrliche Keramik in dem Sonnen-Kiva niemals zu Gesicht bekommen. Allein der Gedanke stachelte Sloanes Wut an. Trotz Noras Störfeuer war alles besser gelaufen, als sie es je zu hoffen gewagt hatte. Alles, was sie sich je erträumt hatte, war da oben in diesem Kiva und wartete nur darauf, dass Sloane es als ihre ganz persönliche Entdeckung der Welt präsentierte. Die meiste Arbeit war getan. Black war ihr vollkommen ergeben, und Bonarotti und selbst Swire würden sich auf ihre Seite ziehen lassen. Fast erstaunt wurde sich Sloane auf einmal bewusst, das alles schon viel zu weit fortgeschritten war, um jetzt noch einen Rückzieher zu machen. Nun, da Aragon und Smithback tot waren, blieb als Einzige Nora Kelly, die ihr noch im Weg stand.

Aus der Dunkelheit hörte sie auf einmal ein leises Husten. Sie wirbelte herum und zog instinktiv die Pistole. Das Geräusch war aus der Richtung des Sanitätszeltes gekommen.

Während Sloane vorsichtig auf das Zelt zuging, holte sie ihre

Taschenlampe aus der Hosentasche. Sie deckte den Strahl mit der Hand ab und schaltete sie an. Am Eingang des Zeltes blieb sie stehen und überlegte. Es musste Swire oder Bonarotti sein, denn sonst war ja niemand mehr im Tal. Hatten sie die Unterhaltung zwischen ihr und Nora mitbekommen? Ein panikartiges Gefühl wallte kurz in ihr auf, dann duckte sie sich und kroch mit gezogener Waffe in das Zelt.

Zu ihrer grenzenlosen Überraschung fand sie dort Bill Smithback vor, der unter einer Decke lag und schlief. Eine Weile starrte sie den Journalisten schweigend an, bis sie endlich begriff, was Sache war. Nora hatte nur von Aragons Tod gesprochen. Offenbar war es nicht nur ihr, sondern auch Smithback irgendwie gelungen, die Sturzflut lebend zu überstehen.

Sloane kniete nieder und ließ die Taschenlampe fallen. Das war nicht fair. Bisher war alles so gut gelaufen. Vielleicht hätte sie sogar einen Weg gefunden, mit Nora fertig zu werden, aber jetzt, da auch Smithback am Leben war ...

Der Journalist schlug die Augen auf und blinzelte. »Oh, hallo«, sagte er, während er den Kopf hob und vor Schmerz zusammenzuckte.

Aber Sloane sah ihn nicht an.

»Ich dachte, ich hätte jemanden rufen gehört«, sagte Smithback. »Oder habe ich das bloß geträumt?«

Mit einer Bewegung ihrer Pistole brachte Sloane ihn zum Schweigen.

Smithback blinzelte sie an. »Was wollen Sie mit der Waffe?«

»Halten Sie den Mund!«, befahl Sloane. »Ich muss nachdenken.«

»Wo ist Nora?«, fragte Smithback, dessen Gesicht sich argwöhnisch verfinsterte.

»Ich schätze, sie hat sich beim Felssturz am Ende des Tales versteckt«, antwortete Sloane nach kurzem Zögern. In ihrem Kopf begann sich ein Plan zu formen.

Smithback versuchte sich auf einen Ellenbogen zu stützen, sank aber wieder zurück in seinen Schlafsack. »Wieso versteckt sie sich? Was ist geschehen?«

Sloane atmete tief ein. Ja, bestätigte sie sich innerlich ihren Beschluss, es geht nun mal nicht anders.

»Warum versteckt sich Nora?«, fragte Smithback ein zweites Mal mit mehr Nachdruck. Seiner Stimme war es deutlich anzuhören, dass er sich Sorgen machte.

Sloane sah ihn an. Sie musste jetzt stark sein. »Weil ich sie töten werde«, antwortete sie, so ruhig sie nur konnte.

Vor Schmerz leise stöhnend, versuchte Smithback sich erneut aufzurichten. »Anscheinend habe ich schon Fieberfantasien«, sagte er, während er wieder niedersank. »Ich dachte schon, Sie hätten gesagt, dass Sie Nora töten wollten.«

»Das habe ich auch.«

Smithback schloss die Augen.

»Nora lässt mir keine andere Wahl«, erklärte Sloane und versuchte, sich keine Gefühle zu gestatten.

Smithback sah sie verwundert an. »Das ist wohl ein schlechter Scherz?«

»Nein, das ist kein Scherz. Ich bin hier, weil ich darauf warte, dass sie zu Ihnen zurückkommt.« Sloane schüttelte den Kopf. »Das tut mir wirklich alles sehr Leid, Bill, das können Sie mir glauben. Aber Sie sind nun mal mein Köder. Nora wird dieses Tal niemals ohne Sie verlassen.«

Smithback nahm all seine Kräfte zusammen und versuchte mit schmerzverzerrtem Gesicht ein weiteres Mal, sich aufzurichten.

Sloane entsicherte ihre Pistole.

»Warum tun Sie das?«, fragte Smithback.

»Das ist wohl die entscheidende Frage, Bill«, sagte Sloane sarkastisch. Ungewollt kehrte ihre Wut auf Nora wieder. »Sie sind hier doch der Journalist. Finden Sie es heraus!«

Smithback starrte sie entgeistert an. »Sie sind krank, Sloane.«

»Solches Gerede erleichtert mir das, was ich tun muss, kolossal.«

Der Journalist befeuchtete sich die Lippen. »Warum, Sloane?«, fragte er noch einmal.

Mit einem Ruck drehte sich Sloane zu ihm um. Sie wurde immer wütender. »Wollen Sie wirklich wissen, warum? Wegen der von Ihnen so hoch geschätzten Nora. Wegen Nora, die mich tagtäglich an meinen *lieben* Vater erinnert. Nora, die ständig alles unter Kontrolle haben muss und allen Ruhm für sich allein beansprucht. Nora, die sich herausnimmt, das Sonnen-Kiva einfach links liegen zu lassen. Das Kiva, welches, nebenbei bemerkt, einen außergewöhnlich wichtigen Fund enthält, einen Schatz, von dem Sie alle, Nora mit eingeschlossen, nicht einmal die leiseste Ahnung hatten.«

»Dann haben Sie also doch Gold gefunden«, murmelte Smithback.

»Gold!«, schnaubte Sloane verächtlich. »Ich spreche nicht von Gold, ich spreche von Keramik.«

»Keramik?«

»Offenbar sind Sie genauso borniert wie die anderen«, fauchte Sloane, die sich über den ungläubigen Unterton in Smithbacks Stimme ärgerte. »Dann hören Sie mir jetzt mal gut zu, Herr Journalist. Vor fünfzehn Jahren hat das Metropolitan Museum eine Million Dollar für den Euphronios-Krater bezahlt, das ist weiter nichts als ein angeschlagener Weinkelch aus dem alten Griechenland. Und erst im vergangenen Monat erzielte eine kleine, zerbrochene Schale aus dem Mimbres-Tal bei Sotheby's einen Preis von fast hundert Riesen. Die Keramik in dem Sonnen-Kiva ist nicht nur unendlich viel schöner als diese beiden Beispiele, sie ist auch ungleich seltener. Man kann mit Fug und Recht behaupten, dass die Stücke, die wir dort gefunden haben, die einzigen intakten Exemplare ihrer Art sind. Doch das ist Ihrer Nora vollkommen schnuppe. Die hat nichts anderes im Kopf, als mich des Mordes zu bezichtigen und meine Karriere zu ruinieren.«

Sloane schüttelte verbittert den Kopf. »Sie sind Journalist und kennen sich deshalb mit den Menschen aus, Bill. Helfen Sie mir bei der Entscheidung, die ich jetzt treffen muss. Ich habe zwei Möglichkeiten: Entweder ich kehre als die Entdeckerin des größten archäologischen Fundes dieses Jahrhunderts in die Zivilisation zurück – oder aber als eine Verbrecherin, die möglicherweise den Rest ihres Lebens hinter Gittern verbringen muss. Was würden Sie an meiner Stelle tun?«

Smithback gab keine Antwort.

»Sehen Sie?«, sagte Sloane. »Mir bleibt gar keine andere Wahl. Wenn Nora zu Ihnen zurückkehrt, muss ich sie töten.«

Mit Mühe gelang es Smithback, seinen Oberkörper aufzurichten. »Nora!«, krächzte er, so laut er konnte. »Bleib weg! Sloane ist hier und will dich ...«

Weiter kam er nicht, denn Sloane schlug ihm mit dem Lauf ihrer Pistole auf den Kopf. Bewusstlos sackte Smithback zusammen.

Sloane sah sich in dem Zelt um. Sie entdeckte eine kleine, batteriebetriebene Laterne, die sie anschaltete und in eine Ecke stellte. Dann knipste sie ihre Taschenlampe aus, steckte sie ein und schlüpfte leise nach draußen.

Ein paar Meter von dem Zelt entfernt fand sich ein kleines Dickicht aus Wüstensträuchern, in dem man sich gut verstecken konnte. Auf allen vieren krabbelte Sloane in das Gestrüpp und legte sich so auf den Bauch, dass sie das Zelt gut im Blickfeld hatte. Die Lampe im Inneren ließ die Wände des Zeltes warm und einladend leuchten und sorgte dafür, dass jeder, der das Zelt betreten wollte, sich vor dieser hellen Fläche abhob. Wenn Nora zurückkam, um nach Smithback zu sehen – und daran zweifelte Sloane keinen Augenblick –, dann würde ihre Silhouette ein perfektes Ziel abgeben.

Sloane dachte kurz an Black, der krank und allein oben im Kiva lag und auf ihre Rückkehr wartete. Dann versuchte sie, sich mental auf das vorzubereiten, was sie nun tun wollte. Wenn sie mit Nora abgerechnet hatte, würde sie ihre Leiche so rasch wie möglich zum Fluss schleifen, dessen Fluten sie binnen weniger Sekunden in den Fleischwolf des engen Slot-Cañons am Ende des Tales befördern würden. Sollte wirklich jemals ein Überbleibsel aus dem Colorado River gefischt werden, wäre das Material sicher nicht ausreichend, um daran eine Obduktion vornehmen zu können. Wenn alles nach Plan verlaufen wäre und die Sturzflut Nora getötet hätte, wäre das Ergebnis auch nicht anders gewesen. Niemand würde je die Wahrheit erfahren. Vorausgesetzt, Smithback erlitt dasselbe Schicksal. Sloane schloss einen Moment lang die Augen und versuchte, nicht daran zu denken, dass sie den Journalisten ebenfalls würde umbringen müssen. Aber es blieb ihr keine andere Wahl, sie musste jetzt vollenden, was die Sturzflut nicht vollbracht hatte.

Sloane stützte sich mit beiden Ellenbogen auf die Erde, richtete die Pistole auf das Zelt und wartete.

63

Aaron Black lag verwirrt und total verängstigt im Kiva. Obwohl die langsam schwächer werdende Lampe noch immer einen matten Lichtschein in den engen, staubigen Raum warf, hielt er die Augen fest geschlossen, als müsse er auf diese Weise sein totales Versagen nicht zur Kenntnis nehmen. Es kam ihm so vor, als seien Stunden vergangen, seit Sloane ihn verlassen hatte, aber es hätten genauso gut auch nur ein paar Minuten gewesen sein können. Black hatte jegliches Zeitgefühl verloren.

Er zwang sich, seine verklebten Augen zu öffnen. Etwas Schreckliches ging in seinem Körper vor. Möglicherweise hatte es sich ja schon seit geraumer Zeit zusammengebraut und war erst jetzt durch die anstrengende Arbeit und die niederschmetternde Enttäuschung zum Ausbruch gekommen. Vielleicht lag es aber auch nur daran, dass man hier in dem Kiva kaum atmen konnte. Er musste unbedingt hinaus an die frische Luft. Unter Aufbietung all seiner Kräfte versuchte er sich zu erheben, nur um zu seinem Erstaunen festzustellen, dass seine Beine einknickten wie Streichhölzer.

Mit den Armen wild in der Luft herumrudernd, fiel er auf den Rücken. Ein Gefäß, das er dabei umgestoßen hatte, rollte polternd über den staubigen Boden und kam neben seinem Oberschenkel zur Ruhe. Vielleicht war er ja auf so einen Tiegel getreten und deshalb gestürzt. Noch einmal versuchte er sich aufzurappeln, musste aber erkennen, dass eines seiner Beine in krampfartigen, unkontrollierbaren Bewegungen zu zucken begann. Das Licht der elektrischen Laterne, die er bei seinem Sturz umgeworfen hatte, konnte die dichte Staubwolke in der Luft kaum durchdringen.

Seit seiner Jugend hatte Black einen immer wiederkehrenden Alptraum: Er war gelähmt und konnte sich nicht bewegen. Jetzt war dieser Traum Wirklichkeit geworden. Seine Glieder fühlten sich an wie eingefroren und gehorchten nicht mehr den Befehlen seines Gehirns.

»Ich kann mich nicht mehr bewegen!«, schrie Black und bemerkte dabei mit Schrecken, dass er nicht einmal mehr die Worte richtig zu artikulieren vermochte. Es war zwar Luft aus seinem Mund gekommen – zusammen mit etwas Speichel, der ihm jetzt über die Lippen lief –, aber kein richtiger Ton. Black versuchte es noch einmal und hörte wieder nur ein hässliches, ersticktes Krächzen. Zunge und Lippen versagten ihm ihren Dienst. Von Panik ergriffen, wollte er wieder aufstehen, doch schaffte er es nicht einmal, den Oberkörper zu heben. Merkwürdige Gestalten begannen in der Dunkelheit rings um ihn herumzutanzen. Er wollte sich abwenden, aber seine Halsmuskeln waren starr. Er schloss die Augen. Die Gestalten wurden dadurch jedoch nur umso deutlicher sichtbar.

»Sloane!«, versuchte er zu rufen, während er ins Halbdunkel starrte und nicht einmal zu blinzeln wagte. Selbst das Atmen fiel ihm jetzt schwer. Da erlosch die Lampe, deren Licht nur noch ein Glimmen gewesen war, vollständig.

In der Dunkelheit versuchte Black abermals zu schreien, aber nichts tat sich. Sloane hatte ihm doch ein Medikament bringen wollen. Wo blieb sie denn bloß? Seit die Lampe aus war, nahmen die Halluzinationen um ihn herum erschreckend realistische Gestalt an: Verdrehte Skelette mit grinsenden Totenschädeln, deren Zähne mit blutroten Karneolen geschmückt waren, huschten plappernd und flüsternd durch das Kiva. Black sah das Flackern von Feuern, roch verbranntes Menschenfleisch und hörte die gurgelnden Schreie der Opfer, die an ihrem eigenen Blut erstickten.

Es war fürchterlich. Black konnte nicht einmal die durch einen inneren Druck brennenden Augen schließen, und sein Mund stand immer noch weit offen von dem Schrei, den er nicht herausgebracht hatte. Aber zumindest erkannte Black noch, dass die schattenhaften Umrisse, die er sah, nichts weiter als Halluzinationen waren. Das bedeutete, dass er immerhin noch Wirklichkeit und Einbildung zu unterscheiden vermochte. Trotzdem war es entsetzlich, seinen Körper nicht mehr zu spüren, nicht mehr zu fühlen, wo die einzelnen Gliedmaßen sich befanden, seine Körperfunktionen nicht mehr unter Kontrolle zu haben. Wieder wurde Black von der heftigen Lähmungsangst ergriffen, die er schon so oft in seinen schlimmsten Alpträumen verspürt hatte.

Black verstand nicht, weshalb alles so falsch gelaufen war. War Nora wirklich tot? Lag er selbst im Sterben, hier, in der fürchterlichen Finsternis dieses Kivas? Waren Sloane und Bonarotti wirklich bei ihm gewesen, oder hatte er sich auch das nur eingebildet? Vielleicht waren sie ja auf dem Weg zu Aragon, damit er ihm zu Hilfe kam. Aber nein – Aragon war ja tot. Genauso wie Nora.

Aragon, Smithback, Nora ... Black fühlte sich ebenso schuldig an ihrem Tod, als wenn er jeden von ihnen eigenhändig erschossen hätte. Er war so darauf versessen gewesen, das Kiva zu öffnen, dass er Nora die Existenz der Gewitterfront verschwiegen hatte. Er hatte sein Verlangen nach Ruhm und Karriere über alle Menschlichkeit gestellt. Jetzt stöhnte er innerlich auf. Es war klar, dass niemand ihm zu Hilfe kommen würde. Er war völlig allein in der Finsternis.

Aber dann sah er ein Licht, einen schwachen Schein, der sich kaum von der Dunkelheit ringsum unterscheiden ließ, und hörte ein Rascheln. Frische Hoffnung keimte in ihm auf. Sloane kam doch zu ihm zurück.

Das Licht wurde stärker, und Black sah durch den Schleier seiner Krankheit, dass es ein Feuerschein war, der sich ihm, einen Schweif orangefarbener Funken hinter sich herziehend, wie von selbst durch die Dunkelheit des Kivas näherte. Als er nur noch wenige Meter von ihm entfernt war, erkannte Black dahinter eine abscheuliche Erscheinung, die halb Mensch, halb Tier zu sein schien.

Black versank in neuerliche Verzweiflung. Seine vermeintliche Rettung war nichts als eine weitere Halluzination. Vor Enttäuschung begann er bitterlich zu weinen, aber in seine Augen wollte nicht eine einzige Träne steigen. Sein starrer Körper zuckte nicht einmal.

Jetzt stand die Erscheinung direkt vor ihm. Black roch den Rauch von Wacholderholz, gemischt mit dem schweren, süßen Duft von Purpurwinden, und sah, wie sich im flackernden Schein der Flammen eine schwarz glänzende Messerklinge aus Obsidian auf ihn zubewegte.

Verwundert fragte sich Black, aus welchen grotesken Tiefen seines Gehirns dieses seltsame Bild und die außergewöhnliche Mischung von Gerüchen wohl aufgestiegen sein mochten. Vielleicht erinnerte er sich ja unbewusst an eine grausige Zeremonie, von der er während seines Studiums irgendwann einmal gelesen hatte. Jetzt, in der schlimmsten Phase seines Deliriums, stieg sie mit quälender Deutlichkeit wieder aus seinem Gedächtnis auf.

Die Gestalt beugte sich über ihn, und Black sah, dass sie eine von getrocknetem Blut verkrustete Ledermaske trug. Feurige Augen blitzten aus ihren schmalen Schlitzen hervor. Das Bild war erstaunlich real, ebenso wie das Messer, das sich jetzt an seinen Hals presste. Ein Mensch musste schon sehr krank sein, um derartige Halluzinationen zu haben …

Black brachte den Gedanken nicht mehr zu Ende. Die kalte, scharfe Schneide des Messers fuhr im quer über den Hals, und das letzte Geräusch, das er in seinem Leben hörte, war das seines eigenen Atems, der pfeifend aus seiner durchschnittenen Luftröhre entwich, gefolgt von einem bluterstickten Röcheln. Jetzt erst erkannte Black mit grausamer, fast übernatürlicher Klarheit, dass seine Halluzination am Ende gar keine gewesen war.

64

Sloane lag, sämtliche Muskeln angespannt, unter dem Busch und lauschte angestrengt in die Nacht. Die Heftigkeit des Gewitters hatte nachgelassen, und der Regen war zu einem leichten Nieseln geworden. Sloane schirmte das Zifferblatt ihrer Uhr mit der Hand ab und drückte auf den Knopf der Beleuchtung: Es war kurz vor halb elf. Die Wolken begannen sich zu zerstreuen und trieben in Fetzen um einen drei viertel vollen Mond. Trotzdem war es noch dunkel im Tal, dunkel genug jedenfalls, um Nora glauben zu lassen, sie könne sich unbemerkt ins Lager schleichen.

Wieder einmal fragte sich Sloane, was wohl aus Swire und Bonarotti geworden war. Keinen von beiden hatte sie in der Stadt gesehen, und im Lager waren sie offenbar auch nicht. Vielleicht hatten sie sich irgendwo in den Häusern der Stadt verkrochen oder waren gar ins Kiva gegangen und kümmerten sich jetzt um Black. Wie dem auch sei, es war jedenfalls gut, dass sie sich nicht im Lager herumtrieben. Nora konnte sich schließlich nicht ewig verstecken. Bald würde sie kommen, um nach Smithback zu sehen.

Sloane wandte ihren Blick wieder auf das Zelt, das wie ein Lampenschirm aus Stoff durch die Dunkelheit zu ihr herüberleuchtete. Im Lager war es immer noch still. Sloane konzentrierte sich darauf, die natürlichen Geräusche des Tales wie das Rauschen des Flusses herauszufiltern und nur noch auf Noras Kommen zu achten. Zehn Minuten vergingen, dann eine Viertelstunde. Der Mond versteckte sich abermals hinter den dichten Wolken, und es begann wieder Regen zu fallen, begleitet von in der Ferne grollendem Donner. Hier mit der Pistole in der Hand auf Nora zu warten war schwieriger, als Sloane es sich vorgestellt hatte. Sie fühlte, wie Wut in ihr aufstieg, die sich halb auf Nora, halb aber auch auf ihren Vater richtete. Wenn er ihr vertraut und sie als Leiterin der Expedition eingesetzt hätte, dann wäre nichts von all dem passiert. Mit einer Anwandlung von Furcht dachte Sloane an das, was ihr jetzt bevorstand. Sie *musste* es tun, weil man sie dazu zwang.

Sloane lenkte ihre Gedanken wieder auf die wundervolle Keramik oben in der Stadt und erinnerte sich noch einmal daran, dass es genau diese Entdeckung war, die ihr keine andere Wahl ließ. Selbst wenn es ihr gelänge, Noras Anschuldigungen irgendwie zu entkräften, wäre sie als Archäologin für den Rest ihres Lebens erledigt, ganz abgesehen von ihrem Vater, der tief in seinem Herzen genau wissen würde, dass sie ...

Da war es. Endlich. Das Knacken eines Zweiges, das leise Geräusch von vorsichtigen Schritten auf nassem Sand. Zumindest glaubte sie, diese Geräusche durch das Rauschen des Flusses und das Plätschern des Regens vernehmen zu können.

Jemand bewegte sich auf das Zelt zu und achtete dabei mit außergewöhnlicher Sorgfalt darauf, nicht gehört zu werden.

Sloane zögerte einen Augenblick. Sie hatte gar nicht gewusst, dass Nora sich so gut anschleichen konnte. Aber wer sonst sollte sich heimlich dem Zelt nähern?

Sloane atmete tief ein und öffnete den Mund, um Nora anzusprechen und ihr eine letzte Chance zu einer gütlichen Einigung zu geben. Wenn sie Aragons Tod, den Wetterbericht und alles andere vergäße, dann wäre es vielleicht doch noch möglich ... Aber nein: Sloane erinnerte sich an den Ausdruck auf Noras Gesicht, als sie ihr mit zusammengebissenen Zähnen das Wort »Mord« entgegengeschleudert hatte und schwieg.

Mit sanftem Druck von Daumen und Mittelfinger hob sie ihre 38er und hielt die Handgelenke dabei möglichst locker, um den Rückstoß abzufedern. Sloane war keine schlechte Schützin, und auf diese kurze Entfernung konnte sie ihr Ziel nicht verfehlen. Noras Tod würde kurz und vermutlich auch schmerzlos sein. In ein paar Minuten würden sie und Smithback bereits im Fluss liegen und unaufhaltsam auf den schmalen Slot-Cañon am Ende des Tales zutreiben. Und sollte wider Erwarten einer der anderen die Schüsse hören, dann konnte sie ihnen ja noch immer erzählen, dass sie auf eine Schlange gefeuert habe.

Sloane wartete mit erhobener Waffe. Die Schritte waren so leise und kamen so zögerlich, dass sie nicht sagen konnte, ob sie sich näherten oder entfernten. Aber dann sah sie auf einmal einen Schatten vor der beleuchteten Zeltwand.

Sloane atmete langsam durch die Nase aus. Der Schatten war zu groß, um der o-beinige Swire zu sein, und für Aaron Black oder Bonarotti zu klein. Blieb also nur noch Nora. Langsam schlich sich der dunkle Umriss an der Zeltwand entlang und blieb vor dem Eingang stehen.

Sloane zielte sorgfältig auf die Silhouette. Das war's dann also, dachte sie, während sie den Atem anhielt, auf die Pause zwischen zwei Herzschlägen wartete und abdrückte.

Die kurzläufige Waffe in ihren Händen zuckte nach hinten, und der Knall des Schusses hallte von den Cañon-Wänden wider. Sloane hörte ein Keuchen und ein scharrendes Geräusch. Als sich der Pulverdampf vor ihren Augen verzogen hatte, sah sie, dass die Silhouette vor der schwach beleuchteten Zeltwand verschwunden war. Alles war still.

Zitternd kroch Sloane unter dem Busch hervor und stand auf. Sie hatte es getan. Mit eingeschalteter Taschenlampe und gezückter Pistole ging sie langsam auf das Zelt zu. Kurz davor zögerte sie einen

Moment. Der Anblick würde nicht leicht zu verkraften sein. Aber dann holte sie tief Luft, trat entschlossen einen weiteren Schritt vor und leuchtete mit ihrer Taschenlampe auf den Boden.

Dort, wo die sterbende Nora in ihrem Blut hätte liegen sollen, war nichts. Sloane war so bestürzt, dass ihr fast die Waffe aus der Hand gefallen wäre. Entsetzt starrte sie hinab auf den Sand vor ihren Füßen. Wie hatte sie auf diese Entfernung bloß vorbeischießen können? Mit dem Strahl der Taschenlampe leuchtete sie den Boden ab, bis sie am anderen Ende des Zeltes einen großen Blutfleck fand, neben dem sich im feuchten Sand deutlich ein Fußabdruck abzeichnete.

Sloane trat näher. Der Abdruck konnte unmöglich von Nora stammen – ja, nicht einmal von einem Menschen. Er sah aus wie der einer großen, mit Krallen versehenen Tierpfote.

In Panik leuchtete Sloane den Boden rings um das Zelt ab. Dabei hörte sie sich rasch nähernde Schritte und sah, wie Nora quer durch das Tal auf das Zelt zugerannt kam. Als sie Sloane erkannte, änderte sie ihre Richtung und lief auf die Strickleiter zu. Der Schuss hatte sie aus ihrem Versteck gescheucht, aber auf eine Art und Weise, die Sloane ganz und gar nicht gefiel.

Sloane richtete die Pistole auf Nora, ließ sie aber gleich wieder sinken. Jetzt, da sie wusste, dass Nora nicht am Zelt gewesen sein konnte, fragte sie sich, auf wen oder was sie dann geschossen hatte.

Langsam schlich sie mit ihrer Taschenlampe über den Lagerplatz und entdeckte hinter der letzten Reihe der Zelte eine seltsame Gestalt.

Sloane konnte kaum fassen, was sie sah. Im gelblichen Lichtkegel stand ein buckliges, zerzaustes Wesen, das sie schweigend anstarrte. Vor dem Gesicht trug es eine Ledermaske, aus deren Augenlöchern rote Pupillen hervorglühten. Die mit wilden weißen Mustern bemalten Arme und Beine waren ebenso wie der Pelz, in den der restliche Körper der Gestalt gehüllt war, blutverschmiert.

Gleichzeitig von ungläubigem Staunen wie auch von Panik erfüllt, trat Sloane instinktiv einen Schritt zurück. Das musste das Wesen sein, das sie angeschossen hatte. Deutlich konnte sie die große Wunde an seiner Brust erkennen, aus der schwarz glänzendes Blut quoll. Es war ein Wunder, dass die Gestalt sich noch auf den Beinen halten konnte. Mehr als das: Aus dem kraftvollen Heben und Senken ihrer Brust schloss Sloane, dass sie noch überaus lebendig war.

Obwohl diese Begegnung nur Bruchteile einer Sekunde dauerte, kam es Sloane vor, als wäre die Zeit zum Stillstand gekommen. Sie spürte, wie ihr das Herz rasend gegen die Rippen hämmerte.

Und dann machte die Kreatur mit einer entsetzlich boshaft langsamen Entschlossenheit einen Schritt auf sie zu.

Von Panik überwältigt, ließ Sloane die Taschenlampe fallen und fing an zu rennen. Alles, was sie an diesem Tag bewegt hatte – sogar das Kiva und die Sturzflut –, war mit einem Schlag vergessen ob ihres Verlangens, dieser monströsen Erscheinung zu entfliehen. Das war das Ding, das die Pferde zerfetzt und Holroyds Leiche geschändet hatte ... Auf einmal musste Sloane an Swire und Bonarotti denken und rannte noch schneller auf die Strickleiter zu.

Oben in der Wand konnte sie gerade noch Nora erkennen, die mit raschen Bewegungen zur Stadt hinaufkletterte. So schnell sie konnte, hetzte Sloane ihr hinterher und versuchte dabei verzweifelt, nicht an das blutende pelzige Geschöpf zu denken, das ihr mit feucht tappenden Schritten durch die Dunkelheit nachsetzte.

65

Nora hievte ihren Körper auf das Felsband vor der Stadt, stand auf und hastete in den Alkoven hinein. Nachdem sie über die niedrige Begrenzungsmauer gesprungen war, lief sie über den Hauptplatz in die Dunkelheit zwischen den Häuserblöcken.

Dort hielt sie an und lehnte sich schluchzend mit dem Rücken an eine Wand. Ihr Atem ging keuchend, und vom raschen Laufen hatte sie Seitenstechen. Vor dem Alkoven rauschte beständig der Regen, aber Nora glaubte noch immer den Schuss zu hören, der durch das nächtliche Tal gegellt war. Vor ihrem geistigen Auge sah sie Sloane mit der Waffe in der Hand vor Bills Zelt stehen. Sloane musste Bill gefunden und ihn ermordet haben. Nora war so überwältigt von Schmerz und Verzweiflung, dass sie einen Augenblick lang sogar daran dachte, sich einfach auf den Hauptplatz zu stellen und auf Sloane zu warten, um sich ebenfalls von ihr erschießen zu lassen.

Ein Blitz zuckte über den Himmel, und der Donnerschlag, der ihm folgte, hallte laut in dem großen Hohlraum des Alkovens wider. Allein schon vom Aufenthalt in der Stadt wurde Nora übel. Es gab nur einen Ort, an dem sie noch eine Chance hatte, und das war Aragons Tunnel hinter den Kornspeichern.

Nora huschte über den Platz, wobei sie darauf achtete, möglichst wenig Spuren im Staub zu hinterlassen. Wenn sie sich in dem Tunnel versteckte, konnte sie Sloane vielleicht auflauern und ihr die Waffe entreißen ...

Unentschlossen blieb Nora stehen. Was sie machte, war dumm. Sie handelte in Panik und traf falsche Entscheidungen. Nicht nur, dass sie in dem Tunnel in der Falle saß, er war außerdem voll von dem tödlichen Pilzstaub.

Wieder flammte draußen ein Blitz aus den Wolken, in dessen Licht sie Sloane mit der Pistole in der Hand gerade über dem Rand der Klippe auftauchen sah.

»Nora!«, hörte sie Sloane laut rufen. »Nora, um Gottes willen, warten Sie!«

Nora wirbelte herum und rannte los in Richtung auf die hintere Wand des Alkovens.

Ein weiterer Blitz zerriss den Nachthimmel und warf für Sekundenbruchteile ein bläuliches Licht ins Dunkel der alten Stadt. Einen

Augenblick später krachte der Donner vom Himmel herab, dichtauf gefolgt von einem zweiten Geräusch: einem Schuss, der in dem Alkoven erschreckend laut widerhallte.

Nora verbarg sich in den dunkelsten Schatten und schlich, so rasch sie es wagen konnte, an der Wand entlang zu dem Abfallhaufen. Sie achtete darauf, nicht auf Blacks Abdeckplanen zu treten, und arbeitete sich in Richtung auf den ersten Turm vor, der schwarz und massiv unmittelbar vor ihr aufragte.

Als sie von hinten heranhastende Schritte hörte, versteckte sie sich hinter der Ecke des Turmes, an dem noch die alte Pfahlleiter aus der Zeit der Anasazi lehnte. Weil das Geräusch im Alkoven gespenstisch widerhallte, konnte Nora nicht sagen, aus welcher Richtung es genau kam. Sie brauchte Zeit, um nachzudenken, um sich einen Plan zurechtzulegen. Jetzt, da Sloane in der Stadt war, konnte sie sich vielleicht unbemerkt zu der Strickleiter zurückschleichen, hinunter ins Tal klettern und ...

Die Schritte klangen auf einmal ganz nah. Nora hörte keuchendes Atmen, und dann sah sie Sloane um die Vorderseite des Turmes biegen.

Voller Verzweiflung schaute sich Nora nach einer Fluchtmöglichkeit um: Da war der Abfallhaufen, dort der schmale Durchgang, der zu Aragons Tunnel führte, und auf der andere Seite der Pfad hinaus auf den Felssims hoch über dem Tal. Alle drei Richtungen waren Sackgassen, in denen Sloane sie irgendwann einholen würde. Langsam drehte Nora sich um und wartete schicksalsergeben auf das, was jetzt unweigerlich kommen musste: das Knallen des Schusses, der stechende Schmerz und schließlich das Ende.

Aber Sloane hatte es gar nicht auf sie abgesehen. Sie ging am Rand des Turmes in die Hocke und spähte vorsichtig um die Ecke. Die linke Hand hatte sie flach auf die schwer atmende Brust gepresst, die rechte hielt die Pistole, die nicht auf Nora, sondern hinaus in die Dunkelheit des Platzes gerichtet war.

»Nora, hören Sie mir zu«, keuchte Sloane. »Etwas verfolgt uns.«

»Etwas?«, wiederholte Nora.

»Etwas *Schreckliches*.«

Nora starrte Sloane an. Was ist das jetzt wieder für ein Trick?, fragte sie sich. Selbst im blassen Licht des Mondes konnte sie in Sloanes mandelförmigen Augen eine Mischung aus Angst, Erstaunen und aufkeimender Panik erkennen.

»Ich flehe Sie an, schauen Sie nach hinten!«, bat Sloane, während sie sich wieder abwandte.

Sloanes eindringlicher Ton ließ Nora tun, was von ihr verlangt wurde. Ihr Mund war auf einmal wie ausgetrocknet.

»Nora, *bitte*, Sie müssen mich anhören«, flüsterte Sloane, wobei sie sich bemühte, gleichmäßiger zu atmen. »Swire und Bonarotti sind verschwunden. Ich fürchte, dass wir als Einzige noch übrig sind. Und jetzt sind wir dran.«

»Wovon reden Sie denn überhaupt?«, fragte Nora. Doch während ihr die Worte noch über die Lippen kamen, wusste sie die Antwort eigentlich schon.

»Eine grauenvolle Kreatur ist hinter mir her«, keuchte Sloane. »Sie hat rote, glühende Augen und einen Pelz. Ich habe sie angeschossen, aber das scheint ihr nichts ausgemacht zu haben. Wenn wir uns jetzt trennen, sind wir verloren. Nur gemeinsam haben wir eine Chance.«

Nora starrte in die Dunkelheit hinter dem Abfallhaufen. Sie durfte sich von ihrer Angst jetzt nicht lähmen lassen. Obwohl ihr bewusst war, dass die Frau neben ihr nicht nur für das Scheitern der Expedition verantwortlich war, sondern auch Aragon und Smithback auf dem Gewissen hatte, musste sie ihr Recht geben. Mehr als vor Sloane hatte sie Angst vor den grässlichen Gestalten, die sie im alten Ranchhaus ihrer Familie überfallen hatten und die nun jeden Moment hier auftauchen konnten.

Die Stadt bot viele Möglichkeiten, sich zu verstecken, aber über kurz oder lang würde die Kreatur sie überall aufstöbern. Was sie brauchten, war ein Ort, an dem Sloane und sie sich zumindest bis

Tagesanbruch verteidigen konnten. War es erst einmal hell, würden die Karten neu gemischt ...

In diesem Augenblick wurde ihr klar, dass ihr und Sloane eigentlich nur noch ein Ausweg blieb. »Wir verschanzen uns im Turm!«, sagte sie.

Sloane drehte sich zu ihr um und nickte.

So schnell sie konnte, krabbelte Nora die Stableiter hinauf auf das Dach des an den Turm angrenzenden Hauses. Sloane folgte ihr und warf die Leiter, als sie oben ankam, mit einem Fußtritt um. Hintereinander hasteten die beiden Frauen durch einen niedrigen, halb verfallenen Eingang in den stockdunklen, leicht schief stehenden Turm hinein.

Dort hielt Nora inne, holte ihre Taschenlampe aus der Hosentasche und leuchtete nach oben. Beim Anblick der auf schmalen Simsen stehenden Pfahlleitern bekam sie es mit der Angst zu tun. Um dort hinaufzusteigen, musste man einen Fuß auf kleine, aus der Turmwand ragende Steine stellen und den anderen in die Kerben der Pfahlleitern. Es führten nacheinander drei in die Höhe. Sie waren von ihren Erbauern absichtlich so konstruiert worden, um den Aufstieg so beschwerlich wie möglich zu machen.

Wenn sie und Sloane es tatsächlich bis hinauf in den kleinen Raum unter dem Dach des Turmes schaffen sollten, konnten sie sich vielleicht gegen die Skinwalker verteidigen. Sloane hatte eine Pistole, und mit etwas Glück würden sie dort oben einen Haufen Steine finden, den die Anasazi zu Zwecken der Verteidigung angelegt hatten.

»Na los, rauf mit Ihnen!«, drängte Sloane.

Nora überprüfte ihre Taschenlampe. Die Batterien wurden schon schwach, aber sie hatte keine andere Wahl, als sie angeschaltet zu lassen, denn ohne die Leitern genauer zu sehen, würden sie es niemals bis hinauf in den Turm schaffen. Sie ließ die Lampe in die Brusttasche ihres Hemdes gleiten und nach oben herausleuchten. Dann überprüfte sie die Stabilität der ersten Pfahlleiter, holte tief Luft und stellte einen Fuß in die unterste Kerbe. Mit weit gespreizten Beinen arbeitete sie sich, so schnell sie es wagte, nach oben. Feiner Holzstaub rieselte aus dem von Trockenfäule angegriffenen Pfahl, der bedenklich zu knarzen begann, als Sloane ihr in kurzem Abstand folgte.

Als sie den ersten Sims erreicht hatten, hielt Nora inne, um Luft zu schöpfen. Während sie keuchend auf dem schmalen Steinband kauerte, hörte sie außerhalb des Turmes ein Geräusch wie von einer Leiter, die gegen eine Lehmziegelwand gelehnt wird.

Ohne weiter Zeit zu verlieren, begann Nora damit, den zweiten Pfahl hinaufzuklettern, der knackte und knirschte und einen noch morscheren Eindruck als der erste machte. Nach Atem ringend und leise schluchzend, erreichte sie den zweiten Sims. Von unten hörte sie das Geräusch von Schritten. Eine dunkle Form schob sich vor das Viereck aus schwachem Mondlicht, das den Eingang zum Turm markierte. Sloane, die ebenfalls gerade am Sims ankam, stieß einen leisen Fluch aus.

Einen Augenblick lang war Nora unfähig, sich zu bewegen, aber ein in dem engen Raum ohrenbetäubend lauter Schuss aus Sloanes Pistole löste ihre Erstarrung. Klopfenden Herzens richtete Nora den Strahl ihrer Taschenlampe nach unten. Die Gestalt stieg mit raschen, sicheren Bewegungen bereits die erste Leiter hinauf.

»Sparen Sie sich Ihre Munition auf, bis wir oben sind!«, rief Nora und drängte Sloane auf die dritte und letzte Leiter.

»Was haben Sie vor?«, flüsterte Sloane.

Nora schob sie lediglich weiter die Leiter hinauf und trat, nachdem sie sich auf dem Sims, so gut es ging, ausbalanciert hatte, mit einem Fuß gegen den Pfahl der zweiten Leiter. Sie spürte, wie das alte Holz erzitterte, und verpasste ihm einen zweiten und einen dritten Tritt. Unter sich hörte sie die kratzenden Geräusche, mit denen die Kreatur nach oben kletterte. Nora nahm alle ihre Kraft zusammen und trat noch einmal gegen den Leiterpfahl, der knirschend nachgab und zur Seite stürzte. Nora vernahm einen gedämpften Schrei und sah im schwachen Schein ihrer Taschenlampe, wie der Skinwalker abrutschte und nach unten stürzte. Im Fallen griff er katzengleich nach einem Vorsprung in der Mauer und hielt sich dort einen Augenblick fest, bevor er sich wieder zurück auf den jetzt schräg stehenden Pfahl schwang und weiter nach oben zu klettern begann. Nora trat noch einmal dagegen, doch der Pfahl hatte sich in der Mauer verklemmt und bewegte sich nicht mehr.

Mit schmerzenden Armen und Beinen tastete sich Nora die dritte Leiter hinauf zu dem Loch, durch das man in den oberen Turmraum gelangte. Sloane streckte ihr schon die Hand entgegen, um ihr nach oben zu helfen.

Nora kauerte sich unter der niedrigen Decke zusammen und sah sich in dem kleinen, vielleicht eineinhalb auf zwei Meter messenden Raum um. Über ihrem Kopf führte ein kleines Schlupfloch hinauf auf das Dach der Turmes. An einer der Wände lag ein verfallenes menschliches Skelett, doch zu Noras Enttäuschung gab es weder Steine noch andere Wurfgeschosse.

Das Einzige, was ihnen blieb, war Sloanes Pistole.

Nora nahm ihre Taschenlampe und leuchtete damit in den dunklen Schacht des Turmes. Von unten näherten sich unaufhaltsam zwei in dem schwachen Lichtstrahl rötlich glühende Augen.

Nora zog ihren Kopf wieder aus dem Loch und schaute hinüber zu Sloane, deren Gesicht vor Anspannung und Entsetzen bleich und abgezehrt aussah. Um den Hals hing ihr noch immer die Kette mit den schimmernden Goldglimmerperlen. Nora schaltete die Taschenlampe aus und dachte nach. Da hockte sie nun zusammen mit der Frau, die zwei ihrer Freunde umgebracht hatte, in diesem winzigen Raum und musste hilflos mit ansehen, wie eine alptraumhafte Kreatur ihnen immer näher kam. Sie schüttelte den Kopf und versuchte verzweifelt, klar zu denken. »Wie viele Kugeln haben Sie noch?«, fragte sie leise.

»Drei«, flüsterte Sloane zurück.

»Passen Sie gut auf«, sagte Nora, der das Zittern in ihrer eigenen Stimme nicht entging. »Wir haben nicht mehr viel Zeit. Wenn die

Kreatur hier heraufkommt, schalte ich die Taschenlampe ein. Und dann feuern Sie. Okay?«

Sloane musste ein Husten unterdrücken. »Okay.«

»Wir werden nur Zeit für einen, höchstens zwei Schüsse haben. Zielen Sie gut.«

Vorsichtig schob Nora ihren Kopf durch das Loch im Boden des Raumes. Während sie nach unten in die Finsternis lauschte, spürte sie den kühlen Luftzug, der von der heraufkletternden Kreatur nach oben geweht wurde. Er roch nach Staub, Verfall und Purpurwinden. Das kratzende Geräusch von Krallen auf morschem Holz kam immer näher.

»Gleich ist es soweit!«, flüsterte sie Sloane zu. Sie platzierte den Zeigefinger auf dem Einschaltknopf der Taschenlampe. Einen Augenblick wartete sie noch ab, wobei sie meinte, das Schlagen ihres rasenden Herzens und das Rauschen des Blutes in ihren Adern zu hören. Dann holte sie tief Luft und knipste die Lampe an.

Da war sie, die Kreatur, beängstigend nahe, nur noch wenige Zentimeter unter ihr. Mit einem ungewollten Aufschrei nahm sie das grauenvolle Bild in sich auf: den zerzausten, blutdurchtränkten Wolfspelz, die rot glühenden Augen hinter der speckig schimmernden Ledermaske.

»Jetzt!«, schrie sie, und im gleichen Moment ging Sloanes Pistole los.

Im schwachen Licht der Taschenlampe sah Nora, wie der Skinwalker zur Seite geschleudert wurde und Fetzen seines Felles durch die Luft flogen.

»Noch mal!«, rief sie und bemühte sich, den rapide an Helligkeit verlierenden Strahl auf die zuckende Gestalt gerichtet zu halten. Ein weiterer Schuss gellte durch den Turm, gefolgt von einem gedämpften Aufjaulen der Kreatur. Kurz bevor die Lampe endgültig verlosch, sah Nora noch, wie sie zusammengekrampft hinab in die Finsternis stürzte.

Nora ließ die nutzlos gewordene Taschenlampe aus der Hand fallen und lauschte nach unten. Aber sie hörte nichts: Kein ersticktes Stöhnen, kein gurgelndes Atemholen drang herauf. Es war keinerlei Bewegung zu erkennen.

»Kommen Sie!«, sagte Sloane. Sie zog Nora wieder in den niedrigen Raum und drängte sie zu dem Loch in der Decke. Nora steckte ihre Arme hindurch und stemmte sich schließlich hinauf auf das Dach des Turmes. Sie trat einen Schritt beiseite und half dann der keuchenden und hustenden Sloane nach oben.

Hier, hoch über den Ruinen von Quivira und nur wenige Meter unterhalb der rauen, rissigen Decke des Alkovens, wehte eine leichte, kühle Brise. Nora, die sich körperlich und seelisch total ausgelaugt fühlte, blieb eine Weile reglos stehen. Unterhalb des Turmdaches, das weder mit einer Mauer noch mit Zinnen bewehrt war, erstreckten sich die Häuser Quiviras im silbrig an- und abschwellenden Licht des nur sporadisch hinter vorüberziehenden Regenwolken hervorlugenden Mondes. Nora hörte das Rascheln der Pappeln unten im Tal, wo Bill Smithback tot im Sanitätszelt lag.

Nach einer Weile drehte sie sich um und trat hinter Sloane, die mit nach unten gerichteter Waffe vor dem Loch im Dach kniete und hinab in die Dunkelheit starrte. Mehrere Minuten verharrten die beiden Frauen regungslos, doch kein noch so leises Geräusch drang nach oben.

Schließlich stand Sloane auf. »Es ist vorbei«, sagte sie.

Nora nickte geistesabwesend, konnte aber immer noch nicht die Augen von dem schwarzen Loch lösen. Sloane steckte die Pistole in ihren Hosenbund.

»Und was jetzt, Nora?«, fragte sie mit heiserer Stimme.

Nora blickte sie verständnislos an.

»Ich habe Ihnen soeben das Leben gerettet«, fuhr Sloane fort. »Zählt das denn gar nichts?«

Nora brachte kein Wort heraus.

»Okay, ich gebe es zu«, sagte Sloane. »Aaron und ich haben die Gewitterfront gesehen, aber in Bezug auf den Wetterbericht haben wir die Wahrheit gesagt. Sie haben mir keine andere Wahl gelassen, Nora.« Ein leiser Anflug von Wut mischte sich in ihre Stimme. »Warum mussten Sie auch das Tal verlassen? Sie wollten den ganzen Ruhm für sich einheimsen und ...« Der Rest des Satzes ging in einem heftigen Hustenanfall unter.

»Ich bin nicht stolz auf das, was ich getan habe«, fuhr Sloane mit mühsam kontrollierter Stimme fort. »Aber ich musste es tun. Es tut mir Leid, dass dabei Menschen ums Leben gekommen sind, doch es ließ sich nun mal nicht vermeiden. Sie, Nora, haben das entscheidende Unrecht begangen, indem sie diese Stadt verlassen wollten. Damit hätten Sie die Welt fast um die Entdeckung der wundervollsten Keramik gebracht, die je von Menschenhand geschaffen wurde.«

»Keramik?«, fragte Nora.

»Ja. Das Sonnen-Kiva war voll davon – es *ist* voll von Schwarz-auf-gelb-Goldglimmerkeramik. Das ist ein unglaublicher Schatz, Nora, von dem Sie nicht die geringste Ahnung hatten. Ich hingegen wusste genau, dass wir ihn finden würden.«

»Zumindest habe ich vorhergesagt, dass sich kein Gold in dem Kiva befindet.«

»Das war nicht schwer. Keiner von uns hat wirklich an das Gold geglaubt, Aaron und Bonarotti einmal ausgenommen. Aber immerhin waren die alten Berichte nicht gänzlich erlogen, denn die Gefäße der Priester sahen ja golden aus. Es kann durchaus sein, dass die Legenden auf einem Übersetzungsfehler beruhen.«

Sloane rückte näher an Nora heran. »Sie wissen, wie viel diese Goldglimmerkeramik wert ist, von der bisher kein einziges intaktes Gefäß gefunden wurde. Was ja auch gar nicht möglich war, denn es ist alles hier. Hier in Quivira, Nora. Diese Keramik war der wahre Schatz der Anasazi, und sie wurde nur hier hergestellt und aufbewahrt und nirgendwo sonst. Dieser Fund – mein Fund, Nora – ist eine der bedeutendsten Antworten auf die großen Fragen der amerikanischen Archäologie.«

Als Nora die Tragweite der Entdeckung erfasste, vergaß sie einen

Augenblick das Grauen und die Gefahr, denen sie gerade entronnen waren. Wenn Sloane die Wahrheit sagt, dann ist alles, was wir bisher gefunden haben, nichts als Kinderkram ...

Sloane hustete abermals und fuhr sich mit dem Handrücken über den Mund. Der Aufstieg schien ihr die letzte Kraft geraubt zu haben. Sie war aschfahl im Gesicht und atmete schwer. Augenblicklich kehrte Nora aus ihren Gedanken in die Realität zurück. Die Krankheit macht sich bemerkbar, dachte sie.

»Sloane, der ganze hintere Teil der Stadt – und ganz besonders das Sonnen-Kiva – ist voll von einem stark pilzbelasteten Staub.«

Sloane runzelte die Stirn, als habe sie Nora nicht richtig verstanden. »Pilzbelasteter Staub?«

»Ja. An diesem Staub ist Peter Holroyd gestorben. Die Skinwalker nennen ihn Leichenpulver und verwenden ihn, um Menschen zu töten.«

Sloane schüttelte ungehalten den Kopf. »Was soll der Quatsch, Nora? Wollen Sie mich damit verwirren, oder was? Ich lasse mir doch von Ihnen die Entdeckung des Jahrhunderts nicht vermiesen.«

Als Nora darauf nichts erwiderte, fuhr Sloane fort: »Wollen wir nicht die Geschichte mit dem Wetterbericht und dem Gewitter für uns behalten, Nora, und uns ganz auf diesen Fund konzentrieren? Sie können sich gar nicht vorstellen, was es für mich bedeutet, die Entdeckerin dieses Schatzes zu sein. Mein Name wird mit denen von Carter und Wetherill in einem Atemzug genannt werden, und zwar nicht nur deshalb, weil ich die Keramik gefunden habe. Schließlich war ich auch diejenige, die verhindert hat, dass sie schutzlos gemeingefährlichen Plünderern und Grabräubern anheim fiel.«

»Sloane«, sagte Nora langsam. »Die Skinwalker wollten das Kiva nicht ausplündern, sondern es vor uns *schützen*.«

Sloane brachte sie mit erhobener Hand zum Schweigen. »Hören Sie mir zu, Nora. Wir beide, Sie und ich, werden dieses Kiva und seinen Inhalt der Welt zum Geschenk machen.« Sie holte rasselnd Luft. »Ich bin bereit, meinen Ruhm mit Ihnen zu teilen, wenn Sie im Gegenzug die Sache mit dem Wetterbericht vergessen.«

»Hören Sie, Sloane«, begann Nora, hielt dann aber inne. »Sie verstehen nicht, was ich Ihnen sage, habe ich Recht? Es geht hier um sehr viel mehr als irgendwelchen archäologischen Nachruhm.«

Sloane starrte sie eine Weile schweigend an und zog schließlich ihre Pistole aus dem Hosenbund. »Das habe ich befürchtet, Nora«, murmelte sie. »Wie ich vorhin schon sagte: Sie lassen mir keine andere Wahl.«

»Das ist Unsinn. Sie hatten immer eine andere Wahl.«

Sloane richtete die Waffe auf Nora. »Ach ja?«, fragte sie. »Wofür würden Sie sich denn entscheiden, wenn Sie zwischen unsterblichem Ruhm und einem Leben in Schimpf und Schande wählen müssten?«

Eine Weile blickten sich die beiden Frauen schweigend an. Dann musste Sloane wieder husten, scharf und kratzend.

»Ich wollte nicht, dass es so endet«, sagte sie mit ruhiger Stimme. »Aber Sie haben mir soeben klar vor Augen geführt, dass es hier heißt: Sie oder ich. Und ich habe nun mal die Waffe.«

Nora erwiderte nichts.

»Ich will, dass Sie sich jetzt umdrehen und an den Rand des Daches treten.«

Sloanes Stimme hatte einen unnatürlich ruhigen Tonfall angenommen, ihre bernsteinfarbenen Augen sahen im Licht des Mondes hart und trocken aus.

Nora nahm den Blick nicht von Sloane und trat einen Schritt zurück.

»Ich habe nur noch eine Kugel«, erklärte Sloane. »Aber mehr werde ich auch nicht brauchen, wenn es so weit kommen sollte. Also drehen Sie sich jetzt um, Nora. Bitte!«

Nora tat, was Sloane von ihr verlangte. Vor ihr lag der nächtliche Cañon wie ein breiter, finsterer Fluss. Undeutlich konnte sie im

Mondlicht die violett schimmernde Felswand auf der anderen Seite erkennen. Sie wusste, dass sie jetzt eigentlich Angst, Bedauern und Verzweiflung verspüren sollte, aber das Einzige, was sie fühlte, war eiskalter Hass auf Sloane und ihren erbärmlichen, fehlgeleiteten Ehrgeiz. Eine Kugel, dachte sie und machte sich bereit, sich kurz vor dem Schuss zur Seite zu werfen.

Sloane trat hinter sie. »Na los, springen Sie schon«, sagte sie.

Doch Nora rührte sich nicht. Sie horchte hinaus in die Nacht. Das Gewitter war vorüber, und aus dem Tal drangen das Quaken der Frösche und das Surren der nächtlichen Insekten herauf.

»Ich würde Sie lieber nicht erschießen«, hörte sie Sloane sagen. »Aber wenn Sie mich dazu zwingen, muss ich es tun.«

»Sie sind ein mieses Miststück, Sloane Goddard«, fauchte Nora. »Ich hoffe, dass Gott Sie dafür strafen wird, dass Sie Enrique Aragon und Bill Smithback umgebracht haben!«

»Smithback!« Der Ton in Sloanes Stimme klang so erstaunt, dass Nora sich unwillkürlich zu ihr umdrehte. Und da sah sie etwas, das ihr das Blut in den Adern gefrieren ließ: Aus dem Loch im Turmdach kroch eine dunkle, zerzauste Gestalt mit bemalten Armen und einem zottigen Wolfspelz, der zwischen Brust und Bauch voller Blut war.

Nora schrie auf, und Sloane wirbelte herum, gerade als sich das Wesen mit einem hasserfüllten Knurren auf sie stürzte. Im Mondlicht blitzten fast gleichzeitig das Metall der Pistole und die Klinge eines Steinmessers auf, und schon wälzten sich Sloane und die Kreatur im Staub. Nora ließ sich auf die Knie fallen und krabbelte auf allen vieren vom Dachrand weg. Im gnadenlosen Licht des Mondes sah sie, wie die Gestalt ihr schreckliches schwarzes Messer wieder und immer wieder in Sloanes Brust und Kehle stieß. Sloane schrie mit schrill kreischender Stimme und schlug wild um sich. Mit einer gewaltigen Kraftanstrengung gelang es ihr, sich halb aufzurichten und die Waffe auf die Kreatur zu richten und abzudrücken. Die Kugel traf die Klinge des Messers, die in tausend Obsidian-Splitter zersprang. Mit einem wütenden Aufschrei warf sich die dunkle Gestalt mit ihrem vollen Gewicht auf Sloane, wodurch beide den Halt verloren und inmitten einer dichten Staubwolke über den Rand des Turmes rutschten.

Entsetzt beobachtete Nora, wie die beiden ineinander verkrallten Körper auf der Begrenzungsmauer aufschlugen und von dort aus weiter ins Tal stürzten. Bevor sich der Mond wieder hinter einer dunklen Wolke verbarg, fiel sein Licht einen Moment auf Sloanes Pistole, die um die eigene Achse wirbelnd in der Dunkelheit verschwand.

Zitternd vor Aufregung legte sich Nora auf den Rücken und schnappte nach Luft.

Sloanes Schüsse hatten den Skinwalker also nicht getötet. Er war leise den Turm heraufgestiegen und hatte in dem kleinen Raum unter dem Dach auf seine Chance gewartet. Jetzt waren sie beide tot, der Skinwalker und Sloane, und das Grauen hatte ein Ende.

Dankbar stand Nora auf und ging zu dem Loch im Dach, als sie eine plötzliche Erkenntnis traf wie ein Keulenschlag: Es waren *zwei* in Pelze gehüllte Gestalten gewesen, die sie vor knapp drei Wochen in dem verlassenen Ranchhaus angegriffen hatten. Und das konnte nur eines bedeuten:

Irgendwo im nächtlichen Tal von Quivira musste noch ein weiterer Skinwalker herumschleichen.

66

In kurzen, heftigen Stößen nach Atem ringend, trat Nora langsam auf das Loch in der Mitte des Turmdaches zu und ließ sich, so leise sie konnte, in den kleinen Raum darunter hinab. Dort krabbelte sie auf Händen und Knien zu der schrägen Pfahlleiter und spähte hinab ins Dunkel des Turmes. Es war so stockfinster, dass sie die Leere des Raumes unter sich mehr spüren als sehen konnte. Dabei hörte sie nichts als das Rauschen des Flusses draußen im Tal, dieses verrückt machende, nicht enden wollende Gegurgel, das jedes andere Geräusch übertönte.

Eine Weile war Nora vor Angst wie gelähmt. Am ganzen Körper zitternd, kauerte sie vor der Leiter und konnte sich nicht überwinden, auf den wackeligen alten Pfählen in die Finsternis nach unten zu steigen. Aber im Turm bleiben und so lange warten, bis die andere Kreatur sie fand, konnte sie auch nicht. Jetzt, da sie keine Waffe mehr hatte, saß sie hier in einer Falle, aus der sie sich schnellstens befreien musste.

Nora kämpfte darum, ihren Atem unter Kontrolle zu bekommen und ihr Gehirn daran zu hindern, vor lauter Panik vollkommen abzuschalten. Schließlich streckte sie einen Fuß hinab in das Loch und tastete nach den Kerben der schräg stehenden obersten Leiter. Erst nachdem sie sich vergewissert hatte, dass der morsche Pfahl ihr Gewicht auch tragen konnte, ließ sie den Rand des Loches los. Dann begann sie langsam mit dem Hinunterklettern, wobei sie sich mit beiden Händen fest an den Pfahl klammerte und sich mit den Füßen von einer Kerbe zur nächsten arbeitete – sie spürte, wie kühle Luft ihr von unten um die Beine wehte, und hörte das alte Gemäuer knistern und knacken. Ein paar kleinere Steine polterten an ihr vorbei in die Tiefe.

Als sie endlich den festen Boden des zweiten Simses erreicht hatte, blieb Nora eine Weile stehen, um sich auszuruhen. Sie wusste, dass sie auch hier nicht bleiben konnte. Hier oben, zwischen Dach und Boden, war sie besonders verwundbar. Sobald sie wieder einigermaßen bei Kräften war, machte sie sich an den weiteren Abstieg, der ihr etwas leichter fiel, weil ihr diesmal neben den Kerben im Leiterpfahl auch noch die Vertiefungen in der Turmwand zur Verfügung standen. Als sie gerade auf den nächsten Sims klettern wollte, erstarrte sie. Sie glaubte von unten das leise Tappen sich nähernder Schritte vernommen zu haben. Mit gespreizten Armen und Beinen zwischen Wand und Leiter gekeilt, lauschte sie hinab in die Dunkelheit. Als sie ein paar Minuten lang nichts hörte, ließ sie sich erleichtert auf den sicheren Sims hinab.

Noch ein Stockwerk. Nora riss sich zusammen, griff nach dem Pfahl und testete seine Tragfähigkeit. Dann trat sie so sorgfältig wie bei den ersten Leitern in die erste Kerbe, dann in die zweite und in die dritte.

Als sie schon ein Stück weit nach unten geklettert war, gab der morsche Pfahl plötzlich mit einem entsetzlichen, trockenen Knacken nach und knickte in sich zusammen. Ohne irgendwo Halt zu finden, stürzte Nora die letzten zwei Meter nach unten auf den harten Steinfußboden. Als sie sich aufrappelte, verspürte sie stechende Schmerzen in Knöchel und Knie des rechten Beines. Sie biss die Zähne zusammen und trat durch die niedrige Eingangstür auf das Dach des angrenzenden Hauses, wo sie sich zitternd vor Anstrengung und Angst umsah. Die vom Mondlicht beschienene Stadt lag ruhig und verlassen unter ihr, als wäre nichts geschehen.

Fieberhaft dachte Nora nach. Sie musste versuchen, hinunter ins Tal zu gelangen. Es war ihre letzte Chance. Bis Tagesanbruch wollte sie sich irgendwo verstecken und dann nach Swire und Bonarotti suchen. Vielleicht hatte sich Sloane ja getäuscht, und sie waren noch am Leben. Zumindest aber hatten sie Waffen gehabt, mit denen sich Nora dann gegen den Skinwalker verteidigen konnte. Möglicherweise fand sie ja auch Sloanes Pistole am Fuß der Felswand, und im Lager war Munition ...

Plötzlich musste Nora an Smithback denken, den Sloane im Sanitätszelt erschossen hatte. Mit einer entschlossenen Geste wischte sie sich die Tränen aus dem Gesicht. Sie durfte nicht an Bill denken. Jetzt nicht.

So tief geduckt wie nur möglich kroch sie über das Dach und spähte entlang der Pfahlleiter nach unten. Alles schien in Ordnung zu sein, sie konnte sich also über den Rand des Daches schwingen und nach unten klettern. Dann hielt sie inne und sah sich um. Nichts.

Oder doch? Der Mond, der gerade wieder durch ein Loch in den schnell vorbeiziehenden Wolken schien, tauchte die umliegenden Gebäude in ein blasses Licht. Obwohl Nora nichts Außergewöhnliches entdecken konnte, spürte sie instinktiv, dass hier irgendetwas nicht stimmte. Langsam schlich sie an der Hausmauer entlang und spähte um die nächste Ecke herum vorsichtig in die Stadt hinein. Nirgends, weder an der Mauer am Rand des Alkovens noch auf dem großen Platz oder zwischen den Häuserblöcken, war etwas Ungewöhnliches zu entdecken.

Trotzdem wollte das Gefühl drohender Gefahr nicht weichen. Und auf einmal erkannte Nora, was die Ursache war: Der leichte Mitternachtswind wehte ihr den schwachen Geruch von Purpurwinden in die Nase.

Ohne richtig zu wissen, was sie tat, humpelte Nora langsam in die Stadt hinein. Als sie in den Schatten zwischen den Häusern angelangt war, begann sie ungeachtet der höllischen Schmerzen in ihrem verletzten Bein zu laufen, so schnell sie nur konnte. Dabei folgte sie keinem bestimmten Plan, sondern allein ihrem übermächtigen Verlangen, zu fliehen und sich einen geschützten Ort zu suchen, an dem sie sich verkriechen konnte. Jedes Anhalten oder Zögern konnte ihren Tod bedeuten. Als sie vor den gedrungenen, niedrigen Kornspeichern angelangt war, blieb Nora stehen. Direkt vor ihr gähnte der dunkle Eingang zu Aragons Tunnel. Dort drinnen würde es vollkommen dunkel sein. In einem der Räume der geheimen Stadt hinter dem Sonnen-Kiva konnte sie sich vielleicht verstecken.

Leise stöhnend vor Schmerz machte Nora einen Schritt auf den Eingang zu, blieb dann aber stehen. Nichts auf der Welt würde sie noch einmal in diesen Tunnel mit seinem tödlichen Pilzstaub hineinzwingen. Nicht einmal der Skinwalker, der sie verfolgte.

So rasch sie konnte, hastete sie in eine schmale, gekrümmte Gasse unterhalb der Kornspeicher hinein, wo sie eine mit Kerben versehene Pfahlleiter fand, die an der Hinterwand einer Häuserreihe lehnte. Mit einer gewaltigen Kraftanstrengung kletterte Nora hinauf aufs Dach und zog die Leiter hinter sich nach oben. Das würde den Skinwalker vielleicht aufhalten und ihr ein paar Sekunden mehr Zeit verschaffen.

Oben schnaufte Nora kurz durch. Wieder hatte sich eine Wolke über den Mond geschoben, und die Dunkelheit legte sich auf die Stadt wie ein schwarzes Leichentuch. Bis auf das entfernte Murmeln des Flusses war alles still.

Nora humpelte über das Dach auf die Eingänge der Häuser im ersten Stock zu und erschrak fürchterlich, als Fledermäuse zwischen den Mauervorsprüngen hervorflatterten. Weil es in der Stadt nur wenige große Gebäude gab, die von ihrer Vorder- bis zur Rückseite durchgingen, waren die meisten Eingänge Sackgassen, aus denen es kein Entrinnen gab. Nora überlegte kurzzeitig, ob sie sich in einem der Räume verstecken sollte, verwarf den Gedanken aber rasch. Hier in der Stadt war es nur eine Frage der Zeit, bis ihr Verfolger sie aufspüren würde. Es war besser, wenn sie in Bewegung blieb und auf eine Gelegenheit wartete, um unbemerkt hinab ins Tal zu steigen.

Sie schlich sich an einigen Eingängen entlang und blieb auf einmal wie angewurzelt bei einem der Eckhäuser stehen.

Hatte sie von unten aus der Dunkelheit nicht Schritte gehört? Nora sah sich hastig um. Wegen des von der Wölbung des Alkovens verzerrt zurückgeworfenen Rauschens des Flusses war es unmöglich, die Schritte genauer zu lokalisieren. War ihr der Skinwalker zu den Kornspeichern gefolgt und schlich sich jetzt von hinten an? Oder ging er irgendwo auf dem Hauptplatz in Position, um ihr den Weg zur Strickleiter abzuschneiden?

Nora hörte ein weiteres Geräusch, etwas lauter als das erste. Es schien direkt unter ihr zu sein. So leise wie möglich legte sie sich auf den Bauch, kroch vorsichtig an die Kante des Daches und spähte nach unten in die Dunkelheit. Nichts.

Nora erhob sich. Jetzt konnte sie wieder den starken, Ekel erregend süßen Duft nach Purpurwinden wahrnehmen. Das Herz hämmerte ihr in der Brust. Gerade als sie einen Schritt vom Rand des Daches weg machte, hörte sie das Geräusch einer Pfahlleiter, die an eine Wand gelehnt wurde. Rasch trat Nora in den Eingang des nächsten Hauses.

Drinnen blieb sie keuchend stehen. Wo immer sie war, was immer sie tat, der Skinwalker wäre ihr gegenüber stets im Vorteil. Er war nicht nur viel stärker und schneller als sie, er konnte darüber hinaus ganz offenbar auch in der Dunkelheit viel besser sehen als sie. Mit wachsender Verzweiflung wurde Nora klar, dass sie ihm nie entrinnen würde. Sie musste sich ihm stellen, aber das ging nur, wenn sie eine Waffe fand.

Innen im Haus war es still und kühl. Die Luft roch nach Rattenurin und Schimmel. Im durch den Eingang hereinfallenden Mondlicht sah Nora ein paar an die Wand gelehnte Masken des Kriegsgottes, die sie mit grimassenhaft verzerrten Lippen böse anstarrten. An diesen Masken erkannte sie, dass sie schon einmal hier gewesen war, und tastete sich dann weiter in den nächsten noch dunkleren Raum.

Vorsichtig betrat sie die dritte Kammer, in die durch einen breiten Riss in der Decke schwaches Licht drang. Hier fand sie, wonach sie gesucht hatte: Am Boden lag ein Bündel Speere mit feuergehärtetem Holzschaft und rasiermesserscharfer Spitze aus Obsidian. Sie wog etliche der Speere in der Hand, bevor sie die zwei leichtesten mitnahm und hinaus in einen schmalen Gang trat.

Hier tastete sie sich an der Wand entlang in den nächsten Raum des Hauses, wo sich ihrer Erinnerung nach der Vorderausgang befinden musste. Tatsächlich sah sie an der gegenüberliegenden Wand ein Rechteck aus graublauem Licht schimmern. Mit einem Anflug von Erleichterung versteckte sie sich in einer dunklen Ecke und wartete ab.

Vermutlich hatte der Skinwalker inzwischen das Gebäude betreten und suchte nach ihr. Nora packte einen der Speere und klemmte sich seinen Schaft fest unter die Achsel. Die uralte Waffe fühlte sich armselig und zerbrechlich an. Es war vermessen zu glauben, dass sie damit gegen den Skinwalker etwas ausrichten konnte. Aber was blieb ihr anderes übrig? Die einzige Alternative war, sich irgendwo zu verkriechen und zitternd vor Angst auf das unausweichliche Ende zu warten. Und Nora wusste, dass die Skinwalker trotz ihrer übernatürlichen Kräfte nicht unsterblich waren.

Als Nora Schritte im Raum nebenan hörte, spannten sich ihre Muskeln. Hier im Inneren des Gebäudes war das Rauschen des Flusses so gedämpft, dass sie die übrigen Geräusche besser unterscheiden konnte. Sie hörte ein leises Rascheln, und der Geruch nach Purpurwinden steigerte sich fast ins Unerträgliche. Nora, die vor Angst schier verrückt wurde, hob den Speer. Ein schwarzer unförmiger Schatten füllte auf einmal den Eingang zur Kammer. Mit einem lauten Schrei sprang Nora auf ihn zu und stieß ihm den Speer mit aller Kraft in den Körper. Dann drehte sie sich um und rannte, so schnell es der verstauchte Knöchel zuließ, zum Vorderausgang des Hauses. Der Skinwalker hatte keinen Laut von sich gegeben, aber Nora glaubte deutlich gespürt zu haben, wie die scharfe Steinspitze tief in sein Fleisch gedrungen war.

Nora taumelte hinaus auf das Dach des darunter liegenden Gebäudes. Sie wagte nicht, stehen zu bleiben und Luft zu holen, sondern suchte verzweifelt nach einer Möglichkeit, wieder nach unten zu kommen.

Hinter sich hörte sie ein scharrendes Geräusch, und gleich darauf wurde sie vom Aufprall eines schweren Körpers umgeworfen. Vor Schreck und Schmerz aufschreiend, versuchte Nora, sich von dem Skinwalker zu befreien, dessen schweißnasser, widerlich stinkender Pelz sich auf ihr Gesicht presste. Nora riss den Kopf zur Seite und sah, dass der maskierten Gestalt der abgebrochene Speer noch immer in der Schulter steckte. Der Skinwalker hob die rechte Hand, die ein Messer mit einer Klinge aus Obsidian umklammert hielt.

Während Nora sich mit einer gewaltigen Kraftanstrengung freistrampelte, spürte sie, wie das Messer ins Fleisch ihres rechten

Oberschenkels drang. Ohne sich nach dem Skinwalker umzusehen, ließ sie sich von der Kante des Dachs nach unten fallen. Sie landete auf einem Sandhaufen, rappelte sich auf und schleppte sich in den Schatten des nächsten Hauses. Die Wunde an ihrem Bein blutete stark und schmerzte fast noch mehr als ihr verstauchter Knöchel.

Als Nora hinter sich den dumpfen Aufprall hörte, mit dem der schwere Körper des Skinwalkers auf dem Boden landete, trat sie in den nächsten Hauseingang und hinkte durch eine Reihe von Räumen, bis sie in eine kleine, dunkle Kammer gelangte, die einen Hinterausgang auf den großen Hauptplatz der Stadt hinaus hatte. In der Dunkelheit lehnte sie sich mit dem Rücken an die Wand und versuchte zu verschnaufen. Der Geruch nach Blut stieg ihr in die Nase. Er kam von der Wunde an ihrem Bein, die jetzt, nachdem sie sich bewegt hatte, noch stärker blutete.

Von draußen hörte sie, wie der Skinwalker an den Häusern vorbeiging und nach ihr suchte. Wenn der Mond wieder hinter den Wolken hervorkam, brauchte er nur den Blutstropfen nachzugehen, um sie ausfindig zu machen.

Wie auf ein Stichwort sah Nora einen bläulichen Lichtschimmer durch den Hintereingang des Hauses hereindringen. Sie machte sich bereit für einen verzweifelten letzten Versuch, ihr Leben zu retten. Sie wusste, dass ihr jetzt nur noch eine Möglichkeit blieb: Sie musste quer über den Hauptplatz zur Strickleiter rennen und ins Tal hinabsteigen, aber sie bezweifelte stark, dass sie das schaffen würde, bevor der Skinwalker sie eingeholt hatte. Trotzdem konnte sie es nicht ertragen, wie eine Ratte, die in eine Falle gegangen war, hier auf ihr Ende zu warten. Sie drehte sich um und wollte schon losrennen, aber dann blieb sie wie angewurzelt stehen.

Jetzt erst, als der Mond seinen blassen Schein in die Kammer warf, bemerkte sie, dass in einer Ecke Luigi Bonarotti lag. Er starrte mit weit aufgerissenen, glasigen Augen ins Leere und lag in einer riesigen, im Mondlicht schwarz glänzenden Blutlache. Voller Entsetzen sah Nora, dass man ihm Finger und Zehen sowie einen Großteil der

Kopfhaut abgeschnitten hatte. Sie stürzte zu Boden und fing an zu würgen.

Wie aus großer Entfernung hörte sie den Skinwalker die schmale Gasse am anderen Ende des Hauses entlangschleichen. Und dann fiel ihr etwas ein.

Rasch stand sie auf, ging hinüber zu Bonarotti und tastete an seinem blutverklebten Gürtel entlang, bis sie das Halfter mit dem riesigen Revolver gefunden hatte. Mit zitternden Fingern öffnete sie es und zog den schweren 44er Magnum Super Blackhawk heraus, dessen Kugeln eine vernichtende Wirkung hatten. Als Nora den blutigen Griff an ihrer Jeans abwischte, hörte sie sich rasch nähernde Schritte. Sie stand auf und zog sich an die Hinterwand des Raumes zurück.

Kurz darauf erschien die pelzige Gestalt des Skinwalkers im Eingang der Kammer. Das Licht des Mondes ließ seine weiß bemalten Arme bläulich aufschimmern und glänzte auf der speckigen Ledermaske vor seinem Gesicht. Einen Moment lang starrte der Skinwalker Nora schweigend an, bevor er mit einem tiefen, grollenden Knurren auf sie zusprang.

In der kleinen Kammer aus Lehmziegeln war der Mündungsknall des 44-er Magnum ohrenbetäubend laut. Nora schloss die Augen vor dem Mündungsfeuer und nahm über Handgelenk und Ellenbogen den starken Rückstoß der Waffe auf. Sie hörte einen wilden Aufschrei und drückte mit geschlossenen Augen ein weiteres Mal ab. Die Schüsse gellten ihr noch immer in den Ohren, als sie in Richtung Hinterausgang rannte, wo sie über etwas stolperte und bäuchlings auf den großen Hauptplatz fiel. Rasch rollte sie sich auf den Rücken und richtete den Revolver auf den Hauseingang, in dem kurz darauf der Skinwalker erschien. Es war unglaublich, dass er sich noch auf den Beinen halten konnte. Mit den Händen hielt er sich den Bauch, und Nora sah, wie das Blut aus seinem Pelz auf den Boden des Platzes tropfte. Der Skinwalker hatte zwei riesige Wunden an Brust und Unterleib. Als er Nora erblickte, wankte er mit einem hasserfüllten Schrei auf sie zu. Nora drückte ein drittes Mal ab. Die

Kugel, die den Skinwalker direkt im Gesicht traf, schleuderte ihm den Kopf nach hinten und warf seinen Körper zur Seite. Nora kniete sich nieder und feuerte zwei weitere Schüsse direkt in die Maske. Blutige Fleisch- und Lederfetzen wirbelten durch die vom beißenden Pulverqualm erfüllte Luft. Der Skinwalker wälzte sich wie ein von ekstatischen Bewegungen geschüttelter Tänzer auf dem Boden herum. Noras Schüsse hatten ihm einen Großteil des Schädels weggerissen, so dass zwischen den Knochensplittern die hellgraue Masse seines Gehirns hervorquoll. Aus einer zerfetzten Arterie in seiner Brust spritzte Blut in raschen, rhythmischen Stößen in den Staub. Ein grausiges Gurgeln entwand sich seiner Kehle, während Nora laut schreiend immer wieder abdrückte und gar nicht merkte, dass der Hammer des Revolvers schon längst nur noch auf leer geschossene Patronen klickte.

Und dann endlich erstarb das Röcheln des Skinwalkers, und eine tiefe Stille senkte sich über die Stadt.

Unter starken Schmerzen erhob sich Nora langsam. Sie machte ein paar Schritte auf die Begrenzungsmauer zu und sackte wieder in sich zusammen. Erschöpft ließ sie den Revolver aus der Hand gleiten. Es war vorüber.

Minutenlang blieb Nora hier, am Eingang nach Quivira, liegen und weinte leise vor sich hin.

67

Nach einer Weile stand Nora auf und trat mit zittrigen Knien an den Rand des Alkovens. Das Tal von Quivira, das von dem breiten, hochwassergeschwollenen Fluss in zwei Teile zerschnitten wurde, lag in schwaches, silbriges Licht getaucht unter ihr. Hinter ihr erhoben sich massiv und schweigend die Häuser der alten Stadt.

Langsam wie eine Schlafwandlerin humpelte sie hinüber zur Strickleiter und begann Sprosse um Sprosse hinunterzuklettern. Es war eine schmerzhafte Quälerei, die Nora dennoch kaum wahrnahm, weil sie noch immer unter Schock stand. Unten angekommen, schaute sie hinüber zum Lager. Als sie merkte, dass das orangefarbene Leuchten im Sanitätszelt erloschen war, spürte sie, wie ihr ein Schluchzen in die Kehle stieg. Jetzt in dieses Zelt zu sehen war die schmerzlichste Aufgabe, die sich in ihrem ganzen Leben je gestellt hatte. Dennoch musste sie sich persönlich davon überzeugen, dass der schlimmste Fall eingetreten war.

Sie ging ein paar Schritte auf das Lager zu und blieb dann stehen. Ein paar Meter von der Felswand entfernt lag die grotesk verdrehte Leiche von Sloane im Sand. Nora trat auf sie zu. Die weit aufgerissenen, einst bernsteinfarbenen Augen blickten dunkel und starr ins Leere. Das Mondlicht lag wie ein matter Film auf ihnen und glänzte auf dem Blut, das neben ihr in den Sand geflossen war. Erschaudernd wandte Nora den Blick ab und hielt automatisch nach dem toten Skinwalker Ausschau. Doch der war nirgends zu sehen.

Wieder wallte nackte Angst in Nora hoch und versetzte alle ihre Sinne in Alarmbereitschaft. Sorgfältig suchte sie die Umgebung ab und fand an die fünf Meter von der toten Sloane entfernt eine blutgetränkte Vertiefung im Sand, die etwa die Form eines menschlichen Körpers hatte. Daneben lag eine silberne Concha, aber der Skinwalker war verschwunden. Nora trat instinktiv einen Schritt zur Seite und hielt sich mit der Hand den Mund zu, während ihre Blicke die Umgebung prüften. Nirgends war eine Spur von der Kreatur zu sehen.

Nora drehte sich um und ging auf das im Mondlicht liegende Lager zu, wobei ihr die Schnittwunde am Oberschenkel und der verstauchte Knöchel höllisch wehtaten. Was sie vorfand, war noch schlimmer als erwartet. Das Innere des Sanitätszeltes bot ein Bild der Verwüstung: Ausrüstungsgegenstände und Verbandsmaterial waren auf dem Boden verstreut, und der Schlafsack, in dem Bill

Smithback gelegen hatte, war in Fetzen gerissen. Überall fanden sich Blutflecken, doch Bill selbst war spurlos verschwunden.

Laut schluchzend taumelte Nora aus dem Zelt und starrte hinauf zum mondhellen Himmel. »Verdammt!«, schrie sie. »Verdammt! *Verdammt!*«

Und dann spürte sie, wie sie plötzlich von hinten ein Arm an der Schulter packte und sich eine Hand auf ihren Mund legte. In Panik versuchte Nora sich zu wehren, aber dann gab sie auf. Sie konnte nicht mehr.

»Seien Sie still!«, flüsterte ihr eine ruhige, sanfte Stimme ins Ohr.

Der Griff löste sich, und als Nora sich umdrehte, sah sie zu ihrem großen Erstaunen John Beiyoodzin vor sich stehen.

»Sie!«, keuchte sie.

Im Mondlicht glänzten die weißen Zöpfe des alten Mannes wie Quecksilber. »Pst!« Er legte seinen Zeigefinger auf die Lippen. »Ich habe Ihren Freund am anderen Ende des Tales versteckt.«

»Welchen Freund?«, fragte Nora, die nicht verstand, wovon Beiyoodzin redete.

»Den Journalisten, mit dem Sie bei mir waren. Smithback«, sagte er

»Bill ist am Leben?«

Beiyoodzin nickte.

Voller Freude und Erleichterung ergriff Nora Beiyoodzins Hände. »Haben Sie sonst noch jemanden gesehen? Roscoe Swire, unseren Cowboy, oder Aaron Black ...« Etwas in Beiyoodzins Miene ließ Nora verstummen.

»Der Mann, der bei Ihren Pferden war, ist tot«, erwiderte er. »Sonst habe ich niemanden gesehen.«

»Tot? Das kann nicht sein. Roscoe war doch ...« Sie senkte den Kopf und schwieg. Diese Nachricht ging über ihre Kraft.

»Ich habe seine Leiche in dem Eichenwäldchen gefunden. Die Skinwalker haben ihn getötet. Aber jetzt müssen wir fort von hier.«

Beiyoodzin löste seine Hände aus den ihren und wandte sich zum

Gehen. Aber Nora hielt ihn erneut fest. »Ich habe einen von den Skinwalkern oben in der Stadt erschossen«, sagte sie, wobei sie mit den Tränen kämpfte. Sie musste jetzt stark sein. »Aber es gibt noch einen Zweiten. Er ist verwundet, aber ich glaube, dass er noch lebt und sich irgendwo hier unten im Tal herumtreibt.«

Beiyoodzin nickte. »Ich weiß«, sagte er. »Deshalb müssen wir jetzt auch weg.«

»Aber wie?«

»Ich kenne einen geheimen Pfad. Die Skinwalker benutzen ihn, um hierher zu kommen. Er ist sehr schwierig zu begehen, aber wir müssen Ihren Freund von hier fortschaffen.«

Beiyoodzin setzte sich in Bewegung und ging im Mondlicht, das unruhige Schatten auf den Boden des Tales zeichnete, raschen Schrittes auf den Felssturz am Ende des Cañons zu. Hier, wo der vom Hochwasser geschwollene Fluss sich in einem wilden Wasserfall in den schmalen Slot-Cañon ergoss, war das Rauschen des Wassers sehr viel lauter, und dichte Wolken von Sprühnebel hingen in der Luft. Ohne zu zögern trat Beiyoodzin durch den Vorhang aus Dunst und verschwand. Nora folgte ihm.

Sie stand auf einem schmalen, schräg abfallenden Felsband, das offenbar von Menschenhand in die Wand des Cañons gehauen war. Es nahm direkt neben dem Wasserfall seinen Anfang und führte an dem Katarakt entlang zunächst ein Stück nach unten. Da in der engen Schlucht das Mondlicht sehr viel schwächer war als draußen im Tal, musste Nora höllisch aufpassen, auf dem glitschigen, moosbewachsenen Fels nicht den Halt zu verlieren. Ein einziger Fehltritt, und sie würde in das schäumende Wasser stürzen und dem sicheren Tod in einem Schlund aus rasiermesserscharfen Felsen entgegentreiben.

Nach einer Weile wurde der Pfad weniger steil, und dichte, aus dem Wasser aufsteigende Nebelschwaden hüllten sie ein wie ein weißer Mantel. In dem ständig feuchten Mikroklima hatte sich eine Vielfalt von Moosen und seltsamen Hängepflanzen entwickelt.

Beiyoodzin teilte einen Blättervorhang aus riesigen Farnen, und da sah Nora im Schatten dahinter Smithback auf dem Boden kauern. Er hatte die Arme um die Knie geschlungen und wartete auf Beiyoodzins Rückkehr.

»Bill!«, rief sie, als der Journalist sich mit einem Ausdruck ungläubiger Freude auf dem Gesicht erhob.

»O mein Gott!«, seufzte er. »Nora! Ich dachte schon, du seist tot.« Er umarmte sie schwach und küsste sie immer wieder.

»Wie geht es dir?«, fragte sie und berührte vorsichtig die hässliche Beule an seiner Stirn.

»Ich muss Sloane wohl dafür dankbar sein, dass sie mich bewusstlos geschlagen hat, denn der Schlaf hat wahre Wunder gewirkt«, erwiderte er mit einem schiefen Grinsen, doch seine schwache Stimme strafte seine Worte lügen. »Aber wo ist sie eigentlich? Und wo sind die anderen?«

»Wir müssen weiter!«, drängte Beiyoodzin.

Er deutete auf den gewundenen Pfad, der sich im Fels des Cañons nach oben wand. Im fahlen Mondlicht kam es Nora so vor, als wäre der kaum sichtbare, schmale Weg, der in Serpentinen an Felsspitzen vorbei und über tiefe Spalten in der Wand führte, eher für Gespenster passierbar als für Menschen.

»Ich gehe als Erster«, sagte Beiyoodzin zu Nora. »Bill kommt nach mir, und den Schluss machen Sie.«

Er sah sie einen Augenblick lang fragend an, dann drehte er sich um und begann den Pfad hinaufzusteigen. Dabei achtete er darauf, sein Gewicht auf die Seite der Cañon-Wand zu verlagern, und legte für einen Mann seines Alters eine erstaunliche Behändigkeit an den Tag. Als Smithback ihm folgte, musste er sich mit einer Hand an der Wand abstützen, um nicht das Gleichgewicht zu verlieren. Nora, die noch immer nicht fassen konnte, dass er noch am Leben war, ging als Letzte.

Es war eine mühselige und schmerzhafte Kletterei den ausgesetzten Pfad hinauf, bei der sie ständig darauf achten mussten, nicht auf

Moos oder Flechten auszugleiten, die überall auf dem feuchten Felsband wuchsen. Das Brüllen des Wasserfalls drang aus der Tiefe herauf und wurde von den Cañon-Wänden so stark zurückgeworfen, dass die Luft von dem Geräusch zu vibrieren schien. Nora sah, dass Smithback sich kaum auf den Beinen halten konnte. Nur mit äußerster Kraftanstrengung gelang es ihm, einen Fuß vor den anderen zu setzen.

Es dauerte viele qualvolle Minuten, bis sie die Dunstschleier des Wasserfalls hinter sich gelassen hatten. Nun aber verengte sich der Cañon, was zur Folge hatte, dass immer weniger Mondlicht einfallen konnte. Ohne zu sehen, wo man hintrat, wurde das Vorwärtskommen jedoch noch schwieriger. In einiger Entfernung konnte Nora undeutlich erkennen, wie der Pfad eine scharfe Kurve machte und hinter einem kleinen, hoch über dem Wasserfall aus der Wand ragenden Felsvorsprung verschwand.

»Wie geht es dir?«, fragte Nora nach vorn zu Smithback, der vor Anstrengung laut keuchte.

Der Journalist hustete und streckte wortlos den rechten Daumen in die Höhe, um ihr zu signalisieren, dass alles in Ordnung mit ihm sei.

Auf einmal blieb Beiyoodzin abrupt stehen und hob warnend die Hand.

»Was ist los?«, fragte Nora, als sie hinter Smithback zum Stehen kam. Das Herz schlug ihr vor Angst bis zum Hals.

Und dann roch auch sie den süßlichen Duft von Purpurwinden, den ihr die auffrischende Brise an die Nase wehte.

»Was ist los?«, fragte Smithback.

»Der Skinwalker. Er folgt uns wohl den Pfad herauf«, sagte Beiyoodzin. Auf einmal konnte Nora in seinem abgezehrten, von unzähligen Falten durchfurchten Gesicht sehen, wie alt er wirklich war. Ohne ein weiteres Wort setzte sich Beiyoodzin wieder in Marsch.

Nora und Smithback folgten ihm, so rasch sie konnten, den steilen Pfad hinauf. Nora biss sich auf die Lippen, wenn die Schmerzen in ihrem verletzten Bein zu stark wurden. »Schneller«, drängte Beiyoodzin.

»Er kann nicht ...«, begann Nora, doch die Worte blieben ihr im Munde stecken.

Vor ihnen, direkt an der Kehre des Pfades, war plötzlich eine Gestalt aufgetaucht, die sich dunkel von der violett schimmernden Felswand abhob. Aus dem dichten Pelz, der unten von gestocktem Blut verklebt war, stieg Dampf in die kühle Nachtluft. Die Kreatur schlurfte ein paar Schritte auf sie zu, blieb dann aber stehen. Nora, der vor Angst übel wurde, hörte, wie der Skinwalker unter der blutdurchtränkten Ledermaske keuchend atmete. Trotz der Entfernung meinte sie seine Augen wie kleine rote Stecknadelköpfe funkeln zu sehen. Sie glühten vor Wut, Schmerz und Gemeinheit.

Plötzlich ging Beiyoodzin auf den Skinwalker zu. Als er kurz vor der Kehre angelangt war, trat er vorsichtig hinaus auf den vorspringenden Felsen. Dort griff er in die Jackentasche und holte seinen Medizinbeutel hervor. Er öffnete ihn und streute, ohne die Blicke von dem Skinwalker zu nehmen, eine dünne, kaum sichtbare Linie aus Blütenpollen und Maismehl auf den schmalen Sims zwischen ihnen. Dabei stimmte er einen leisen Gesang an.

Mit stummer Furcht beobachtete Nora, wie der Skinwalker einen Schritt auf die Linie zu machte. Beiyoodzin hörte mit seinem Gesang auf und sprach nur ein Wort: »*Kishlinchi.*«

Der Skinwalker schien ihm zuzuhören. »Bitte, hör auf«, sagte Beiyoodzin. »Lass es gut sein hier.«

Der Skinwalker sah ihn an. Beiyoodzin nahm nun eine Adlerfeder aus dem Beutel und hielt sie ihm mit ausgestrecktem Arm entgegen. »Du glaubst, dass das Böse dich stark macht, aber in Wirklichkeit macht es dich schwach. Schwach und hässlich. Wer böse ist, dem fehlt es an Stärke. Ich aber bitte dich jetzt, stark zu sein und mit dem Bösen aufzuhören. Es ist die einzige Möglichkeit, dein Leben zu retten, denn das Böse verzehrt sich am Ende immer selbst.«

Mit einem wütenden Knurren zog der Skinwalker ein Steinmesser aus seinem Pelz. Er überschritt die Linie aus Blütenstaub und hob das Messer so, dass er es Beiyoodzin ins Herz rammen konnte.

»Wenn du nicht mit mir zurückkommen willst, bitte ich dich, hier in diesem Tal zu bleiben«, sagte Beiyoodzin rasch mit heiserer Stimme. »Wenn du dich für das Böse entschieden hast, dann bleibe am Ort des Bösen. Bleibe in dieser Stadt.« Er machte eine Kopfbewegung in Richtung Nora. »Nimm diese Fremden, wenn du deinen Durst nach Blut mit nichts anderem stillen kannst. Aber lass meine Leute, lass unser Dorf in Ruhe.«

»Was reden Sie da?«, rief Smithback überrascht und wütend von hinten, aber weder Beiyoodzin noch der Skinwalker schienen ihn zu hören. Jetzt griff der alte Mann wieder in seine Jacke und holte einen weiteren Beutel hervor, der sehr viel älter aussah als der erste. Das Leder war so abgewetzt, dass es dünn wie Papier war, und seine Säume waren in Silber eingefasst und mit Türkisen verziert. Nora ließ ihren Blick zwischen Beiyoodzin und dem Medizinbeutel hin- und herwandern. In ihr mischten sich Wut und Angst mit dem Gefühl, von dem alten Indianer verraten worden zu sein. Verstohlen packte sie Smithback am Ellenbogen, drehte ihn sanft herum und drängte ihn den Pfad hinunter, weg von der Konfrontation zwischen Beiyoodzin und dem Skinwalker.

»Weißt du, was das ist?«, fragte Beiyoodzin. »Dieser Beutel enthält die magischen Bildsteine unserer Vorväter. Sie sind der wertvollste Besitz des Stammes der Nankoweap. Auch *du* hast sie einst verehrt. Ich werde sie dir geben, damit du siehst, wie ernst mir mein Angebot ist. Aber dafür musst du hier bleiben und unser Dorf in Ruhe lassen.«

Mit langsamen, ehrfürchtigen Bewegungen öffnete Beiyoodzin den Beutel und hielt ihn mit ausgestreckter Hand dem Skinwalker hin. Dabei zitterte er. Ob vor Angst oder wegen seines hohen Alters, konnte Nora nicht entscheiden.

Der Skinwalker zögerte.

»Nimm sie«, flüsterte Beiyoodzin.

Die pelzige Gestalt trat von dem Pfad hinüber auf den Felsvorsprung, auf dem Beiyoodzin stand.

Der alte Mann wartete noch einen Augenblick, dann schleuderte er mit einer plötzlichen, blitzschnellen Bewegung dem Skinwalker den Inhalt des Beutels ins Gesicht.

Er war voll von einem grauen Pulver, das dem Skinwalker unter die Maske drang. Er brüllte erstaunt und empört auf und versuchte sich die Maske vom Gesicht zu reißen. Dabei geriet er aus dem Gleichgewicht. Während er sich hustend und keuchend dem Abgrund näherte, sprang Beiyoodzin mit der Geschmeidigkeit einer Katze von dem Felsvorsprung auf den Weg und brachte sich so in Sicherheit. Der Skinwalker geriet immer mehr ins Taumeln, bis seine Füße schließlich den Halt verloren und er mit einem wütenden Aufschrei in die Tiefe stürzte. Nora sah, wie er sich, wild mit den Beinen strampelnd, noch im Fallen die Maske vom Gesicht riss und dabei so laut aufheulte, dass es sogar das Tosen des Wasserfalls übertönte. Dann war er auf einmal im Schatten der Schlucht verschwunden.

Einen Augenblick waren die drei auf dem Pfad wie gelähmt.

Schließlich drehte Beiyoodzin sich um, sah Nora und Smithback mit grimmigem Gesicht an und nickte.

Nora half Smithback zu Beiyoodzin hinauf, der an der Kehre stand und in den Abgrund starrte. Auf einmal tat ihr die Wunde an ihrem Oberschenkel doppelt so weh wie zuvor.

»Es tut mir Leid, wenn ich Ihnen einen Schreck eingejagt habe, aber manchmal muss man eben listig sein wie ein Kojote.« Immer noch hinter dem Skinwalker herstarrend, streckte Beiyoodzin den Arm aus und nahm Nora bei der Hand. Seine Haut fühlte sich kühl und trocken an wie ein verwelktes Blatt. »So viel Tod«, murmelte er. »So schrecklich viel Tod. Aber zumindest hat sich jetzt das Böse aufgezehrt.«

Dann hob er den Blick zu Nora, die in seinen dunklen Augen

freundliches Mitgefühl ebenso erkennen konnte wie unendlich tiefe Traurigkeit.

Eine Weile schwiegen alle drei. Dann ergriff Beiyoodzin das Wort. »Wenn Sie bereit sind«, sagte er mit leiser, klarer Stimme, »werde ich Sie jetzt zu Ihrem Vater bringen.«

Epilog

Langsam, aber beständig bewegten sich die vier Reiter den Cañon namens Raingod Gulch hinauf. John Beiyoodzin, der auf seinem herrlichen Falben saß, ritt voran, gefolgt von Nora und ihrem Bruder Skip. Neben ihnen trottete Teddy Bear, der riesige rhodesische Ridgeback, der früher einmal Teresa gehört hatte. Sein Kopf reichte den Pferden fast bis an den Bauch. Bill Smithback ritt als Letzter. Er hatte seinen widerspenstigen Haarschopf unter einen Cowboyhut aus Wildleder geschoben, und obwohl die intensive und anstrengende Behandlung mit Antibiotika, der sich er und Nora hatten unterziehen müssen, vor zwei Wochen zu Ende gegangen war, wirkte er noch immer ziemlich mitgenommen.

Es war Ende August, und über den türkisblau leuchtenden Himmel zogen ein paar weiße Kumuluswolken. Zaunkönige flatterten durch die Luft und erfüllten den lieblichen Cañon mit ihren glockenartigen Rufen. Ein schmaler, von großen Pappeln gesäumter Bach plätscherte munter in seinem Bett aus weichem Sand. An fast jeder Biegung des Cañons waren hoch in den Felswänden kleine Alkoven mit Anasazi-Ruinen zu sehen, die nicht viel mehr als ein, zwei Räume aufwiesen, aber in ihrer bescheidenen Perfektion dennoch wunderschön waren.

Nora ließ ihr Pferd das Tempo bestimmen und konzentrierte sich allein auf die Wärme der Sonne, die ihr auf die jeansbekleideten Beine schien, das Murmeln des nahen Baches und die Bewegung des Pferdes unter sich. Ab und zu musste sie innerlich grinsen, wenn sie hörte, wie Smithback hinter ihr sein störrisches Reittier lautstark verwünschte, das alle paar Schritte stehen blieb und an einem Büschel Klee oder einer Distelblüte herumknabberte und dabei die wüsten Drohungen und Beschimpfungen seines Reiters ignorierte. Bill Smithback hatte einfach keine gute Hand mit Pferden.

Nora rief sich wieder ins Gedächtnis, dass es ein großes Glück war, ihn jetzt hier zu haben. Aber ein ebenso großes Glück war es, dass sie selbst die Ereignisse im Tal von Quivira überlebt hatte. Sie dachte kurz an ihren schrecklichen Rückmarsch in die Zivilisation, der nun schon einen Monat zurücklag. Smithback war immer schwächer geworden, und auch sie hatte in zunehmendem Maße unter den Folgen der Pilzinfektion zu leiden gehabt. Wenn Skip und Ernest Goddard mit ihrer Rettungsexpedition ihnen nicht auf halbem Weg entgegengekommen wären, wenn nicht am See ein schnelles Motorboot und im Hafen von Wahweap kein Hubschrauber zum Transport ins nächste Krankenhaus auf sie gewartet hätte, dann wären sie und Smithback jetzt wohl nicht mehr am Leben. Eine Zeit lang hatte Nora sogar gedacht, dass das vielleicht besser gewesen wäre, als Goddard mitteilen zu müssen, mit welchem entsetzlichen Verlust er persönlich den Erfolg der Expedition bezahlen musste.

Als sie jetzt, etwa fünfzig Kilometer nordwestlich der Ruinen von Quivira, hinter John Beiyoodzin dahinritt, kam es ihr vor, als habe die Landschaft hier eine kleinere, menschlichere Dimension als die Cañons rings um Quivira: Alles war freundlich und grün, und Wasser gab es mehr als genug. John Beiyoodzin hatte gerade wieder einmal eine Pause in seiner langen Erzählung eingelegt. Er tat das öfters, um das Gesagte auf seine Zuhörer wirken zu lassen.

Während sie weiter durch die sonnendurchflutete Stille des Cañons ritt, schweiften Noras Gedanken von Goddard zu ihrem eigenen Vater und den neuen Informationen, die sie inzwischen über dessen Reise nach Quivira bekommen hatte. Pat Kelly hatte nur sehr wenig aus der Stadt mitgenommen und – ganz im Gegensatz zu seinem Ruf als Keramikjäger – die kleine Grabung, die er vorgenommen hatte, so gut wieder aufgefüllt, dass er damit sogar Aragons hohem Standard gerecht geworden wäre. Dabei musste er aber so viel Pilzstaub eingeatmet haben, dass er noch während seines Aufenthaltes in Quivira erkrankte. Nach dem Auftreten der ersten Symptome war er nach Norden geritten, um dort Hilfe zu suchen, war aber auf dem Ritt zunehmend schwächer geworden. Nora fragte sich, wie er sich wohl dabei gefühlt haben mochte. Hatte er Angst gehabt? War er niedergeschlagen gewesen? In ihrer Kindheit hatte er Nora einmal erzählt, dass er gerne im Sattel sterben würde. Und genau das war ihm gelungen. Oder zumindest fast: Als es ihm so schlecht gegangen war, dass er nicht mehr hatte weiterreiten können, war er abgestiegen, hatte seine Pferde freigelassen und auf seinen Tod gewartet.

»Es war mein Cousin, der vor sechzehn Jahren die Leiche Ihres Vaters entdeckt hat«, sagte Beiyoodzin, der nun offenbar wieder gewillt war, mit seiner Erzählung fortzufahren. »Sie befand sich in einer Höhle auf einer kleinen Anhöhe und sah so aus, als habe sie schon seit sechs Monaten dort gelegen. Die Höhle liegt an einer steilen Felswand, so dass die Kojoten nicht hineinkönnen, und deshalb war die Leiche Ihres Vaters unversehrt.«

»Wie ist Ihr Cousin auf sie gestoßen?«, fragte Skip.

»Er kam auf der Suche nach ein paar davongelaufenen Schafen an der Höhle vorbei, und als er dort etwas Farbiges entdeckte, stieg er hinauf, um sie sich näher anzusehen.« Beiyoodzin hielt inne und räusperte sich. »Neben dem Toten lag ein Notizbuch, das ich Nora inzwischen ausgehändigt habe. Daraus schaute ein bereits mit Adresse und Briefmarke versehener Umschlag hervor. Des Weiteren bemerkte mein Cousin in der Höhle einen mit Türkisen verzierten Pumaschädel. Leider ist mein Cousin ein sehr gesprächiger Mann, und so verbreitete sich die Nachricht von dem toten Weißen wie ein Lauffeuer im ganzen Dorf. Und weil der Weiße den Schädel bei sich hatte, wussten auch bald alle, dass er die Stadt entdeckt haben musste, deren Existenz jahrhundertelang unser Geheimnis gewesen war.«

Beiyoodzin hielt kurz inne, dann fuhr er mit leiser, nachdenklicher Stimme fort: »Diese Stadt war nicht von unseren Vorfahren erbaut worden. In der Überlieferung heißt es, dass ein Volk aus dem Süden gekommen sei, die Anasazi versklavt und sie zum Bau der großen Städte und Straßen gezwungen habe. Dann aber habe derselbe

Gott, der ihnen zuerst die Macht verliehen hatte, die Fremden wieder vernichtet. Von der verbotenen Stadt sagt man, sie sei ein Hort der Hexerei und des Bösen gewesen. Nur wenige unserer Leute – unter ihnen auch mein Großvater – waren jemals dort, und die meisten starben bald nach ihrer Rückkehr an der Geisterkrankheit. Deshalb hat sich seit vielen, vielen Jahren niemand mehr dorthin gewagt. Bis vor kurzem.«

Geschickt drehte sich Beiyoodzin im Reiten mit einer Hand eine Zigarette. »Als der Leichnam Ihres Vaters entdeckt wurde, bedeutete das ein großes Problem für unseren Stamm, denn wir vermuteten, dass in dem Brief und dem Notizbuch von dem Geheimnis der verbotenen Stadt die Rede war. Wenn wir den Fund der Leiche gemeldet hätten, wäre damit dieses Geheimnis der Welt offenbart worden.«

»Aber Sie hätten doch ganz einfach den Brief und das Notizbuch vernichten können«, warf Nora ein.

Beiyoodzin zündete seine Zigarette an und nahm einen tiefen Zug. »Wir glauben, dass es sehr gefährlich ist, den Besitz von Toten zu berühren, die an der Geisterkrankheit gestorben sind. Ganz schnell erkrankt man selbst daran. Und da der Weiße in der vergessenen Stadt gewesen war, wussten wir, dass er dieser Krankheit zum Opfer gefallen sein musste. Also ließen wir seine Leiche sechzehn Jahre lang in der Höhle liegen, ohne sie zu begraben. Es schien uns am einfachsten, wenn wir überhaupt nichts taten.«

Beiyoodzin hielt unvermittelt sein Pferd an und drehte sich zu Nora um. »Das war nicht recht, denn wir konnten uns ja denken, dass der Tote in der Höhle eine Familie hatte, die ihn liebte und sich fragte, ob er noch am Leben war. Es war grausam, diese Menschen im Ungewissen zu lassen. Und obwohl wir nach wie vor glaubten, dass es unserer Sicherheit diente, wenn wir nichts taten, erzeugte dieses Verhalten ein Ungleichgewicht, das langsam immer größer wurde und nun zu Ihrer Expedition nach Quivira und schließlich zu diesen grässlichen Morden geführt hat.«

Nora brachte ihr eigenes Pferd neben dem von Beiyoodzin zum Stehen. »Wer hat den Brief aufgegeben?«, fragte sie ruhig. »Diese Frage beschäftigt mich schon seit vielen Wochen.«

»Es gab in unserem Stamm drei Brüder, die zusammen mit ihrem Vater, einem Alkoholiker, in einem Wohnwagen außerhalb des Dorfes hausten. Ihre Mutter war vor vielen Jahren mit einem anderen Mann durchgebrannt. Es waren intelligente Jungs, die alle drei Stipendien bekamen und nach Arizona auf die Universität gingen. Dieser Kontakt mit der Außenwelt hat ihnen allerdings nicht gerade gut getan, wenn auch in unterschiedlicher Hinsicht. Zwei der Brüder gaben ihr Studium auf und kamen zurück in unser Dorf. Die Welt, die sie draußen kennen gelernt hatten, widerte sie einerseits an, andererseits hatte sie aber auch starke Veränderungen in ihnen bewirkt. Sie waren von einer ruhelosen Gier nach Geld und Macht getrieben, und beides konnten sie in einem kleinen Dorf wie dem unseren nur unzureichend bekommen. Sie passten nicht mehr zu unserem Stamm und fingen an, sich von der natürlichen Ordnung des Lebens abzuwenden und ihr Heil in verbotenem Wissen zu suchen. Dabei half ihnen der Cousin des Schurken, der meinen Großvater ermordet hatte. Er war ein schlechter, alter Mann und unterwies sie in den schwärzesten aller bösen Künste. Die Menschen aus dem Dorf begannen die Brüder zu meiden, und diese sonderten sich ihrerseits immer weiter von uns ab. Schließlich brachen sie das größte Tabu unseres Stammes und begaben sich in die alten Ruinen, um dort die Rituale zu erlernen, von denen die alten Überlieferungen unseres Stammes nur undeutlich zu berichten wissen.«

»Und was war mit dem dritten Bruder?«, fragte Smithback dazwischen.

»Auf den wollte ich gerade zu sprechen kommen. Der dritte Bruder blieb auf der Universität. Er machte seinen Abschluss und kam dann ebenfalls wieder nach Hause. Aber wie die beiden anderen hatte auch er in unserem Dorf keine Chance. Eine seiner Bildung angemessene Arbeit ließ sich hier nicht finden. Im Gegensatz zu seinen Brüdern war er zur Religion der Weißen übergetreten und verachtete den Glauben unseres Stammes, zu dem auch die Angst vor der Geisterkrankheit gehörte. Er hielt uns für abergläubisch und ignorant. Er wusste, dass die Leiche des weißen Mannes noch immer in der Höhle lag, und hielt das für eine Sünde. Deshalb ging er hin, begrub den Toten im Sand und errichtete ein Kreuz über seinem Grab. Und dann nahm er seinen Besitz an sich und steckte den Brief, den er darunter gefunden hatte, in den Briefkasten in der Handelsstation.«

Beiyoodzin zuckte mit den Achseln. »Niemand kann sagen, weshalb er den Brief aufgegeben hat. Woher sollte er wissen, ob er nach sechzehn Jahren überhaupt noch seinen Adressaten erreichen würde? Vielleicht hat der Bruder es ja getan, um das geschehene Unrecht wieder gutzumachen, vielleicht aber auch aus Verärgerung über unseren vermeintlichen Aberglauben. Möglicherweise hat er damit ja sogar richtig gehandelt, wer weiß? Auf jeden Fall aber haben die beiden anderen Brüder davon erfahren und ihn zur Rede gestellt. Sie warfen ihm vor, das Geheimnis der verborgenen Stadt an die Weißen verraten zu haben. Es kam zu einem entsetzlichen Streit, bei dem die beiden bösen Brüder den dritten töteten.«

An dieser Stelle brach Beiyoodzin seine Erzählung ab und setzte sein Pferd wieder in Gang. Langsam ritt die kleine Gruppe weiter in den Cañon hinein. Als sie um die nächste Biegung kamen, überraschten sie einen Maultierhirsch beim Saufen am Bach. Das Tier hob den Kopf und rannte leichtfüßig davon, wobei es kristallen leuchtende Wasserfontänen aufspritzen ließ.

»Die beiden Brüder hassten die Welt der Weißen«, fuhr Beiyoodzin schließlich fort, »aber sie verachteten auch das Leben in unserem Dorf. Das Böse war das Einzige, was sie interessierte, und ihm widmeten sie ihr Leben. Nach langer Suche fanden sie schließlich das verborgene Kiva von Quivira, über das es in der Überlieferung unseres Stammes nur düstere Andeutungen gab. Sie brachen seinen Eingang auf, aber nicht, um es seiner Schätze zu berauben, sondern wegen des Leichenpulvers, das sie zum geheimen Instrument ihrer Rache machten. Mit seiner Hilfe wollten sie Angst und Schrecken verbreiten und die Macht erlangen, nach der sie ihr ganzes Leben lang gestrebt hatten. Nachdem sie das Pulver herausgeholt hatten, verschlossen sie das Kiva wieder sorgfältig auf die ursprüngliche Art und Weise.« Beiyoodzin schüttelte den Kopf. »Sie wollten das Geheimnis des Kivas – und das der verbotenen Stadt – um jeden Preis bewahren. Durch ihre grässlichen Rituale waren sie immer mehr zu Hexern geworden, die in der Sprache meines Volkes *Eskizzi* heißen. Die Ermordung ihres Bruders vervollständigte diesen Prozess, denn in unserem Glauben wird man erst dann zu einem richtigen Skinwalker, wenn man einen Menschen getötet hat, den man liebt.«

»Glauben Sie denn, dass die beiden wirklich übernatürliche Kräfte hatten?«, wollte Skip wissen.

Beiyoodzin lächelte ihn an. »Ich höre den Zweifel in Ihrer Stimme. Es stimmt, dass die verbotenen Wurzeln, die sie gekaut haben, ihnen enorme Kraft und Schnelligkeit verliehen und sie unempfindlich gegen Schmerz machten – selbst wenn dieser von einer Schusswunde stammte. Aber es ist mir schon klar, dass für euch Weiße Hexer ins Reich des Aberglaubens gehören.« Er sah Skip durchdringend an. »Dabei bin ich auch in Ihrer Welt schon Hexern begegnet. Sie tragen dort zwar keine Wolfspelze, sondern Nadelstreifenanzüge, und anstatt mit Leichenpulver töten sie mit dem Inhalt ihrer Aktentaschen. Als ich noch ein Junge war, kamen sie und brachten mich fort auf ein Internat, wo man Schläge bekam, wenn man seine eigene Sprache sprach. Später kamen solche Hexer dann zu meinem Stamm und hatten Schürfverträge für Erz und Erdöl dabei.«

Nachdem sie eine weitere Schleife des Cañons hinter sich gebracht hatten, gelangten sie in ein kleines Pappelwäldchen. Beiyoodzin hielt an und ließ alle absteigen. Während die Pferde am Bach zu grasen begannen, sprang Teddy Bear auf einen großen Felsen und streckte sich. Dabei sah er wie ein Löwe aus, der stolz über sein Revier wacht.

Skip ging hinüber zu Nora und legte ihr einen Arm um die Schulter. »Na, wie geht es dir?«, fragte er und drückte sie fest an sich.

»Gut«, antwortete Nora. »Und dir?«

Skip schaute sich um und atmete tief durch. »Ich bin ein bisschen nervös, aber ansonsten fehlt mir nichts. Um ehrlich zu sein: Ich habe mich noch nie besser gefühlt.«

»Und jetzt wäre ich dir dankbar, wenn du meine Freundin nicht mehr länger begrapschen würdest, Kumpel«, sagte Smithback scherzhaft. Gemeinsam sahen sie zu, wie der alte Indianer sein Medizinbündel von den Sattelschnüren knöpfte, es kurz betrachtete und dann auf einen schmalen Pfad deutete, der einen kleinen, felsigen Hügel hinaufführte. Oben konnte Nora die Höhle sehen, in der die Leiche ihres Vaters lag.

»Was für ein schöner Ort«, murmelte Skip.

Sie folgten Beiyoodzin hinauf zu der Höhle, aber als sie dort angekommen waren, zögerte Nora hineinzugehen. Stattdessen wandte sie sich um und ließ ihren Blick über den Cañon schweifen. Die Regenfälle der letzten Wochen hatten für einen wahren Blumenteppich gesorgt – überall blühten Kastilleen, Mormonentulpen, Stechapfel, Ipomopsis und Wüstenlupinen. Nach längerer Diskussion hatten sich Nora und Skip dazu entschlossen, die sterblichen Überreste ihres Vaters dort zu belassen, wo sie waren. Damit hatte Padraic Kelly seine letzte Ruhestätte in einem der schönsten und einsamsten Täler des von ihm so sehr geliebten Cañon-Landes gefunden. Kein anderes Grab wäre seiner würdiger gewesen.

Nora nahm Skips Hand und sah sich in der Höhle um.

Im Dämmerlicht konnte sie den Sattel und die abgeschabten Satteltaschen ihres Vaters erkennen, die ordentlich an der Rückwand der Höhle aufgereiht waren. Daneben stand der mit Türkisen eingelegte Pumaschädel, der selbst hier, außerhalb von Quivira, ebenso bedrohlich wie schön wirkte. Das Skelett ihres Vaters war nur von einer dünnen Schicht Sand bedeckt, und an manchen Stellen, wo der Wind ihn weggeweht hatte, sah Nora Fetzen alter Kleidung und matte, elfenbeinfarbene Knochen. Der Lage des Toten nach zu schließen musste ihr Vater bei seinem letzten Atemzug hinaus in dieses friedliche Tal geblickt haben.

Lange blieben Nora und Skip schweigend vor dem improvisierten Grab stehen. Dann ließ Nora die Hand ihres Bruders los und zog ein kleines, abgegriffenes Heft aus ihrer Jackentasche. Es war das Notizbuch ihres Vaters, das Beiyoodzin bei einem späteren Besuch in Quivira im Pelz des von Nora erschossenen Skinwalkers gefunden und ihr geschickt hatte. Sie öffnete es und entnahm ihm einen vergilbten Umschlag, den sie selbst zwischen seine Seiten gelegt hatte. Es war der Brief, mit dem alles seinen Anfang genommen hatte.

Diesen Brief an ihre Mutter hatte Noras Vater kurz vor der Entdeckung von Quivira geschrieben, aber in seinem Tagebuch erzählte er davon, was er in der Stadt getan hatte. Den letzten Eintrag hatte er in dem Wissen, dass es mit ihm zu Ende gehen würde, hier in dieser Höhle verfasst. Er war an seine Kinder gerichtet, und Nora hatte ihn bisher noch nicht gelesen. Das hatte sie sich für den jetzigen Moment aufgehoben, wenn sie zusammen mit Skip an seinem Grab stand.

Sie trat einen Schritt nach vorne und blieb vor den sterblichen Überresten ihres Vaters stehen, an deren Kopfende ein krudes Kreuz aus zwei mit Lederriemen aneinander gebundenen Zedernästen im Sand steckte. Nora spürte Smithbacks Hand nach der ihren tasten und drückte sie dankbar. Nach dem Grauen der letzten Tage in Quivira war ihr der Journalist, der unter seinen Wunden und der Pilzinfektion arg gelitten hatte, ein liebevoller, ruhiger und zuverlässiger Freund gewesen. Mit ihr zusammen war er zu der Trauerfeier für Peter Holroyd nach Los Angeles geflogen, wo Nora dessen zerlesene Ausgabe von »635 Tage im Eis« neben den Gedenkstein gelegt hatte, der an Stelle eines Grabes an Holroyd erinnern sollte. Seine Leiche hatte man nie gefunden, ebenso wenig wie die von Enrique Aragon, dessen Trauergottesdienst auf dem Lake Powell abgehalten wurde – und zwar genau an der Stelle, wo der von Aragon so geliebte Musiktempel unter den Fluten lag.

Irgendwann einmal, dessen war Nora sich sicher, würde sie nach Quivira zurückkehren. Eine handverlesene Gruppe von Wissenschaftlern des Instituts würde mit Atemgeräten und Schutzanzügen ausgerüstet eine sorgfältige Videodokumentation der Ruinen anfertigen und die von Sloane entdeckte Goldglimmerkeramik ins Institut bringen, wo sie unter Dr. Goddards persönlicher Leitung untersucht und katalogisiert werden würde. Und Bill Smithback hatte vor, zu gegebener Zeit sein Buch über die Expedition zu schreiben, ohne dabei allerdings die Ereignisse zu erwähnen, die Dr. Goddard unerträglichen Schmerz bereiten würden.

Nora seufzte schwer. Quivira würde ihr nicht davonlaufen. Wegen der Gefahr, die der tödliche Staub darstellte, würde das Institut die Lage der Stadt geheim halten. Und wer sonst noch davon wusste – einschließlich der Nankoweap –, würde sie auch niemals preisgeben.

Nora beobachtete, wie Beiyoodzin sich über das Skelett ihres Vaters beugte und einen kleinen Lederbeutel aufschnürte. Er nahm etwas mit Blütenpollen vermischtes Maismehl heraus und streute es, während er einen leisen, rhythmischen und ob seiner einfachen Monotonie wunderschönen Gesang anstimmte, über den Toten. Die anderen senkten andächtig den Blick.

Als der Gesang zu Ende war, sah Beiyoodzin Nora an. Seine Augen glänzten und auf seinem faltigen Gesicht zeigte sich ein Lächeln. »Ich danke Ihnen«, sagte er, »dass ich diese Angelegenheit endlich bereinigen konnte. Das war für mich und meinen Stamm sehr wichtig.«

Nun war Skip an der Reihe. Er nahm Nora den Brief aus der Hand und drehte ihn ein paar Mal um, bevor er sich hinkniete und vorsichtig den Sand über der Brust des Skeletts entfernte. Dann steckte er den Umschlag vorsichtig in die Brusttasche des Hemdes, das sich noch immer an der Leiche befand. Eine Weile verharrte er kniend vor seinem toten Vater, dann stand er langsam auf, um sich wieder neben seine Schwester zu stellen.

Nora atmete tief durch und versuchte, das Zittern in ihren Händen zu beruhigen, bevor sie das Notizbuch aufschlug und laut den letzten Eintrag ihres Vaters vorlas:

An Nora und Skip, meine beiden über alles geliebten und wunderbaren Kinder!
Wenn ihr das hier lest, werde ich nicht mehr am Leben sein. Ich sterbe an einer schrecklichen Krankheit, mit der ich mich möglicherweise in der von mir entdeckten Stadt Quivira infiziert habe. Obwohl ich nicht weiß, ob diese Zeilen euch jemals erreichen werden, möchte ich dennoch über dieses Tagebuch ein letztes Mal zu euch sprechen.
Wenn es in eurer Macht steht, dann sorgt bitte dafür, dass die Ruinen von Quivira unbekannt und unberührt bleiben. Sie sind ein Ort des Bösen, das ist mir selbst bei meiner flüchtigen Erkundung schon klar geworden. Ich glaube, dass die Stadt auch meinen Tod verursacht hat, selbst wenn ich nicht genau sagen kann, auf welche Weise. Aber das ist auch nicht so wichtig, denn manches Wissen sollte man besser sterben lassen, so wie wir alle sterben müssen.
Ich möchte euch beide bitten, mir einen Gefallen zu tun. Du, Skip, solltest dich vom Alkohol fernhalten. Ein gewisser Hang dazu liegt leider in unserer Familie, und ich weiß, dass du damit nicht umgehen kannst – ebenso wenig wie ich es gekonnt habe.
Und dich, Nora, bitte ich, deiner Mutter zu verzeihen. Ich weiß, dass sie mich möglicherweise für alles verantwortlich machen wird, was passiert ist. Wenn du erst einmal erwachsen bist, wirst du dich mit dem Vergeben sehr viel schwerer tun, aber denke stets daran, dass deine Mutter mit ihren Vorwürfen nicht ganz Unrecht hatte. Und auf ihre Art hat sie dich immer geliebt.
Die Höhle, in der ich jetzt liege, ist ein schöner Ort zum Sterben,

Kinder. Ich blicke hinaus auf einen Nachthimmel voller Sterne, ein kleiner Bach gluckert unter mir, und in einem weit entfernten Cañon heult ein Kojote. Eigentlich bin ich hierher gekommen, um reich zu werden, aber der Anblick von Quivira hat mich zum Umdenken gebracht. Ich habe dort keine Spuren oder Hinweise auf meine Anwesenheit hinterlassen und nur einen einzigen Gegenstand mitgenommen, um dir, Nora, zu beweisen, dass dein Vater auch wirklich die sagenumwobene Stadt gefunden hat. Dort habe ich zum ersten Mal in meinem Leben erkannt, dass ich die beiden einzigen Erfolge meines Lebens – euch beide – in Santa Fe zurückgelassen habe.

Ich war nie ein wirklich guter Vater, und das tut mir aufrichtig Leid. So viel hätte ich für euch tun können, was ich nicht getan habe. Und deshalb will ich euch beiden jetzt noch eines sagen; es wird das Letzte sein, was ihr von eurem Vater hören werdet: Ich liebe euch beide sehr und werde euch bis in alle Ewigkeit weiter lieben. Meine Liebe zu euch brennt heller als die vielen tausend Sterne, die ich jetzt droben am Himmel sehe. Ich selbst werde sterben, aber meine Liebe zu euch wird immer lebendig bleiben.

Dad

Nora verstummte und schloss die Augen. Einen Augenblick lang schien es ihr so, als wäre der ganze Cañon in ehrfürchtiges Schweigen versunken. Dann blickte sie auf, klappte das Notizbuch zu und legte es sorgsam neben ihrem Vater in den Sand. Schließlich drehte sie sich um und lächelte Smithback mit Tränen in den Augen an.

Danach verließen die vier die Höhle und gingen den kaum erkennbaren Pfad hinunter zu ihren Pferden, die sie nach Hause tragen würden.

Anmerkung der Autoren

Obwohl die in diesem Roman geschilderte Archäologie an einigen Stellen spekulativ ist, basieren die Informationen über die Anasazi, das Geheimnis des Zusammenbruchs von Chaco und die Abwanderung der Anasazi aus dem Colorado-Plateau ebenso auf tatsächlichen Forschungsergebnissen wie die Suche nach einer Verbindung der Anasazi mit Mittelamerika, die Verwendung von Radar zum Aufspüren prähistorischer Straßen und das, was in diesem Buch über kannibalistische Praktiken und Hexerei zu lesen steht. Darüber hinaus ist Douglas Preston, einer der Autoren, durch das Indianerland im Südwesten der USA gereist und hat bei verschiedenen Indianervölkern gelebt. Darüber hat er ein Sachbuch mit dem Titel »Talking to the Ground« geschrieben.

Die Autoren haben für dieses Buch eine ganze Reihe von Veröffentlichungen herangezogen. Die wichtigsten sind folgende: Clyde Kluckhohn: »Navajo Witchcraft«; Blackburn und Williamson: »Cowboys and Cave Dwellers«; Basketmaker »Archaeology in Utah's Grand Gulch«; Crown und Judge (Hrsg.): »Chaco and Hohokam: Prehistoric Regional Systems in the American Southwest«; James McNeley: »Holy Wind in Navajo Philosophy«; David Roberts: »In Search of the Old Ones«; George Pepper: »Pueblo Bonito«; Hester, Shafer und Feder: »The Chaco Anasazi«; Levy, Neutra und Parker: »Hand Trembling, Frenzy Witchcraft and Moth Madness«; Mauch Messenger (Hrsg.): »The Ethics of Collecting Cultural Property«; Chris Kincaid (Hrsg.): »Chaco Roads Project, Phase I: A Reappraisal of Prehistoric Roads in the San Juan Basin«; Tim D. White: »Prehistoric Cannibalism at Mancos 5MTUMR=3246«; Christy Turner: »Man Corn: Cannibalism and Violence in the Prehistoric American Southwest«; und Farouk El-Baz: »Space Archaeology« in: »Scientific American«, August 1997.

Wir möchten darauf hinweisen, dass der Stamm der Nankoweap

ebenso eine Erfindung ist wie das Santa Fe Archaeological Institute. Durch die Beschreibung von Hexenglauben und Hexerei in diesem Roman beabsichtigen wir keinesfalls, die religiösen Praktiken irgendeiner heute existierenden Kultur negativ zu beschreiben oder darzustellen. Die gesamte Handlung, alle Personen sowie ein Großteil der Schauplätze dieses Buches sind vollkommen frei erfundene Produkte der Vorstellungskraft seiner Autoren.

Danksagung

Lincoln Child möchte Bruce Swanson, Bry Benjamin, M. D., Lee Suckno, M.D., Irene Soderlund, Mary Ellen Mix, Bob Wincott, Sergio und Mila Nepomuceno, Jim Cush, Chris Yango, Jim Jenkins, Mark Mendel, Juliette Kvernland, Hartley Clark und Dennis Kelly für ihre Freundschaft und Hilfe bei technischen und anderen Fragen danken. Außerdem bedanke ich mich bei meiner Frau Luchie für ihre Liebe und ihre großzügige Unterstützung. Als Malerin, Schriftstellerin, Archäologin, Freidenkerin und Biografin von Austen Henry Nayard, der Niniveh ausgegraben hat, war mir meine Großmutter Nora Kubic eine besondere Inspiration für dieses Buch. Bereits im Kindesalter hat sie in mir die Liebe zum Schreiben und zur Archäologie geweckt – sie hat an Ausgrabungen teilgenommen, die so weit entfernt waren wie Masada und Camelot – und so nahe wie ihr eigener Garten in New Hamsphire. Obwohl sie schon seit Jahren verstorben ist, habe ich sie beim Schreiben dieses Romans stets in meinen Gedanken gehabt.

Douglas Preston möchte seine Dankbarkeit folgenden Personen gegenüber zum Ausdruck bringen: Walter Winings Nelson dafür, dass er mit mir auf der Suche nach den sieben goldenen Städten über tausend Meilen durch Wüsten und Cañons und über Berge geritten ist; Larry Burke, dem Kapitän der »Emerald Sun«, für die denkwürdige Expedition auf dem Lake Powell; Forest Fenn, der seine eigene verschollene Stadt gefunden hat; der Cottonwood Gulch Foundation of New Mexico und Tim Maxwell, dem Direktor des Office of Archaeological Studies am Museum von New Mexico. Außerdem bedanke ich mich bei meiner Frau Christine und meinen Kindern Selene, Aletheia und Issac und ein weiteres Mal bei den beiden Menschen, denen ich nie genug danken kann: meinen Eltern Dorothy und Jerome Preston.

Des Weiteren danken wir Ron Blom und Diane Evans vom Jet Propulsion Laboratory der NASA für ihre Hilfe bei Douglas Prestons Artikel über die Möglichkeit, mit Radar aus dem Weltraum prähistorische Pfade aufzuspüren, und entschuldigen uns gleichzeitig dafür, eine so unangenehme Figur wie Leland Watkins erfunden zu haben. Natürlich hat weder ein Leland Watkins noch ein Peter Holroyd jemals für das JPL gearbeitet. Unser Dank gilt in besonderem Maße Farouk El-Baz, dem Direktor des Center for Remote Sensing an der Universität von Boston, der uns bei den technischen Aspekten der Erdbeobachtung aus dem All geholfen hat; sowie Juris Zaris, dem Archäologen, der die verschollene Stadt Ubar in Saudiarabien entdeckt hat.

Dank schulden wir auch Bonnie Mauer, die das Manuskript nicht einmal, sondern mehrmals gelesen hat und uns wertvolle Ratschläge dazu erteilt hat. Vielen Dank ebenfalls an Eric Simonoff, Lynn Nesbit und Matthew Snyder für ihre ständige Hilfe, Beratung und Ermunterung. Besonders verpflichtet sind wir Mort Janklow, der uns eine erstaunliche und überaus bewegende persönliche Anekdote für die Handlung unseres Buches zur Verfügung gestellt hat, sowie Clifford Irving für seine Beratung aller Fragen das Manuskript betreffend und Kim Gattone für seine Hinweise zu den technischen Aspekten des Kletterns. Im Hause Warner Books gilt unser Dank Betsy Mitchell, Jamie Levine, Jimmy Franco, Maureen Egen und

Larry Kirshbaum, die so viel Vertrauen in uns gesetzt haben. Ebenfalls bedanken möchten wir uns bei Debi Elfenbein.

Ein besonderes Anliegen ist es uns festzustellen, dass sämtliche Untaten, die in diesem Buch im Namen der Anthropologie und der Archäologie begangen werden, vollkommen frei erfunden sind und einzig und allein in der Fantasie der Autoren existieren.